浮士德博士

〔德〕托马斯·曼 著 罗炜 译

译文名著精选

YIWEN CLASSICS

Thomas Mann

Doktor Faustus

上海译文出版社

图书在版编目(CIP)数据

浮士德博士 /（德）曼著；罗炜译. —上海：上
海译文出版社，2016.4（2024.4 重印）
（译文名著精选）
ISBN 978－7－5327－7204－9

Ⅰ. ①浮…　Ⅱ. ①曼…　②罗…　Ⅲ. ①纪实小说－德
国－现代　Ⅳ. ①I516.45

中国版本图书馆 CIP 数据核字(2016) 第 025457 号

Thomas Mann
DOKTOR FAUSTUS
Das Leben des deutschen Tonsetzers
Adrian Leverkühn
erzählt von einem Freunde
本书根据 Fischer Taschenbuch Verlag 译出

浮士德博士
[德] 托马斯·曼 著　罗炜 译

上海译文出版社有限公司出版、发行
网址：www. yiwen. com. cn
201101　上海市闵行区号景路159弄B座
杭州宏雅印刷有限公司印刷

开本 890×1240　1/32　印张 21.5　插页 2　字数 530,000
2016 年 4 月第 1 版　2024 年 4 月第 3 次印刷
印数：5, 301—7, 300 册

ISBN 978－7－5327－7204－9/I・4378
定价：78.00 元

译本序

《浮士德博士——一位朋友讲述的德国作曲家阿德里安·莱韦屈恩的生平》为1929年度诺贝尔文学奖获得者、德国大文豪托马斯·曼(1875－1955)流亡美国时期创作的一部长篇小说，也是作家晚年最令人揪心和震撼的鸿篇巨制。托马斯·曼本人更是对其青睐有加，推崇备至，视其为“一生的忏悔”[①]，称之为“最大胆和最阴森的作品”[②]。在生前最后几年接受的一次采访中，托马斯·曼非常明确地表示这本艺术家小说是他的最爱：“这部浮士德小说于我珍贵之极……它花费了我最多的心血……没有哪一部作品像它那样令我依恋。谁不喜欢它，我立刻就不喜欢谁。谁对它承受的精神高压有所理解，谁就赢得我的由衷感谢。”[③]

一、作品的形成

《浮士德博士》的构思最早可以追溯到1905年前后托马斯·曼记在笔记本上的一个简短计划：“梅毒艺术家形象；作为浮士德博士和把灵魂出卖给魔鬼的人。这种毒药具有迷醉、刺激、激发灵感的作用；允许他在欣喜若狂的状态下创作天才般的、神奇的作品，魔鬼向他伸出援手。但他最终还是去见了鬼：脑软化。”[④]不过，这个计划一搁便是三十七年。直到1942年，托马斯·曼才又重新开始考虑它。1943年初，时值第二次世界大战开始发生不利于纳粹德国的重大转折，德军在斯大林格勒遭受失败，盟军在非洲展开反攻，托马斯·曼脑海里再度浮现创作《浮士德博士》的念头。这一次他的创作欲望十分强烈，故而，一俟四部曲《约瑟和他的兄弟们》杀青，作家立即就展开了搜集资料的准备工作。[⑤]

《浮士德博士》的写作开始于1943年5月23日，结束于1947年1月29日，总共历时三年零八个月。其间，托马斯·曼勤学好问，博览群书，大量涉猎了欧洲中世纪以来直至20世纪的思想史、文化史、哲学史、音乐史、文学史等相关文献和资料。如音乐方面，托马斯·曼不仅熟读了有关莫扎特、贝多芬、赫克托尔·伯辽兹、胡戈·沃尔夫等音乐家的专论和传记，同时也亲自结交了同时代著名音乐家如伊戈尔·斯特拉文斯基、阿诺尔德·勋伯格、汉斯·艾斯勒等人，并向他们认真讨教。又如神学、哲学、文学和历史学方面，托马斯·曼对马丁·路德时代的文献、三十年战争时期的史料、传统浮士德题材的多种文本、中世纪文学作品和成语集录以及尼采著作，乃至几乎所有关于尼采的传记作品基本上全都了如指掌，运用裕如。

在《浮士德博士的形成：一部小说的小说》一书中，托马斯·曼对他创作这部鸿篇巨制过程中所使用的资料进行了较多透露。在此，需要指出的是，托马斯·曼在创作《浮士德博士》过程中，在获取必要的现代音乐理论和专业知识方面特别得到了哲学家、社会学家和音乐理论家特奥多·魏森格伦德·阿多诺的大力帮助和指点。托马斯·曼对阿多诺音乐思想吸收和运用程度之深之广，别说一般读者，甚至连阿多诺本人都不免会怀疑他有剽窃之嫌。最新研究表明，对于小说主人公、音乐家

---

① Thomas Mann：Doktor Faustus. Die Entstehung des Doktor Faustus. 2. Auflage. Frankfurt am Main：S. Fischer Verlag 2001. S.698.

② Erika Mann（Hg.）：Thomas Mann. Briefe 1937 – 1947. Berlin und Weimar：Aufbau-Verlag 1965. S.258.

③ Thomas Mann：Gesammelte Werke in dreizehn Bänden. 2.，durchgesehene Auflage. Band XI. Frankfurt am Main：S. Fischer Verlag 1974. S.686.

④ Karlheinz Hasselbach：Thomas Mann，Doktor Faustus：Interpretation. 2.，überarb. u. erg. Auflage. München：R. Oldenbourg Verlag 1988. S.7.

⑤ 参阅 Thomas Mann. Große kommentierte Frankfurter Ausgabe. Band 10. 2. Thomas Mann：Doktor Faustus. Das Leben des deutschen Tonsetzers Adrian Leverkühn，erzählt von einem Freunde. Kommentar. Von Ruprecht Wimmer unter Mitarbeit von Stephan Stachorski. Frankfurt am Main：S. Fischer Verlag 2007. S.11。

莱韦屈恩所创作的晚期音乐作品如《约翰启示录》、小提琴协奏曲、室内乐及《浮士德博士哀歌》等，阿多诺均贡献了特色鲜明的观点和表述成熟的文字。托马斯·曼对此基本上都是照单全收，尽管他自己也有一些不乏启发性的改动。事实上，早在小说的前期形成中，阿多诺的研究和著述就已对他帮助很大。这时的托马斯·曼已经读到过他的《新音乐的哲学》的第一部分的打字稿，而这一部分正好主要论述的就是阿诺尔德·勋伯格的十二音技巧。①托马斯·曼把这份当时题名还为《论新音乐的哲学》的打字稿的内容连同阿多诺另外一篇论述贝多芬晚期风格的文章一起用在了主人公莱韦屈恩的音乐老师文德尔·克雷齐马尔所作的报告中以及莱韦屈恩后来在音乐创作方面所展开的革命性构思中。因此，当小说1947年出版引起巨大反响后，托马斯·曼明显感到阿多诺也流露出要对《浮士德博士》有份的意思时，便赶紧决定采取一些安抚措施；与此同时，勋伯格也开始化名"胡戈·特瑞普萨门"对《浮士德博士》进行猛烈攻击，指责托马斯·曼盗用了属于他个人发明的十二音技巧。在这种情况下，托马斯·曼写下《浮士德博士的形成》(1949年)，对相关情况进行了一定程度的解释。但他弥补的诚意似乎并不足够，因为《浮士德博士的形成》正如其副标题所提示的那样，实乃"一部小说的小说"，看似写实，流水账般地依照小说的形成时间一一记录下平行发生的政治事件和私人事物，实则虚构的性质明显。②即便如此，托马斯·曼在日记和《浮士德博士的形成》中仍旧始终只字未提阿多诺那篇论述贝多芬晚期风格的文章。③而有趣的是，这篇文章的应用成果——小说第八章克雷齐马尔论述贝多芬钢琴奏鸣曲作品第111号的那篇报告

---

① 参阅 Thomas Mann. Große kommentierte Frankfurter Ausgabe. Band 10.2. S.9。

② 参阅 Thomas Mann. Große kommentierte Frankfurter Ausgabe. Band 10.2. S.10。

③ 参阅 Thomas Mann. Große kommentierte Frankfurter Ausgabe. Band 10.2. S.26－27。

历来都被评论界誉为“文学描绘音乐的杰作”[①]。好在阿多诺是大度的，相比而言，勋伯格则显得小气，他不依不饶，托马斯·曼因此不得不在1948年由苏尔坎普出版社被特许授权出版的翻印本末尾附上一份“勋伯格是十二音技巧发明人”的声明。

二、音乐和浮士德

正如小说副标题所显示的那样，《浮士德博士》主要讲述了一个浮士德式的和魔鬼结盟的艺术家的故事。全书以作曲家莱韦屈恩的一位老朋友的回忆为线索，沉重而神秘地记录了这位德国艺术家天才而冷漠的一生，是作家自二十世纪初以来艺术家与市民对立主题的一个延续和升华。

阿德里安·莱韦屈恩1885年出生在德国一个普通农家。他的父亲虽然是农民，却喜欢探究自然，搞些稀奇古怪的数理化实验。田园般的乡村风光，古老的德意志家庭传统，以及爱好冥想的父亲：所有这些留在心中的映像，为他日后的孤僻和非理性倾向埋下了伏笔。阿德里安天资聪颖，小学毕业后来到中世纪氛围浓厚的凯泽斯阿舍恩上高级文理中学，并寄居在经营乐器的伯父家。也是在这段时间，阿德里安开始对音乐，尤其是对音乐的数学严密性和神秘多义性产生了浓厚兴趣。不过，以优异成绩中学毕业的阿德里安却出人意料地选择到曾经为路德宗教改革中心的哈勒大学学习神学。事实表明，神学只是一条弯路。很快，阿德里安便放弃神学，于1905年转到莱比锡学习音乐。阿德里安深知自己的音乐天分有限，也深知自己所处时代艺术发展穷途末路的窘况，但骄傲的他不甘失败，为了能够超越自身局限，取得惊天动地的成就，他故意让自己染上梅毒。之后，他来到慕尼黑，租住在市政议员遗孀罗德夫

---

① Romanführer A-Z. Hrsg. von Kollektiv für Literaturgeschichte unter Leitung von Kurt Böttcher in Zusammenarbeit mit Günter Albrecht. Berlin：Volk und Wissen Verlag 1974. S. 112.

人的家中，并同她的两个女儿相识。1910年的时候，他又动身前往意大利的帕莱斯特里纳，在那里小住期间，他于半梦半醒之中与魔鬼相遇。这次和魔鬼的谈话实际上是对他四年前以感染梅毒方式与魔鬼结盟的最终确认。魔鬼许诺他源源不断的艺术灵感和划时代突破，条件是二十四年期满之后他的灵魂归其所有，而且在这二十四年当中他不可以有爱："你的生活应该是冷冰冰的——因此你不可以去爱任何人。"（336）[①]从意大利返回后，阿德里安特意搬进慕尼黑远郊的一个农家，开始了长达十九年的隐居生活。在此期间，借助梅毒病所导致的精神状态，他才思如泉涌，创作出多部惊世骇俗之作，充斥"地狱狂笑"（503）的交响合唱作品《人物启示录》和决意"否定""贝多芬《第九交响曲》"（648）的交响康塔塔《浮士德博士哀歌》更是把他推向事业的巅峰。然而，就在他艺术上步步高升的同时，他周围的环境却不断出现道德堕落的危机现象，他本人也开始违背那道不许爱人的禁令。他的身边开始不断有人死亡，他的友人自杀，他的同性恋男友被有夫之妇枪杀，他最疼爱的天使般的小外甥艾肖也在他的眼皮子底下被病魔夺去生命。阿德里安悲愤欲绝，突然猛醒，他要对他的一生进行忏悔。1930年，在写完《浮士德博士哀歌》之后，他也跟民间故事书中的浮士德博士一样把他的朋友召集到家中，向他们承认了自己和魔鬼的结盟。最终，阿德里安身心崩溃，由他的母亲接回故乡，在经历了十年的疯癫之后，于1940年辞世。

小说的标题为《浮士德博士》，与此相呼应，小说在其主干结构——误入颓废和罪责歧途的艺术家莱韦屈恩的传记中同时糅进传统的浮士德题材。中世纪的超凡学者和魔术师格奥尔格·浮士德（约1480－1536/1539）同魔鬼结盟的传说在1587年首次以《浮士德博士民间故事书》的形式成为文学文本，此后便始终不断有人对其进行创作加工，如

① 以圆括号加阿拉伯数字表示的页码引文均出自：Thomas Mann：Doktor Faustus. Die Entstehung des Doktor Faustus. 2. Auflage. Frankfurt a. M.：S. Fischer Verlag 2001。

马洛的悲剧《浮士德》(1589)、克林格尔的小说《浮士德博士的生活、壮举及下地狱》(1791) 和歌德的悲剧《浮士德》第一部 (1808) 和第二部 (1832) 等。在整个以浮士德为题材的西方文艺创作中，以歌德的悲剧《浮士德》最为著名。

如果说歌德的《浮士德》呈现的是资产阶级上升时期努力不懈的巨人形象并以救赎结尾，那么，托马斯·曼的《浮士德博士》呈现的则是资产阶级没落时期的病人形象并以解体告终。根据多年以来的相关研究①，托马斯·曼笔下的这位披着现代音乐家外衣的浮士德可以被看作是对1587年古老的《浮士德博士民间故事书》(以下简称《民间故事书》)的某种回归，托马斯·曼在创作时主要是以施皮斯的这本《民间故事书》为蓝本，如果把两者进行比对，可以发现很强的类比性：主人公阿德里安和老浮士德一样都是农家子弟，都上了大学，都是先学神学，而后才改学所谓不大正经的专业。两人都把灵魂出卖给魔鬼，约定的期限都为二十四年，而在这一期限内所发生的重大事件及其先后顺序也都是彼此吻合：《民间故事书》里浮士德用自己的鲜血和魔鬼签约，阿德里安则于1906年通过感染梅毒让病菌进入自己的血液；《民间故事书》里魔鬼能以各种面目现身，小说里魔鬼则于1911年在帕莱斯特里纳现身；《民间故事书》里浮士德在签约的第八年上天入地，阿德里安则在1913年潜入深海并大谈特谈宇宙奇观；《民间故事书》里浮士德在签约的第十六年去朝圣，阿德里安则在1924年去了托尔纳夫人的庄园；《民间故事书》里浮士德在签约的第十七年又同魔鬼签了第二个条约，阿德里安则在1923年接待了犹太音乐掮客费特尔贝格的来访；《民间故事

① 参阅 Gunilla Bergsten: Thomas Manns Doktor Faustus. Untersuchungen zu den Quellen und zur Struktur des Romans. 2., ergänzte Auflage. Tübingen: Max Niemeyer Verlag 1974. S. 56 – 59. Friedrich Wambsganz: Thomas Manns Doktor Faustus, das fehlgeleitete deutsche Genie. Norderstedt: Books on Demand 2002. S. 40 – 43. Karlheinz Hasselbach: Thomas Mann, Doktor Faustus: Interpretation. S. 41 – 44。

书》里浮士德在签约的第十九和二十年开始有艳遇，阿德里安则在1925－1926年开始认识和喜欢玛丽·戈多；《民间故事书》里浮士德在签约的第二十三年和海伦生了一个儿子，小说里阿德里安的外甥艾肖于1928年来他这里作客；《民间故事书》里浮士德在签约的第二十四年作告别辞，小说里的阿德里安则在1930年作道别辞。

除了人物成长和情节结构上的类同，《民间故事书》中的一些专有名词如地名“普菲弗尔林”、“罗姆冈”、老浮士德的狗的名字“普赖斯提吉阿尔”也都被原封不动地移植到小说里，至于直接引用和文体风格上的借用就更是不胜枚举了。这些素材和其他来源的素材一道，通过作者的巧妙穿插与组合，共同行使着建立关系、制造暗示、激发联想和营造氛围的功能。

三、一个德国的譬喻

托马斯·曼如此精心布局，自有其深刻意图，正如他在《浮士德博士》创作过程中于1945年所完成的政论文章，同时也是解读小说的最重要文献《德国和德国人》中所特别强调的那样：“浮士德的魔鬼在我看来是一个很德意志的形象，和它结盟，卖身投靠魔鬼，用牺牲灵魂得救去换来一个期限以获取全部宝藏和世界大权，在我看来，这都是同德意志天性特别接近的一些东西。一个孤独的思想家和研究者，一个坐在自己陋室里的神学家和哲学家，他出于享受世界和统治世界的渴望而把灵魂出卖给魔鬼——就在今天，看到德国以这种面目示人，就在德国名副其实地去见了鬼的今天，可不全然就是正当时么？”①在这篇文章中，托马斯·曼还认为有必要纠正浮士德传说中的一个“错误”，即有必要把浮士德和音乐联系起来，“浮士德必须是个音乐家”，因为“音乐是具有魔

① Hermann Kurzke (Hg.): Thomas Mann. Ausgewählte Essays in drei Bänden. Band 2. Politische Reden und Schriften. Frankfurt a. M.: Fischer 1977. S. 281－298. Hier: S. 284－285.

性的领域”。[①]由此，一个同浮士德的魔鬼结盟的音乐家的生平故事便超越了其个体的意义范畴，被赋予了能够代表一个民族和一个国家发展成长历程的示范性。在这个意义上，《浮士德博士》就成为一个德国的譬喻。

从小说的形式和结构来看，《浮士德博士》从同魔鬼结盟的艺术家小说跃升为具有普遍示范意义的德国小说具体是通过专门设置一个名叫塞雷奴斯·蔡特布罗姆的叙述者来实现的。正是这位哲学博士，古代语文学家，中学教师，莱韦屈恩的发小和最忠实的朋友，在1943年5月到1945年5月，也就是纳粹德国走向覆亡的最后两年，提笔写下并完成了音乐家莱韦屈恩的生平故事。通过这位叙述者以第一人称我的方式所进行的讲述，莱韦屈恩的一生和纳粹德国的崩溃之间发生多重错综复杂的类比性关联。

全书由四十七章组成，其间叙述者蔡特布罗姆的思绪时不时地便会从正在讲述的朋友的过去飘回自己身临其境的当下。尤其是当叙述过半，也就是在过了内容为主人公于幻觉中和魔鬼相遇并进行长谈的第二十五章之后，阿德里安过去的生活开始越来越多地穿插进充斥着“时代的恐怖”(666)的当代和险象环生的时局。从第二十六章起，小说后半部几乎章章都穿插了有关第三帝国一步步走向灭亡的时事报道。而更为耐人寻味的则是，艺术家小说和德国小说之前始终是平行展开，只是到了全书末尾紧接莱韦屈恩葬礼的最后一段，一直藏而不露的作者才第一次意味深长地将两者的内在关联特别挑明：“德国，它的面颊现出肺病患者的潮红，它那时正陶醉在放荡的凯旋的巅峰，正准备借助一个条约的力量去赢得全世界，它以为它可以守约，它于是用它的鲜血签署了这个条约。今天，它正在倾覆，它已经被恶魔缠身，它的一只眼睛被它的一

① Hermann Kurzke (Hg.): Thomas Mann. Ausgewählte Essays in drei Bänden. Band 2. S. 285.

只手蒙住，它的另一只眼睛在盯着恐怖发呆，它每况愈下，从绝望走向绝望。它会在什么时候抵达那深渊的底部呢？什么时候才会否极泰来，从最后的绝望中生发出一个超越信仰、承载希望之光的奇迹呢？一个孤独的男人正在这里双手合十地祈祷：愿上帝宽恕你们可怜的灵魂吧，我的朋友，我的祖国。”(674)

不是直接讲述阿德里安的生平，而是专门安排一个人来讲，这是托马斯·曼在小说形式方面所坚持的一个基本思想。托马斯·曼希望通过这样一个较为健康明朗的叙事者来平抑小说内容的过于阴森病态。事实上，蔡特布罗姆不仅是叙述者，同时也是重要的男二号。蔡特布罗姆青年时代持民族主义思想，认为德国“突破”(412) 成为世界大国是值得追求的宏伟目标。第一次世界大战结束后，民主的、人道主义的基本信仰才开始逐渐在蔡特布罗姆身上占据上风。前法西斯的慕尼黑克利德威斯圈子的反共和思想及其讨论，蔡特布罗姆也是以一种摇摆模糊的态度参加。在第三帝国，他的自由主义虽使他免受反犹主义干扰，却并不能完全令他和沙文主义的各种变种划清界限。托马斯·曼在对蔡特布罗姆这个人物进行塑造时，虽然也融入自身思想发展的相关成分，但更多的还是尝试把他塑造为一种人道主义的代表。不过，正如有评论家所指出的那样，这仅是一种局限于被动反抗的人道主义，并不具备旗帜鲜明的道德使命感，一个典型特征就是叙述者放弃在政治上明确表态，如 1944 年春炸毁出版社区的盟军对莱比锡的空袭是否应该，蔡特布罗姆用的便是“不敢对此妄加判定”(340) 的回避策略。①通过这个人物，德国有教养的文化市民和所谓知识精英在政治上的软弱和道德上的无助显露无遗。

---

① 参阅 Peter-André Alt：Thomas Mann：Doktor Faustus. Das Leben des deutschen Tonsetzers Adrian Leverkühn erzählt von einem Freunde. In：Sabine Schneider (Hg.)：Lektüren für das 21. Jahrhundert. Klassiker und Bestseller der deutschen Literatur von 1900 bis heute. Würzburg：Königshausen & Neumann 2005. S. 59 – 82. Hier：S. 61。

四、德国历史灾难的心理学解释

托马斯·曼认为德国的命运是一种受到诅咒的命运。在 1945 年完成的《德国和德国人》这篇政论文章中，托马斯·曼大谈“德意志‘内心性’的历史”①，大谈德意志民族的特殊性，试图对德意志精神的堕落与纳粹主义兴起之间的联系给予一个以文化批评为出发点的心理学的解释。托马斯·曼在文中同时还以一个德国的“辩护士”②形象出现。托马斯·曼对于自己不顾当时严峻时局仍然为德国说话的后果是很清楚的，在《德国与德国人》的开篇他便直言不讳地这样点明道：“鉴于这个不幸的民族对世界干下的难以启齿的伤害，纯粹从心理学的角度来处理这个对象，这恐怕会给人造成几乎是不道德的印象。”③尽管如此，他还是服从了自己内心的召唤，选择了为自己的出身辩护：“德国的不幸究其实根本就只是生而为人的悲剧的范例而已。德国如此迫切需要的恩宠，我们大家全都需要。”④

《浮士德博士》借助浮士德和音乐这两个最能象征德意志的形象来探讨导致德国历史灾难的原因，可以说就是上述这种心理学解释模式的文学翻版。小说里的两个重要人物蔡特布罗姆和莱韦屈恩都是对德国的譬喻性的拟人化，前者代表陈腐而软弱的文化庸人，后者则代表天才而冷酷的艺术家，两者均象征着同一个遭遇了魔鬼的德国。⑤

托马斯·曼的这种心理学解释模式尽管不无洞见，尽管不乏许多具

---

① Hermann Kurzke (Hg.): Thomas Mann. Ausgewählte Essays in drei Bänden. Band 2. S. 296.

② Gunilla Bergsten: Thomas Manns Doktor Faustus. Untersuchungen zu den Quellen und zur Struktur des Romans. S. 163.

③ Hermann Kurzke (Hg.): Thomas Mann. Ausgewählte Essays in drei Bänden. Band 2. S. 282.

④ Hermann Kurzke (Hg.): Thomas Mann. Ausgewählte Essays in drei Bänden. Band 2. S. 298.

⑤ 参阅 Ehrhard Bahr (Hg.): Geschichte der deutschen Literatur. Band 3. Tübingen: Francke Verlag 1988. S. 405 - 407。

有启发意义的认识，却也同时不免会导致重重矛盾，甚至是错误和站不住脚的东西。最早对此提出批评的评论家之一凯特·汉姆布格尔就认为，托马斯·曼从音乐的魔性力量中，从德国人的不问政治的内心性中推导出莱韦屈恩的命运，在《浮士德博士》中对魔鬼的沉迷超过一切理性，这势必给人造成一种政治理性面对纳粹政权毫无办法，乐观向上的人道主义并不能抗衡一个恶毒和野蛮的世界的印象，因此，就政治目光的敏锐而言，托马斯·曼不如他的哥哥亨利希·曼，因为后者看到了前者所忽视的东西："广大的没有受到人文思想文化熏陶的群众的存在才是法西斯主义的温床。"①

汉姆布格尔的意见是很有代表性的。从《浮士德博士》发表以来至今，均不断有研究者在持续关注隐藏于小说的这种心理学解释模式后面的宿命论色彩以及与之相应的政治冷漠态度。他们认为，由于小说传递出这样一种信息，即"历史仿佛是一种普遍的、强制性的必然结果，从而给人以一种解脱的感觉"，所以使得小说"在战后的德国"受到"热烈的欢迎"。②一个值得注意的新动向则是，日耳曼语言文学专家、现任柏林自由大学校长的阿尔特教授近年也重复了类似看法，认为《浮士德博士》通过叙述者在政治上所表现出来的漠不关心的冷淡态度强化了那种"仿佛历史是不可掌控的，是被黑暗势力所控制着的"宿命论思想。不仅如此，阿尔特教授在此基础上还更进一步尖锐指出："《浮士德博士》里虽然谈到德国人的命运，但却没有谈到大屠杀。犹太人物只是以讽刺漫画和扭曲变形的方式被表现为阴险地代表着前法西斯思想的狂热主义分子布赖萨赫尔，以及必然服务于那种犹太人都是善于做生意的暴发户和吹牛皮的空谈家俗套的音乐经纪人费特尔贝格。对于犹太民族的

① Thomas Mann：Briefwechsel 1932 - 1955/ Thomas Mann；Käte Hamburger. Hrsg. von Hubert Brunträger. Frankfurt am Main：Klostermann 1999. S. 12 - 15.

② 贝·巴尔泽等编著：《联邦德国文学史》，范大灿等译。北京：北京大学出版社 1991 年 5 月第 1 版第 61 页。

苦难，这个多声部的文本没有给出一个声部，也没有给出一个音区。提请注意这一点，倒并不是要暗示那种‘反犹主义指责’，当年托马斯·曼一听到这种指责就立马予以了反击，而是要考虑到一个空白，这个空白似乎比叙述者蔡特布罗姆那带有圣经色彩的热烈比喻更加意味深长。”①

五、蒙太奇技法及其副作用

文学蒙太奇是指把语言上、文体上和内容上来源完全不同，甚至是风格迥异的文本或文本部分并列、拼合在一起。作家凭此技巧可以强化艺术的整体性意识，取得美学意义上的刺激与挑衅，让读者感到震惊，让不同领域的真实同时得到体验并通过连接各种不同的行为和意识层面来激发联想。在《浮士德博士的形成》中，托马斯·曼特别指出自己在《浮士德博士》中运用了“蒙太奇技术”②，并强调这种艺术手法的运用是他文学创作中的新东西。而根据相关研究，托马斯·曼的蒙太奇其实就是两大类：把真人、真事和真实的环境植入小说和大量征引各类文献，同严格意义上的文学蒙太奇技法及其作用存在一定出入，但从较为宽泛的意义上来讲则又并非不可。③

主人公阿德里安·莱韦屈恩这个人物的组装或合成性质就非常明显，他主要由浮士德、勋伯格、尼采、多位梅毒艺术家乃至托马斯·曼本人等的生平经历及其与之相关的事件或作品组合而成，可被视为托马斯·曼式蒙太奇手法运用在人物塑造方面的一个典型案例。关于浮士德、勋伯格，本文其他地方已经有所提及，在此不再赘述。下面主要考察一下后面三个的情况。首先，阿德里安人生旅途上的重要几站就同托

---

① Peter-André Alt：Thomas Mann：Doktor Faustus. S. 61 – 62.

② Thomas Mann：Doktor Faustus. Die Entstehung des Doktor Faustus. 2. Auflage. S. 698.

③ 参阅 Gunilla Bergsten：Thomas Manns Doktor Faustus. S. 14 – 16。

马斯·曼自身的经历相符：如阿德里安离开慕尼黑去罗马，继而又转到帕莱斯特里纳，并在帕莱斯特里纳的那个石头厅里卖身投靠魔鬼，这里正好也是托马斯·曼当年创作自己的第一部人生之作的地方；而阿德里安从帕莱斯特里纳返回德国时所下榻的吉泽娜旅馆也就是托马斯·曼当年从意大利返回时所住过的邻近慕尼黑凯旋门的那同一家。[①]其次，莱韦屈恩的故事中糅进了大量与尼采相关的生平故事和著作：莱韦屈恩和尼采一样都在古老的德国小城长大，都受到新教文化熏陶，也都才华出众，都是先上大学，然后又转学去莱比锡；两人也都是在完全相同的情况下感染梅毒，染病后又都经历了一段旺盛的创作期，然后再进入脑软化阶段并最终成为精神病患者；此外，两人还都请朋友代为求婚未果，而且两人在患病期间都由母亲照料，甚至两人去世时的年龄（均为55岁）和日期（均在8月25日）竟然也是一模一样。除了精确到细节的经历上的一致外，尼采的绝大部分思想和观念也都渗透到了小说的字里行间。[②]第三，莱韦屈恩身上也融入了发生在贝多芬、胡戈·沃尔夫、罗伯特·舒曼等著名音乐家身上的令人震惊的关于天才与疾病的故事。1927年出版于伦敦的纽曼著《无意识的贝多芬》一书从疾病的视角来解读贝多芬的生活和创作，此书引起托马斯·曼极大关注，书中涉及贝多芬罹患梅毒的所有地方都被托马斯·曼做了记号。而另外一本同样得到作者仔细研读的由安东·辛德勒于1840年所著的《路德维希·范·贝多芬传》也提到过下述情况：某种神秘疾病促使贝多芬去看过几个医生，但这些医生却出于种种奇特原因甚至没有对他做过任何治疗。这个细节同小说第十九章阿德里安感染梅毒后去找两个大夫治病，却都被神秘中断治疗的情形类似。另外，托马斯·曼也研读过有关沃尔夫和舒曼的传记及回忆录，沃尔夫罹患梅毒、最后疯死，舒曼据纽曼称也是梅毒患

---

① 参阅 Klaus Schröter：Thomas Mann in Selbstzeugnissen und Bilddokumenten. Reinbek bei Hamburg：Rowohlt Taschenbuchverlag 1975. S.139。

② 参阅 Gunilla Bergsten：Thomas Manns Doktor Faustus. S.68–79。

者，其夫人克拉拉的回忆也说舒曼还常在夜间梦见魔鬼，而沃尔夫和舒曼两人还都曾有过投水自尽未果的行为，等等，这些细节全都被复制到了阿德里安的身上。[①]

除小说主人公外，小说中的其他人物也几乎全都能够从托马斯·曼个人和社会生活圈子中找到原型。首当其冲的自然是托马斯·曼的亲人。如市政议员夫人罗德太太身上就能找到一些托马斯·曼生母尤莉娅·曼的音容笑貌。罗德夫人和两个女儿一起住在慕尼黑拉姆贝格大街，以及她后来脱离社交圈、隐退到乡间的情节，都和托马斯·曼的母亲经历一致。相比于生母的若隐若现，小他两岁的大妹尤莉娅和小他六岁的二妹卡拉的悲剧性人生则被托马斯·曼公然安在了罗德夫人的女儿克拉丽莎和伊涅丝身上。他的这俩妹妹都是自杀，尤其是卡拉的人生经历与悲惨结局几乎和小说中人物克拉丽莎完全吻合。好在母亲和两个妹妹在小说发表时都早已作古，托马斯·曼倒也无须顾虑家人愿意与否。然而，对于活着的人而言，却也并非全都乐见自己或跟自己相关的人成为作者文学加工的对象。例如，阿德里安最钟爱、但却不幸被病魔夺去生命的外甥艾肖，其原型就是托马斯·曼自己可爱的小孙子弗利多，尽管做了很多改装和拔高处理，但一致性的地方依旧非常明显，以至于托马斯·曼本人都不免担心儿媳妇看到后会不高兴。[②]

不管怎样，自己家里人总归好办一些。倘若涉及的是朋友和熟人，情况就会变得复杂起来。如果纯是正面或中性塑造，倒也无妨，如托马斯·曼在小说第八章中就特地以特奥多·魏森格伦德·阿多诺姓名中的一个名字“魏—森—格伦德”（字面意思为“河边草地”）来解释一个由三个音符组成的音乐动机，以此向阿多诺表示敬意。[③]然而，如果是负

① 参阅 Gunilla Bergsten：Thomas Manns Doktor Faustus. S. 79 – 85。

② 参阅 Gunilla Bergsten：Thomas Manns Doktor Faustus. S. 23 – 27。

③ 参阅 Walter Jens (Hg.)：Kindlers neues Literatur Lexikon. Band 11. II MA-MO. München：Kindler Verlag 1990. S. 67。

面的塑造，麻烦自然难以避免，如勋伯格就对作者把他的十二音技巧和莱韦屈恩这个病态人物乃至德国纳粹主义扯上边深为不满，感觉自己受到攻击和影射，因而反应激烈，甚至发出抗议。①又如，莱韦屈恩的朋友、英语语言文学专家和作家席尔德克纳普，其原型为自1906年起就和作者交好的诗人与翻译家汉斯·莱西格尔，作者也是相当忠实于生活地把人家直接植入小说当中，充当一个虽则幽默、讨人喜欢，但却耽于幻想、毫无责任感的人物。尽管未用真名，可外形描写之详细准确，只要是熟悉内情的人，没有猜不中的。为此，托马斯·曼直到多年以后才得到原谅。同样为人所诟病的还有托马斯·曼在刻画不道德且有双性恋倾向的施维尔特费格这个人物形象时对原型所进行的近乎诽谤性的加工处理。②

总之，把真人真事直接嫁接到小说的情节和人物身上，固然可以引发为作家所期盼的那种“真假难辨”③、虚实不分的奇功妙效，但也很容易导致误会，例如《浮士德博士》至今仍被一部分人当作“影射（真人真事的）小说”④来解读便是明证，尽管它其实更应该被誉为“旁征博引的艺术杰作”⑤才是。

六、版本和语言

小说的写作虽然结束于1947年1月29日，但实际交稿给出版社和英文翻译的日期则是1947年2月5日，这期间托马斯·曼又进行了一些修改和完善。1947年10月小说出版，并于一个月之内就出版了两次。然而，这两次首版甫一问世，作者却又担心作品篇幅太长，内容过于繁

---

① 参阅 Gunilla Bergsten：Thomas Manns Doktor Faustus. S.68－69。

② 参阅 Gunilla Bergsten：Thomas Manns Doktor Faustus. S.31。

③ Thomas Mann：Doktor Faustus. Die Entstehung des Doktor Faustus. 2. Auflage. S.698.

④ Karlheinz Hasselbach：Thomas Mann，Doktor Faustus：Interpretation. S.10.

⑤ Helmut Koopmann（Hg.）：Thomas-Mann-Handbuch. Stuttgart：Alfred Kröner Verlag 1990. S.481.

冗，会对读者的阅读造成不良影响。[①]于是，他就赶紧又对小说的首版进行删减，删去了其中涉及音乐技巧的不少段落。[②]1948 年，贝尔曼—费舍尔出版社再版《浮士德博士》，这一次使用的就是删减版，不仅如此，出版地点也变为维也纳。而这一次的文本形态乃是此后一直为德国日耳曼语言文学界认定和沿用的所谓学术版本。当然，不同的是，这一版当时还没有在最后附上“勋伯格是十二音技巧发明人”的那份声明。那份声明首次出现在同年由苏尔坎普出版社被特许授权出版的翻印本上。[③]而自 1951 年起，萨·费舍尔出版社在其所有版本中均有收录这份

---

① 参阅 Thomas Mann. Große kommentierte Frankfurter Ausgabe. Band 10. 2. S. 58。

② 1947 年首版被作者删除的地方是：第八章第 19 和 20 自然段从“我们不知道的还有”到“顶礼膜拜的赞美”，第 21 和 22 自然段从“但这些东西和这些情况”到“擦出思想火花的作用”，第 29 自然段从“事实上”到“纯粹抽象的音乐”及从“他把那个晚上最后的时间”到“——今天有关”，第 33 自然段从“只有距离最近的相似的调”到“使之成为接受上帝的条件。——”，第 34 自然段从“他继续他的报告”到“返回这些状态的兴趣”，第 45 自然段从“在以法他”到“就会对它终生难忘”；第九章第 12 自然段从“或者更正确一点”到“声部编结而成的织物”，第 16 自然段中的“而且，这里不仅有德国的，还有意大利的、法国的、斯拉夫的”，第 19 自然段从“不过，这里涉及的是并不十分合理的”到“中声部以更高的固有尊严”；第十二章第 1 自然段从“不管怎么说”到“这个时下的当代”；第十六章第 9 自然段从“克雷齐马尔也向余承认”到“通过和声的连接”，第 14 自然段从“有位在批评界不可小视的法国人”到“拓展音乐的精神性”；第二十章第 21 自然段从“为此，他还专门引经据典”到“音乐和语言是不可分割的”；第二十一章第 6 自然段从“目前正在进行的这一段”到“不是一个好的布局”及“我的年龄和这个年龄理当具备的镇定自若并不能够让我对它做到坚定沉着地驾轻就熟”，第 8 自然段从“他的动感的画面”到“凡此种种”，第 17 自然段从“它们总是让我想起那个结巴子”到第 18 自然段“音之光把眼向我瞥”；第二十二章第 38 和 39 自然段从“‘我没有完全搞懂。’”到“‘主调的奏鸣曲性质之间的对立。’”，第 46 自然段从“如果你觉得这还不够”到“具有亲缘性的分形式”；第二十四章第 15 自然段从“然而”到“为这些灵感的泛滥犯起愁来”；第二十七章第 27 自然段从“他谈及与我们的银河最邻近的银河”到“——也就是说”，第 33 自然段从“他接着又告诉我”到“星际空间的温度的”及从“赫尔姆霍茨”到“怀疑不断升温”；第二十八章第 1 自然段从“最后”到“彼此之间也都是有联系的”；第三十四章第 11 自然段从“其中拔摩岛的约翰”到“要我说啊”。

③ 参阅 Thomas Mann. Große kommentierte Frankfurter Ausgabe. Band 10. 2. S. 59, S. 85。

署名“托马斯·曼”的声明：“本书第二十二章中所描绘的作曲方式，又称十二音或音列技巧，实际上是同时代的一个作曲家和理论家阿诺尔德·勋伯格的精神财富，他的这笔财富被我在一定的观念的意义上借用到一个虚构的音乐名人，即我的小说的悲剧主人公身上。此外本书的音乐理论部分在一些细节上也应感谢勋伯格的和声学。告知读者这些似乎并不多余。”①

在德国，对究竟确定这三个版本中的哪一个为主导版本，至今意见仍不统一，主要分歧在于斯德哥尔摩首版和维也纳二版之争。②比较传统的一派意见主张以在维也纳出的第二版为准，事实上，自 1948 年起，这个维也纳第二版的权威性也一直保持了将近五十年才遭到动摇。上世纪九十年代，位于美茵河畔法兰克福的萨·费舍尔出版社刮起复古风，出版了以 1947 年斯德哥尔摩首版为样本重新审校修订的袖珍版，反响良好，至 2008 年止已经再版达三十七次之多。

笔者从 2003 年开始着手《浮士德博士》的中文翻译工作。幸运的是，北京大学图书馆藏有 1947 年斯德哥尔摩首版和沿用维也纳第二版的托马斯·曼全集，而北京的歌德学院图书馆也能借阅到 1997 年的袖珍修订版。笔者在对这两个版本进行通读和比对的基础上，发现维也纳二版有的，首版全有，而首版有的，二版却没有，这是其一；其二，托马斯·曼是在听到了读者的反馈之后再对首版进行的删减，其动机在很大程度上并非是单纯出于作品文学性本身需要。综合权衡，笔者认为，选择首版更能够保持作品的原貌和全貌。因此，这本中文的《浮士德博士》是依据 1947 年斯德哥尔摩首版和 1997 年袖珍修订版译出。

另外，就语言层面而言，小说从头到尾充满隐喻，涉及大量浩繁而

① Thomas Mann：Dokton Faustus. Die Entstehung des Doktor Faustus. Z. Auflage. S. 674.

② 参阅 Thomas Mann. Große kommentierte Frankfurter Ausgabe. Band 10. 2. S. 85 – 86。

罕见的专业术语，如自然科学术语、音乐术语、基督教神学术语等，且经常性使用的语言达六种之多：德语、法语(如第37章)、英语、意大利语、希腊语、拉丁语，甚至还有古德语。小说同时还充满了长篇大论的对世界文化名著的描绘和引用，对于世界音乐史上各个伟大作曲家和名著的大段大段细致描绘，如丢勒的多幅木版画（《启示录》）和铜版画作品，莎士比亚的十四行诗和多个剧本，威廉·布莱克、济慈、魏尔兰等诸多非德语诗人的英文、法文原诗，音乐方面，对瓦格纳等一系列作曲家的音乐体系的专业性极强的描述，外加第12章中对16世纪宗教改革家马丁·路德书信和用语以及德国巴洛克小说《痴儿西木传》的引用等，不胜枚举。

由于小说的内容和语言极为广博丰富，有时甚至艰深晦涩，而原书又无任何注释，考虑到该书对读者的预备知识要求较高，特殊的用语如第二十五章中对中世纪《浮士德博士民间故事书》里的有关地狱的几个概念，又如第三十四章中出现的巴赫之《马太受难曲》中的“巴拉巴”一词等，不作注读者可能会感到费解。为此，笔者专门作了大量注释，以期增添阅读乐趣。

北京大学外国语学院德语系　罗　炜

天色渐晚，

地上劳苦的动物都将歇息。

唯有我正欲独自踏上长路漫漫，

硬起心肠去把那班可怜虫看看。

这些见闻

有待我进行如实描述。

啊，诗歌的女神，啊，卓绝的天才，请帮助我，

啊，记忆，请把我的印象留住，

现在正是你大显身手的时机。

但丁，《地狱》，第二篇[①]

① 此处原文为意大利文，现参照王维克《神曲》译本（人民文学出版社 1980 年版第 8 页）译出。——译者注，下同。

一

阿德里安·莱韦屈恩已经作古。在我讲述他的生平故事之前，在我给这位可敬的、遭受命运残酷打击的、人生道路跌宕起伏的人，给这位天才的音乐家，写第一部，肯定也是非常临时性的一部传记之前，我将首先对我自己和我的一些情况进行一个简短的介绍。我保证，真的，千真万确，我这样做绝对没有任何突出我个人的意思。促使我这样做的唯一动机来自对读者方面的揣测——我最好说：未来的读者；因为，就眼下而言，我的这本书还不存在任何可以出版的希望，除非有奇迹发生，使得这本书能够离开我们四面楚歌的欧洲堡垒，为外界带去些许有关我们的孤独的秘密；——请允许我再说一遍：读者将会乐意顺便了解一下作者的身份和职业，仅仅只是基于这样的一种预期，我才敢在正式开始之前斗胆先行安排少量有关我个人的一点信息——当然，恰恰因此而引起读者的疑虑，甚至怀疑自己是否找对了地方，我要说的是：怀疑我这个人是否能够胜任这项工作，对于这种可能出现的情况，我在思想上应该说还是有所准备的，而我之所以很想去做这件事情，这里面的原因，也许更多的是由于心灵的相约，而非任何别的性格上的相似，尽管这种性格上的相似颇具合理性。

我把上面的文字粗略地读了一遍，我不得不承认，某种不安和胸口的憋闷从字里行间流露出来，而这也正是我此时此刻心情的最为典型的写照，今天，1943 年 5 月 27 日，在莱韦屈恩去世两年之后，我要说的是：在他从深夜步入那深不可测的漫漫长夜两年之后，我怀着这样的心情，坐在位于伊萨尔河畔弗莱辛城的这间常年与我相伴的小书房里，开始拿起笔来描述我的这位在天堂里安息——哦，但愿如此！——在天堂里安息的、不幸的朋友的一生。要我怎么说呢，我的这种心情有点特别，这就是：你的心脏在怦怦乱跳，你非要一吐为快不可，而与此同时，你的内心深处却又诚惶诚恐，生怕犯忌，两者在这里纠结缠绕，剪不断，理还乱，让你心乱如麻。说实话，我是一个天性十分温和的，我大概可以说，是个健康的、和善的、注重和谐与理性的人，一个学者，也绝对是拉丁文化和文学的一个不折不扣的追随者，虽然我对纯艺术领域（我会拉浪漫古提琴）也有所涉猎，但我却是一个学术意义上的名副其实的骚客，我喜好把自己看作是来自《蒙昧主义者的信笺》[①]时代的德国人文主义者的后代，看作是某个洛伊希林[②]、克罗图斯·冯·多恩海姆、穆提亚努斯和俄欧班·黑塞[③]的传人。对魔性之于人类生活的影响，我基本上不会去妄加否定，尽管如此，我一直以来却始终认为，魔性是一种完全有违天性的东西，我已经本能地把它从我的世界观中剔除，并且，我也从未想到过要和这些下界的神秘力量同流合污，甚而忘乎所以地去招惹它们，或者，当它们主动跑来诱惑我时，我哪怕是连根小指头都懒得伸一下的。我为自己的这种思想付出了精神上和物质上的代价，我把自己的这种思想所付诸的具体行动是，早在这个时段来临之前，早在其被证明是和精神以及我们的历史发展的要求相脱节之前，我就毫不犹豫地放弃了我所热爱的教书职业。在这一点上，我对自己是满意的。当然，我的这份果敢，或者说是，随人怎么想吧，我的这种道德人格的局限，反而只会更加坚定我的决心，尽管我仍在怀疑，自己究竟可不可以有资格和能力来胜任这项已经开始着手的工作。

我才刚刚提笔写下一个词，这个词就已经悄无声息地令我陷入某种尴尬境地：这个词就是“天才的”；我说的是我那已经故去的朋友的音

---

① 16世纪德国人文主义者的书信体讽刺作品，发表于宗教改革前夜，用拉丁文写成，分上下两部，主要作者是克罗图斯·冯·多恩海姆（约1480－1539）和乌尔里希·冯·胡滕（见后注）等。

② 约翰内斯·洛伊希林（1455－1522），德意志人文主义运动领袖之一。

③ 三人都是接近洛伊希林与胡滕的人文主义者。克罗图斯和穆提亚努斯（1471－1526）后来同路德及其学说分道扬镳，黑塞（1488－1540）虽然一直是路德派，但并无大的建树。

乐天才。“天才”这个词，即便有些过度，但却肯定是高贵的、和谐的、人道而健康的调子和性质，而像我这样的人，只要不奢求用自己的本性去参与那个高高在上的区域，不奢求每次都能三生有幸地得到“divinis influxibus ex alto”①，那么就该不会找到充足的理由，从而在这个词的面前退缩，就该不会找到理由，从而在谈论它和涉及它的时候不抱以喜悦的仰望和恭敬的亲密。事情看来就是如此。但不可否认的，而且从来就没有被否认过的是，在这个光芒四射的领域里，魔性和反理性均令人不安地占有一席之地，在这个领域和那个下界的王国之间始终存在着一种能够唤起些许恐惧的联系，而正因为如此，“高贵的”、“人道而健康的”以及“和谐的”，这些个我试图给这一领域添加进去、以确保万无一失的形容词，怎么也不愿意与之搭配——怎么也不愿意，我十分痛苦，考虑再三，我决定这就列出下面这种区别，就算那是不掺任何杂质的、纯粹的、由上帝赠予抑或受到上帝惩罚的天才，而不是一个买来的、容易变质的天才，而不是一团罪恶的和病态的天赋的烈焰，而不是履行一份狰狞恐怖的契约……

写到这里，我把笔停了下来，我为自己在艺术上的偏差和失控感到羞愧。倘若是阿德里安本人的话，他几乎是不大可能，我们设想一下：在一部交响曲中，让这样的一个主题过早地显露出来的——最多也就是以一种精心掩饰的、近乎捉摸不透的方式让它远距离地若隐若现罢了。不过，话说回来，我脱口而出的这些东西，传到读者那里可能也就如同模糊不清的可疑暗示一般，而仅仅只在我自己的眼里显得草率鲁莽和笨拙露骨。对一个像阿德里安这样的、值得自己为之献出生命并让自己为之心急如焚的对象，采取谱曲的艺术家本人的立场，并用这种人的轻松自如的深思熟虑来经营这种人，这在我这样的人看来，是很难做到的事情，我觉得，这简直就和轻浮没有什么两样。因此，我这才急于探究纯

① 拉丁文，意为“来自上苍的神性的灌注”。此处作者来源为威廉·韦措尔特所著《丢勒和他的时代》一书。

粹的和不纯粹的天才之间的区别，而这样的一种区别，我之所以承认它的存在，也仅仅只是为了紧接着下来问我自己，它的存在是否有道理。事实上，这种体验迫使我竭尽全力、刻不容缓地对这个问题进行了思考，以至于有时候我会惊恐地发觉，自己仿佛被赶出了原本属于和适宜自己的思想层面，甚而感受到一种对自己的自然禀赋的“不纯粹”的提升……

我再次停笔，我想起来了，我在这里大谈天才及其无论如何是受到了魔性的影响的天性，仅仅只是为了澄清对我的疑虑，即我对我现在所做的这项工作是否具备了必要的亲合力。但愿我要提出的任何制止良心的踌躇的理由，现在都已为之提了出来。命中注定，我一生中的许多年月都是在一个天才、亦即本书的主人公的身边度过，我和他亲密接触，了解他的童年，目睹他的成长、他的命运，参与他的创造并在其间充当一个谦逊的助手的角色。莱韦屈恩青年时代恶作剧式的作品——莎士比亚喜剧《爱的徒劳》的歌剧脚本的改编，便是源自我，另外，对于荒诞歌剧组曲《罗马人的功绩》[①]以及清唱剧《神学家圣·约翰的启示》[②]的歌剧剧本的准备工作，我也得以施加影响。这是其一，或者说这已经既是其一又是其二了。而我此外还拥有一批文件手稿，一批异常珍贵的记录，它们都是逝者在他身体健康的时候，或者，如果我可以这样说的话，在他身体尚可且健康得较为合法的时候，赠送给我而非别的人的，而我也将把它们作为我的叙述的依据，是的，我打算对它们进行适当的挑选，把其中的一些直接安插到本书中来。然而，最后也好，首先也罢——要在以前，下面这样的辩护始终还是最有效的，即使不是在人的

① 《罗马人的功绩》，也可译作《罗马故事集》，是一部流传很广的用中世纪拉丁语写成的短篇故事集，可能形成于1300年前后的英国或德国。该书为达到道德训诫目的主要收有出自古希腊罗马作者之手的各类故事。该书很早就被译成多种语言，对世界文学产生巨大影响。

② 即本书后面，如第三十四章中所说的《形象启示录》。这两个标题的出入最先由托马斯·曼的小女儿伊丽莎白发现，于是曼在1948年3月5日所写的一封信中自我解嘲为“蔡特布罗姆的疏忽”。

面前，那也是在上帝的面前：我爱过他——满怀着惊愕和柔情，满怀着怜悯和忘我无私的仰慕——与此同时却很少问过，他是否也会对我的这份感情做出哪怕是丝毫的回报。

他没有这样做过，哦，没有。在他为遗留的作曲草稿和日记所立的字据中，他对我的认真、虔敬和正确无误表示了一种友好而客观的，我几乎想说：仁慈的和显然是充满敬意的信任。可是爱呢？这个男人又爱过谁呢？先前是个女人——也许。最后是个孩子——可能。还有一个轻浮浪荡的万人迷，一个随时上阵的情场老手，很有可能正是因为他喜欢他，所以后来才打发人家从自己身边走开——而且是走向死亡。而他又向谁敞开过自己的心扉呢，又曾让谁走进过他的生活呢？阿德里安身上没有出现过这种情况。他忍受着人性的忠诚——我发誓：他对此常常是一概不予理睬。他太无所谓了，以至于他几乎总是觉察不到，在他的周围都发生了什么事情，他又处在怎样的社会之中，而他在与人交谈时也极少称呼对方的名字这一事实也令我不禁猜想，他很有可能确实不知道人家的名字，而人家却恰恰有足够理由做出与此完全相反的假设。我很想把他的孤独比作一个深渊，在这个深渊里，别人为他付出的情感全都无声无息地隐遁，无影无踪地消失。冷漠将他包裹——当年，他曾在一个阴森的关联中写下这个词，现在我也来用这个词，这是一种怎样的心情哟！生活和体验可以使得某些词语得到强化，这种强化不仅会完全剥离这些词语的日常意义，而且还会赋予它们以某种恐怖的灵光，而没有接触过它们最恐怖的一面的人，那可是绝对理解不了这一点的。

二

我的全称是哲学博士塞雷奴斯·蔡特布罗姆。我奇怪地迟迟不把这张牌打出来，对此连我自己都感到不满。但是，很不凑巧，偏偏直到此时此刻之前，我的报道的文学进程仍然不愿意看到我迈出这样的一步来。我现年六十岁，我是公元 1883 年生人，我兄弟姊妹四个，我是老大，我的出生地为萨勒河畔的凯泽斯阿舍恩，隶属梅泽堡行政专区，也就是在这同一座城市里，莱韦屈恩度过了他全部的中小学时光，因此，对于他的这段生活，我并不急于现在就做出较为详细的刻画，而是要等到后面再来进行描绘。既然我个人的生活道路和这位大师的道路之间原本就存在着交叉重叠，那么，就不妨把两者结合起来报道，这样也可以避免一再重复抢先的错误。而一个人，如果他心里装满了东西，那他不管怎么说，总是很容易去犯这样的错误的。

这里需要说明的只是，我出身于一个半学者化的中等阶层家庭，当我来到这个世界上的时候，恰逢家道达到中等兴旺程度，因为我的父亲，沃尔格穆特 · 蔡特布罗姆，是药剂师，而且还是当地最有名望的一位：他在凯泽斯阿舍恩另外还开有第二家药店，只可惜呀，同我们蔡特布罗姆家的“极乐使者”药店相比，这第二家店不仅从未受到公众的信任，甚至还随时面临倒闭的危险。当然，这座城市的大多数居民信奉路德新教，而我们家则属于城里小小的天主教堂区。尤其是我的母亲，她是教会极为虔诚的信女，她认真履行她的宗教义务，相比之下，我的父亲，很可能也是由于工作忙碌之故，在这方面的表现就要显得懒散和马虎一些，即便如此，但凡有可能，他也还是会尽力去维护他同他的教友们之间的那种组织团结，而且也照旧会对这种肯定具有政治影响的组织团结深信不疑。值得注意的是，除我们的神甫、宗教顾问茨威林之外，还有一个叫做卡尔勒巴赫博士的犹太法师，光顾我们家那几间位于实验室和药房之上的客厅，这在新教家庭里几乎是很难见到的事情。罗马教会的那个人外表长得要好看一些。但我的、大概主要以我父亲的意见为依据的印象却始终是，那个身材矮小、留着长胡子、戴着小帽子的犹太法典专家在学识的渊博和宗教目光的敏锐方面要远远高出他的这位不同信仰的同行。或许也是由于这段青少年时代的经历，同时也由于犹太阶层对莱韦屈恩的创作所持有的那种嗅觉灵敏的开放态度，所以，我恰恰就在犹太人问题及其处理上总是不能和我们的元首及其随从完全保持步调上的一致，这对于我放弃教职并不是没有影响的。当然，在我的人生道路上，我也和出自这个血统的几个样本有过交往——我只消想想慕尼黑的私人学者布赖萨赫尔，我打算在适当的地方对他们那混乱得令人厌恶的特征进行一些说明。

至于我的天主教出身，不言而喻，是它塑造和影响了我的内在人格，不过，这一生活背景却从未和我的人道主义世界观相左，正如人们从前所说的那样，"最好的艺术和科学"的热爱，发生过碰撞。这两种个性因素之间的关系始终十分和谐，这种和谐保持起来恐怕也不会十分困难，如果人们，都像我一样，在一座古城的环境中长大，而对这座古城的记忆和建筑遗迹又可以远远地追溯到教会分立[①]之前的时期，追溯到一个统一的基督教的世界。虽然，凯泽斯阿舍恩处于宗教改革发祥地所在区域的相当居中的位置，处于路德教区的心脏地带，四周为艾斯莱本、维滕堡、奎德林堡，还有格里马、沃尔芬比特尔以及埃森纳赫等城市环绕——这又对了解作为路德信徒的莱韦屈恩的内心生活颇具启发意义，并同他最初选定的专业——神学，有关。然而，我想把宗教改革比作一座桥梁，这座桥梁不仅穿越了经院哲学的时代，进入到我们所在的这个思想自由的世界，而且也同样可以返回到中世纪——甚至有可能回溯到一个比基督教及天主教传统更加久远的从前，那时这个传统还没有受到教会分裂的冲击，还是一种明朗的对教化的热爱。就我个人而言，我觉得自己的老家原本就坐落在那一片黄金地带，那里的人们曾经把圣母马利亚叫做 Jovis alma parens[②]。

---

① 又称教会分裂，指 1054 年基督教分裂为希腊东正教和罗马天主教，以及 1378－1417 年间天主教会的大分裂。

② 拉丁文，字面意思为"最高的神（朱庇特）的仁慈的生母"。托马斯·曼的来源为斯特劳斯所著《胡滕》一书。

为了今后能在我的生平履历上记录下必不可少的一段，我的父母大人开恩，把我送进我们的高级中学就读，正好阿德里安也在这同一所学校里接受教育，不过要低我两个年级。这所建于十五世纪下半叶的学校，不久之前还在使用“共同生活兄弟会学校”①这一名称。这个陈旧过时的名称对于生活在新时代的人们而言，听起来未免有些滑稽可笑，学校也为此感到有些难堪，于是就决定换掉它，参照隔壁的教堂将自己更名为波尼法修斯高级中学。我于本世纪初离开这所学校，毕业后不久便毫不犹豫地开始转而专心攻读古代语言。早在上中学的时候，我在这方面的才能就已经显露出来。我在吉森、耶拿和莱比锡的大学进行这方面的学习，1904 年到 1906 年则是在哈勒，而正是在这同一个时期，莱韦屈恩也在那里上大学，不过，这种时间上的巧合却并非出于偶然。

对于古代语文学的兴趣，对于美和人类理性尊严所怀有的那种活跃而充满热爱的理解，在此，如惯常的那样，我不得不暂且来欣赏一下那种介于这两者之间的内在而又近乎神秘莫测的联系，——这种联系首先表现在古希腊罗马语言的研究世界被人称作“人文学科”这一点上，其次则表现在下面这一点上：即这种教育理念堪称是从思想上对语言的和人道的激情进行整合的最高境界，青少年工作者的天命近乎理所当然地来源于语言学家的天命。搞自然科学的人也许可以成为一名教师，但他永远不可能是像 bonae litterae② 的弟子这样的意义和程度上的一个教育家。同样，另外那种或许更为深切、但却神奇得不可表达的语言，那种声音的语言（如果可以对音乐进行这样的描述的话），在我看来也并不包括在教育和人文领域，虽然我也知道，它在希腊的教育中，而且根本

---

① 中世纪修会名，由神秘主义者格尔特 · 格罗特成立于 14 世纪下半叶，在荷兰和北德地区分布广泛。主张严格禁欲、财产共有、祈祷。尤其致力于以抄书的方式传播《圣经》文本，开办学校，进行青少年教育。著名人文主义者鹿特丹的伊拉斯谟就曾在其开办的学校就读。

② 拉丁文，意为“善的科学（们）”。这个概念和伊拉斯谟的人文主义密切相关，一般指全部古典教育、文学和科学的总和，也被理解为雄辩术、语法、辩证法、音乐、算术、几何、天文学这“七种自由的艺术”。

就是在古希腊的城市国家的公共生活中，发挥过作用。在我看来，尽管它有可能呈现出任何一种逻辑和道德的严厉，但它却更应该属于一个神怪的世界。这个世界在理性和人的尊严方面是否具有绝对的可靠性，对此我可不想打保票。即便如此，我仍是由衷地喜欢它，这就是一种矛盾，你为之遗憾也好，为之喜悦也罢，它都是和人类的天性密不可分的。

这都是些题外话。但又不是，因为，高尚的教书育人的精神世界和那个只能冒险接近的神怪的世界之间是否可以划出一个清晰而肯定的界限，这个问题，很有可能，而且简直是太有可能成为我的话题之一了。试问，人类又有哪一个领域，哪怕这个领域是最纯粹无比的，最庄严无比和友善无比的，是可以完全不受到那些来自下界的威力的影响的，对，这里必须再补充一句，是可以完全不需要那种能够带来丰厚回报的同它们的接触的？这个想法，它甚至对本性完全远离任何魔性的人都并不是不适宜的，它是我的意大利和希腊之行的某些瞬间遗留在我心中的记忆。我的这次旅行是一次为期将近一年半的游学，它是在我通过国家考试之后由我那好心而仁慈的父母大人所促成：想当年，我站在雅典卫城，我放眼向圣路眺望，只见圣路上厄琉息斯秘仪入会者们一个一个匆匆远去，他们身上戴着藏红花色的带子，嘴里喊着伊阿库斯的名字，尔后，我又来到真正行开幕礼的地方，站在欧律布洛伊西乌斯区域，该区域正好紧邻从山岩上突出出来的冥神普路托裂缝之边缘，这个时候，我朦朦胧胧地体验到了生命感的充盈，这种充盈表现在奥林匹克的希腊人所首倡的对于深渊诸神所怀有的虔诚里，后来，我常常站在讲台上对我的高年级学生说，文化究其实质就是虔诚地、有序地，也就是说，予人以安慰地把夜的、阴森的东西纳入到对众神的崇拜之中。

那次旅行归来之后，二十五岁的我在故乡小城的那所高级中学里谋到一份教职。而这所中学正好是我当年所上的那同一所，就是在这所学校求学期间，我的科学热情高涨了起来。我在这里工作了几年，教了些初级程度的拉丁语、希腊语课程，还有历史课。后来，也就是在本世纪的第十二个年头，我转到巴伐利亚的一所学校工作，再后来便是在弗莱辛，这个一直作为我的居住地的地方，当上高级中学教师，不过我也在当地那所神学高等学校任讲师，教授的都是上面所说的那几门课程，时间长达二十余载，那时，我很高兴自己能够从事这样一份令人满意的工作。

在我到凯泽斯阿舍恩任职没有多久，我就早早地结了婚——对秩序的需要和对道德地适应人类生活的渴望指引着我向前迈出了这样的步伐。海伦，娘家姓额尔哈腾，我的这位卓绝不凡的夫人，数十年如一日地照顾着每况愈下的我，不离不弃，她原是萨克森王国茨维考地方一位年长的同事和同行的女儿。考虑到有被读者见笑的危险，我在这里只愿意承认，海伦，这个健康清新的女子之名，这个可贵的音节，在我择偶的过程中并没有扮演最不重要的角色。这样的一个名字意味着一种崇高庄严，其纯洁的魔力一般人是难以抵御的，尽管叫这个名字的女人只能在小家碧玉的程度上去满足其高度的苛求，而且，即便就是这样的一种满足，那也只能是很短暂的，那也只能是吃青春饭的，转瞬即逝，根本长久不了。我们的女儿也叫海伦，她早已和一位老实可靠的男士，巴伐利亚证券银行驻累根斯堡分理处代表，缔结了姻缘。除她之外，我的亲爱的夫人还给我生了两个儿子，无奈之下，我只有去尽一个人应尽的本分，虽说也是在合理的限度之内，但终归是体会到了普天下为人父的快乐与忧愁。只是，我要承认的是，我的孩子当中始终没有一个长得迷人一点的。他们全都无法和小内珀穆克·施耐德魏因那样的翩翩少年相媲美，那是阿德里安的外甥，他后来百看不厌的可人儿——这样的话也只有我本人敢说了。——今天，我的两个儿子都在为他们的元首效力，一个在地方上，一个在武装部队里。我对祖国的暴力所持的令人诧异的态度造就了我四周的某种寂寥空荡，所以，这两个青年人和他们的寂静的父母之家的联系也就只能用松散二字来形容了。

三

莱韦屈恩家族都是些高级的手工业者和农业经营者。他们一部分在施马尔卡尔登地区，一部分在萨克森省沿萨尔河流域一带发家致富。阿德里安家的这个分支定居在隶属奥伯魏勒尔村社的布赫尔农庄，至今已有好几代了。农庄离魏森菲尔斯火车站不远，从凯泽斯阿舍恩坐三刻种的火车就可以到达那里，只是从这一站去布赫尔得要对方派马车过来拉才行。布赫尔农庄拥有五十多摩尔干①的耕地和草场，外加一个集体经营的配套混合林和一栋非常安逸而舒适的木结构住宅小楼。不过，这栋小楼尽管是由木头和桁架建成，地基却是石头的。农庄的这个规模使得其主人达到了有义务使役畜力服徭役或者是拥有一胡符②土地的完全小农级别。小楼和几个谷仓、几个畜棚一道构成一个开放的四边形，在这个四边形的中间，令我难以忘怀的是，伫立着一棵古老的菩提树，一圈绿色的椅子在它的四周环绕，每年六月，这棵老树便会花满枝头，香飘四溢。不过，对于农庄里来来往往的马车而言，这棵美丽的大树可能会有些碍事，而且我也听人说过，农庄的继承人在年轻气盛之时总会和他老子的意见相左，总会出于实用的考虑而竭力主张将其连根拔除，而一旦他自己当上农庄的主人，却又会跟他老子一样，不顾有着同样心思的儿子的反对而对其施行严密保护。

而同样也是在这棵菩提树的树荫下，幼小的阿德里安不知打过多少盹，玩过多少游戏。1885 年，当菩提树开花的时候，他在布赫尔农庄的这栋楼房的楼上出生，他是约拿坦和艾尔丝贝特 · 莱韦屈恩的第二个儿子。他的哥哥，格奥尔格，现在毫无疑问已是那上面的房东，大他五

---

① 旧时欧洲各国的土地面积单位，大约等于 0.25－0.34 公顷。

② 胡符为德国农户占有土地的计量单位，约合 7 至 15 公顷，大小因地而异。

岁。他还有一个妹妹叫乌尔泽尔[①]，以同样的岁差跟随其后。因为莱韦屈恩一家在凯泽斯阿舍恩所结交的一批朋友和熟人里面也包括我的父母，说实话，我们两家的关系历来很好，而且还不是一般的好，完全就是心心相印的那种，所以，在美好的季节里，我们时不时就会跑到乡间田庄去度过星期日的上午，在那里，我们这些城里人会心存感激地享用那些乡村风味浓郁的馈赠，享用加了香甜的黄油的果仁黑面包、金色的切成片的蜂房蜜、味美可口的乳脂草莓，还有先用蓝色扁平大碗使之凝结变酸，然后又撒上黑面包屑和砂糖的牛奶，莱韦屈恩太太用这些东西盛情款待我们。在阿德里安还很小的时候，或者说在他还被叫做阿德里[②]的时候，他的祖父祖母都还健在，不过，二老除了一点留给自己用以养老送终的产业之外，已经不再掌管经济大权，而是将其全部拱手让与了年轻的后人，因此，老头子的话虽然仍然能够得到恭敬的聆听，但那终究也就只是他利用吃晚饭的机会，用掉光了牙的嘴发一通牢骚地干涉一下而已。但是，这些长辈不久就驾鹤西游了，而且还几乎都是在同一时间里，所以，我对他们的印象可以说是非常的模糊了。如此一来，他们的孩子约拿坦和艾尔丝贝特·莱韦屈恩的音容笑貌反倒更加清晰地浮现在了我的眼前，虽然，这幅图景时刻处于变化之中，伴随着我的童年、中学和大学时光，在岁月所擅长的不留任何痕迹的作用下，绵延不断地从朝气蓬勃的青壮年时期悄悄步入人生日渐疲惫的中老年阶段。

约拿坦·莱韦屈恩是德意志男子当中最为优秀的一员，像他这样的类型，在我们现今的城市里几乎是再也找不出第二个来的，而在今天代表着我们的人种的，并且还是用常常令人感到十分压抑的狂暴去抗拒世界的那些人当中，肯定也是找不出第二个来的——这是一个打上了旧时代之强烈烙印的形象，这个形象似乎只在乡村得以留存，似乎是来自三

---

① 乌尔苏拉的昵称。
② 阿德里安的昵称。

十年战争之前的德意志。这就是我每每看到他时涌上心头的想法。那时，我正在一天天长大成人，可以说，我是用已经练就得近乎敏锐的眼光去凝视和端详他的。他有着一头金灰色的头发，这些头发略微纷乱地耷拉到他那拱圆的、头路分成两半的、而且是分得很开的额头上，他的太阳穴处的血管十分突出，他的并非时尚的、又长又厚的头发展示性地垂到后脖子里，并在精致而小巧的耳朵处同卷曲的金色的、长满上颏、下颏和嘴唇下面的凹陷处的胡子连成一片。他的那片嘴唇，即下嘴唇，在短短的、轻微下垂的髭须的下方相当强烈而圆润地凸显出来，伴随着一种异常迷人的微笑，这种微笑同他那双蓝眼睛里射出来的，虽则有些费力，但却同样也是半笑着的、沉浸在淡淡的腼腆之中的目光是相一致的。他的鼻子的曲线优美，鼻梁瘦削，颧骨下面没长胡子的面颊部位阴凉深陷，甚至有点纤瘦憔悴。他的脖颈颀长而有力，大多数情况下都是给露在外面的，他不爱穿城里人人人都穿的那种服装，这种服装无益于他的形象，尤其是和他的两只手不相配，他的这双手有力、黝黑，而且干燥，上面还有几点雀斑，每当他去村社的议会开会时，他就是用这双手来拄拐杖的。

他的目光中裹挟着几分朦胧的疲态，他的太阳穴里流露着几分敏感，倘若是一个郎中，或许已经从中看出了某些偏头痛的征兆，不过，约拿坦所得的偏头痛并不严重，一个月不超过一次，每次也就一天，基本上不影响工作。他爱抽烟斗，他抽的是一种半长的、带盖的瓷烟斗，而从这烟斗里所散发出的那种低级烟草所特有的香味，远比控制着楼下几间屋子氛围的香烟和雪茄所制造的那种驱之不散的烟雾要好闻得多。他另外还爱在抽烟斗的同时喝上满满一壶梅泽堡啤酒，权当是催眠的饮料。而每逢冬日的傍晚，当他的产业被大雪覆盖之时，人们就会看见他在读书，首选便是一本厚厚的、用压制的猪皮装订，而且必须用皮夹子封存的祖传《圣经》。该书 1700 年左右随着公爵的解放而印刷于不伦瑞克，里面不仅收录了马丁 · 路德博士的“机智幽默”的前言和边注，而且还同时收录了一个名叫大卫·冯·施维尼茨的先生所做的全部的总结、类比以及对每个章节进行解释的历史的、道德的诗句。关于这本书还有一个传说，或者更确切地说是关于这本书流传着这么一个明确的说法：此书曾经为不伦瑞克-沃尔芬比特尔的一位公主①所有，这位公主嫁给了彼得大帝的儿子。但她后来却制造死亡假象，致使人们信以为真，还为她举行了葬礼，而与此同时呢，她本人却潜逃到马提尼克岛②，在那里和一个法国人步入婚姻殿堂。对于滑稽可笑的东西怀有一种饥渴的阿德里安后来还和我一道多次嘲笑过这个故事。而遥想当年，他的父亲那可是一举抬起埋在书里的头来，一边用柔和深邃的目光看着我们，一边来给我们讲述这个故事的哟，而且，只要故事一讲完，他便又会赶紧把他的头埋进书里，重新专注于那位冯·施维尼茨先生的韵文评注或是《所罗门说给暴君的智慧》去了。很显然，这部印刷品的不大光彩的来历并未对他造成什么影响。

此外，和他阅读的宗教倾向齐头并进的还有另外一种倾向，这种倾向某些时候所能达到的程度恐怕用下面这句话来形容也不会显得过分：他喜好“探究自然力”③。这也就是说，他在有限度地，并且是用有限的手段进行自然科学的、生物的、恐怕还有化学-物理的研究。在这方面，我的父亲也不时会从自己的实验室里拿出一点材料来帮他一把。对于这样的追求，我却宁愿选择那种早已消逝的、并非全无指责之意的词语来称呼它们，因为某种神秘的色彩开始在其中显现，而这种色彩要在从前，那可能是会被当作一种对魔术的嗜好而受到怀疑的哟。我这里另外还要补充的是，对于这种宗教-唯灵论的时代针对日益高涨的探究自然的奥秘的热情所持有的不信任，我个人是完全可以理解的。对

---

① 指索菲·夏洛特·冯·不伦瑞克-沃尔芬比特尔，官方的生卒年为1694－1715。

② 拉丁美洲加勒比海的一个岛屿。历史上间或属法国，今为法国领土。

③ 托马斯·曼引自约翰·施皮斯1587年在法兰克福出版的《浮士德博士》民间故事书。出自该书的引文和内容全书中还有很多处。

上帝心怀敬畏的人必然会认为，这是在放浪形骸地偷吃禁果，是在把上帝的创造、自然和生命等同于道德败坏的领域，并且无视由此可能引发的矛盾。自然本身充满了太多由隐晦演变为魔术的创造，充满了太多模棱两可的情绪、半遮半掩以及稀奇古怪地指向不确定性的暗示，所以，信奉清规戒律的虔诚之徒是断然不会不把与之交往视为大逆不道的了。

每逢阿德里安的父亲在傍晚时分打开他那些带有彩色插图的、关于外国蝴蝶和海洋生物的书籍，我们，他的儿子们和我，恐怕还有莱韦屈恩太太，偶尔也会让目光越过他的座椅的装有耳扇的皮靠背，和他的目光一起落进那些书里，而他则会用食指指给我们看那里面的一张张壮丽而罕见的插图：那些全色的、暗的和发光的、摇晃而过的、用百里挑一的工艺趣味装饰塑造而成的热带凤蝶和摩尔福蝶——这些美艳绝伦却又红颜薄命的昆虫，其中的几种甚至还被当地居民视作传播疟疾的恶魔。它们所展示的最壮丽的颜色是一种如梦如幻般美丽的碧蓝，约拿坦这样教导我们说，这可不是什么纯正的和真实的颜色，一点也不是，而是通过它们翅膀上的鳞片的细微凹槽，还有其他的表面造型而产生的现象，一个小结构，通过光线的最不自然的折射，以及对绝大多数光线的排斥，使得最耀眼的蓝光独自进入我们的视野。

“看哪，”我还听见莱韦屈恩太太说道，“原来是骗人的呀？”

“你说这种天蓝是骗人的？”她的丈夫一边回应着，一边抬起头来，并且向后扭过头去看她。“它是从什么颜料来的，你也不能跟我说出个所以然来。”

真的，此时此刻，正在奋笔疾书的我仿佛觉得，自己依然还和艾尔丝贝特太太、格奥尔格以及阿德里安一起站在那位父亲的座椅背后，跟随他的手指流连于那些幻觉之间。那都是些透翅蛾科的插图。它们的翅膀上根本没有鳞片，这使得它们的翅膀看上去既脆如玻璃，又布满颜色稍深的血管。这种晶莹剔透、赤身裸体地热爱着朦胧的阔叶树荫的蝴蝶

名叫黑塔娥拉 · 艾丝梅拉达[①]。黑塔娥拉只在一对翅膀上各长有一个由紫色和粉色组成的深色斑点，除此之外你根本看不到它身上的任何东西，这使得它在飞行的过程中宛如一片随风飘荡的花瓣。——接下来轮到枯叶蝶，它的翅膀，上部是全色调的颜色三和弦，绚烂无比，下部则几乎和一片树叶没有什么两样，不仅是形状和脉络，就连细小的瑕疵，被模仿的水滴、菌群生成的瘤状突起等等，等等，全都得到精确的再现。一旦这个狡猾的生物收紧翅膀落到阔叶里，那么，它就会凭借自己的这种适应能力完全消失在它的环境之中，即便是最为贪婪的敌人也休想在这里找到它的蛛丝马迹。

这种巧妙进入有缺陷的个体的保护性模仿令约拿坦感到震惊。他试图把他的惊异传达给我们。他的尝试是颇有成效的。“这个动物是如何做到这一点的呢？”他发问道，“自然又是如何通过这只动物来做到这一点的呢？因为，你不可能把这个绝技归为它自身的观察和谋算。是的，是的，自然对自己的阔叶了如指掌，不仅只是它的完美，而且还包括它的小小的日常的错误和畸变，同时，自然还出于狡黠的友善在别的地方，在它自己的这只蝴蝶的翅膀的下面，重复它的外表，用以迷惑自己的其他造物。可是，为什么恰恰是这只蝴蝶得到了如此诡计多端的好处呢？而且，静止不动的时候，它就跟一片叶子一模一样——那么，实用性又在哪里呢？站在它的饥饿的捕猎者的角度来看，它生来就是蜥蜴、鸟类和蜘蛛的食物，可是，只要它愿意，它们就是眼睛再尖，也休想找得到它。我现在就来问你们这个问题，省得你们跑来问我。”

如果说这只鳞翅类昆虫是通过让自己不被发现的方式来进行自卫的话，那么，你只需把这本书继续往下翻一翻，这样，你就会结识它们的一些同类，这些同类用最显眼的、老远就能看得见的、直逼眼帘的方式来达到同样的目的。它们不仅个头特别大，色彩和图案也是华丽之极，

---

① 原文为 Hetaera esmeralda，其原型是在巴西得到证实的眼蝶科蝴蝶 cithaerias esmeralda。

正如莱韦屈恩爸爸所补充的那样，它们披着这身看似挑衅的行头，以一种炫耀式的舒缓动作，慢悠悠地飞走，然而，这种舒缓恐怕根本称不上是狂妄，反倒是附着了几分沉重，它们飞着自己的路，从不隐藏，而且，无论是猴子，还是鸟类、四脚蛇，所有的动物，甚至都懒得去看上它们一眼。为什么呢？因为它们很恶心。因为，它们通过耀眼炫目的美丽，另外还通过飞行速度的缓慢，恰好表明了这一点。它们的汁液的味道难闻之极、难吃之极，即便有人偶尔不小心犯错，闹下误会，打算去品尝它们当中的一员，那他也是会在刚咬第一口的时候就立马又把它给吐了出来的，并且吐出来之后还会不断地反复地感到恶心，感到恶心之极。它们的不受用在这个自然界里可是出了名的，但它们同时却又是安全的——可悲的安全。至少我们，站在约拿坦落座的椅子后面，会扪心自问，这种安全是否更多的是依靠牺牲尊严而换得，因而也就算不上是快乐。但结果又如何呢？其他种类的蝴蝶也都狡黠地披上同样的令人望而生畏的华丽外衣，也同样是在缓慢的、不被打扰的飞行中感伤而安全地离去，尽管它们是完全可以受用的。

这些见闻让阿德里安大笑不止，他笑得前仰后合，笑得流出了眼泪。他的快乐感染了我，我也情不自禁地纵声欢笑起来。可是，莱韦屈恩爸爸这时却会伸出食指放在嘴边，“嘘”地一声示意我们安静，因为他要用敬畏的虔诚去凝视和了解所有这些事物——比如，他也是用这同样的神秘的虔诚去凝视写在某些贝类的外壳上面的晦涩难懂的符号的。他所借助的同样也是他的那只巨大的四边形显微镜，而且他还把它提供给我们使用。诚然，目睹这些造物，也就是海里的那些蜗牛和贝壳，同样也意义重大，至少是在约拿坦的带领下浏览它们的插图的时候。所有这些用壮丽的自信和极为大胆与审慎的形式趣味营造出来的螺纹和穹隆连同它们粉红的入口及其形态各异的内壁的七色釉彩，竟然都是它们的胶状的居民们自己的作品——至少当人们抓住这样的想象不放的时候，即自然创造了自然，而没有找过造物主，把造物主想象成充满想象力的工艺师和野心勃勃的釉彩陶瓷艺术家，这的确有其罕见之处，所以，在此插入工段长似的中间神——德谟革[①]，这样的诱惑比别的任何地方都要大。我的本意其实是：这些精美的外壳是软体生物自身的产物，前者保护着后者，这就是蕴涵于其中的最令人震惊的思想。

“你们，”约拿坦对我们说，“如果你们去触摸一下你们的胳膊、你们的肋骨，你们就能轻易地确定，正是你们，在你们成人的那个时候，在你们的体内造就了一副坚硬结实的支架，一副骨架，为你们的肉体、你们的肌肉提供支撑，如果说：是它把你们随身携带，倒不如说，是你们在你们的体内将它随身携带。这里的情况则是正好相反。这些造物把它们的坚固放到了外部，不是作为支架，而是作为居所，而恰恰又因为这种坚固是外部而非内部，所以必然是其美丽的根基所在。”

我们这些男孩，阿德里安和我，听到他爸爸的这番言论，比如他对可视性的虚荣的看法，不仅相视而笑，而且面面相觑。

这种外部美学，它有时又是阴险的，因为，某些锥形蜗牛，其不对称的外形呈现出布满纹理的淡粉或是夹杂着白点的蜜黄，看上去非常的迷人，但却由于它们的毒性而声名狼藉，而且，依照布赫尔农庄这位庄主的看法，生命这个神秘的部分全都带有某种臭名昭著的或是充满想象力的模棱两可。这个观点的一个奇特的矛盾之处始终体现在人们对华丽的造物的极为不同的使用之上。在中世纪，它们是巫婆厨房和炼丹术士地窖里的一件固定摆设，而且，经过检验，它们被认证为是盛放毒药和春药的合适容器。另一方面，它们却又同时在宗教礼拜中被用于装圣饼和圣人遗物的贝壳柜，甚至被用于晚餐时的高脚杯。毒与美，毒药与魔术，还有魔术与礼拜仪式——有多少在这里交汇。如果我们没有想过这些，那么，约拿坦·莱韦屈恩的评论可是让我们朦朦胧胧地感受到其中的一些了。

---

① 源自希腊语，原意为“工匠”，自柏拉图起指“宇宙创造者”。

现在来看看那些可以令他永远不安的符号。这些符号出现在一个中等大小的新加里东蚌贝的外壳上，都是在淡白的底面上用轻淡的泛红的褐色打造而成。这些字体宛如用刷子刷出一般，在朝向边缘的地方过渡为纯粹的线条装饰，而在大部分隆起的平面上却又细致而复杂地呈现出旗帜鲜明的旨在促进相互理解的绘画风貌。根据我的记忆，它们和东方早期的文字类型，比如古阿拉米语[①]的笔法极为相似，事实上，我的父亲也禁不住这位朋友的软磨硬泡，只好跑到凯泽斯阿舍恩那座藏书规模绝对不小的市立图书馆，去给他借来考古方面的书籍，以提供研究和比较的可能性。不言而喻，这些研究没有取得任何结果，或者说，只有杂乱而荒谬之极的、因而得不出任何结果的结果。约拿坦，当他让我们看那迷一样的插图时，也不无一丝伤感地承认了这一点。他说："探究这些符号的意义已经被证明是不可能的了。很遗憾，我亲爱的孩子们，事情就是如此。它们躲避我们的理解，令人痛苦的是，这种情形可能会永远持续下去。但是，如果我说'躲避'，那么，这也恰恰只是'吐露'的反面，至于说，这些我们没有办法破译的密码，可能就是自然纯粹为了装饰而画到它的造物的外壳上面去的，没有人能够说服我去相信这一点。装饰和意义始终并肩而行，并驾齐驱，这些古籍也是为装饰并同时为传递信息服务。谁也不要跟我说，这里没有传递什么消息！陷入这样的矛盾而不能自拔，这就是一个无法接近的通告，也能算得上是一种享受。"

如果这里所涉及的真的该是一种秘密的文字的话，那么，自然就必定会拥有自己的、产生于其自身的、经过了组织的语言，对于这一点，他仔细想过了吗？自然到底应该选择人类发明的哪一种语言来表达它自己呢？然而，就是在那个时候，作为男孩的我心里已经十分清楚，人类以外的自然从根本上是不识字的，在我看来，这里恰恰就是其令人不寒

① 阿拉米语为古代西亚的通用语言。

而栗的地方。

是的，莱韦屈恩爸爸是一个喜欢苦思的人，也是一个喜欢冥想的人，而我前面已经说过了，他的研究癖好——如果原本只是梦幻般的沉思也可以称得上是研究的话——越来越偏向于一个确定的方向，即那种神秘的方向，抑或是一种充满预感的半神秘的方向，正如在我看来的那样，追寻自然的人类思想几乎必然地会被引领到这个方向上去。大胆地拿自然做实验，刺激它成为现象，“引诱”它，通过实验来揭示它的作用。至于有人说，这一切都和巫术有着非常接近的关系，而且也确实已经开始掉进巫术的泥潭，甚至就是一件“诱惑者”的作品，这种说法乃是过去几个时代的信念：如果有人问我的话，我会说，这是一个值得钦佩的信念。我很想知道，那时的人们又是用何种的眼光去打量那个维滕堡人①的。他，正如我从约拿坦那里所听到的那样，在一百又几年前，发明了可视音乐的实验，这个实验我们有时可以看到。在阿德里安的爸爸所拥有的为数不多的几件物理仪器中，有一个圆圆的、自由悬浮着的、只停留在中间的一个塞子上的玻璃盘，盘子上上演的便是这个奇迹。盘子里撒上了细沙，借助一只古老的大提琴的琴弓，用这琴弓在盘子的边缘从上往下擦去，让盘子震动起来，随着震动，被激活的沙子就会移动位置，排列组合出极其精确而又丰富多彩的形象和阿拉贝斯克②来。这种视觉声学，它把清晰和神秘、规律和神奇巧妙地融为一体，因而很受我们这些男孩的喜爱；不过，特别是为了取悦那位做实验的人，我们还会比较频繁地请他来给我们作这个演示。

---

① 即恩斯特·弗罗伦斯·弗里德里希·克拉尼(1756－1827)：德国物理学家，现代声学之父，维滕堡是其故乡，他在这里出生、上大学、当老师。他先学法学，然后转向自然科学。他最著名的贡献在声学方面。他率先用数学方法分析声波。他在金属薄板上撒上细沙，用复杂的方式使薄板震动，细沙停留在波节线上，形成对称而独特的美丽图案，是为著名的克拉尼图形。1809 年该图形在巴黎展出引起轰动，后来拿破仑也看过这种图形。通过克拉尼图形，能够做出许多有关震动的推断。

② 绘画中的阿拉伯风格的装饰，以缠绕交错的线条为特点。

冰花也能给他带来类似的乐趣。隆冬时节，每当那些水晶般的降雪遮住了布赫尔小楼的农家小窗时，他便往往会用肉眼，同时也通过他的放大镜，专心致志地凝视它们的结构长达半个小时之久。我想说的是：倘若这些作品做的是与之般配的事情，即保持了对称形象性、数学和规律的严肃性的话，那么，万事可能早就大吉了，可能早就直接过渡到议事日程上来了。可是，它们却用某种变戏法似的无耻去模仿植物，美妙无比地装扮成棕榈叶、小草、杯状和星状的花朵，它们利用它们的冰冷的手段在有机界的天地里班门弄斧，这于是就成了约拿坦过不去的坎儿，他为此没完没了地摇头叹息，既带着几分否定，又怀有满腔欣赏。他提的问题是，这些幻影是形成于这些植物形态之前，还是形成于模仿它们之后？都不是，他可能会这样来回答他自己；它们是平行进行。创造性地梦想着的自然无论是在哪里，梦想的都是同一件事情，而如果或许可以说是模仿的话，那么肯定也是交互作用的那种。难道说就该把那些真正的大地之子们树为榜样，因为它们才拥有有机的深刻真实，而冰花则只是纯粹的现象而已？然而，它们的现象可是物质共同作用之复杂性的结果，一点也不亚于植物的复杂性。如果我没有弄错的话，那么，我们这位东道主的头脑此时应该完全为有生命的和所谓的无生命的自然的统一性问题所占据，他此时满脑子想的都是：我们是在对自然犯罪，如果我们把这两个领域之间的界限划得过于分明的话，因为这两者之间的界限实际上是互相渗透的，另外，所谓的完全只为生物所特有的那种基本能力其实也并不存在，而且，就算不是生物学家也照样可以凭借无生命的模型对这种基本能力进行研究。

两个王国实际上都在以同一种迷惑人的方式，毫无二致的方式，悄悄进入彼此的领地，这一点是通过“一滴吞食的液体”来教给我们的。莱韦屈恩爸爸不止一次当着我们的面给它喂食。一滴液体，不管它是由何种成分构成，石蜡也好，含醚的油也罢——它是由什么成分构成，我记得不大清楚了，我以为，那是哥罗仿，一滴液体，我是说，不是动物，也不是最原始的动物，甚至连变形虫[①]都不是，人们不会去假设：它有食欲，知道摄取营养，留住可口的东西，拒绝不可口的东西。然而，这却正是我们的这滴液体要做的事情。它被单独分离出来，悬挂在一杯水中，约拿坦把它安置到这里，用的工具可能是一只精密的注射器。他现在要做的实验步骤如下：他拿出一根细小的玻璃棍来，那实际上只是一根用玻璃制成的细线，他给它涂上紫胶，将它置于一个有弹性的小镊子的两端之间，然后再用这个镊子夹住它，把它送到那滴液体的近旁。他要做的，就只有这些，剩下的都由那滴液体自己去做。只见它在自己的表面堆起一个小山丘，形状有点像孕妇的肚子，它通过这里来根据长度吸纳那根小棍子。与此同时，它自身拉长，呈梨形，以便它完全能够容纳它的猎物而不至于让后者在两端高出它，同时，它开始，接下来我向每一个人保证，它又重新逐渐变圆，首先呈现为一个鸡蛋的形状，然后，它开始一点一点地吃掉小玻璃棍上的紫胶涂层，并在它那小小的身体内部对吃进去的东西进行分配。做完这些之后，它又回复到球状，把那根舔得一干二净的给物器横着运送到它的边缘，让它离开自身，重新回到外面去，进入周围的水中。

我不敢保证我乐见这种情形，但我承认，我被迷住了。而阿德里安恐怕也和我一样，尽管这样的演示总是令他忍不住想大笑一场，但却仅仅又因为要考虑到父亲的严肃而不得不忍住不笑。不管怎样，人们可以认为这滴吞食的液体很好笑；然而，当时，当我面对某些令人难以置信的和幽灵般的自然产物的时候，我却绝对不是这样的感觉。那位父亲用最奇特的培养基去培育这些自然的产物，他成功了，而且他还允许我们在一旁观看。我将永远不会忘记自己所看到的那一幕。这一幕呈现在一个结晶容器里，该容器装入四分之三轻度黏滑的水，也就是稀释过的水玻璃[②]，在容器里面的底部是一个小小的、滑稽的地带，颜色各异的植

---

① 又译“阿米巴”，单细胞生物，最低等的原始生物之一。

② 指工业用硅酸钠。

物从沙土里冒出，竞相向上。这是一群混乱的植被，蓝色的、绿色的和褐色的小芽儿，令人想起海藻、蘑菇、固着的珊瑚虫，还有苔藓，再就是蚌贝、荚果、小树或小树的枝杈，偶尔也令人想起那些肢体——这是我见到过的最奇怪的东西：奇怪，与其说是因为其确实极为神奇而又让人眼花缭乱的外表，倒不如说是因为其多愁善感的本性。因为，当莱韦屈恩爸爸问我们对此的看法如何时，我们怯生生地回答他说，那可能是植物。“不，”他反驳道，“那可不是植物，它们只不过是装装样子罢了。可是，你们千万不要因此就小看它们了！就因为它们装出这副样子来，并且竭尽全力地努力装出这副样子来，所以，它们值得任何形式的尊重。”

事实表明，这些植物根本就是无机物的本原，它们的产生是借助了“极乐使者”药店的药品。在他加入水玻璃溶液之前，约拿坦首先把各种结晶体撒到容器底部的沙子里，如果我没有弄错的话，那都是些诸如铬酸钾和硫酸铜一类的物质。这些种子逐渐长大，成为令人同情的杂交品种，是一种被叫作“渗透压”的物理过程的产物。为此，它们的播种者乘机变本加厉地榨取我们的同情。他让我们看到，这些痛苦的生命的模仿者，正如关于生命的科学所说的那样，渴望光明，具有“趋日性”。为了便于我们理解，他把那只水缸放到太阳底下，但只让它一面朝阳，另外三面则全都背阴，看哪，只不大一会儿的工夫，缸里所有可疑的一族，菌覃、形同男性生殖器的珊瑚茎，全都偏向玻璃容器接受日照的那一面，而且，它们是那样争先恐后地渴望温暖与欢乐，以至于个个都争着抢着去拥抱那面朝阳的玻璃，全都把自己的身体紧紧地贴到那上面去。

“可它们的生命也就此终结。”约拿坦说这话时眼里噙满泪水，而我则亲眼看见，阿德里安却恨不得要笑出声来，而他又不敢笑出声来，所以只好强忍着，以至于他的身体开始前仰后合地摇晃起来。

对我而言，我必须弄清楚的是，这样的事情是否值得一笑或者值得一哭。我只想说明一点：类似这样的妖魔鬼怪仅仅只是自然的，尤其是受到了人的肆意引诱的自然的事物。而在古希腊罗马文化那庄严崇高的王国里，这样的幽灵肯定是寸步难行的。

四

不管怎样，上面的一章已经是过于冗长了。既然如此，我不妨另起一章，也用些笔墨来表达一下我对布赫尔的女房东，阿德里安亲爱的妈妈的敬意。但愿童年时代所怀有的感激，外加她端给我们的可口的小吃，能够始终如一地美化这个人物。要我说呢，在我这一生当中，我还真是没有见过一位比艾尔丝贝特·莱韦屈恩更为迷人的妇女，我只要谈起她的素朴的、聪慧而随和的性情，我便会肃然起敬，我因此也坚信，那位儿子的天才在很大程度上应该归功于这位母亲充沛而旺盛的青春活力。

如果说凝视她丈夫那老德意志式的漂亮脑袋令我感到愉快的话，那么，我的眼睛也同样喜欢停留在她那令人极为舒服的、绝对独特的和比例分明的外形上。她娘家是阿波尔达一带人，她属于那种褐色的类型，这种类型在德国各地时有发生，其有根有底的家谱使得外人没有理由去猜测他们是不是拥有罗马人的血统。她的深色的皮肤，她的黝黑的头发，她那看起人来溢满宁静和友善的双眸，按照这些体征，人家很有可能把她当成罗曼[①]人来看待，如果不是她面部形态所呈现出的某些日耳曼式的粗犷驳斥了这一点的话。她的这张脸是一个较短的椭圆，下颏早早地变尖，鼻子不是十分规则，鼻梁轻微下陷，鼻尖有点儿上翘，从容的嘴巴既不妖娆，也不呆板。而我上面刚刚说过的她的半遮着耳朵的头

① 罗曼国家指意大利、西班牙或法国。

发，则在我逐渐长大的过程中，也慢慢地镀上了一层银，她的一头头发梳得非常紧绷平整，色泽鲜明，油光闪亮，而额头上的头分线也使得白色的头皮露了出来。尽管如此，仍有几根松散的发丝在两耳前非常优雅地——不是经常地，恐怕也不是故意地——悬垂下来。记得我们还是小孩子的时候，她是扎辫子的，那时，她的辫子又粗又大，她按照农村的习惯把辫子盘在脑后，逢年过节的时候还会再在上面系条彩色刺绣的发带什么的。

城里的服装不关她的事，就跟不关她丈夫的事一样；贵妇人那样的不适合她，相反，乡村那半戏装化的服装却合适极了，我们所认识的她穿的就是这样的衣服，结实的，正如我们所说的那样：自家做的裙子，配上一件绲边紧身背心，有些粗壮的脖子和胸脯的上半部从背心的方形领口处露出，胸前再戴上一个简洁、轻巧的金首饰。浅棕色的、习惯了劳作的双手，既不粗壮，也没有得到过过多的保养，结婚戒指戴在右手上，我想说：这双手有着极为人性的正确和可靠，故而看着它们就是一种愉快，同样令人感到悦目的还有她那两只行动麻利、不太大也不太小的诚实的脚，它们穿在舒适的平跟鞋里，绿色或灰色的羊毛袜子则紧紧裹住那好看的踝骨。她的一切都是令人愉快的。但是，她身上最美的东西却是她的声音，按位置划分，是那种温暖的女中音，而按说话所用的语言来分类的话，她的口音则稍稍带有那么一点图林根地方的色彩，听起来格外诱人。我不想说："婉转动人，"因为这个词有点故意和刻意的味道。这种声音的魅力源自一种内在的、而除此之外却又始终是潜在的音乐性，因为艾尔丝贝特并不关心音乐，也就是说，她并未献身于它。有时，当然了，纯粹是随手玩玩的，她也会从墙上取下那把用作起居室壁饰的旧吉他来，在上面弹几个和弦，可能的话，也同时哼唱一段或半段歌曲什么的；然而，真正的歌唱她是不会去干的，我敢打赌，要论唱歌的话，她绝对是块上好的可造之材。

总之，她说起话来非常好听，我从来没有听到过比这更好听的了，虽然，她所说的话都只是些最简单的和最实在的；而且，我也认为，阿德里安从出身的第一刻起就听到了母亲这自然的、由本能的趣味所决定的美妙声音，这一点可谓意义重大。对我而言，这可以有助于解释他的作品里所展示出来的那种令人难以置信的对声音的感觉，即使人们很容易反驳说，他的哥哥格奥尔格不也是享有同等的优势么，那他的生活道路怎么没有受到这方面的任何影响呢。之所以如此，另外也是由于他长得更像他父亲，而阿德里安则更多地拥有他母亲的体征——但这又会与下述事实不相符合，即继承了父亲偏头痛毛病的是阿德里安，而不是格奥尔格。然而，不管怎样，这位尊贵的死者的总体面貌连同许多细节：深色的皮肤、眼睛的形状、嘴巴和下巴的结构，统统都是来自母亲一边，这在他刮光了胡子的时候表现得尤其明显。当然，那也只是在过了许多年以后，他才让自己留起那把震惊四座的翘胡子来的。

母亲的虹膜的乌黑和父亲的虹膜的碧蓝在他的眼睛里混合，成为一种阴凉的蓝—灰—绿，这细小的散发着金属光芒的斑晶，与之相对应，瞳孔周围现出一圈锈红；对我而言，我敢打心眼里肯定，正是父母的眼睛之间的这种对立及其颜色在他的眼睛里的混合，使得他的对于美的判断力在这方面变得摇摆不定起来，让他在长达一生的时间里无法决定，当着别人的面应该给予哪种眼睛，黑的还是蓝的，以优先的权利。然而，他却总是爱走极端，要么是睫毛之间那宛如沥青一般的光芒，要么就是那清澈透亮的天蓝。

艾尔丝贝特太太对布赫尔的帮工极具影响力。如果我没有看错的话，她在这些人那里的威信甚至高过她的丈夫。这些帮工，遇农闲时他们的人数并不是很多，只有在收割的季节才会增加人手，才会从附近乡村的居民中雇佣几个来帮忙。他们当中一些人的形象至今还栩栩如生地浮现在我的眼前：比如说牧马人托马斯的身影，就是他，经常到魏森菲尔斯的火车站来接我们，然后又把我们送回到那里去，他是个瘦骨嶙峋、高个子、却又长着个驼背的独眼龙。他常常让小阿德里安在他的驼背上骑来骑去：后来，这位大师还常常信誓旦旦地向我保证说，那个驼背当座椅非常实用，也非常舒适。其次，我还记得，有一个管牲口棚的女佣人，名字叫汉芮，她的胸脯颤动高耸，一双赤脚永远沾满粪污，小男孩阿德里安曾经同她结下一段较为亲密的友谊，个中缘由则还有待于我以后做更进一步的说明；另外，还有乳酪房的女管家卢德尔[①]太太，她是一个戴着便帽的寡妇，表情异乎寻常的威严，一来是为抗议她的名字，二来却是基于这样一个事实，即她是公认的美味可口的和兰芹[②]奶酪的制作高手。如果不是女主人自己的话，那么，在牛棚里款待我们的便会是她。对我们而言，这牛棚可是一个温情脉脉的好去处，只见这位女佣坐到小凳上，开始挤奶，而随着她的手指的挤动，温暖的、冒着泡沫的、散发着被挤动物体香的牛奶，便汩汩地流进了我们的杯子里。

田野和森林，池塘和山丘，乡村的儿童世界连同其四周简朴的风景，这正是阿德里安十岁以前的早期环境，他父母的家，他的发源地，我因此也被包括在内，和他联系在了一起。倘若不是这样的话，我又何必流连于这些个别的回忆当中呢。在这段时间里，我们的以“你”相称开始生根发芽，而且也是在这段时间里，即便是他，那对我肯定也是直呼名字的——我现在当然是再也听不到他这样叫我了，但是，如果说六岁或八岁的他可能没有叫过我“塞雷奴斯”或是“塞雷”[③]，就如同我可能没有叫过他“阿德里”一样，这却是不可想象的。尽管具体的时间已经无法确定，但那肯定是在我们学生时代的初期。从那时起，他不再用这样的称呼来满足我，而且只要他还叫我，就只用姓来称呼我，而在我看来，用同样的方式去回敬他，则似乎完全是粗鲁的和不可能的事情。当时的情况就是这样——而缺少的只是，我差点就要去告他的状了。在

① 这个名字的德文写作 Luder，该词字面上的意思是“流氓，骗子，放荡、轻佻的女人”。

② 一种既可入药、又可用作佐料的植物。

③ “塞雷奴斯”的昵称。

我看来，恰恰值得一提的倒是，我叫他的名“阿德里安”，他却相反，叫我的姓“蔡特布罗姆”，如果他非得使用一个名称不可的话。——对于这样稀奇古怪的事，我已经习以为常了，就让我们将它束之高阁，重新回到布赫尔来吧！

他的朋友，当然也是我的，是农庄里那条叫做苏索的狗——它奇怪地叫着这个名字，这是一只可怜的老勃拉克[①]。每当有人给它喂食的时候，它的脸就会笑成一朵花，而对于陌生人，它却绝对不是不危险的。它过着一种奇特的生活。白天，它被链条拴在它的狗窝里吃食，只有等到宁静的夜晚，它才可以自由自在地在农庄里四处溜达。我们一起去看脏兮兮的、拥挤不堪的猪圈里的猪，心里想的却尽是女佣们老讲的故事，说的是这些家猪，它们长着狡黠的小蓝眼睛，睫毛是金色的，膘肥滚圆的身体跟人的颜色一样，可是，它们有时却会吃掉小孩子，于是，我们就强迫我们的喉咙去模仿它们从喉管深处发出的那种“嗯、嗯”的咕噜声，眼睛则会一动不动地紧紧盯住猪崽们的锈红色的、吮吸着母猪奶头的小嘴巴。养在铁丝网后面的母鸡也不忘为我们增添快乐，它们的沸腾的生活伴随着咬文嚼字的、庄严而适度的叫声，只是偶尔才会有歇斯底里的大发作。我们还会小心翼翼地跑去屋后蜜蜂居住的地方造访，尽管我们深知被蜜蜂蜇到是何滋味，那种疼痛，虽说是在可以忍受的范围之内，但你仍旧还是会疼得龇牙咧嘴，而当这些蜂箱之中的一员稀里糊涂地飞到你的鼻子上，并且很不聪明地多此一举地使劲一蜇的时候，这种疼痛就开始了。

我想起了果园里的约翰尼斯莓[②]，我们把它的果茎塞进嘴里；我想起我们曾经品尝过的长在草地上的酸酸模[③]；我想起一些小花儿，我们

---

① 一种跑得快、叫得凶的猎犬。

② 茶镳子属灌木，其果实在每年6月24日的施洗约翰节前后成熟，味道有点酸涩，但很可口。

③ 尤指一种长在草地上的酸模属植物，叶子有酸酸的味道，常用来做沙拉调料和汤料。

很善于吮吸它们脖颈里的那一丁点儿美味的浓汁；我想起那些橡树的果实，我们仰面朝天躺在林子里咀嚼它们；我想起那些紫色的、留有太阳余热的黑莓[①]，我们在路边的灌木丛中采摘它们，用它们浅色的汁液来化解我们这些小孩子的干渴。我们那时还是孩子——不是出于自身的敏感，而是由于他的缘故，所以，一想到他的命运，一想到专门为他而设计的，从天真无邪的低谷到偏僻阴冷、甚至于毛骨悚然的顶峰的上升，这番回顾便令我心潮起伏。那是一个艺术家的生活；而又因为我这个质朴的人，被赋予了如此近观的使命，所以，我的灵魂对人类生活及其命运所怀有的全部情感，也就一股脑儿地集中到了人类存在的这一特殊形式上来。这种特殊形式，它在我的眼里，鉴于我和阿德里安的友情，就是所有命运形态的范例，是被我们称之为成长、发展和命中注定的那种东西所感动的经典动机——而它很可能也真是如此。因为，尽管艺术家在长达一生的时间里，可能会比专注于功用-现实的人更加接近，而不是更加忠实于他的童年；尽管人们可以说，他和后者不同，他持续地坚守在儿童那梦幻般兼纯人性的和游戏的状态，那么，从不曾被触动过的早年直至那不可被预测的成长的晚期，他所走过的这条道路，就不知要比作为市民的那个人所走过的道路宽广多少倍、凶险多少倍和令旁观者更感震惊多少倍了。而只要一想到，他也曾经是个孩子，我的眼泪就会情不自禁地流下来。

此外，我还想恳请读者，把我刚才慷慨激昂地说出的一番话，全都算在我这个写书之人自己的账上，而千万不要以为，那是莱韦屈恩说过的话。我是一个守旧的人，我始终坚持着某些为我个人所喜好的浪漫主义的观念，其中当然也包括艺术家和市民之间的激情对抗。类似于上述的言论，阿德里安如果听到，那可是会冷冷地加以驳斥的——如果他认为还值得一驳的话。因为，他对艺术和艺术家的认识极为清醒，甚至是

---

① 蔷薇科野生灌木，多刺，果实黑红或黑色，可食用。

条件反射式的入木三分。对于世人一度喜好用来装模作样的“浪漫主义的小题大做”，他可是绝对的深恶痛绝，他甚至不愿意听到“艺术”和“艺术家”这两个字眼。而且，只要有这两个字眼在他的耳边响起，他对它们所怀有的那种极端的厌恶之情就会一清二楚地挂在他的脸上。同样的情形也适用于“灵感”一词，无论何人，当着他的面，可千万不要去提这个词，如果迫不得已非提不可的话，那么，也得用“点子”这个词来取而代之。他仇恨这个词，他嘲弄这个词——而我则不得不拿起放在我手稿边上的吸墨纸，用它来遮住自己的眼睛，因为我现在所纪念的正是他的这种仇恨和嘲弄。啊，这种仇恨和讽刺，它们遭受了太多的摧残和折磨，它们甚至连因精神兼时代的变化而引起的那种非个人的结果都算不上。然而，这些变化却在其中发挥着作用。我记得，他上大学时就曾经对我说过这样的话：十九世纪肯定是一个舒服得不能再舒服的世纪，因为，同上一个时代的观念和习俗决裂，还从来没有让人类像现今生活着的这一代人那样感到苦恼。

那个池塘，也就是周围有柳树环绕的那一个，距离布赫尔的小楼只有十分钟路程，在前面的回忆中我已经匆匆地提起过。它有一个名称，叫“牛槽”，大概是因为它的形状呈长方形，也因为奶牛们喜欢到它的岸边去饮水吧，不过，不知何故，这池塘里的水却是出奇的凉，所以，大人们只允许我们在经过阳光长时间照射之后的下午下到里边去游泳。至于那座小山丘，若是散步到那里——这是一项深受我们喜爱的活动——则需要半个小时。这座山冈叫“锡安[①]山”，这个名字虽说起得十分不恰当，但也肯定是很早很早以前就起了的。这里冬天很适合滑雪橇，不过我冬天却很少在这里露面。夏天，它的“山顶”有一圈阴凉的槭树环绕，这里另外还有用村社基金修建的、用于小憩的长椅，不失为一个乘凉、望远的好去处。我常常在星期天下午吃晚饭之前，和莱韦屈

① 最初为耶路撒冷的一个要塞名。根据《圣经 · 旧约》记载，以色列王大卫夺取该要塞并在里面居住。后来也用来指称整个耶路撒冷城。

恩一家人一起出来欣赏这里的风光。

不过，我现在要强迫自己做出如下记录。阿德里安日后作为成熟男人而为自己的生活所营造的那种风景的和家庭的氛围，也就是他后来在位于上巴伐利亚瓦尔茨胡特附近的普菲弗尔林，在此地一户姓施魏格施迪尔的人家做长期房客期间所拥有的那种风景的和家庭的氛围，与他童年时代的这种相比，两者之间存在着罕见的相似之处和重复之处，换言之：他日后的活动场所其实就是对他早年的活动场所的一种奇特的模仿。普菲弗尔林（或菲弗尔林，写法不完全确定）这地方也有一个安放有村社长椅的小山丘，只是这山丘的名字不叫“锡安山”，而叫“罗姆冈”；除此之外，在离房东的农庄大约同样远的地方，也有一个和“牛槽”一样的池塘，这里的这座叫做“夹子湖”，里面的水也同样很凉；而且，还不止于此，不，还有呢，就连房子、农庄和家庭状况都和布赫尔那边的有着某些决定性的关联。这里的农庄里也长着一棵树，也有点碍事，也是同样由于主人重感情而没有被砍掉——不过，这棵树不是菩提树，而是榆树。当然，应该承认的是，施魏格施迪尔家的这栋房子和阿德里安父母家的那栋房子，两者在建筑种类上存在明显差异，前者是一座古老的修道院似的建筑，墙体粗厚，窗缝深而拱，走廊的过道有点发霉。但是，话又说回来，这里的房东也和那里的一样，也抽烟斗，烟斗里面填的也是劣质烟草，而且，这种劣质烟草的味道也同样是在一楼的各个房间的空气中四处弥漫，另外，这位房东及女房东施魏格施迪尔太太就相当于是“父母大人”，也就是说：他们一个是长脸的、少言寡语的、周到而平静的农夫，另一个虽则也是上了年纪的农妇，可举手投足之间依旧还透着几分昔日的矜持，而且，她的身材匀称，为人处事机智灵活、泼辣麻利，一头头发梳得纹丝不乱，手型和脚型都长得十分好看——他们此外还有一个已经成年的继承人，名叫格雷翁（不叫格奥尔格），是一个经营思想非常先进的、关心新式机器的年轻后生。他们后来还生了一个女儿，名叫克莱门蒂娜。普菲弗尔林农庄的狗虽然不叫苏索，却也跟苏索一样能笑，它的名字叫卡施佩尔[1]，至少最初是叫这个名字的。关于这个“最初”，农庄的那位房客也是有他自己的看法的，而我则是这个过程的见证人，即在他的影响下，卡施佩尔这个名字逐渐被人弃用，成为纯粹的记忆，最后连这狗自己都喜欢人家唤它“苏索”了。——这家人没有第二个儿子，这一点不仅没有削弱，反倒强化了那种重复；因为，这第二个儿子，舍他其谁？

对于这种全面的、无法回避的类同，我从未和阿德里安说起过，正因为如此，以后我也不再打算这样去做了；然而，这种现象却从未令我喜欢过。选择这样一个逗留之地来重建人之初的光景，隐遁于最古老的过去——童年，或者至少是它的外在的状态，这或许可以是依恋的证明，却也同时表明了一个男人精神生活上的压抑。而莱韦屈恩的情况则更加令人诧异，因为，我从未发现他和他父母家的关系有过特别的亲密和情感上的重视，有一段时期，他甚至断绝和他们来往，而且一点也不因此而感到痛苦。难道那种人为的“回归”就只是一种单纯的游戏吗？我无法相信。这一切反倒更让我想起了我所认识的一个人，这个人，虽然长得人高马大，内心却是软弱无力，所以，每每生病之时——他很爱生病——他都只愿意找儿科专家来给他治病。再说那个他信得过的大夫，长得却是如此的矮小，以至于单从字面上讲，成人诊所对他就不合适，所以也只能当个儿科大夫。

这个病人和这位医生在这部生平记录中将不再出现，从这个意义上来讲，这则关于他们的轶事便意味着跑题。看来，明智的做法便是由我自己来确认这一点。如果这是一个错误的话，如果我管不住自己爱抢先的毛病而提前在这里提及普菲弗尔林和施魏格施迪尔一家人，如果这无疑已是一个错误的话，那么，我请求读者原谅我由于激动而冒昧做出的这类有违常规的事情。因为，自从开始写作这部传记以来——而且不光

---

① 即卡斯帕尔，为魔鬼的一个常用名。

是在写作过程中的那几个小时里——这种激动的情绪便左右着我，使我不能自拔。现在，我写这些东西也已经有好多天了，我尽量试图让我的词句保持均衡，让我的思想找到适宜的表达，但愿这样的做法不会使读者感到迷惑，误以为我处于一种持续激动的状态，甚至于平素运笔稳健的手都在颤动不已。另外，我不仅相信，读我的书的人将会随着时间的推移而理解这种灵魂的震颤，而且，我也相信，这种震颤将不会永远令他们感到陌生。

有一点我忘记说了，那就是在施魏格施迪尔家的农庄里，也就是阿德里安后来的逗留之地，完全不出人所料，也另外有一个管牲口棚的女佣，其人挺着颤动的胸脯，一双赤脚从没见它们干净过。她和布赫尔的汉芮长得很像，就跟管牲口的女佣长得就跟管牲口的女佣那样。不过，她的这个翻版的名字叫做瓦尔特普尔吉丝①。但我在这里要说的不是她，而是她的原型汉芮。小阿德里安同她十分要好，因为她很爱唱歌，而且还常常和我们这些孩子一起练习歌唱。够奇怪的吧：有着美妙歌喉的艾尔丝贝特·莱韦屈恩出于某种贞洁的需要而竭力克制的东西，却无拘无束地从这个浑身上下满是动物气味的女人的喉咙里冒了出来。她的声音虽然大而难听，但辨音能力还算不错。傍晚时分，在菩提树下的长凳上，我们听她唱各种各样的歌曲，民歌，军歌，还有街头巷尾的流行小调，大都是多情的或阴森的性质，歌词和调子我们很快就能烂熟于心。然后，我们会跟着一起唱，她于是转唱第三声部，而一旦时机成熟，又会从中跳入低四声和低六声，而当她把高音留给我们时，她自己则又会极尽炫耀地、如雷贯耳地去坚守高音二部。同时，也许是为了邀请我们去真正懂得欣赏和声的乐趣，她常常会笑着把脸舒展开来，这跟苏索看见有人给它送饭时的表情十分相似。

我所说的“我们”指的是阿德里安、我和格奥尔格。格奥尔格那时

---

① 瓦尔特普尔吉丝是一个十分常见的巫婆名字。

已经十三岁了，而他的兄弟和我则分别还是八岁和十岁。小妹妹乌尔泽尔总是因为年纪太小而不能参加这些如同祈祷一般的练习。然而，即便是我们四个歌手，当中也有一个会在某些时候显得多余，因为，牲口棚的汉芮很善于把我们的一齐—预备—开始—唱提升为声乐的那种。她教我们轮唱——当然是儿童最常见的那种："哦，傍晚我是多么的惬意"、"歌声响起来"以及布谷鸟和驴子之类的，我们以此自娱自乐的这段黄昏时光，因此而深深地铭刻在了我的心里——或者更确切地说是，这段记忆后来具有了更高的意义，因为，正是这段黄昏时光，只要我的证明还能管用，那么，正是它们，使得我的朋友首先接触到了一种比单纯的口干舌燥的齐唱组织得更加艺术一点的"音乐"。这里是一种时间上的交叉，一种模仿着的进入。管牲口棚的汉芮用胳膊肘碰碰某个人的肋骨，要求他在这给出的一瞬间进入。这时，歌唱正在进行当中，歌曲已经唱到了某个附点，但还没有结束。我们从不同的位置来演唱曲调的各个组成部分。这样做不仅没有造成混乱，相反，第二个演唱者重唱第一段，这样，他便一点一点地、非常舒服地加入到第一个演唱者的连续的演唱当中。可是，如果这个率先—向前的人——前提是唱《哦，傍晚我是多么的惬意》那只歌——唱到"钟声响起"并重复一遍，然后开始唱那说明性的"叮当-咚-砰"的时候，那么，这就构成男低音运动，不仅向着"如果去休息"而去，这里正好是第二个人所在的地方，而且也向着开头"哦，多么惬意"而去。随之，作为新的一个胳膊肘碰肋骨的结果，第三个人进到了这个音乐时段里，并随之在其中，在他达到了旋律的第二个阶段之后，被重新开始的第一个所取代。而这一个也已经把那作为基调和拟声的"叮当—咚—砰"转让给了第二个——如此这般，等等，等等。我们之中的第四个人的声部必然和另一个人的声部在同一时间发生，于是，他便在一个音阶里发出低沉而模糊的声音，试图以此来激活那份二重性；或者在第一个人之前，也就是说在天亮之前，他就已经开始敲响那作为背景烘托的连续不断的钟声，并在歌唱持续的整个过程中，从事这一活动，说得确切一些就是，愉快地低声哼唱那些个围绕歌曲的前几个阶段打转的啦—啦—啦。

在时间的长河里，我们始终相隔遥远，而每一个人的旋律的现在，它们之间的关系，却是那样的令人感到欣喜，从我们身上发出的声音，构成一件优美的织物，一个音的主体，而“同时性”的齐唱却不是这样的；一个结构，我们容忍它的声音，而不去继续追问它的性质和根源。八九岁的阿德里安大概也是不会去追问的。当最后的“叮当—咚”随着晚风飘散之后，人们可以听到他发出的短暂而又嘲讽多于惊奇的大笑，对于他的这种笑声，我是再熟悉不过的了，日后也是——或许这笑声想要说明，他看透了这些小歌小曲的把戏，这些把戏非常简单，不就是在乐曲的开头构成一组乐句的第二声部，而第三部分则可以作为两者的低音部吗？我们每一个人并不清楚，为了给自己制造快乐，在一个喂牲口的女佣的指导下，我们的音乐修养相比较而言已经达到了一个很高的水准，属于肯定是发明于十五世纪的模仿性复调音乐的范畴。不过，当我现在再度回想起阿德里安当时所突然爆发出来的那种大笑时，我这才突然明白过来，原来那笑声是有着某种先知先觉意味的。这笑声永远地留在了他那里，日后，当我和他一起坐在音乐厅或戏院，而某个艺术技巧，某个机智的、不为大众所理解的、处于音乐结构内部的过程，戏剧对白中的某个精细的灵魂的影射，等等，让他感到惊愕不已的时候，我也多次听到过他所发出的这种笑声。那个时候，这种笑声还根本不能与他的年龄相配，但已经跟他成年以后的是完全一样的了。这种笑声的发出，它是通过嘴巴和鼻子轻轻地呼出空气，同时把头部向后仰，充满了勉强、冷漠、甚至是鄙视，或者至多给人以这样一种印象，似乎他想说：“这个不错，好玩，稀奇，有趣！”——然而，他的一双眼睛却同时会奇怪地四下留意，向着远处搜寻，而眼睛里面那有着金属斑点的朦胧则会深深地陷入阴凉暗淡之中。

五

就我的趣味而言，刚刚结束的一章，其篇幅的确是太过冗长，而扪心自问一下读者的耐心到底能够坚持多久，这种做法又让我觉得过于明智。在我自己看来，我在这里写下的每一个字都是引人入胜的，当然，我也必须加倍小心，以免只会把这当作确保旁观者参与的制胜法宝！不过，无论如何，我切切不可忘记的却是，我不是为眼前，也不是为读者而写，他们对莱韦屈恩尚一无所知，所以也不可能渴望了解有关他的更多情况；我备办这篇生平报告，是为了等到有朝一日情况发生逆转，等到吸引公众注意力所必需的条件最终得以彻底具备的那一天——可以肯定地说：等到那个时候，这种条件将会变得极其有利起来，而无论我写得好坏与否，人们都将饥不择食地迫切需要了解这个震撼人心的人生故事的所有细节。

这样的时刻也许已经到来，当我们虽然宽敞，但却仍显狭窄的、弥漫着令人窒息的污浊空气的监狱打开大门之时，也就是说：当目前正在肆虐的战争，有了这样或那样的一个结局之时——“这样或那样的”，这几个字令我感到震惊无比，为自己，也为那恐怖的困境，命运把德意志的心灵逼进这恐怖的困境！因为，我的心中只有“这样或那样”之中的一个；面对我作为国家公民的良心，我只指望这一个，并且也对这一个有信心。通过一刻不停的全民教育，土崩瓦解的、难以接受却又无法挽回的德国最终失败的结局，已经深入到我们每一个人的意识之中，所以，我们害怕这个结局胜于害怕世界上的任何事情。尽管如此，还有一件事情，这件事情，甚至连我们自家的一些人都会觉得它是在犯罪，这件事情不仅会令我们自家的一些人感到，同时也会令旁人直接而永久地感到，它比德国的失败更可怕，那就是德国的胜利。我几乎不敢问自己，我到底属于这两个范畴当中的哪一个。我也许属于第三个吧，在这第三个范畴中，你虽然持续而清晰地意识到这种失败，但备受良心折磨的你却渴望这种失败。我被迫盼望和希冀，德国武器的胜利能够得到遏制，因为，倘若这成为现实的话，那么，这部关于我朋友的作品就会被埋葬、被禁止、被遗忘、被放逐，它说不定就会被尘封数百年之久，致使它错过自己的时代，而只在以后的历史长河之中受到尊崇。这就是我之所以胆敢犯上作乱的特别动机，而我要和一小撮屈指可数的人一同分享这个动机。我的精神状态其实仅仅只是那种转变的一个特殊的转变，那种转变，除去荒唐之极和引发普遍兴趣的情况不算，已经成为我们整个民族的命运，而为了这样的命运去动用一个特别的、史无前例的悲剧，这样的倾向我不是没有，尽管我知道，别的民族也曾经肩负过这样的使命：为了他们自己的和普天下人的命运而期盼自己的国家失败。老实、虔诚、忠诚和效忠的需要，鉴于这样的德国性格，我仍想承认，我们所处的困境是独一无二的困境，是雪上加霜的困境，我因此而对那伙人深恶痛绝，就是他们，把这样好的一个民族置于一种，我坚信，令其比任何人都要感到难受的精神状态，从而无可救药地远离自我。我只消想象一下，假若我的儿子由于任何一种不幸的偶然而发现了我的这些生平记录，那么，也就是说，他们就会被迫斯巴达①式地除去任何恻隐之心，大义灭亲地向盖世太保②揭发我——以便，恰恰是怀着一种所谓爱国主义的豪情，来感受我们所陷入的冲突的深渊。

我十分清楚，上面的话已经再次很成问题地提前增加了我这新的一章的负荷，我原本是打算把它的篇幅控制在较短的范围之内的。在此，我不想压制心理学家的怀疑，即我正在想办法拖延和回避，或者说，我内心深处十分乐意抓住这样的机会，因为我害怕即将来临的事情。他们怀疑我这是在兜圈子，是在找借口推诿，因为我开始偷偷打退堂鼓，不

① 古代希腊的城市。斯巴达人曾以其严厉的教育和苛刻的生活方式而闻名。
② 纳粹德国时期，即 1933 - 1945 年间的德国国家秘密警察。

想继续我当初本着义务与爱业已着手进行的那项工作了，对于这样的猜测，我自会给其留下空间，目的就是要以此来向读者证明我的诚实。事实上，没有任何东西，即便是自己的弱点，能够阻挡我去继续完成这项工作——因此，我这就重新接上前面有关我们轮唱的内容，即喂牲口的汉芮指导的卡农[①]轮唱，据我所知，这是阿德里安第一次接触与音乐相关的领域。我当然也知道，这个男孩子，随着他的一天天长大，他也会和他的父母一起去参加在奥伯魏勒尔乡村教堂举行的星期日礼拜。每逢这样的日子，就会有一个年轻的学音乐的学生从魏森菲尔斯赶来，在小小的管风琴上为村社的歌唱弹奏序曲，为之伴奏，最后还会用畏畏缩缩的即兴演奏欢送善男信女们走出教堂。不过，我几乎从未到过这样的场合，因为我们绝大多数时候是在礼拜结束之后才到布赫尔见面，而且，我也只能说，我从未听见阿德里安讲过一句你从中可以推断出以下结论的话：比如说，他年轻的感官无论如何都曾被那位音乐学子打动过，或者说，如果这不是很有可能的话，那么，音乐现象本身，作为这样一种现象，完全引起过他的注意之类的。据我所知，那时，还有好几年呢，他还不曾对它有过一丝关注，他一直在对自己隐瞒他和那个声音的世界的某种渊源。而我则在其中看到了灵魂的克制；这大概也可以用生理学来解释；因为，实际上那是在他十四岁那年，也正好是性发育开始成熟并逐渐挥手告别天真的童年之际，在凯泽斯阿舍恩他伯父家里，他开始用自己的手在钢琴上进行音乐实验。此外，也正是在这段时期，他的天生的偏头痛开始让他的日子变得难过起来。

他的哥哥格奥尔格的前途因其农庄继承人的身份而确定无疑，而且，从一开始，他的生活轨迹就同上天对他的安排完美契合。至于这第二个孩子今后要干什么，这对他的父母来说，则还是一个悬而未决的问题，他们只有根据他日后显露的兴趣和能力来做决定；这里尤其值得注

---

① 一种音乐体裁，一种多声部的歌唱形式，由两个或三个声部以一定间隔先后开始同一旋律。

意的是，在他们和我们大家的心目中，其实很早就形成了这样一种、而且是根深蒂固的观点：即阿德里安将来肯定会成为一名学者。至于成为一名什么样的学者，这一点虽然还有待时间来做出回答，然而，这个男孩的道德面貌，他的自我表达方式，他的棱角分明的外表，乃至于他的眼神，他的脸部表情，全都令人，比如说，就连像我爸爸这样的人，也都毫不怀疑，莱韦屈恩这一支系的这位后生将来肯定能成“大器”，他日后必将成为他们家族里第一个上大学的人。

对于这个观念的形成和确定，几乎可以说：是阿德里安那高人一筹的轻松自如在此起了决定性的作用。他用这种轻松自如汲取初小课本上的知识，他在自家的私塾里接受初小教育。约拿坦·莱韦屈恩不把他的孩子送到村里的普通学校念书。我以为，在此起关键作用的既不是社会地位的自信，也不是那种真切的意愿，即希望他们得到比他们在奥伯魏勒尔和住茅屋的佃农的孩子一起上大课所能得到的教育更为悉心的教育。私塾的先生是一个尚年轻且脆弱的毛头小伙，他从未停止过害怕农庄里的狗苏索，他都是下午，都是在他履行了他的官方职责之后，自己来布赫尔给他们上课，到了冬天，他就由托马斯用雪橇去接过来。当接手八岁的阿德里安的初级教学时，他几乎已经把十三岁的格奥尔格继续深造所必需的基础知识全都教给他了。就是他，米歇尔森老师，第一个发出这样的大声疾呼：这小子，“看在上帝的分上”，必须去上高级中学和大学，因为，这样聪慧敏捷的头脑，他米歇尔森还从来没有遇见过第二个，如果不竭尽全力为这个学生铺平通向科学殿堂的道路，那简直就是一种耻辱。他如此这般地表达着自己的思想，多少有点作专题报告的味道，而且，他甚至说出了“天才”二字，部分原因当然是为了炫耀，而运用这个词去形容如此初级的成绩的确也是够滑稽的了；不过，这显然也是他于惊异之余所发出的肺腑之言。

上这些课的时候，我是从未在场的。我所了解的有关情况也只是道听途说，但我的阿德里安当时的行为举止，我却是可以很容易就想象出来的，这种行为举止，对于一个自身还乳臭未干的家庭教师而言，有时肯定还会是难免伤人自尊的，因为，这位家庭教师习惯通过激励赞扬和绝望针砭的方法来把他的教材的内容灌进死用功和不用功的学生的头脑。“要是你什么都知道了，”我现在仿佛还听见这愣头青时而会这样说道，“那我就可以走人了。”当然，实际情况并不是他的弟子“什么都知道了”。但他的架势却很有点这个味道，原因很简单，就因为这里有一个敏捷的、稳操胜券的、富有预见性的、轻而易举就能理解和掌握所学知识的实例。不过，这种理解和掌握很快就让老师说不出什么表扬的话语来了，因为这位老师感到，这样的一个脑袋对于谦逊的心灵意味着一种危险，不仅如此，这样的一个脑袋还会让人变得狂妄自大起来。从字母表到句法和语法，从数列和加减乘除到比例的运算法则[①]和简单的比例计算，从背诵短诗（其实就没有什么背诵；那些诗词马上就能够得到精确的理解和掌握）到写用地理课和乡土课[②]内容命题的作文——无论做什么，那情形全都如出一辙：阿德里安竖起一只耳朵，转过脸去，做出一副模样，仿佛要说：“哦，好的，都明白了，行了，继续！”对于搞教育的人而言，这可是有点反叛的味道呀。那年轻人自然是经不住这接二连三的刺激，于是就大叫起来：“你想到哪里去了！你要努力！”可是，如果明显没有努力的必要，那又该如何去努力呢?

我已经说过了，我从来没有到场听过这些课；但我仍旧禁不住会去想象当时的情景：米歇尔森先生传授的那些科学数据，我的朋友基本上是用那同一种难以再次言状的架势去加以领会，而在那棵菩提树下，他也同样是用这种架势来回应他所听到的下述知识，即水平曲调的九个小节，如果它们三个一组地、一个在一个之上地垂直相叠，就能够构成一个和谐的整体。他的老师会点拉丁语，他教他学习拉丁语，教完之后他宣布，这个男孩——十岁——即使上不了九年制中学的三年级，上九年

① 指两内项的积对于两外项的积。
② 乡土课程向小学生讲授本地历史、地理和自然环境等方面的知识。

制中学的二年级则是完全够格了的。他的工作到此结束。

于是，阿德里安在1895年复活节期间离开他的父母，来到城里，进入我们的波尼法修斯高级中学（原来的校名叫做“共同生活兄弟会学校”）学习。他的伯父，他父亲的兄弟尼古劳斯·莱韦屈恩，是凯泽斯阿舍恩当地一个很有名望的市民，他同意让他住在自己家里。

六

就我那位于萨勒河畔的故乡小城而言，按照外国人的理解，它就是处在哈勒南边一点、偏向图林根一带的位置。我几乎想说的是，它曾经位于过那里——因为，由于长期远离它，它已经在我的心目中成为过去。可是，它的钟楼依然耸立在原先的位置，而我可能还不知道，迄今为止，空战的恶劣后果可能多多少少已让它的建筑图景蒙受损失，而仅就它的历史魅力而言，这又是极其令人遗憾的。我是带着某种坦然加进这些话语，因为，我和我们的，当然也包括损失惨重、被迫流离失所的一部分不在少数的居民，我和他们怀有这样的同感：我们得到的只不过是我们活该得到的，我们就应该受到比我们所犯下的罪过还要可怕的惩罚，这也许正好应验了我们常说的那句老话：善有善报，恶有恶报，扇风者必遭风暴。

哈勒，亨德尔的城市，还有莱比锡，托马斯音乐学校教师巴赫[①]的城市，魏玛抑或德绍和马格德堡，都离得不远；然而，凯泽斯阿舍恩作为一个拥有二万七千居民的铁路枢纽，完全能够自给自足，像德国的每一座城市那样，它也觉得自己就是一个文化中心，具有历史赋予的独特

① 约翰·塞巴斯蒂安·巴赫（1685－1750）：德国音乐家和作曲家，曾在莱比锡的托马斯学校作过音乐教师。巴赫是欧洲音乐传统集之大成者，通奏低音时代的大师，其卓越贡献对世界音乐发展具有深远影响。

尊严。它以各种各样的工业为生，如机器、皮革、纺织、零配件、化学药品和磨坊。它拥有一座文化历史博物馆，里面不仅设有一间酷刑刑具展示厅，而且还另外辟有一个十分珍贵的图书馆，图书馆的藏书多达二万五千卷，外加五千份手稿，其中就包括两个押头韵的符咒，一些学者认为，它们的历史甚至比梅泽堡符咒①还要古老，而且从它们的内容来看，也是无伤大雅的，两个符咒全都致力于那么一点点求雨的法术，仅此而已，所用的语言则为富尔达方言。——这座城市十世纪的时候，而后又从十二世纪初到十四世纪，曾经是主教管区。在它现在的王宫教堂里，人们可以看到皇帝奥托三世的墓碑。他是阿德尔海德的儿子，特奥法诺的夫君，他自封为罗马和萨克森皇帝，但这并不是由于他一心想做萨克森人使然，而是如西庇阿②拥有一个“阿非利加”的别名那样，也就是因为他打败了萨克森人。他后来被人赶出心爱的罗马，并于 1002 年含恨离世。他的遗体被运回德国，葬在凯泽斯阿舍恩的大教堂里——这和他的趣味截然相反，因为他是德意志自我厌恶的典范，他一生都在为他的德意志性感到无地自容。

对于这座城市，我现在更愿意用过去时来叙述它，因为它是我们青少年时代所经历的凯泽斯阿舍恩，这也正是我现在正在述说的内容——对于这座城市，可以说，它的氛围和它的外在面貌保留着某些浓厚的中世纪的风味。这里的教堂年代久远，这里的市民住宅③和仓库保存完好，建筑物的楼层凸出，木梁一眼便可望见，围墙之中的圆形钟楼带有尖尖的楼顶，种有树木的广场铺着鹅卵石，一座市政厅，建筑风格摇摆于哥特式和文艺复兴之间，一个钟塔伫立在高高的屋顶上，屋顶下面的

---

① 梅泽堡符咒，唯一具有纪元前特征的德语文献，出自梅泽堡教堂图书馆的一个 10 世纪的手抄本，由两个押头韵的古高地德语符咒组成，一个用于解放囚徒，另一个用于对付马腿的扭伤。

② 普布琉斯 · 科内里乌斯 · 西庇阿 · 阿非利加（约前 237 –约前 183）：古罗马将军，在第二次布匿战争中于公元前 202 年扎马一役最终战胜汉尼拔及其所率迦太基军，从此获得“阿非利加（非洲）”称号。

③ 这里特指 15 到 17 世纪的市民房屋。

凉廊和另外两个尖塔，它们形成挑楼，从立面向下一直延伸至底层——诸如此类的物件为生活的感觉建立着一种和过去绵延不绝的联系，更有甚者，那个关于永恒的著名公式，经院哲学的 Nunc stans①，似乎就写在它们的额头之上。这个地方，就像三百年前、五百年前一样，是那同一个地方，它的同一性正在抵御着时间的河流，时光从这里逝去，脚步匆匆，许多东西随之改变，而与此同时，另外一些东西——而且是对形象具有决定性作用的东西——却由于虔敬，也就是说由于虔诚的对时间的反抗和为之而感到的自豪，为着纪念，也因为尊严而得以留存。

以上只是就城市的面貌而言。其实，在此地的空气里，却悬浮着某种驱之不去的、唯有生活在十五世纪最后几十年里的人们才具备的那种思想状态，那种行将结束的中世纪的歇斯底里，某种潜在的精神瘟疫：这对于一座明智而冷静的现代城市而言是奇怪的（然而，它并不是现代的，它是古老的，而古老就是作为现在的过去，就是一个仅仅叠加了现在的过去）——这听上去或许有些冒昧，然而，以前的人们，他们脑子里能够想出来的也就只有这些了，某个儿童的游行队伍，某种舞蹈狂症，某个“小汉斯”②的空想共产主义的布道，连同世俗的柴垛③、人的衣服上突现十字架的奇迹，乃至神秘性的群众运动，都有可能在这里爆发。当然，它们不曾发生——它们又怎么发生得了呢？假若真是那样的话，警察便会顺应时代及其秩序的要求，行动起来，不让它们有所发生。不！在我们这个时代，为何警察没有把所有的事情都容忍下来呢——这也是顺应时代的要求啊，这个时代很有可能再次允许诸如此类的事情发生。这个时代有一种倾向，秘密的，或者说一点也不亚于秘密的，而且是非常有意识的倾向，这种令人奇怪的自鸣得意的意识，它叫

---

① 拉丁文，字面意思为“永恒的现在”。

② 意为“普通人、小人物”。但这里指的是汉斯·波海姆，为韦措尔特所著《丢勒和他的时代》一书中出现的一个真实的历史人物。

③ 指焚烧巫婆、禁书、异端等的火刑。

人怀疑生活的真实和素朴，或许也制造着一种极度虚伪的、招致厄运的历史性——要我说呢，它甚至倾向于返回到那样的时期并狂热地重复那些附着着几分阴森、对近代[①]精神意味着莫大侮辱的象征性举动，比如焚书之类，不过，这样的事情看来我还是不要用言语去触及的为妙。

一座城市有如此古老而隐蔽的神经官能症，有如此秘密的精神气质，其标志就是城里那些众多的“怪物”，那些怪人和没有危害的半精神病人，他们生活在这座城市的城墙之内，他们同那些古老的建筑物一样，也属于当地一景。而同他们形成鲜明对照的则是那些孩子，那些“小家伙”，他们跟在人家后面，取笑人家，而迷信的他们又会被人家的面目吓得落荒而逃，作鸟兽散。从前有个“老太婆”类型的，在某些个时期总是会被人不假思索地怀疑为巫婆：这份嫌疑完全是由于她有着一个既美丽又丑恶的外表，这样的一个外表也许恰恰就是在这份嫌疑的影响之下才真正得以成型和完善，最终成为符合想象力的东西而在民间流传开来的吧——身材矮小，白发苍苍，弯腰驼背，模样阴险，泪漏眼，鹰钩鼻，薄嘴唇，恐吓性地举起一根带扶手柄的拐杖吓人，没准还养着几只猫、一只猫头鹰、一只会说话的鸟。这一类型的好几个样本都可以在凯泽斯阿舍恩找到，其中最流行、最受愚弄，也最让人感到害怕的便是“地窖丫头”，之所以这样叫她，是因为她就在黄铜制品小街边上的地下室栖身——这是一个老太婆，其外表和举止已经完全适应了公众的偏见，即便是最有主见的人，在遇见她时，特别是遇见有青年人追逐她，而她又用尖利的咒语驱散他们时，也会突然感到一种远古的恐惧，尽管她自己肯定是没有丝毫过错的。

这里有一个大胆的词，这个词来自我们今天的体验。对于一个喜欢刨根问底的人而言，“人民”这个词及其概念本身包含着某种远古而令人担心的成分，而且他也知道，如果想把人群引领到落后而邪恶的歧途，

---

① 指从1500年至今，以别于古代和中世纪。

就只需冲着他们喊“人民”。无论是当着我们的面，还是背着我们的面，以上帝的，或者人类的，或者正义的名义不可能发生的事情，哪一件又不都是以“人民”的名义发生了的呢！——但事实却是，人民真的永远就是人民，至少在其本质的一个确定的层面之内，也就是远古的层面之内，而来自黄铜制品小街的人们和邻居，既会在选举日为社会民主党投票，同时也能够在一个买不起地上住宅的老太太的穷困潦倒之中看到某种魔性，并在她接近的时候，用身体去护住自己的孩子，以保护他们，不让巫婆邪恶的目光落到他们身上，而这也是事实。今天，假如又要烧死这样一个女人的话，那么，这可绝对不是什么不可想见的事情，而且，差别也将不会太大，他们照样还会站在官府搭起的隔离台后面，瞪大眼睛当看客，当然，十有八九都不会反对。——我这是在说人民，然而，这种古老的大众性的层面我们大家身上都有，而且，我还要彻底表明我的想法：我认为宗教并不是安全封锁他们的最适宜的手段。我认为，要做到这一点，唯有文学这种人文的科学，这种自由的和美的人类理想，可以提供帮助。

现在，我再回过来继续讲述凯泽斯阿舍恩的那些个怪人的类型。比如说，这其中还有一个男子，年龄不大确定，每当他突然叫喊的时候，他就被迫抬腿跳起一种颤动的舞蹈，做出悲伤而丑陋的表情，好像他在请求原谅似的，而一旦遇见胡同里的孩子们跟在他后面起哄，他却反而会冲着他们微笑。——此外，还有个从着装而言则是完全和时代脱节的人，名字叫做玛蒂尔德·斯皮格尔，穿着拖地长裙，留着“弗拉杜斯”——一个可笑的词，是从法语“flute douce”[①]蜕变而来，而原来的意思是“谄媚”，但这里却表示一种奇怪的包括头饰在内的鬈发发型，这是一个涂脂抹粉的女人，不过，离不正经还差得很远，因为太傻了，所以根本就谈不上不正经，她由几只佩戴着缎子鞍垫的狮子狗作陪，在

① 法文字面意思是“柔情蜜意的笛子”。

这座城市里旁若无人地四处悠游。——最后还有一个退休的小工人，他的鼻子上长满疣子，食指上戴着粗大的印章戒指，他原来的名字叫施拿勒，但孩子们却喊他“嘟嘟嘟”，因为他有个怪癖，就是每说一句话都要加上这个没有任何意义的、哼哼唧唧的象声词。他喜欢上火车站去，如果有货车驶离，他就会伸出那只戴有印章戒指的手指头来，警告坐在最后一节车厢后顶座上的人：“您可别掉下来了，您可别掉下来了，嘟嘟嘟！”

也许，在这里加进这些怪诞的回忆并不值得，这样的感觉我也不是没有；然而，所有这些被提及的人物形象，某种程度上也可以说是公共设施，它们极其典型地代表了我们的城市的心理状态，阿德里安出去上大学之前的生活氛围，这为期九年的花样年华，它们同时也是我的，是我在他身边度过的年华；因为，虽然我，以我的年龄，要比他高出两个年级，但在课间休息时，我们绝大多数时候都不和我们各自的同学一起玩，而是我们俩单独跑到天井里去呆着，要是在下午呢，我们就会在我们的学生寝室里见面，除非他要到“极乐使者”药店这边来，或者我到他伯父家，帕罗夏尔大街15号，那边去找他，而他伯父家的阁楼则是远近闻名的莱韦屈恩乐器仓库。

七

这是一个僻静的地方，离凯泽斯阿舍恩的商业区——市场大街、燕麦路都比较远：是一个坐落在大教堂附近的没有人行道的胡同，尼古劳斯·莱韦屈恩的房子就耸立在这里，气派非凡，庄严华丽，附近无人能比。这栋市民住宅，除去分开并扩建为挑楼形状的屋顶的房间不算，有三层楼高，早在十六世纪时，它就已经成为现今房主祖父名下的私产。它的二楼的正面，即大门入口处的上方开有五扇窗子，三楼则只开有四扇，不过这四扇全都配备了遮帘，当然，也只有三楼才用于住人，而在外面，只在没有修饰、没有粉刷的基层的上方，才开始出现木制品的装饰。底层的木楼梯，其最初的一段窄而陡，只有爬过了位于半楼[1]的、离石头地面有着相当距离的楼梯拐弯处平台之后，它才会开始变得宽敞起来，因此，前往造访的客人和买家——而且这些人也都是反复多次从外地，从哈勒、甚至是从莱比锡赶来——必须爬过一段难爬的楼梯之后才能进入他们期盼的目标——乐器仓库，当然，为了它而去爬一段陡峭的楼梯却是值得的，我准备待会儿就来展示它的魅力。

尼古劳斯是一个鳏夫——他的夫人红颜薄命，年纪轻轻就离开了人间，而在阿德里安搬来之前，住在这栋房子里的人除了他自己，就只有久经考验的女管家布泽太太、一个女佣和一个来自布雷西亚的意大利年轻人，这个年轻人名叫卢卡·西马彪（他确实和十四世纪的那位圣母画家同姓），他帮助他打理生意，也跟着他学习制作管弦乐器；因为莱韦屈恩伯父也是一位弦乐器制作方面的行家。他长着一头灰色的头发，这头头发胡乱地向下悬垂，他的脸上没有胡子，修理得干干净净，十分讨人喜欢，他的颧骨非常突出，弯曲的鼻子有点下垂，一张嘴巴又大，又富有表现力，两只棕色的眼睛既饱含着努力的宽厚，又闪烁着智慧的聪颖。在家里，他总是穿一件皱巴巴的、扣得严严实实的单面绒布手工工作服。我相信，这个没有孩子的老人很高兴能在自己家中接纳一个和自己有着血缘关系的年轻人。我也听人说过的，他大概只要求他住在布赫尔的那位兄弟筹集学费，吃住则是全免。总之，他把阿德里安当自己儿子看待，对他抱有各种不确定的期望。以前，在相当长的时间里，和他同桌吃饭，而且还是以一种毕恭毕敬的方式和他同桌吃饭的只有上面提到的布泽太太和他的伙计卢卡，如今，阿德里安的加入给他带来家的感觉，使他的餐桌变得圆满，这在他而言，就是一种莫大的享受。

---

① 一楼和二楼中间的阁楼层。

那个年轻的意大利人，那个友好的、德语说得结结巴巴却并不令人难受的小伙子，他其实在他自己的国家里完全有机会得到最好的专业训练，但他却不远千里，几经辗转找到凯泽斯阿舍恩阿德里安伯父这里，这或许也算得上是件让人感到惊奇的事情；不过，这同时也表明尼古劳斯·莱韦屈恩的业务联系四通八达，不仅和德国的乐器制造中心，如美因茨、不伦瑞克、莱比锡、巴尔门，而且也和外国的公司，和伦敦、里昂、博洛尼亚，甚至纽约，都有往来。他从世界各地进货，他所经营的交响乐商品名声很好，不仅品质一流，而且品种齐全，在别处不容易找到的在他这里都可以找到。比如说，如果帝国的某地即将举办一个巴赫节，为了演出符合原作风格，需要浪漫古欧巴，而这种比较低沉的欧巴实际上早就从乐队里消失了，这样一来，帕罗夏尔大街的那幢老房子里就会有一个专业乐队队员专程造访，他作为顾客远道而来，他想做到万无一失，而他当然也可以当场试奏这种忧伤的乐器。

乐器仓库由位于半楼的那几个房间组成，音色迥异的、穿越几个八度的试奏常常在这里响起，放眼望去，是一片壮丽的、诱人的，我想说：具有文化魔力的、能够把听觉的想象激活为某种内在的心潮澎湃的景象。除钢琴被阿德里安的养父留给了特种工业以外，凡是能够听的，凡是能够唱的，凡是能够发出鼻音的、叫喊的、嗡嗡的、沙沙的和轰隆隆的声音的，这里全都应有尽有——而且也总能找到以可爱的钟琴、钢片琴[①]的面目出现的键盘乐器的代表。那些迷人的小提琴，它们所上的油漆有的偏黄色，有的又偏棕色，它们或是挂在玻璃柜里，或是躺在根据它们的体形量身定做的、宛如放木乃伊的棺材一般的盒子里，修长的、琴颈处包了银线的琴弓则被保存在琴盖的夹子里——意大利的小提琴，其精美的形状基本上可以让行家猜到它们的产地是克雷莫纳，当然，也有来自蒂罗尔的、荷兰的、米腾瓦尔德的、萨克森的以及莱韦屈

① 一种能够发出类似钟声般音色的琴。

恩自家工场的。这里摆放着成排的富于歌唱的大提琴，其完美的形状则要归功于安东尼奥 · 斯特拉迪瓦里[①]，不过，同中音提琴和小提琴的另一个姊妹——高音古提琴一样，它的前辈，在老一点的作品里还和它共享荣光的六弦的嘎巴琴[②]，也都能在这里找到，而且，和它们一样，我自己的那把抒情古提琴也同样是出自这个帕罗夏尔大街，我这一辈子都是通过它的七根琴弦来倾吐心声。它是我的父母大人在我当年行坚信礼[③]时送给我的礼物。

这里同时还倚靠着好几把低音提琴，这种巨大的低音提琴虽然挪动起来十分困难，但却是担纲庄严崇高的宣叙调的能手，它的拨奏也比定音鼓的敲击更为洪亮，而且，它所发出的六孔竖笛般的声音所具有的那种朦胧魅力几乎令人难以置信。而木管乐器中与之匹配的低音大管，也在这里重复出现，它同前者一样都是十六音步的，这就是说：它发出的声音要比它的乐谱上所标明的低一个八度，它的低音区得到极大强化，它的造型尺寸是它的小兄弟——谐谑巴松管的两倍，而我之所以称其为谐谑巴松管，是因为这是一种不具备真正低音力量的低音乐器，它的音量实际上很虚弱，听上去像羊在咩咩叫，很是滑稽。然而，它看上去却真的很漂亮，它的吹口蜿蜒曲折，它在调节键和操纵杆的装饰下闪闪发光！那是怎样一幅迷人的景象啊。这支多管乐器的大军，它们在技术上的发展已经达到了相当完美的境地，它们中的任何一种形式：作为牧歌式的双簧管，作为擅长哀歌的英国圆号，作为既能在低沉的低音区音域极尽阴郁、又能在向上升高时喜形于色的多键单簧管，作为中音的单簧管和低音的单簧管，无一不在激发着演奏家的冲动。

---

① 安东尼奥 · 斯特拉迪瓦里（1644 – 1737）：意大利提琴制作师。1690 年创立新琴式，增加琴身长度，琴音丰满厚实，传送力强，人称“长型琴”。所制提琴成品 1100 余把，其中传至今日有线索可查者约 500 – 800 把，皆价值连城。1737 年所制“天鹅号”仍为后世音乐会上使用的名琴。

② 置于膝前演奏的六弦弓弦乐器，流行于 16 – 18 世纪。

③ 新教徒进入成年期的一种宗教仪式。

它们全都出现在莱韦屈恩伯父的库存里，它们全都置身于天鹅绒中，而除了它们，这里还有系统和质地各异的横笛，这些横笛取材于黄杨、洋石榴或乌檀木，它们的前半段则是用象牙或纯银制成，再者，和它们同在的还有它们那刺耳的亲戚——短笛，这种笛子不仅擅长在乐队全体合奏时用尖声保持最高音部，而且也很善于在鬼火幽幽和炮火隆隆的音乐声中手舞足蹈。现在，我们接下来将会看到的是一组闪闪发光的铜管乐器的合奏，从秀丽的小号，到浪漫主义[①]的宠儿——复杂的栓塞号、苗条有力的长号和直升式活塞短号，直至敦实沉重的大号，一应俱全，而我们只消用眼睛一扫，我们似乎就可以从小号身上看到那种嘹亮的号角、那活泼的歌声、那悦耳动听的悠扬旋律。甚至于这个领域十分罕见的一些稀有古董，比如一对漂亮的、同牛角一样弯向左边和右边的青铜卢勒[②]，大都能在莱韦屈恩的乐器仓库里找到。不过，在小男孩的眼里，这座仓库最好玩和最美妙之处却在于它对打击乐器的全面展示，而我今天正好也是用这种小男孩的眼光来回忆它的——之所以如此，恰恰就是因为，这些早就在圣诞树下作为玩具和孩童的简单梦想而为你所熟悉的东西，如今却在这里以高贵尊严的面貌和服务于成年人的方式呈现在你的眼前。弦轴鼓，和六岁的我们当年所敲击的那个用五彩的木头、羊皮纸和细绳做成的不经用的东西相比，这里的它看上去是多么的不同！它不是用来挂在你的脖子上的。它是用于管弦乐队的，它下面的鼓皮绷着用羊肠制作的琴弦，它被轻便地斜放在三脚的金属支架上，并被螺丝固定住，而它的鼓槌们则诱人地叉在边上的圆环里，也同样要比我们儿时的更为高贵。这里也有钟琴，想当年，我们曾经在它的雏形上练习过《一只鸟儿飞来了》：而在这里，在一只高雅的密封箱里，这些金属板，它们已经经过了极为细致严格的调音，它们排成两行，躺在横

---

① 19世纪上半叶欧洲尤指德国1794－1830年间主要的文艺、哲学思潮。浪漫主义强调表现感情和幻想。

② 日耳曼吹奏乐器，青铜质地。

杆上，全然一副任你打来任你敲的气派，而专门用来激发旋律的玲珑精致的小钢锤们则是另外存放在箱盖的里衬当中。一般而言，木琴的使命似乎就在于制造午夜时分骷髅群舞的听觉幻象，而在这里，它则是由众多的木片组成，是半音音阶。这里有低音大鼓，它那巨大的圆柱体钉着金属片，一只套在毡垫里的鼓槌让它的鼓皮发出轰隆隆的鼓声，还有铜鼓，而柏辽兹①当年就曾在他的乐队里安排了十六面这样的铜鼓——然而，他却没有见识过尼古劳斯·莱韦屈恩这里所展示的机械定音鼓，鼓手只需动一下自己的手，就能轻而易举地让这种鼓去适应调的改变。我现在还非常清楚地记得我们当年跃跃欲试的那份淘气，我们，阿德里安或我——不，也许就只有我——在好心的卢卡向上或者向下调音的当口，乘机让鼓槌在鼓皮上回旋飞舞，乃至于敲出千奇百怪的级进滑奏，也就是一种滑动的轰隆隆来。——此外，还应该把那些奇特的铙钹②也包括在内，这东西只有中国人和土耳其人才能造得出来，因为他们保守着如何锤炼烧得通红的青铜的秘密，而操钹手在击打表演结束之后就会以胜利者的姿态将它们的内面向着听众高高举起；另外，不可遗漏的还有那隆隆作响的锣、吉普赛人的铃鼓、在钢棒的作用下清脆而嘹亮的开角三角铁；现代的钹，凹陷的、在手里噼啪作响的响板③。所有这些严肃的娱乐以及其中艳压群芳的、结构华丽的埃拉尔④踏板金竖琴，看到它们，人们就不难体会到，这位伯父的商店，这座沉默的、但却以数百种形式预示着自身的降临的美妙乐音的天堂，对我们这些小男孩所具有的那种魔力了。

---

① 埃克托·柏辽兹（1803－1869）：法国作曲家、指挥家和音乐评论家，1830年创作出第一部伟大作品《幻想交响曲》，由《梦幻，热情》、《舞会》、《田野景色》、《赴刑进行曲》和《妖魔夜宴的梦》五个乐章组成，是作曲家爱情生活中某些复杂思想感情的艺术再现。

② 大型的钹。钹为打击乐器，由两个圆铜片合起来拍打发声，铜片的中间突起成半球形，正中有孔，可以穿绸条和布片。

③ 音乐或舞蹈的伴奏器，为木制或象牙制的圆形凹版，用手指拍合。

④ 塞巴斯提恩·埃拉尔（1752－1831）：乐器制作家。1780年建立自己的钢琴厂。

对我们？不，我最好只说我自己、我的迷恋、我的享受——当我谈及这类感受的时候，我基本上不敢把我的朋友也牵扯进来，因为，他也许更想扮演少爷的角色，那样的话，这一切于他便不过是司空见惯的家常便饭而已，或者说这里也许正好体现出他性格之中的那种普遍的冷漠：在这全部的壮丽景象面前，他始终保持着一种几乎是不屑一顾的冷静，对于我充满羡慕和赞美的惊叹，他的回应大都只是短短的一笑和一句“是的，不错”，或“蛮滑稽的”，或“卖这个比卖糖好”。从他的阁楼可以眺望到这座城市的迷人风光：鳞次栉比的屋顶，王宫的池塘，古老的水塔。偶尔，在我的提议下——我要强调的是：每次都是在我的提议下——我们也会从这里下到下面的仓库里去呆上一阵子，没有人禁止我们这样做，当然，每当这时，年轻的西马彪便会过来和我们做伴，一来是，正如我所推测的那样，为了监督我们，二来则是为了给我们当向导，当导游和解说员，用他那令人感到舒服的方式。他给我们讲述小号的历史：以前，小号必须通过球形连接的办法由好几根直的金属管组装而成，后来，人们学会了使铜管弯曲而不破裂的技术，也就是先用沥青和松香、后用铅灌铸，然后再把铅拿到火里去烧，使之熔化流出！一些鉴赏家认为，一件乐器是用什么样的材料，是用金属还是木头制成，是根本无所谓的，因为它是根据它的形式种类、它的比例尺寸发出它的声音，一支笛子是用木头还是象牙做成，一支小号是用铜还是用银制造，这都是无关紧要的。对于诸如此类的断言，他也能够进行探讨。他说，他的师傅，阿德里安的 zio①，作为弦乐器制作专家，深知材料、木头种类和油漆的重要性，所以反对这种看法，并且也一直在不遗余力地告诉人们，一只笛子是用什么做成，用耳朵就能够完全听得出来——而他，卢卡，也会自告奋勇地进行同样的努力。然后，他会用一双小巧而优雅的意大利人的手为我们展示笛子的机制。笛子这种乐器在过去一百五十

---

① 意大利语，意为“伯父”。

年里，从著名的演奏家克万茨[①]开始，经历了极为巨大的改变和改善：既有音色较为洪亮的波希米亚圆柱笛，也有古老的音色较为甜美的圆锥笛。他还为我们讲解单簧管和巴松管的指法，这种巴松管有七个孔、十二个闭键和四个开键，它的声音很容易同圆号的声音融合起来，另外，一些乐器的音域，这些乐器的操作方法以及诸如此类的知识，他也教给了我们一些。

对于当时的这些演示，阿德里安，不管他是有意还是无意，他至少是付出了和我同样多的关注，这一点，从现在来看，从事后的角度来看，应该说是毫无疑问的了，而且，他每次从中得到的裨益要多于我从中得到的裨益。但当时的他一点也不显山露水，他当时所表现出来的那种平静不会让人觉得这一切和他有关，或者有一天将会和他有关。他把向卢卡提问的任务让与我来完成，是的，当我们说话的时候，他很可能会走到一边去看看别的什么东西，而让我和那位伙计单独相处。我不愿意说他那是在装样子，我至今也没有忘记，那个时候对我们而言，音乐的真实不是别的，而几乎就是尼古劳斯·莱韦屈恩仓库里那纯实体的真实。虽然我们此前已经走马观花地接触过一点室内音乐：在阿德里安的伯父家里，每隔八到十四天，就会有人练习室内乐，而每逢这样的时候，我也只能是有时在场，而他也决不是总是在场。此外，到这里来的还有我们大教堂的管风琴师文德尔·克雷齐马尔，以及波尼法修斯高级中学的一位歌唱教师，而这个克雷齐马尔是个结巴，他日后很快便成为阿德里安的老师。伯父和他们一道演练海顿和莫扎特的四重奏选段，他自己当第一小提琴手，卢卡·西马彪当第二小提琴手，克雷齐马尔先生拉大提琴，那位歌唱教师则拉中提琴。几位男士用这种方式自娱自乐，他们把各自的啤酒杯放在身边的地上，嘴里或许还要叼上一根香烟，不过，经常性的、在音乐的语言中显得格外枯燥和陌生的插话，以及敲打

① 约翰·约阿希姆·克万茨（1697－1773）：德国笛子演奏家和作曲家。

琴弓和倒数节拍，却迫使这些娱乐中断，而让他们作鸟兽散的责任则几乎总是要由那个歌唱教师来承担。至于一场真正的音乐会，一个交响乐队，我们从未有听到过，因而，阿德里安对这个乐器世界态度明显冷淡，其原因，谁都尽可以认为，以此来解释就足够了。不管怎样，他当时的意见是，必须视其为足够，而他本人那时也确实是视其为足够的。而我想要说的则是：他那其实是在隐藏自己，在音乐的面前，他把自己隐藏起来。这个人，在他的命运面前，长时间地、用充满预感的顽强与倔强，把自己隐藏了起来。

此外，在相当长的时间里，仍然还是没有人想到过，要去把阿德里安年轻的人格和音乐进行哪怕任何一点点思想上的联系。他注定会成为学者，这样的观念在每个人的脑海里根深蒂固并通过他优异的中学成绩不断得到强化。他的第一名的地位，只是到了高年级，大约是从文理中学的七年级开始，即在他十五岁的时候，方才开始受到动摇，而且还是因为偏头痛的缘故，这个毛病逐渐加重，开始妨碍他去进行他所需要的不多的准备。尽管如此，他仍然能够轻松自如地完成学校的各种要求——“完成”这个词在这里用得其实就不是很恰当，因为他满足那些要求不费吹灰之力，如果说作为学生的他并未因为优秀而为自己赢得老师们亲切的关爱——他的优秀没有能够给他带来这一点，对此我进行过多次观察，相反，我发现，他的优秀所导致的反倒是某种被激怒的敏感，也就是那种盼着他遭受失败的愿望。那么，个中原因既不在于他们认为他太狂妄——或者说，他们就是认为他太狂妄，也并不在于他们得到这样一种印象，即他仗着自己成绩好而表现得过于自负，相反，他在这方面表现得不够自负，而这恰恰正是他的傲慢所在，因为这个人所针对的是他能够轻松应付的东西，也就是那些教材，那些各种各样的专门知识，而这些专门知识，它们的传播，恰恰是那些教师官员赖以维护其尊严，赖以维持其生计的基础，因此，他们理所当然地不愿意看到有人用聪明过头的漫不经心将它们轻蔑地打入冷宫。

就我个人而言，我更是由衷地站在他们一边——这也不足为奇，因为我不久就将加入他们的行列，从事和他们一样的职业，再说，我之前也已经十分严肃地表明过了这样的意图。另外，我自己也称得上是一个好学生，当然，我也仅仅只是一个好学生，而且我也只可能是一个好学生，因为对于事业的敬爱，尤其是对于古代语言及其经典诗人与作家的敬爱，使得我能够为之殚精竭虑，而与此同时，他却利用每一个机会告诉别人说——我要说：他在我面前从不讳言，而我有理由担心，他也始终没有对那些教师们隐瞒——全部的教育事业于他而言是多么的无所谓和无足轻重。这常常让我感到害怕——不是为了他日后的飞黄腾达，鉴于他的灵巧敏捷，他的前程不会遭遇危险，而是因为我对下面这个问题百思而不得其解，即究竟有什么东西于他*不是*无所谓和*不是*无足轻重的。我没有看见那件“重要的事情”，而它也真的是不能被人觉察到的。在这样的年月里，学校生活就是生活本身；它代表着成其为生活的一切；学校生活的利益封堵了每个生命都必不可少的用以形成价值的那种视野。价值虽然是相对的，但性格、能力却终归要通过它来得到证明。而只有在其相对性不被认识的时候，价值才能以较为合乎情理的方式做到这一点。在我看来，对绝对价值的信仰就是一个人生的前提，无论这个信仰具有何等的幻想色彩。相反，我朋友的才能却要拿自己去和价值相比较，价值的相对性似乎对他是公开的，殊不知，这种将两者扯到一起的可能性，就已经将作为价值的价值贬低了。坏学生多的是。可阿德里安却是一个独一无二的*以第一名的面目*出现的坏学生。我要说，这令我感到害怕；可是，这在我的眼里却同时又是那样的令人敬佩、令人着迷，那样地让我更加倾心于他，当然这种情感里面——人们会知道这是为什么吗？——顺带也夹杂着某种痛楚、某种绝望。

对于来自学校的馈赠和要求，他惯常的做法是讽刺性的蔑视。但我认为，这里可以有一个例外。这就是他对一门课程——数学的显而易见的兴趣，而我却在这门功课里表现平平。我自己在这个领域的缺陷只能通过我在语文方面的令人可喜的优秀来得到一点点可怜的弥补，这一缺陷让我极其正确地认识到，一个人在一个领域所取得的优异成绩自然而然地取决于他对于这个对象的喜爱。因此，看到这个前提至少也在我的朋友这里得到满足，我打心眼里感到欣慰。

的确，作为应用逻辑、却又始终保持着纯粹而高度的抽象的数学科学，在人文和实用科学之间占据着一个独特的中间地位，从阿德里安在我们闲聊时为我所作的这些显然给他带来愉悦的解释之中可以看出，这个中间地位在他眼里同时也是更高意义上的、起主宰作用的、无所不包的，或者，用他自己的话说，是“真的”。能够亲耳听见他把某个东西描述为“真的”，这的确是一件令人感到由衷高兴的事情。那是一种依靠，一种支柱，旁人再也无需吃力不讨好地去追问自己什么是那件“重要的事情”了。“你真傻，”记得他那时对我说道，“你居然不喜欢这个。最美妙的事情莫过于直接观察秩序的关系。秩序就是一切。《罗马人书》第十三章说：‘来自上帝的东西，那都是井然有序的。’”说到这里，他的脸倏地一下红了起来，我则一边看他，一边惊讶地瞪大了眼睛。事实证明，他有宗教倾向。

他的每一件事情肯定都是第一次得到“证明”，在每一件事情上，你肯定都是碰巧撞上他，让他猝不及防，让他惊愕不已，逮他一个正着，探究他的信件，然后他才会脸红，而与此同时，你自己也恨不得大惊失色，因为你之前也从来不曾见到过。他在完成必修功课的基础上学习代数，他运用对数表就是为了好玩，他很早就开始钻研二次方程，那时还没有人要求他去辨别乘方的未知量，而我撞见他的这些事情也纯属偶然，可是，在他勉强做出上述表白之前，他甚至对它们不屑一谈。另一个发现，我不想说：揭露，比这一个更早；而且我事先也已经有所提及：那就是发现他在以自学的方式秘密摸索钢琴键盘、和弦、调的音域、五度循环，以及发现他在没有乐谱知识、没有指法的情况下，使用这些和声学方面的发掘物来进行各种各样的转调练习，制造节奏十分不确定的旋律的画面。当我发现这一切的时候，他的年龄是十五岁。一天下午，我到他房间找他，但没有找到，后来却发现他正坐在一架小小的风琴前，而风琴则摆放在起居层过道里一个相当不起眼的地方。我也许用了一分钟的时间站在门口听他弹，但我不赞同这种状态，就走过去问他在那里干什么。他闻风而动，赶紧让风箱停下，将双手从风琴的键盘上拿开，红着脸笑了起来。

"游手好闲，"他说道，"是万恶之源。我觉得很无聊。如果我觉得很无聊，就会做做手工，偶尔也跑到这里来乱弹一气。这只脚踏箱是多么的孤独，可是，它虽然卑微，分量却不轻，甚至可以说是举足轻重。你看，它十分奇特，也就是说，它本身当然没有任何奇特之处，可是，如果你是第一次、而且是亲自发现的话，那么，这一切，它们的相互关系以及循环往复，就显得十分奇特。"

他来了一个和弦，清一色的黑键，升 f，升 a，升 c，再加进一个 e 并以此揭开这个和弦的面纱：它看上去像升 F 大调，实际上属于 H 大调[①]，也就是作为它的第五级或属音[②]音阶。"这样的一个和弦，"他说道，"它本身是没有调的。一切都是关系，而这个关系又构成循环。"他说，那个通过强迫复位到升 g 的方法从 H 大调过渡到 E 大调的 a 继续这种循环，这样一来，它便经过 a、d 和 g 来到 C 大调并进入标有渐弱符号的调中。他告诉我并向我演示，人们可以在半音音阶的十二个音的任何一个上面建立起自己的大调或小调音阶。

"这都不是什么新鲜事，"他说道，"这个引起我的注意已经有相当一段时间了。你仔细瞧瞧，这是可以越做越精巧的！"他于是开始利用所谓的第三音的相似性、那不勒斯第六音，来向我演示距离较远的调之间的转调。

他并不知道这些东西的学名，但他却反复强调说："关系就是一切。

① 德文为 H－Dur，此处为直译，即中文里所指的 B 大调。
② 音乐术语，指自然音阶第五级的音。

如果你想给它起一个更为精确一些的名字的话，那它的名字就叫做‘模棱两可’。”为了具体地证明这个词的含义，他让我听悬留调的和弦模进，向我演示，这样的一个模进，在 f，倘若它在 G 大调中就会成为升 f，被去掉的情况下，如何能够始终悬留于 C 大调和 G 大调之间；它，在避开在 F 大调中被降为 b 的情况下，又是如何让听觉始终无法确定，是把它当作 C 大调来理解，还是把它当作 F 大调来理解。

“你知道，我找到什么了吗？”他问道。“音乐就是系统化的模棱两可。——你就拿那个音或这个音来说吧。你可以这样来理解它，也可以那样来理解它，你可以从下面把它理解为升，也可以从上面把它理解为降，而且，如果你脑瓜子灵活的话，你还可以随意利用这种双重性。”总之，事实表明，他原则上通晓了等音[①]的混淆，同时对于回避这种混淆并将那种转义用于变调的某些诀窍也已经有所通晓。

为什么我的反应不仅仅只是惊讶，为什么我的心情很不平静，为什么我甚至会感到一丝恐惧？他的脸颊滚烫，学校的作业从未让他有过这样滚烫的脸颊，就连代数也不曾有过。

尽管我请求他，再给我来点不按乐谱的即兴演奏，但见他直说“无稽之谈，无稽之谈！”而拒绝了我的要求时，不知怎么的，我反倒感到了某种轻松。这是怎样的一种轻松呢？我预感到一种正在萌发的激情——阿德里安的一种激情！我原本应该感到高兴才是呀？但我没有感到高兴，相反，这令我感到羞愧和恐惧。

我现在明白了，他在自以为没人的时候钻研音乐，然而，由于那件乐器是处在一个全无遮拦的位置，因此，这个秘密也就不可能长时间地保守下去。这不，一天晚上，他的伯父就这样对他说道：

“侄儿，今天听见你在那里弹琴，看来你不是第一次练习了。”

“你在说什么呀，尼古伯父？”

---

① 同音异名，同音高而音名不同，如升 C 和降 D。

“别找借口了。你就是在搞音乐。”

“怎么能这样说呢！”

“这样说已经是在装傻了。从F大调到A大调，你的弹法很老到呀。你喜欢弹琴吗？”

“哎呀，伯父。”

“好了，这不是明摆着的嘛。我要跟你说点事。我们准备把那架旧钢琴，反正也没人看得上它，搬到你楼上的房间里去。那样的话，不管什么时候，你想弹就能弹了。”

“你真是太好了，伯父，可是，费这种力气肯定是不值得的。”

“根本不费什么力气，也许因此乐趣还会越来越大呢。还有一点，侄儿。你应该去上钢琴课。”

“你是这样看的吗，尼古伯父？钢琴课？我不知道，这听起来很像‘千金小姐’。”

“或许有点‘千金’的味道，但可不一定非得是什么‘小姐’。如果你去克雷齐马尔那里，情况便会如此。看在老朋友的份上，他是不会骗我们的钱的。而你呢，也可以为你的空中楼阁打下一个基础。我准备去和他谈一谈。”

在学校的操场上，阿德里安把他和伯父之间所进行的这次谈话内容一字不落地告诉给了我。从现在开始，他每周到文德尔·克雷齐马尔那里去上两次课。

八

文德尔·克雷齐马尔那时还年轻，最多二十五到三十岁之间。他生在宾夕法尼亚州，父母都是德裔美国人。他在他出生的这个国度接受了音乐教育。然而，那个古老的世界，那个他的祖父母从前离开过的地方，那个不仅有着他的生命之根，而且也有着他的艺术之根的地方，却早早地把他召唤回来，而且还是把他召唤到我们这里来当凯泽斯阿舍恩教堂合唱队指导兼管风琴师。在他的漫游生涯中，他在一个地方的停留时间很少有长过一到两年的——他在我们这里的停留也只不过是承前（因为他此前曾在帝国和瑞士的一些个城市小戏院里做过乐队指挥）启后的一个阶段而已。他同时也是一位小有名气的管弦乐作曲家，他创作了一部名为《大理石雕像》[①]的歌剧，该剧在好几个地方的舞台上上演，受到观众的欢迎。

他的外表不大起眼，是个矮小敦实的男子。圆圆的脑袋，小小的经过修剪的髭须，爱笑的棕色眼睛，目光时而深沉，时而跳跃不定。如果说凯泽斯阿舍恩还能有那么一点点精神文化生活的话，那么，他就是这样一种生活的一个真正的促进者。他的管风琴演奏专业而卓越，只可惜社区里懂得欣赏的人却是寥寥可数。不管怎样，下午对公众开放的教堂音乐会总能吸引相当多的人前来倾听，他在这些音乐会上演奏米歇尔·普莱托里乌斯[②]、弗罗贝尔格尔[③]、布克斯特胡德[④]，当然还有塞巴斯蒂安·巴赫的管风琴音乐，以及各种各样稀奇古怪的和风俗画风格的，产生于亨德尔和海顿鼎盛时期之间的作品，而阿德里安和我则是这些音乐会的常客。此外，他还在“公益活动协会”的礼堂里孜孜不倦地作了整整一个演出季的报告，而在讲解的过程中，他既会用手在钢琴上，又会用粉笔在黑板上进行演示。然而，同他的音乐会相反，他的报告，至少

---

① 德国作家约瑟夫·弗莱赫尔·冯·艾兴多夫（1788－1857）于1819年发表的一部中篇小说。

② 米歇尔·普莱托里乌斯（1571－1621）：德国作曲家、音乐作家和管风琴家，博学多产，创作了所有类型的世俗和宗教音乐作品。

③ 约翰·雅各布·弗罗贝尔格尔（1616－1667）：德国作曲家、管风琴家。曾在意大利学习音乐，在维也纳任宫廷管风琴师。创作了大量管风琴与羽管键琴作品。

④ 迪特里希·布克斯特胡德（1637－1707）：德国管风琴家和作曲家，对约翰·塞巴斯蒂安·巴赫产生重要影响。

从表面上来看，可以说是彻底地失败了。它们之所以不成功，第一是因为我们的居民对报告根本不感兴趣，第二是因为他报告的内容不仅不是通俗的，反而是固执任性和闻所未闻的，第三则是因为他的口吃的毛病使得听他说话俨然一次令人不安的、设置了重重障碍的航行，时而叫人胆战心惊，时而又让人忍俊不禁，而且还特别能够分散思考本身所必需的注意力并将其转化为一种焦虑的等待，等待那下一个久坐不起的抽搐。

他的口吃属于特别严重，也特别典型的那种——这无疑是个悲剧，因为他这个人思想深邃，学识渊博，才思泉涌，非常热衷于传递消息、发布信息。当航行到某些路段，他的小船也会在水面上蹦跳舞蹈，满载着那种很想忽略和忘却这种缺陷的轻盈，敏捷地一掠而过；然而，无法避免的却是，时不时地，对此每个人都有理由随时作好思想上的准备，那爆发的瞬间就会来临，只见他站在那里，用涨得通红的脸去迎接那种折磨：要么是一个咝擦音阻碍了他，他用张得大开的嘴巴长时间地持续这个音，模仿冒着蒸汽的火车头的声响；要么是在与一个唇音的搏斗中，他的脸颊鼓胀起来，他的嘴唇开始不厌其烦地爆发短暂而无声的速射；再要么就是，突然地，他的呼吸陷入无可救药的混乱，他就像离开了水的鱼儿，张着漏斗形的嘴大口大口地喘气——而他的两只湿润的眼睛却依然在笑，真的，他自己对于这样的事情似乎能够泰然处之，然而，并不是每一个人都可以从中得到安慰，而且，从根本上讲，也不应该责怪观众不去听他的这些讲座：在这一点上他们表现出空前的团结，以至于事实是，多数情况下到这个大厅里来捧场的大都只有半打左右的听众，即除了我的父母、阿德里安的伯父、年轻的西马彪和我们两个之外，剩下的也就只有女子中学的三两个女学生了。即便是这三两个女生，但凡遇见这位报告人发生语言障碍，她们保准抓住机会，窃笑不止。

由于门票收入远远不够负担场地和照明费用，克雷齐马尔于是决定由自己来掏腰包解决，这也是他的初衷。但我的父亲和尼古劳斯·莱韦屈恩却想办法说服理事会接受了他们的建议：要么由协会来填补亏空，要么协会就不收租金，理由是，这些报告对文化教育和公益事业均意义重大。这显然是一种出于朋友情谊的帮助，因为所谓的公共利益其实是值得商榷的，因为社区公众并没有来，而且，前面也已经讲过了，报告内容的特殊性也是造成这种局面的原因之一。文德尔·克雷齐马尔有一个信条，我们也一而再、再而三地从他那张首先是被英语熏陶过的嘴里听到他的这个信条，即重要的并不是别人的兴趣，而是自己的兴趣，而是要去激发兴趣；只有当一个人是从骨子里对一件事感兴趣时，他才可能，然后也才有把握去做到这一点，这也就是说，如果他对什么感兴趣，那他就要不停地去说，而只要他用了这种办法，那他就是不想去把人家吸引到这个兴趣上来都不行，那他就是不想以此去感染别人都不行，所以，创造一个前所未有的、出人意料的兴趣，比起去迎合一个现有的兴趣来，那可是要有价值得多。

然而，令人感到极为遗憾的是，我们的观众几乎没有给过他证明这一理论的任何机会。当然，在我们少数几个人这里，他的理论倒是完全经受住了考验。那座古老的礼堂空空荡荡，只有我们几个坐在编了号的椅子上，拜倒在他的脚下，我们被他身上的东西牢牢攫住，我们从未想到这些东西会如此吸引我们，甚至于他那骇人的结巴也最终化为他的热情的一种扣人心弦的表达。每当尴尬发生之时，我们大家往往都会冲他点头，有的男士或许还会说上几句“没事，没事”、“一会儿就好”、“不打紧”，以示安慰。之后，瘫痪在乐观地传递歉意的微笑中解除，然而，好景不长，没过多久，随着新一轮阴森可怖身手敏捷的卷土重来，这种微笑便又会消失得一干二净。

那么，他都讲了些什么呢？嘿，这个人可以为“贝多芬的钢琴奏鸣曲作品第111号为什么没有第三乐章”这个问题花上整整一个小时时间——毫无疑问，这是一个值得一谈的话题。可是，只要想想贴在“公益活动”之家门口的海报，登在凯泽斯阿舍恩《铁路报》上的广告，你就禁不住会问它到底能在多大程度上激起公众的好奇。人们实在是无意于知道作品第 111 号为什么只有两个乐章。我们这些前往参加讨论的人自然是度过了一个大开眼界的傍晚，尽管在此之前我们对于报告中所说的那首奏鸣曲还一无所知。但我们却通过这次活动认识了它，而且还了解得极为详细，因为克雷齐马尔在提供给他的那架十分廉价的钢琴上（三角钢琴没有得到批准），虽然免不了轰隆之声，但却是非常成功地演奏了它，其间他还对它的思想内容进行了极为透彻的分析并描绘了它及其另外两首协奏曲创作形成的生活背景。他详细地叙述了大师本人对为什么要在此放弃和第一乐章相呼应的第三乐章的原因所作的解释，其间嬉笑怒骂，过足了瘾。也就是说，大师对于他的助手的提问是这样来回答的：他没有时间，所以就甘愿把第二乐章写得长了一些。没有时间！而且，他的口气很是“泰然”。这样的回答中所包含的那种对于提问者的蔑视显然没有为提问者所觉察，但是，提问者所提的这个问题理应遭到这样的蔑视。报告人接着描述贝多芬在 1820 年前后的状态。那时，他的听力，在不可抵挡的肺痨的侵袭之下，不断恶化，而且，事实也已表明，他从此以后不再有能力指挥自己作品的演出了。他告诉我们当时流传的一个谣言，说这位著名的作曲家已经江郎才尽，创造力枯竭，搞不出什么大的作品来了，所以就只好像海顿老爹那样，把心思全花在写苏格兰歌曲上。这个谣言愈传愈盛，因为市面上已经好几年见不到冠之以他的名字的重要作品了。然而，就在那年晚秋，当他从莫德林过完夏天返回维也纳之后，他居然坐下来，把头埋在乐谱里，抬都懒得抬一下，一口气写下三部锤击钢琴乐曲，并以此向他的施主——布隆斯维克伯爵汇报，好让他对自己的精神状态放心。克雷齐马尔接着讲述那首 c 小调奏鸣曲，指出要想把它视作自成一体的完整的和思路清晰的作品并非易事，而它对于同时代的评论和他的那些朋友而言，实则意味着美学意义上的一块难啃的骨头。在他的成熟时期，克雷齐马尔这样说道，古典主义的交响乐、钢琴奏鸣曲、弦乐四重奏被他推向了顶峰，可是，他的那些朋友和崇拜者根本就不能追随他们所尊崇的这个人去跨越这个顶峰。而在他的晚期作品那里，他们心情沉重地面对一个瓦解的过程、疏离的过程，一个走出他们所熟悉的领域并上升到令他们感到可疑的领域的过程，简直就是面对一种登峰造极，一种无以复加，在这里，他们所能看到的全都是从前就曾有过的倾向的蜕变，过度的苦思冥想，过度的精细和没有节制的音乐科学性——甚至偶尔还被运用到简单之极的题材上，如这部奏鸣曲的第二个部分，也就是那个令人震惊的变奏乐章中的小咏叹调主题。是的，就是这样，该乐章的这个主题跨越数以百计的人物命运、数以百计的节奏对比强烈的世界，它在长度上超过了自己，并且最终迷失在那令人眩晕的、也许可以称之为彼岸或抽象的巅峰——贝多芬的艺术家本性就是这样地超越了它自己：它从适合居住的传统地区上升到完完全全的纯粹个人的领域——一个痛苦地孤立于绝对之中的、又由于听力的完全丧失而孤立于感性之外的自我，一个精灵王国的孤独的诸侯，他有的只是莫名的、指向他的心甘情愿的同时代人的恐怖，他们被他的骇人的消息所震慑，如果说他们还能找到一丝平静的话，那也只是瞬间和例外。

克雷齐马尔说，到此为止，一切正确。但话又说回来，这种正确可是有条件的，同时也是不够的。因为，人们往往爱把那种主观无限性与极端和声的表达意愿的观念同纯粹个人的观念联系起来，同复调音乐的客观性正好相反（他希望我们记住两者的区别：和声的主观性，复调音乐的客观性）。但是，这个公式，这种独立，在这里并不起作用，而且也同样不适用于大师全部的晚期作品。事实上，中期的贝多芬就已经比晚期的贝多芬要主观得多，我不想说："个人"得多；如何用个人的表达去消耗音乐中充斥着的任何常规习俗的、形式化的和空洞的东西，并使之融入主观动力之中，那么，他那时花在这方面的心思要多得多。无论形式语言是多么的独一无二，甚至于非同寻常，相比较而言，晚期的贝多芬同常规习俗的关系，比如在最后的五部钢琴奏鸣曲中，都是一种完全不同的、更为轻率的和更具倾向性的关系。在他的晚期作品中，常规习俗常常以不为主观所触及和改变的方式表现出来，以光秃秃的，或许可以说是枯竭的、自我遗弃的形式，而这种自我遗弃又要比任何一种个人的冒险显得更为恐怖和庄严。在这些产物中，报告人说，主观和常规习俗开始了一种新的关系，一种由死亡所决定的关系。

而当他说“死亡”这个词的时候，他开始剧烈地结巴起来，他的舌头被开头的辅音绊住，并在腭部展开一连串机关枪似的扫射，他的颌骨和下巴也一同回旋颤动，直至过渡到后面的、让人能够猜出词意的元音之后，方才得以恢复平静。当然，这个词一旦被破解，我们平素偶一为之的那种做法，即和蔼地、热心地帮他把它喊叫出来，就会显得不太合适了。这个工作于是便只好由他自己独立去完成了，而他也确实是这么做的。伟大和死神在哪里交汇，他解说道，哪里就会出现一种倾向于常规习俗的客观性，而这种客观性所具有的威严，就连最为专横的主观主义也都是望尘莫及的，因为在这里，那纯粹个人的东西——它已经就是对那被领向了顶峰的传统的提高——通过大规模地、幽灵般地进入神秘和集体之中而再一次超越了自己。

他没有问过我们是否听得懂，而我们也没有问过自己是否听得懂。如果他认为，重要的是我们在听，那么，我们完全同意这个看法。他继续说道，他特别谈及的这部作品，即奏鸣曲作品第 111 号，必须结合前面讲过的东西来考察。随后，他坐到那架小钢琴前，不看乐谱，全凭脑子记忆为我们完整地演奏了这部音乐作品，演奏了它的第一乐章和它那非同寻常的第二乐章。而在演奏过程当中，他还不断加进自己的大声评论，以图引起我们对他的讲解的高度注意，其间，他还跟着音乐一起进行热情洋溢的、示范性的歌唱。凡此种种的结果便是一种既迷人又滑稽的热闹场面的出现，而小小的礼堂里的观众们也一再地报之以愉快的回应。由于他的指触非常有力，同时又用强音极力渲染，所以，为了让我们还能够勉强听得清他的插话，他就不得不发出声嘶力竭的叫喊，而为了再用声乐的形式强调那个被他演奏着的东西，他同时还不得不耗费最大的音量来进行歌唱。他用嘴去模仿双手弹奏的东西。咚，咚——隆，隆——锵，锵，他弹起第一乐章最初的几个愤怒的音符，并用高音的假声给那些旋律悦耳动听的段落伴唱，这些段落犹如温柔和煦的阳光，偶尔也会照亮作品里那片混乱不堪的、狂风大作的天空。最后，他把手放进怀里，休息片刻，然后说道："下面就是它了。"他开始演奏那个变奏的乐章，那个"很徐缓的，自然如歌的"乐章。

那首小咏叹调随即被提到议事日程，并以十六拍表现出来，它注定要去经历冒险，要去承受命运，可就其田园般的纯洁无瑕而言似乎又绝对不是生来如此。它可以归结为一个动机，这个动机在它的上半场的结尾凸显，如同一声短暂的、发自灵魂深处的呼唤——只有三个音，一个八分音符、一个十六分音符和一个加了附点的四分音符，如果按节奏朗诵，则只能像下面这样来读："蓝—蓝的天"，或者："爱—的痛苦"，或者："祝—你平安"，或者："有—朝一日"，或者："河—边草地"，——就是这些。现在，这些温柔的言语，这些感伤宁静的词句，它们在有节奏的、和谐的、对位的顺序之下会表现为什么样的情形，它们的大师会拿什么来祝福它们，又要把它们诅咒成什么样子，他会把它们打进和提升到什么样的、没有冷热、没有宁静与狂喜的地狱和云霄，对于这些，人们或许会用宽广、神奇、闻所未闻、伟大之极来加以形容，但却怎么也说不出它们的名字来，因为它们原本就是无名的；克雷齐马尔两手不停地为我们演奏着所有这些非同寻常的变化，同时竭尽全力地唱道："嘀—哒哒，"并且大声说道："颤音链！"他喊叫着。"花腔和华彩乐段！你们听见被遗忘的习俗了吗？这里——再也不是——语言——去除空洞——变得纯洁，而是空洞——去除——其主观自制的——假象——艺术的假象——受到抛弃——最后——始终是艺术抛弃——艺术的假象。嘀—哒哒，请听，旋律——在这里是如何被和弦的——自身的重量所超过的！它变得安静，它变得单调——两遍 d，三遍 d，一个接着一个——这就是和弦的作为——嘀——哒哒！现在请注意，这里要发生的事情——”

既要听他的喊叫，又要听那极其错综复杂的音乐，这着实是一件异常困难的事情，因为叫喊和音乐被他混在了一起。我们大家都努力尝试着去做到这一点，我们把身体向前弯曲，双手插在膝盖之间，眼睛则交替着去看他的手和他的嘴。这一乐章的特点是低音部和最高声部之间，右手和左手之间相距遥远，而当一个瞬间来临，一个最为极端的情况出现的时候，那个可怜的动机看上去就像是孤苦伶仃地悬浮在令人晕眩的万丈深渊之上——一个面无血色的崇高的过程，紧随其后的便是缩头缩脑、惴惴不安，好像这种事情真的会发生似的。然而，在它结束之前，还会发生很多事情。在它行将结束的时候，以及在它结束的过程中，在经过了这么多的愤怒、固执、迷恋和异想天开之后，就会发生一点事情：一点完全出人意料的，而又能够用柔情和善良打动人的东西。那个阅历丰富的动机正在告别，并因此成为彻底的告别，成为告别的呼唤和挥手，那个 d-g-g，它发生了一点轻微的变化，它在体验一种小小的旋律的扩展。它在开场白式的 c 之后和那个 d 之前吸收了一个升 c 小调，致使现在再按节奏朗读时，不再读作“蓝—蓝的天”或者“河—边草地”，而是读作“哦——你这蓝蓝的天”、“绿——色的河边草地”、“祝——愿你永远平安”；而这个加进来的升 c 小调是世界上最感人的、最抚慰人的、忧郁而又最不记仇的行动。它就好像是在疼爱地抚摩你的头发、你的脸颊，最后一次深情地凝视你的眼睛。它在用战无不胜的人格化为这个对象，这个饱受折磨的形式祝福，恭请听众在这告别的时刻，在这永别的时刻，给予它细心关怀，它是那样的温情脉脉，听众不禁为之潸然泪下。“忘掉折磨吧！”它在说。“我们心中的上帝——曾经是伟大的”。“过去的一切——都不过是一场梦”。随即戛然而止。急剧的、激烈的三连音迅速转向一个任意的结束，而别的一些作品也是有可能用这样的方法来结束的。

此后，克雷齐马尔便不再离开钢琴返回讲台。他就一直那样坐在他的转椅里，保持着和我们一样的姿势，身体向前弯曲，双手插在两膝之间，同时用不多的几句话结束了他那有关贝多芬为什么没有为作品第111号写第三乐章这一问题的报告。他说，只要我们听一听这个作品，我们就能自己解答这个问题。写一个第三乐章？经历了这样的告别之后——重新开始？经过了这样的分别之后——再来一次？不可能！实际情况是，这部奏鸣曲以第二乐章结束，一去不复返地结束了。而如果他说："这部奏鸣曲，"那么，他其实指的并不仅仅就是c小调的这一部，而是作为类型的、作为传统的艺术形式的奏鸣曲本身：它自己在这里结束、被结束，它完成了它的使命，达到了它的目的，它不去超越这个目的，它放弃自己，让自己解体，它挥手告别——而那个在旋律上受到升c小调抚慰的d-g-g动机中的挥手告别，其实也是这个意义上的，也是一种和这部作品同样伟大的告别，是那种和奏鸣曲的告别。

说完上面的话后，克雷齐马尔便在一阵稀疏、但却持久的掌声中起身离去。我们也若有所思地跟着起身离去，这些新鲜事物令我们感到沉重。我们之中的大多数人像他们惯常所做的那样，在穿大衣、戴帽子的时候，在走出这座房子的时候，都在嘴里哼唱这个傍晚留给我们的印象，以其原有的挥手告别的形式，恍恍惚惚地，哼唱那个构成第二乐章主题的动机。而当这些听众作鸟兽散后，人们还会听到，"祝——你平安"，"祝愿你——永远平安"，"我们心中的上帝曾经是——伟大的"，从远处的、发出回声的胡同里飘来，长时间地在小城宁静的夜空里回荡。——

这并不是我们最后一次聆听这个结巴子作有关贝多芬的报告。没过多久，他便又一次讲到他，这次的题目叫"贝多芬和赋格曲"。这个题目我至今依然记得十分清楚，当时的海报仿佛还历历在目，当然了，它和另外那个一样，也同样很不适宜在"公益协会"的那座礼堂里制造那种有可能危及生命的拥挤、爆满。然而，也正是从这个晚上开始，我们这一小伙人却开始得到具有决定性意义的享受和裨益。他告诉我们，那帮嫉妒和反对这位倔强的革新者的人总是叫嚷说，贝多芬不会写赋格曲。“这个东西他就是不会，”他们说，而且他们也知道他们这样说是什么用意，因为这种威严的艺术形式当时还为人们所大力推崇，一个作曲家如果不能证明自己在赋格曲方面的完美卓越，那他就得不到音乐法庭的恩宠，也就满足不了那个时代的统治者和达官贵人们的要求。埃斯特哈齐亲王就特别喜欢这种高超的艺术，可是，在贝多芬为他写的那部C大调弥撒曲中，作曲家对赋格曲的冲刺却失败了。纯粹从社交的角度来讲，这就已经算得上是一件十分无礼的事情了，艺术上则更是一个不可原谅的缺陷；而清唱剧《耶稣在橄榄山[①]》根本就没有任何按照赋格曲的格式所做的工作，尽管这样的工作在这部作品中的含量恐怕还是最多的呢。一个像作品第59号中第三个四重奏里的赋格曲那样的微弱尝试，并不足以驳斥下面这个断言：这位伟大人物是一个拙劣的对位学家，——《Eroica》[②]中的葬礼进行曲和A大调交响曲中的那些按照赋格曲的格式谱曲的段落只会让制定尺度的音乐界更加坚信这个断言。而D大调大提琴奏鸣曲的终曲[③]，作品第102号，竟然被称作“快板赋格曲”！克雷齐马尔告诉我们，社会上一度闹得沸沸扬扬，有人大叫大嚷，有人挥舞拳头。他们斥责整部作品是模糊不清，不忍卒听，他们还说，至少有二十个小节极其混乱不堪——主要归因于色彩过于强烈的转调，——所以，人们可以据此心安理得地为这个人盖棺定论：没有能力创作严肃风格的音乐。

我现在中断我的复述，因为我想提请各位注意，那位报告人所说的东西、事情、艺术状况，当时还根本没有进入我们的视野，而我们也只

---

① 地名，耶路撒冷城以东的一座山。耶和华曾在橄榄山向先知以西结显现。耶稣曾多次经橄榄山进入耶路撒冷城。由于橄榄山有许多耶和华的神迹，橄榄山因而成为基督教和犹太教的圣地。

② 意大利语，即贝多芬1804年完成的《英雄交响曲》，1805年4月7日首演。

③ 交响曲等大型套曲的最后一个乐章。

是通过他的不断受到口吃威胁的讲述才隐隐约约地接触到一点点与之相关的皮毛；我们没有能力判断他的讲述是否正确，只知道跟随他本人在那架小钢琴上的解释性演示，去倾听他所提供的一切，带着聆听童话的儿童所特有的那种蠢蠢欲动的想像力，尽管还听不大懂，但他们那稚嫩的心灵却同时通过一种奇特的、梦幻般充满预感的方式得到丰富和促进。“赋格”，“对位”，“《Eroica》”，“由色彩过分强烈的转调所引起的混乱”，“严肃的风格”，——实际上，所有这一切对于我们而言还都是魔咒，但我们就是喜欢听，我们把眼睛瞪得溜圆，就跟儿童倾听他们听不懂的、原本也根本不能消化的东西那样——而得到的快乐却要比那些所谓熟悉的、相当的、适宜的东西所能给予他们的多得多。如果有人说，这就是那种最为深入的、最为骄傲的、也许是最有益于心智的学习方式——参与性学习，跳过了众多的不知道的学习，您愿意相信吗？而作为一个教育工作者，我想，我大概不会提倡这种学法，不过，我心里也十分清楚，年轻人可是特别喜爱这种学法的，而且，我还认为，那个被跳过的空缺也是可以随着时间的推移而自动得到弥补的。

贝多芬，我们听他这样说道，曾经有过不会写赋格曲的名声，而现在的问题则是，这类恶毒的流言究竟在多大程度上是切中事实的。显然，他曾经为消除这类流言进行过努力。他在他随后的钢琴音乐中多次加入赋格曲，而且还是三声部的：在锤击钢琴奏鸣曲和降 A 大调奏鸣曲中都加入了。有一次他还特别予以补充：“要保留一定程度的自由，”以表明他对他所触犯的那些规则是非常熟悉的。他为什么会忽略它们，是由于专制主义，还是因为他把握不了它们，这一直是一个争论不休的问题——而另一个争论不休的问题则一直是，这些结构到底有没有资格被称为严格意义上的赋格曲：就此而言，它们太奏鸣曲了，太注重表达了，它们的和声—和弦性质也太过强烈了，它们并不能够消除那些指责它们的作者在对位法方面很无能的言论。当然了，后来就有了那个伟大的赋格曲——《序曲》，作品第 124 号，和《庄严弥撒的光荣和信仰》中那庄严崇高的赋格曲：它们最终证明了，在和这个天使的搏斗中，这位伟大的斗士依然也是胜利者，尽管他此后连走路都是一瘸一拐的了。

克雷齐马尔给我们讲了一个毛骨悚然的故事，通过这个故事，这场斗争的神圣艰险和这个病魔缠身的创造者的人格均给我们留下了既非同寻常又难以磨灭的印象。那是在1819年的盛夏，那时，贝多芬正在莫德林的哈夫勒之家创作那部弥撒曲，他的情绪非常绝望，因为每一个乐章都要比预想的长很多，而按照约定的期限，即第二年三月的那一天，也就是鲁道夫大公爵就任奥尔米茨大主教的日子，交稿已经是完全不可能的事情了。当时，正好有两个朋友兼门徒利用一个下午去他那里登门造访，然而，他们还没等到进屋，就已经目睹了惊心动魄的一幕。就在这同一天的早上，大师的两个女佣不辞而别，因为，在头一天的夜里，在将近一点钟的时候，一阵狂躁的咆哮突然把睡在这栋房子里的所有的人都从宁静的睡梦中惊醒。房子的主人为了那部《信经》，为了那部带有赋格曲的《信经》，从傍晚一直干到深夜，而炉子上的晚饭则被他全然忘在了脑后。守在炉边的女佣们白白地一等再等，但她们哪里是自然的对手，最终还是昏昏沉沉地进入了梦乡。这不，当大师在十二点和一点之间要求吃饭的时候，他却发现女佣们全都睡着了，饭菜也烧煳了，于是乎勃然大怒，笼罩在夜幕之下的房子在他的怒火中震颤，而他本人却一点也听不见自己的厉声呵斥。“你们就不能给我醒一个小时？”他一次又一次地大发雷霆。然而，5到6点的时候，天刚蒙蒙亮，受到伤害的姑娘们便开始出逃了，她们撇下了这个狂野倔强的主人，让他孤立无援，而他哪里只是今天没有吃过中饭呀，他实际上从头一天中午开始就没有吃过任何东西了。相反，他就一直呆在他的房间里，写啊写啊，写那部《信经》，写那部带有赋格曲的《信经》，他的房门紧闭，他是如何工作的，他的弟子们只能站在门外去听。这个聋子俯在《信经》的上方歌唱、喊叫、跺脚——聆听他的这些举动是如此的令人震颤，贴在门上倾听的人感到血管里的血液都快要凝固了。他们于是准备怀着深深的畏惧离去，可是，就在这时，房门猛地一下打开了，贝多芬站在了门口——而那时的他又是个什么样子呢？是最可怕的样子！只见他衣冠不整，表情茫然，令人望而生畏，一双倾听的眼睛满是迷惘和心不在焉，他呆呆地看着他们，仿佛他刚刚同所有敌对的对位法的精灵们进行过一场生与死的搏斗。他先是语无伦次，然后就是对他家里的一团糟大肆抱怨和斥责，说人都跑光了，他们要把他饿死。他俩试图安慰他，一个帮他穿好衣服，一个跑去小饭馆里给他弄来一顿像样的饭菜……三年后这部弥撒曲才最终得以完成。

我们并不知道有这部曲子，我们也只是听说而已。然而，即便只是道听途说伟人的不为人知之处也同样能够增长见识，对于这一点，谁又能够否认呢？当然，很多东西都取决于谈及它们的方式。听完文德尔·克雷齐马尔的讲座，走在回家的路上，我们似乎觉得这部弥撒曲就在耳边响起，我们的这种幻觉在很大程度上应该得益于精疲力竭、忍饥挨饿的大师站在门口的那种情景，而克雷齐马尔让这种情景深深地铭刻在了我们的心底。

我们不知道的还有他接下来所讲的那个“一切四重奏音乐的庞然大怪”，也就是那最后五部中的一部，有六个乐章，在那部弥撒曲完成四年之后首次上演，因为它实在太难了，所以没人敢在尼古劳斯·莱韦屈恩面前对它进行尝试；但我们却听到克雷齐马尔怀里像揣了一个兔子似的讲到它——也就是有些激动地谈起这部作品的如我们所知的在现今也同样享有的那种崇高的声誉，他同时代的人们，乃至于那些对他最为忠诚、最为爱戴景仰的人们所陷入的那份尴尬，以及那种伤心的或是愤怒的不知所措之间的对立。那种绝望，即使绝不仅仅，那么也是首先指向最后那首赋格曲的，这就是克雷齐马尔为什么会在这次报告中说到它的原因。这曾经是一个非常可怕的片断，那时，听觉健全的人听到它就会怒发冲冠，相反，它的作者却不必听到它，而只是在失聪的情况下大胆地想象它：也就是说，它是各种器乐声之间彼此所进行的一场疯狂的混战，这些迷失在最高和最低之中的器乐声，这些截然不同的和声华彩化了的器乐声，他们通过极端不谐和音条件下非正规的过渡来相互挫败，而在这场混战中，演奏者们对自己和整个的这件事情没有把握，恐怕也无法演奏出十分纯粹的东西，于是乎他们所能完成的也就只是那种巴比伦式的混乱[①]。感性的缺陷在这里增强了精神的大胆并规定了未来的美感，报告人认为这一点是令人震惊的。但是，他又说，这个片段后来在出版商的坚持下被迫同原作分离并为一个自由风格的终曲所取代，如果我们这些现代人在这个片段里——如果我们谎称只在其中看见了最为清晰和最为优美的形式的话，那么，这可是免不了有些阿谀逢迎之嫌的。他也愿意做一个大胆的人，他解释道，愿意为自己所说的话负责，他声称，某种诸如以虐待赋格曲的方式为表现的仇恨和强奸是明显可以看出来的，一种同这种艺术形式的绝对困难的和成问题的关系，它同样也反映在了这位伟人同另一个在有些人看来还要伟大得多的人——约翰·塞巴斯蒂安·巴赫的关系或非关系之中。巴赫在当时人们的记忆里几乎已经完全消失，而在维也纳，人们对新教的音乐尤其不感兴趣。在贝多芬眼里，亨德尔一度是王中之王，此外他还偏爱过凯鲁比尼[②]，后者的《美荻亚序曲》在他还有听觉的时候可是常听不厌的曲目。而巴赫身上让他迷恋的东西就少得可怜：两三个无伴奏合唱，《平均律钢琴曲集》，一个托卡他[③]，以及这样那样的零碎，全都在一册书里。而且在这册书里还夹着一张不知出自谁人之手的纸条，上面写着这样一句格言：“人们如果想考查一个音乐行家是否真有实力，那么，他们最好的办法莫过于设法了解他是如何评价巴赫的作品的。”不过，在这篇短文的两边，书

① 即“巴比伦的语言混乱”，比喻一个地方，尤其是世界大都会的人们所使用的语言的多样性。

② 路易吉·凯鲁比尼（1760－1842）：意大利作曲家，作有十四部法国歌剧，是从古典主义过渡到浪漫主义时期的代表人物。其受法国大革命英雄主义启发而作歌剧《两天》曾获海顿和贝多芬赞扬。

③ 一种幻想曲风格的键盘乐曲，常为赋格曲的前奏。

的主人却用最粗的乐谱笔分别打了一个重重的、愤怒的问号。

这一切都非常有趣，当然也是自相矛盾的，因为人们也许可能会说，如果那个时代对巴赫更加熟悉一些的话，那么，贝多芬的缪斯[①]通往同时代人的理解的道路就会变得更加平坦一些。但实际情况却是这样的。赋格曲，从其精神实质来看，属于音乐的基督教礼拜仪式的时代，贝多芬和它之间是有着相当遥远的距离的；他是音乐的世俗时代的大师，在这个时代，这种艺术让自身从崇拜之中解放出来进入文化。然而，这却是一种很有可能始终只是暂时的和永远不会是毫无保留的解放。十九世纪为音乐厅而写的弥撒曲，布鲁克纳的交响曲，勃拉姆斯的宗教音乐和瓦格纳的，至少是他的《帕尔西法尔》，都让人清楚地看到了那种古老的、永远也不会完全消解的东西和祭礼之间的联系，而就贝多芬而言，他的愿望就是：《庄严弥撒曲》必须由柏林的一个合唱团来上演，而他也是这样给合唱团的主持写信说，这部作品完全可以使用无伴奏；这里面本来有一个片段是完全不用器乐伴奏的，也就是那段祈祷歌，但他个人（他这样补充道）的意见是，恰恰是这个风格可以被视为唯一正宗的教堂风格。他是否同时想到了帕莱斯特里纳[②]或者想到了荷兰人的那种被路德视为理想的对位—复调的声乐风格，比如想到了若斯坎·德普雷[③]或阿德里安·维拉尔特[④]，威尼斯学派的创始人，这些我们

---

① 希腊神话中掌管艺术、科学等的九名女神的总称。

② 帕莱斯特里纳（1525－1594）：意大利作曲家，本名乔瓦尼·皮耶路易吉，生于罗马近郊的帕莱斯特里纳，因当时人们常以杰出人士出生地称呼该人，所以他又被人们称作帕莱斯特里纳，作为罗马乐派创始人，首创无伴奏合唱形式，世称帕莱斯特里纳风格。所写宗教音乐充满人文主义内容。共作有950部音乐作品，其中被保存下来的有多首弥撒曲、多首经文歌、众多圣母颂歌、圣歌和世俗体裁的牧歌等。他的作品结构严谨均衡，曲调轮廓常常为繁复错综的对位声部所削弱。

③ 若斯坎·德普雷（约1440－1521）：文艺复兴早期的伟大作曲家，法国人，一生大部分时光在意大利度过。作品以弥撒曲、复调经文歌为主，另有约70首世俗歌曲，如《林中仙女》。

④ 阿德里安·维拉尔特（约1490－1562）：比利时作曲家，创造了由两个四声部的唱诗班轮流对唱的形式，有时又采用八声部的大合唱，成为16世纪后半叶威尼斯乐派主要特色。作品有弥撒曲、经文歌和牧歌等。

姑且不去管它。反正，被解放了的音乐深深渴望着其自身同祭礼紧密相连的本源，它的这种从未熄灭过的秘密渴望从他的言谈之中流露出来，而他为赋格曲所付出的巨大努力就是一个伟大的有着旺盛的生命力和丰富的情感的人为争取那高度艺术性的冷漠的乐章形式而进行的搏斗。这种形式，在一个严格的和高度抽象的、被数字——这种能够发声的时间关系所主宰着的激情的彼岸，对上帝——这轨道众多的宇宙的秩序的维护者，表示了顶礼膜拜的赞美。

这就是克雷齐马尔就“贝多芬和赋格曲”所作的报告，而且事实上，它为我们在回家路上的一些谈话提供了材料——也提供了让我们相互沉默和平静地若有所思的材料，我们思索着那种全新的、遥远的和伟大的事物，这种事物化作时而敏捷如飞、时而又停滞不前的语言涌入我们的灵魂。我说的是：涌入我们的灵魂；不过，这当然只是同时为我所惦念着的阿德里安的灵魂。我听到了什么，领悟到了什么，这都是无关紧要的。但这些东西和这些情况却在当时触动了我的朋友并给他留下了印象，对于读者而言，知道和注意这一点是重要的，正是由于这个原因，我才如此详细地报道文德尔·克雷齐马尔的讲座。

他的表述方式固然执拗任性，也许还可以说有点强词夺理，但他绝对算得上是一个有见地的人，这表现在他的语言对一个像阿德里安·莱韦屈恩这样天分极高的青年人的心灵所产生的那种激发智趣和擦出思想火花的作用。从他在回家路上和第二天在学校校园里的表现来看，给他留下了深刻印象的主要是克雷齐马尔对祭礼的和文化的时代的划分以及他认为，艺术的世俗化及其同祭礼的分离只具有表面和插曲的性质。这个中学七年级的学生显然被报告人没有说出来的、但却点燃了他心中火种的那种思想给深深地迷住了，他说，艺术和祭礼整体的分离，艺术的解放，以及艺术的上升，即达到那种孤独的个人的和为文化而文化的层次，凡此种种，均要求艺术做到特立独行，庄重肃穆，做到绝对的严肃并充满一种受难的激情，艺术因此而变得不堪重负，贝多芬站在门洞里的那个可怕形象便是这方面的一个活生生的具体表现，当然，这也大可不必就是艺术的永久不变的命运，就是艺术的持续不变的思想状态。听听，这个年轻人都说了些什么呀！说实话，他几乎还不曾拥有任何艺术领域里的实践经验，而他居然就开始想入非非，用少年老成的言辞憧憬起那很可能即将来临的回归了：让艺术重新从它今天所扮演的角色回归到一个更为谦逊的、更为幸福的角色，以服务于一个更高的联合，但这个联合倒也大可不必，如从前那样，非要是教会。不过，这个联合到底应该是个什么东西，他也说不清楚。但他认为，文化观念只是历史长河之中的一个短暂现象；它也可能再次湮没在别的什么事物当中；未来不一定就必然属于它，他的这种思想便是他果断地从克雷齐马尔的报告中提炼出来的精华。

“可是，走向文化的可供选择的另一个途径，”我插嘴道，“就是野蛮。”

“你让我把话说完，”他说道。“野蛮是文化的反面，但这也仅限于发生在给予我们后者的那个思想秩序之内。在这个思想秩序之外，这个反面就有可能完全是别的什么东西，或者根本就不是什么反面了。”

我模仿卢卡·西马庇的样子，一边说“圣母马利亚！”，一边用手在自己的胸前画十字。他冷不丁地笑了一声。

还有一次，他发表了如下的高见：

“在我看来，谈论我们这个时代的文化，对于一个文化时代而言似乎是有那么一点言过其实的味道的，你不这样认为吗？我想知道，占有过文化的时期是否真的了解过、使用过、从嘴里说出过这个词。在我看来，天真、无意识、理所当然似乎是我们用来命名这种状态的首要标准。天真，我们所缺少的正是这一点，而这个缺陷，如果可以这样说的话，它可以保护我们不至于陷入某些和文化，甚至是和非常高级的文化完全一致的形形色色的野蛮。我要说的是：我们所处的阶段是教养的阶段——一个无疑是非常值得称颂的状况，但不容怀疑的恐怕还有，为了能够重新担当起文化的重任，我们不得不变得越来越野蛮。技术和舒适——人们以此来谈论文化，但人们并未拥有文化。你想阻止我在我们的音乐的那种主调音乐兼旋律的状态中看到一种——同古老的对位—复调的文化截然相反的——音乐的教养的状态吗？”

在诸如此类的讲演中，他嘲弄我，让我气恼，而其中的许多内容也都是拾人牙慧，重复别人说过的话。不过，他的那种掌握和个性化地复制所听到和学来的东西的方式却使得他的重复一点儿也不让人觉得可笑，尽管还免不了有些男孩子气和依赖性。被他大加评论的还有——或者说在我们激动的相互交谈中，被我们大加评论的还有——克雷齐马尔的另一场报告，即题为“音乐和眼睛”的那场，这原本也同样是场值得很多人前往一听的表演。正如报告题目所表明的那样，我们的演说家在这篇报告中谈到他的这门艺术会求助于视觉，或者说也会求助于后者，他向我们阐明说，自打它叫人把它记录下来以来，它其实就已经开始这样去做了：也就是通过记谱，这种声音的文字，其自从古老的古音符[1]——这种由线和点组成的、粗略地勾画出声音的运动的书面记录出现以来，就一直得到人们的运用，而且是得到越来越认真细致的运用。他接下来的演示为我们带来极大的消遣——而且也不无逢迎之意，因为呈现在我们眼前的是某种学徒式的和洗毛笔的人所有的那种对音乐的亲近，正如音乐人常用的一些行话根本不是来自听觉，而是来自视觉、来自乐谱图形那样；比如，正如人们说起 occhiali[2]，即眼镜低音那样，因为这些被折断的鼓式低音，二分音符，它们的颈部用横杠成对地连接起来，呈现出和眼镜相似的形状；或者再比如，人们把某些廉价的、阶梯状且同音程地相互排列的模进（他把给我们的例子写到黑板上）称为“玫瑰音型”。他谈及被记录的音乐的纯粹的表象，同时信誓旦旦地指出，对于一部音乐作品的精神和价值，内行的人只消看一眼乐谱图就足

---

① 欧洲 11 世纪时用来粗略记录音高和时值的音乐符号。
② 意大利文，意为“眼镜”。

以得出决定性的印象。他就碰到过这样的情况，一个同事来找他，因为屋里的桌子上正好摊着业余作者送来的一个习作，所以那人还没进屋，就在门口叫了起来："哎呀，看在上帝的分上，你那放的是什么破烂玩意啊？！"——另一方面，他又绘声绘色地告诉我们，对于训练有素的眼睛而言，看莫扎特的总谱绝对就是一种心醉神迷的莫大享受，那结构是多么的清晰，乐器组的分配是多么的漂亮，旋律的线条写得是多么的风趣俏皮，变化多端。一个聋子，他大声说道，一个完全听不见丁点声音的聋子，必定会从这些优美的外观中获得喜悦。"To hear with eyes belongs to love's fine wit"①，他引用了莎士比亚一首十四行诗中的诗句并同时声称，各个时代的作曲家们都悄悄地在他们的音乐文字中写进了更多是让眼睛来读而不是让耳朵来听的东西。如果，例如，荷兰的那些复调风格的大师运用其无穷无尽的令声音交叉重叠的特技来处理对位的关系，从而使得一个声音和另一个声音是相同的，如果人们是倒着去念它的话，那么，这和那种感性的声音又没有什么太多关系了，而且他敢打赌，通过听来得到乐趣的人可谓少而又少，相反，这种乐趣，它是专门给行家里手的眼睛而准备的。所以，奥兰多·拉索②在《迦拿的婚宴》③中使用了六个声音来代表那六个水缸，而人们要想觉察到这一点，更好的办法同样是通过看而不是通过听；而在约阿希姆·冯·布尔克④的《约翰受难曲》里，"仆人中的一个"，即给了耶稣一记耳光的那个人，就只有一个音符，但在接下来的那个乐句"还有另外两个和他一

---

① 英文，意为"用眼睛去听，这是爱之杰出才智"。

② 奥兰多·迪·拉索(1532－1594)：比利时作曲家，佛兰德乐派代表人物，人文主义者，16世纪复调音乐的大师。总计作有两千多首宗教和世俗音乐作品。

③ 迦拿是加利利地区的一个村镇。耶稣曾在此参加一家人家的婚宴并在婚宴上显露了他的第一件神迹，把六口水缸中的水变成了美酒。后世常用"迦拿的婚宴"来指代"主耶稣的神迹"。

④ 约阿希姆·冯·布尔克（1546－1610）：德国音乐家，被视作17世纪新教教堂音乐的开创者。除拉丁文作品外还创作有德文作品，如多声部的《约翰受难曲》，其歌词就是德文的。

起”中的“两个”就有两个。

这类毕达哥拉斯[1]哲学的，更多的是给眼睛看而非是给耳朵听的，在某种程度上甚至是欺骗耳朵的趣事，他又接连说了好几个，他说，音乐在这些趣事中时不时地自我卖弄一番，他还不无犹豫地承认，他通过最后的分析将其归因为这门艺术的一种与生俱来的非感性，也就是抗感性，一种隐秘的禁欲的倾向。他说，音乐实际上是一切艺术之中最富于精神的艺术，这一点已经可以从下述事实中得到证明，即形式和内容只在它这里，而不是在别的艺术门类那里，相互交织并最终合二为一。人们也许会说，音乐是“给耳朵听的”；然而，它这样做是有条件的，也就是说，只有当听觉像其他的感官那样是代表、是工具和精神的接受器官的时候。事实上，有的音乐根本不指望被人听，甚至于还偏偏排除了被人听的任何可能性。约·塞·巴赫的一首十六声卡农就是如此，该曲是巴赫根据腓特烈大王[2]的一个主题思想创作而成。这部作品既不是给人的声音写的，也不是给任何一种乐器写的，它根本就不是为感性地实现而写，但它却是不折不扣的音乐，纯粹抽象的音乐。也许，克雷齐马尔说，音乐的最深沉的愿望不是被听见、被看见、被感觉到，而是，如果有可能的话，在感官的、甚至是情感的彼岸，在纯粹精神的王国里被倾听、被观看。可是，就因为它同感官世界的紧密相连，它又不得不去追求那最强烈的、甚至是迷人的感性化，它就是一个昆德丽[3]，做着自己不想做的事情，在情欲的驱使下，用柔软的双臂搂住那个傻瓜的脖颈。

---

① 毕达哥拉斯(约公元前580－500)：古希腊哲学家、数学家和音乐理论家。

② 即“腓特烈大帝”。据学界新的研究成果，腓特烈只是普鲁士国王，所以译作“腓特烈大王”为宜。巴赫1741年在柏林应腓特烈之邀即兴钢琴演奏以大王自己所写主题而作的赋格一首，后又献给大王一部以其前述主题为基础的名为《音乐的奉献》的曲集，其中尤能取悦腓特烈的是一首为长笛、小提琴和通奏低音而写的三重奏奏鸣曲，巴赫把大王的主题运用到这首作品中。

③ 沃尔夫拉姆·冯·埃申巴赫作品《帕尔齐法尔》(Parzival) 中女圣杯使者的名字。这个荒诞丑陋的形象源自凯尔特传统中的死神。在理查德·瓦格纳的《帕尔西法尔》(Parsifal) 中，昆德丽被塑造成一个渴望解脱的女阿赫斯维。阿赫斯维是基督教传说中人物，意指永远流浪、永远漂泊的人。

它在管弦乐队的器乐中找到了自己气势最为宏大的感性实现，在这里，通过耳朵，它似乎在用它的鸦片刺激着所有的感官，并让声音所带来的享受和色彩及芳香所带来的享受水乳交融，浑然一体。在这里，它真的就是那个披着魔女外衣的忏悔者。不过，有一种乐器，也就是：一种音乐的实现手段，通过它，音乐虽然可以被听，但却是用一种半非感性的、几乎是抽象的和因此而根据其所特有的精神性质的方式来被听的，这就是钢琴。他把那个晚上最后的时间都用来大谈特谈钢琴，谈得非常有意思。他说，一件既不能让声音坚持到底，又不能让声音渐强和减弱的乐器，像柏辽兹这样的一个坚决彻底的器乐音乐家是不会喜欢的，所以当他为了再现器乐音乐时，他就会对它忍痛割爱，不予启用，但人们也不可因此而责怪他。钢琴会通过抽象使得一切变得平坦，既然管弦乐的灵感经常就是灵感自身，就是其本体，那么，钢琴上几乎经常留不下器乐的一丝痕迹。钢琴就是一个纯粹的记忆的工具，它所回忆的是那些人们先前在现实中不得不经历过的事情。但这种抽象同时又意味着一种高贵性，这种抽象，它意味着音乐的高贵性本身，这种高贵性就在于抽象的精神性，而倾听钢琴和为钢琴且只为钢琴而写的伟大音乐的人，既是在听这个音乐，也是在看这个音乐，仿佛没有感性的媒介，或者是通过最少的感性媒介，似乎是置身于一种纯粹的精神的氛围。克雷齐马尔说，曾经有过那么一个乐团英雄，一个专业的蛊惑人心之徒，一个音乐—戏剧表演家，也就是理查德·瓦格纳——这个人，当他晚年再次听到《锤击钢琴奏鸣曲》的时候，他被这些“纯洁的存在的光谱”（这是他的形容）深深打动，禁不住忘我地用萨克森话喊道：“这种东西也只能是为钢琴而准备！当着一大群人弹——纯属无稽之谈！”一个老奸巨猾的器乐的魔术师竟然如此赞美钢琴及其音乐！这是禁欲和渴望尘世生活之间的矛盾的典型表现，这个矛盾使得他的天性被戏剧化了。——好了，今天有关一件乐器的话题就到此为止，但这件乐器根本不是别的意义上的乐器，因为那令它丧失任何的独特性。它虽然可以像那些一样被用于独奏并能够成为名家气派和炫技的工具，但这却是一个特例，而且，如果较真的话，还是一场滥用。钢琴，严格地说，是音乐自身精神性的直接和自主的代表，因此人们必须学会它。不过，钢琴课教授的不应该是，或者说本质上不应该是，首先不应该是，最终也不应该是一种特殊的熟巧，而应该是——

“音乐！”少得可怜的几个观众里有一个声音喊了起来，因为报告人根本说不出这最后的一个词来，要知道，这个词此前不知被他用过多少遍，然而，他就是说不出这个词来，反而只是一味地、喃喃地在这个词的第一个音节上打转转。

“正是！”见有人帮他喊出这个词来，他赶紧如释重负地这样说道，接着又喝了一口水，然后便起身而去。——

不过，我现在还要让他再露上一面，但愿人们能够原谅我的这种做法。因为我这心里一直放不下文德尔·克雷齐马尔为我们提供的第四次作品朗诵会，而且，事实上，我更愿意把前面的这一次或那一次搁置一旁，而不是这一次，因为，这里说的也不是我，而是阿德里安，没有哪一次像这一次那样给他留下了如此深刻的一个印象。

那标题我已经记得不是十分清楚了。它好像是叫“音乐中的要素”，或“音乐及其要素”，或“音乐的要素”，或别的什么来着。总之，自然力的、原始的、原初的观念在这里发挥着决定性的作用，同样具有决定性意义的还有这样一种思想，即一切艺术之中，恰恰是音乐历经数百年的发展脱颖而出，成为高度复杂、高度丰富和精细的历史创造的奇迹，它从未放弃过虔诚的倾向性，它满怀敬畏地纪念它的最初的状态并用魔法庄严地把它们召来，简言之，它为它的要素举行庄严隆重的仪式。它以此来庆贺，他说道，它的宇宙的譬喻性；因为，那些要素似乎就是世界的最初的和最简单的建筑石材，这种类似，前不久刚刚为一个哲学化的艺术家——他所说之人又是瓦格纳，聪明地利用了一把，在他的《尼伯龙根指环》的宇宙起源学说的神话中，音乐的基本要素和世界的基本要素是重叠的、一致的。在他那里，任何事物的发端都自有其音乐：这就是发端的音乐，而发端的音乐也是音乐的发端，那莱茵河的汹涌深邃的降E大调三和弦，那七个原始和弦，众神的城堡由它们，就像由原始的巨型方形石那样，来垒砌。才华横溢，风格宏大，他在展示音乐的神话的同时也展示了世界的神话，他让音乐和这些东西紧密相连，让它们在音乐中得到表现，他创造了一个深思熟虑的同时性的系统——极其伟大，极其重要，即使同纯粹音乐家的，贝多芬和巴赫的某些对音乐中的要素的揭示相比，例如，同后一位的那首大提琴组曲的前奏曲相比，终究不免显得有点聪明过头——那也是一个降E大调作品，也是建立在原始的三和弦之上，只有距离最近的相似的调被触及，大提琴的声音初始地天真烂漫地所要表现的恰恰就只是那最简单的、最基本的东西，就只是那朴素的真理，而非别的。为了证明自己对这种自然的纯洁，对这种创造的较为纯粹的史无前例和独一无二的接受性（报告人坐在那架用来印证他的话的钢琴旁对我们说道），心必须，正如基督教《圣经》所言，"用扫帚清扫"——它必须能够达到那种完全被清空和心甘情愿的境界，这个神秘的规定使之成为接受上帝的条件。——他想起安东·布鲁克纳来，说此人喜欢在管风琴或钢琴上搞三和弦的简单接续，通过这种办法来给自己提神醒脑。"难道还有比这样一种纯粹的三和弦的模进，"他喊道，"更真挚、更美妙的事情吗？这难道不就像是一次对灵魂的荡涤吗？"——这个词也是，克雷齐马尔说，音乐潜回基本要素之中并在其原初的状态里自我欣赏的那种倾向性的一个有价值的证明。

他继续他的报告。他说起音乐的那些前文化状态，那时，歌唱还是一种跨越好几个音级的吼叫；他说音系的诞生来自杂乱无章的非标准化的声音，说音的单声部旋律歌唱的封闭状态在第一个基督世纪里还完全占据着统治地位；一种单意性，单向性，对此我们的受过和声训练的听觉是怎么也不会想象得到的了，因为我们情不自禁地把和声和每一个听到的音联系在一起，还因为那时对于这样的一种和声既没有需要，也没有能力。此外，在那样的早期，音乐表演几乎完全放弃了以节拍和周期来结构的循环；古老的音乐语言对这种约束所表现出的态度是非常不以为然的，由此可以看到，在这里，音乐活动自身所必须特别具备的东西更多的是自由咏诵和即兴发挥。而人们如果仔细观察一下这种音乐，而且恰好是在它最后所达到的发展阶段上，那么他们就会发现，它有一种秘而不宣的返回这些状态的兴趣。是的，我们的这位报告人喊道，这种奇特的艺术的本质是，它随时都可以从头开始，从无开始，在对它已经经历过的文化史、对那数百年间取得的成果一无所知的情况下，重新发现并再次创造自己。与此同时，它穿过同样的原始阶段，一如它的历史之初，同时还能够在它的发展的主山岳之外另辟蹊径，孤独而不为世界所倾听地到达异乎寻常的美的神奇顶峰。接下来，他给我们讲了一个故事，这个故事以无比怪诞和无比发人深思的方式附和佐证着他这次报告的观点和内容。

十八世纪中叶，在他的家乡宾夕法尼亚曾经有一个德裔堂区一度十分红火，教徒们都十分虔诚，按照他们的宗教仪式来划分，属于再洗礼派。他们当中发挥领导作用的成员，最具宗教威望的成员均过独身生活，这些成员因此受到敬重，被尊称为“孤独的兄弟姐妹”。不过，同这些禁欲的少数人相比，他们之中的大多数人还是选择过婚姻生活的，而且也非常善于在他们的婚姻生活里有意识地融入一种生活方式，这种生活方式因为具有示范性而显得纯洁和虔信，因为勤奋严谨而显得有条不紊，因为节制饮食而显得健康、与世无争和庄重肃穆。他们有两个定居点：一个叫以法他[①]，在兰开斯特县，另一个在富兰克林县，叫雪山；而且，他们全都对他们的首领、牧人和宗教之父，他们这个教派的创始人，一个名叫拜瑟尔的男子，心怀敬畏，全都对他马首是瞻，而此君身

① 原为《圣经》地名，此处是按此圣经地名命名的地名，全世界有好几处，主要在美国，本文的这一个就是宾夕法尼亚的以法他。

上呢，也的确是既有献身上帝的诚挚，又有宗教领袖和世俗统治者的气概，同时还不乏宗教狂热和冷漠生硬的能量。

约翰·康拉德·拜瑟尔出生于法耳茨的艾伯巴赫一个十分贫苦的家庭，很早就父母双亡，成为孤儿。他先是当学徒，学习做面包的手艺，后来又当流浪工匠，从此同虔信主义者和浸礼会教义的信徒接上关系，于是，那种在他心底沉睡已久的倾向，即那种专门为真理服务和自由信仰上帝的偏好，便被唤醒。由此他危险地接近了一个在他的家乡是要被视为异端的领域，于是，这个已到而立之年的男人便决定逃离这块不堪忍受的古老土地，移民到了美国，在这里，在不同的地方，在德国城和科内斯托加，他做了一段时间织工。然而，时隔不久，一阵新的宗教热情向他袭来，于是他便听从这内心的呼唤，隐居到荒郊野外，过起了一种与世隔绝的、简陋的、心中唯有上帝的生活。然而，事情的发展却是，你越是想逃避人群，你这个逃避者和人群的联系恐怕就越是紧密，于是，他很快就发现，自己开始被一群慕名而来的信徒和学习他离群索居的模仿者包围，这样一来，他不仅没有能够摆脱世人，反而猝不及防地于转瞬之间摇身一变，成了一个团体的头目，而且，这个团体本身也很快便发展壮大起来，成了一个独立教派——“第七日再洗礼派”，至此，他也发现，从未想过要做领袖的自己居然事与愿违地命中注定了要做领袖，于是，自从意识到这一点起，他便发号施令起来，也就更加有恃无恐了。

拜瑟尔从未受过任何值得一提的教育，但这个被唤醒的人却通过自学掌握了读书和写字的本领，更何况神秘的情感和观念又无时无刻不在他的心灵深处涌动，既然如此，于是乎，他主要便是以作家和诗人的身份来行使他的领导职权，倾吐他的肺腑之言：一篇篇说教文章和一首首宗教歌曲从他的笔端泉涌般流出，以供他的那些兄弟姐妹在宁静的时刻作修身之用，同时也可用以丰富他们的礼拜仪式。他的风格夸张而又晦涩，字里行间充斥着比喻、对基督教《圣经》的模糊暗示以及某种性爱的象征主义。为他的写作打头阵的是一篇关于安息日的题为《反常的秘密》的短文和一本汇编了九十九个“玄妙而机密的格言警句”的集子。这以后，他又马不停蹄地写了一系列圣歌，这些圣歌要按欧洲著名的赞美诗旋律来唱，而且还是用的诸如《热爱和颂扬上帝之歌》、《雅各布战斗和晋级之地》，以及《紫烟缭绕的天国山丘》之类的标题印刷出版。这些篇幅较短的集子几年之后经过内容上的增加和修改又被编纂成册，成为以法他“第七日”的这些洗礼派教徒们的正式唱本，并被冠以《孤苦伶仃的斑鸠，即基督教会之歌》这样一个甜蜜而又感伤的标题。这本权威性的著作，在教派成员们，独身的和已婚的，男人们，还有更多的女人们，争先恐后地充实之下，一印再印，书名也不断变换，其中有一次大概还叫过《天堂的神奇游戏》什么的。最后，此书的篇幅已不少于770首圣歌，其中的一些甚至还称得上是巨长无比。

这些歌是专门用来吟唱的，但它们却没有乐谱。都是新词配老调，堂区多年来一直就是这样使用它们的。于是，一个新的灵感又从约翰·康拉德·拜瑟尔的脑子里冒了出来。这个想法迫使他于诗人和先知的角色之外又充当起作曲家的角色。

不久前，以法他来了一个年轻的音乐艺术门徒，人称路德维希先生，他开办了一家歌唱学校，拜瑟尔特别喜欢去听他的音乐课。想必他就是在听这些音乐课的过程中发现，音乐其实是可以为扩张和实现宗教帝国提供多种可能性的，而这些可能性可是年轻的路德维希先生做梦也没有想到过的。这个不同寻常的男人于是很快做出了自己的决定。早已是五十多岁的年纪，不再青春年少的他开始着手创建一个自己的、服务于他的特殊目的的音乐理论。那位唱歌教师被他晾在了一边，整个事情由他自己一手把持——他成功了，在不长的时间内，他使音乐很快成为其所在聚居地宗教生活中的一个重要元素。

大多数从欧洲过来的赞美诗曲调在他看来都是极不自然的、太过复杂和矫揉造作的，因而并不适合他所管辖的教徒。他要对此进行革新和改良，他要开创一种同他们灵魂的素朴更相符合的音乐，而且，这种音乐另外还要能够使他们通过他们的实践活动走向自身的朴素的完美。他果敢地拿出了一个既有意义，又能使用的曲调理论。他发布命令说，每一个音阶里都应该有“主人”和“仆人”。他决定，把三和弦看作每一个给出的调的旋律中心，以此为基础，他把属于这个和弦的音任命为师傅，音阶的其他音则为仆人。一篇歌词的每一个重音音节都各自通过一个师傅来表示，每一个非重读音节则各通过一个仆人来表示。

至于和声，他所采用的处理办法是一次即决。他给所有可能的调建立了和弦表，借助这些表，每个人都可以舒舒服服地用四声部或五声部填完自己的曲子，他以此而在堂区里掀起了一场真正的作曲热潮。不久，“第七日”的这些浸礼会信徒，不分男女老幼，个个都能轻松自如地跟着他们的师傅作起曲来。

这个硬朗的男人剩下来要做的事情就是解决他的理论中有关节奏部分的问题。他在这里也同样取得了圆满成功。他在作曲中认真遵循歌词的节拍，他为重读的音节配备较长的音符，为非重读的音节配备较短的音符。他没有想过要在音值之间建立一种固定关系，而正是这一点使得他的节拍得以保持一种可观的柔韧性。在他那个时代，几乎所有的音乐都是用重复出现的长度相同的速度，也就是用节拍来写的，对此，他不是不知道，就是不关心。可是，这种不知道或者是不理会对他而言却是再合适不过的了，因为这种悬留的节奏使得他的一些音乐作品，尤其是对散文的谱曲，取得了异乎寻常的效果。

这个男人一旦踏进音乐的田地，他就会像追寻他的每一个目标那样，用同样的顽强来耕耘这片田地。他对自己有关理论的想法进行总结，还把它们写进《斑鸠》那本书的前言里面。他日以继夜地为《紫烟缭绕的山丘》里的全部诗歌配曲，其中一些还配了两三遍，他把自己写过的所有圣歌全都谱上曲，此外，他还为出自他的男女学生之手的大量圣歌作曲。而且，这还不够，他又写了一系列篇幅较长、歌词取自《圣经》的合唱。他似乎有意要把整部《圣经》都按照自己的方法谱成音乐；他也完全有能力着手实施这样一种想法。如果说他最终没有能够这样去做的话，那也仅仅只是因为，他必须把他的大部分时间花在演出已经创作的作品、咏诵训练和唱歌课上——而他在这个领域所取得的成就简直就是惊人的。

以法他的音乐，克雷齐马尔告诉我们，太不寻常了，太神奇独特了，以至于外界根本不能接受，因此，当这个由德裔的“第七日”浸礼会教徒所组成的教派开始没落的时候，以法他的音乐也就在实践中逐渐被人遗忘了。但是，它留给人们略带传奇色彩的回忆却持续了数十年之久，由此也大概可以窥见，它曾经是多么的独特和动人。它的合唱所发出来的声音模仿的是温柔的器乐音乐，在听者的心里唤起一种天国般温良而虔诚的印象。并且，这一切全是用假声来唱，而歌唱者在歌唱的过程中嘴巴几乎没有张开，嘴唇也几乎不动一下，听觉效果奇妙极了。在整个祈祷大厅里，歌声就这样被推到并不算高的天花板上，这些声音不同于人们所熟悉的任何东西，也不同于任何有名的教堂音乐，它们仿佛天籁之音从天而降，宛如天使一般悬浮在密密麻麻的人群头上。

在以法他，这种歌唱风格到 1830 年左右就已经完全不再使用了。而在福兰克林县的雪山，情况则正好相反，那里保留了这个教派的一个分支，所以，在这段时间前后，他们还保持着这种风格，而且，尽管这种风格，同拜瑟尔亲自培养的以法他合唱相比，仅仅只能算得上是对后者的一个微弱的回响，然而，无论是谁，只要听过它，就会对它终生难忘。克雷齐马尔说，他父亲年轻的时候还常常能够听到它，而他父亲上了年纪之后，只要是一说起它来，每次还都会忍不住热泪盈眶。那时，他在雪山附近过夏天，在星期五的晚上，也就是安息日的开始，他骑马去了一趟，目的只是想跑去看看那些虔诚的人是如何在他们的祈祷屋里做祈祷的。不曾想，打那之后他跑去的次数就勤了起来，每个星期五，太阳落山时，他就会由着一股不可抗拒的渴望所驱使，备好马鞍，骑上三里路去倾听这种风格的歌唱。这种歌唱是无法用语言来形容的，这个世界上任何别的东西都不能与之相比。老克雷齐马尔说，他进过英国、法国和意大利的歌剧院，但那里都只是给耳朵听的音乐，而拜瑟尔的却是深入灵魂的声音，这种声音不多也不少，正好就是那种对天堂的最初的体会。

“好一门伟大的艺术，”报告人在报告的结尾这样说道，“它，似乎能够脱离时间和自身在其中的伟大进程，进而发展出这样一段小小的特殊历史，通过不留痕迹的旁门左道走向如此奇特的欢乐幸福！”——

我和阿德里安听完这个报告回家的情形，我现在还记忆犹新，那就好像是昨天才发生的事情。当时，走在回家的路上，我们彼此也并没有怎么多言语，尽管如此，我们却久久不能分手，我陪他走到他的伯父楼前，他又从那里反过来送我走到我家药店，而我接下来又和他一起折回帕罗夏尔大街。当然，这在我们之间也是常有的事。我们俩拿拜瑟尔这个人，拿这个独霸一方的长官及其精力旺盛的活动能力寻开心，我们一致认为，他的音乐改革很容易让人想起特伦慈①作品里的一句话，即：“用理智行滑稽之事”。不过，阿德里安对于这个奇特现象的态度却通过一种非常有特色的方式和我的区别开来，很快，这种方式就要比这件事情本身更让我伤脑筋。也就是说，与我不同，他注重的是在嘲笑的过程中为自己保留那份赞赏的自由，即那种权利，说得难听一点：也就是那种保持一种距离的特权，而友好接受的可能性、无条件的赞同、一半的欣赏，连同冷嘲热讽和哈哈大笑一起，都包含在了这种距离之中。这种对讽刺性的保持距离的要求，对客观性的要求，总的看来，在我的眼里，始终就是一种不同寻常的傲慢的标志，而这种客观性显然更多涉及的是那个自由的人格而非那件事情的声誉。应该承认的是，在那时，如果像阿德里安那样，小小年纪就表现出这样一种态度，那是免不了有些

---

① 特伦慈（公元前 185 或 195？-公元前 159）：利比亚裔的罗马作家，遵循希腊典范创作喜剧，代表作有《阉人》等。

狂妄之嫌的，是会令人感到不安的，也是会让人有理由为他的灵魂能否得救而感到担忧的。当然，对于那些具有素朴的精神形式的战友而言，这种态度同时又是给人印象极为深刻的，而我既然爱着他，那么爱屋及乌，我也就一并爱着他的傲慢——或许正是由于他的这种傲慢，我才会如此爱他。是的，事情现在看来就是如此：这种盛气凌人就是我内心那种惊恐之爱的主要动机，而在我长达一生的时间里，我这心里都对他怀有这样一种爱。

我们把手插在大衣口袋里，时值隆冬，雾霭沉沉，我们就着街头煤气路灯朦胧的灯光，来回穿行于我们的住宅之间。“看在我的分上，”只听他这样说道，“看在我的分上，你就让那个怪人清静清静吧，我喜欢他。他至少还有秩序意识，不管怎么样，有一个愚蠢的秩序，也终归比完全没有一点秩序要强。”

“一个荒唐之极的秩序的教条，一种天真之极的理性主义，”我回答道，“正如那个主仆的发明一样，你是不会真心想要去捍卫它们的。你想一想，拜瑟尔的这些圣歌听起来都是什么呀，里面的每一个重音音节上都非得落下一个三和弦的音不可！”

“反正不是感伤的，”他回应道，“而是严格按照法则的，而这正是我所喜欢的。你当然会把想象高高地置于法则之上，而‘仆人音’的自由使用恰好给这种想象留下了丰富的回旋余地，你应该感到安慰才是。”

话一出口，他便忍不住大笑起来，他一边走一边弯腰，大笑着把腰弯向潮湿的人行道。

“滑稽，这真是太滑稽了，”他说道，“不过，有一点你不得不承认：法则，每一个法则，它所发挥的都是冷却作用，而音乐本身有的是热量，刚刚出栏的热，刚刚挤出的热，我想说，任何形式的法则的降温，音乐全都可以用得上，音乐自身甚至对此渴望已久。”

“此话或许不假，”我承认道，“但是，我们的拜瑟尔终归算不上这方面的楷模。你忘了，他的毫无条理的和听任情感的节奏至少抵消了他的旋律的威严。而后，他又为自己发明出这样一种歌唱风格——先是向上冲着天花板而去，其后又通过天使般的假声从那里向下悬留，这种风格想必是极度诱人的，它先是通过刻板的降温将音乐的那种‘刚刚挤出的热’予以剥夺，然后，它又确定无疑地将那种‘刚刚挤出的热’悉数返还给音乐。”

“通过禁欲的，克雷齐马尔会说，”他回应道，“通过禁欲的降温。拜瑟尔老爹在这一点上是非常地道的。音乐总是提前为音乐的性感化作精神上的忏悔。古代荷兰人为了达到赞美上帝之目的，就让音乐肩负起各种绝技，挖空心思地想出各种最不性感和纯粹算计之法，无所不用其极，而与此同时呢，情况反倒变得越来越严峻。后来，他们索性就让唱出这些忏悔，索性就把这些向上帝进行的忏悔直接托付给人的声音，直接托付给人声所特有的那种发声气息，而人的声音恐怕就是我们目前可以想见的、具有那种最新出栏的温热的发声材料……”

“你是这样想的吗？”

“我为什么就不该这样想呢！就刚出栏的热而言，其实根本无法和任何一种无机的器乐声相比。诚然，人的声音，它可能很抽象，——抽象的人，随你怎么想。然而，这却是一种抽象性，大概就跟没穿衣服的肉体是抽象的一样——那其实近乎一个女人的阴部。”

我感到震惊，一时无言以对。我的思绪把我带回到那遥远的我们的、他的过去。

“这下你总该看到了吧，”他说道，“你的音乐。（我对他的这种措辞方式感到气愤，这种方式的目的是把音乐推给我，好像它更多的是我的事情而不是他的似的）这下你总该完全看到它的本来面目了吧。它的威严，或者用你的话说，它的形式的道德主义，必然是为掩盖它真实声音的诱惑而找的一个借口。”

有那么一个瞬间，我觉得自己是个长者，是个更加成熟的人。

“生活馈赠的一件礼物，”我回应道，“说得重一点：上帝馈赠的一件礼物，如音乐，我们不应该用嘲讽的态度去证明它的这些自相矛盾之处，这些自相矛盾所能证明的其实只是音乐的本质的丰富而已。我们更应该去热爱音乐才是。”

“你认为爱是最强烈的情感吗？”他问道。

“你知道有比这还强烈的吗？”

“是的，兴趣。”

“或许在你的理解中，这是一种除却了动物性热量的爱，是吗？”

“别吵了，就让我们一同服从命运的安排吧！”他大笑起来。“晚安！”

我们又站在了莱韦屈恩家的那栋小楼前，他给自己打开了那扇楼门。

九

我不往前翻，也尽量避免去数自己在上一个罗马数字[①]和刚刚写下的这一个之间堆积了多少页数。不幸——但却是一个完全出乎预料的不幸——既然已经发生，而我如果还要继续为此一味自责，一味道歉，结果恐怕也只能是于事无补。要是克雷齐马尔的每一次讲座我都能专门给它来上一章的话，我是否就能够，而且也应该避免这个不幸的发生呢？对于这样一个良心的提问，我的回答肯定是否定的。一部作品的每一个个别的部分都需要有一定的重点，具有一定的有益于全局的意义，而这个重点，这个意义，只有当这些报告作为整体（就我进行过报道的那些而言）时才具有——单个的是没有意义的。

---

① 原著各章节是用罗马数字标明。

可是，我又为什么要赋予它们以这样的一个意义呢？我又怎么会情不自禁地把它们细致入微地复述出来呢？之所以这样做的理由，我已经说过不止一次了。这个理由很简单，那就是：阿德里安那时在聆听这些东西，这些东西向他的聪明才智发起挑战，不仅会在他的心灵深处积淀下来，而且还会为他的想象力提供人们称之为营养或者刺激的物质，因为，对于想象力而言，营养也好，刺激也罢，全都是一回事。而与此同时呢，也有必要让读者成为目击证人；因为，写一部传记，描绘一个人的精神存在的架构，那就得让被写的这个人回复到学生状态，回复到倾听着的、学习着的，时而四处张望、时而又摸索着前行的生活和艺术的新人状态。而如果特别就音乐而言的话，那么，我的愿望和追求就是让读者以完全相同的方式觉察到音乐；让读者就用发生在我那已经过世的朋友身上的方式去和音乐接触。为此，他的老师的演讲在我看来可就是一种不可小觑的、甚至是不可或缺的手段了。

因此，前面有关克雷齐马尔报告的那一章固然不免怪异冗长，然而，如果有人因此而犯下跳过和略过不看的错误，那么，我就会不无调侃地认为，对于这样一些人，对付他们最好的办法莫过于向劳伦斯·斯特恩[①]学习，借鉴人家修理一个虚构的女听众的办法。这个女听众通过一次插话透露说，她有时候注意力不够集中，作者于是就打发她回到前面一章，以便弥补她在掌握叙事内容方面的遗漏。而后，等她了解得差不多了之后，这位女士才又得以重返叙述者集体并受到热烈欢迎。

我之所以想起这个事情来，是因为作为高年级学生的阿德里安那时，也就是我去吉森大学上学时，已经开始在文德尔·克雷齐马尔的影响下私下里学起英语来，而这个专业可不属于人文学科的教学范围。他怀着极大的兴趣去读斯特恩的作品，尤其是莎士比亚的著作，那个管风琴师不仅通晓这些作品，而且还对它们佩服得五体投地。莎士比亚和贝

---

① 劳伦斯·斯特恩（1713－1768）：英国感伤主义重要作家，现代小说开路先锋，代表作有《感伤旅行》、《特里斯特拉姆·山迪的生活和观点》等。

多芬是他精神天空里璀璨夺目的双子星座，他特别喜欢向他的学生证明，这两个巨匠在创作原则和创作方法上具有种种奇特的相似与共通之处——这个结巴子对我朋友在教书育人方面所施加的影响在多大程度上已经超越了一个钢琴教师的职权范围，由此可见一斑。说实话，作为一名钢琴教师，他本该向他传授简单的基础知识才是，可他倒好，奇怪得很，他的做法正好相反，他同时，并且是捎带着地，让他第一次接触到那些伟大的东西，为他打开通向世界文学的大门，他给他作入门报告，以此唤起他的好奇心，吸引他走进俄国、英国、法国小说的广阔天地，激励他去钻研雪莱[①]和济慈[②]的、荷尔德林[③]和诺瓦利斯[④]的诗歌，把曼左尼[⑤]和歌德、叔本华[⑥]和迈斯特·埃克哈德[⑦]拿给他看。阿德里安平时以写信的书面形式，待我放假回家则又是以口头传达的形式，让我分享他的这些成果，而我不想否认，我偶尔也会担心他负担过重，因为这些过早的探究意味着他的年轻的身心需要超负荷运转，尽管我知道，他学什么都是那么的敏捷、那么的轻松。毫无疑问的是，这些探究多少会影响他准备即将到来的毕业考试，虽然他本人对此表现出一副满不在乎的样子。他常常面色惨白——而且还不只是就在遗传的偏头痛对他进行肆

---

① 珀西·比希·雪莱（1792－1822）：英国浪漫主义文学重要代表，以诗歌创作最负盛名，被誉为“诗人中的诗人”，不朽名篇有《西风颂》、《致云雀》、《自由颂》、《解放的普罗米修斯》等。

② 约翰·济慈（1795－1821）：英国浪漫主义文学重要代表，著有长诗《安荻米恩》和众多颂歌、十四行诗等。莱韦屈恩后来为济慈的两首颂歌谱曲。

③ 弗里德里希·荷尔德林（1770－1843）：德国诗人，1802年开始精神失常。除诗歌外，荷尔德林还翻译了古希腊剧作家索福克勒斯的悲剧并著有书信体小说《徐培里昂》。

④ 诺瓦利斯（1772－1801）：德国早期浪漫主义诗人，代表作有诗歌《夜颂》、未完成小说《海因里希·冯·奥夫特丁根》等。

⑤ 亚历山德罗·曼左尼（1785－1873）：意大利浪漫主义作家，对意大利书面语言的发展作出过重要贡献，代表作为长篇小说《约婚夫妇》。

⑥ 阿尔图尔·叔本华（1788－1860）：德国哲学家，代表作是《作为意志与表象的世界》。其学说对瓦格纳和青年时期的尼采影响很大。

⑦ 迈斯特·埃克哈德（约1260－1328）：德国神秘主义者，多明我会修道士，曾在巴黎和科隆执教，其主张的核心为追求灵魂和上帝最大可能的结合。

虐的白天。他显然睡眠严重不足，因为他把夜间的时间用来阅读。我也直言不讳地向克雷齐马尔表示过我的担忧，并且还问过他，问他有没有和我一样发现阿德里安身上蕴藏着一种与其去促进，倒不如从精神上去加以克制的天性。然而，这个音乐教师，他的年龄尽管比我大了许多，他的表现却是一副血气方刚、渴望认识、不知爱惜自己身体的年轻人同党模样，这个男人身上有着那么一股子理想主义劲头，身体和“健康”是无所谓的，在他眼里，“健康”是一种相当庸俗的，说得难听点就是：相当懦弱的价值。

“是的，亲爱的朋友，”他说道，（我在这里省去那种削弱其辩才的生理缺陷）“如果您为健康说话，——那它当然是和精神与艺术没有多大关系的，它甚至还会同后者形成某种截然对立，无论如何，这一个从来就没有特别关心过那另外一个。让大叔做家庭医生去告诫人家不要读书过早，因为对他而言，在他活着的任何时候读书都是一件过早的事情，这个我可办不到。我并且还认为，把有才能的青年一成不变地钉死在他们的‘不成熟’耻辱柱上，动不动就说‘这对你不合适’，最伤人和最残酷的事情莫过于此。应该让他自己来作判断！应该让他自己去体验那种过关斩将的滋味！在能够爬出老德意志集市的这只蛋壳之前，他的日子还长着呢，这不是明摆着的嘛。”

我明白了，凯泽斯阿舍恩也明白了。我很生气，因为这位大夫大叔的立场肯定也不是我的立场。此外我发现，并且也非常理解，克雷齐马尔不仅不满足于做一个传授一项特殊技能的钢琴教师和培训师，而且，就连音乐本身，这门课程的目标，如果是孤立于其他形式的、思想的和教育的领域之外而去片面地进行的话，在他看来都是一种害人的专业主义。

事实上，根据我从阿德里安那里听来的全部情况，他的钢琴课是在克雷齐马尔位于大教堂的古式官邸里上，而这其中又有整整一半的时间是用于谈论哲学和诗歌的。尽管如此，只要我还和他一起上学，我就确确实实地每天都能观察到他的进步。他通过自己的手熟悉了键盘和调，这当然加速了他最初的步伐。他的音阶练习认真细致，不过，据我所知，他没有使用一本钢琴教科书，相反，克雷齐马尔就让他弹指定的圣歌和——在钢琴上显得格外神奇的——帕莱斯特里纳的四声部赞美诗，这些赞美诗由纯粹的和弦外带一些和声的紧张和华彩乐段组成；稍后又加进巴赫的小型前奏曲和小赋格曲，这同一个人的二声部创意曲，莫扎特的《简易奏鸣曲》，斯卡拉蒂①的单乐章奏鸣曲。另外，他还不厌其烦地亲自动手写些小东西，进行曲和舞曲，部分用来独奏，部分则用于四手连弹，与此同时，音乐的重心落在了第二声部上，而专给学生准备的第一声部从头到尾始终都很简单，致使占首位的参与一种演奏在他这里成为一种满足，而这种演奏作为整体却又是在一个比他自己的技能要更高一筹的专业层面上进行的。

总之，这有点像培养王子，我现在还记得，当我在和这位朋友的谈话中调侃地使用这个词汇时，他发出了那种为他所特有的短暂的笑声，并随即转过头去，仿佛没有听见似的。他无疑是感谢他的这位老师的授课风格的，因为这种风格考虑到了他的实际情况，即这个学生在这门姗姗来迟的课程中应该接受幼儿园级别的训练，但他精神发展的总体水平又不能划归这个级别。这个浑身上下透着灵气的少年在音乐上也要来个大跃进，对于他劳心费神做着的事情，克雷齐马尔不仅不反对，反而为他创造条件，提供便利，相反，如果指导教师刻板，他的这些事情就很可能被斥为胡闹。因为，他几乎不识谱，却已经开始作曲并在纸上拿和弦做试验了。他那时养成的癖好是：想出一个又一个的音乐问题，像下象棋一样去解决这些问题，这种做法可能会令人担忧，因为那种危险，即他已经简单地认为这种对技术困难的想象和克服就是作曲，他的这种

① 亚历山德罗·斯卡拉蒂（1660－1725）：意大利作曲家，那不勒斯歌剧的主要大师之一。其子多梅尼科（1685－1757）也是作曲家，创作了500多部钢琴和管风琴作品。

危险倾向是显而易见的。他在尽可能狭窄的空间里连接和弦，这些和弦合在一起就包含了所有半音音阶的音，而且，这些和弦并不是半音音阶地减音，它们的连接也不显得生硬。如果不做这些的话，那么，他就会另外津津有味地去琢磨着建立一些极其强烈的不谐和音，臆想出使这些不谐和音转变为协和音的各种可能性，然而，又因为这个和弦包含了太多矛盾的音，所以，所有这些可能的和弦的转变，它们其实彼此毫不相干，所以，那个痛苦的声音，犹如魔术封印一般，只好无奈地在那些相隔十万八千里的声音和调之间建立联系。

一天，克雷齐马尔的这位正在学习纯粹和声学的新门徒，为了取悦他的老师，呈上了他亲手发明的双重对位。我要说的是：他给他看两个同时进行的声部，其中的每一个既可以是高音部，又可以是低音部，也就是说，它们是能够相互替换的。——要是你搞出三重来，克雷齐马尔说道，那你就自己留着吧。我不想看见你这样操之过急。

他为自己留了很多东西，而只有在他放松的瞬间，他才让我参与他的苦思冥想——他尤其醉心于统一性、可替换性、水平与垂直的一致性问题。不久，他就拥有了一种在我看来是无比的娴熟，他用这种娴熟发明、创造旋律的线条，而这些线条的音可以上下重叠、同时进行、折成复杂的和声——并反过来建立可以展开为水平旋律的多音的和弦。

在校园里，在介于希腊语和三角学的课间，他会把身子靠在釉砖墙的突出部位上，每逢这时，他或许就会跟我聊聊他在闲暇时间里所进行的那些神秘迷人的娱乐：他说，没有什么比把音程转化为和弦更费劲的了，也就是水平变成垂直，前后变成同时。同时性，他声称，在这里原本就是第一位的，因为声音本身，连同其较近和较远的高音，就是一个和弦，而音阶知识把这个和弦分解为水平的一行。

“但真正的、由好几个音组成的和弦却又是另外一码事。一个和弦愿意被继续下去，而一旦你继续它，把它导入另一个，它的每一个组成部分就变成了声部。或者更正确一点，为水平发展而设的声部，从和弦重叠的那一刻起就是它的单个的音了。‘声部’是一个很好的字眼，因为它让人记住，音乐被唱的时间最长——先是单声部，然后是多声部，而这个和弦则是复调歌唱的一个结果，也就是说：一个由独立的、在一定程度上并根据审美法则的变化而相互顾及的声部编结而成的织物。我觉得，人们应当把音的和弦的连接永远视作声部运动的结果并在构成和弦的那个音中尊重这个声部——但不尊重这个和弦，而是把它视作主观和任意的，并因此而鄙视它，只要他还不能够通过对位法声部处理的那道程序，也就是：用复调的方式来证明自己。和弦不是和声的享用品，相反，它就是复调本身，而构成它的那些音就是声部。但我现在要作的一个声明则是：这个和弦越是不谐和，这个和弦的复调性质就越是明确，这些音就越发是声部了。这个不谐和音是和弦的复调尊严所依据的准绳。一个和弦越是不谐和，它包含的相互对比分明的和以不同方式起作用的音就越多，它就越复调，而在和弦的同时性中，每一个单独的音就会愈发鲜明地打上和声的烙印。”

有好一阵子，我都是用幽默宿命的表情去看他的，我同时还向他点头。

“你会变好的，”我终于开口说道。

“我？”他回应道，整个人按照他的方式转过身去。“我是在说音乐，不是在说我自己，这可是有点小区别的。”

他甚至很看重这个区别，而他谈论音乐也只像是谈论一股陌生的力量一般，音乐于他宛如一个神奇的、但并不触及他个人的现象，他谈论它的时候，是保持着批判性的距离的，是带着某种自上而下的鄙视的，不过，他谈论它并因此而有了更多的与此相关的谈资，在这些年里，在我和他一起在学校度过的最后一年里，以及在我上大学的最初几个学期里，他的音乐体验，他通过音乐所获得的世界知识和文学知识，增长迅猛，因此很快地，他所了解的和他所能够的之间的距离自然就使得他所强调的那种区别显得更加突出和更加引人注目了。因为，在他以钢琴家的身份尝试诸如舒曼的《儿童情景》和贝多芬的两首小奏鸣曲，作品第45号，在他尝试这一类作品的过程中，在他作为学音乐的学生乖巧地协调赞美诗题材并使得这个主题成为和弦之中心的过程中，他飞速地、几乎是仓促和超负荷地对前古典主义、古典主义、浪漫主义和晚期浪漫主义—现代性的创作，有了一个总体的把握，尽管这种把握不算连贯，但在细节上却是密集的，而且，这里不仅有德国的，还有意大利、法国、斯拉夫的——当然是通过克雷齐马尔了，这个人本身就太爱一切——可也太爱一切——用音创造的事物了，所以，他忙不迭地就把像阿德里安这样一个懂得倾听的学生带进了那个多姿多彩的世界，这个世界有着无限丰富的风格、民族性、传统价值和个人魅力，有着变化多端的美的典范的历史和个性：通过钢琴上的演奏，不言而喻——所有的课，而且还是无所顾忌地拖堂的课，都由克雷齐马尔为这个少年演示，在这个过程中，他从一个弹到另一个，从一百弹到一千，同时叫喊着，评论着，描述着特征，就跟我们所认识的他的那些“促进公益事业”的报告一样——事实上，人们不可能遇到比这更紧张、更真切、更有教益的演奏了。

凯泽斯阿舍恩的居民听音乐的机会少得可怜，这一点几乎用不着我来说了。如果除去在尼古劳斯·莱韦屈恩家里进行的那些室内乐的娱乐和在大教堂举办的那几场管风琴音乐会不算的话，我们实际上没有一点这方面的机会，因为，极少有流动的演奏家或外面的乐团及其指挥会因为不小心走错路而跑到我们这座小城来。现在，克雷齐马尔填补了这个空白，不仅如此，他还用他那即便只是暂时和暗示性的、但却生动活泼的演奏满足着我的朋友那部分只是无意识的、部分则是不愿承认的文化渴望。我甚至想说，就当时而言，其内容之丰富广博，犹如一股音乐体验的巨浪，席卷了他这个青年人的接受力。而在随后的表现为否定与隐瞒病情的年月里，尽管这方面的机会要多得多，但他所接受的音乐却要比那时少得多。

这位老师开始顺理成章地用克莱门蒂[①]、莫扎特和海顿的作品向他展示奏鸣曲的结构。但没过多久，他就从这里转向管弦乐队奏鸣曲、交响乐，并借助钢琴的抽象，为这个倾听者，为这个眉头紧皱、嘴巴张开的观察者，演示那种最为丰富的、对感官和精神吐露千言万语的绝对音乐创造的表现形式所具有的各种各样的时间和个性的变化，给他弹奏勃拉姆斯和布鲁克纳、舒伯特、罗伯特·舒曼以及近代和现代的包括柴科夫斯基、鲍罗丁和里姆斯基—科萨科夫，包括安东·德沃夏克、柏辽兹、凯撒·弗兰克和夏布里埃[②]在内的器乐作品，他同时还不停地通过大声解释来要求他想象用管弦乐去复活钢琴的幽灵。大提琴悠扬如歌的旋律！他叫道。您必须把它想成是拉长的！巴松管独奏！长笛吹花腔给它做装饰！击鼓！这些是长号！这里上小提琴！您再查阅一下总谱！小号喇叭那一点点号声我就忽略不计了，我只有两只手！

他用他的两只手做着他能做的事，同时还频繁地加入他的歌声，尽管他是扯着嗓子大喊，尽管他的声音难听而沙哑，但他的这种歌声却又是完全可以忍受的，有时甚至还会因其内在的音乐性和恰到好处的狂热的表现力而变得动人心弦呢。跳开、并列，他从一百进到一千，首先是因为他的脑子里装的东西数也数不清，致使他弹这一个的同时就会想到另一个，其次，当然也特别是因为，比较、揭示各种关系，证明各种影响，发掘文化盘根错节的各种联系正好也是他的嗜好所在。让他的学生明白，法国人对俄国人，意大利人对德国人，德国人对法国人都发生了

---

① 穆齐奥·克莱门蒂（1752－1832）：作曲家、钢琴家，生于意大利罗马，在英国、法国、瑞士、奥地利和俄国从事钢琴演奏和作曲工作。写有106首钢琴奏鸣曲。其钢琴作品《艺术津梁》（又译《朝圣进阶》或《名手之道》）在钢琴历史发展史上意义重大，为近代钢琴演奏技巧和风格奠定基础，故克莱门蒂又被后世尊奉为“钢琴之父”和“钢琴演奏技巧之父”。

② 阿列克西斯·埃曼努尔·夏布里埃（1841－1894）：法国作曲家，法国现代音乐先锋之一，歌剧作品有《星》、《格温德琳》、《不自愿的国王》等，最著名的作品是管弦乐狂想曲《西班牙》。夏布里埃还是法国最早的瓦格纳迷之一，1880年他在慕尼黑听了瓦格纳的歌剧《特里斯坦与伊佐尔德》之后，深受影响，遂放弃公务员职位，专事作曲。

什么样的影响，这是一件令他高兴的事情，他可以为此一连花上好几个小时。他告诉他，古诺[①]从舒曼那里，凯撒·弗兰克从李斯特那里都继承了什么，德彪西[②]是如何借鉴穆索尔斯基的，丹第[③]和夏布里埃又是在哪些地方受到瓦格纳的影响的。而向他指出，纯粹的同时代性是如何在诸如柴科夫斯基和勃拉姆斯这样截然不同的天性之间建立起交互关系的，也属于这些谈话课的内容之一。他向他演示这个人的作品片段，他也同样能够向他演示另一个人的作品片段。他向他展示他所特别敬重的勃拉姆斯同远古、同古老的教堂调的关系，以及这种禁欲的因素在他那里又是如何成为那种表现阴郁的丰富乃至昏暗的充盈的手段的。他让他的学生注意，在这种明显借鉴了巴赫的浪漫主义当中，那种遵循声部的原则同那种转调—多彩的原则势不两立，前者挡住后者去路并将其逼退。不过，这里涉及的是并不十分合理的和声器乐音乐的虚荣，这份虚荣要把原本属于古老的声乐复调并仅仅只是被转用于本质是主调音乐的器乐和声的那些价值和手段纳入其管辖范围。复调音乐、对位法得到运用，目的是赋予在通奏低音系统中只是填充、只是和弦的伴随现象的中声部以更高的固有尊严。真正的声部的独立性，真正的复调音乐可不是这样的，就连巴赫的也不是，在他那里，虽然找得到声乐时代对位技法的传承，但他骨子里就是一个和声主义者而非别的。平均律钢琴，这个近代一切和声转调艺术的前提，早在成为其发明者时，他就是这样的一

---

① 夏尔-弗朗索瓦·古诺（1818－1893）：法国作曲家，创作有 12 部歌剧、3 部交响曲及声乐曲等，其中《教皇进行曲》被梵蒂冈采用为国歌。古诺最重要作品是 1859 年所作的歌剧《浮士德》。

② 克劳德·德彪西(1862－1918)：法国印象主义作曲家，其音乐被认为是浪漫派和现代派之间的重要桥梁。1892 年根据马拉美同名诗歌创作的交响诗《牧神午后前奏曲》最能代表德彪西的印象主义音乐风格，而 1902 年创作的歌剧《佩利亚斯与梅丽桑德》则是德彪西最重要的舞台作品。

③ 樊尚·丹第（1851－1931）：法国作曲家和音乐教育家，师从凯撒·弗兰克，著有多部歌剧和合唱作品及室内乐等。丹第是瓦格纳音乐的坚决拥护者，如他的第一部歌剧《斐瓦尔》（1881－1895）几乎就是完全模仿瓦格纳的《帕尔西法尔》创作而成。

个人了，而他的和声对位同古老的声乐的多声性的关系，从本质上来讲，也已经不会再比亨德尔的和弦的 al fresco[①] 多多少了。

恰恰就是这些言论被阿德里安竖起的耳朵听进去了。这不，在他和我所进行的下述交谈中，他仍然对此念念不忘。

“巴赫所提的问题，”他说道，“是：‘和声上有意义的复调音乐怎样才能成为可能？’近代人提的问题则有所不同。他们更愿意提这样的问题：‘唤起复调面貌的和声技术怎样才能成为可能？’奇怪得很，似乎有点问心有愧的意思——主调音乐在复调音乐面前似乎有点问心有愧。”

如此众多的听闻使他变得活跃起来，他积极地阅读各种总谱，一部分得自于那位老师的私人收藏，另一部分则是从图书馆里借来，这些就用不着我多说了。我经常撞见他在进行这样的学习，而且他还拿起笔搞配器。因为，有关管弦乐队各个乐器音区范围的知识（在这个问题上，乐器商的侄子哪里还用得着去问别人）已经不经意地进入了这门课程，而克雷齐马尔也已经开始让他把一些短小的古典乐曲、舒伯特和贝多芬的个别钢琴乐章改成管弦乐，还让他为一些歌曲的钢琴伴奏配器：然后他再把这些练习中的缺点和音乐错误给他指出来并加以纠正。正是在这段时间里，阿德里安初次结识了伟大光荣的德国艺术歌曲文化，这种文化的初期贫乏而枯燥，到舒伯特那里开始爆发美妙神奇，后来又通过舒曼、罗伯特·弗兰茨、勃拉姆斯、胡戈·沃尔夫和马勒达到无与伦比的民族的辉煌。好一次壮丽的相遇！我为自己能够列席并参与到其中而感到幸福！好一颗珍珠，好一个奇迹，如舒曼的《月夜》，它的持续数秒的伴奏既妩媚又多愁善感；同样，还是这位大师根据艾兴多夫而创作的其他作品，如那部召唤一切浪漫主义危险和对灵魂的威胁的乐曲，它是以一种极其道德的训诫来结尾的：“你要当心！要保持警惕和活力！”好一个发现，好一次中彩，如门德尔松的《乘着歌声的翅膀》，一个音乐

---

① 意大利语，艺术术语，指用水、蛋黄、胶料等调色在湿的石灰墙上作壁画。

家的灵感，阿德里安总是当着我的面夸耀他，说他是所有人当中最富于节拍的人——这是多么要命的谈话内容啊！而对于作为歌曲作曲家的勃拉姆斯，我的朋友最赞赏的还是他在为《圣经》篇章而写的《四首严肃的歌》中所表现出来的那种独特的严肃和全新的风格，尤其是那首《哦，死神，你是多么的苦涩》所具有的宗教的美。不过，他却偏偏喜欢去搜寻属于舒伯特的那种始终叫人捉摸不透的、遭遇死神的天才，而且还是在那里，在这份天才帮助某种只是半个意义上的、但却是不可避免的孤独的厄运成为最高的表达的地方，如在卢卑克的施密特的那个格外怪癖的“我从山上来”这段中，以及出自《冬之旅》的那个“我如何才能不走别人走的路？”这段中，而后者则是以下面两句心如刀割的诗行开的头：

“我可是什么都没做，
居然要我把人群躲。”

我都听见他一边在嘴里自言自语地念叨这个开头，连同下面紧接着的一句：

“是怎样愚蠢的欲望之火
把我推到那茫茫荒漠？”

一边指出旋律的风格，而与此同时，我还震惊地看见，他的眼里溢满泪水，这令我久久不能忘怀。

不言而喻，他的器乐乐章深受缺乏感性体验之苦，克雷齐马尔于是决定帮助他弥补这个缺憾。他利用米迦勒节和圣诞节假期带他（经过伯父同意）去附近的城市看歌剧和音乐会的演出：去梅泽堡，去埃尔富特，甚至去魏玛，以便让他实地感受那些被他接受过片段并通过乐谱图获得过概貌的音乐。这不，《魔笛》的质朴庄严的奥秘，《费加罗》的咄咄逼人的优雅，韦伯的光荣高贵的关于神枪手的小歌剧中那深沉的单簧管的魔力，类似于汉斯·海林和那个漂泊的荷兰人的阴郁痛苦孤独的人物形象，最后还有《菲德里奥》的崇高的人道和博爱及其在结束之前演奏的伟大的C大调序曲，所有这一切，可能全都被他牢牢地记在了心底。不过，种种迹象表明，在打动这个青年人并使他喜闻乐见的所有这些作品当中，最让他刻骨铭心，也最让他牵肠挂肚的就是这首C大调序曲了。那次他在外面听完一个晚会之后，手里就一连好几天放不下《3号序曲》的总谱，走到哪里，看到哪里。

“亲爱的朋友，”他说道，“他们很可能没有等我，没有等我来对它下结论，要知道，这可是一部完美的音乐作品！古典主义——不错；这部音乐作品，它不带一丝精巧，但它却是伟大的。我不说：因为它是伟大的，因为精巧的伟大也是有的，但这种伟大究其实要常见得多。说来听听，你是如何看待伟大的？我觉得，和它直接对视，会令人感到不大舒服，那是一种对于勇气的考验——人们真的受得了这种目光吗？人们受不了它，人们又依恋它。告诉你吧，我越来越倾向于承认，你们的音乐里真的有一种非常奇特的东西。一股巨大无比的活力的显现——毫无抽象可言，但也没有内容，一股处于真空、泡在纯净的乙醚里的活力。——宇宙之大，这样的东西哪里还会找得到第二个！我们德国人从哲学中拿来了‘自在’一词，我们每天都需要它，有了它，我们就不用去想很多的形而上学。不过，这下你明白了吧，这样的音乐就是自在之活力，就是活力自身，但不是作为观念，而是表现为它的实现。我请你注意，这差不多就是上帝的定义了。Imitatio Dei①——我很奇怪，这居然没有被禁止。它也许被禁止了。至少对它要多个心眼了。我说这话的意思只是：‘要三思而后行’。你看这儿：最有能量的、最富于变换的、最紧张的一系列事件和活动，只存在于时间之中，只由时间的划分、时间

① 拉丁文，字面意思为“模仿神”，是不同宗教对其信徒的一种要求，即信徒们应当通过努力修炼而使自己变得越来越像他们所信奉的神祇。

的填充和时间的组织来构成，它们受到来自外面的小号不断发出的号声的推动，只消一个鹞子翻身，就差不多全部进入到具体的情节的需要里去了。这一切都保持得极其高贵和大气，富于机智，也更多了一份清醒，即使是在那些‘美’的地方也是如此——既没有喷薄而出，也没有奢华无度，更没有彩色画派的激动人心，有的就只是不能言说的大师的卓越。这一切都是如何产生、转换和呈现在你的面前，如何被领往一个主题，一个主题又是如何被抛弃和分解，分解的过程中新的东西如何开始酝酿，填充音组如何变得多产，所以没有一处是空荡或萧条的，节奏如何灵活地变换，如何迎接即将到来的高潮，如何汇集来自各方的支流，如何急剧膨胀，爆发汹涌的凯旋，凯旋自身，‘自在’之凯旋——我不能说它美，我对美这个字眼始终抱有那么一星半点的讨厌，它的一副嘴脸是多么的愚蠢，而人们如果说起这个字眼，内心就会感到淫荡和道德败坏。然而，它却是善，极端的善，它不可能更善了，或许它也不可以更善了——”

这就是他的原话。正是这种混合了智性的自制和轻微的狂热的说话方式让我有了一种说不出来的感动：之所以感动，是因为他发现了这其中隐含的狂热并对其表示反感；他在自己那仍是男孩子气的沙哑嗓音里不情愿地觉察到了震音，他红着脸转过身去。

在他那时的生活里，他的音乐知识和热情参与取得了巨大的进展，致使他后来在这方面有好几年——起码从表面上来看——都是完全处于原地踏步的状态。

十

在他中学的最后一年里，作为毕业班学生的莱韦屈恩又在所有功课之余开始钻研起了非必修的、就连我都不去学的希伯来语，并以此暴露出他未来职业规划的取向。事实“表明”(有那么一个瞬间，他用一个偶然的字眼向我披露了蕴藏于他内心深处的宗教情感，我先前对此进行报道时曾经用过这一措辞，现在我再次刻意地去重复它)——事实表明，他打算学习神学。毕业考试的临近要求学生作出决定，选择一门专业，他于是宣布，他的选择已经作出：在受到询问之后，他向他的伯父宣布他的决定，伯父扬起眉毛连声说“妙！”在布赫尔，他突然向他的父母宣布他的决定，他们感到很受用，满心欢喜的程度甚至超过了伯父，而他此前早就向我透露过他的决定，并且还同时暗示说，按照他的理解，这种学习并不是为了以后能够胜任教会管理和灵魂救助之类的实际工作，而是对一种学术生涯所进行的准备。

听了他的这番暗示，我其实应该感到安慰才是，而事实也是如此，因为，让我去想象他当上布道职位候选人、主教士，甚而当上教会监理会成员和大教区牧师①，这于我可是极不情愿的事情。假若他至少也要跟我们一样信奉天主教，那该有多好啊！那样的话，我觉得，他的飞黄腾达其实是很容易想见的，沿着等级制度的台阶，一路平步青云，直至爬上教会诸侯的宝座，这似乎才是一个更加幸运辉煌、更能与他的才能相匹配的前景。然而，他要选择上帝的学说作为未来职业，他的这个决定本身，无论如何对我都好比是当头一棒，我现在相信，当时，当听到他向我宣布他的这个决定时，我的脸上是变了颜色的。为什么呢？我几乎不知道，他除此之外还该作出什么样的决定来。事实上我认为，没有什么东西对他是足够好的；这也就是说：在我看来，每一种职业的平民的、经验的那一面确实都配不上他，而我一直以来都在徒劳无益地四处寻找我心目中其实践性和行业性对他完全合适的那种职业。我对他所怀有的这份雄心是绝对的，尽管如此，当我认识到——十分清楚地认识到，他那边是出于高傲而作出这个选择的时候，我仍然感到一阵毛骨悚然。

① 这是路德教神职人员从低往高的四个级别。

我们有时也能够取得意见一致，或者说得更正确一点：我们赞同下面这个普遍的看法，即哲学是科学之王。它，我们断定，在科学之中所占据的位置大概就跟管风琴在乐器之中所占据的位置一样。哲学俯视科学，对科学进行精神总结，整理并提炼一切研究领域的成果，使之成为世界观，成为压倒一切的、权威性的、发掘生活的意义的综合，成为检阅人在大千世界地位的法则。我对于我的朋友的未来的思考，对于一个适合他的“职业”的思考，总是促使着我去进行类似的想象。他那多方面的、并让我为他的健康而担惊受怕的追求，他那和评判形影相随的体验的热望，使得这些梦想变得名正言顺起来。那种无所不包，那种自主独立的博学之人和世间智者的生存形式，在我看来，对他才是正合适的，而且——我的想象力也就只能是到此为止了。而我当前不得不面对的情况是，他那方面已经悄悄走出老远了，他已经私下里，当然是不动声色地——因为他用的是很平静的、很不起眼的词句来表述的自己的决定——超越了我这个朋友的雄心并使之羞愧难当。

如果人们愿意的话，那么，就会有一门学科，在这门学科里，甚至连哲学之王都要沦为仆役，沦为辅助科学，说得专业一点，就是沦为“次要学科”，而这门学科就是神学。对于智慧的热爱在哪里上升为对于最高本质的、对于存在本原的观照，上升为关于上帝的和上帝的事物的学说，那么，人们可能会说，哪里就是科学尊严的顶峰，哪里就是认识的最高级的和最高贵的领域，哪里就是思想的极致；哪里就为富有灵性的智力定下其最为崇高的目标。之所以说这是一个无比崇高的目标，是因为在这里，世俗的科学，例如我自己的，语文学，同它一道还有历史学及其别的学科，统统都成为纯粹的、服务于认识圣灵的工具，而之所以同时又说这是一个必须心怀深沉无比的敬畏去追求的目标，是因为这个目标，按照《圣经》里的说法，“高于所有的理性”[①]，而人的精神

① 出自使徒保罗所作《腓立比书》，为《圣经 · 新约》第十一卷。

在这个过程中开始接受一种比其他任何深奥博学的专业限制赋予人的精神所应承担的义务还要虔诚、还要笃信的义务。

这就是阿德里安当年告诉我他的那个决定时在我脑海里闪现过的想法。如果他是出于某种精神的利己主义的本能而作出这个决定的话，也就是说他是出于这种要求，即希望把自己那冷漠的、无处不在的、能够轻易地领悟一切的、备受优越感宠爱的智力用宗教的东西来加以约束，使之向后者屈服，甘拜下风，那么，我原本是不会有什么异议的。那样的话，不仅我内心悄然涌动着的、由于挂念他而感到的某种不安会得到平息，而且我还会深受感动；因为，这种 Sacrificium intellectus①，它必然会导致通过直觉去了解那另外一个世界，而导致这种情况的智力越强大，它所受到的评价必然就越高。——但我从根本上就不相信我的朋友有一颗虔敬之心。我相信他的骄傲，我自己也为之而骄傲，而且，我也不可能从根本上怀疑，怀疑这份骄傲就是他作出决定的源泉。所以我可以说是喜忧参半，这使得我在听到他的通报时浑身上下感到一阵惊恐。

他发现我一脸迷惘之后，就觉得我这是由于想到了对一个第三方——他的音乐老师的缘故。

"你肯定以为，克雷齐马尔会感到失望，"他说道。"我也知道，他希望我把全部心思都放到波吕许莫尼亚②身上。奇怪得很，总是有人想把别人往自己的路上拉。一人难称百人心。不过，我将会提醒他注意，通过礼拜仪式及其历史，音乐变戏法似的大量渗透到神学之中，甚至在实践性和艺术性方面超过了它对数学和化学乃至对声学的渗透。"

他表示要把这些话说给克雷齐马尔听，但我心里明白得很，他这实际是说给我听的，更有甚者，就连我独自一人呆着的时候，我这脑子居

① 拉丁文，字面直译意思是"牺牲智力"，一般理解为"牺牲自己的认识，鉴于别人的意见而放弃自身的信仰"。

② 原为希腊和罗马神话中富于歌唱的圣歌和音乐女神。后常用于比喻音乐这门学科。

然还会翻来覆去地去想他的这些话。诚然，在同神学和礼拜仪式的关系上，同那些世俗的科学一样，各类艺术也具有，尤其是音乐具有一种从属的、辅助的性质，这种看法是和我们所作的某些讨论联系在一起的。我们在这些讨论中大谈这门艺术的命运，大谈这门艺术同礼拜仪式的脱离，大谈这门艺术的文化世俗化，我们认为，这门艺术的命运一方面很有促进意义，另一方面却又是感伤沉重的。我非常清楚：为了他个人，为了他的职业前景，他不惜让音乐退回到它从前的、照他看来还是较为幸福的时期，不惜把音乐降格到它原来在祭礼联盟所占据的那个位置，这种意愿在他选择职业的时候无疑也是起到了一定的作用的。同世俗的研究科目一样，他也愿意看到音乐处在这个作为信徒的他甘愿为之献身的领域之下，而我的眼前也会情不自禁地浮现出一幅将他的想法感性化的巴洛克式油画，一幅圣坛画，只见画面上，所有的艺术和科学门类全都毕恭毕敬地向被尊奉为神的神学宣誓效忠。

我把自己的这幅幻象讲给阿德里安听，他禁不住大笑起来，而且笑了有好一阵子。他那时心情很好，特别爱开玩笑——也难怪他这样；因为，中学的校门在我们的身后关上了，我们生于斯、长于斯的这座城市的城门打开了，世界张开双臂迎接我们，我们的羽翼变得丰满，自由开始降临，这样的时刻难道不是我们所有人一生中最为幸福、最为热切渴望的时刻吗？通过和文德尔 · 克雷齐马尔一起去附近较大的几座城市听音乐会，阿德里安对于外面的世界已经预先略知一二；现在，凯泽斯阿舍恩，这座有着巫婆和怪物、有着乐器仓库、有着设在大教堂内的皇帝陵墓的城市，终于舍得放他走了，而远走高飞的他，日后也还会再回来看看，也还会重新漫步于这座小城的街头巷尾，只不过物是人非，那个时候的他，将会嘴角含笑，俨然一个见过世面的人。

真是这样的吗？难道凯泽斯阿舍恩什么时候放走过他吗？难道他不是走到哪里就把它带到哪里的吗，更何况，每当他以为能够自己做主的时候，他难道不都是受制于它的吗？什么是自由！只有无关紧要的才是自由的。有特点的东西永远都不是自由的，它被打上了烙印，受到制约和束缚。我的朋友决定学习神学，其言下之意难道不就是“凯泽斯阿舍恩”吗？阿德里安·莱韦屈恩和这座城市——显然，两者加在一起的结果肯定就是神学；我事后问自己，我除此之外还能期盼什么。他后来投身作曲。可是，如果他谱写的是非常大胆的音乐的话，那大概也就可以说是“自由的”音乐、万能的音乐了吧？然而，那却不是。那是一个永远也走不掉的人的音乐，它卷入最为隐秘的天才与怪诞的纠缠之中，它发出的每一个宛如发自教堂地窖般空灵的回声和气息表明，它是有特点的音乐，是凯泽斯阿舍恩的音乐。

他那时，要我说呢，兴致很高，干吗不呢！他的笔试全部合格，因而免考口试。他怀着对学校全部栽培的感激同老师们一一作别，他那藐视一切的轻松自如始终令他们感到内心隐隐作痛，不过，由于敬重他所选择的专业，他们不再对此耿耿于怀。然而，话虽如此，这所“高水平的共同生活兄弟会学校”校长，一个人称施托伊恩廷博士的波美拉尼亚[①]人，同时也是教过他希腊语、中古德语和希伯来语的一位老师，仍旧还是利用私下和他告别的机会，念念不忘地对他进上了一段与此相关的逆耳之言。

“保重，”他说道，“上帝与您同在，莱韦屈恩！——这是我发自心底的祝福，不管您现在同不同意这个看法，我都觉得，您可能需要这样的祝福。您是一个富有才能的人，这一点您自己也是知道的——您又怎么会不知道呢？您也知道，天上的主，作为万物之源，把这些才能托付给了您，而您也愿意把这些才能敬献给主。您是对的：自然的功绩是上帝为我们立下的功绩，而不是我们自己的功绩。上帝的对手，自己落得个骄傲必败的下场不说，还妄图让我们忘掉这一点。这可是一个不速之客，这可是一头吼叫着的狮子，这头吼狮正在四处搜寻它

---

① 旧时普鲁士的一个省。

要吞食的猎物[①]。有些人需要特别当心它的诡计，而您就是这些人之中的一员。这就是我对于您，确切地说是对于受上帝之托而成其为您的恭维。心怀敬畏吧，我的朋友，不要桀骜不驯、躁动骄狂；另外，您始终还要牢记，自满就是堕落，就是对一切恩惠赐予者的忘恩负义！”

这就是那位忠诚的教书匠的忠告，我后来还在他领导的这所中学担任过教职。而这次交谈的内容是阿德里安在一次散步途中微笑着告诉给我的。那年的复活节期间，我们经常从布赫尔农庄出发，去到田野和树林里散步。因为中学毕业考试结束之后，他回到家里，要在父母身边度过为期几个星期的闲暇时光，而他的好心的父母也把我一起邀来和他做伴。那次，我们一边闲庭信步，一边谈论施托伊恩廷的警告，尤其是他在其告别演说中使用过的“自然的功绩”一词。我们所进行的这次交谈，我到现在依然还记得十分清楚。阿德里安当时证实说，他这是从歌德那里搬过来的，歌德喜欢用这个词组，或者说他也经常把“天生的功绩”挂在嘴边，通过这种自相矛盾的组合，他试图去除“功绩”一词的道德性，而反过来把自然天成提升为外在于道德和血统的功绩。他因此而反对那种对谦虚的要求，这种要求来自那些不被自然恩宠的人，而且他还宣称：“只有叫花子才谦虚。”但施托伊恩廷校长更多的却是遵循席勒的精神，而且是本着这种精神来引用歌德的话语，席勒把自由看得高于一切，因此从道德上对天才和个人功绩进行区分，把在歌德眼里紧密交织在一起、不可分离的功绩和幸福截然区别开来。这位校长的做法也是如此。他把自然称作上帝，把天生的才能说成是上帝为我们立下的功绩，而我们则必须心怀敬畏地去承载这些功绩。

“德国人，”只听这个大学新生这样说道，他的口里同时还含着一

---

① 此处内容出自《圣经·新约》第二十一卷《彼得前书》第五章之八，原文为：“你们头脑要清醒，要提高警惕！因为你们的对手，魔鬼，犹如一头吼叫着的狮子，正在四处搜寻它要吞食的猎物。”《浮士德博士民间故事书》中也引用了这段话。

根草茎，“有一种双轨的、叫人难以容忍的组合式的思想方式，他们总是吃着碗里的，想着锅里的，他们什么都想要。他们有能力在伟大的个性身上大胆建立对照的思想和存在原则。但他们随后就把它们混合起来，按照另一部分的意思来使用这一部分的特性，把一切搅得一团糟，却还得意扬扬地以为，他们能够调和自由与高贵、理想主义和自然天真。这很可能是行不通的。”

“但他们集两者于一身，”我回应道，“否则，他们不可能把那两个方面都展示出来。好一个丰富的民族。”

“好一个杂乱无章的民族，”他坚持道，“而且还是一个让别人迷惑不解的民族。”除此以外，在乡下无忧无虑的这几周里，我们基本上再未进行这样的哲思。总的看来，他那时对大笑和胡闹的兴致要高过讨论玄学。他对宇宙的感觉，对它的向往，以及他爱大笑、甚至是笑出眼泪的偏好，我前面也都作过说明，但是，假如读者不知道把这些兴高采烈的欢闹和他的性格结合起来的话，那么，我所传递的关于他的形象的信息就有可能是虚假的。我不想说这是幽默，这个字眼在我听来太舒服、太温和，对他不合适。他的大笑的癖好似乎更多是一种逃避，是一种稍显放纵的、永远都不能令我感到欢喜和舒服的对生活的严肃性的瓦解，是一种超常的天赋的产物。回顾已经结束的中学时代，回顾同学和老师中那些滑稽人物，再加上回忆最近期的文化体验，中等城市举办的歌剧演出，尽管这些演出中的即兴演唱充满风趣诙谐，却也无损于所体现的作品的崇高庄严，凡此种种，全都为他提供了肆无忌惮地去大笑的机会。这不，《洛恩格林》中大腹便便的、长着内八字脚的国王海因利希，他的一张掩映在脚笼形胡子丛中的圆溜溜、黑乎乎的嘴，以及他从自己的这张黑嘴里发出的轰隆隆的男低音，就必然会被他拿来充当笑料。他笑得是那样的前仰后合——这也只不过是一个，也许是一个过于具体的说明他大笑的癖好的例子罢了。这种对于大笑的沉湎，其内容往往还要空洞得多，甚至跟纯粹的胡闹没有什么两样，而且我承认，在这样的时候去附和他的大笑，对我始终不是一件容易的事情。我并不是非常喜欢这种大笑，每当他笑得不能自已的时候，我就被迫想起他自己亲口告诉过我的一个故事。这个故事取自奥古斯丁[①]的《上帝之城》，内容大意讲的是，只有诺亚的儿子和魔术师琐罗亚斯德的父亲哈姆，只有他俩是笑着出生的，不过，他们之所以能够在出生的时候笑得如此开心，却是由于得到了魔鬼的帮助。这在我已经成为每次都会出现的强制性回忆，不过，同其他的顾虑相比，这也仅仅只是小巫见大巫而已。例如，我内心投向他的目光过于认真严肃，免不了有些诚惶诚恐，因而并不能够恰如其分地去追随他的纵情恣肆。再者，我天性中的某种枯燥和僵化可能也导致我在此处表现得不够灵活。

后来，他在莱比锡结识了英国语言文学专家兼作家吕迪格尔·席尔德克纳普，从而给自己找到了一个发挥这种兴致的更好的对象，这也是我为什么一直都有点妒忌此人的原因。

十一

位于萨勒河畔的哈勒有着深厚的神学和语义学及教育学传统，它们的相互渗透和交织首先集中体现在这座城市的保护神——历史人物奥古斯特·赫尔曼·弗兰克身上，不妨这样说吧，这位虔敬主义的教育家在这里，在17世纪末，即在哈勒大学建校不久，创办了著名的“弗兰克基金会”，也就是数所学校和孤儿院，并通过他的人格魅力和影响把虔诚

① 圣·奥古斯丁（353－430）：基督教教父哲学完成者，博学多能，善恶问题为其哲学神学的核心论题，代表作有《忏悔录》、《上帝之城》、《论三位一体》等。在其重要著作《上帝之城》中，奥古斯丁贬低世俗权力，赋予神权以最高的绝对权威，把整个人类历史描述为上帝拥护者为巩固“上帝之城”，魔鬼的拥护者为维护“人间之城”之间的斗争。奥古斯丁运用新柏拉图主义哲学论证基督教教义，在基督教史上首次提出教权至上论，他的哲学神学对中世纪中西欧思想具有特殊的强烈影响。

的宗教兴趣同人文及语言科学结合起来。堪斯泰因《圣经》研究所，修订路德语言工作的第一个权威机构，不是也建立起了宗教和文本批评之间的联系么？此外，那时在哈勒还工作和生活着一位名叫海因里希·奥西安德的杰出的拉丁语学家，我非常向往成为他的门徒，而且我还听阿德里安说过，基督教福音派神学博士汉斯·克格尔博士教授开设的教会史课程囊括了数量惊人的世俗历史材料，而历史又是我准备首选的辅修课程。

我在耶拿和吉森各学了两个学期，之后，我决定投进哈勒 Alma Mater[1] 怀抱，顺便说一下，它在人们心目中首先等同于维滕堡大学[2]标志。我这样做是有着充分的思想依据的；因为，它在拿破仑战争之后重新开办时便和后者合并了。而当我前去和他会合的时候，莱韦屈恩已经在那里注册了有半年之久，当然，我不想否认，在我作决定的时候，有他在场的这个个人因素起到了极大的、甚至是决定性的作用。他显然是忍受不了某种孤独和寂寞，所以，他到那里还没过多长时间，就甚而开始忙不迭地邀我到哈勒他那里去了，虽然在我听从他的召唤之前时间又不得不过去了几个月，但说实话，我当时真的是恨不得抬脚就走，恨不得插上翅膀飞过去，也许都用不着他发什么邀请。我本人的愿望是：守候在他的近旁，看他如何生活学习，看他取得哪些进步，他的才能又是如何在学术自由的氛围当中发扬光大的，过一种每天都和他进行交流的生活，监督他，从近处注视他，我的这个愿望本身大概就足以让我来到他的身旁了。更何况还有前面所说的那些个客观的、于学习相宜的缘由。

我在哈勒和我的这位朋友一起度过了两年的青春时光，其间，只有当他放假回凯泽斯阿舍恩和他父亲的农庄时，我们才短暂分离。当然，在我的这些文字里，这两年我也只能是像对待他的学生时代那样，作为

---

① 拉丁文，字面意思为“哺乳的母亲”，中文或可译作“乳母”或“奶妈”。原是罗马诸女神的别名，后成为文人用语，大学的戏称。

② 维滕堡大学建于 1502 年，哈勒大学建于 1694 年，两校于 1817 年合并。

缩影来加以反映。它们算得上是幸福的日子吗？是的，作为自由追求的、好奇地环顾四周的、到谷仓里欢聚一堂的人生时期的重要阶段——而且，只要我是在一个童年伙伴的身边度过它们的，这就够了，我依恋这个人，是的，他的存在，他的成长，他的人生问题，让我从骨子里，比对我自己的人生问题还要感兴趣。我的问题很简单，我不必为此花费太多的心思，而只消通过忠诚的工作去为其已经给出的答案创造条件。他的问题更高深，某种意义上说也更像一个谜，我对于自身发展的忧虑，使得我总是余下许多时间和精力去沉湎于他的这个问题；而如果说我并不愿意爽快地用“幸福的”这个形容词来修饰那几年的话，那也是由于和他在一起的共同生活使我被深深地卷入到了他的研究领域，我的这种卷入程度大大超过了他对于我的研究领域的卷入程度，另外，也是由于神学的气氛不适宜我，不适合我，因为呼吸神学的空气让我感到压抑，同时还使我内心感到难堪。我觉得，哈勒的精神领域几百年来充满了宗教论争，也就是说，充满了僧侣之间的明争暗斗和唇枪舌剑，而这些又恰恰是最为人文主义教育动机所诟病和不齿的——我觉得自己在那里有点像我的同专业的一位前辈克洛图斯·鲁比亚奴斯①，此人 1530 年前后在哈勒作主教大教堂教士会成员，而路德就说过他是“享乐主义者克洛图斯”，或者也说过他是“王八蛋博士，美因茨红衣主教舔盘子的好吃佬”。而且，他也的确说过“教皇，这头魔鬼的母猪”这样的话，路德无论走到哪里，都是一个坏脾气的粗人，尽管也是一个伟大的人。对于宗教改革给克洛图斯这类人所带来的压抑，我一直都是十分同情的，因为他们在其中看到了主观任意对教会客观章程和秩序的入侵。他同时兼

---

① 克洛图斯·鲁比亚奴斯（约 1480－约 1545）：人文主义者和神学家，擅长讽刺并对欧洲文学发生影响。1520 年任埃尔富特大学校长，成为路德支持者，亲自主持埃尔富特大学欢送会，为路德参加沃尔姆斯帝国会议饯行。1521 起开始逐渐疏离路德。1524 回归天主教会，任美因茨红衣主教阿尔布赖希特的顾问及哈勒修道院所属教堂主教大教堂教士会成员，还专门为阿尔布赖希特写了一篇反路德的辩护词。

具最富教养的和平之爱，他偏好理性的忏悔，不反对放弃圣餐杯——当然，而后，他恰恰又由于他的主子而再次陷入极其难堪的境地，因为他的主子，即大主教阿尔布赖希特，对出现在哈勒的享用圣餐的两种形态[①]一律格杀勿论，严惩不贷。

宽容，对文化与和平的热爱，一旦为狂热的烈焰所裹挟，其情其景便是如此。想当年，正是哈勒拥有了第一个路德教派的教区牧师：尤思图斯·约纳斯[②]，此人 1541 年来到这里，是令伊拉斯谟[③]感到痛心，同时也是像梅兰希通[④]和胡滕[⑤]一样从人文主义阵营转入宗教改革阵营的那些人当中的一员。而此外更让鹿特丹的这位智者难过的则是路德及其信徒所招致的那种对于古典研究的仇恨，显然，路德个人在这些古典研究当中所占比重并不算大，可是，这些古典研究却被视作僧侣骚乱的根源。不过，那时在世俗教会怀抱里所发生的事情，也就是主观任意对于客观约束的这场反抗，一百多年以后却又在新教内部重演：以虔诚的感情和内心的极乐去革僵化的正统的命的形式，因为，这个正统，再也没有一个乞丐愿意从中去拿取一块面包了；也就是说，以在哈勒大学建校时占据了整整一个神学系的虔信主义的面目，而就是这个虔信主义，这座城市在此后相当长的时间里一直成为它的堡垒，这个虔信主义，也像从前一样，是路德教，是一次对教会的革新，是对于已经濒临死亡的、已经陷入普遍的无足轻重境地的宗教的一次宗教改革式的重振。自然，像我这

---

① 一种是圣饼，一种是圣血（葡萄酒），信徒们选用哪种形式的圣餐，这在天主教和路德新教的礼拜仪式中均由教士决定。

② 尤思图斯·约纳斯（1493－1555）：新教神学家，和马丁·路德交好。翻译路德等人著作，参加教会组织活动是他对宗教改革的主要贡献。

③ 德西德里乌斯·伊拉斯谟（1466－1536）：人文主义者、哲学家和语文学家。他对教会和神学的辛辣进攻成为宗教改革的思想先锋。但仍谨慎地同后者保持距离。他和马丁·路德关于自由意志的争鸣最终结束了宗教改革运动和人文主义之间的密切联系。

④ 菲利普·梅兰希通（1497－1560）：德国人文主义者和宗教改革家，路德最亲密的合作者，著有《奥格斯堡自白》，要求根本改革学校教育。

⑤ 乌尔里希·冯·胡滕（1488－1523）：德国著名人文主义者，帝国骑士，写下很多战斗檄文、杂文和诗作，和路德联合起来攻击罗马教廷。

样的人心里不免就会发出下述疑问：这样一些一再重复的、对于一个行将就木的生命的拯救行动，从文化的角度来看就真的值得欢迎么，宗教改革者们其实更应该被当作倒退的类型和不幸的使者来看待，难道不是么。毋庸置疑，假如马丁·路德没有重建教会的话，那么，人类无休无止的喋血和恐怖至极的自相残杀恐怕就永远不会发生了。

如果人们因为上述一番言论而以为我是一个没有丝毫虔诚之心的人的话，那将是我十分不愿意看到的事情。我不是这样的人，我更喜欢施莱尔马赫[①]，他也是哈勒的一个通晓神学的人，他把宗教定义为“对无限的感觉和兴趣”，称它是存在于人们心中的一个“实情”。这门关于宗教的科学原本和哲学词句并不相干，而是和一种内心所固有的、灵魂的事实相关。这不免让人想起本体论对上帝的证明，这也一直是所有的证明之中被我认为最可爱的那种，这种证明从一个最高的本质的主观理念中推导出其客观存在的结论。它同其他证明一样，在理性的面前都是难以成立的。康德用最强有力的语言证明了这一点。而科学岂能缺少理性，那种妄想把对无限和永恒的感觉变为一门科学的企图，实则意味着把本质上完全陌生的两个领域强行扭在一起，这样做的结果在我看来只会是自食苦果，自讨没趣，自取其辱。虔诚，我的心灵对它绝对不会感到陌生，它显然是不同于具体的、受教派约束的宗教。把人类对无限的感受这一“事实”托付给虔诚的情感、美的艺术、自由的静思，是的，也托付给精确的研究，要知道，这种体现为宇宙学、天文学、理论物理的精确研究对于创造的秘密绝对是全身心投入，凭着这股虔诚的献身精神，它完全有能力服务于这一感受，而不是把它作为人文科学分离出来，使之发展成一个教条的体系，乃至于它的信徒们为了一个系词，便

---

① 弗里德里希·丹尼尔·恩斯特·施莱尔马赫（1768－1834）：德国神学家、哲学家和美学家，近代解释学的重要代表之一，曾在巴比城神学院和哈勒大学就读，1804 年起先后在哈勒大学和柏林大学任神学教授。他尝试将神学和唯心主义哲学相结合，认为宗教是人的内心的感觉，是绝对依赖于神的感情。

会斗得死去活来，难道这样不是更好一些吗？虔信主义[①]，根据其狂热的本质，当然愿意把虔信和科学严格区分开来并同时声称，科学领域里的任何运动、任何改变都不能对信仰产生丝毫影响。然而，这都是自欺欺人，因为神学在任何时候都情愿和不情愿地受到了其所处时代的科学潮流的制约，自始至终都怀有成为其所处时代之子的愿望，尽管时代的变迁不仅使得它的这一愿望变得越来越难以实现，而且还把它视为过时的明日黄花打入冷宫。一门学科，一听到它的名字，我们就会产生极其强烈的倒退到过去、倒退到十六世纪、十二世纪的感觉，这样的学科有吗？这里，对科学批判的任何适应、任何妥协都是无济于事的。这样做的后果是科学与启示信仰的一半对一半的走向自我放弃的杂交。正教试图用理性的方式来证明它的信条，因此而允许理性进入宗教的领地，这也正是它自己犯下的错误。迫于启蒙运动的压力，神学几乎只知道为自己辩护，以驳斥那些不堪忍受的反对它的意见，而仅仅只是为了逃脱这些指责，它又吸收了许多敌视启示宗教的思想，从而走上出卖信仰的道路。那是“理性地尊敬上帝”的时代，也是一代神学家的时代，以它的名义，沃尔夫[②]在哈勒宣称：“凡事都必须像接受智者之石[③]那样接受理性的检验”；这一代神学家宣布《圣经》里所有不能服务于“道德之完善”的东西为过时，并向人们暗示，在他们眼里，教会及其学说的历史只不过是一场错误百出的喜剧而已。由于这种做法有些过头，所以一种调停神学便应运而生，试图在正教和一种基于理性而始终具有粗俗化倾向的自由主义之间保持一种更趋保守的中间立场。从此，“宗教科学”的生活开始为“拯救”和“出卖”这样的概念所垄断——这两个概念都不免有些牵强附会；这种神学的存在借此得以勉强维持。它的形式是保守

① 17至18世纪德国新教的一个教派。

② 克里斯蒂安·冯·沃尔夫（1679－1754）：数学家和启蒙哲学家，曾在莱比锡大学和哈勒大学执教，莱布尼茨哲学的重要推广者，对德国哲学语言的形成具有开创性贡献。

③ 一种据说能够把所有物质都变成金子的石头。

的，它坚持上帝的启示和传统的《圣经》诠注，它以《圣经》的宗教的那些要素为出发点，试图“拯救”这其中的任何可以拯救的东西，另一方面，它又自由地接受了世俗历史科学的历史批判方法并把它最重要的内容，把奇迹信仰、基督教的大部分、耶稣的肉身复活等等，悉数“出卖”给了科学的批判。它同理性的关系是如此棘手，如此勉为其难，而它与之达成的妥协又使它时刻面临着覆灭的危险，这可是一门什么样的科学啊？我以为，“自由的神学”就是一只纸老虎，是 contradictio in adjecto①。它赞同文化，愿意去适应现有的市民社会的理想，把宗教降至人类博爱的功能，把宗教天才所固有的迷醉和似是而非淡化为一种伦理的进步。宗教的东西并没有消逝在纯粹的伦理之中，于是乎，科学的和真正神学的思想再一次分道扬镳。现在的说法是，自由神学的科学优势虽然无可辩驳，但它的神学立场却是软弱的，因为它的道德主义和人道主义缺乏对人类存在之魔性的应有认识。它虽然有教养，但却很肤浅，而就对人类的本性及生活的悲剧性的真正理解而言，保守的传统对于这种理解的牢记和保留，远比进步的资产阶级的意识形态要多得多，同样，同后者相比，保守的传统和文化之间的关系因此也就显得更为深刻，更为重要。

这里，人们清楚地看到哲学的非理性潮流对神学思想的渗透，在这些思潮中，不讲理论的东西、充满活力的东西、意志或者本能，简言之就是魔性的东西，早已成为神学的主题。人们同时也看到中世纪天主教哲学研究的复兴，看到一种走向新托马斯主义②和新经院哲学的转变。通过这种方式，因自由而变得苍白的神学自然可以重新获得更为深刻的

---

① 拉丁文，字面意思为“添加形容词的矛盾”，修辞学术语，指的是通过给一个名词添加形容词而产生的自相矛盾的情形，因为这个添加词和这个名词的意义不相调和，如“黑色的白马”。

② 19 世纪末出现于西方的一种基督教哲学的新形态，罗马天主教会的官方哲学，亦称新经院哲学，它渊源于中世纪托马斯 · 冯 · 阿奎那（1226 – 1274）的学说，是一个具有完整的以上帝为核心、以信仰为前提、以神学为根据的宗教唯心主义理论体系。

和更为强烈的、甚至是更为炽烈的色彩；这一次，它又能够更加配得上那些美学的古老的想象了，人们会情不自禁地把这些想象同它的名字联系起来。而文明的人类精神，你称它是资产阶级的也好，或者就把它看作是文明的也罢，却终究难以抑制内心的阴森。因为，同生命哲学、非理性主义相结合的神学，就其本性而言，有成为恶魔学说的危险。

我之所以这样长篇大论，只是为了解释我所说的不悦是什么意思，而我在哈勒的这段逗留以及参与阿德里安大学学习，还有为了听他所听而以旁听生的身份与他一同去上的那些课程，这些偶尔也都会令我心头感到不悦。对于这样的郁闷，我休想在他那里得到理解，因为他爱和我谈论课堂上讲过和讨论过的神学问题，然而，他却每每绕开触及事物根源乃至针对神学在科学中难以立足的话题，即偏偏回避略感不快的我认为是首要的问题。上大课的时候也是如此，和他的同学们、和基督教大学生联合会“温福理德”的成员们交往的时候也是如此，他出于外在原因加入该联合会，而我偶尔也到该联合会做客。与此相关的情况后面可能还会说到。我在这里只想说，这些青年人，有的是面色苍白的国家考试的考生，有的是强壮如牛的农村小伙，有的也是出身于书香门第的较为杰出的才俊，他们当时都是搞神学的，举手投足很是那么一回事，有着跟上帝一样的乐天派头。可是，一个人怎样才能做一个神学家，在当今的思想条件下，一个人怎么会想到要去选择这样一种职业，除非他服从的是一种家庭传统的机制，对于个中缘由，他们没有细说，而从我这边来看，因此而去向人家打探，无疑就是有失体面的刨根问底了。不过，趁人家因为酒精的作用而变得无拘无束的时候，趁着他们喝得痛快淋漓的时候，再把这个十分极端的问题提出来，应该说是恰如其分的，前景也应该是十分光明的。然而，不言而喻的却是，“温福理德”联合会的这些弟兄们可厉害得很，且别说什么一升装的大杯了，就连那种抱起酒坛子来的“豪饮”，也全都不在他们话下，也就是说，无论怎么喝，他们总能保持不醉，也就是说：对于有火药味的尖锐的基本问题他们总是可以充耳不闻。他们知道，国家和教会需要神职官员，所以他们就为进入这一仕途作准备。神学对他们而言是一种现成的东西——而且还是一种古已有之的现成的东西。

甚至于阿德里安都是这样来接受神学的，这是我不得不加以容忍的事情。而令我感到痛苦的是，虽然我们儿时就结下友谊，即便如此，我却同样也不可能喋喋不休地去追问他，就像我不可能喋喋不休地去追问他的那些同学一样。由此可以看出，他是不会让人太接近自己的，亲密在他那里也是有着不可逾越的界限的。然而，我认为他的职业选择是重要的、有特色的，这话难道不是我说过的吗？对此我不是还用“凯泽斯阿舍恩”这个名字做过解释吗？每当我被阿德里安专业领域里的问题难倒的时候，我就常常会找来这个名字救驾。我曾经告诉过自己，我们俩都是这德意志古老一隅的真正子孙，我们在这里长大成人：我作为人文主义研究者，他作为神学研究者，而当我四下环顾我们全新的生活天地时，我就会发现，我们活动的场所虽然扩大了，但实质性的改变却并没有发生。

十二

哈勒虽然算不上大城市，但怎么说也是一座拥有20多万人口的大的城市，新时代人山人海的热闹景象随处可见，尽管如此，古老庄严的印记，至少是在我们居住的市中心，依然被忠实地保留下来。不管怎么说，这个当初的萨勒河畔的要塞连同其宝贵的盐矿被划归新建的马格德堡大教区也已经有了上千年的时间了，而且奥托二世[①]还赋予它以城市的性质。而人们在这里同样还可以体验到的是，这样一种作为后盾的源远

① 奥托二世（955－983），东法兰克国王（961－983），神圣罗马帝国皇帝（967年起与父亲共治），皇帝奥托一世与伦巴第的阿德莱德之子。

流长以幽灵般的轻声细语持续不断地渗透到现实中来，姑且不说是通过那些直接呈现于眼前的执着的标志性建筑，甚至于从衣着打扮上，以历史的假面舞会的面目，以旧式的制盐工装或哈勒城制盐工装的形式，它也要诗情画意般地突破一把这个时下的当代。我的“小窝”，这是大学生们自己的说法，位于汉莎街，莫里茨教堂后面的一个小不丁点的胡同里，这种胡同恐怕在凯泽斯阿舍恩也是很难再见到的了；而阿德里安则在市场广场附近的一栋有山墙的市民小楼里找了一个带有壁龛的房间，这是他从一个上了年纪的官员遗孀那里转租过来的，他在哈勒的那两年里就一直住在这里。从房间里可以直接看见广场、中世纪的市政厅、圣母教堂的哥特式和架在它那圆顶钟楼之间的一座叹息桥；此外还可以看见那座自由矗立的“红色钟楼”，也是一座哥特式风格的非常奇特的建筑物，以及罗兰德①立式雕像和亨德尔青铜塑像。房间的布置十分得体。正方形的沙发桌上放着书，桌上铺着的红色丝绒桌布暗示着一丝市民的华丽，而他每天早上都会坐在这张桌子旁喝他的牛奶咖啡。他从别处借来一架小钢琴，上面摆放着乐谱，其中也有他自己写的，房间里的陈设因此而变得完整起来。钢琴上方的墙壁上用图钉固定着一幅算术图表，也不知道他是从哪一家旧货店里翻找出来的：一个所谓的幻方，它和计时沙漏、圆规、天平、多面体以及其他的符号一道，也同时出现在丢勒的《忧郁》里。同在那幅画里的情形一样，这个图形也被分在十六个标有阿拉伯数字的格子里，而且还是这样的：1 在右下格里，16 在左上格里；而机巧——或者说稀奇之处就在于，这些数字，不管你怎么相加，自上而下也好，横着也好，竖着也罢，和总是 34。这个神奇得完全一致的得数是建立在何种原理之上，我一直都没有能够弄清楚。不过，小钢琴上方的这块著名的、被阿德里安挂上了该图的地方，却再三地吸引住我的眼球，我想，只要我到他的这间宿舍造访，眼睛恐怕每次都会

① 罗兰德持正义之剑的雕像在中世纪北德的很多市场和重要广场上都可见到，是城市权利的象征。

横向、斜向上或者直接向下地快速扫描一番，以检验那令人不悦的一致性。

穿行在我和他的住所之间，就跟从前穿行在“极乐使者”和他伯父的小楼之间一样：晚上，看完戏、听完音乐会或者参加完“温福理德”协会的活动归来，早上，一个来约另一个一起去学校，而在上路之前，我们会先核对一下我们的课堂笔记。哲学是第一次神学考试的常规考项，也是我们两人的学习计划自动发生联系的地方，而且我们两人都选了科罗纳特·诺能马赫的课，此人当时是哈勒大学的名人之一，上起课来既有活力，又有思想，他讲授前苏格拉底学派、爱奥尼亚的自然哲学家，讲授阿那克西曼德①，而讲得最多最长的则是毕达哥拉斯，其间还掺进许多亚里士多德的东西，因为，要想了解毕达哥拉斯对于世界的解释，几乎只能通过这位斯塔吉亚人②了。我们一边竖着耳朵听，一边不停地记笔记，偶尔也会抬起头来，看看胡子花白的教授，把目光投向他那温和的笑脸。我们竖起耳朵倾听一个严谨而虔诚的英才关于宇宙的构想，他把自己酷爱的数学、抽象比例、数字提升为世界形成和世界存在的原则，反对把大自然作为一个知情者和知内情者，而是率先以伟大的气魄把它称作“宇宙”，称作秩序与和谐，称作发出先验之声的天体的音程体系。数字和数字关系作为存在和伦理尊严的发挥建构性作用的典范——给人印象最深的是，美、精确、伦理在这里是如何庄严地交融为权威的观念的，而正是这种观念激励了毕达哥拉斯同盟，这个学派就是以虔诚的革新生活、沉默的驯服和严格的服从“Autos epha”③为其主旨的。我必须为自己不得体的行为感到自责，因为我听到这里时便情不自

---

① 阿那克西曼德（约前611－前546）：古希腊哲学家，以积极从事科学活动闻名于世，认为物质性的处于永恒运动中的“无定限体”是万物本原，万物由它产生，毁灭后又复归于它。

② 亚里士多德（公元前384－公元前322）生于马其顿卡尔西迪亚半岛的斯塔吉亚城。

③ 希腊语，字面意思为“这是他本人亲口所说”，毕达哥拉斯派口头禅，弟子们以此引用师傅的语录，以表明具有绝对的权威性。拟相当于儒家的“子曰”。

禁地朝阿德里安望去，想从他的表情里读出点什么来。但我的目光令他感到不悦，他红着脸恼怒地转过头去，他的这种反应因而使我的行为变得不大得体。他不喜欢具有暗示意味的目光，全然拒绝与之相遇，与之对视，而几乎难以理解的是，我，明明知道他有这个特点，却还是不能总是控制住自己的这种察看欲。我因此而失去了事后和他一起客观地、无拘无束地讨论问题的可能性，我无言的目光促使他去和这些问题建立一种个人的联系。

较好的情况是，我不为诱惑所动，做到他所要求的保守秘密。上完诺能马赫的课之后，走在回家的路上，我们一起谈论那位不朽的、流芳百世的思想家，正是他所传递的历史知识让人们认识了毕达哥拉斯的世界构想，我们谈得非常投机！亚里士多德关于物质与形式的学说令我们陶醉：物质作为潜在的、可能的东西，迫切地渴望成为形式，以实现自我；形式作为具有推动作用的静止不动的东西，是精神和灵魂，是存在的灵魂，这个灵魂推动存在走向现象中的自我实现、自我完善；圆极使肉体充满活力，它渗透一段永恒，在有机中显形并操纵肉体的运转，认识肉体的目标，监督肉体的命运。诺能马赫对这些直觉的讲解非常优美，极具表现力，而阿德里安也对此流露出格外的激动。“如果，”他说道，“神学宣布，上帝的灵魂存在着，那么，这在哲学意义上是正确的，因为作为塑造个别现象的原则，它就是一切存在的纯粹形式的一个部分，来自那个被我们称为‘上帝’的永远都在自我思想的思想……我想我知道亚里士多德的圆极是什么意思。它是个体的天使，是生命的守护神，个体乐意信赖它那知情的引导。人们所说的祷告其实就是提醒或者唤起对这种信任的通告。但它有权叫做祈祷，因为它实际上就是我们用以呼唤的上帝。”

我对此能说什么呢，我只能在心里说：但愿你的天使被证明是聪明和忠诚的！

我是多么喜欢和阿德里安一起倾听这门课程啊。我——不定期地——因为他的缘故而去听的这些神学讲座，对我而言是一种比较值得怀疑的享受，而我之所以旁听这些讲座，也仅仅只是为了不让自己和他所研究的东西隔离。在一个神学大学生的学习计划里，最初几年的重点是放在诠注和历史科目上，也就是放在《圣经》学、教会和教义教派学上的；中期则属于系统学，我要说的是：宗教哲学、教义学、伦理学和辩护学，最后则是实践科目，也就是：礼拜仪式学、布道学、基督教教义的讲授、灵魂拯救和包括教会法规在内的教会管理科学。不过，学术的自由也为个人的爱好留下了很多发挥的余地。由于学校允许学生可以不必拘泥于这样的顺序，阿德里安于是对此加以利用，从一开始就径直奔着系统学而去了——这个专业能够最大限度地满足他的一般意义上的思想趣味，这一点是肯定的，但除此之外却还有第二个原因，那就是教授系统学的艾伦弗利德·库姆甫[①]教授是全校最有名的铁嘴铜牙，各个年级、甚至神学系以外的学生都对他的课趋之若鹜。虽然我也确实说过，我们在克格尔那里听教会史，可是，相比较而言，这门课就显得单调乏味，枯燥的克格尔根本不能和库姆甫相提并论。

此人就是学生们所说的那种“巨擘”，他的气势和气质让我也不能不敬佩三分。然而，我还是打心眼里不喜欢他，而且，另外叫我永远都难以相信的是，甚至于连阿德里安也常常会为他的热情感到尴尬，尽管他并不会在公开场合奚落和嘲讽他。他光从体格上看就已经是“巨大”的了：好一个高大的、粗壮的、微微发福的男子，一双手肥嘟嘟的，说起话来声音响亮，下嘴唇因为说话多而微微前凸，常常是说得唾沫横飞。真的，除了参考一本印刷的教科书外，他的讲义一般都是出自他自己的手；不过，他的声誉在于所谓的“扯野棉花”，他在讲课的过程中

---

① 这个人物身上具有马丁·路德的许多特征。他的用语主要通过引用、套用、借用路德及格里美尔斯豪森所著德国巴洛克小说暨流浪汉小说《痴儿西木传》中的用语混合而成。

插入那些“野棉花”，而适逢他穿着往回撩起的小礼服时，他还会把两只拳头揣在他那垂直的裤袋里，一双脚则在宽阔的讲台上沉重地踱来踱去，这些“野棉花”的插入凭借其自发性、粗俗性和明朗性，也因为它们的富有诗情画意的古文风格而深受学生们欢迎。他的做法，援引他自己的话说，就是“用德语”，或者是“用美好的古德语，不掺杂什么掩饰和伪善地”，即清晰地、直截了当地把一件事情说出来，并且还是“高雅地、德意志式地脱口而出”[①]。他不说“一点一点地”，而说“以渐次的方式”[②]，不说“希望”，而说“但愿”，而且，他只用“神圣的经书”来表示《圣经》。如果他说：“结果是杂草丛生”，[③]那么，他实际指的却是“漏洞百出”。如果他认为某人犯的是学术错误的话，那么他就会说：“他住错了山坡”[④]；对于品行不端的人，他会说：“他的日子过得比皇帝老儿还要纸醉金迷”[⑤]，此外，他也很喜欢用诸如“要玩保龄球，就得先把柱子立好”或“该烫手的东西，到时候就会烫手”之类的成语俗语。诸如“老天爷啊！”、“我的天哪！”、“我的妈呀！”或“惊煞我也！”之类的惊叹也会不时地从他嘴里迸出来，尤其是这最后一个甚至经常会害得学生们忍不住跺脚喝彩。

从神学的角度来看，库姆甫是那种我所说过的带有自由批判特点的调停保守主义的代表。他在即兴插讲亚里士多德学派时告诉我们，他年轻时上大学那会儿，曾经特别热爱我们的古典文学和哲学，崇拜之情可谓溢于言表，并且还为能够熟记歌德和席勒的所有“较为重要”的作品而倍感自豪。但是，他后来出了点事，这件事和发生在上个世纪中叶的信仰复兴运动有关，保罗教义关于罪恶和辩解的福音促使他开始疏远审美的人道主义。一个人只有必备了当神学家的天分，才能真正懂得尊重

---

① 此句引文出自《痴儿西木传》。
② 此用语出自路德 1530 年 6 月 5 日写给其夫人卡塔琳娜·冯·波拉的一封信。
③ 同上。
④ 这句话出自《痴儿西木传》，意为“他大错特错”。
⑤ 此句直至此自然段结束的所有引文均出自《痴儿西木传》。

这样的精神命运和大马色经历[1]。库姆甫坚信，就连我们的思维也是断裂的，需要辩护，而这里也正是他的自由主义之所在，这使得他把教条主义视作假仁假义的理性形式。原来，他恰恰通过相反的途径走向对教条的批判，就像当年的笛卡儿，在后者眼中，意识的自我确定性，即cogitare[2] 的自我确定性，反而要比苏格拉底的全部权威合法得多。这就是神学的解放与哲学的解放之间的区别。怀着明快真挚的对上帝的信任，库姆甫完成了他的解放，并在我们这些听众面前“用德语”复制这种解放。他不仅反对伪善，反对教条，还反对形而上学，他的目标是彻头彻尾的伦理和认识论，他强调以伦理为基础的个性理想，极端厌恶虔信主义对世俗和虔诚的分离，他更倾向于世俗的虔诚，健康的享受，他，一个文化的赞同者，尤其认同德意志文化，因为他不放过任何一次机会来表明自己是一个打上了路德教烙印的坚定不移的民族主义者，而他对别人最严厉的谴责莫过于说人家“像一只轻浮的鲸”[3]，也就是像一个法国人那样思想和教书。每当这个时候，因愤怒而满面通红的他随后还会再加上一句：“让他见鬼去吧，阿门！”[4]于是又一次赢得台下爆发一阵热烈的跺脚声。

他的自由主义不是基于人道主义的对教条的怀疑，而是基于宗教的对我们思想的可信仰性的怀疑。这种自由主义不仅没有妨碍他去坚定地信仰上帝的启示，而且也没有妨碍他同魔鬼保持虽然不免紧张、但却十分密切的关系。我不能、也不想去调查，他到底在多大程度上相信这个

---

① 也译作大马士革经历。基督教会初期的著名教徒和教会创建人保罗原名扫罗，本是虔诚的犹太教教徒，但在前往大马士革的途中见异向，得启示，故接受大马士革基督教教徒亚拿希亚指导，皈依基督教，更名保罗，成为基督教中坚力量。后常用这个典故比喻受上帝启示而发生的极端转变。

② 拉丁文，意为“思，思考”，笛卡儿“我思，故我在”的拉丁文即是“Cogito, ergo sum”。

③ 类似的表达可以在路德 1530 年 6 月 19 日写给卡斯帕尔 · 冯 · 托伊特雷本的一封信中找到。

④ 这句话出自路德 1530 年 6 月 5 日写给其夫人卡塔琳娜 · 冯 · 波拉的一封信。

对手的个体存在，但我告诉我自己，哪里有神学——尤其是当它和艾伦弗利德·库姆甫这样的精力旺盛的天性相结合的时候——魔鬼就会在哪里出没，以捍卫其对上帝的现实性起补充作用的现实性。一个现代的神学家会“象征性地”对待魔鬼，这话说得倒是轻巧。我认为，神学家根本就不可能是现代的，这或许可以算作他的一大优势；至于象征性，我不明白，为什么要更加象征性地对待地狱而不是天堂。反正民间是从来没有过这样的做法的。百姓比高高在上的达官贵人们更接近于赤裸裸的、因伤风败俗而显得滑稽可笑的魔鬼形象；而就其做派而言，库姆甫应该算是布衣一个。他常常喜欢提到“阴曹地府及其洞穴”[①]，通过这样一种远古化的形式，尽管不大幽默，却比他使用新的德语白话文去说“地狱”要令人信服得多。每当这时，他给人们留下的印象就是，他哪里是在象征性地谈论它，他的本意根本就是在指它，用“美妙的古德语不加掩饰和伪善地”指向它。而那个对手本身也没有什么不同。我也说过，库姆甫作为学者，作为从事科学研究的人，承认理性对《圣经》信仰的批判，他至少是会在不能自已的情况下用忠于知识的口吻“出卖”一些东西的。实际上，他认为，骗子和恶毒的敌人恰恰是在理性中表现得特别活跃，所以，如果不补充上一句：“Si Diabolus non esset mendax et homicida！”[②]那他几乎是不会给理性以任何开口说话的机会的。对于这只害虫，他不喜欢直呼其名，而是对它进行改造后再用“妖怪”、“妖精”或“妖魔”这样的民间喜闻乐见的方式来践踏它。然而，正是这种半是胆怯、半是玩笑的回避和改变，才意味着某种尖酸恶毒的对现实性的承认。此外，他还给它弄来一大堆粗俗而奇怪的称谓，如“圣·危尔滕”[③]、“克勒佩尔

---

① 出自《浮士德博士民间故事书》中的用词。

② 拉丁文，意为：“要是魔鬼不是一个骗子，不是一个杀人的凶手，那该有多好啊！”这是出自《浮士德博士民间故事书》中的一句话。

③ 这个称呼在《浮士德博士民间故事书》和《痴儿西木传》中都有出现，为圣·瓦伦丁的简称，圣·瓦伦丁日为2月14号，历史上曾被认为是不吉利的日子，因为据说这一天也是出卖耶稣的加略人犹大的生日。这个名字有时也会转用到恶魔身上，成为魔鬼的称呼之一。

林师傅”[①]、“只闻其声不见其动先生”[②]以及“黑乎乎的科斯佩尔林”[③]，也同样以戏谑的方式表达出他对那位上帝的对手所怀有的极具个人色彩的敌意。

由于我和阿德里安礼节性地拜访过库姆甫，所以他偶尔也会邀请我们上他家去玩，和他、他的夫人及他的两个女儿一道共进晚餐。他的女儿们的脸颊红得扎眼，她们的辫子是先用水打湿之后再编的，因为编得太紧而斜斜地翘了起来。见我们小心翼翼地把身子凑向摆在我们面前的盘子，她们之中的一个于是就开口说了一句祝福的话。随后，这家的男主人便开始大吃大喝，用实际行动向我们证明，他一点也不反对世俗的快乐和健康的文化享受，同时他还不忘一吐为快，他的肺腑之言包罗万象，涉及上帝和世界、教会、政治、大学、乃至艺术和戏剧，显然是在模仿路德的祝酒词；他还一再敦促我们和他步调一致，别拒绝上帝的恩惠、羊腿、摩泽尔小花酒[④]，而更令我们感到瞠目结舌的则是，吃完甜点之后，他居然一把取下挂在墙上的吉他，离开餐桌，翘起二郎腿，拨起琴弦，为我们唱起《米勒爱漫游》[⑤]、《吕措的疯狂追逐》[⑥]、《罗累莱》[⑦]、《让我们高兴吧》[⑧]等歌曲。——“谁不爱美酒、美人和唱歌，谁这辈子就白活，就是傻瓜一个”[⑨]——他憋不住了，他说出来了。他大声地喊了出来，还当着我们的面拦腰抱住他那浑圆的夫人。接着，他把

---

① 这个称呼出自斯特劳斯所著《胡滕》一书。

② 这个名字源于《痴儿西木传》。

③ 这个称呼出自弗·博柏塔克所编《十六世纪笑话四百则》(1887年)一书。在民间，迷信的老百姓常常会把魔鬼唤作“卡斯帕尔”、“黑乎乎的卡斯帕尔”。

④ 一种用接骨木花作调味料的摩泽尔葡萄酒。

⑤ 弗兰茨·舒伯特作曲的一首歌曲。

⑥ 1813年出现的一首由卡尔·玛丽亚·冯·韦伯(1786–1826)作曲的歌曲。

⑦ 海因里希·海涅(1799–1856)作词、弗里德里希·斯尔歇(1789–1860)1838年作曲的一首非常著名的歌曲。

⑧ 一首非常著名的大学生歌曲。

⑨ 这是出现在很多歌曲和诗歌里面的一句名言，据传为路德所说，但至今查无实据。

肥嘟嘟的食指指向餐厅里一个阴暗的角落，悬在餐桌上方的罩灯的灯光几乎完全照不到那里，“你们瞧！”他喊道，“它就在那个角落里，那个大嘴巴子，那个败兴的东西，那个伤心的、恼火的妖精，它不能忍受我们心情愉快地偎依在上帝的怀抱，又吃又喝！这个头号恶棍，它的阴谋诡计，它的火红利箭，全都拿我们没办法！阿帕吉①！”②他的声音隆隆作响，他抓起一个小面包，把面包扔到那个阴森的角落里。之后，战斗结束，他重新拨动琴弦，高唱《谁不想乐翻天》③。

说实话，这一切更多让人感到的是恐怖，而我不得不确信的是，阿德里安的感觉也是如此，尽管他的骄傲不允许他出卖他的老师。不管怎样，那次斗鬼之后，从老师家里出来的他一到街上就开始长时间地放声狂笑，大有一发不可收拾之势，幸亏有我在一旁用谈话分散他的注意力，他方才又开始慢慢地平静下来。

十三

教师中还有一个人物需要我花费一些笔墨来纪念。同别的人相比，此人因其生性的诡计多端和措辞的模棱两可而在我的心底留下更加难以磨灭的印记。他就是编外讲师艾伯哈德·施雷普福斯④。此人当时获准在哈勒开设为期两个学期的课程，而课程上完之后，他就重又消失得无影无踪，我也不知道他到底去了哪里。施雷普福斯外形干瘦，个子勉强

① 原文为 Apage，源于希腊语和拉丁语，意为“滚开吧！你滚开吧！”耶稣在《马太福音》中就对地狱的引诱者说过“撒旦滚开”。此词后来成为一个常用的驱鬼咒语。

② 这段引文由路德书信和《痴儿西木传》中的用语混合而成。

③ 19 世纪中期的一首歌曲名。

④ 原文为 Schleppfuß，作为姓氏，来源无从查考，但其字面意思为“步履蹒跚，走路吃力，拖着脚走路”，因而不难使人产生对魔鬼的联想，因为魔鬼长着山羊偶蹄，纵然嬗变，却无法掩盖这个特征。

够得上中等，整个人都包裹在一件黑色的披风里，这件披风被他当作大衣来穿，其领口处由一根小金属链锁紧。他头戴一种帽檐滚了边的软帽与披风搭配，软帽的形状同耶稣会士的帽子很接近，每当在大街上遇到有学生和他打招呼时，他总会习惯性地把帽子往下一拉，同时随口说出“您忠诚的仆人乐意为您效劳！”这句话来。在我看来，他真的是拖着一条腿走路的，不过，这一点还是有争议的，而我也不敢保证自己每一次对他走路时的观察都是百分之百正确，因此，我不会固执己见，反倒更愿意把自己的观察通过他的名字暗示出来——这种猜测某种程度上也是由他那两学时课程的性质所造成。也就是说，他所上的这门课当时在课程指南里标的是什么样的名称，我现在已经记不大清了。根据隐约还有点印象的实际内容来看，有可能是叫做“宗教心理学”——也许当时真的就是叫的这么个课名。这门课属计划外性质，对考试没有意义，只有为数不多的崇尚理智的，以及多少有点革命思想的学生，十个或者十二个，在选修它。此外，让我感到惊讶的是，人数就再也没有多过，按理说，施雷普福斯讲授的内容不乏辛辣，也不乏讽刺，原本是足以唤起较为广泛的好奇心的呀。所以啊，通过这个例子也可以说明，就是刺激性再强的东西，一旦和神怪挂钩，也是会丧失其普及性的哟。

我已经说过，神学就其天性而言很容易，而且在一定的情况下必定随时就会轻而易举地转化为魔学。施雷普福斯就是这方面的一个例子，尽管是很先进、很理智的一个例子，由于他对世界和上帝的恶魔式的理解是用心理学来粉饰的，故而，他的这种理解能够为现代的、科学的意识所接受，甚至能让人对其感到饶有兴味。此外，他的讲课方式也为他增色不少，这种方式就是专门用来让年轻人，而不是别的人，佩服得五体投地的方式。他讲起课来无拘无束，清晰明了，不知疲倦，流畅自如，出口成章，他的措辞稍稍带了那么一点讽刺色彩——他不是好好坐在讲台的椅子上，而是似坐非坐地随便靠在椅子左边或右边的扶手上，他把双手的大拇指叉开，交叉在腹部，他的向两边分开的小胡子上下运动，而在这小胡子和卷得尖尖的小髭须之间，一口锋利而破碎的牙齿露了出来。库姆甫教授和魔鬼的功利主义的过招，同施雷普福斯赋予这个摧毁者，这个人格化的上帝之残渣的心理真实相比，仅仅不过是小儿科而已。因为他，如果我可以这样说的话，辨证地把对渎神的辱骂纳入神性，把地狱纳入天界，宣称卑劣是神圣的一种必要的和与生俱来的补充，而后者则又是一种持久的撒旦的诱惑，一种几乎无法抗拒的对亵渎的挑逗。

他通过讲解宗教支配存在的古典时期、基督教的中世纪及其最后几百年的精神生活来证明这一观点。那时，宗教法官和违法者均完全认同出卖上帝、与魔鬼结盟、与恶魔同流合污这一事实。而那源自神圣不可侵犯的渎神诱惑便是这其中的核心本质，这种渎神诱惑就是事情本身之所在，而这种渎神诱惑的表现之一就是那些人渣给圣母马利亚起名叫“胖女人”，或者表现为魔鬼督促他们在弥撒献祭仪式上喊出极其下流的插话、不堪入耳的污言秽语，而且，这还不够，施雷普福斯还会十指交叉地把这些脏话一字不落地复述出来，而就趣味而言，我是断然不能接受他的这种做法的，可他对趣味不予理睬，相反，倒是把这份荣幸留给了科学，当然，我也不想因此而指责他。唯独十分罕见的却是，学生们竟把这些东西认真地记在了他们的油布本上。按照他的观点，所有这一切，恶的事物，恶的人，本身就是上帝自身神圣存在的一种必然的结果和一种在所难免的附属物；同样，邪恶也不是由邪恶自身构成，而是从玷污美德之中获得满足，如果没有这一点，邪恶就成了无源之水，无本之木；换言之：邪恶存在于对自由的享受之中，也就是存在于对内在于创世行为自身的作恶的可能性的享受之中。

这里所表现出来的是上帝的万能与仁慈在逻辑上的某种缺陷，因为他不能够为造物，也就是那些从他自身释放出去、而现在又外在于他的东西，备办作恶的无能。否则，这就意味着扣留造物脱离上帝的自由意志——那样的话，创世就是不完美的，甚至根本就不是创世，而是上帝的放弃了。上帝的逻辑困境就在于，他没有办法做到把选择的独立性，也就是自由的意志，和不能作恶的才能同时赋予造物，即人和那些天使。要知道，上帝之前是肯定给予了成其为造物的造物以自由的，而虔诚和美德其实就在于好好使用这种自由，这也就是说：不使用这种自由——当然，这些东西现在一经施雷普福斯之口说出，便有点变味，似乎这种对于这种自由的不使用就意味着某种存在的削弱，就意味着一种上帝以外的造物的存在强度的减弱。

自由，这个词在施雷普福斯的嘴里显得多么的奇特！不可否认，这里有一种对宗教的强调，他以神学家的身份说话，他的话绝对不是鄙视，相反，他揭示出这种思想必然在上帝那里获得的崇高意义，因为上帝更愿意把人和天使暴露给罪恶，而不是扣留他们的自由。是的，自由是天生的非罪恶的反面，自由意味着能够按照自己的意志保持对上帝的忠诚，或者与魔鬼为伍，在弥撒献祭仪式上说出不堪入耳的脏话来。这就是宗教心理学所提出的一个概念。然而，自由可是已经在别的也许不够精神、但却不乏热情的意义上，在地球居民的生活中和历史的斗争中发挥过它的作用了。而现在，就在我撰写这部生平记录的同时，它也正在发挥着它的作用——就在眼下肆虐的这场战争中，而且，正如归隐的我很想相信的那样，特别也在我们德意志人民的灵魂和思想中，亲历肆无忌惮的独裁专制的他们也许第一次在他们的生活中对自由的真义开始有了一个朦朦胧胧的认识。当然，我们那时还差得远呢。我们上大学那会儿，自由的问题并不，或者说似乎并不迫切，而施雷普福斯博士想让这个词具有这种含义，这个词在他的课上具有了这种含义，而其他的含义则被他晾在了一旁。其他的含义被他晾在了一旁，他把心思全都放在了他的宗教心理学的观点上，故而把它们全都给忘掉了，我哪怕有这样的印象也好啊。可是，他脑袋里却是记得它们的，这种感觉我挥之不去，而他对自由的神学定义却有着一股子卫辩士的敌意，其矛头是指向“较为现代的”，也就是平淡无奇、普通得不能再普通、能够使他的听众与之相连的观念。你们瞧，他似乎想说，我们也有这个词，它是供我们支配的，你们别以为，它只在你们的词典里出现，你们对它的理解才是唯一具有理性的。自由是一件极其伟大的事情，是创世的条件，是阻挡上帝用魔法保护我们不和他分离。自由就是走向犯罪的自由，而虔诚则在于，出于对必须给予自由的上帝的爱而不使用自由。

如果我还没有完全被蒙蔽的话，他那论调的言下之意就是这样的，有点倾向性，有点恶毒。总之，这话让我很受刺激。我讨厌一个什么都想据为己有的人，把对手的话抢过来断章取义，以达到混淆视听的目的。这样的事情在今天肆无忌惮地发生着，这也是我之所以归隐的主要原因。某些人不应该奢谈自由、理性、人道，为了纯洁性着想，他们应该把嘴闭上才是。然而，施雷普福斯恰恰说的也是人道，当然是在“信仰的古典世纪”的意义上，这一时期的精神状况是其心理学讨论的基础。他的用意十分明确，他要让人明白，人道不是自由精神的发明，这个观念并不只属于它一家，这个观念一直就有，例如，宗教裁判所的活动就充满了感人至深的人道。有一个女人，他说道，在那个“古典”时期被抓起来，被审判，并被烧成灰烬，因为她和一个梦魔①通奸长达六年之久，甚至就躺在她熟睡的丈夫边上，一周三次，还尤其喜欢选在神圣的日子里进行。她答应过魔鬼，七年之后让自己的身体和灵魂全部归其所有。然而，她却是幸运的，因为，恰好在期满之前，仁慈的上帝让她落入宗教裁判之手，而且，还没有怎么审讯呢，她就全部招认了，她的忏悔催人泪下，这使得她极有可能得到上帝的宽恕。她完全是自愿去死的，她特别强调说，即使她能够逃脱，她仍然会坚定不移地选择火刑柱，只有这样，才能不受恶魔的控制。由于有过陷进肮脏罪恶泥潭的失足经历，她已经变得十分厌世了。法官和罪犯之间的和谐一致表明，文

① 原文为拉丁文 Incubus，字面意思是“趴在上面的人”，最初用来指“梦魇、夜魔”，即压迫人的一种妖怪。在中世纪迫害巫婆时期，这个概念被用来指变成男人模样，在夜间袭击妇女，强迫她们与之性交的一种恶鬼。

化是何等的完美，而大火恰在那最后的时刻把这个灵魂从魔掌中夺回并使之得到宽恕，这样的弥补表明，人道是何等的温暖啊！

施雷普福斯要我们把这些牢记在心，要我们注意——不仅要注意，人道也可能是什么，而且也要注意，它本来是什么。在这里，用另外一个出自自由精神词汇表的词语来谈论毫无希望可言的迷信，是没有任何意义的。施雷普福斯也占有着这个词，以根本不知其为何物的“古典”世纪的名义。除了那个和梦魔有染的女人，再也找不出第二个会屈服于迷信的人来了。因为她背叛了上帝，背叛了信仰，而这就是迷信。迷信不是说：相信恶魔和梦魔们，而是说，以带来瘟疫的方式与他们沆瀣一气并对他们报有本应只对上帝才报有的期望。迷信意味着轻信人类敌人的挑拨和煽动；这个概念适用于所有的祈祷、歌曲和咒语，所有的巫术的犯上作乱，邪恶和罪行，巫婆异端的鞭子，恶魔的戏法。人们可以这样来确定“迷信”这个概念，它就是这样被确定下来的，而人们又能如何使用这些词汇，又能如何用这些词汇来进行思考，这可真是有意思得很哪！

不言而喻，恶与神圣及善的辩证的密不可分性，这个在神义论[①]——即鉴于恶在世间的存在而为上帝之合理性和正义性所作的辩护中意义重大的方面，当然也会在施雷普福斯的课堂上占用相当多的时间。恶有助于促进宇宙的完美，而没有前者，后者恐怕就不会完美了，因此，上帝允许它的存在，因为上帝是完美的，因此也必然希望完美——不是在完美的善的意义上，而是在全面性和强化存在的相互作用的意义上。如果有善，恶就要恶得多，如果有恶，善就要善得多，也许——人们可以就此展开讨论——如果没有善的话，恶根本就不是恶

① 原文为Theodizee，由希腊文的“神”和“正义”二词组成，最先由莱布尼茨在其1710年所作法文著作《神义论》（又译《神正论》）中作为哲学或神学概念提出。神义论的研究对象为上帝的正义问题，即世间的善恶与万能的全知全善的上帝的关系。

的——如果没有恶的话，善就根本不是善的。奥古斯丁至少是达到了这个境界的，他说，坏的作用是让善更加清晰地显现出来，当这个善同坏作比较的时候，它就越发招人喜爱，越发值得赞美。对此，托马斯主义岂能袖手旁观，它警告说，相信上帝愿意恶的发生，这是危险的。这不是上帝愿意的，但上帝也不愿意恶不发生，他允许恶的统治，没有愿意和不愿意，而这是有利于完美的。可是，如果以为，上帝是因为善的缘故而允许恶的话，那就是误入歧途了；因为没有什么东西可以被视作是善的，除非它是通过自身，而不是通过偶然来符合这个“善”的观念。不管怎样，施雷普福斯说，绝对的善和美，同恶和丑无关的善和美的问题，在这里被提了出来，这是一个没有比较的质的问题。他说，哪里没有比较，哪里就没有尺度，轻重大小也就无从谈起。那样的话，美和善就会被剥夺殆尽，成为一种没有质的存在，这种存在十分接近不存在，而且也不见得比后者更好。

我们把这些记在我们的油布本里，因为两手空空地回家是怎么也说不过去的。接着施雷普福斯的口授，我们这样补充道，鉴于创世遗憾而对上帝进行的真正辩护在于他能够从恶中产生善。这种特性，为了上帝的荣誉，绝对需要得到实现，而倘若上帝没有把造物拱手让给罪恶的话，它就不可能显示出来。在这种情况下，宇宙就会被剥夺掉由上帝从恶，从罪过、痛苦和邪恶中创造出来的那个善，天使们大唱赞歌的理由也就更少了。当然，反过来也会，正如历史一再教导的那样，从善中生出许多恶来，为此上帝，为了避免这种情况，也许就不得不阻止善，并可能从根本上就不让世界存在了。但这又和他作为造物主的本质相矛盾，因此，他就创造了这个现存的、也就是充满了邪恶的世界，也就是说他不得不让它部分地接受恶魔的影响。

施雷普福斯给我们讲授的这些东西到底是不是他自己的主张，或者他所关心的是不是只是让我们了解信仰的古典世纪的心理学，这永远是不得而知的了。但可以肯定的是，如果他不表现出对这种心理学的高度赞赏，他是不可能当上神学家的。然而，让我感到甚是奇怪的却是，他的课竟然没有能够吸引更多的年轻人来参加，要知道，在他的课上，不论何时，只要是说到恶魔对人类生活的控制，那可是三句话不离性的呀。难道不是这样的吗？这个领域的恶魔性质是他的这门“古典心理学”里的一个主要环节；在它看来，这个地方是恶魔最喜欢出入的游戏场所，是上帝的对头、敌人和破坏者现成的出发点。因为上帝承认，这个地方管辖同房的妖术要比其他地方管辖任何一种人类行为的妖术都更厉害：不仅是由于这种恶行的外在的下流，而且也首先是由于第一位人父在这个方面的堕落已经作为原罪转移到了整个人类身上。这种性行为是以审美意义上的丑恶为特征的，是原罪的表现和手段。魔鬼在这里会感到特别得心应手，这又有什么可奇怪的呢？所以天使对托比亚斯所说的话并非空穴来风，“沉迷于淫欲的人，会受恶魔控制。”因为恶魔的势力存在于人的腰间，而这里就是福音书的作者所指的地方：“如果一个人全副武装地监守他的宫殿，他自己就能永享太平。”这当然可以理解为性，神秘的语言中总能捕捉到这样的暗示，而恰恰是虔诚的耳朵尖，能够从中听出这样的意思来。令人瞠目结舌的只是，一旦“太平”成问题的时候，恰恰是在上帝的那些圣徒那里，天使的守卫始终被证明是弱不禁风的。圣父[①]们的那本书讲的全是，无论他们如何抵御肉欲，却还是令人难以置信地经受不住贪恋女人的诱惑。“我的肉中刺是生而就有的，撒旦的天使，他在用拳头打我。”这句自白出自一封写给科林斯[②]人的信，即便写信的人或许另有所指，羊角风什么的，虔诚反正是按照自己的方式来理解它的——很可能最终是正确的，因为，当虔诚的直觉把大脑的不安同性的恶魔神秘地加以联系的时候，它的这种直觉是不会错的。人们经受得住的诱惑当然不是罪恶，而刚刚只是对美德的一种考验。但诱惑和美德之间的界限很难确定，因为，前者难道不就是罪恶在

---

① 罗马教皇的称号。
② 古希腊著名的奴隶制城邦。

我们血液里的肆虐吗？好色的状态里难道不是已经有了许多对恶的献身吗？这里，善与恶的辩正统一再度凸显出来，因为没有诱惑的神圣是根本不可想象的，神圣的程度要根据诱惑的可怕程度和一个人罪恶的潜能而定。

然而，诱惑从哪里而来？谁会因为它的缘故而受到诅咒？人们会不假思索地说，它来自魔鬼。魔鬼是它的来源，但施魔法却是要有对象的。这个对象，这个诱惑者的工具，就是女人。她因此自然也是神圣的工具，因为没有肆虐的罪恶淫欲，后者是不存在的。可是，她为此而得到的回报却只有怨恨。而更为奇怪和特别典型的则是，尽管由男人和女人组成的人是一种性的生物，尽管恶魔在腰间的驻扎更适用于男人而非女人，可是，对肉欲和性癖的全部诅咒仍然是针对女人的，民间有一个谚语甚至说："漂亮的女人就好比是母猪鼻子里的金环子。"自古以来，类似这样的、出于根深蒂固的情绪而发表的涉及女人的见解真是不胜枚举！它们指的是普遍的肉体的欲望，但这个欲望却是和女人等同的，以至于男人的肉欲也被记在了女人的账上。所以就有了下面这种说法："我认为女人比死神更可恨，就连好女人也是肉欲的俘虏。"

人们也许会问：好男人难道就不是吗？圣男难道不更是有过之而无不及的吗？是的，但这是受女人的影响，作为女人，她是世间全部肉欲的代表。性就是她的领地，她的拉丁语名字就叫"非迷那"①，这个名字一部分来自信仰（fides），一部分来自缺乏(minus)，她的名字就来自缺乏信仰，她又怎么不会和居住在这个空间里的那帮下流坯同流合污呢？

---

① 原文为 Femina，拉丁文，一般作汉语的"女人"讲，因此词与另一个意为"能够孕育的"拉丁文词 fencundus 共一个词根，故字面意思为"孕妇，怀孕的女人"。这里文中以施雷普福斯之口就此展开的一段言论从语言史角度来看是没有根据的。这一段言论的实际出处是《巫婆之锤》，此书由多明我会修道士海因里希·克拉默尔（拉丁语名字为亨利库斯·英斯提托利斯）1486 年在施佩耶尔发表，到 17 世纪时已再版达 29 次之多。书中罗列大量对巫婆和巫师群体的偏见，为系统迫害和消灭巫婆提供理论依据。此书也是托马斯·曼创作本小说过程中使用的重要参考书之一。

人们又怎么不该首先怀疑她与他们有染，会玩弄妖术呢？那个有夫之妇就是一个这样的例子，她的丈夫对她充满信任，可她倒好，居然当着他的面，乘他熟睡之机和一个梦魔鬼混，而且竟然长达数年之久。然而，这世上所有的还不只是梦魔，还有女梦魔[1]，事实上，古典时期就出过一个堕落男孩，他和一个偶像一起生活，最后也终于得以领教这个偶像恶魔一般的妒忌心肠。因为，过了几年之后，他和一个良家妇女结婚，当然是实用的动机大于真正的爱恋，但此后他却一直受到干扰，不能和她同房。原来那个偶像总是从中作梗。那个妇女因此十分气愤，就离他而去，这个人发现，他的一生都受到这个绝不宽容的偶像的限制。

施雷普福斯认为，限制是这种心理状态较为典型的表现，另外还有一个青年人也受到了这种限制的束缚；因为，他自己没有任何过错，他被女人的妖术击中，而他为达到摆脱她的目的而使用的手段却是绝对可悲的。为了纪念那些和阿德里安共同开展的大学学习，我愿意在这里简明扼要地插入编外讲师施雷普福斯所讲述的这个颇有见地的故事。

在康斯坦茨附近的梅泽堡，大约在十五世纪末期，生活着一个诚实的小伙子，他的名字叫做海因茨·克罗普盖瑟尔，职业是箍桶匠，长相英俊，身强体壮。他和一个叫芭倍儿的姑娘，也就是丧偶的教堂鸣钟人唯一的女儿，相互爱慕，他有心和她结婚，但是，这对小情人的愿望遭到来自父亲一方的反对，因为克罗普盖瑟尔是个穷光蛋，鸣钟人要求他首先应该有个体面的社会地位才行，说等他在他那一行出师之后，再把女儿嫁给他不迟。然而，年轻人的耐心怎敌得过他们荡漾的春心，还没等到那规定的佳期，这一对雏儿就已经成了两口子。原来，乘着朦胧夜色，乘着敲钟人去敲钟的空隙，克罗普盖瑟尔翻墙来到芭倍儿这里，两个人相拥相抱，男欢女爱，飘飘欲仙。

光阴似箭。且说有一天，箍桶匠和其他几个快乐小伙一起去康斯坦

---

① 原文为拉丁文 Succubus，字面意思是“躺在下面的人”，用来与前面的梦魔 Incubus 对应，指变成女人模样让人与自己睡觉的一种恶鬼。

茨参加教堂落成纪念日年市。他们白天在那里玩得十分高兴，晚上就有点忘乎所以，于是他们就决定去窑子里找女人。说真的，这也并不是克罗普盖瑟尔的本意，他其实是不想和他们一起去的。那几个小伙子见状，就拿他当假正经挤兑，用难听的话讥讽他，喋喋不休地追问他那方面是不是不正常，身子骨是不是有毛病；这可让他不堪忍受了，再加上他又和他们一样喝了不少劲大的啤酒，终于，他拗不过他们，就答应下来，一边吹嘘说“这种事我懂着呢”，一边便和那几个人一起走进了妓院。

可不曾想啊，他在这里所遭遇的却是奇耻大辱，为此，他甚至都不知道自己的脸该往哪里搁了。原来，事与愿违，他在妓女，也就是一个匈牙利女人那里，根本不能正常行事，他在她那里根本就不灵，这让他怒火中烧，也让他惊恐万分。因为，那婊子不仅嘲笑他，而且还一脸怀疑地摇着头说道，他肯定是有问题、有毛病；像他这样体魄的年轻人，突然就不行了，那肯定就是中了邪了，肯定就是被人暗算了：诸如此类的话一大堆，不一而足。为了堵住她的嘴，不让他的同伴们知道，他送给她许多钱财，然后便跟霜打的茄子似的回到家里。

尽管也不免有些担忧，但他还是尽可能快地去和他的芭倍儿幽会，而乘着敲钟人出去敲钟的空隙，他们两人享受到了人世间最为酣畅的欢愉。他作为年轻男人的名誉就此也得到了恢复，照理说他也应该感到满足了。因为，除了这第一个，他再也没有对别的任何人上过心，那么，除了跟她在一起，他又何必对自己上太多的心呢？然而，自从遭遇那次挫折之后，他的灵魂就再也没有得到过安宁，他要检验自己，他要对自己的心上人来一次背叛，哪怕就一次，以后再也不干第二次，这个想法始终萦绕在他的心头，挥之不去。因此，他在私下里悄悄地寻找机会，试探自己，同时也试探她。因为一旦他对自己感到不信任，那么，这种不信任就会最终转化为对他所依恋的那个她的一丝虽则温柔、但却不安的怀疑。

碰巧得很，酒馆老板，一个病怏怏的肥胖子，正好有两只酒桶的桶箍松了，需要固定到桶板上，于是就把他请来帮忙，而老板的老婆，一个还算精神的女人，也跟着一起下到酒窖里看他干活。其间，她开始抚摩他的胳膊，还把她自己的也伸过去作比较，如此这般的挑逗撩拨让他很是难以招架，他的内心开始蠢蠢欲动，但是，他的身体却丝毫不为所动，万般无奈之下，他只好对她说，他现在没有心情，他还有急事要办，她男人肯定马上就会下来，说完便赶紧逃之夭夭，扔下那恼羞成怒的婆娘一个人站在那里好一顿挖苦嘲笑，就这样，他永远欠下了一笔任何强壮的年轻人都永远不会欠下的情债。

他为此而深受伤害，他感到迷惑不解，对自己，但也不仅仅只对自己；因为，如果说第一次不幸发生之后，他只是起了一点疑心的话，那么，他这一次可就真的是满腹狐疑了，他是中了邪，他对这种说法深信不疑。因为事情关系到一个可怜的灵魂的拯救，同时也关系到他的肉体的荣誉，于是，他就跑到教士那里，喃喃低语地隔着格栅向他和盘托出：他被妖魔缠身，他不是不行，而是有障碍，只有一个女人是例外，这是怎么一回事，教会能不能伸出慈爱之手，帮助他祛除这样的烦恼。

时值当地巫婆泛滥，妖气盛行，世风日下，人心浮荡，人类之敌的煽动严重危及上帝的威严，严密监视成为神甫们责无旁贷的义务。向男人的精气施展法术，对于这样的邪恶，这位教士真是再熟悉不过，他于是把克罗普盖瑟尔的忏悔报告给上级部门，敲钟人的孩子于是被找来讯问，而她呢，倒也痛快，实打实地承认说，她害怕那个年轻人对她不忠，为了防止他在正式成为她的丈夫之前不被别人抢走，她就从一个当浴场管理员的丑老太婆那里要来一种特效药，一种据说是用没有受过洗礼的亡童的脂肪熬制而成的药膏，乘着拥抱的机会，把它偷偷地、而且是按照一定的图案，涂抹到她的海因茨的背上，以确保他能够呆在自己身边，仅此而已。那个浴场管理婆也受到审讯，但这婆子却矢口否认。无奈之下，她只好被移交给了世俗当局，在这里，教会不宜的审问手段全都可以得到随心所欲的使用。这不，稍稍施压之后，人们必然企盼的结果就出台了：原来这个丑老太婆和魔鬼有过约定，魔鬼曾经扮成一个长着山羊偶蹄的僧侣在她面前现形，还说服她用污言秽语去否定三位一体和基督教信仰，作为回报，他不仅教她制作上面那种春药，而且还教她制作别的性质下流的方剂，其中包括制作一种油脂，只要涂上这种油脂，随便什么样的木头都会立马跟随方士一起升到空中。至于恶魔和那老太婆签约的繁文缛节，则是在反复施压的情况下才一点一点地被挤出来的，而且内容也是令人毛骨悚然的。

对于那个只是间接受到诱惑的女子而言，事情就完全取决于：她的灵魂的得救在多大程度上是因为她接受和使用那种堕落的药剂而受到牵连。但那老太婆的证词却对敲钟人的孩子极其不利，因为她发誓说，魔鬼交给她的任务就是劝诱众人改变信仰，她靠骗人使用魔鬼药剂的方法为他弄人，每成功一个，他都会让她防御永恒之火的能力得到进一步增强，这样，通过勤奋的输送工作，她将最终可以获得一件防御地狱之火的石棉铠甲。——这一下就要了芭倍儿的命。拯救她的灵魂，不让其永远堕落，牺牲肉体，以使她摆脱魔掌，这显然是必要的。再者，鉴于社会风气的普遍堕落，也迫切需要树立一个反面典型，于是，在公共广场相邻的柱子上，便有了一老一小两个巫婆被烧为灰烬。海因茨·克罗普盖瑟尔，那个中了邪的男子，只见他光着头站在观看的人群中，口里还不停地喃喃祷告。他的情人那因烟雾而窒息、因沙哑而陌生的叫喊在他听来就是恶魔的声音，恶魔不情愿地、声音嘶哑地离她而去。从那一刻起，他所遭受的可耻的限制就被解除了，因为随着他的爱人被烧焦烤煳，他那为罪恶所窃取的、对自己男性气概的自由支配权也就失而复得了。——

这个具有反叛性的故事是很能代表施雷普福斯所讲的这门课程的精神特点的，它让我永远难以忘怀，也让我的心情永远难以平静。那时，我们，阿德里安和我，还有“温福理德”协会，曾就此进行过多次讨论；我个人十分憎恶这则轶闻，尤其是那个克罗普盖瑟尔，但阿德里安对他的老师们以及他们所讲的课却始终坚持谨慎而缄默的态度，所以，我无法让他，还有他同系的那些学友与我同怒，以解我心头之恨。直到今天，我依旧会在心里怒火中烧地痛斥克罗普盖瑟尔，我认为他是一个愚蠢之极的大笨蛋。这个蠢货有什么非抱怨不可的呢？他爱着这一个，明摆着都爱到了对别人无动于衷和“不行”的地步了，为什么还非要和别的女人去干那种事不可呢？如果他在这一个这里能够爱得起来，那些“不行”又有什么意义呢？爱就是对性的一种高贵的青睐，如果说无爱时性拒绝活动并非理所当然的话，那么有爱时以及由于爱他这样做就是再理所当然不过的了。那个芭倍儿固然拴住并“限制”了她的海因茨，但却不是通过魔鬼的秘方，而是通过她那爱的魅力以及她那迷人的意志，她用这种意志将他牢牢掌控，使他不能受到别人的诱惑。有人说，这种保护，其力量，其对那个青年男子的天性的影响，通过魔鬼的那种药膏以及这个姑娘对这种药膏的信任而得到了心理上的强化，对此我是愿意接受的，但我认为，从他那方面出发去看待这件事情，把他因为爱而陷入的那种挑剔性的心态作为令其万分沮丧的性行为障碍的根源，则要正确得多、简单得多。不过，就是这种观点也是承认精神具有某种自然的神奇力量的，它能够对有机的肉体发生决定性的影响和改变——事物的这种所谓不可思议的一面，这当然也正是施雷普福斯对克罗普盖瑟尔案例进行评述时所不遗余力地特别要加以强调的。

他是在一种伪人道主义的意义上来做这件事情的，目的是为了夸耀那据说是阴暗的几百年对于人体这一卓越条件所持有的崇高观念。他们认为，它比世间所有其他的物质结合更高贵，在他们眼里，从它的受制于精神的可转变性便是它的高贵性和它在肉体等级制度中的高级性的表现。它因为恐惧和愤怒而变得冰凉和滚烫，因为痛苦而消瘦，因为快乐而茁壮，纯粹的精神厌恶就可以引起类似于食用霉烂变质食物那样的生理反应，一个皮肤过敏的人看见一盘草莓，他的皮肤就可能长满脓包，是的，疾病和死亡可能是纯粹精神作用的结果。然而，从认识到灵魂有能力改变自身的属于它的肉体物质，到基于丰富的人类经验而确信，陌生的灵魂，不管愿意与否，也能借助魔法去转变陌生的肉体物质，这之间只有一步，而且是必需的一步；换言之：魔法的、恶魔的影响和巫术的现实因此而变得严峻，而诸如邪恶目光一类的现象则获得抢救，脱离所谓迷信的领域，邪恶目光现象是一种体验情结，集中表现在关于蛇妖的眼睛能够致命的神话之中。倘若否认，一个不纯洁的灵魂单凭目光就可以，不管是自愿地还是情不自禁地，对其他的灵魂，尤其是对身体柔嫩特别容易受到这样的眼睛毒害的幼童，造成有损肉体的影响，那恐怕就是不可饶恕的丧失人性的残忍了。

这就是施雷普福斯的不在计划之列的课程——因其幽灵性和可怀疑性而不在计划之列。“可怀疑的”是一个很妙的词；我总是赋予它很高的语文学价值。它既要求进入，同时又要求回避，总之是要求一种十分谨慎的进入，而且还是处在一件事物——和一个人——的声名远扬或声名狼藉的两面性之间。

每当我们在大街上或是学校的走廊上碰见施雷普福斯，每当这个时候，我们就会向他致以我们的问候，以表达我们对他的全部敬重，这份敬重源自他那才思泉涌的一节节高水平讲课，而他那方面呢，则会取下帽子来，给予我们一个更为客气的回敬：“您忠诚无比的仆人乐意为您效劳！”

十四

神秘的数字并不是我感兴趣的事情，然而，一直以来令我感到压抑的却是，我发现阿德里安有着这方面的爱好，而且很早就不经意地，但却是明确无误地显露出来。虽然，落到上一章头上的编号恰巧是普遍为人们所厌恶并被视为不吉利的数字十三，但我依旧还是会情不自禁地叫起好来，我真希望这不仅仅只是一次偶然。然而，理智地说，这却真的是一次偶然，因为从根本上讲，哈勒大学的这一整段生活经历跟前面克雷齐马尔的报告一样自成一体，而我也一心只为读者着想，考虑到他们喜好间歇、转折和重新起头，所以我才把这段生活分成好几个章节来写，其实，平心而论，如果照我这个作者的本意而言，这样的结构是完全没有必要的。要是按照我的意思来的话，那我们现在仍旧还会停留在第十一章，但是，就因为我这个人喜欢搞妥协，所以这才促使我为施雷普福斯博士安排了十三这个数字。我特意把这个数字献给他——是的，我更愿意把十三这个数字献给那全部的对于我们在哈勒大学度过的学习时光的追忆，因为我曾经说过，这座城市的风气，神学的风气，让我感觉很不舒服，我旁听阿德里安的大学课程，我感到有些懊恼，却又无可奈何，谁叫我们是朋友呢，就权当这是我为我们的友谊作出的牺牲吧。

我们的？我最好把话说得更明确一些：我的；为什么呢？因为*他*根本就没有硬拉着我和他一起去听库姆甫或施雷普福斯的课嘛，事实上，为此我甚至还耽误了我自己学习大纲上的课程呢。我这样做完全是自觉自愿，我那时心头只有一个热切的愿望萦绕，那就是听他所听，知他所知，一句话：*留心他*，因为这在我看来是极其必要的，尽管也是徒劳无益的。我在这里所要表达的是一种既意识到迫切，又意识到徒劳的奇怪而痛苦的复杂情绪。我心里非常清楚，我所面对的是一个可以监督，但却不可以改变、不可以影响的生命，而我之所以仍然坚持迫不及待地去目不转睛地凝视这个生命，不离开我的这位朋友半步，则是因为我强烈地预感到，我有朝一日将会拿起笔来，为他写一本传记，把他青年时代留下来的印象进行一次总结。当然，还有一点也同样是不言而喻的，即我不厌其烦地赘述上面那些东西，主要不是为了解释我为什么在哈勒感觉不大愉快，而是出于下面这个原因，而这个原因又和我细致入微地叙述文德尔·克雷齐马尔在凯泽斯阿舍恩的报告的原因是一样的，这就是：让读者也成为阿德里安精神体验的见证人，这是我深为关切，并且不得不深为关切的事情。

出于同样的原因，当我们在天气较好的季节里组织从哈勒出发的漫游时，我也愿意邀上他和我们这些年轻的骚客们一同出游。另外呢，又由于我是阿德里安的同乡兼密友，也由于我这个不学神学的人已经给外人造成了一种似乎对神学极感兴趣的印象，所以我自然也就成了基督教协会“温福里德”圈子里深受欢迎的客人，甚至还得以多次参加他们集体组织的旨在享受上帝的绿色创造的郊游。

这种游玩举办的频率高于我们两人参与的频率；很显然，阿德里安不是一个热衷协会的人，他的会员身份仅仅只是一个摆设，他并不按时参加协会的各项活动，也不和协会的人打成一片。出于礼貌，同时也是为了表明他乐意成为他们当中的一员，他让自己加入了“温福里德”协会，不过，他却总能找出种种借口，大多数情况是拿出他的偏头痛来作托词，时不时地就缺席一下协会在小酒馆里举行的聚会，甚至过了一年多了，他还认不全协会里的七十名成员，和他们交往时明显不习惯用“你”来称兄道弟，更有甚者，他还常常叫错人家的名字。尽管如此，他们对他还是很尊重的，当他偶尔，我必须加以说明的是：破例跑来出席协会在米茨酒家烟雾缭绕的包间里举行的座谈会时，他们向他致以的问候里，虽然不乏那么几分针对他的孤僻的嘲讽，但他们也确实是由衷地欢迎他的到来的。因为，他们十分珍惜他对他们神学和哲学的讨论的参与，虽然这些讨论并不由他主持，但他的反驳却常常为这些讨论带来有趣的转机，特别是他的音乐才能每每能在这里派上大用场，他善于用钢琴为那些必不可少的轮唱伴奏，他的伴奏比别人的更嘹亮、更活泼。协会第一主席巴沃林斯基是个长着一头深褐色头发的大块头，他的眼睛看人的时候大多是被眼皮柔柔地盖着的，一张嘴巴则是跟吹口哨似的撅着的。而应他的要求，阿德里安还会独奏一段巴赫的托卡他、贝多芬或舒曼的某个乐章给大家伙助兴。不过，即便没有人叫，他有时也会自己主动坐到放在协会专用房间里的那架闷声闷气的、同文德尔·克雷齐马尔在“公益”大厅对我们进行教导时所用的那件有缺陷的乐器极为相似的钢琴旁，一门心思地埋头于自由而大胆的尝试——尤其是在开会之前等人到齐的时候。同时，他进来的样子也让我难以忘怀，他急匆匆地跟人打招呼，有时连衣服和帽子都懒得脱，脸上挂着沉思的表情，整个人径直冲着钢琴而去，似乎那才是他风尘仆仆赶来这里的真正动机，只见他指法娴熟，弹奏有力，眉峰高扬，突出过渡音，尝试那些可能在路上就已经打好了腹稿的和弦、预备和复位。不过，他的这种直奔钢琴的做法同时还带有那么一点渴望支柱和归宿的意味，似乎他害怕这个空间，也害怕在这个空间里活动的人，而他似乎要在那里，其实也就是在他自身那里，寻找一个避风港，以逃避他所流落到的这个异乡。

随后，在他继续弹奏的时候，在他沉浸于一个固定的构思，在他改变这个构思并随意塑造这个构思的时候，围在一旁观看的人群当中就会有人发问，那人大概是小普罗卜斯特吧，一个典型的、留着一头油光闪亮的半长金发的大学生：

“这是什么？”

“不是什么，”弹琴的那人一边回答，一边把头摇了一下，不过，他的这个动作倒更像是在赶一只苍蝇。

“怎么可能不是什么呢，”这一个反问道，“既然你是在弹的话？”

“人家是在搞即兴弹奏，”大块头巴沃林斯基内行地如此解释说。

“他在搞即兴弹奏？！”普罗卜斯特这下发自肺腑地惊叫起来，并用自己一双湛蓝湛蓝的眼睛去斜睨阿德里安的额头，好像希望那额头发红发热似的。

在场的人全都笑了起来；阿德里安也不例外，他把两只捏成拳头的手放在钢琴的琴键上，头则低了下去。

“哦，普罗卜斯特，你真是个傻瓜！”巴沃林斯基说道，“他这是在即兴演奏，你连这个都不懂吗？这都是他这会儿想出来的。”

“他怎么可能一下子左右开弓地想出这么多的音来，”普罗卜斯特赶紧为自己辩解道，“而且，他怎么可以说他正在弹的东西什么都不是呢？不存在的东西怎么可以弹呢？”

“哦，不，”巴沃林斯基温和地说道，“不存在的东西也是可以弹的。”

德意志林[①]，康拉德·德意志林，是一个额头上垂着一绺头发的敦实小伙儿，他紧接着进行的补充说明至今还在我的耳旁回响：“亲爱的普罗卜斯特，什么事都是以前没有，后来才有的。”

“我可以向您……我可以向你们保证，”阿德里安说道，“这真的什么都不是，不管从什么意义上来讲。”

他这时不得不直起他那笑弯了腰的身体，从他脸上的表情可以看出，他心里并不轻松，他觉得自己被人揭了老底。不过，我至今仍然清楚地记得的是，接下来进行了一场十分有趣的关于创造性的长篇讨论，这场讨论主要由德意志林来主持，探讨的内容是创造性这个概念由于各种预先的规定，由于文化、传统、继承、习俗、成规而不得不受到的各种限制，不过，尽管如此，人性和创造性，作为上帝存在之威力的遥远的反光，作为上帝那万能的“要有”呼声的回声，创造的灵感作为自上而下的降临，最终还是在神学上得到了承认。

此外，当然也完全是顺带地提及一下，也让我感到惬意的一点则是，甚至连我这个来自世俗院系的客人，偶尔遇到有人邀请的时候，也能够操起我的浪漫古提琴来给人助兴。音乐在这个圈子里很受重视，虽然只是以一种确定的、同时也是原则上的和模糊的方式：他们把音乐视作一种来自上帝的艺术，所以必须对它怀有“一种感情”，一种浪漫虔诚的情感，就像对自然一样。音乐、自然和快乐的虔诚，这些观念在“温福里德”协会里都是十分接近和合乎章程规定的，而当我说起“骚

---

① 此处为音译，德文为 Deutschlin，字面意思可理解为“德意志小子或德国小子”。

客”一词时，这个看似不大适合神学大学生们的字眼，却恰恰是在这个意义组合上，在虔诚的无拘无束和心明眼亮地对美的静观的精神中，为自己找到了合理的依据，而这种精神也正是我现在就要回过头来讲述的那些走向大自然的旅行的指导思想。

我们在哈勒一共呆了四个学期，其间，这种全体出动形式的旅游大概组织了两到三次，这也就是说，巴沃林斯基把七十个人全都一起叫上。这种大规模的集体行动阿德里安和我从来没有参加过。不过，个别的、相互比较熟悉的几个人也会自行结伴进行类似的出游，我们俩反复参加的就是这样的游玩，而且每次都是和几个较为要好的伙伴一道，他们是第一主席本人，敦实的德意志林，一个叫教格斯海姆的，一个叫卡尔·冯·托伊特雷本的，以及其他几个分别叫做胡普迈耶、马特乌斯·阿尔兹特[①]和沙裴勒尔的年轻人。我现在还记得这些名字，也大致记得叫这些名字的人是何音容笑貌，但我并不打算再对此一一赘述了。

哈勒的近郊是一片沙土平原，没有什么值得一看的风景，故而不是我们的目的地。但是，坐火车沿萨勒河上行，用不了多长时间就可进入迷人的图林根地区，在那里，大都是在瑙姆堡或阿波尔达（阿德里安母亲的出生地），我们走下火车，背上背包，戴上风雨帽，像断了线的风筝一般自由自在地徒步继续我们的旅行。我们连续数日步行，我们在乡村客栈，也常常就在平地上、树丛边歇息，吃饭，我们晚上有时还会在农家的草垛里过夜，大清早睡醒之后，就用石槽里流动的泉水洗脸，抖擞精神。这种临时将就的生活方式，这种城里人和脑力劳动者在原始乡村，在大地母亲怀抱里的短暂休憩，由于我们心里十分清楚，我们不会在此久留，过不了几天我们就又必须或者说——可以重新回去享受那熟悉的和“自然的”市民的舒适：因此，这种心甘情愿的节制和简朴很容易，甚至是必然会显得有些做作，有些纡尊降贵，有些半吊子，也有些

---

① 此处为音译，德文为 Arzt，字面意思可理解为“医生”。

滑稽，对此我们自己也不是完全没有意识的，当然这也正是我们去一些农家借睡觉的干草时会遭到人家善意的嘲笑的原因。然而，正是我们的青春，赋予这些嘲笑些许友善、甚至是赞同；而且，青春也可以说是唯一合理的连接市民和自然的桥梁，是一种可以从中引发出年轻人全部浪漫情怀的前市民状态，是人生当中真正浪漫的年龄。这是一直善于思考的德意志林对于这件事情所作的简明扼要的概括，当时，我们正躺在一个谷仓里，利用临睡前的时间，就着一盏点在谷仓角落里的马灯所发出的昏暗的灯光，全力以赴地讨论着我们现时生活中存在的问题，当然，他之后又补充说，青年人讨论青年人是很没面子的：自己谈论和研究自己的生活方式，恰恰会因此而流于形式，而真正的存在只拥有直接的和无意识的存在。

但他马上遭到反驳；胡普迈耶和沙裴勒尔奋起反驳他，托伊特雷本也不同意他的看法。他们说，干脆就只要老年人来评价青年人得了，青年人也只配成为别人考察的对象，仿佛他们和客观精神无缘，这样或许更好。然而，他们却是与之有缘的，即使只涉及他们自身，作为青年人，也必须被允许拥有对青年的发言权。人们称之为生活感受的东西以及相当于自信的东西，确实是有的，如果这种生命形式因此就被取消，那么，有灵性的生命就根本是不可能的了。纯粹麻木的和无意识的存在，鱼龙似的存在，是绝对不够的，今天的人们必须有意识地经受考验，并用旗帜鲜明的自信自尊捍卫其特殊的生活方式——作为青年的青年人得不到承认，这种状况持续的时间也够长的了，是该结束的时候了。

“但这种承认更多是来自教育学，也就是来自老年人的，”阿德里安开口说道，“而不是来自青年人自身。他们有一天发现自己处在一个大谈儿童世纪，大搞妇女解放的时代，一个根本就是很好说话的、号称拥有独立的生命形式的时代，他们当然就忙不迭地表示赞同了。”

“不，莱韦屈恩，”胡普迈耶和沙裴勒尔说道，其他人也跟着附和他们——他们说他不对，甚至是大部分不对。正是青年人自身的生命感受借助意识的形成成功地抵御了来自世界的压力，虽然后者也不是完全没有一点承认它的意思。

“一点也不是，”阿德里安说道，“根本就不是没有意思。”他又继续说道，这个时代，怕是只消有人跟它说上一句：“我有一种特别的生命感受”，那么，它马上就会为此而深鞠一躬。如此一来，青年整一个拿刀切黄油，有劲使不上哪。再说了，倘若青年人和他们的时代能够做到相互了解，那也就找不出任何反对的理由来了。

“干吗这样冷言冷语的，莱韦屈恩？今天，青年人在资产阶级社会里获得了其应得的权利，而且，这个成长期所特有的自身尊严也得到承认。你难道不觉得这是一件好事吗？”

“哦，当然，”阿德里安说道，“可您的，你们的，我们的出发点是这种思想……”

由于他的口误，他的话被一阵笑声打断。我想，下面的这段话应该是马特乌斯·阿尔兹特说的：

“这是真的，莱韦屈恩，这种升级很好。你先是冲着我们说‘您’，然后你又生出一个‘你们’来，最后终于冒出这个‘我们’，为了它，你的舌头只怕都快咬烂了吧，这个词从你的口里说出来可真是比登天还要难啊，你这个顽固不化的个人主义者。”

阿德里安不愿意接受这个封号。这是完全错误的，他说道，他根本不是什么个人主义者，他对集体是绝对举双手赞成。

“理论上也许，”阿尔兹特说，“阿德里安·莱韦屈恩除外，自上而下。”阿尔兹特接着说道，他也是自上而下地谈论青年的，那样子好像他不属于青年人似的，他也完全没有融入和适应的能力，因为就卑谦而言，他所了解的自然也不会太多。

刚才这里说的可不是什么卑谦，阿德里安回击道，恰恰相反，是自信的生命感受。德意志林于是提议说，应该让莱韦屈恩把话讲完。

“也就是这些了，”后者说道，“我们的出发点是这样一种思想，即较之于市民意义上的成熟的人，青年同自然的关系更亲近一些。比如，人们也说女人同男人相比更接近于自然。但我却不敢苟同。我不认为，青年和自然有一种特别亲密的关系。相反，青年人对自然的态度倒是畏缩和矜持的，原本就是陌生的。人只有随着年龄的增长才会逐渐习惯他的自然的部分，并慢慢地平静下来。恰恰是青年，我指的是发育得较为完全的青年人，反而对此感到惊慌失措，鄙视它，敌视它。什么叫做自然？森林和草地？山脉，树木，江河湖海，美丽的风景？在这方面，我认为，青年人的认识比上了年纪的平静的人要肤浅得多。我认为，青年人绝不会有太大的兴致去观赏、去享受自然。青年人是面向内心的，由精神决定的，厌恶感性的。”

“此已证明清楚也，”有人说道，可能是敦格斯海姆，“我们这些人跑出来漫游，现在躺在草堆里，我们明天还要穿过图林根森林到埃森纳赫和瓦特堡去呢。”

“你老是说‘我认为’，”另一个插话道，“你是不是想说：‘照我的经验来看’。”

“你们责备我说，”阿德里安语气坚定地回答道，“我谈论青年人的时候居高临下，并且不把自己包括在内。而现在你们又说我一下子成了青年人的代言人。”

“莱韦屈恩，”德意志林紧接着说道，“对青年有他自己的看法，但是，他显然也是把青年人作为一种特殊的必须受到尊重的生命形式来看待的，而这才是重要的。只有当青年人的自我讨论危及生命的直接性的时候，我才会去反对这种讨论。不过，这种青年人的自我讨论作为自我意识也强化了存在，而在这个意义上，也就是说在这个范围内，我是欢迎它的。这个关于青年的思想是我们的民族，德意志民族的一种特权和专长——别的民族基本上不知其为何物，作为有自我意识的青年人对他们而言几乎是陌生的，德意志青年强调本质和受到年长阶层赞许的气派乃至其非市民的装束，都让他们惊讶不已。那就让他们去吧。正是作为青年人，德意志青年代表着民族精神自身，代表着年轻而前途光明的德意志精神——不成熟，让人家说去吧，这又能说明什么呢！德意志历史上的壮举总是发自某种了不起的不成熟，而我们能成为宗教改革的民族也不是没有道理的。宗教改革也是不成熟的产物。文艺复兴时期的佛罗伦萨市民是成熟的，他在做礼拜之前会对他的太太说：'好吧，就让我们向这个流行的错误鞠躬致敬吧！'就带来新的得到净化的信仰而言，就此而言，路德可是够不成熟的，够民族的，够德意志民族的了。如果成熟是最后的抉择，哪里还有什么世界可言！我们将再度以我们的不成熟对世界进行一些革新和一些革命。"

德意志林说完这番话之后，我们陷入一阵沉思。显然，黑暗之中的每个人都在自己身上感受到了那种个性的和民族的青春焕发，他们因此而激情澎湃，因此而热血沸腾。"了不起的不成熟"这句话肯定让大多数人感到十分受用。

"怎么不早说啊，"我听见阿德里安打破沉默，开口说道，"我们原本是这样的不成熟，这样的年轻，如你所说，我指的是作为民族。可我们终究还是做到了和其他的民族平起平坐，也许只是我们的历史，即我们统一并形成共同的自我意识的时间稍迟，给我们造成了一种特别年轻的假象。"

"这可是另外一码事，"德意志林强调说，"最高意义上的青年和政治历史无关，根本就和历史无关。最高意义上的青年是一种形而上学的天赋，是一种本质的东西，是一种结构和一种命中注定。德意志的形成，德意志的游牧，德意志的永无止境的浪迹天涯的本质，你难道从来没有听说过吗？不管你怎么想，德国人都是永远的大学生，都是地球上所有民族当中永远的追求者……"

"还有他们的革命，"阿德里安突然大笑着插话道，"都是世界历史的狂欢节。"

“很有见地，莱韦屈恩。但让我感到奇怪的是，你的新教教义竟然允许你变得如此机智。我称之为青年的东西，在紧急关头，还有可能受到更多的重视。青年意味着质朴，意味着接近生活的源泉，意味着能够一跃而起，摆脱一个丧失了活力的文明的束缚，敢为天下先，敢做别人没有勇气做的事情，即重新潜入基本要素之中。青年的勇气，这就是新陈代谢的精神，就是深知什么是死而后生。”

“这就是你所说的德意志？”阿德里安问道。“再生曾经叫做rinascimento①，产自意大利。而‘回归自然’，最先是用法文推介的。”

“这一个是一场教育革新，”德意志林回应道，“这另一个则是一种感伤的牧羊人的游戏。”

“法国大革命就是出自牧羊人的游戏，”阿德里安坚持道，“而路德的宗教改革只不过是文艺复兴的一个分店和伦理分岔以及其在宗教上的一个运用而已。”

“在宗教上的运用，这可是你说的。但宗教从各方面看都不同于考古式的振兴和批判性的推翻社会。宗教的虔诚，这也许就是青年本身，就是个人生活的直接性、勇气和深邃，就是意志和能力，就是存在的自然属性和魔性，而这种宗教的虔诚，我们其实已经开始通过克尔凯郭尔②而重新有意识地去积极体验和充分感受其丰盈和四射的活力了。”

“你认为宗教的虔诚是一种特别德国的天赋吗？”阿德里安问道。

“在我们赋予它的意义上，作为心灵的青年，作为自发的行为，作为生命的信仰和丢勒之穿行在死神和魔鬼之间的骑士③——当然是了。”

“那法国呢，这个主教座堂国，它的一国之君曾经号称是全体基督

---

① 意大利语，字面意思为“再生，复活”，也指欧洲14至16世纪的文艺复兴运动。这场被视为近代开端的运动于13世纪晚期最先从意大利开始，随后迅速传遍欧洲，转向古希腊罗马的文化和文学是其最重要的纲领。

② 索伦·克尔凯郭尔（1813－1855）：丹麦宗教哲学心理学家、诗人，现代存在主义哲学的创始人，后现代主义的先驱，也是现代人本心理学的先驱。

③ 暗指德国画家阿尔布莱希特·丢勒（1471－1528）的铜版画《骑士、死神和魔鬼》。

徒的国王，而且这个国家还出了像博絮埃[1]、帕斯卡[2]这样的神学家？”

“这说来话长。几个世纪以来，法国一直受到历史的垂青，成为欧洲范围内负有反基督教使命的大国。而德国则正好相反，对此，莱韦屈恩，如果你还是阿德里安·莱韦屈恩的话，你是会有所感触的，也就是说：你太冷漠了，所以你少年老成，你太聪明了，所以缺乏虔诚之心。凭着聪明，一个人也许能在教会里腾达，但在宗教上却几乎是不可能的。”

“多谢，德意志林，”阿德里安笑了起来，“你，用宗教改革之前的德语，正如艾伦弗利德·库姆甫所说的那样，把你的想法直言不讳地告诉给了我。我有一种预感，我即便是在教会里也不会腾达，但可以肯定的是，没有教会我也成不了神学系的学生。我也知道，你们之中最有才华的人，全都读过克尔凯郭尔，全都把真理、包括伦理的真理搬进主观，反对随波逐流。但我却是不可能和你们一起搞极端主义的，再说了，你们的极端主义肯定也是不会长久的，这种极端主义是大学生的通行证，而你们学着克尔凯郭尔的样子，把教会和基督教分开，对此我也不敢苟同。在我看来，今天世俗化了的、市民化了的教会，仍然还是一座秩序的堡垒，一个服务于宗教生活的执行客观惩戒、疏导和阻止的机构，没有它，宗教生活就会陷入主观主义的荒芜和神的权力的混乱，成为阴森恐怖的幻想世界，成为恶魔的海洋。把教会和宗教分开，意味着放弃把宗教性的东西从疯狂之中分离出来……”

“啊，听哪！”好几个人同时说道。可是：

“他是对的！”发布这样的坦率声明的是马特乌斯·阿尔兹特，人称“社会医生”，因为社会是他的热情所在，他是基督教社会主义者，

---

① 雅克·维尼格涅·博絮埃（1627－1704）：法国路易十四时期著名的基督教史学家，1670年起为太傅。

② 布莱士·帕斯卡（1623－1662）：数学家、物理学家、哲学家和神学家，17至18世纪法国天主教詹孙教旨运动的著名代表人物。

他常常引用歌德的话说，基督教是一场政治革命，但这场革命却失败了，成了道德的。他现在也说，基督教必须重新成为政治的，也就是社会的：这是真正的和唯一的惩戒宗教的手段，至于宗教的退化危险，莱韦屈恩刚才已经作了相当不错的描述。宗教社会主义，与社会相连的宗教，要的就是它，因为，找到正确的联系，是一切事物的关键之所在，而神控的责任必须和社会的责任，和承担上帝提出的社会完善任务的义务结合起来。"你们相信我好了，"他说道，"这一切全都取决于一个负责任的工业民族，取决于一个国际性的工业国家的成长，这个国家有朝一日将塑造一个纯正完善的欧洲经济社会。所有的创造冲动都由它而起，并且现在也已经渐露端倪，不单是为了一个新的经济组织的技术发展，不仅是为了对这些自然的生活联系来一个彻底的大扫除，也是为了建立新的政治秩序。"

我是按照这些年轻人的原话进行复述的，他们用的都是文绉绉的术语，然而，他们丝毫没有意识到这种语言的矫揉造作；相反，他们用起这种矫揉造作来还满心欢喜和得意扬扬得很呢，他们娴熟地知足地把踩着高跷的刁钻苛求彼此抛来抛去，自然而然得很哪。"自然的生活联系"和"神控的责任"，就是这类的忸怩作态；他们完全可以说得简单一些，但那样的话，就不是他们的神学科学的语言了。他们喜欢提"本质问题"，喜欢说"神圣空间"或"政治空间"，或者说"学术空间"、"结构原则"、"存在的对应"等等。德意志林现在也两手交叉抱着后脑勺地提了一个本质问题，是关于阿尔兹特的经济社会的生物起源的。他说，这不是别的，只可能是经济理性，而也只有它才能在经济社会里得到体现。"但我们必须清楚的是，马特乌斯，"他说道，"经济社会组织的社会理想产生于一种具有启蒙意义的独立思想，简言之，产生于一种还根本没有被高于和低于理性的巨大威力所控制的理性主义。你以为从人的纯粹的认识和理性中就能发展出一个公正的秩序来，你在这里把'公正'和'有益于社会'相提并论，而且，你认为，从中将会产生新的政治秩序。但经济空间却是完全有别于政治空间的，而从经济的功利思想到关乎历史的政治意识，这中间根本就没有直接的过渡。我不明白，你怎么可以连这一点都认识不到。政治秩序关系到国家，而国家是一个不由功利来决定的政权和统治形式，当然，其他的不同于企业家代表和工会秘书所熟悉的特质，如荣誉和尊严，也会在这里得到体现。对于这样的特质，我亲爱的朋友，经济空间的人们并没有带来存在所必要的对应。”

“啊，德意志林，瞧你说的，”阿尔兹特说道，“作为现代的社会学者，我们都非常清楚，即便国家也是由有用的功能所决定的。这里是法律裁决，这里是安全保障。再说了，我们根本就是生活在一个经济时代，经济简直就是这个时代的历史特征，而如果国家不懂得从自身出发去认识和领导经济关系，荣誉和尊严是帮不上它半点忙的。”

德意志林对此表示承认。但他否认说，有用的功能是证明国家存在的基本理由。国家的合理性在于它的主权、它的独立，这种自主因此是不依赖于个人的尊严而存在的，因为它——同社会契约的借口截然相反——是站在个体的面前的。超个体的联系拥有和单个的人一样多的存在根由，正因为如此，一个经济学家有可能对国家一窍不通，因为他对它的超验的奠基一窍不通。

托伊特雷本这边紧接着说道：

“对于阿尔兹特所主张的社会和宗教的结合，我当然不无好感；不管怎样，有总比什么都没有要好，而且马特乌斯说的简直是太对了，一切都取决于找到正确完美的结合。不过，为了正确完美，为了同时是宗教的和政治的，这种结合也必须是民族的，而我现在要扪心自问的是，从这个经济社会之中能否产生出一个新的民族特性来。你们到鲁尔区去看看：你们的眼前将呈现出一个个人群的聚集中心，而决不是什么新的民族细胞。你们去坐一坐从罗伊纳开往哈勒的慢车试试！你们会看到工人们坐在一起，头头是道地大谈工资标准问题，但从他们的谈话之中你却看不出来，他们从他们的共同活动中收获了哪怕是一点点的民族力量。在经济中，赤裸裸的有限性越来越多地占据着主导地位……”

“但民族性也是有限的，”另有一个提醒道，那不是胡普迈耶，就是沙裴勒尔，我无法确定是他们当中的哪一个。“说民族是某种永恒的东西，我们搞神学的对此是不会答应的。激动的能力不是什么坏事，信仰的需要对青年人而言也是很自然的，但这也是一种诱惑，新的联系在自由主义逐渐消亡的今天随处可见，对于它们的实质必须仔细审视，观察其是否具有真实性，并同时观察制造这种联系的东西是真实的，还是可能只是一种，我们不妨这样说吧：一种结构浪漫主义的产物，这种结构浪漫主义依靠唯名论的方式，说得难听一点，就是虚构的方式，为自己炮制意识形态方面的东西。我认为，或者说我担心，被偶像化了的民族特性和被视作乌托邦的国家就是这样的结合，而对它们的信奉，我们这样说吧：对于德国的信奉，就带有了某种不受约束的味道，因为这种信奉同个人的实质及其所含的特质毫不相干。这样的问题根本就不会有人提，而如果一个人说‘德国！’并宣布这为他的义务，那么，他就根本不需要去证明，而且也没有人会去问他，他自己也不会去问自己，他在个人的，也就是说：在量的意义上到底实现了多少德意志的民族特性，他又能在多大程度上能够为维护德意志在世界中的生命形式效忠尽力。这就是被称作唯名论，或者说得更明确一些：拜名教的东西。我认为，这就是意识形态的偶像崇拜。”

“很好，胡普迈耶，”德意志林说道，“你说的这些完全正确，不管怎样我都会向你承认，你的批判使我们对这个问题有了更进一步的了解。我不同意马特乌斯·阿尔兹特的看法，因为我不喜欢功利原则在经济空间占据主导地位；不过，在这一点上，即神控的义务自身，也就是说，宗教的东西普遍地，带有某种形式主义的和不具体的色彩，需要世俗经验的填充或运用或证明，需要一种服从上帝的实践，在这一点上，我和他的意见却是完全一致的。而现在，阿尔兹特选择了社会主义，卡尔·托伊特雷本则选择了种族。但正是这两种义务，我们今天要在它们之中进行选择。那种认为意识形态自自由的空谈失去人心以来开始泛滥的观点，我是否认的。事实上只有两种宗教驯服和宗教实现的可能性：即社会的和民族的可能性。但不幸的是，它们两者都有着各自的疑虑和危险，而且是非常严重的。民族性信仰频频表现出一定的唯名论的空洞和个人实体的缺乏，这一点胡普迈耶已经十分正确地指了出来，如果推而广之的话，也许还应该加上一句，即站到提高生活的客观化这一边是没有任何意义的，如果这样做对个人的生活创造毫无意义可言，而目的只是为了庄严的动机的话，我甚至还要把迷醉的殉道列入其中。只有两种，即事业的和牺牲的永恒价值和持久特质属于真正的牺牲……但我们碰见的情况却是，个人储备，这么说吧：全体德意志民族的，可谓非常巨大，也完全可以不由自主地具体化为牺牲，然而，对民族义务的信仰不仅根本缺失，而且这种信仰还遭到了最激烈的否定，以至于这种悲剧性的牺牲恰恰就在于存在和信仰的对立……关于民族义务，今天晚上就到此为止吧。不过，就社会义务而言，它的困难在于，当经济空间被调节到最佳的时候，生存意义的实现的问题和有尊严地活着的问题却依然跟今天一样悬而未决。总有一天我们将对地球进行全面的经济管理，取得集体主义的完满胜利——不错，现在还因为资本主义制度的社会灾难性质而存在着的人的相对的不安全感将随之而消失殆尽，也就是说：对人类生活所遭受的威胁以及随之出现的精神问题的最后的记忆残片将会消失殆尽。人们会问，那样还活着干吗……”

“你想保留资本主义制度，德意志林，”阿尔兹特问道，“因为它能够时刻提醒人们记住人类生活在遭受威胁吗？”

“不，我并不想这样，亲爱的阿尔兹特，”德意志林生气地回答道，“你总还能允许别人把这种生活中随处可见的悲剧性的自相矛盾指出来吧。”

“根本没人需要你去把它们指出来，”敦格斯海姆叹息着说道，“这真是一种绝望的困境，而作为宗教的人有必要问一下自己，这个世界是否真的就是仁慈的上帝一个人的造物，是否更是一件集体创造，我不会说和谁。”

“我想知道的是，”冯·托伊特雷本提醒说，“其他民族的青年是不是也这样躺在干草堆上冥思苦想这些问题和自相矛盾。”

“恐怕不会，”德意志林一脸鄙夷地回答道，“他们那些人的思想简单得很，也不爱动脑筋。”

“俄国的革命青年，”阿尔兹特说道，“也许不应该包括在内。如果我没有弄错的话，他们的讨论也是热烈和不知疲倦的，充满了辨证的紧张的。”

“俄国人，”德意志林故作庄重地说道，“有深度，却没有形式。西方人有形式，却没有深度。把两者加以结合的只有我们德国人。”

“哦，只要这不是民族的义务！”胡普迈耶笑了起来。

“这纯粹是同一种观念的结合，”德意志林信誓旦旦地保证说。“这正是我所说的那个要求。我们所肩负的责任是非同寻常的，根本不是我们业已实现的那个程度。在我们这里，应该和实际之间的距离比在别人那里大，就是因为这个应该的目标定得太高了。”

“不管怎样，还是应该把民族的东西撇开，”敦格斯海姆警告说，“而把这个问题完全同现代人的生存结合起来考察为宜。事实上，自从直接的对存在的信任消失之后，要在以前，这种信任是被纳入事先存在的整体秩序之中的结果，我指的是浸透着神圣的对启示真理具有一定的意向性的秩序……自其瓦解以及现代社会形成以来，我们同人和物的关系变得扑朔迷离和错综复杂起来，除了问题和不确定性就不再有别的什么了，以至于对真理的构想大有停滞不前和绝望而终之势。因为土崩瓦解而企盼推动新秩序的力量的崛起，这种期望是普遍的，尽管不可否认的是，这种期盼在我们德国人这里显得尤为真诚和迫切，别的国家的人，要么因为比我们强大，要么因为比我们麻木，而用不着像我们这样深受历史命运之苦……”

“是要麻木些，”冯·托伊特雷本语气坚决地说道。

“这是你说的，托伊特雷本。可是，如果我们把尖锐的历史心理问题和意识算作我们的民族的荣誉，并把致力于新的整体秩序的追求等同于德意志的民族性，那么，这样一来，我们其实就已经开始献身于一个其真实性值得怀疑、而其傲慢无礼却是毋庸置疑的神话，也就是说，那个种族的神话连同其武夫类型的组织浪漫，这种浪漫不是别的，而是用基督教来粉饰的自然异教，而且，它还把救世主封为‘天使之主’。这可真的称得上是一种严重受到恶魔威胁的状况啊……”

“那么，还有什么呢？”德意志林问道，“除建立秩序的特质外，恶魔的力量还隐藏在每一场生机勃勃的运动之中。”

“就让我们直呼其名吧，”沙裴勒尔要求道；说这话的也有可能是胡普迈耶。“这恶魔般的东西，说白了就是：欲望。而这恰恰就是，今天的人们甚至利用欲望来为贩卖形形色色的义务大造舆论，他们不惜把它也拉扯进来，还用欲望心理学来粉饰那古老的唯心主义，为的是造成真实度更高的动人印象。所以，这种贩卖可能依然还是欺骗……”

这里，我只能说“等等”了，因为时间到了，我对这次谈话——或者说一次这样的谈话——的复述也该结束了。当然，这次谈话实际上还没有结束，它仍在长时间地继续进行，直至深夜，大家用“两极的态度”和“具有历史意识的分析”，用“超越时间的特质”、“存在的自然性”、“逻辑的辨证”和“现实的辨证”，海阔天空、漫无边际地大谈特谈，最后以不了了之告终，也就是说：以睡觉告终，第一主席巴沃林斯基提醒大家睡觉，因为第二天一大早——其实已经将近凌晨——还要准时上路呢。值得感谢的是，友善的天性随时预备着睡眠，以接纳这样的谈话并让它在梦乡中被遗忘，而已经好长时间没有吱声的阿德里安则趁着我们往床上躺的工夫，用几句话对这种情形进行了概述：

“是的，晚安。能够一吐为快，把想说的话说出来真幸福啊。讨论就应该只在睡觉之前进行才好，因为有等候一旁的睡神护架。如果富于才思的谈话结束之后，人还清醒得很，还要跑出去四处游荡，那才叫难受呢！”

“这可是一种逃避的态度，”又有人咕噜道，随后，我们的谷仓里就响起了第一批鼾声，平静地宣告植物性状态的来临，而几个小时的植物状态就足以恢复这些可爱的青年人的体力，使他们既能感激不尽地呼吸自然的气息，欣赏自然的美景，又能进行必不可少的神学加哲学的辩论了，这样的辩论几乎从未中断过，而在这样的辩论中，大家彼此攻击，彼此佩服，互相学习，互相促进。每年六月份左右，图林根盆地一望无际的深山密林间便会飘溢浓郁芬芳的茉莉和欧鼠李的花香，在这个风和日丽的时候，徒步穿过这片几乎没有工业痕迹的良田沃土及其友善的村庄和村里木框架建筑风格的民居，真可谓美妙无比，岂有不美之理；而走出农田，就进入以牧业为主的地区，沿着卡姆山脉两边长满云杉和山毛榉的山间小路——“仁恩山径”，这条可以眺望深不可测的维拉峡谷的山路从法兰肯林山一直延伸到埃森纳赫这座位于赫尔泽尔河之滨的城市，沿着这条路往前走，景色就会越来越美，越来越有意义，越来越浪漫，而阿德里安关于青年对于自然的无动于衷，以及他关于精神讨论之后渴望进入梦乡的言论，似乎并不特别奏效，甚至对他本人都难以奏效，因为，如果不是偏头痛让他不能说话的话，他对参加白天的闲聊积极着呢，而且，即便自然不能诱发他的热情惊叹，即便他看它的眼光有些沉思内敛，不管怎样，有一点我是不会怀疑的，这就是：它的图景、节奏、高远的旋律更深地进入他的、而非他的同伴的灵魂，而后来从他思想厚重的作品里凸显出来的一些短暂的纯洁而松弛的美感使我不能不想起我们共同收获的这些印象。

是的，这几个小时，这几天和这几周是激动人心的。野外生活的清新，空气中的氧气，风景，还有历史的印记，都让这些年轻人兴奋不已，它们撩拨起他们思想的情愫，这些思想不免大学时代所特有的那种奢华和自由尝试色彩。要知道，这些思想在他们日后乏味的职业生涯中，在那种市侩的状态里——不管这是否有可能是一种精神的市侩——可是根本找不到用武之地的。我常常在他们进行神学加哲学的辩论时凝视他们，并且想象着，他们中的有些人以后总有一天，会把他们这段“温福里德”时光视作他们人生当中最伟大的一个片段。我凝视他们，也凝视阿德里安——怀着那种清晰得不能再清晰的预感，即他肯定不是这样来看待这段时光的。如果说我作为非神学系学生是他们当中的一个旁听者，那么他，尽管是学神学的，却更是一个有过之而无不及的旁听者。为什么呢？因为我不无压抑地感觉到，有一条命运的鸿沟横在这些有追求的高雅青年和他的生命存在之间，两者的生活轨迹截然不同，前者是很好的、甚至是优秀的等闲之辈，注定不久就会从逍遥自在的、跃跃欲试的小青年行列转入中规中矩的市民生活，而后者则是一个已经被暗中打上了记号的人，他将永远不会离开那条荆棘丛生的精神之路，天知道他会在这条路上走多远，而且，他的目光，他的永远不会完全融化为兄弟之情的姿态，他在说你和你们以及我们时的障碍，也都让我，或许还有其余的人，感觉到，他对这种差别也是有所觉察的。

实际上，早在他的第四个学期开学的时候，就已经有迹象表明，我的这位朋友打算在第一次大考来临之前中断他的神学学习了。

十五

阿德里安同文德尔·克雷齐马尔的关系从未有过中断或淡散。这个年轻的神学大学生每个假期都会和他中学时代的音乐指导见面，如果他回凯泽斯阿舍恩的话，他就会去登门拜访这位管风琴师，在他那安在大教堂的家里和他促膝长谈，他也在伯父莱韦屈恩的小楼里同他见面，而且，他还促使他的父母有一两个周末邀请他去过布赫尔农庄，在那里，他和他长距离地散步，还说服约拿坦·莱韦屈恩向他的客人展示克拉尼图形和那滴吞食的液体。克雷齐马尔和布赫尔农庄的这位已显老态的庄主相处得十分融洽，但和艾尔丝贝特太太的关系则显得有些拘谨，尽管这种关系绝对不是那种真正的紧张，原因也许在于他的口吃吓坏了后者，而恰恰又是由于这个缘故，每逢她在场，尤其是直接和她说话的时候，他的口吃就变得更厉害了。不管怎样，这都是很奇怪的：在德国受到广泛尊崇的是音乐，在法国则是文学，在我们这里，不会有人被一个人是音乐家的事实惊着、吓着，也不会有人会因此而感到不舒服或者对此进行讽刺挖苦。我也坚信，艾尔丝贝特·莱韦屈恩对阿德里安的这位年长的朋友是充满敬意的，更何况人家还是在教堂里供职呢。尽管如此，在那次，在我同时和他与阿德里安共同度过的那一个两天半里，我仍然发现，她的友善并不能完全掩饰她对这位管风琴师的难免有些勉强、冷淡和排斥的态度。而后者则如前所述的那样，用变得更为严重的、有时甚至是灾难性的口吃来回答她的问题——很难说是不是只是因为他觉察到了她的不悦、她的不信任或者别的什么，抑或是面对这个女人的天性，他心甘情愿地暴露出一定的胆怯和尴尬。

就我而言，我不怀疑克雷齐马尔和阿德里安的母亲之间的这种奇怪的张力的根源在于他是属于她的，我觉察到了这一点，因为对于发生在这里的这场无声的争夺，我是怀着自己的感受站在两个对手之间的，是摇摆不定的，是时而偏向这一边，时而又偏向另一边的。克雷齐马尔想要什么，他和阿德里安散步的时候都说了些什么，我心里清楚得很，我私下里是支持他的想法的。他，一如既往地，坚决地、甚至是迫切地主张他的学生负有成为音乐家、成为作曲家的使命，甚至在和我交谈的时候也不例外，而我也认为他的这个主张不无道理。“他有，”他说，“作曲家的眼光，是那种内行的，而非那种稀里糊涂找乐的外行。他能够揭示别人看不见的动机联系，用问答的形式发现一个短小片段的结构，总之他看问题的方式，从内部看问题的方式，使我确信自己的判断不会有错。至于说他还没有开始去写，还没有显露创作的愿望，还只是幼稚地动手搞一些小青年的习作，但是，这又有何妨，这相反会给他带来荣誉。这和他的骄傲有关，这种骄傲不让他去模仿别人的音乐。”

对于他所说的这些话，我只能表示赞同。不过，出于这个原因，我也十分理解一个母亲保护孩子的良苦用心，所以我常常觉得自己是站在她这一边而敌视那个宣传员的。我永远也不会忘记发生在布赫尔小楼客厅里的那一幕，我们四个人，母亲和儿子，克雷齐马尔和我，碰巧都坐在那里，艾尔丝贝特一边和那个因为口吃而不停地咕隆和喘息的音乐家说话——这是一种纯粹的绝口不提阿德里安的闲聊——一边以其特有的方式把坐在她那边的儿子的头揽进她的怀里。她的胳膊似乎在搂着他，但搂的不是他的肩膀，而是他的头部，她的一只手则放在他的额前，而与此同时，她用她那乌黑的眼睛看着克雷齐马尔，用她那好听的声音和他说话，同时让阿德里安的脑袋靠在她的胸前。——

此外，师徒关系的维持靠的不仅仅只是这种重逢式的会面，他们还相当频繁地通信，我想：这种来往于哈勒和凯泽斯阿舍恩之间的交流大约每十四天进行一次，阿德里安时不时地会把有关的情况通报给我，并且还会把个别的信件拿给我看。克雷齐马尔为接手一个钢琴和管风琴班而和莱比锡的哈泽私立音乐学院进行商谈，那时，该市除了著名的国立音乐学校，就数这所学校有名，而且它的名气还会越来越大，乃至在以后的十年里如日中天，直至哈泽 · 克雷门斯这位优秀的教育家去世（当然，若是在今天的话，它也早就算不上什么了）——这件事我是在 1904 年过米迦勒节[①]的时候知道的。第二年一开年，克雷齐马尔便赶紧抽身离开凯泽斯阿舍恩，就任他的新职位去了，从此，他们之间的书信往来就在哈勒和莱比锡之间展开，克雷齐马尔的信是一堆单面写的乐谱纸，字体粗大，笔力遒劲，龙飞凤舞，阿德里安的音讯则是写在发黄的糙纸

① 这个纪念天使长米迦勒的节日为每年的 9 月 29 号。民间迷信认为米迦勒节标志着一个新阶段的开始，是做出关乎未来的重大决定的时刻，但这个节日同时也不免带有一些阴森和杀气。

上，涡卷形字体既匀称，又带了那么一点点古风，看得出来，他的这些信都是用鸭嘴笔写的。其中有一封的草稿，写得密密麻麻跟密码似的，到处都是插入和改动——不过，我很早就非常熟悉他的写法，所以只要是他写的东西，我总能毫不费力地认出来。他把这封信的草稿拿给我看，同时出示的还有克雷齐马尔的回信。他这样做显然是想让我在他真的决定迈出他打算迈出的那一步时不至于过度吃惊。不过，他当时还没有作出决定，他甚至极其犹豫，他满腹狐疑地审视自己，正如他在信中所说，他显然也很想听听我的意见——天知道，他是更想听我的警告呢，还是更想听我的鼓励。

而我这边，就算是有一天既成事实摆到我面前，我也是不可能感到吃惊，也不应该有可能感到吃惊的。我知道即将发生什么事情——至于这件事情是否能成，则是另外一个问题；不过，我同时也很明白，自从克雷齐马尔搬到莱比锡之后，此事的成功概率是越来越高了。

从他的这封信里可以看出，写信人具有非同寻常的妄自菲薄的能力，他那冷嘲热讽的痛悔表白使我深受触动。在这封信里，阿德里安向他从前的指导，也就是如今又希望，而且是态度坚决地希望再度成为他的指导的那个人，他向他阐明，是什么样的顾虑使得他迟迟不能下定决心改变职业，全心全意地投入音乐的怀抱。他一半对一半地向对方承认说，神学作为经验主义的学习让他感到失望——个中缘由当然不在于这门威严的科学，也不在于他学校里的那些老师，而是应该从他自身找原因。他根本不知道除此之外他还应该有什么样更好的、更正确的选择。这几年里，当他自己跟自己琢磨转换的可能性的时候，他偶尔也想到过转攻数学，上中学时他就一直十分喜欢这门课程。（这里的“喜欢”是他信中的原话）可是，就算他选择这门学科作为专业，献身于它，和它融为一体，那他也仍然不免有些担心，害怕自己很快就会清醒，就会失望，就会觉得它枯燥无聊，从而对它产生厌倦，就好比是在用铁锅铲吃饭一样。（我清楚地记得，这种古怪的比喻是他信里白纸黑字地写着的）“我无法向你们隐瞒，”他写道

（尽管他通常尊称收信人为“您”，但有时也会沉湎于古老的“你们”形式），——既不能向你们，也不能向我自己，隐瞒这一点，即你们的apprendista[①]有一种离开上帝的性质，不完全是工作日的那种性质，开诚布公地讲，是一种更有理由让人同情怜悯而非让人心明眼亮的性质。上帝赐予他灵敏的心智，他从小就能轻松自如地领悟教育提供给他的一切——也许是太轻松了，以至于没有什么东西能够受到他真正的尊崇。太轻松了，以至于他不会为了一个东西，为了想要得到这个东西而去热血沸腾地挖空心思。“我担心，”他写道，“亲爱的朋友和老师，我是一个坏人，因为我没有热情。虽然有句话说，应该受到诅咒和唾弃的既不是冷，也不是热，而是不冷不热。我不想说自己是不冷不热；我是绝对的冷，但是，在我进行自我评判的时候，我希望我能够保持独立性，不会由于需要顾及那个分配福祉和诅咒的权力的好恶而受到干扰。”

他继续写道：

“想起来很可笑，但总的说来，中学的那段时光仍然还是最美好的，我那时的感觉应该还算是得心应手吧，之所以如此，是因为中学的预科[②]天南地北的什么都有，一个紧接着一个，让人目不暇给，一个观点接替另一个观点，45 分钟一换，一句话，就是因为还没有职业。然而，就连这 45 分钟的课也让我觉得太长，也让我感到无聊——这世上最冷的东西莫过于此。最迟不超过 15 分钟，我就开始了，而那位好好先生还要和那些男孩子一起咀嚼 30 分钟呢；读文学作品时，我就往前读，再说我在家里就已经往前读了，而如果说我总是欠回答问题的话，那也只是因为我其实已经提前在看下一节课的东西了，三刻钟的《远征记》[③]，这让我的耐心无

---

① 意大利语，意为“学徒，徒弟，弟子”。

② 这种预科 1920 年以前设立过，是为进入高一级学校作准备的。

③ 《远征记》，原文为希腊语 Anabasis，意为“向高处的进军”，是古希腊历史学家、作家色诺芬（约公元前 430 – 354）的名著，叙述作者随波斯王子小居鲁士出征失败后同万名希腊军队历经艰险，从巴比伦附近转战千里，最终向黑海海岸地带撤退的经历，具有很高的史料价值。

法承受，这种无法承受的信号就是头痛的出现”（他这指的是自己的偏头痛），“——因为努力而引起的疲劳从来不会导致头痛，头痛是由厌倦、由冷冰冰的乏味造成，而且，亲爱的老师和朋友，自从我不再是需要一节课连着一节课去上的男孩子，而是和一个职业、一种大学学习联姻以来，这个毛病就更是变本加厉了。

“伟大的上帝，您将会相信，我认为自己从事任何职业都是一种极大的浪费。相反：我会为每一种被我拿来作为我的职业的职业感到惋惜，而且，倘若我真的会为音乐而感到极其特别的惋惜，这在您眼里可能就是一种对它的欢呼——一份对它的爱的宣言。

“您会问：‘你就不为神学惋惜吗？’——我让自己隶属于它，并不是——即使同时也是出于这个原因——因为我把它看作最高的科学，而是因为我要让自己屈服，让自己低头，让自己守纪律，让自己的冷漠自负受到惩罚，一句话，出于沉痛的悔悟。我渴望穿上粗呢制服，并在制服里面系上粗糙的皮带。以前曾有人跑去恪守清规戒律的修道院，跑去敲修道院的大门，我这是向他们学来的。这种学院式的僧侣生活，固然有其荒唐可笑的一面，然而，一种隐秘的惊恐却在警告我不要放弃，不要收起《圣经》逃向音乐，是您把我领进音乐的大门，倘若它真的成了我的职业，我可是会为它感到万分惋惜的，这您能理解吗？

“您认为，我就是为这门艺术而生的，还让我明白，只消跨出一小步就能上道。我的新教教义也赞同这样做，因为在它看来，神学和音乐是相邻的和相通的两个领域，而在我个人眼里，音乐始终是神学和令人十分愉悦的数学的一种神秘的结合。同样，它也少不了从前的炼金术士和魔术师的那种苦苦钻研和坚持不懈，这种活动虽然是在神学的前提下进行，但同时也是受到了解放和背叛的影响的——它曾经是背叛，不是对信仰的背叛，这是不可能的，而是在信仰中背叛；背叛是一种信仰的行为，而一切都存在和发生在上帝的身上，从上帝身上掉下来的渣子更是如此。”

我的每处引文并不全是原话，但几乎都是原话。我完全可以信赖我的记性，再者，有好多东西我都是看完草稿之后便会立即拿纸和笔记录下来，特别是关于背叛的那一段。

他接着为他的谈不上离题的离题道歉，随后转入实质性问题，他问克雷齐马尔，如果他听从他的敦促，他到底应该留意哪一种形式的音乐活动。他告诫他说，他在独奏技巧方面，一开始就是毫无发展前途可言的，这也是众所周知的；因为，“如果真是荨麻，到时候就会烧起来，”他写道，更何况他接触乐器的——甚至于产生接触它的念头的时间也太迟了，由此可以清楚地看出，他缺乏推动自己朝这个方向发展的本能。他去摸钢琴键盘并不是因为想成为演奏大师，而是基于发自内心深处的对音乐本身的好奇，通过音乐或趁音乐之机在观众面前表现自己，这种开音乐会的艺术家所特有的吉普赛人气质他可是一点也没有的。他说，属此之列的还有在他这里得不到满足的精神性前提：渴望与众人交流爱，渴望鲜花，渴望阿谀奉承和伴随雷鸣般掌声的飞吻。——他回避那些原本是可以表达得清楚明了的措辞，他说他，即便在这方面的起步不算晚，但也会因为太害羞、太骄傲、太冷漠、太孤独而不适合当技巧的大师。

他继续写道，由于同样的原因，他也成不了指挥家。做穿燕尾服的重要演员，在乐队前面挥动指挥棒，做音乐的演绎大使及其在人间的全权代表，他觉得自己没有这方面的天分，就跟没有天分做乐器的杂耍艺人一样。在这里，他失口说出一个词，而这个词正好属于我认为插进来很能说明问题的那种类型：他说的是害怕见人。他自称“害怕见人”，而且丝毫没有以此自吹自擂的意思。他评价说，这种性格，是缺乏热情、缺乏同情、缺乏爱的表现——而这种性格的人能否成为艺术家，这一点还真的是很成问题的呢，因为成为艺术家恐怕也就始终意味着：能否成为热爱世界的人和为世界所爱的人。——独奏和指挥，假如去掉这两样，还能剩下什么呢？喏，反正呀，还有作为音乐的音乐，还有对它的承诺和以身相许，还有密闭的实验室、炼丹房、作曲。多么神奇！“你们将把我，阿尔贝尔图斯·马格努斯[①]的朋友，领进那个神秘的理论学说的天地，而且肯定的，对于这方天地，我将会有所感觉，我将会预先对它有所知晓，其实，我已经凭借经验对它略知一二了，我将不会是一个完全白痴的门徒。我将领悟所有的窍门和束缚，而且是轻而易举地领悟，因为我的精神欢迎它们，不仅为它们准备好了土壤，甚至其自身也都已经开始孕育一些种子了。我将对这所谓的原始物质进行改良，我要为它添加那所谓的智者之石，我还要用精神和烈火去驱动这个物质穿过重重狭窄关隘，穿过曲颈蒸馏罐得到提纯！这是多么壮丽的事业呀！我不知道还有什么东西比这更刺激，更神秘，更高，更深，更好，我不知道还有什么东西能够让我如此心悦诚服地去为之献身。

“尽管如此，为什么仍有一个内部的声音在用拉丁文的‘逃离他去行正义吧’警告着我呢？我无法完全清晰地回答这个问题。我能说的只有：我害怕对艺术作出承诺，因为我怀疑自己——姑且完全撇开天分问题不谈——是否就是专为满足它而生，因为我不得不承认自己身上缺乏那种强有力的率真，而这种率真，就我所见，也是一个艺术家必备的特质之一。我没有这种率真，反倒是生就一种浅尝辄止的灵性，对于这种灵性，我敢说，我可以对天发誓，我对它不报丝毫幻想；而它呢，连同那种与它密不可分的疲惫和（伴随着头痛发生的）作呕倾向一道，成为导致我胆怯和忧虑的原因，它将要，它也应当决定我去禁欲。你们瞧，我的好师傅，虽然我还很年轻，可我所懂得的艺术知识却足以让我明白——要是连这个都不明白的话，我恐怕也不

① 阿尔贝尔图斯·马格努斯（1200－1280）：中世纪德国最重要的哲学家和神学家，将亚里士多德的哲学引入中世纪的经院哲学。他在自然科学方面也颇有成就，是他那个时代著名的炼金术士，因此也常常冠以“魔法师”和“魔鬼的结盟者”的声名。

必当你们的弟子了——艺术超越成规、一致性、传统习俗，不只是一个人向另外一个人学习，不纯是窍门绝招，也绝不是‘怎么去做’那样简单，当然不可否认，所有这些东西当中，总是会有很多成分都是与之息息相关，我眼见着事情就要发生（因为我的这种预知能力也是与生俱来的，也不知道这是遗憾还是幸运），我将会由于无聊乏味，要知道，即便是天才的艺术作品，它也需要这种无聊乏味来充当它的承重支架，来充当使之成为可能的强力材料，而我将会由于这种无聊乏味，将会由于那种自身附着着共有精神财富和文化的东西，将会由于那些在取得美的过程中的习惯——凡此种种，我将会为它们感到不自在，为它们脸红，为它们而疲劳虚弱，为它们而得头痛的毛病，而这一切马上就要来临了。

“‘您理解这些吗？’如果提出这样的问题，那该是多么愚蠢和刁钻啊！因为您怎么会不理解呢！假如真想把事情办得漂亮，那么就应该这样来办：大提琴的琴声独自响起，一段忧郁沉思的主旋律，它质问世界的荒诞，质问人间的种种煽动、喧嚣、追逐和相互折磨，其意义何在，它的质问于天真诚实中透出哲理，具有极高的表现力。大提琴的琴声弥漫开来，大提琴们睿智地摇头晃脑，对这个不解之谜表示遗憾，就这样持续了一阵子之后，在它们叙说到某一个确定的点，一个可以说是经过深思熟虑的点时，向后挥臂作好出击准备的管乐合奏随着一声让肩膀耸起又落下的深深的叹息开始加入进来，成为一种赞美诗圣歌，演奏庄重动人，华丽和谐，铜管乐器闭塞音[①]的威严和柔和控制的力量被展现得淋漓尽致。洪亮的旋律就这样一直推进到一个高潮的附近，但它依据经济的法则暂时还要避免这个高潮；它在这个高潮面前却步，它要把它省出来，省下来，它在沉降，即便这样它依然很美，但它却退出让位于另外一个对象，一个如歌的简单的，诙谐风趣的架子十足的为大众所

① 铜管乐器吹奏时加了弱音器发出的音。

喜闻乐见的，看似天生强壮的对象，不过，这个对象可是狡猾得很，就它在管弦乐分析和色彩改变技巧方面所表现出的几分老道圆滑来看，它被证明是具备惊人的诠释和精炼能力的。现在这一阵子就要用于忙活这首小歌曲了，要把它经营得聪明可爱，它被拆析，它被逐一审视和变换，由此而产生的一个迷人的形象被从中等音域向上领入魔力四射的小提琴和笛子的高音区域，还在那上面作出些许晃动，而这样的逢迎作用是最好的，现在，前面那柔和的铜管乐器，刚才的那首赞美诗圣歌，又再度拿到发言权，走上前台，但却不是将将地，像第一次那样向后挥臂作好出击准备地从头开始，而是作出它们的旋律似乎已经重新响起过一小会儿的样子，隆重地继续延伸着地奔向那个高潮，那个它们的旋律在第一次时明智地为自已所保留的高潮，目的就是为了取得更大程度的令人惊叹的效果，取得更大程度的情绪的高涨，现在，这个旋律一路毫无保留地，在大号和谐连贯的乐音的强有力的支持下上升，光荣地达到那个高潮，随后，似乎是在很威严很满足地回顾业已完成的大业似的，令人尊敬地唱到曲终。

"亲爱的朋友，我为什么会忍不住想笑出声来呢？可不可以更天才地去利用这种传统的东西，去供奉净化这些手法花招呢？可不可以用更老练的感觉去取得美呢？而我这个堕落的人不得不笑出声来，尤其是听到邦巴东号[1]所发出的那些嘟嘟囔囔的支持音时。——咚、咚、咚——砰！我的眼里也许同时还含有泪水，可是我太想笑了，无法克制——我真该死，我只要是见到神秘莫测且印象难以磨灭的现象时就非得笑出声来不可，从来都是如此，也是由于这种对于滑稽事物的过度敏感，我逃向了神学，希望以此来平息这种欲望，不曾想随后又在神学那里找到大量耸人听闻的滑稽性。为什么在我眼里几乎所有事物都无一例外地必然是它们自身的滑稽模仿呢？几乎所有的，不，就是所有的艺术手段和习

① 一种铜管乐器，低音大号的前身。

俗仿佛今天都还只能是适用于滑稽模仿，为什么在我看来必然是这样的呢？——这可是两个真正的反问，我以前恰恰连那种期待有人对它们作出回答的心情都没有。然而，就这样一颗绝望的心，就这样一张狗嘴，您却认为有音乐‘天分’，更乐意呼唤我走向它，走向自身，而不是让我谦卑地在神的科学那里咬牙坚持到底？”

这就是阿德里安进行抵抗的自白。我手里目前也没有作为文献的克雷齐马尔的回信。莱韦屈恩的遗物里面也没有它。他可能有一阵子保存着它并一直带在身上，而且，他可能在一次变换居留地的时候，可能在搬往慕尼黑，搬往意大利，搬往普菲弗尔林的时候把它给弄丢了。然而，不管怎样，即使我当时没有用笔对它进行记录，我照旧能够非常清楚地记住它，我现在几乎可以把阿德里安当时所说的话一字不落地回忆起来。那个说话结巴的人依然故我，依然一如既往地发出他的召唤、警告和诱惑。阿德里安的来信中没有一句话，他这样写道，能够扰乱他的这种信念，哪怕是片刻都没有，他坚信，正是音乐，其实命运已经注定要他这个写信人为音乐献身，命运要求他去渴望音乐，音乐也在渴望他。而他倒好，羞羞答答，忸怩作态，搞些半真半假的性格和体质分析，在它面前玩起躲猫猫的把戏来，就跟他最初通过荒唐地选择神学作为职业，以使自己能够藏起来躲避它一样。“矫情，阿德里，您的头痛加重就是对您的这种矫情的惩罚。”那种让他自得或是让他自责的幽默滑稽感将会和这门艺术兴味相投，其协调一致将远远胜过他当下所从事的人为的忙碌，因为前者同后者相反，可以用得上它，可以让他所说的他自身所有的那些讨厌的性格特征派上更好的用场，派上比他所认为的，或者说，比他找借口假装认为的还要好得多的用场。这里涉及多大程度的自我诽谤，对于这个问题，他克雷齐马尔无意纠缠，他决定原谅他在他们的通信往来中对艺术所作的诽谤；因为，把后者等同于就是同人群、抛飞吻、盛装展示的相结合，等同于就是拉动情绪高涨的风箱，这其实是一种轻率的误解，而且是一种蓄意的误解。当然，发生在他身上的情况则是，他有意拿这门艺术的特性来给自己找理由，而后者恰恰渴望这些特性。像他这样的人，正好就是这类人，恰恰就是这门艺术当今所迫切需要的——而这个玩笑，这个骗人的捉迷藏的玩笑，恰恰就是这样一个玩笑，即阿德里安本人对此心知肚明。他的冷漠，他的“很容易就得到满足的智性”，他的乏味感，他的疲惫，他的厌倦倾向，他的作呕的能力：这一切都非常适合于将与此相连的天分提升为天命。为什么？因为它们只有一部分是属于个人的个体，而另外一部分则是属于超个人的自然，而且它们还是一种集体的对于艺术手段的历史性耗尽和枯竭的感觉的表达，是一种对此感到无聊乏味并同时致力于寻求新的途径的表达。“艺术在迈步前进，”克雷齐马尔这样写道，“而它是通过个体来做这件事情，个体是时代的产物和工具，在个体身上，客观和主观的动机相互交融，难分彼此，这一些动机具有那另外一些动机的形态。艺术对于革命性进步，对于产生新生事物的旺盛需求是依赖于下面这种手段的，即最强烈地从主观上感觉到落伍了，不再有话可说了，还在通行的方式已经变得不可能了，于是它使用看似不旺盛的东西，使用个体的疲乏和智力的单调，使用那种目光犀利的面对‘如何做’的作呕，使用那种该死的喜欢用自己的讽刺性模仿去看待事物的倾向，使用那种‘滑稽感’——我说的是：艺术的生命和进步意愿戴上这种心灵疲惫的个人特性的面具，目的是为了借此来展示自己，使自己客观化，使自己得到实现。您是不是认为这里玄学的成分太多了点呢？但其实只是刚刚够而已，只是将将的真理——实质上也是为您所熟知的真理。您赶紧吧，阿德里安，您下决心吧！我等着。您已经二十了，而且您还有一大堆费力的手艺要掌握，它们很难的，足以让您受刺激。与其去为驳斥康德关于上帝证明的驳斥而头疼，不如去为那些卡农、赋格和对位练习而头疼。够了，这种神学的处女状态！

“处女诚然宝贵，终究要为人母，

否则就如一片没有播种的泥土。”

他最后在信的末尾引用《天使漫游人》[1]中的这两句作为结束，看到这里，我把目光从信上移开，我抬起头来，我发现，阿德里安正在冲我狡黠地微笑。

“回击得不赖吧，你是怎么看的？”他问道。

“绝对不赖，”我回应道。

“他知道他想要什么，”他继续说道，“而令我感到相当羞愧的是，我却对此知道得并不是十分清楚。”

“我想，你对此也是知道的，”我说道。因为，我确实从未在他自己的那封信里看出一种真正的拒绝。——当然，我也并不认为他写这封信是为了“假装客气”，我没有这样想过。这信里的话肯定没有恰当地表达出他的那种意愿，即他希望自己难于作出一个他正在斟酌的决定，他希望用疑虑去深化这个决定。这个决定终将是会作出的，这一点我激动地预见到了，而接下来的有关我们双方下一步打算的谈话也正是以这个几乎就要作出的决定为前提的。我们无论如何是要分道扬镳了。我尽管高度近视，却仍然通过了服兵役的体检，所以打算现在就去服役；我计划在瑙姆堡的第三野外炮兵团服完自己的兵役。阿德里安那边则出于这样或那样的原因，要么是因为瘦弱，要么就是因为他那习惯性的头痛，所以可以不定期地免服兵役，他于是有意在布赫尔农庄呆上几周，以便，如他自己所说，同他的父母商量一下变换职业的问题。不过，他同时也流露出这样的意图，即在他们面前把事情说成好像只是转学一般——他自己在某种程度上也是这样来看待这件事情的。他也许会这样对他父母说，他想“更加着重于”对音乐的研究，因此就想搬到他中学时代的音乐指导正在任职的那个城市里去。这里没有说穿的只是他要放

---

① 最著名的巴洛克神秘主义作品之一，1657年初版时书名为《妙趣格言诗集锦》，1675年增加内容再版时才使用今天通行的这个标题。作者为来自布莱斯劳的约翰·舍夫勒尔（1624－1677），其人最初以行医为生，信奉路德新教，1653年又改信天主教，取名安格鲁斯·西勒西乌斯，并得授圣职，成为神甫。

弃神学。而且，他还要在当地那所大学重新注册，选修哲学课，以便攻读这个专业的博士学位，这才是他的真正意图。

1905年冬季学期开学的时候，莱韦屈恩去了莱比锡。

十六

毋庸赘言，我们的分别冷静而克制，几乎连对视和握手的程度都没有达到。在我们年轻的生命中，聚散离合乃是家常便饭，以至于握手在我们之间都显得多余。他比我早一天离开哈勒，那个晚上我们两人是在一家戏院里度过的，我们没有叫“温福里德”协会的人；第二天早上他就要出发，我们在大街上分手，正如我们曾经有过的无数次分手那样，我们转身向着不同的方向而去。我不得不通过叫他的名字来强调我对他的祝福——是名而不是姓，这在我是很自然的。但他并没有这样做。他只是用英语说了声“回见”，这是克雷齐马尔的套话，他也总是讽刺性地引用它，对于这种引文，对于这种能够打开记忆闸门的逐字逐句对某件事和某个人所进行的暗示，他有着非同寻常的兴趣；他还就我即将迎来的一段军旅生涯加开了一个玩笑，随后便走他自己的路去了。

他是对的，不要把离别看得太重。最迟一年，等我在部队的服役期结束，我们说不定就又会在哪儿重逢。然而，从某种程度上来讲，这却又是一个阶段、一个时期的结束，一个新的时期的开始，而如果说他似乎并未对此加以重视的话，那么，我就会以某种动情的感伤的方式来让自己对此有所意识。我通过跑到哈勒去找他而使得我们的中学时代得以延长；我们在那里的生活同在凯泽斯阿舍恩的相比并没有什么大的不同。而那段我已上大学、他却还在中学的时光，我也无法把它拿来同现在出现的变化相比。那时，我把他留在了故乡城市和中学那熟悉的氛围，并随时重新出现在他的身边。只是到了现在我才觉得，我们的生存开始彼此脱节，我们两人开始各自独立生活，而曾经在我看来是如此必要（即便毫无意义）的事情行将结束，这件事情我也只能再度用前面说过的同样的话语来描述：我将不再知道他都做了什么，经历了什么，我将不再可能坚守在他的身旁，目不转睛地去关注他，相反，我却恰好是在这个节骨眼上，在我最最希望观察他的生活的时候不得不离开他，尽管这种观察肯定是改变不了他的生活，也就是说，在他放弃学者的道路的时候，用他自己的话说就是“放下圣经”，全心全意投身音乐的时刻。

这是一个重要的，对我的感觉而言尤其具有灾难性的决定，它从某种程度上抹平了之前的那段时光，并且重新勾起我内心深处所怀有的对我们共同生活中的那些遥远的瞬间的回忆：我想起了那个时刻，当时，我发现他在伯父的风琴上初试锋芒，而且，还有比这更为遥远的时刻，我想起了我们在菩提树下和管牲口的女佣汉芮一起演唱卡农曲。这个决定愉悦地提升了我的心情——但同时也让它恐惧地收紧。我只能把这种感觉比作一种身体的猛然震颤，这是一个孩子站在荡至高空的秋千上所能体验到的那种掺杂着高飞的恐惧和欢呼的震颤，而迈出这一步的合理性、必要性和正确性，以及神学只是一种对它的回避、一种隐瞒而已，这一切我其实心里都很清楚，不过，令我感到自豪的是，我的朋友不再犹豫，他坦率地表露了自己的心迹。为了让他能够坦率地表露心迹，说服当然是必要的，而且，尽管我对此抱有相当的奢望——在满怀喜悦地感到不安之余，我仍然为自己可以说自己没有参与这份说服工作而感到宽慰。我充其量也只是用一种听天由命的态度，用“我想，你自己知道该怎么办”之类的话来敷衍了事而已（但实际上却起到了推波助澜的作用）。——

下面的这封信是我在瑙姆堡开始服兵役之后他写给我的。它让我像一个母亲读到自己的孩子的来信那样百感交集——只是这样的内容孩子肯定是会千方百计对母亲进行隐瞒的。我大约在三周前，在我还不知道他的地址的情况下，通过供职于哈泽音乐学校的文德尔·克雷齐马尔先生的亲手转交，写信向他倾诉了我的新生活的艰难困苦，我同时还请求他，也给我，哪怕只用几句话地勾勒一下他在那座大城市里的生活情况和学习安排。在公布他的回信之前，我只想说，这封信的表达方式是古色古香的，不乏滑稽模仿的，是对可笑的哈勒生活经历，即艾伦弗利德·库姆甫的语言习气的影射——但同时也是个性的展示和自我风格的形成，是他自身内在状态和喜欢运用最典型的滑稽模仿并隐藏其后进行自我实现的倾向的流露。

他的信是这样写的：

莱比锡，1905年洁身礼后的星期五

彼得斯大街，27号楼

尊敬的、渊博的、亲爱的、好心的教师，兼火炮师先生！

对于您的挂念和来信，以及您对您目前中规中矩的、愚蠢的和艰苦的现状，对您的跑跳、训练、洗漱和射击的形象而又无比诙谐的描绘，鄙人表示衷心的谢意。您所讲之事全都令鄙人开怀大笑，尤其是那个军士，不管他如何修理与刁难您，他对您所接受的高等教育和拥有的渊博学识还是十分景仰的，故而您不得不在食堂里把所有的诗律都按照音部和短音节的延时给他记录下来，因为他以为掌握这样的知识就是达到精神完美的极致了。对于您所讲的这些事情，余将竭尽所能投桃报李，把余在这里所遭遇的卑鄙无耻的插科打诨及恶作剧讲与您听，以使您也有机会得到一番惊喜。余之所以首先向您表明余内心的友情和良好的意愿，就是希望，您能尽可能心甘情愿地忍受诸如此类的鞭笞之苦，这样也许会有助于你咬紧牙关，度过由他统治的这段时间，从而最终能够以满载扣子和金银丝绶带的预备役中士形象鹤立鸡群。

这里的口头禅是:“信上帝,看风景,不害人。”不可否认,普莱瑟、帕尔特和埃尔斯特河畔的生存方式和动感活力完全不同于萨勒河畔,由于这里云集了众多的人口,有七十多万,致使这里从一开始就定下了某种同情与容忍的基调,正如先知早就对尼尼微的罪恶心怀知情的和幽默的理解那样,因为他曾经不无谅解地说过:“这样的一座城市,里面住着成千上万的人。”你可以想想,如何在七十多万的情况下做到宽容,此外,每逢博览会召开,大量人流还会从欧洲各地以及从波斯、亚美尼亚和其他亚洲国家潮水般地涌来,而余这个初来乍到的所体验的不过只是它秋季博览会的皮毛而已。

这并不是说余特别喜欢这座尼尼微,它肯定不是吾国最美丽的城市,凯泽斯阿舍恩就要美得多,当然也美得轻巧些,庄严得轻巧些,因为它只需要古老和宁静而没有动感和活力。余之莱比锡,那建筑可谓华美,全然像是用一盒昂贵的石头积木搭成,不过这里的人,其谈吐却绝对是宛如魔鬼般粗俗下流,让人很是无奈,只有先行讲好价钱才敢进商店——就好像我们软绵绵、懒洋洋的图林根话被唤醒,变成了七十万人的放肆和无耻,这些放肆无耻,它们从长在前突的下颚上的嘴巴里说出,可怖之极,可恶之极,但却绝对不是,肯定不是出于恶意,而且还夹杂着一种对自我的嘲讽,这里的人们因为他们的世界脉搏,所以能够做到这一点。音乐中心,印刷中心,光芒万丈的大学——而建筑布局上却是四分五裂:主楼在奥古斯都广场,图书馆在音乐厅附近,各个系所都有着自己专门的办公楼,如哲学系的是位于林荫道旁的红楼,法律系的是真福童贞女马利亚协会楼,位于余所在的彼得斯大街,余下火车之后直接进城办理的第一件事情也就是在这条街上找到一处合适的住处安顿下来。余是下午到的,寄存好行李之后,就鬼使神差地来到这里,循着下水管上的字条,余拉响门铃,不大一会儿工夫就开始跟那个胖胖的说话跟魔鬼似的女房东讨价还价起来,最后租下她底层的两间房。办完这件事情时,天色尚早得很,余于是利用天亮这段时间,乘着初来乍到的兴致把这座城市几乎看了个遍——这一次还倒真是有人指引,此人就是把余之背囊从火车站取回的那个脚夫:所以最后就有了余前面所说的那场闹剧和恶心的鬼事,余后面也许还会跟你细说。

至于羽管键琴,那胖女人倒也没怎么找借口刁难;他们这里的人都习惯了。再说,被她听见的机会也不会太多,因为余目前主要依靠书和笔搞理论,搞和声和 punctum contra punctum①,完全是自己一个人独立地搞,余要说的是:在友人克雷齐马尔的批评监督和处罚之下,余每隔几天就把所做的练习拿去给他评判。这个人每次见到余都显得格外高兴,他还会拥抱余,而余也不愿意挫伤他的信心。就自身而言,余对音乐学院是毫无兴趣可言,无论是大型的音乐学院,还是他所执教的哈泽,一概没有兴趣;他说,假如没有适合余的气氛,余莫不如就像海顿老爹那样去做,想当年,人家四处碰壁,到哪里都找不到一个老师,而是自己弄来富克斯②的《对位津梁》以及当时的一些音乐,尤其是汉堡的巴赫的音乐,从中老老实实地磨炼自己的技艺。私下里说,和声学让余哈欠连天,不过,对位法又能马上让余变得生龙活虎,在这方神奇的天地里,余充满了欢乐,无论怎样的精雕细刻余均能百做不厌,余解决着无穷无尽的问题,快乐满怀,如痴如醉,经余所做的滑稽可笑的卡农曲和赋格曲练习已经堆成了小山,余有时也会因此得到老师的几句表扬。这是创造性的、刺激想象和发明的工作,因为在余看来,没有主题的和弦的多米诺游戏并不能够为世界提供蒸煮和煎炸。延留音,经过音,转调、准备和转变,这一切通过实

① 拉丁文,字面意思为"音符对音符","对位法"一词便源于此。对位法是音乐史上最古老的创作技巧之一,是复调音乐的主要写作技术。

② 约翰·约瑟夫·富克斯(1660–1741):奥地利作曲家和音乐理论家,创作了包括弥撒曲、清唱剧、追思曲、歌剧、教堂奏鸣曲等在内的五百多首作品。他 1725 年用拉丁文所著《对位津梁》一书系统阐述对位作曲规则,被认为是严格对位的范本,对后世对位法教学影响深远。

践，通过听、体验和找到自我的方式来学习难道不是比通过书本的方式要好得多么？而现在却恰恰相反，机械地把对位法与和声学分开，这真是愚蠢之极，要知道它们彼此是互相渗透、不可分离的，因此，教师不能够把它们分开来教，而只能够教整体，也就是音乐——只要他有能力做到的话。克雷齐马尔也向余承认，而且他自己也说过，学音乐的人应该从一开始就掌握旋律在形成良好连接的过程中所具有的作用。他说，大多数的不谐和音当然是首先通过旋律进入和声，而不是通过和声的连接。

余很用功，有勤奋之美德。余有很多事情要做，这些事情多得都快叫人喘不过气来，这不，余还要在大学那边听劳腾萨克的哲学史和有名的贝尔梅特尔的哲学科学百科与逻辑学。——再见。就此搁笔[①]。祝您平安，愿上帝保佑您和所有无辜的心灵。“您忠诚无比的仆人乐意为您效劳！”这是当年有人在哈勒所说的一句话。——那场闹剧和那些琢磨，还由于发生在余与撒旦之间的事情，由此你的胃口已经被余狠狠地给吊了起来：其实也不是别的，就是那个脚夫在第一天将近傍晚的时候把余领入歧途——这个家伙，穿一件针织外衣，搭配红色软帽和黄铜牌子，身披防雨的短斗篷，下颏竖起，说起话来同这里所有的人一样，跟个魔鬼似的，由于他的小胡子，余以为，他远看就像吾辈之施雷普福斯，甚至是越看越像，要不就是自打这一天起在我的记忆里同他越来越相像了。不过，由于哥塞啤酒的缘故，他长得更胖、更结实。他自称是导游，而他的黄铜牌子和三两句英语、法语也足以证明他是一个导游，“漂亮建筑”用英语说应该是“beautiful building”，到他嘴里却成了“peaudiful puilding”，“极其有趣的古迹”用法语说应该是“antiquité extrèmement intéressant”，到他嘴里却成了“antiquidé exdrèmement indéressant”，说得跟个魔鬼似的。

---

① 原文为 Iam satis est，为古希腊罗马和人文主义时期书信结尾处常用的一句套话，意思是：“我今天就写这么多/就此搁笔。”

总之，我们谈好价钱，这家伙只用两个小时就让余把所有的东西都看了，把所有的地方都转了：我们去了保罗教堂，其十字形的回廊上开有神奇的凹槽，去了托马斯教堂，因为约翰·塞巴斯蒂安的缘故；我们还去了后者在约翰尼斯教堂的墓地，宗教改革纪念碑和新建的莱比锡音乐厅也在那里。街上是一片欢乐景象，因为，正如余前面已经说过的那样，正值秋季博览会期间，各种各样鼓吹皮革和其他商品的旗帜和标语从楼房的窗户里打出，顺势悬挂下来，胡同里全是人，特别是老市政厅附近的中心城区，更是人山人海，那家伙带余到那里参观王室和奥尔巴赫王宫以及普莱瑟堡遗留下来的钟楼——这里是路德当年和埃克辩论的地方。而真正水泄不通的地方则是市场广场后面的那些狭窄的老街，这里的房屋屋顶陡峭倾斜，院子和过道昏暗无光，周围的仓库和酒馆鳞次栉比，犬牙交错，宛如迷宫一般。各色商品堆积如山，游人如织，人们在这里摩肩接踵，他们用充满异国风情的眼睛看着你，他们说的话你从来不曾听见过。余万分激动，感到世界的脉搏就在自己的身体里跳动。

天渐渐黑了下来，照明的灯光开始点亮，胡同开始变得空荡，余也感到精疲力竭，饥渴难挡。余于是跟导游说，应该最后给余找家饭馆吃饭。一家好的吗？他眨着眼睛问。一家好的，余说，但不要太贵。他把余带到位于主街后面胡同里的一栋房子前——通往楼门的台阶旁有一个黄铜扶手，就跟他帽子上的牌子一样闪闪发亮，门上悬着一个灯笼，就跟这家伙头上的软帽一样鲜红。余一分不少地付清他的报酬，他祝余胃口好，说罢即刻转身离去。余按响门铃，门自动打开，走廊上有一位穿着讲究的夫人迎面向余走来，她的双颊呈葡萄干色，肥嘟嘟的脖子上挂着一串由蜡染珍珠串成的十字架念珠，她欢天喜地地迎接我，极尽甜言蜜语之能事，似乎我就是她期盼已久的那个人，随后彬彬有礼地掀起门帘，把余引进一个微光闪烁的房间，里面有镶边的帷幔，水晶枝形吊灯，镜前壁灯，而在真丝的秋千上则坐着六七个山林水仙和沙漠女儿。我该怎么说呢，摩尔福蝶，透翅蛾，还是艾丝梅拉达？她们穿得极少，透明的绢网、纱罗，身上的饰品闪闪发光，有的长发飘散，有的短发拳曲，两个半球上全都涂抹了脂粉，手臂上戴着手镯，她们用充满期待的、由于枝形吊灯而熠熠发光的眼睛看着你。

她们看的是余，可不是你。那个家伙，那个喝哥塞啤酒的施雷普福斯，他把余带到了一家妓院！余站在那里，不露声色，余看见余对面放有一架空钢琴，好一个朋友，余抬脚跨过地毯，径直走了过去，站着弹了两三个和弦，余还记得当时所弹的内容，因为余的脑子里当时正好在想音的现象，从H大调转到C大调，活跃气氛的半音距离，就跟《自由射手》终场里隐士的祷告一样，在C的四六和弦上加入定音鼓、小号和双簧管。余是事后才知道的，当时并不知道，而是就那么去弹了。一个棕色皮肤的女人走到余身旁，她身着西班牙小夹克，大嘴巴，狮子鼻，杏仁眼，艾丝梅拉达，她用胳膊抚摩余的脸颊。余猛地转过身来，余的膝盖将长凳撞翻了，余健步如飞，跨过地毯，冲出淫窟，余从大喊大叫的老鸨面前跑过，余穿过走廊，一步十级地下了台阶，冲到街上，余的手甚至连黄铜栏杆都没有扶过一下。

这就是我的遭遇，我把此事的来龙去脉娓娓道来，讲与你听，用以回报你之前讲与我听的那个咆哮的、要你教他诗歌格律的下士的故事。阿门，为我祈祷吧！迄今为止，我只在莱比锡音乐厅听过一场音乐会，其中有舒曼的第三作主打。当时的一位评论家盛赞这部音乐是“全面的世界观”，这听起来当然很不切实际，很空洞，因此，就连古典主义者们对此都是嗤之以鼻的。不过，这种说法也自有其道理，因为它表明音乐和音乐之社会地位的提高，而这一点应该归功于浪漫主义。浪漫主义把音乐从庸俗狭隘的地方专业主义和城市乐师们的手中解放出来，使之与伟大的精神世界、普遍的艺术和知识的时代运动发生联系——人们不应该忘却浪漫主义的这一功绩。这一切均发源于最后时期的贝多芬及其复调音乐，而反对浪漫主义的人，即反对一种走出纯粹音乐而进入普遍精神领域的艺术的人，始终也是反对贝多芬的晚期发展并为之感到惋惜的人，我认为这一点是极其重要的。你有没有想过，同稍早的音乐相比，声部的个性化在他最为崇高巅峰的作品里又显得是多么的不同，又到底带有几分痛苦和意味深长的色彩？要知道，相比之下，声部的个性化在稍早的音乐里其实更为精湛娴熟一些。有些断言因其明显的、让断言者出尽洋相的真实性而令人忍俊不禁。亨德尔就曾经这样说过格鲁克："我的厨师都比他更懂得对位，"——这在我看来是一句可贵的行话。有位在批评界不可小视的法国人，他是贝多芬创作《第九交响曲》之前的一个热烈的崇拜者，他1850年前后曾经声言，这部精神疲弱的作品里充斥着一个缺乏才华的对位音乐家的死气沉沉。你了解这类切中要害的错误判断所给予我的巨大热情和幽默吗？贝多芬的赋格曲在技巧上从未达到过莫扎特所具有的那份精湛、娴熟与轻盈。也正因为如此，他的复调音乐才拥有了一种超越音乐并拓展音乐的精神性。

门德尔松，你知道的，我很喜爱他，他其实就是直接从贝多芬的第三个时期，即以多声部的风格为起点的，而这要比策尔特[①]流派重要，并且也是与之不同的。我对他的全部异议在于，复调音乐在他那里变得过于简单了。虽然也有女精灵和女水怪，但他仍是一个古典主义者。

肖邦我弹得很多，我也读点写他的书。我热爱他那同雪莱十分相似的天使般的形象，而同时又是神秘无比的朦胧、不能容忍、逃避，他的存在的平淡无奇，不闻世事，拒绝体验素材，他那美妙无比的想

---

① 卡尔·弗里德里希·策尔特（1758－1832）：德国作曲家，1809年在柏林创立世界上第一个男子歌唱协会，1822年成立皇家教堂及学校音乐研究所。

象力和艺术的诱惑力的高雅结合。而德拉克洛瓦①深表关注的友情又是如何力挺这个人的啊，他在给他的信中这样用法文对他写道："我希望今晚见您，但这个时刻却无法让我变得疯狂起来。"对于绘画界的这位瓦格纳，什么都是可能的！当然，肖邦这里在和声方面，同时也在普遍精神之意义上，能够立刻超越而不仅仅只是预告瓦格纳的东西，倒也确实并不算少。你就拿升c小调夜曲作品第27号之编号2，还有那首二重唱来说吧，这首二重唱是根据升C大调和降D大调的等音交换来开始的。这在刻画绝望的美妙音乐方面超越了《特里斯坦》的全部疯狂——而且是以钢琴式的亲密，而非淫逸的大战和斗牛式的堕落粗俗的戏剧神秘。你也可以首先拿他同调性的关系为例，拿他那种取笑逗弄的方式，拿他那种藏而不露、那种否认拒绝、那种飘荡悬浮、那种对预兆的含讥带讽为例。他在那里的步子可谓迈得大、迈得远，完全是那种令人欣喜和震撼的远大……

他在信的结尾用拉丁文高呼"你自己看信吧！"，且紧跟着补充写道："不言自明，此信看后立即销毁。"落款是他姓名开头第一个字母的花体大写，是L，而不是A。——

十七

他要销毁这封来信的绝对命令我并未执行——谁又忍心破坏一份可以同德拉克洛瓦之于肖邦那样的"深情厚义"相媲美的友情呢？我之所

① 欧仁·德拉克洛瓦(1798－1863)：法国浪漫主义画家，对印象主义画家影响深远，因其作画犹如狮子吞食猎物一样，一气呵成，故有"浪漫主义狮子"之称；代表作有《但丁的小舟》，反映1830年革命的《自由领导人民》，以及《肖邦像》和《乔治·桑像》等肖像画杰作。

以从一开始就没有服从他的这一苛求，是因为我拿到他的这份文字后初读时并未仔细，只是快速浏览了一遍，而我如果想琢磨其风格和心理，则需要反复多次阅读才行。可是，随着时间的推移，我似乎错过了销毁它的时机；我学着把它当作一份文献来看待，而这个销毁的命令又是这份文献的一个组成部分，所以，这个命令恰好又通过其所具有的文献性质而自行失效。

不过，至少有一点是我从一开始就能确定的，这就是：让他在信尾发出这份命令的理由并非在于整封信，而仅仅只是信的一部分，即那所谓的插科打诨和恶作剧，也就是他被那个可恶的脚夫欺骗的那段遭遇。不过，话说回来：这个部分其实就是信的全部；整封信就是为了这个部分才写的——而并非是为了让我开心；写信的人无疑很清楚，他的这出“闹剧”根本不会让我感到开心；相反，这是为了缓解那段见闻所造成的惊心动魄，而我这个童年时代的朋友则是他唯一可以倾诉的对象。其他的一切都是佐料、掩饰、借口、拖延，以及后来通过音乐批评的妙言警句而进行的一次健谈的再掩盖，好像什么都没有发生过似的。如果可以用一个十分客观的字眼来表达的话，那么，这一切都是为了那则轶闻；这则轶闻，它从一开始就站在幕后，它在最初的字里行间闪现，但它的出场被推迟了。在它还没有得到叙述之前，它开始在有关大城尼尼微的玩笑和那位先知怀疑而又谅解的话语中滑稽登场。而在那里，在那个脚夫被第一次提及的地方，它几乎就要得到叙述了——但它再次消失。在它得到叙述之前，这封信似乎就要结束——“就此搁笔”——这话好像已经被写信的人忘在了脑后，好像他只有通过引用施雷普福斯的那句问候才能重新想起它来，而当他，也就是“将将还算及时地”，并且还是在专门回顾了他父亲关于蝴蝶的知识的情况下，把它说出口来的时候，它却不可以构成信的结尾，相反，他把关于舒曼、浪漫主义和肖邦的言论与之衔接起来，而这些言论的目的显然是要抵消它的份量并使它再次被遗忘——或者更正确一点地说：这些言论因为傲慢的缘故而给人造成一种印象，似乎它们就是为了达到这个目的；因为我不相信他真的有意让我这个读者忽略此信的这个核心部分。

在我通读第二遍的时候，我就发现，此信的文体风格，即滑稽模仿和他个人对库姆甫的古文的运用，只维持到那次奇遇讲完为止，之后就被心不在焉地弃置一边，以至于最后几页完全改头换面地展现出一种纯粹现代的语言姿态，这令我感到非常奇怪。一旦那个误入歧途的故事写在了纸上，这种古代的语气似乎就能派上它的用场，而后它又被放弃，不仅因为它不适宜于那些分散注意力的结束语，而且还因为它的启用，从那一天起，也只是为了能够讲述这其中的那个故事，那个故事因此而获得了与之相匹配的氛围，难道不是这样吗？而那又是一个什么样的氛围呢？我要把它说出来，尽管我想到的这个词很难被用于一场笑剧。那是一种宗教的氛围。这一点我很清楚：由于他对宗教所怀有的那种历史的亲合性，他选择了用宗教改革的德语来写一封信，并通过这封信来把这个故事告知于我。如果没有这样的语言游戏，他又怎能写下下面这句他想写下的话呢："为我祈祷吧！"引文是被用来掩盖，滑稽模仿则是被用来当作借口，没有哪个例子比这一个更能说明这个问题了。而此前不久还出现过另外一个用词，这个用词让我在读第一遍的时候就已经禁不住开始寒毛直竖了，而且，这个用词也丝毫和幽默无关，不仅如此，它反而表现出某种极为神秘的、亦即宗教的特点来：这就是"淫窟"一词。

少数读者也许会被我刚才和当时分析阿德里安来信的那股子冷静所迷惑，从而错误地估计我反复阅读该信时的真情实感。分析，即便是在极度震惊的状况下所进行的分析，也必然会导致冷静的表象。然而，我岂止是感到震惊，我根本不能自已。我对于那个喝哥塞啤酒的施雷普福斯所导演的这场伤风败俗的闹剧愤怒无比——但愿读者不要因此而以为我就是这么一种性格的人，以为我这个人在两性关系上过于古板。我可从来就不会古板害羞，而且，倘若莱比锡的这次欺骗愚弄被我撞上，我恐怕甚至还会是笑脸相迎呢——相反，但愿读者也能够通过我的情感来发现阿德里安的存在和性格特征。当然，“古板”一词对此或许又会是那最荒唐和最不合适的一个，不过，它或许能够给予哪怕是粗俗下流以羞怯的体恤，从而引发要求保护和关怀的渴望。

让我激动不安的一个重要原因在于这样一个事实，即他把他的这次历险，而且还是在他遭遇它之后的几周之内，便告诉给我，这意味着一种平素是无条件的且一直为我所尊重的封闭沉默的坚冰被打破。鉴于我们的老同学和老朋友的关系，这听起来可能很奇怪——爱情的、两性的、肉体的领域，这方面的问题，我们以前还真是从未就此专门说过什么知心话和悄悄话；我们对它的触及，始终都是通过艺术和文学作媒介，随着情欲在精神领域的种种展示，这个本质才开始闪现在我们的交谈之中，而他那方面就此所发表的言论也仅仅只限于实际知识本身，丝毫不涉及他个人。当然，像他这样的人不应该排斥这样的自然力！而且，有足够的证据证明他做到了这一点，那就是他曾经复述过某些呼吁重视艺术及其他领域当中的性感的理论，当然，这些理论也都是他从克雷齐马尔那里借鉴过来的；其次就是他对瓦格纳所发表的一些看法，以及他就古代声乐音乐中人声的裸露和挖空心思运用艺术形式对其进行精神补偿方面所发表的诸如此类的言论。这类言论没有丝毫处子般的羞怯拘谨；它们印证的是一种直面情欲世界的自由开放和坦荡。不过，话又说回来了，下面这个特点并非为我，而是为他所专有：每当我听到他的这些措辞时，我的内心就会感到某种惊惧、恐慌和微微的抽紧。那种感觉，说得严重点，就像是听见天使在数落罪恶：这样的一个天使，你恐怕也不必指望他对这个对象的态度是轻浮和放肆，是平庸的诙谐，然而，他在精神上有权要求这个对象，尽管你心里对此一千个清楚，一万个明白，你恐怕还是会感到难堪并禁不住去提出这样的请求：“别说了，我亲爱的朋友！别管这些事，省得脏了你的一张纯洁严肃的嘴。”

事实上，阿德里安对于粗鄙无耻的淫荡是极为厌恶和不能容忍的，诸如此类的东西只要稍稍露出一点马脚，他的脸立刻就会扭曲变形，就会做出一副轻蔑反感和拒之千里的样子来，对此我是再熟悉不过的了。在哈勒，在“温福里德”的圈子里，面对这类向他的敏感所发起的进攻，他可以说是刀枪不入；僧侣的正派——至少从字面上——使得它们无法得逞。同学们之间不谈妇女、女人、姑娘，不谈情说爱。至于这些学神学的年轻人实际上、私下里在这方面的表现如何，他们是否真的全都在为基督教的婚姻养精蓄锐，对此我不得而知。就我自己而言，我只想承认，我那时已经品尝禁果，和一个小家碧玉，一个箍桶匠的女儿，谈了七八个月的恋爱——这种恋情肯定是很难向阿德里安保密的（我真的不相信他注意到了），但我此后又和她好合好散了，因为那姑娘文化水平太低，令我感到厌烦，我和她之间除了那一件事情便再也无话可谈。我的热情冲动，我的好奇心、虚荣心，以及我的渴望：效法古（希腊罗马）人对性的坦率气概——这是我的理论信仰之一——并将之付诸实践，这一切都激励着我敢于去大胆尝试这种关系。

不过，在这里，阿德里安对于这个成问题的领域的态度全然缺乏的恰恰就是这种要求精神满足的自然力，至少我是这样的，或许有点学究气。我不想说基督教的阻碍作用，也不想就此扣上“凯泽斯阿舍恩”这顶部分是小资产阶级道德的、部分是中世纪畏罪的帽子。那样的话，将很难合乎真实，也不足以让我去关爱他，让我因为他的态度可能对我造成的每一个伤害而去仇恨他。如果你不能够——也不愿意——想象他会处在一个“风流的”状况里，那么原因就在于那层用纯洁、贞洁、知识分子的骄傲、冷静的反讽打造的铠甲，它将他包裹，它在我眼里也是神圣的——以某种痛苦的和令人暗自感到羞耻的方式神圣着。因为，有一种思想认为，肉欲的生活本身是不具有纯洁性的，本能也并不畏惧精神的骄傲，无以复加的拒人于千里之外的傲慢终究难免向自然进贡的命运，所以，你最后也就只能寄希望于这种按照上帝的意志被贬为人、并因此也被贬为动物的屈辱过程，是通过最大限度的审慎的美化、最大限度提升灵魂的方式，通过忘我的爱和纯洁的情感的掩饰来完成的。这种思想是令人痛苦的，也是令人羞愧的——但比如对恶毒则不是。

难道非要我补充说，正因为如此，像我朋友这样的情况，希望才最为渺茫吗？我所说的美化、掩饰、高尚，其始作俑者就是灵魂，这个居中的、发挥调停作用并散发强烈诗意的主管机构，在这里，精神和本能相互渗透，同时又以某种虚幻的方式相互融合——这是一个原本就是特别感伤的生命层面，在这里，正如我所承认的那样，我个人的感觉是相当惬意的，但是，这种感觉却又并不遵循最严格意义上的趣味。像阿德里安这样的天性并不具备太多的“灵魂”。我之于他的明察秋毫的友谊教会了我一个这样的事实，即最傲慢的精神性最直接面对的就是动物性、赤裸裸的本能，并且最可耻地把自己出卖给了它；而这就是我这样的人为什么会因为一个像阿德里安这样的天性而不得不备受那种理解与忧虑参半心情折磨的原因——这也是为什么我把他告诉给我的那次该死的历险视为某种叫人心惊肉跳的象征的原因。

我看见他站在妓院的门口，慢慢地回过头来，目光投向那些充满期盼的沙漠女儿。如同穿过哈勒米茨酒家的异域一般——我看见他茫然地穿过房间，走向钢琴，弹起几个和弦，而这些和弦他事后才知道要对它们进行说明。我看见那个长着狮子鼻的女人站在他的身旁——黑塔娥拉·艾丝梅拉达——涂抹了脂粉的两个乳房包裹在西班牙式的紧身胸衣里，我看见她用赤裸的手臂抚摩他的脸颊。跨越时空，让时光倒转，我是多么强烈地渴望到他那里去啊。我很想一脚把那巫婆从他身边踢开，就像他把凳子踢向一边那样，为他踢开一条生路。我有好几天都感觉到她的肉体在触摸我的脸颊，我同时也知道，虽然是不情愿地、满怀恐惧地，可就是自那一刻起啊，她就一直在他的脸上燃烧。至于我，我不可能把这件事情往好的方面去想，对于这一点，我只能再次请求读者诸君，不要把它视为我的，而要把它视为他的标记。而在这件事情上，绝对没有任何好的东西可想。我已经向读者介绍了我的朋友的天性，只要我的介绍但凡有了那么一点点的成功，那么，读者他就肯定会和我一起感受到这种接触所造成的难以言状的羞辱、讥讽的贬低和危险。

他到那时为止还没有“接触”过女人，这一点我过去和现在都是绝对肯定的。现在，那个女人接触了他——而他却逃跑了。即便这次逃跑也没有留下任何滑稽可笑的蛛丝马迹，这一点我绝对可以向有意寻找此类蛛丝马迹的读者打保票。然而，可笑的却是这种苦涩而又悲惨意义上的徒劳无益的逃之夭夭。在我看来，阿德里安并没有能够逃脱，而且，他感觉自己是个逃脱者的时间肯定也是非常短暂的。精神的傲慢遭受了同没有灵魂的本能相遇的梦魇。阿德里安还会重返那个骗子带他前往的地方。

十八

这些细节我怎么会知道得如此清楚？我又不是时刻在场，又不是时刻都在本书已故主人公身旁。但愿读者在我进行描述和报道的过程中没有提出这样的问题。不错，在我和他的生活历程中，我们一再经历较长时间的分离：例如在我服兵役的那一年里情况就是如此，但是，话又说回来，服完兵役之后，我又继续在莱比锡大学学习，故而对他在那里的生活圈子有了一个全面的了解。而在我 1908 至 1909 年外出进行古典主义的文化旅行期间，情况也是如此。我旅行归来之后，我俩只是匆匆打了一个照面，他那时已经有意离开莱比锡迁往南德。而紧随其后的这段时期竟然成了我们最长时间的别离：那几年，除了在慕尼黑的短暂停留以外，他都是和他的朋友、西里西亚人席尔德克纳普一起在意大利度过，而同一时期的我先是在凯泽斯阿舍恩的波尼法修斯文理中学结束我的试用期，随后又被该校正式聘用。直到 1913 年阿德里安在上巴伐利亚的普菲弗尔林住下，而我又迁居到弗莱辛，如此这般，我才重又来到他的近旁，日后得以——或者几乎是不间断地亲眼目睹他那早已是灾难深重的生活轨迹，得以亲眼目睹他那越来越活跃的创作活动长达十七年之久，直至1930年的那场灾难发生之前。

在莱比锡，他再度师从文德尔·克雷齐马尔，接受他的指导、命令和监督，这时，在学习音乐及其玄妙莫测的，集游戏与严肃、机灵与深刻于一体的技艺方面，他也早已不再是什么新手了。他在传统领域，在声部处理技巧、谱曲法、管弦乐配器方面的迅速的，为极高的悟性所推动的，大不了又因为操之过急而受到影响的进步证明，哈勒的那段为期两年的神学经历并没有松懈他同音乐的关系，也不意味着他的音乐学习的真正中止。他勤奋地做着堆积如山的对位法练习。通过他的来信，你可以对此略知一二。克雷齐马尔几乎更为重视配器技法，他让他，就跟在凯泽斯阿舍恩已经开始的那样，为很多钢琴音乐、奏鸣曲乐章乃至弦乐四重奏配器，然后，就在和他促膝长谈之中讨论这些作业，指出它们的不足并加以纠正。他甚至还安排他为某一幕歌剧的钢琴选段配器，而这些歌剧阿德里安并不熟悉，而这个听过和念过柏辽兹、德彪西和德国、奥地利晚期浪漫主义的学生则尝试将其同格雷特里①或凯鲁比尼本人做过的东西进行比较，常常弄得师徒二人捧腹大笑。克雷齐马尔当时正在创作他自己的脚本——《大理石雕像》，他也会把其中的一两个小场景拿出来给他的门徒去配器，同时还会告诉他，他本人是如何处理的，或者他是如何设想的——这样就顺理成章地有了众多的辩论，当然，辩论的时候通常是经验丰富的师傅占据上风，不过，徒弟的直觉偶尔也能够赢上个一两回。因为，一个被克雷齐马尔第一眼就指斥为愚蠢和糟糕的音的组合，最后却让他明白，这个组合要比他自己所能想到的更具特色，于是，在下一次见面的时候，他就会宣布愿意接受阿德里安

---

① 安德烈·埃尔尼斯特·莫德斯特·格雷特里（1741－1813）：法国作曲家，18世纪后期改革法国喜歌剧的代表人物，他的作品《狮心王理查》等被列为法国浪漫喜歌剧的最早范例。

的想法。

后者却不如人们将会想到的那样自豪。老师和学生就其音乐直觉和意志表现而言，实际上是相距甚远的。的确，在艺术中，追求者几乎必然会感觉到自己是依赖于一个师傅的技术指导的，而这个师傅却已经因为代沟的问题而与他有了几分隔阂。因此，最好的情况就只能是，这个师傅能够猜出和理解年轻人的秘密倾向，必要时讽刺这些倾向，但却尽量注意不去妨碍它们的发展。这不，克雷齐马尔认为是理所当然并恪守不变的生活信条是：音乐在管弦乐队乐章中找到了其最高的表现和作用的终极形式——但这却是阿德里安所不再愿意相信的。同那些长辈不同的是，对于他这个二十岁的青年人而言，登峰造极的器乐技巧与和声声乐构想的结合，不仅仅只是一个历史的认识——在他那里，某种像思想一样的东西从中生发出来了，而在这种思想中，过去和未来相互交融；对于后浪漫主义巨型管弦乐队过度的音响设置，他是冷眼旁观的；他希望它得到浓缩，回归它在前和声、复调声乐时代所扮演的从属角色；他偏好后者，亦即偏好清唱剧，在这一体裁上，这位《圣·约翰启示录》和《浮士德博士哀歌》的创作者日后取得了最高的、最大胆的成就——而这一切很早就从他的言行中表露出来。

因此，他在克雷齐马尔的指导下也同样勤奋地钻研配器法，因为他在这一点上和后者的意见是一致的，即：即使你认为前人的成就不再重要，那你也必须去掌握它们。有一次他还跟我说：一个因为厌倦了管弦乐队表现主义而不再学习配器的作曲家，在他眼里就跟一个不再钻研牙根治疗并退化为江湖郎中的医生一样，因为最新的发现表明，死牙有可能导致风湿性关节炎。这个奇怪牵强、同时却又着实能一语道破时代精神状况的比喻此后成为我们之间经常用于批判的名言，而通过对牙根进行妙手回春的涂香膏治疗得以保留的“死牙”则又成了一个象征性的比喻，比喻某些花样繁多、技巧精湛的晚期管弦乐作品——包括他自己的交响乐幻想曲《海之光》，这部作品是他在莱比锡，在克雷齐马尔的眼皮子底下，根据假期里和吕迪格尔·席尔德克纳普一起作的一次旅行而写，克雷齐马尔偶尔也会安排它在半公开的场合上演。它是一部百里挑一的音诗，它证明，他对音的混合具有一种惊人的鉴赏力，这种令人心醉神迷的音的混合，在听第一遍的时候你的耳朵几乎是无法辨别的，而一个训练有素的观众还会认为它的年轻的作者是德彪西、拉威尔[①]一派才华横溢的传人呢。然而，他却并不是这样的一个传人，同他先前在克雷齐马尔督促之下勤学苦练过的那些手关节放松操和书法练习一样，他这一生也几乎从未把下面这些彩色画派式管弦乐才能的展示视作是他真正的创作，它们是：一些六到八声部的合唱，一首用于弦乐五重奏和钢琴伴奏的带有三个主题的赋格曲，一部交响乐，其袖珍总谱他是一点一点写好拿去给他看的，其配器则是他和他一同商量的，另有一首A小调大提琴奏鸣曲，这部奏鸣曲还有一个非常优美舒缓的乐章，其主题后来又被他再次纳入到他的一首《布伦塔诺之歌》里。而那部借助音乐而熠熠生辉的《海之光》，它在我眼里着实是一个非常奇怪的例子，它说明，一个艺术家能够使出浑身解数去做一件他内心其实不再相信的事情，而且能够坚持通过艺术手段去出类拔萃，尽管他已经清楚地意识到这些手段的软弱无力。“这是经过培训的牙根治疗，”他告诉我说。“链球菌泛滥我可不负责。”他的每句话都证明，音乐的“自然情调”——“音画”这种样式在他看来已经是彻底地灭亡了。

说一道万，这部丧失了信仰的多彩画派式管弦乐杰作已经悄然具备了滑稽模仿和理智地讽刺艺术的特征，这种讽刺在莱韦屈恩晚期的作品里极为频繁地以完美得令人感到阴森的方式出现。很多人认为，这让人感到不寒而栗，甚至令人厌恶和愤怒，而作出这样的判断的人，即使不是最好的，也应该算是比较不错的了。那些极端浅薄的人只会把它当个

---

① 莫里斯·拉威尔（1875－1937）：法国作曲家，音乐印象派代表人物，主要作品有歌剧《西班牙时光》、管弦乐曲《波莱罗》等；1909年受俄罗斯芭蕾舞团之托开始构思的芭蕾舞剧《达芙妮与克罗埃》于1912年在巴黎首演。

玩意儿来说事，根本不当真。事实上，滑稽模仿在这里就是面对创造力枯竭的傲慢答复，而随着这种创造力的枯竭，怀疑和精神的忸怩，对于平庸领域的致命性扩张的感受力和鉴赏力，统统都在威胁着一个伟大的天才。我希望，我对此的表达是正确的。我的不安全感和我的责任感都是同样强烈的，因此，我希望用语言来装扮这些想法，这些想法其实并非源自我本身，而是由我对阿德里安的友谊向我一手灌输而来的。我不想说，这是由于天真的缺乏，因为，存在本身，所有的存在，哪怕是最自觉的和最复杂的存在，其终究都是以天真为基础。那种介于阻碍和同时出生的天才的创造性原动力之间的、介于贞洁和情欲之间的几乎是不可调和的矛盾——这恰恰就是一个这样的艺术家赖以生存的天真，这恰恰就是他的创作生长的土壤，尽管这种生长是艰难—独特的；而那种无意识的追求：为“天赋”这个创造冲动创造一种必要的微弱优势，从而使之能够在嘲讽、傲慢、知识分子的忸怩所设置的阻碍面前立于不败之地，这种本能的追求，它已经在行动了，这是肯定的，而且，总有一天，当纯粹工匠式的为从事艺术所进行的前期学习开始和自己最初的、哪怕还只是暂时的和准备性的创作尝试相结合的时候，它将会成为排山倒海的决定性因素。

十九

这件事情，我一说起它来，我就会浑身颤抖，我的心就会一阵阵发紧，这个灾难性的事件，我这就来说它，它的发生时间约莫是我在瑙姆堡接到阿德里安的那封来信，即我在前面已经引用过的那封来信，在我接到此信之后的一年，也就是如他在信中跟我所说来到莱比锡并首次参观该城一年多以后——亦即在我服完兵役和他重逢之前不久。那次重逢，他外表没有变化，但实际上已被打上记号，已被命运之箭射中。我觉得，我似乎应该把阿波罗和缪斯们唤来，但愿他们能够在我叙述那个事件时让我想起最纯净、最体恤的词句：体恤读者的敏感，体恤我对于我的这位亡友的纪念，也最终体恤我自己，因为我感到，让这件事情流传下来，无异于一次沉重的个人表白。然而，这次呼唤想要面对的方向却让我真正地看到了我自己的精神状态和我要讲述的那个故事的本色之间的不可调和，那种色调源自完全不同的、与古典文化的明朗有着天壤之别的传统层面。我是否能够胜任我的工作，我是带着这种疑虑开始这部传记的写作的。我不再重复那些令我打消这种疑虑的理由。有它们作后盾，我会始终如一地忠实于我的这项工作，这就够了。

我前面已经说过，阿德里安又一次，也就是说第二次来到那个无耻的差役曾经骗他来过的地方。人们现在可以看到，这件事情的发生并非一蹴而就：在长达整整一年的时间里，遭受了伤害的精神的自尊一直在捍卫着自己，而令我始终感到些许安慰的则是，尽管他被那赤裸裸的情欲阴险地触动，但是，他的屈服其实并非全无一丝精神的掩饰和人性的高尚可言。我认为，任何人，只要他的肉欲是，即便是很生硬地，固定在一个具体的个体目标上，那么，他就是做到这一点了；我认为，它存在于那个选择的瞬间，即便这个选择并非自愿，而是由它的对象无所顾忌地促成。一旦欲望呈现出人的，哪怕是最渺小、最卑微的人的面目，那么，你就不得不承认爱情的升华作用。所以，也可以这样说，阿德里安是为了一个具体的人才重又第二次找回到那个地方去的：就是为了那个女人，她的触摸在他的脸颊上燃烧，这个穿着单薄的短上衣、长着大嘴巴的“浅棕色”女人曾经把身体贴向站在钢琴旁的他，而他则把她唤作艾丝梅拉达；她就是他要在那里寻找的那个人——但他并没有找到她。

这种固定，尽管它是如此的不幸，但它却使得阿德里安在第二次自愿造访此地之后，能够作为同一个人离开，就像他第一次不自愿的造访之后那样，不过，他却十拿九稳地打听到了那个触摸过他的女人的地址。他因此还以音乐为借口作了一次相当遥远的旅行，为的就是要见到他所渴望的那个女人。那是1906年5月，《莎乐美》的奥地利首演正在施蒂利亚州首府格拉茨举行，指挥由作曲家本人担任。而阿德里安早在几个月之前就已经和克雷齐马尔一起去德累斯顿看过了该剧真正意义上的首演，但他仍跟他的老师和他此间在莱比锡结交的朋友们说，他希望利用这次隆重的机会把这部成功而具革命性的作品再听一遍，当然，他绝对不是为它的美学方面所吸引，他所感兴趣的是它的音乐技巧，此外，还特别因为它是为散文对话而配的音乐。他是独自前往的，而不能得到确切证明的是，他有没有按照自己所谓的计划行事，从格拉茨到普雷斯堡①，或者说他在格拉茨的停留只是假象，他实际上只去了普雷斯堡，这个地方的匈牙利名字叫做波兹佐尼。那个把触摸留在了他的身体上的女人就流落到了当地的一栋房子里，她因为有病需要治疗，所以不得不离开她先前工作过的那个营业场所；而这个受到命运驱逐的男人在她的新驻地里找到了她。

我的手一边写，一边颤抖，然而，我仍将用平静、克制的语言说出我所知道的事情。我先前已经表明过的那个思想，选择的思想，以及想到在这里起支配作用的是某种类似于爱情关系的东西，这个可贵的青年和那个不幸的人儿的结合因此而被赋予一丝灵魂的闪光，这些想法令我始终感到一定程度上的宽慰。当然，这个宽慰的想法也被另外一个挥之不去的更为恐怖的想法所萦绕，即爱情和中毒在这里永远成为可怕的体验的统一：以箭为化身的神话的统一。

面对这个青年男子对她所怀有的情感，麻木的妓女似乎真的受到某种触动。毫无疑问，她认出了先前这位来去匆匆的客人。她对他的

---

① 此地即现在的斯洛伐克共和国首都布拉迪斯拉发，这是斯洛伐克语的叫法，其匈牙利语的叫法则为波兹佐尼。10世纪起为匈牙利王国领土，1541－1784是哈布斯堡王朝所属的匈牙利王国首都，1918年为斯洛伐克地区政治、经济和文化中心。

接近，她用赤裸的手臂对他的脸颊所进行的抚摩，或许已经低贱、但却温柔地表明，她有能力接受任何使他和其余普通客人区别开来的东西。她还从他的口里得知，他是专程为她而来——她为此向他表示感谢，她的方式就是警告他别去碰她的身体。这是阿德里安后来告诉我的：她当时警告过他；这样一来，这个姑娘的人性和她那堕落的、沦为不幸的日用品的肉体之间的区别不就一目了然了吗？这个不幸的女人警告充满渴求的他别碰“自己”，这意味着像她这样的人的灵魂对其自身值得同情的肉体存在的超越，意味着人性与之保持距离，意味着感动——请允许我这样说，意味着爱。大慈大悲的上苍啊，这不是爱情又是什么呢，这是怎样，怎样冒天下之大不韪的决心，怎样甘下十八层地狱的本能，一句话：渴望投入魔鬼的怀抱，渴望借助致命性的挣脱，渴望以化学的方式改变自己的本性，这种促使这个男人藐视那女人对他的警告并坚持要求占有她的肉体的渴望，这是怎样的埋藏于心灵最深处的渴望啊？

每当我回想起这次拥抱时，我就会感到一种宗教般的战栗。通过这种拥抱，一个人牺牲了他的救赎，另一个人则找到了他的救赎。这个远道而来的男子不顾一切地拒绝放弃对她的渴求，这种净化、证明和提升想必给这个不幸的女人带来了幸福和喜悦；看来，为了报答他为她所冒的风险，她尽心竭力地献出了一个女人所有的温存。她要让他忘不了她；他以后再也没有见到过她，然而，他也是因为她的缘故而永远地记住了她，而她的名字——也就是他最初给她起的那一个——鬼魅神秘，除了我通过他的作品有所觉察之外，就再也没有第二个人知道了。也许有人会说，这是我的虚荣心在作怪，那就让他说去吧——有一天，他用沉默证实了我的这个发现。现在，当时的情景已经不由自主地浮现在我的眼前。把公式和符号所代表的隐秘埋藏在自己的作品里，具有这种喜好的作曲家，莱韦屈恩不是第一个，也不可能是最后一个。这些隐秘表明，搞迷信活动，信奉数字的神秘性和字母的象征性，是音乐与生俱来的天性。这不，在我的朋友的音乐织体中就有一个5－6个符头的音符模进，以h开头，以es结尾，e和a在中间交替更迭，引人注意的是，一个特别伤感的表示动机的基本音型反复多次出现，通过和声和节奏的多重表达方式，忽而是这个音，忽而是那个音，顺序频繁变换，仿佛围绕它的中轴旋转，乃至于在保持相同的间奏条件下，被改变了的音的顺序在其中嬉戏玩耍：首先是在那首撕心裂肺的歌曲《我心爱的姑娘，你好坏》里，这是他早在莱比锡时就已谱写的十三首布伦塔诺之歌中最优美的一首，它通篇展示的都是上述特点，其次就是在他的晚期作品里，在那里，大胆和绝望独辟蹊径地水乳交融，而在写于普菲弗尔林的《浮士德博士哀歌》中，则还会更进一步显示出旋律的间奏也要同和声同时进行的倾向。

然而，h e a e es，这些音的代号的含义则是：黑塔娥拉·艾丝梅拉达。

返回莱比锡之后，阿德里安对那部他原本打算再听一遍，可能也确实是又听了一遍的有实力的歌剧作品，欣然表示了赞赏。如今，他对其原创者的评价依然还在我的耳旁回响：“一个天才的保龄球高手！这个革命家是位幸运儿，洒脱而又亲切。先锋主义和对成功的胸有成竹在这里更加亲密地汇合了。一通咒骂和不谐和音，然后是温和的让步，和市侩妥协并向他示意，事情没有那么严重……不过，总的说来，倒也真是一部成功之作……”——他继续学习音乐和哲学，局部的病兆在五周之后出现，他不得不因此去找医生治疗。他去拜访的专家是埃拉斯米大夫——阿德里安在该城的通讯簿上查到他的地址，此人是一个大块头，红脸，黑胡子，弯起腰来显然很困难，然而，不仅只是在弯腰的时候，甚至连平素不弯腰的时候，他也习惯于气喘吁吁地张着嘴呼气。这种情势充分证明他的境况的窘迫，但同时也表明了一种嗤之以鼻的冷漠，就如同一个人用一声“呸”来表示对一件事情的轻蔑或者是尝试着以此来表示对它的轻蔑一般。在检查的过程中，这位大夫就是这样不停地吹气的，检查完毕后，同他呼气的感情有些矛盾的是，他宣布有必要进行干预性和持久性治疗，而且他也立即着手对他进行治疗。在接下来的三天里，阿德里安每天都来他这里接受治疗；之后，他宣布停药三天，约他第四天再来。而当这位病人——他并没有感到不适，他的一般状况良好，没有受到丝毫影响——按照约定的时间，在下午 4 点再次跑来找他时，一件完全意想不到，同时也是令人感到毛骨悚然的事情发生了。

只见他走进位于旧城区的一栋阴暗的楼房，登上三级陡峭的台阶，来到那家诊所门前，要在往常，他必须首先按响门铃，然后便会有一个女佣来给他开门，然而，这一次他却发现，那扇门是敞开着的，不仅如此，诊所里面各个房间的门也全都是敞开着的：通往候诊室的门是大开着的，候诊室里通往观察室的门是大开着的，再往里，甚至连通向起居室——一个有着两扇窗户的“客厅”的门也是大开着的。而且，这屋里的两扇窗户也都是敞开着的，全部的四块窗帘被穿堂风掀起，高高地抛向空中，随即又被快速地拉回窗洞，一来一往，反复不止。而在屋子的中间呢，则停放着一口棺材，棺材里面躺着的人正好就是埃拉斯米大夫，只见他的胡子尖尖地翘起，两眼紧闭，身穿硬袖口的白色长衬衫，头枕在镶有流苏的枕头上，而整个棺材又是放在两个四脚支架上的，没有盖盖。

这是怎么一回事，为什么死者会孤零零地、没遮没拦地躺在棺材里任风吹拂，那个女佣在哪里，埃拉斯米大夫的老婆在哪里，丧葬公司的人是不是刚来屋里装过棺材盖子，或者他们还会再来，是什么样的奇特闪念把这位来瞧病的病人领到这里，凡此种种，我们都是永远地不得而知了。后来，我去莱比锡时，阿德里安也只告诉我说，他看到那种情形后整个人都傻了，都不知道自己后来是怎么沿着三级台阶走下楼去的。对于那位大夫的突然死亡，他似乎并未深究，看来，他对此不感兴趣。

他只是说过，那人一刻不停地“呸”，其实这自始至终就是一个不祥之兆。

我感到恐惧，我克制着这种不理智，尽管有些不情愿，但我仍然不得不说，他所进行的第二次治疗选择也是同样笼罩在类似的不祥之中。两天之后，他从那场惊吓当中缓过劲来。随后，跟上次一样，他又只是通过莱比锡城市通讯簿指引，找到某个名叫齐姆巴利斯特的大夫，在他的诊所接受治疗。这家诊所开在一条商业街上，那条街是汇聚在市场广场周围的众多的商业街中的一条。诊所所在楼房的底层是一家饭馆，饭馆上面是一个存放钢琴的仓库，而这位大夫的处所则占据着二楼的一个部分，写有他的名字的门牌是瓷质的，很扎眼，站在底层的楼门口就能看见。这位皮肤科医师拥有两间候诊室，其中的一间是专为女病人所设，候诊室里全都摆上了美化环境的盆栽植物椴树和棕榈树。在阿德里安总共等候过两次的那间候诊室里，陈列着供候诊病人翻阅的医学杂志和书籍，比如其中就有一本带插图的民俗史。

齐姆巴利斯特大夫是个戴脚边眼镜的小个子男人，他的头发呈淡红色，但是他的头已经秃成了一个从前额延伸到后脑勺的椭圆形，而且，他只在两个鼻孔的下面留了一个小髭须，这种胡子在当时的上层社会十分流行，后来还演变成为一副面具的特殊标志，从而在世界历史的长河里留下一笔。他的说话方式很随便，不乏男人的幽默，他喜欢玩弄文字游戏。当他说起“沙夫豪森的莱茵瀑布”这个风景名胜时，他可以把其中莱茵河河名里所含有的字母 h 去掉，使之变成倒霉透顶、受骗上当的意思。[①]而与此同时，他给人留下的印象却是，他本人其实也并未从中得到多大乐趣。他的半边脸连同这边脸的嘴角及其上方那只一眨一眨的眼睛一道抽搐着向上拉起，现出一副艰难苦涩的表情，一点也谈不上吉祥，反倒是平添了几分尴尬和晦气。阿德里安后来就是这样向我描述他

---

① 莱茵瀑布德文为 Rheinfall，由 Rhein（莱茵河）加 Fall（瀑布）组合而成，去掉其中的字母 h，就变成 Reinfall（受骗、轻信、上当的意思）。

的，而现在浮现在我眼前的他也就是这个样子的。

下面要讲的就是接下来所发生的事情。阿德里安在他的第二位大夫那里接受了两次治疗，之后，他第三次去找他。当他走上一楼和二楼之间的楼梯时，他遇到了他正要去找的那个人；他被夹在两个粗壮的、头上顶着硬礼帽的男子中间，从楼上下来，与他撞了个正着。齐姆巴利斯特大夫低着头，同样，两个男人当中的一个也低着头监视他下楼的脚步。他的一个手关节通过手铐和锁链与他的同行者中的一个铐在一起。他抬起头来，他认出了他的病人，他的脸颊苦涩地抽搐着，他冲他点头说道：“另外找时间吧！”阿德里安见状，赶紧给这仨让路，为此他不得不背靠着墙立正站直，他呆若木鸡地看着他们从自己的面前走过，他目送他们下楼，不一会儿工夫，他自己也跟着走下楼去。大门口停着一辆车，他看见他们上了车，随后，那车一溜烟地开走了。

这样，第一次治疗中断之后，阿德里安在齐姆巴利斯特大夫这里继续进行的治疗也结束了。我必须补充的是，对于这第二次失败的幕后原因他也是不大关心的，就跟他不大关心他第一次经历所具有的那种怪异之处一样。为什么齐姆巴利斯特偏偏是在约好给他看病的这个时间段里被人带走的——他对此未予理睬。然而，他似乎是受到了惊吓，因为，他此后再也没有继续进行治疗，也没再找过第三个医生。他之所以没有这样做，首先是因为他的局部症状在放弃继续进行治疗的情况下，居然在短时期内好转并消失了，而且，我可以保证，并且，不管专家如何怀疑，我都会坚称，没有出现任何明显的继发症状。阿德里安曾经有过一次强烈的晕眩，发病时他正在文德尔·克雷齐马尔那里，他是来向他交一份作曲作业的。这次晕眩让他感到天昏地转，他被迫卧床休息。接着，晕眩演变成为持续了两天之久的偏头痛，而这种偏头痛和他以前的偏头痛发作也没有什么特别不同，充其量也就是不适的程度更加厉害一点而已。告别军旅生活之后，我来到莱比锡，不过，我没有在我的这位经历了变故的朋友身上发现什么本质上的变化。

二十

要么还是有所变化？——如果说他在我们分开的这一年里没有变成另外一个人的话，那么，他反正就是变得比他自己还要他自己了，这已经足以让我感到印象深刻，尤其是因为以前的他我已经记得不大清楚了。我们在哈勒冷淡分手，这一点我在前面已经说过。而我们的这次重逢，这可是我日思夜想所盼望着的事情啊，然而，就其冷漠性而言，一点也不亚于哈勒的那次分离。所以，愕然的悲喜交加的我只有尽力克制住自己的一腔澎湃激情。我可不敢指望他到火车站来接我，我也根本没有通知他我到站的具体时间。我是自己径直找到他的住处去的，我甚至顾不得先给自己找个落脚的地方。他的女房东把我到来的消息通报给他，我一边叫着他的名字，一边走进他的房间，声音里载满喜悦。

他正趴在他的书桌——一个台板可以折叠的旧式写字台上写谱子。

“喂，过得不错吧，”他开口说道，连眼皮都懒得抬一下。“马上就完。”在接下来的几分钟里，他继续他的工作，不再理我，全然让我自己决定是站着，还是找个地方坐下。很少有人会对此发生误解，我也一样。这充分证明，老朋友之间持久而稳定的亲密无间，他们的共同生活，根本没有因为这一年来的分离而受到丝毫影响。很简单，我们好像昨天才告别似的。尽管如此，我还是有些失望，心里还是有点发凉，虽然我同时也感到爽朗，就像有特色的东西能够让我们爽朗起来一样。他的书桌两侧放着没有扶手的、用地毯料子做护套的靠背椅，我在其中的一把椅子上坐了下来，过了好长时间，他才拧紧自来水笔笔帽，迈步向我走来，只是他却不拿正眼瞧我。

“你来得正好，”他一边说，一边坐到了书桌的另一边，“沙夫哥施四重奏演出小组今天晚上上演作品第132号。你想去吗？”

我明白，他所说的是那首a小调弦乐四重奏，贝多芬的晚期作品。

“既来之，”我答道，“则去之。重新聆听多时不听的吕底亚①乐章，那曲《一个康复者的感恩祈祷》，幸哉，幸哉。”

“凡遇美味佳肴，”他说道，“我必会把这杯中美酒一饮而尽。任凭泪水恣意流淌！”他开始谈论教堂音调和托勒密②音乐体系，即“自然的”音乐体系，这个音乐体系的六个不同的音的特性通过按平均律的调音，即不自然的调音，缩减为大调和小调两个，他还谈到正确的音阶的转调是优于按平均律的调音的。他称按平均律的调音是一种面向日常使用的妥协，正如平均律钢琴也同样是一件适合家庭使用的物件一样，这个物件很适合签份临时和约，虽然时间还不到一百五十年，但却完成了所有的壮举，哦，对于这样的壮举，我们可千万不要以为，这份和约是永久性的。他说，克劳迪乌斯·托勒密是一位来自上埃及，住在亚历山大的天文学家和数学家，正是他把所有已知音阶中最好的，自然的或者说是正确的，罗列了出来。阿德里安对此表现出十二分的满意。他说，这再一次证明了音乐和天文学之间的亲缘性，正如这种亲缘性已经通过毕达哥拉斯的宇宙和谐学说得到了证明那样。这期间，他又回过头来谈论那部四重奏及其第三乐章，同一部作品所表现的异域情调、月色朦胧，以及演出的巨大难度。

---

① 吕底亚为小亚细亚古国，吕底亚音调是一种教堂音调，大调的前身之一。贝多芬的这部作品写于1825年，内容涉及作曲家本人于1824年所患的一场重病。贝多芬对该作所作说明的原话为：“以吕底亚音调谱写的，一个康复者献给上帝的感恩圣歌。”

② 克劳迪乌斯·托勒密（约90－168）：又译“托勒玫”，旧译“多禄某”。古希腊天文学家、地理学家、数学家。著有《大综合论》。托勒密体系认为地球居中央不动，日、月、行星和恒星都环绕地球运动。这一论点后被哥白尼的日心体系推翻。

“实际上，”他说，“四个人中的每一个都必须是帕格尼尼[①]才行，不仅要掌握好自己的声部，同时还要掌握好其他三个人的声部，否则就没法搞到一起去。谢天谢地，沙夫哥施小组的那几个人全都是值得信赖的家伙。现在的人虽然可以演奏它，但它却是濒于可以演奏的极限，而在它产生的时代，它甚至是无法被演奏的。一个出自人间技巧的东西却会如此绝情地漠视它的这个来源，这在我看来应该是最为令人喜笑颜开的事情之一。‘您那该死的小提琴不关我的事！’他对一个发牢骚的人这样说道。”

我们笑了起来——而奇怪的只是，我们彼此之间竟然连个招呼都没打。

此外，他说道，还有它的第四乐章，那无与伦比的终曲连同短暂的进行曲序奏和第一小提琴豪迈表演的朗诵调，这一切都尽其所能地为主题作了十分恰当的铺垫。“令人生气的只是——如果你不想把它说成是令人高兴的话，在音乐中——至少是在这个音乐中——有些东西，不管你是多么愿意，也不管你下足了多大的功夫，你最终却无论如何也不可能在语言的全部领域里为之找到一个真正能够表明其特点的形容词，也不可能为之找到几个形容词的组合。我这几天一直都在为此备受折磨。你找不到和这个主题的精神、姿态、表情完全匹配的说法。因为这里面的表情太多了。悲剧性勇敢的？倔强的，强调的，把热情的搞成崇高的？全都不好。而‘壮丽的！’显然也不过只是一种幼稚可笑的投降而已。你最后的归宿便是客观规定——是‘快速的热情的’这个说明，这还算是最好的情况呢。”

我同意他的意见。也许，我说，我们等到晚上没准就会有点灵

---

① 尼可罗·帕格尼尼（1782－1840）：意大利小提琴家、作曲家，现代小提琴演奏法的奠基人。他大大拓宽小提琴音区的利用，广泛运用伸指奏法、左手拨弦、人工泛音、抛弓、多样化的双音等。他的技术成为欧洲小提琴艺术新水平的标志。又因其长相诡异，生活漂泊不定，成为颇具传奇色彩的人物，一些传说甚至赋予他超自然的魔力。

感了。

“你必须马上去见见克雷齐马尔，”他似乎突然想起来了，“你住哪儿？”

我告诉他，我打算今天随便去哪家旅馆凑合一下即可，等到明天再去找个合适的住处。

“我能理解，”他说道，“你没有托我给你找。这种事情不能随便让别人去办。我已经，”他又补充道，“把你介绍给了中心咖啡馆的那帮人，并且还告诉他们你要过来。我必须马上把你带过去和他们认识一下。”

“那帮人”指的是一个由青年知识分子组成的圈子，他是通过克雷齐马尔的介绍而认识他们的。我相信，他和他们的关系大致相当于他和哈勒那帮“温福里德”弟兄的关系。我说，你这么快就在莱比锡交上合适的朋友，真是可喜可贺呀。而他这时的回答则是：

“交朋友嘛……”

席尔德克纳普，作家和翻译家，他补充道，应该算是这里面让人感觉最舒服的一个。不过，这种最舒服可有一个特点，即一旦他觉察出你有求于他，需要他，想用他，那么，他就总是会出于一种并非底气十足的自信对你加以拒绝。是一个独立意识很强，但同时却又不是那么超强的人，他说道。不过，这人倒是挺讨人喜欢，也挺风趣健谈，此外呢，经济上还比较拮据，所以，他也只能靠自己去想办法渡过难关。

作为职业翻译家，席尔德克纳普和英国语言的关系十分密切，而且，只要是英国的东西，他一概热情推崇，阿德里安想要他做的事情，通过我们当天晚上继续进行的谈话被披露出来。我得知，阿德里安正在急切寻找一部歌剧题材，而且，早先，即在他认真着手这项工作之前的好几年，他就已经相中了《爱的徒劳》。他希望剧本由音乐上也颇有造诣的席尔德克纳普来改编；可人家一点加入的意思也没有，一来是因为他有自己的工作要做，二来呢，也是因为阿德里安暂时还不大可能付给他酬劳。所以，在这种情况下，这项为朋友服务的差使后来就只好由我承担了下来，而且，我们还雷厉风行，当晚就对这个对象展开第一次摸索性谈话，直到今天，我对这次谈话仍然是津津乐道。我当时就断定，那种同语言相融合的倾向，运用声乐的明晰去表达的倾向，在他身上越来越占据上风：他那时只为叙事诗、短小的和较长的颂歌，也就是叙事性的片段谱曲，几乎无一例外，而他的题材则取自一部地中海地区的诗歌选萃，这部精选诗歌集已被成功译成德文，内容囊括普罗旺斯和加泰隆十二与十三世纪的抒情诗歌，意大利诗歌，《神曲》中的几个富有想象力的高潮，以及西班牙和葡萄牙的一些诗歌。根据他所上的音乐课，再加上他又做了这几年的门徒，所以在这些作品中，几乎是不可避免地就会时不时地显露出古斯塔夫·马勒[①]的影响来。然而，又有哪一个音，哪一种姿态，哪一个眼神，哪一个独自改变着的旋律，不是希望自己受到关注的呢，它们陌生而严格地坚持着自己，而从它们身上，今天的人们得以再次目睹这位创作《约翰启示录》之怪诞幻境的大师的风采。

这种风采最为明显地出现在取材于《炼狱》、《天堂》，并凭借对它们与音乐的亲缘性的聪明的鉴赏力而挑选出来的那组颂歌里：例如在那首特别吸引我，也让克雷齐马尔大声叫绝的曲子里，诗人看见，在金星的照耀下，那些微弱的光亮——那都是享受永恒幸福的亡灵——有的快速地，有的缓慢地，“根据它们看待上帝的方式”，画着它们自己的圆圈，他认为，这在熊熊大火中就好比是各个小火花，在歌唱中，当一个声音缠绕另一个声音的时候，就好比是各个声部。这种对烈焰中的火花，对相互纠结缠绕的声音的再现令我惊讶，也令我陶醉。我不知道，我更应该偏好哪一方，是这些对光之光的幻想曲呢，还是那些苦思冥想的、想多于看的作品——在这些作品里，一切皆是对于提问的拒绝，一切皆是对于神秘莫测的争夺，在这里，“怀疑在真理的脚边萌芽”，就连

---

① 古斯塔夫·马勒（1860－1911）：奥地利晚期浪漫主义作曲家，也是当时领先的指挥家之一。

注目于上帝的深邃的天使也测量不出那个永恒的决定的深渊的深度。阿德里安从中选出一组恐怖严厉的诗行，在这组诗行里，无辜、不听劝告受到诅咒，不可捉摸的正义受到质问，善良和纯洁的人们被交给地狱，只因为他们没有接受洗礼，信仰对他们鞭长莫及。他暗自下定决心，要为这如雷贯耳的反驳谱曲，这反驳宣告了创造物的善面对善自身的软弱，而这个善，作为正义之源，绝不可能因为任何诱使我们的理智去称之为不正义的东西而偏离其自身。这种对人的否定让我感到愤怒，它附和了一种难以企及的绝对的前世注定的命运观。我完全承认作为诗人的但丁的伟大，然而，他对残暴和酷刑场面的偏好却始终令我反感，我现在还清楚地记得，我当时把阿德里安大骂了一顿，因为他决定为那段让人难以承受的情节谱曲。也正是利用这次机会，我突然发现他的眼睛里有一种我以前从未见过的神色，而当我扪心自问是否真的有理由说我在分离一年之后没有觉察出他的任何变化这句话时，我就会想到这种眼神。这种眼神始终只为他个人所特有，即使你用不着频繁地，而仅仅只须偶尔地和间或地、不带任何特殊动机地去体会它，它仍然还是一种新的东西，千真万确：它是沉默的，模糊的，拒人于千里之外的，同时又是沉思的和哀伤冷漠的，而他那紧闭的嘴角也会流露一丝不算友好、但却不免嘲讽的微笑，而随着他那反过来又是令人熟悉得不能再熟悉的动作之一——转过头去，这种眼神便会结束、消失。

这种印象是令人痛苦的，而且，不管愿意与否，它同时还是伤人的。不过，我听着听着便又很快地把它给忘掉了，因为他用音乐的语言所表现的炼狱中的那个比喻太动人了。茫茫黑夜之中的那个男人，他背上驮着一盏灯，可是，这灯不能给他照明，却能够给他身后的来人指路。听到这里，我的眼里满含泪水。然而，更让我感到高兴的是，他极其成功地塑造了诗人专为自己那首讽喻歌所写的、只由九个诗行组成的致辞。这首讽喻歌的表述非常晦暗、艰涩，要想让世人按照其隐含的意义去理解它是完全不可能的。因此，他希望是受作者之托，以此来请求人们，纵然不能感受到它的深奥，却无论如何也该能够感受到它的优美。“那么，你们至少要注意我有多美！”乐曲从最初诗行的艰难、人为的迷惑、异样的痛苦一路奔向那发出这声呼唤的柔弱灯光，并令人感动地在其中得到解脱，对此，我当时就立马表示了钦佩，我开诚布公地表明了我充满喜悦的赞许。

“如果能够有所作为，岂不是更好，”他说道；而接下来的几次谈话表明，他所说的这个“有所”并不是针对他那不大的年纪而言，它实际上指的是，这些歌曲作曲，无论他在单个的歌曲上花费了多少心血，从总体上来讲，在他眼里也都只不过是为着一部完整的文字音乐作品而作的预备性练习罢了。这部作品在他的心中憧憬已久，而其未来的对象正好就是莎士比亚的那部喜剧。他竭力对他所搞的这种和文字的结盟从理论的高度上进行美化，为此，他还专门引经据典，把索伦·克尔凯郭尔的一段过激的言论说给我听，而这位思想家的此番言论至今也尚未得到音乐行家的首肯：对于自以为可以不要文字的高雅音乐，他克尔凯郭尔从来就不曾有过太多兴趣，因为它认为自己高出文字一筹，而它其实却是低人一等的。见我大笑着表示反对，他也承认说，按照克尔凯郭尔的这种音乐美学，他肯定也会小看我们的第 132 号作品，当然，这个人也确实说了不少美学胡话。但是，这句话和他所推动的创作实在是太契合了，所以，他是不会从本质上去背弃它的。他对标题音乐进行谴责：骂它是摇摆不定的，是病态的资产阶级时代，是一个美学的怪胎。然而，音乐和语言是不可分割的，音乐就是一种语言，即使它们分开，这一个也总是要去找那另一个，去模仿那另一个，去使用那另一个的手段，而且，这一个也总是要暗示自己是那另一个的代理人。人们已经见过贝多芬用文字作曲，他试图通过这个事实向我展示，音乐可以首先是语言，可以像语言一样地被预想和计划。“他在他的小本本上写什么呢？”原话是这样说的。——“他在作曲。”——“可他写的是文字，不是音符。”——不错，这就是他的方式。他通常用文字把一部音乐作品的思想过程记录下来，最多只在文字中间散落几个音符。——说到这里，他停了下来，他显然对此十分欣赏。艺术思想，他说道，本身就能构成一个自成一体的和独一无二的精神范畴，不过，一幅画、一尊塑像的最初构思却很难通过语言保存下来，这就证明音乐和语言是特别的息息相关。音乐通过文字而燃烧，文字通过音乐来爆发，自然而然得很，顺理成章得很，《第九交响曲》行将结束时的情形就是如此。当然，最终的事实却是，整个的德意志的音乐发展全都走向了瓦格纳的文字音乐戏剧并在其中找到了它的目标。

“一个目标，”我说道，我把勃拉姆斯指了出来，我还指出，《他背上的灯光》里就有近似于绝对音乐的东西，而他老远就有所打算的东西是极尽可能的非瓦格纳化的，是距离自然的魔性和神秘的激情十万八千里的，这样一来，他同意我下面的这个限定就会更加容易一些了：遵循最不自然的嘲讽和不自然的嘲讽，本着这一精神来革新喜歌剧，来点高度嬉戏的忸怩作态，讽刺矫揉造作的禁欲和作为阶级研究之社会成果的绮丽文体。他兴高采烈地跟我谈起一个对象来，这个对象能够提供那种让自然培育的愚蠢和滑稽可笑的高雅相提并论并通过一个去嘲笑另一个的机会。远古的英雄气概，这夸下海口的标签从逝去的时代冒出来，贴在了唐·亚马多这个人物身上，他有理由被他称作是一个完美的歌剧形象。他用英语给我引用这部剧作里的诗行，这些诗行显然已经被他熟记在心：风趣的俾隆为自己背叛誓言地爱上那长着一双沥青般乌黑眸子，却没有长个心眼的女人而感到绝望；他不得不为一个女人去呻吟乞求，而这个女人，“凭上天起誓，这娘们什么都干得出，哪怕是百眼的怪物阿耳戈斯给她看门当太监！”[①]然而，正是这个俾隆却注定受到命运捉弄，他要花费长达一年的光阴，昼夜不休地去服侍那些躺在病床上呻吟的病人，练习他的三寸妙舌，以及他的如是呼唤：“那可绝对不可能！开玩笑

① 莎士比亚戏剧《爱的徒劳》第三幕快结束时剧中人物俾隆的一句话。

感动不了一个深陷痛苦的灵魂。”“Mirth cannot move a soul in agony”①，他一边重复，一边宣布，总有一天非要把它们——这一段对话，以及第五幕中那段无与伦比的对话，其内容是关于智者的愚蠢，关于对精神的无可救药的、丧失理智的和剥夺尊严的滥用——非谱成曲子不可，以用来装饰那顶情欲的滑稽帽。他说，这样的至理名言只会盛开在诗歌的天才峰巅，又比如下面这两句诗，它们表明，除了犯蠢病的较真，青春的热血又怎会，“as gravity's revolt to wantonness”②，如此愚蠢地纵情无度。

他的这种题材选择令我很不舒服，他对人文主义弊端的嘲讽也总让我这心里觉得不大愉快，当然，这种嘲讽最终也把事情本身弄得十分好笑。不管怎样，我仍为他的这种热情、这种热爱感到高兴。日后，我还是为他编写了那个歌剧脚本。然而，当他打算为这部喜剧谱曲并保留其英语原文时，我却当即对他的这个奇怪而又不切实际的计划进行了极力劝阻。他的理由是，他认为这是唯一正确的、相称的、真实的做法，另外，他觉得，为着文字游戏和古老的英国民间诗歌，即打油诗韵脚起见，这样做也是必要的。我反驳他的重要理由则是，如果他用外语文本，通过德国歌剧舞台来实现这部作品的每一个希望就将化为泡影。但他对此不予理会，因为他根本拒绝为他那孤傲的、古怪而又滑稽的梦想设想现时的观众。这是一个巴洛克式的观念，这个观念深深地根植于他那由高傲的面对世界的恐惧、凯泽斯阿舍恩式的古老的德意志的乡土观念和一种特别绝对的思想意识的世界主义所构成的天性之中。他没有白做那座埋葬着奥托三世尸骨的城市的儿子。他对自己所代表着的德意志

---

① 英文，字面意思为“玩笑不能感动一个深陷痛苦的灵魂”。此处连同其前面的几句话均出自莎士比亚《爱的徒劳》全剧行将剧终时俾隆和罗瑟琳的对话。

② 英文，字面意思为“恰似倒向淫荡的一本正经”。此处连同其前后内容都是出自莎士比亚《爱的徒劳》第五幕第二场公主和罗瑟琳对话中罗瑟琳所说的诗行。

民族性的反感（这种厌恶也使得他和英国语言文学专家及英国迷席尔德克纳普走到了一起）表现为两种对立的形式———一种面对世界的怪诞的胆怯和一种面向世界和广阔天地的内在需要，这种需要促使他坚持苛求德国的音乐厅上演外语歌曲，或者更正确地说：通过使用外语而使得德国的音乐厅无法上演外语歌曲。事实上，在我呆在莱比锡的那一年里，他甚至还为魏尔兰①的法文诗歌，以及他特别喜爱的威廉·布莱克②的英文诗歌谱过曲，但这些曲子在长达数十年的时间里都没有被人唱过。根据魏尔兰所作的曲子我后来在瑞士听到过。其中之一便是那首法文的以“那是一个精妙时刻”收尾的美妙诗作；另一首则是同样让人着迷的《秋之歌》；第三首有三段，富于想象的感伤，旋律非常优美，其开头的法文是这样写的：“黑沉沉的梦降临-笼罩我的生命。”此外，这里还有一两首法文的出自《戏装游乐图》的稀奇古怪的曲子，那个《嘿！晚上好，月亮！》，特别是那个阴森可怖的、用哧哧的笑声作答的求婚：“还愿意和我一起去死吗？”——而就布莱克的奇特诗歌而言，他把有关玫瑰的那几节变成了音乐，那朵玫瑰的生命受到蠕虫的阴郁爱情摧毁，而这条蠕虫则在玫瑰那朱红色的床上找到了出路。另外，还有那首毛骨悚然的阴森恐怖的十六行诗《毒树》，诗人在诗里用泪水来浇灌、用微笑和阴险的诡计来照耀他的怒火，所以，树上长出了一个诱人的苹果，跑来偷食的那个敌人被它毒死：他早晨挺尸于树下，他的仇人终于了却心头之恨。这首诗歌的恶的素朴在作曲中得到了完美的再现。然而，在我第一次听的时候，立马给我留下更为深刻印象的则是布莱克的一首有关文字的歌，文字梦见一个金色的小教堂，教堂前站着痛哭流涕的、悲伤的、祈祷的人们，但他们不敢进到教堂里面去。这时画面上冒出一条蛇

① 鲍尔·魏尔兰（1844－1896）：法国诗人，其诗富于朦胧的音乐性，以不安、彷徨和颓废为基调，被象征派诗人奉为魁首，著有诗集《感伤集》、《戏装游乐图》、《无题浪漫曲》等。

② 威廉·布莱克（1757－1827）：18世纪诗人，英国第一位重要的浪漫主义诗人。

来，它使出招数，动用蛮力，强行进入那座圣殿，它那长长的、黏糊糊的身体爬过珍贵的地面，占领圣坛，它在那里用它的毒汁喷洒面包和美酒。“这样”，诗人运用充满绝望的逻辑，“因此”和“于是”，诗人以此收尾，他说，“我走进猪圈，躺到猪群中间。”——忧虑不安的虚幻梦境，不断增长的恐惧，玷污圣洁的恐怖，最后是不顾一切地放弃，因为这种情形而被剥夺尊严的人类，这一切在阿德里安的音乐里令人惊异地得到了强烈的再现。

然而，这都是以后的事情了，尽管它们全都和莱韦屈恩在莱比锡度过的那段岁月有关。在我到达的那天晚上，我们一起去听了沙夫哥施四重奏演出小组的演奏，第二天又一起去看望了文德尔·克雷齐马尔，他私下里跟我谈起阿德里安的进步，他的措辞方式让我感到自豪和幸福。他说，他一点也不后悔让他改学了音乐。诚然，一个如此克制、如此挑剔、反对平淡无奇、反对迎合观众趣味的人，无论是内在和外在，其生活无疑都将不会过得很容易；可是，这在这里却是正合适的，因为只有艺术才能赋予生命以沉重，否则，生命的机能将会落寞消亡。——我也在劳腾萨克和那位著名的贝尔梅尔特那里报了名，我很高兴自己用不着再为阿德里安去听神学课了，而且，他还把我引荐给了“中心咖啡馆”的那帮人，这个圈子是一个放荡不羁的文艺人团体，他们在咖啡馆里占用了一间被烟雾熏得漆黑的屋子供自己专用，成员们下午来这里看报纸，下棋，讨论文化事件，他们中有音乐学院的学生、画家、作家、青年出版商，也有对艺术感兴趣的未来律师，此外还有一些演员，以文学马首是瞻的“莱比锡小型戏剧社”成员，等等。翻译家吕迪格尔·席尔德克纳普从年龄上讲要比我们大一点，约莫三十出头，如我前面已经提到的那样，他也属于这个圈子，由于他是跟阿德里安交往比较密切的唯一一人，所以我也和他走得比较近，有些时辰我就是和这两个人一起度过的。不过，我同时又是以一种批判的眼光来看待这个被阿德里安尊为朋友的男子的，这一点，我担心，必然会不知不觉地在我下面对他个人展开的临时勾勒中流露出来，虽然我也会尽力公正地去对待他，而且，我过去也一直是这样努力去做的。

席尔德克纳普出生于西里西亚的一个中等城市，父亲是邮局职员，所任职位在下级职员之上，但也就此到头，再也没有能够继续向上升迁，进入行政管理层，进入行政专员那个级别，因为只有受过大学教育的人才有资格达到这样的级别。而邮局职员这样一个岗位既不需要高级中学毕业证书，也无需事先接受法律方面的培训；只消经过几年见习期服务，通过主任秘书考试即可达到。这就是老席尔德克纳普所走的人生道路。他是一个举止得体、有教养的人，他也希望自己能够在社会上有所成就，然而，普鲁士的等级制度却把他排除在了这座城市的上层之外，而就算是破例让他进入这个阶层，那他也是尝尽了屈辱滋味，他因此怨天尤人，抑郁寡欢，成天怒气冲冲地绷着个脸，用他的恶劣情绪折磨他的亲人，让他们为他错误的生活规划付出代价。吕迪格尔，他的这个更看重滑稽而非孝道的儿子，极其生动形象地向我们描绘，他的这位愤世嫉俗的父亲是如何和他的母亲一道败坏了他和他的兄弟姐妹的生活乐趣的——更为严重的是，根据这个人的教养，这种愤世嫉俗并不是以大吵大嚷的形式，而是以细小琐碎的不愉快，以表情丰富的顾影自怜而表现出来的。比如，他走到饭桌旁，拿起漂着樱桃的水果汤就喝，猛不防一口咬到樱桃核上，因而弄伤了齿冠。“这不，你们看，”他用颤抖的声音说道，同时伸开双臂，“就是这么回事，我过得就是这么回事，我就是这么回事，这就是我的命，我活该是这么回事！我高高兴兴地盼着这顿饭，有了那么一点胃口，天气很暖和，我还指望着这冷碟能给我提神呢。可这样的事竟然非要落在我的头上。那好，你们看哪，快乐和我无缘。我不吃了。我先回我屋里去歇着了。祝你们胃口好！”他最后连话都说不出来了，他离开了饭桌，他心里很清楚，他们肯定也没有什么好胃口了，因为被他撇下的他们心情沉重极了。

可以想见，这种对于童年的紧张经历的略带几分阴郁的快乐再现让阿德里安听了会有多么高兴。与此同时，我们始终努力压低我们的笑声，使之处于充满体谅和理解的状态，毕竟事关叙述者的父亲。吕迪格尔让我们确信，这位一家之主因为社会地位低下而遭受的自卑之苦多多少少地影响到了他们全家，他本人就是带着这样一种心灵的创伤离开他的双亲的；然而，他为什么没有去讨他父亲欢心，让自己去替他弥补这一缺憾，他为什么要让他那要求儿子至少当上行政专员的希望落空，这其中的一个原因似乎恰恰就在于他对他的那种行为的耿耿于怀。人家供他中学毕了业，还送他进大学念书。可是，他甚至连第二次国家考试都没有能够通过，相反，他潜心于文学，宁可放弃家里的任何经济帮助，也不去满足父亲那热切的、但却让他反感的愿望。他用自由的格律写诗，用纯粹的散文写批评文章和短篇小说，然而，迫于经济压力，同时也由于他的创作并非那样的才思泉涌，他于是把工作重点转到了翻译，尤其是他最喜爱的语言——英语的翻译上面，不仅为好几家出版社翻译英国和美国的娱乐性强的纯文学，而且还受慕尼黑一家豪华珍品出版社的委托，翻译较为古老的英文作品，斯柯尔顿的道德剧，弗莱彻和韦伯斯特的一些剧本，蒲柏的某些教育诗，但首先是搞出德文版的斯威夫特和理查德森。他为这些作品配写实力雄厚的前言，他的翻译一丝不苟，他对文体风格很有感觉，而且他这人也很有品位，他醉心于对原作的精确再现，竭力追求语言表达上的一致性，他挖空心思，想尽办法，越来越深刻地体会到再创作的刺激和艰辛。然而，他由此而在另外一个层面上陷入那种和他父亲一样的精神状态。因为，他觉得自己富于原创能力，天生是当作家的料子，而这个服务于异国财富的工作实属迫不得已，不仅让他殚精竭虑，而且还给他打上屈辱的印记，所以，一说起来，他便有一肚子的苦水要吐。他本来是想当作家的，他也坚信自己就是这块料，然而，可恨的是，为了挣钱　口，他却不得不做了个搞翻译介绍的文学工匠，这促使他用轻蔑的口吻去批评别人的文章，同时也成为他日常抱怨的对象。他常常说：“我要是有时间工作而不必卖苦力的话，我倒真想叫你们好好看看我的本事！”在这一点上，阿德里安是愿意相信他的，但我，也许我的评价过于苛刻，但我猜想，他的这种未能如愿以偿实际上一直以来就是他喜欢找的一个借口，有了这个借口，他就可以自欺欺人，掩盖他缺乏真正的有说服力的创造力的事实。

但是，不管怎样，要把他想成一个阴郁易怒的人则是不可能的；相反，他非常快活，甚至可以说是滑稽，他天生具备盎格鲁—撒克逊式的幽默感，性格也和英国人所说的“孩子气”一模一样，只要是英格兰的子孙，他总能做到见面就熟。他们以旅游者、大陆观光客、音乐迷的身份来到莱比锡，他和他们相处融洽，心有灵犀一点通，他用他们的语言同他们交谈，随心所欲地胡侃，他还善于极尽滑稽之能事地去模仿他们本人在说德语方面的尝试，他模仿他们的口音，模仿他们因受母语的强大影响而不会使用口语表达，模仿他们这些外国人所偏好的极其书面化的代词“那个”，如他们爱说：“您参观参观那个！”而实际上他们想说的只是：“您瞧那儿！”他的表情也和他们一模一样——而我到现在为止还没说过他长什么样呢。他的外表很好，如果撇开他那因为境况所迫而千篇一律的寒酸着装不说的话，他是一个很优雅、很健硕、很有男士风度的人。他的面部表情引人注目，十足的贵族气质仅仅因为西里西亚人常见的有点割裂而又不失柔和的嘴形而受到轻微的削弱。高大、宽肩、窄臀、长腿的他天天穿着同一套行头：一件已经相当破旧的方格马裤、一双羊毛长袜、一双粗糙的黄色鞋子、一件粗亚麻布衬衫，衬衫的领子是敞开着的，衬衫的外面随便罩件颜色已经无法确定、袖子也太短的夹克。他的两只手，其十指修长、优雅，椭圆的隆起的指甲形态优美，这样一来，他的整体形象便呈现出无可否认的绅士风度，他甚至敢于穿着那身反沙龙的日常装束去参加各种必穿晚礼服不可的社交聚会，不管走到哪里，他总是比他的那些穿着得体的黑白礼服的对手更讨女人的欢心，而在这样的招待会上，人们发现，他是女人们毫不掩饰地表达倾慕之情的焦点。

可是！话又说回来了！他的衣着太寒酸，而他为此所找的理由则是缺钱，他动不动就会说他缺钱，不过，他的骑士风度倒并未因此受到丝毫影响，相反，这种风度作为一种自然的真实甚至冲破了外壳的阻力，实现了自我的价值，闪烁出耀眼的光芒。然而，尽管如此，这种真实却又是掺杂了一定成分的虚假，所以，从这个复杂的意义上来讲，席尔德克纳普也是一个徒有其表的骗子。他虽然看上去像个运动员，但实际上却不是那么回事，因为他根本不参加体育运动，仅仅只是冬天在萨克森小瑞士和他的英国客人们一起滑过一点雪，而且还因此患上了肠炎，那程度在我看来还不算轻呢；另外，他的脸色虽然是棕色的，他的肩膀虽然是宽阔的，但他的健康却未必是最牢靠的，他年轻时曾经肺出血，也就是说容易得肺结核。根据我的观察，他在女人那里得到的快乐和她们在他那里所享受到的快乐并不完全对等——至少从个体上来看是这样的；因为，就整体而言，她们享受着他的全部尊敬，一种模糊的、广泛的尊敬，一种完全是针对女性这个性别的，针对全世界的快乐的可能性的尊敬，故而，作为个例是很难在他那里得到积极的、慷慨的和热烈的回报的。只要他愿意，他的风流韵事就会很多，这让他感到满足，而他似乎也害怕任何真实的约束，因为他认为那是一种对潜能的掠夺。潜能是他的领地，可能性的无限的空间是他的王国——在这里，就此而言，他真可谓是一个作家。他从他的名字推论出，他的祖先曾经做过骑士和诸侯的骑兵侍从，尽管他本人从未骑过马，也根本不敢奢望能有一个骑马的机会，但他仍然还是会觉得自己天生就是一个骑士。他频频梦见自己骑在马上；他认为这是尚武的记忆和骨子里的遗传所致。他还通过左手执缰绳、右手拍马颈的演示让我们深信不移，这种跃马扬威的骑士风姿于他是一件多么自然而然的事情。“应该”是他挂在嘴边的一句口头禅。它是一句套话，表示一种对可能性所进行的悲哀的权衡，而实现可能性的决心却不能下定。应该干这干那，应该是这是那，或者应该有这有那。应该写一本关于莱比锡的社会小说，即便是个洗盘子的，也应该周游世界，应该学习物理、天文，应该购置一个小田庄，用自己的辛劳去耕耘土地。如果我们在一家殖民地产品专卖店让服务员磨了一点咖啡，那么他就会在走出店门的时候若有所思地点头说道：“应该开一个殖民地产品专卖店！”

至于席尔德克纳普的独立意识，我在前面也已经有所提及。他对国家公职的厌恶，他对职业的自由选择，其实已经就是这种意识的体现了。可是，即便如此，他仍旧只是许多绅士的仆人，而且还不乏几分秣槽骑士的味道。再说了，他的境况窘迫，他为什么就不应该好好利用一下他那英俊的外表和作为社交宠儿的优势呢？他接受多方邀请，跑到莱比锡的各栋小洋楼里去用午餐，他也跑去富裕的犹太人家里吃饭，虽然人们也能从他嘴里听到不少反犹言论。那些觉得自己受到歧视，没有得到应有尊重，但却拥有一个贵族气派的身体的人，常常通过种族主义的自尊来寻求自我满足。而他这个个例的特殊性只在于，他虽然也不喜欢德国人，可是他的内心却充满了他们那种民族社会的自卑，而他对此所作的解释又是，他宁可仍然还或者说更愿意立刻就站在犹太人这一边。而后者这边呢，这些犹太出版商的夫人和犹太银行家的太太小姐，则是怀着他们的种族对德意志贵族血统和修长大腿的深情赞赏来仰望他的，她们送各种各样的礼物给他，她们以此为荣，以此为乐：他身上穿戴的运动长袜、皮带、毛衣和围巾，大都是人家赠送的礼品，当然，并不是每一件礼品都是人家自愿赠送的。因为，当他陪同某位夫人前去购物时，他就会指着一件物品对她说：“哎呀，这种东西我是不会花钱买的。只有别人送的我才会要。”于是他就要了人家送给他的那件东西。那表情就是一个说过他不会花钱买这种东西的人的表情。此外，他原则上还会拒绝给人帮忙，也就是说，如果有人需要他，那肯定是指望不上他的，这也是他向自己和别人证明他的独立性的一种方式。如果有人因为缺一个陪伴女宾入座的男宾而想找他去顶替的话，那么，他肯定会毫不含糊地加以拒绝。如果有人因为要外出旅行，即按照医生的规定外出疗养，而显然希望他能同行，以帮忙排忧解闷，那么，人家看中他能够活跃气氛的意图越是明显，他拒绝人家的态度就会越加明确。同样，当阿德里安想要他为他编写一个《爱的徒劳》的歌剧脚本时，他也是这样拒绝他的。不过，拒绝归拒绝，他对阿德里安确实还是非常热爱的，他真诚地依恋他，而后者也没有因为他的拒绝而去怪罪于他，相反，对于这些连席尔德克纳普本人也不免自嘲的弱点，他却是充满了宽容的，而且，他是那样地感谢他那讨人喜欢的谈话，他所讲述的有关他的父亲的故事，他的英国式的幽默荒唐，以至于他不大可能会去记恨于他。和吕迪格尔·席尔德克纳普共处的日子给他带来很多欢笑，而且还是那种让眼泪都流了出来的欢笑，这可是我以前从未见到过的。这个人是一个真正的搞笑能手，芝麻绿豆大的事儿，到了他嘴里，就会摇身一变，成为叫人前仰后合的天大的笑话。这不，吃过脆面包干的人都知道，在咀嚼的过程中所发出的震耳欲聋的声响会严重影响他的听力，使他听不见外界的任何声响；席尔德克纳普于是就会在喝茶的时候向我们演示，一群正在吃脆面包片的人是根本不可能听懂对方在说什么的，他们的交谈肯定不会超出“请您再说一遍好吗？”、“您刚才说什么来着？”、“请等一会儿！”这几句话。而当席尔德克纳普抱怨他在镜子中的形象时，阿德里安那才叫笑得欢呢！事情是这样的，他很爱虚荣——不是那种平庸的，而是诗人般的，是冲着世界上那个无限的、远远超越他的决定能力的快乐潜力而去的。为此，他希望自己能够青春永驻，美貌长存，因而，当他发现自己的脸提前出现皱纹，脸上的皮肤开始过早失去光泽时，他的心情就会十分郁闷。不管怎样，他的嘴部已经有些老态的事实却是无法回避的，这张嘴加上那只正好落在它上面的、略微有些下垂的、但现在仍然还可以被认为是经典的鼻子，它们共同预示了吕迪格尔老年时的面貌。此外，还有那些抬头纹、鼻子和嘴之间的八字胡纹以及眼角处形形色色的鱼尾纹。他于是乎满腹狐疑地把自己的脸凑到镜子跟前，扮了一个酸楚的鬼脸，用拇指和食指撑住他的下巴，厌恶地自上而下抚弄自己的脸颊，表情极为丰富，冲着镜子里的自己直摆右手，看到这副情形，我们俩，阿德里安和我，全都忍不住大笑起来。

我还没有提到的是，他的眼睛和阿德里安的眼睛正好是同一种颜色。这甚至算得上是一个奇特的共同点：他眼里所呈现出来的那种由灰、蓝、绿组成的混合色，正好和阿德里安眼睛里所呈现出来的一模一样，甚至连环绕瞳孔的那圈锈红也是确定无疑的一致。这也许有点危言耸听，但我始终觉得，当然，这也在一定程度上令我感到宽慰，阿德里安对席尔德克纳普所怀有的那种笑声朗朗的友谊同他们的眼睛里的这种颜色的一致性相关——当然，也完全可以这样来想，即这种友谊是建立在一种同样深沉而又同样爽朗的冷淡之上的。我基本上也用不着再补充说，他们自始至终都是以姓氏和“您”来称呼对方的。我虽然不如席尔德克纳普那样会让阿德里安开心，但他和我之间在童年时代的以“你”相称却是这个西里西亚人不如我的地方。

二十一

今天早晨，海伦，我亲爱的夫人，为我们准备茶饮，窗外，巴伐利亚必有的晨雾逐渐散去，一个清新的秋日随之开始。与此同时，我从报上得知，我们的潜艇战重新打响并取得胜利，在24小时之内，至少有12艘船只成为它的牺牲品，其中包括两艘载有五百名乘客的客轮，一艘英国的和一艘巴西的。我们把这个战绩归功于一种由德国技术成功制造的新型鱼雷，而对于我们始终活跃的发明精神，对于我们百折不挠的民族才干，我只觉得，一种无法克制的满足感在我心底油然而生。这种才干始终还在全心全意地为那个政权效力。而正是这个政权把我们引向了战争，把一个实实在在的欧洲大陆献给了我们，用一个德国之欧洲的现实替代了知识分子对于一个欧洲之德国的梦想。然而，这个现实却是有点令人胆寒的，有点不堪一击的，也似乎是为世界所不能容忍的。而且，我内心的那种情不自禁的满足感也再三让位于另外一种想法，即近期里突然冒出的这些胜利，如不断有潜艇击沉新的船只，或者搞突然袭击，巧妙劫走意大利被推翻的那位独裁者[①]，诸如此类，其作用应该是相当有限的，充其量也只能唤起一些不切实际的妄想，延长一场在理智的人们看来已经是不再可能打赢的战争。这也是我们弗莱辛神学院院长亨特普佛特勒尔阁下[②]的看法，他在只有我们两个人的情况下才直言不讳地向我承认这一点，当时我们正在晚饭桌上把酒聊天——这个人当然无法同那位慷慨激昂的学者[③]相比，人家那可是被血腥扼杀的慕尼黑大学生起义的中心人物，尽管如此，他的世俗理智却不允许他抱有任何幻想，哪怕是以战争的不赢和输之间的区别作为依据的幻想，也就是向公众掩盖这样的事实，即我们已经孤注一掷，而且，我们征服世界的事业的失败必然相当于一场最高等级的民族灾难的发生。

我把这一切全都说出来的目的，一来是为了提醒读者，不要忘记我是处在怎样的历史时代前提下来写莱韦屈恩的生平故事的，二来也是为了让读者注意，这种因为我的写作而出现的情绪波动和那种因为时局的动荡而产生的情绪波动，这两种波动自始至终又是如何不分彼此地，如何合二为一地交织缠绕在一起的。我说的不是注意力的不集中，因为在我看来，无论外界发生什么事情，其实都不能分散我用在这部传记上的精力。尽管如此，尽管有我个人的保证，我恐怕仍然可以说，这样的时局并不十分有利于促进一种如我所做的工作那样的工作。而更为雪上加

① 在盟军开始占领西西里岛之后，墨索里尼于1943年7月25日在国内被推翻并遭囚禁，德国于1943年9月12日采取闪电行动，空降伞兵将其解救并带往德国。

② 原文为Monsignore，是意大利对天主教主教、修道院院长及罗马教廷官吏的尊称。

③ 指库尔特·胡贝尔（1893－1943）：慕尼黑大学哲学和心理学教授，反纳粹的大学生组织“白玫瑰”成员，和朔尔兄妹等人一起被纳粹法庭判处死刑，于1943年7月15日被处决。

霜的是，偏偏就在慕尼黑上演骚乱和处决的节骨眼上，我开始发高烧，打寒战，被感冒击倒，十天卧床不起，六十岁的人啊，身心俱损，元气大伤，花了好长时间才算恢复过来。所以，待我写下本章最初的几行文字时，春天和夏天早已过去，秋天只剩下一个尾巴，也就不足为奇了。在这期间，我们经历了对我们庄严的城市从空中所进行的摧毁，如果遭受摧毁的我们不是罪孽深重，那么，这种摧毁就着实令人发指，可是，既然我们确实如此，那么，这种呼天抢地的喊冤就会在空中窒息，并如克劳迪斯国王[①]的祈祷所说的那样，“传不到天上”。不过，这首旨在控诉我们所犯下恶行的文化挽歌，唱响这首挽歌的竟然是那些宣告和制造一场让世界年轻化的、臭名昭著的野蛮运动的人，竟然是那些以此种身份登上历史舞台的人，这倒还真是奇特得很呢！这种摧枯拉朽的毁灭多次惊心动魄地靠近我的陋室。丢勒和威利巴尔德·皮尔希海默尔[②]的城市所遭受的可悲的轰炸已经不再是相隔遥远的事件；而当末日审判也同样落到慕尼黑头上时，我正脸色惨白地坐在我的小屋里，浑身上下和家里的墙、门、窗户玻璃一起震颤，然而，在震颤的同时，我却依然坚持继续——用颤抖的手写着这个生平故事。因为，这只手在写作的过程中，出于种种与内容相关的原因，总归是要抖的，所以，当这种习以为常的现象因为外界的恐怖而有所强化时，我其实并没有受到什么影响。

德国的势力发展壮大激起我们的希望和自豪，要我说呢，我们也已经怀着这样的希望和自豪去体验了一把我们的军队向俄国的乌合之众所发起的又一次新的冲锋，这些乌合之众正在奋力保卫他们那贫瘠，但显然又是为他们自己所热爱着的国家——这一次攻势发起短短的几周之后，情况便开始急转直下，最终反过来变成了俄国的攻势，仅以土地为

---

① 莎士比亚戏剧《哈姆雷特》中篡夺王位的现任丹麦国王，即哈姆雷特的叔父。

② 威利巴尔德·皮尔希海默尔（1470－1530）：纽伦堡市政议员，人文主义者，丢勒的朋友。

例，其损失从此便一发而不可收。美国和加拿大的部队在西西里岛东南岸登陆，希拉库斯[①]、卡塔尼亚[②]、墨西拿[③]、陶尔米那[④]的陷落，这些消息让我们目瞪口呆，我们怀着恐惧和妒忌参半的心情体会到，无论是从好的意义上，还是从坏的意义上来讲，我们恐怕都是没有能力再去做到下面这一点了，即还能够像一个正常的国家那样，这个国家的精神状况尚允许这个国家从一系列骇人听闻的失败和损失中得出一个符合理性的普遍结论，从而想办法摆脱对其实施控制的那个大人物，以便在稍后的时候，当全世界向我们提出要求的时候，我们保证能够满足，对于这一点我们恐怕是再也没有能力去做到的了，这种明确的感觉渗透到我们的每一个毛孔，然而，无条件交出，要我们答应这个要求，这种深重无边的苦难，这对于我们而言，也未免太深不可测了点吧，这代价也未免太过昂贵了点吧。是的，我们是一个截然不同的、反对理性和普遍的、具有强烈的悲剧性心灵的民族，我们的爱属于命运，任何一种命运，如果只有一种的话，哪怕它就是用众神的晚霞点燃上苍的毁灭！

莫斯科人在我们的粮仓——乌克兰境内挺进，我们的部队灵活地退到第涅伯河一线，与其说是这些重大的事件伴随着我的工作，倒不如说是我的工作伴随着这些事件。连日来，这条防线似乎也被证明是难以坚守的，尽管我们的元首匆匆赶来督阵，奋力制止这种情况的发生，只听他一语道破天机，呵斥这是“斯大林格勒恐惧症”，命令不惜一切代价守住第涅伯河一线。这样的代价，任何的代价，全都付出了，全都是白搭；报纸上所说的这股红色浪潮，它还将扑向何方，流到哪里，这个问题就只有留待我们那原本就爱荒诞、喜离奇的想象力去回答了。因为，德国本土可能成为我们所发动的众多的战争中的一个战场，这的确属于

① 意大利港口城市，位于西西里岛东海岸。
② 意大利港口城市，位于西西里岛东岸。
③ 意大利西西里岛上第三大城市，位于该岛东北端。
④ 意大利西西里岛上一个十分精致的历史古城。

幻想的范畴，也有悖于所有的安排和预见。二十五年前，我们有意识地在那最后的关头避免了这种情况的发生，可是现在，我们越来越悲壮和英勇的精神状态似乎不再允许我们去承认失败，我们是不撞南墙不回头。谢天谢地，从东边蜂拥而来的毁灭要想抵达我们的国家，这中间尚有很长的路程要走，我们可以做好准备，暂时先在这条战线上忍受一些屈辱，为的是用更加顽强的力量来保卫我们的欧洲生存空间，抗击德国秩序的西方死敌们。这次对我们美丽的西西里岛的入侵根本不能证明敌人也有在意大利全国立足的可能。不幸的是，这一点已经有了成为可能的可能，而上周在那不勒斯爆发的那场呼应盟军的共产党起义，使得这座城市似乎不再值得德国军队一呆，于是，我们就在彻底捣毁图书馆并在邮政总局放置一枚定时炸弹之后，昂首挺胸地撤离该城。此间，人们议论纷纷，海峡里进行的入侵演练据说是用船只作掩护的；居民们，虽然不让这样做，但他们还是会禁不住在自己心里犯嘀咕：发生在意大利的事情会不会有可能继续在这座半岛上蔓延，会不会也事与愿违地在法国或者别的什么地方发生，尽管按照规定，我们必须相信欧洲城堡的固若金汤。

不错，亨特普佛特勒尔阁下是对的：我们已经毫无希望可言了。我要说的是：这场战争已经是毫无希望可言了，然而，这并不仅仅只是意味着一场毫无希望可言的战役，它实际上意味着，我们是毫无希望可言的了，毫无希望可言，我们的事业和灵魂，我们的信仰和我们的历史。德国完了，它就要完了，一场不可名状的崩溃，经济的、政治的、道德的和精神的，一句话，无所不包的崩溃，它正在现形——我是多么愿意自己没有盼望过这种即将来临的凶险啊，因为那是绝望，是疯狂。我是多么愿意自己没有盼望过它的到来啊，因为，我对这个遭受厄运的民族怀有无比深厚的同情，怀有悲痛欲绝的怜悯，而只要一想起他们十年以前的高涨而盲目的热情，那种抗争，那种觉醒、爆发和转变，那个所谓纯洁化的新起点，那种种族的再生，这种看似神圣的陶醉，掺杂了大量的野蛮行径，大量的草菅人命的卑鄙无耻，大量的以亵渎、折磨、侮辱为乐事的肮脏趣味，其虚伪性昭然若揭，而且，这其中所隐藏着的战争的杀机，全部的战争的杀机，明眼人一看便知——只要一想到这些，我的心头便会一阵阵发紧，因为，那时对信仰、热情和历史冲动所进行的巨大投资现在即将随着一场史无前例的破产而烟消云散。不，我是多么愿意自己没有盼望过它的到来啊——可是我却被迫盼望了它的到来——而且我也知道，我过去盼望过，我今天仍在盼望着，并且还将会去欢迎它的到来：因为我仇恨那种对于理性的恶毒鄙视，仇恨那种敌视理性的罪恶的负隅顽抗，仇恨那种对于一个低级神话的鄙俗的肆意崇拜，仇恨那种把堕落和过去不可饶恕地混为一谈，仇恨那种对古老和真实、忠诚和友善，对德意志传统品质的圆滑的滥用和可耻的出卖，仇恨那些花花公子和骗子以此为原料为我们配置丧魂失魄的毒酒。这种毒酒让我们这些总想一醉方休的人喝得酩酊大醉，而多年来一直高呼着骗人的万岁的我们又乘着这股醉醺醺的酒劲干下了太多的恶行——我们肯定是要为这份酩酊大醉付出代价的。拿什么来付呢？这个词我前面已经说过了，而且我还是把它和“绝望”一词连在一起说出来的。我将不再重复。因为，我在本文很前面的那个地方遗憾地写出组成它的那几个字母时所怀有的恐惧，一般人是很难再去克服第二次的。

*　　*　　*

小星号能让读者眼睛为之一亮，也能让读者的感觉为之一振；大可不必动不动就用结构性更强的罗马数字重新起头，而且，前面插入的关于时局的，也就是阿德里安·莱韦屈恩再也经历不到的时局的说明，我也是不可能承认其有资质成为自成一体的主要章节的。而在对于为什么要在这里印上这个可爱的符号做出解释之后，我将更愿意继续对阿德里安的莱比锡岁月进行一些补充，以使这一阶段能够变得完整起来，但我心里同时也十分清楚，以这种方式把它作为章节对待，其外部形态是相当不统一的，不仅如此，这还另外会给人造成一种它是由不同部分组成的印象——因为前面的插入并未使我的情况变得更好，这或许就足够了。我把这里所写的又全都念了一遍：阿德里安的剧本设想和计划，他最早的歌曲，他在我们分离期间所接受的看待事物的痛苦方式，乃至克尔凯郭尔的美学偏离，莎士比亚的那部喜剧的思想魅力，莱韦屈恩所谱写的外语诗歌连同他胆怯的世界主义，还有中心咖啡馆那个放荡不羁的文化人俱乐部，以及俱乐部之后紧接着对吕迪格尔·席尔德克纳普所作的可以引发争议的大肆描写。所以，我现在就有理由问自己，如此杂乱无章的元素是否真的有能力构成一个章节的整体。目前正在进行的这一段使用上述小星号实属迫不得已，目的是为了让读者接受这样一点，即以此把我对于写作这本小书所处的严峻时局的一个说明同莱韦屈恩在莱比锡逗留期间的一些还未说明的情况连接起来。这不是一个好的布局。然而，此书的写作从一开始就缺少一个沉稳的和有规律的结构，我还因此而不得不进行自我谴责，难道我都忘记了吗？我对自己的辩解也始终是同一个理由。我的对象离我太近了。我的年龄和这个年龄理当具备的镇定自若并不足以令我面对这个对象时能够做到坚定沉着地驾轻就熟。那种对立，那种素材和创作者之间的纯粹的区别，这里可是太缺乏了，恐怕根本就不存在。我也不止一次地说过，我所触及的这个人的生活比我自己的更接近于我自己，更宝贵，更激动人心，难道我没有这样说过吗？最接近的、最激动人心的、最本人的东西，那就不是“素材”；那是*自身*——而从自身接受一个艺术的结构则是不合适的。另外也许是因为我拒绝艺术的严肃性；可是，一旦严肃起来，你就会鄙视艺术并无法去驾御它。我只能一再强调，本书所用的段落符号和小星号纯粹是为读者的赏心悦目起见而作出的一种妥协，要是照我的性子呀，我会不作任何划分地，也就是不加空格，也不分段落地一口气写到底，把一本无所顾忌的书呈现到读者面前，只可惜啊，我没有这样的勇气。

*　　*　　*

我和阿德里安一起在莱比锡过了一年。我知道，他在那里剩下的三年是如何度过的：他在生活方式上的保守主义向我表明了这一点，他的这种保守主义常常表现为僵硬并且可以对我造成某种压抑。他以前曾在一封信中对肖邦的甘于平淡——“两耳不闻窗外事”表达出好感，看来这并非空穴来风。他其实也是什么都不想知道，什么都不想看到，一句话，什么都不想去体验，至少从字面上来看是这样的；他不追求变化、新的感受、消遣、疗养，尤其是这最后一项，只要涉及疗养，他就会对那些经常去疗养、晒太阳和强身健体的人大加挖苦——而谁也不知道这到底是为什么。“疗养，”他说，“是专给那些疗养对其根本不起作用的人而准备的。”对于以观看、领会、“增长见识”为目的的旅游，他也是很不以为然的。他这个人很蔑视，也不喜欢用眼睛去看，他的听觉越是灵敏，他所受到的阻力就越大，致使他一开始就懒得去训练自己对于造型艺术创作所应具备的眼力。眼睛人和耳朵人这两种类型之间的区别不仅让他大声叫好，而且也让他觉得正确无比，他因此把自己坚定地归入第二类。就我而言，我从不认为这种划分是切实可行的，也从不相信他的眼睛真的会生气地闭上。虽然歌德也曾说过，音乐完全是某种天生的、内在的东西，既不需要来自外界的太多的营养，也不需要取自于生活的经验。当然，一种内在的心灵之眼也确实存在，那种幻景，既不同于纯粹的看，又不只限于纯粹的看的幻景，也确实存在。另外呢，一个像莱韦屈恩这样的人，他照说对富有人性的眼睛应该是会有所感觉的，而这种富有人性的眼睛所发出的光芒恰好也只有用眼睛才能看到，而他与此同时却又拒绝通过这个感觉器官来对世界进行感知，这里面存在着一个十分深刻的矛盾。我只需说出玛丽·戈多、鲁迪·施维尔特费格和内珀穆克·施耐德魏因，我就能够回想起阿德里安对于眼睛的，对于黑眼睛、蓝眼睛的魔力的易感性，也就是偏好。与此同时，我心里当然也十分清楚，读者对于这些名字还一无所知，这些名字所代表的人物还远未登场，而我现在就一股脑地把它们抖搂出来让读者应接不暇，这确实是一个错误——一个显然是严重的，因而也有可能让人怀疑是故意犯下的错误。可是，即便是故意的，那又怎么样呢！我清楚地意识到，我把这些没有露面的人的名字提前拿到这里抖搂出来，实属迫不得已而为之。——

阿德里安的并非为了旅行而旅行的格拉茨[①]之行，对于他的平静的生活而言，着实意味着一次突破。另一个突破则是他和席尔德克纳普结伴进行的海滨之旅，其收获就是那部一个乐章的交响曲。而第三个这样的例外现在又与此相关：这一次他是陪他的老师克雷齐马尔去巴塞尔参加巴塞尔室内合唱团在马丁教堂举行的巴洛克宗教音乐演出，克雷齐马尔将在这些演出中担任管风琴师。人们可以听到蒙特威尔第的《圣母颂》，弗雷斯科巴尔迪[②]的管风琴习作，卡里西米[③]的一部清唱剧和布克斯特胡德的一首康塔塔。形形色色的“机密音乐”[④]是一种情绪音乐，是对荷兰结构主义的回击，这种音乐以令人惊异的人性的自由，通过大胆运用吟诵的表达方式来处理以《圣经》为内容的歌词，同时在乐器的演奏上配以无所顾忌的描述性的姿态，这种音乐给莱韦屈恩留下了印象——这个印象非常强烈，非常持久；这种从蒙特威尔第身上所爆发出来的运用音乐手段的现代性，他的动感的画面，他的加了附点的节奏、强调性的转变、兴奋的音型，他的侧重用三度和六度平行线来记录音乐的线谱，他的终止的移动、不断加剧的过程、紧密进行的模仿、间奏的

---

① 现为奥地利第二大城市，东南部工业、交通中心。

② 弗雷斯科巴尔迪(1583－1643)：意大利作曲家、管风琴家。

③ 贾科莫·卡里西米（1605－1674）：意大利作曲家，对宗教题材使用新方法，在罗马创立一种清唱剧风格。作品有清唱剧《耶弗他》等。

④ 原文为 Musica riservata，亦可译作保留音乐，为 16 世纪到 17 世纪使用的一个概念，指一种唯美的富有诗意的作曲实践，只有洞悉到艺术机密的人方才理解这种音乐，这种音乐也只能留给少数行家去欣赏。机密音乐是从无伴奏的多声部复调音乐转向单声部旋律歌唱的重要标志。

扩展、扣人心弦的总休止、顽强坚持的固定音型和节奏的重复，凡此种种，阿德里安那时都曾多次通过书信和交谈的方式向我提起，而后，他还多次跑到莱比锡图书馆去摘录卡里西米的《耶弗他》和许茨的《大卫王诗篇》。他后来的准宗教音乐《约翰启示录》和《浮士德博士》就明显受到了那种牧歌风格的影响，对于这一点，恐怕没有人能够视而不见吧？那种走向极致的表现欲的自然力，连同知识分子对冷冰冰的秩序，对荷兰人的旋律线所怀有的激情一道，在他的身上始终占据一个主导地位。换言之：热和冷在他的作品里并驾齐驱，偶尔地，在那些最具天才灵感的瞬间，它们会相互碰撞，严肃的对位为丰富的表情所感染，客观冷静会因为情感而脸红，以至于给人造成一种印象，仿佛是一张正在燃烧的设计草图，而这只会更加增进我对那个恶魔的观念的认识和了解，并持续不断地让我想起这张火光冲天的设计草图，根据神话传说，这张草图可是某人为科隆大教堂那位胆战心惊的建筑师画到沙地上的。

不过，阿德里安第一次去瑞士和先前去济尔特岛之间存在着下述联系。瑞士这个文化上十分活跃而又不受任何限制的小国不仅过去有，而且现在也有一个音乐艺术家协会，该协会举办各种活动，其中之一便是所谓的管弦乐队（剧本）对台词试排，即法文所说的“管弦乐队释读”——这指的是：同时充当评审委员会的协会理事会让国内交响乐队中的一个及其指挥只对专家而不对公众试奏他们的作品，目的是为了给他们提供机会，倾听他们的创作，积累经验，让他们的想象力接受音乐现实的教诲。这样的一个作品朗诵会同巴塞尔的那场音乐会几乎是同时进行，主办者是瑞士法语区管弦乐团，地点在日内瓦，而文德尔·克雷齐马尔也通过他的关系成功地让阿德里安的《海之光》——一个德国青年人的作品，这是一个例外——排上了节目单。这是阿德里安根本没有想到的；克雷齐马尔让他蒙在鼓里并以此为乐。当他和他的老师一起乘车从巴塞尔去日内瓦参加试奏时，他甚至毫无觉察，而后，他的《牙根治疗》随着安泽梅特先生的指挥棒响起，这部作品闪烁着表现主义的夜光，他本人并未把它看得很重，早在写它的时候，他就没有把它看得很重，因此，当人家对它进行批判性的上演时，他可真是有点如坐针毡了。谢天谢地，幸好在这样的演出中完全排除了表示欢迎和不欢迎的可能性。他私下里迎接着别人用法语和德语所作的赞扬、批评、指正、建议，无论是喜欢还是不满，他均一概不去反驳。另外，也没见他说过什么人的好话。他和克雷齐马尔一起在日内瓦、巴塞尔和苏黎世大约呆了七八十天，此间他们和这些城市的艺术团体进行了短暂接触。他恐怕并不十分讨人喜欢——同样，别人恐怕也不知道如何同他相处，如果有人向他要求和蔼可亲，希望同他加深了解并成为关系密切的朋友，那么，他绝对是不会令人称心如意的。个别的人偶尔也可能会被他的胆怯，会被笼罩着他的孤独以及他的极为艰难的存在所感动，从而表示出充分理解——与其这样，倒不如说我现在才知道，这种情况其实当时就出现了，而我现在认为这是能够给人以启迪的。对于苦难具有强烈的感受力，具有入木三分的认识，在这方面，他们甚至超过了其他文化高度发达的地区，如知识阶层云集的巴黎，这一点也同他们所具有的那种古老城市的市民性格有一定的关系。这里存在着一个秘密的连接点。另一方面，瑞士人对于德意志帝国人所怀有的那种藏而不露的疑虑在这里遇到了德国人对于这个“世界”所怀有的一种特别的疑虑——同辽阔而强大的拥有着巨型城市的德意志帝国相比，这个弹丸之地的邻国反而被人称为“世界”，这或许有些离谱。然而，这也自有其无可辩驳的道理：这个中立的、说着多种语言的、深受法国影响的、西风盛行的瑞士，事实上真的要比北方的那个政治大国“世界”得多，排在欧洲的座次也要靠前得多，而在那个大国里，“国际的”一词早就是一句骂人的粗话，一股令人窒息的狂妄的地方主义毒化了那里的空气。我刚才已经说过阿德里安内心的世界主义。不过，德意志的世界公民性恐怕始终是有别于世界性的，而我的朋友面对花花世界所有的却只是压抑，他深深地感到自己不能融入其中。他比克雷齐马尔提前几天返回莱比锡，在这座显然含有世界性的城市里，世界性倒更像是个过客而非主人。在这座说起话来令人感到可笑的城市里，他的自尊首先被欲望摸了一把：一种深深的触动，一次如临深渊的经历，他没有想到世界是这样的深邃，而这次经历，如果我没有看错的话，在一定程度上助长了他对于这个世界的恐惧。

阿德里安在莱比锡呆了整整四年半，在这期间，他没有搬过家，一直住在他那位于彼得斯大街、离真福童贞女马利亚协会楼不远的两居室里，而且，那个“幻方”又被他固定在了那架小钢琴的上方。他去学校听哲学和音乐史讲座，去图书馆看书、摘录，把他的作曲练习拿去给克雷齐马尔批改：一些钢琴曲，一首弦乐“协奏曲”和一首为长笛、单簧管、中音单簧管和大管而写的四重奏——我所说的这些作品尽管从未发表过，但却都是为我当时所熟悉并且也都被保存了下来的。克雷齐马尔所做的就是向他指出不足之处，建议他修改速度，让表现僵硬的节奏变得活跃起来，使主题更为鲜明突出。他向他指出，中声部陷入僵局，低音部停滞不前，没有运动。他的手指指向一个过渡，这个过渡只是一个外表的联系而不是有机的结果，因而影响了结构的自然流畅。他告诉他的东西其实不过是作为学生的他凭借自己的艺术鉴赏力原本就能够自己告诉自己的，而且，他也已经告诉过他了。老师是弟子的人格化的良心，这个良心向他证实他的怀疑，向他解释他的不满，激励他去追求完善。不过，归根到底，像阿德里安这样的学生根本不需要别人的圈点和指导。他故意把没有完成的作品拿去给他看，目的是为了能够谈论他自己早就知道的事情——并接着取笑他老师的完全和他自己相吻合的艺术鉴赏力。艺术*鉴赏力*——这里必须强调的是该词的第二个组成部分，它是作品理念的真正的维护者，不是*一部*作品的理念，而是这部音乐作品本身的，这部自成一体的、客观的与和谐的产物的理念，它是其完整性、统一性、有机性的管理者，它接缝、补洞，完成那种原来并不存在的、一点也不自然的、反而是人为产生的“自然的流畅”——一句话，这位管理者只是事后才、并且是间接地制造了这种直接和有机的印象。一部作品身上有着很多的假象，照此理，人们也许可以继续接着往下说，假象就是其作为“作品”的内在本质。作品雄心勃勃地要人相信，它不是做出来的，而是从一个源头里产生出来的，正如帕拉斯·雅典娜是全副武装，英姿飒爽地从朱庇特的脑袋里生出来的一样。然而，这也只不过是装模作样罢了。从来就没有哪部作品是这样冒出来的。作品确实是劳动，为了假象的艺术劳动——而现在的问题是，我们的意识，我们的认识，我们的现实感当今所达到的水准是否还允许这种游戏的继续存在，在这种条件下，这种游戏是否还有可能得到严肃的对待，作品作为这样一种安于现状的与和谐完整的产物，同我们的动荡不安的、问题成堆的、一片混乱的社会状况之间是否还有哪怕是那么的一点点的合理性，是不是所有的假象，即便是那最美的，而且恰恰是那最美的，如今都已经成为谎言。

这都是要问的问题，要我说呢，这就意味着：通过和阿德里安的交往，我学会了这样来问自己，他的目光的敏锐，或者，如果可以用这个词的话，情感的敏锐，在这些事情上绝对是坚定不移的。他在我们的交谈中脱口而出，妙语连珠，他的这些高见是我个人以家为本的好心好意所远远不能达到的，而且，我也为他的这些远见感到难过——不是因为我的好心被当成了驴肝肺，而是因为他；他的高见让我感到痛苦、压抑和害怕，因为我从中窥见他的存在开始变得危险困难，他的才能的施展开始陷入停滞瘫痪。我听他说过这样的话：

“什么作品！那是欺骗。那是市民想要的东西，要是还有这种东西就好了。那是反真理的，是不严肃的。真实和严肃只是短暂的，只是那高度浓缩的音乐的瞬间……”

既然我知道，他自己正在为这样的一部作品而努力，正在计划写一部歌剧，这又叫我如何不忧心忡忡呢！

我同样也听他说过下面的话：

“假象和游戏如今已经看到艺术的良心正在起来反抗自己。艺术不愿意再继续充当假象和游戏，艺术愿意成为认识。”

然而，如果一个东西终止与其定义相符，那么，这个东西难道就一点不会终止吗？艺术又怎么会愿意去充当认识呢？我想起他在从哈勒写给克雷齐马尔的信中就那个平庸帝国的扩张所发表过的意见。后者并不因此而有所动摇，他坚信他的学生所肩负的使命。然而，对于这些较新的、针对假象和游戏的，也就是：针对形式本身所开列的清单似乎表明，那个发布禁令的平庸帝国正在迅速扩充，大有吞噬艺术之势。我深感忧虑地问我自己，需要作出怎样的努力，达到怎样的足智多谋，使出怎样的委婉和进行怎样的嘲讽，才能够拯救艺术，重新占领它，从而推出这样一部作品：这部作品既是对于无辜的滑稽模仿，同时也承认那种或许孕育了它的认识的状态！

一天，更确切地说是一天夜里，对于这里的暗示，我的这位可怜的朋友通过一个可怕的助手的恐怖之口作出了进一步的挑明。有关记录就在我的手头，我将在适当的场合公之于众。只有这份记录才最终让我明白，阿德里安的言论当时为什么引起了我的本能的惊恐。而我上面所说的“对于无辜的滑稽模仿”——很早就在他的创作里面凸显出来，频繁而又奇特！在音乐发展的最高阶段，在极端紧张的背景下，这里面确实存在着“陈词滥调”——当然不是在感伤的意义上或者是竭力讨人喜欢的意义上，而是在一种技巧原始主义意义上的陈词滥调，是些天真幼稚或者看似天真幼稚，也就是说，师傅克雷齐马尔微笑着放任他的这位非同凡响的徒弟朝着这些方向去努力：肯定是因为他并不把它们理解为最高级别的天真，如果我可以这样说的话，而是把它们理解为一种远离新颖和乏味的彼岸，理解为披着原初的外衣的大胆的独创。它们总是让我想起那个结巴子曾经对我们所作的有关音乐喜欢为它的元素举行庄严庆典的教诲。它们也使我想起了布赫尔的那棵菩提树，想起那时管牲口的汉芮和着我们这些孩子的最高声部极富启发性的哇啦哇啦地乱唱一气

“第二声部”，想起我们的卡农歌唱。乐谱示例也许会使这个小曲子显得太学究气、太专业化，但不用乐谱示例去描绘最简单的东西并非易事。可是，在一首调是悬留的、持续不给出的乐曲中，却有着一个以a作高声部的F大调音，这个音通过一个插入的降D（或者说得更确切些升C）被取消，而旋律按照半音的步伐退回到降A，转入带有属音三和弦延留音h的D大调，接着一个又一次出现的通过音f把这个和弦转变为A大调。而这种微不足道的小学程度的和声技巧却被赋予了一种起伏，这种半音的通过音，升C（或降D），那之间的F、D大调主音，都具有了如此明确的意义，以至于这个音型就像是在嘲笑，同时又像是在美化基音，就像是在充满痛苦回忆的讽刺调性，讽刺按平均律行事的体系，讽刺传统音乐本身。

这样的内容也同样重复出现在了那十三首布伦塔诺之歌里，在我结束这一段之前，我完全有必要专门为它们写上几句，——我所举的这个精确的例子甚至是从那首值得惊羡的小夜曲《听，笛子又在抱怨》里挑选出来的，其结尾的两行诗是这样的：

> “穿过拥抱我的夜，
> 音之光把眼向我瞥。”

阿德里安在莱比锡的那些年里如此勤于创作，原因无疑在于，他认为音乐和词语的抒情性结合是在为他所设想的戏剧性作准备。然而，这很有可能还同他的思想因为命运、艺术自身的历史状况及作品的独立性问题而怀有的疑虑相关。他怀疑作为假象和游戏的形式——于是歌曲的短小和抒情的形式可能便被他视为最可接受的、最为严肃的、最为真实的，这种形式或许在他看来最早实现了他在理论上对于短小精悍的要求。与此同时，这些歌曲中有好几首，首先是运用字母符号的《哦，亲爱的姑娘》，再比如《圣歌》、《快乐的音乐家》、《猎人致牧羊人》等等，不仅涉及的内容相当广泛，而且，莱韦屈恩也始终懂得把它们全都作为一个整体，即作为一部作品来看待和处理，这部作品源自一个确定的风格构思，源自一个基调，源自水平相当地接触一种确定的、神奇高远而又梦幻深沉的诗人情怀，此外，他决定永不允许单独演出其中的个别作品，从由下面这两句诗行：

“哦星星和花朵，精神和外衣
爱情，痛苦和时间和永恒！”

结尾的意乱情迷、混乱不堪的《开篇》直到最后阴郁而剧烈的终曲：“我知道一个人……他的名字叫死神”，永远只允许完整地上演全套曲目——这是一种无情的保留，这个苛刻的条件极大地妨碍了这部作品在他生前公演，另外一个特别的原因是这部组歌作品中的第 4 号歌曲，即那首《快乐的音乐家》是作为一首完整的四重唱来写的，里面的人物有母亲、女儿、两个兄弟和一个“小小年纪就断了腿”的男孩，也就是说，有女低音、女高音、男中音、男高音和一个童声，他们在这首歌曲的演唱中，有时要合唱，有时要独唱，有时又有二重唱（即那两个兄弟）。这首四重唱是阿德里安的第一次管弦乐配器，说得更正确一些：它同样也是为一个由弓弦乐器演奏者、木管乐吹奏者和打击乐器组构成的小型乐团而作；因为，在这首奇特的诗歌里，有很多内容讲的都是，一个富于幻想而又痛苦忧愁的小剧团是如何在黑夜时分，“在人的眼睛看不见我们的时候”，用笛子、手鼓、铃铛和钹，让进入梦乡的爱人们，酩酊大醉的客人们，还有那孤独的女郎，为他们那充满魔力的旋律所吸引。这首歌曲的精神和氛围，它的音乐所表现的怪力乱神和街头说唱风格，所饱含的可爱之处和备受折磨的痛苦，都是独一无二的。但是，我并不急于把象征胜利的棕榈叶送给它，因为在这十三首歌曲中，有好几首同这首以语言涉及音乐的歌曲相比，都在更为内在的意义上向音乐发起挑战并在音乐中更为深刻地践行着自我实现。

《祖母蛇厨娘》——这是这些歌曲中的另外一首，一句“玛丽亚，你在屋里哪个地方呆过？”出现了七次的“啊痛苦！母亲太太，多么痛苦！”，用难以置信的艺术感受力招来德国民歌中最令人感到亲切和恐惧、最令人毛骨悚然的部分。因为，实际情况就是这样的，这种知情的、真实和聪明绝顶的音乐在不断痛苦地追求这里的民谣。后者始终得不到实现，又有又没有，残缺不全地响起，随即又消失在为它的灵魂感到陌生，而它自己却又持续地试图从中得到诞生的音乐风格里。那是一幅动人的艺术景象，并不亚于一种文化上的自相矛盾，正如自然的发展过程发生逆转，在这个发展过程中，文明教养的、精神的东西从原始自然的东西里面生发出来，在这里扮演地道天然的角色，而简单素朴又竭力企图挣脱其束缚。

“吹啊，星星
神圣的意念
轻轻穿越无垠的天地
吹进我的心田。”

这几乎消失在空中的声音，这宇宙的臭氧，这是另外一首歌曲的内容，在这首歌曲里，精灵们乘坐金色的小船，荡舟在天湖上，美妙的歌声上下萦绕，四面飘荡。

“万物相连友好和善
手牵手来行安慰表哀痛
光明蜿蜒穿越黑暗
万物内心永相通。”

显然，在一切文学当中，词和音如这里这般彼此契合，彼此印证，实属罕见。在这里，音乐把目光投向自身，凝视其本质。各种乐音之间的这种行宽慰表哀悼地手牵手，万物的这种变化多端而又本质相通的彼此缠绕纠结——这就是音乐，而阿德里安则是其年轻的大师。——

克雷齐马尔离开莱比锡到卢卑克市立剧院做乐队首席指挥。在他离开之前，他就开始为布伦塔诺组歌的印刷工作操心忙碌。美因茨的硕特答应作它们的代销商，这就是说：阿德里安必须在克雷齐马尔和我的帮助下（即在我们俩都帮他出点儿的情况下）承担印刷费用，而版权则永远归他所有，而他承诺给予代理人占净收入20%的红利。他对这部钢琴改编谱的生产过程的监督非常严格细致，要求用不上釉光的糙纸，四开本规格，留宽边沿，音符之间的距离不能太窄。另外，他还在前面的按语里坚持，任何音乐会和团体只有经过作者同意才可翻制，并且只许整体翻制，十三首曲目必须全部同时上演。这个条件为他招来狂妄自负的骂名，再加上音乐本身的大胆创新，使得这些歌曲走向公众的道路变得困难重重。1922年，苏黎世有家音乐厅上演了它们，我当时在场，而阿德里安并不在场，指挥由杰出的福尔克马尔·安德烈亚博士担任，而那个“小小年纪就断了腿”的男孩一角则由一位可惜真的是拄着一根小拐杖的残疾儿，小雅各布·耐格利扮演，他的歌声清脆纯净，无比动人。

此外，而且完全是顺便再说一下，阿德里安用作创作蓝本的那个漂亮的克莱门斯·布伦塔诺原版诗集是我送给他的一件礼物：这本小册子是我从瑙姆堡给他带到莱比锡去的。当然，对于那十三首歌的挑选，则完全是他自己的事情；这里没有我的丝毫影响。但我可以说的是，这里所选的每一首歌都和我的预期相符。——这是一个错误的礼物，读者将会这样认为；因为，我的操守和教养同浪漫主义者的那些从民歌的淳朴天真滑向幽灵鬼怪，说得难听一点：同蜕化堕落的语言梦幻又有什么关系呢？我对此的回答只能是，促使我作出这一馈赠的是音乐——是在这些诗行中似睡非睡的只消妙手轻轻一点就能回春被唤醒的音乐。

二十二

1910年9月，也就是我已经开始在凯泽斯阿舍恩那所高级中学执教的时候，莱韦屈恩离开了莱比锡。但他依然心系故乡，首先回了趟布赫尔，为的是参加他妹妹在那里举行的婚礼，而我和我的父母也受到了邀请。现年20岁的乌尔苏拉和眼镜店老板约翰尼斯·施耐德魏因结为百年之好，新郎是一位来自朗根萨尔扎的好小伙，他俩在位于埃尔富特附近的迷人小城萨尔扎相识，她当时是去那里拜访她的一位女友。施耐德魏因比他的新娘大十到十二岁，原籍瑞士，祖上都是伯尔尼的农民。他的眼镜磨光手艺本是在他的家乡学得，却不料，由于某种机缘反倒流落到了我们这个帝国，于是他便随遇而安，在当地开了一家商店，经营各种眼镜和光学仪器，生意十分兴隆。他的长相可谓仪表堂堂，他的声音优雅动听，说起话来慢条斯理，是那种保留了神圣庄严的古德语遗风的瑞士人所特有的说话方式，乌尔泽尔·莱韦屈恩现在已经开始学着像他那样去说话了。而她呢，尽管算不上是美女，却也有着迷人的外貌，她的面部表情像她的父亲，举止行为则更像她的母亲，褐色的眼睛，苗条的身材，待人接物亲切自然。所以他俩配对成双，不由得让人眼前为之一亮。1911至1923年间，他们一共生养了四个子女：罗莎、以西结、莱蒙德和内珀穆克，个个长得秀丽俊美；尤其是最小的那个叫做内珀穆克的，简直就是一位天使。不过，关于他的情况，我得等到本书结尾的时候再作详述。——

参加婚礼的来宾并不算多。他们是：奥伯魏勒尔本地的牧师、教师、一镇之长及夫人们；来自凯泽斯阿舍恩的只有我们蔡特布罗姆一家和尼古劳斯伯父；来自阿波尔达[①]的艾尔丝贝特夫人的娘家亲戚；来自

---

① 现为德国图林根州境内的一个县城。

魏森菲尔斯的和莱韦屈恩家交好的一对夫妇连同他们的女儿；再就是当农艺师的兄弟格奥尔格，以及女管家卢德尔太太——这就是全部的客人。文德尔·克雷齐马尔从卢卑克发来一封贺电，邮差正好在午宴开始的时候送达布赫尔。没有晚宴。大家上午便已早早地聚到一起；等待新人们在村中的教堂举办完结婚仪式之后，我们集中在新娘娘家那间装饰有漂亮的铜器的餐厅里吃了一顿美味可口的早饭。之后不久，新人们便又马不停蹄地和老托马斯一同启程赶往魏森菲尔斯车站，再从那里出发去德累斯顿。与此同时，参加婚礼的宾客们仍然继续留下来呆上几个小时，共同享用卢德尔太太配制的上好蜜酒。

那天下午，阿德里安和我先是围着牛槽转了一圈，然后还去了一趟锡安山。我们要谈论的是关于《爱的徒劳》的编剧问题。这个任务由我接手，而我们先前为此已经有过多次交谈和通信。我曾设法从锡拉库扎和雅典给他寄去过演出提纲和部分翻译成德语的诗文。在编写的过程中，我主要参照蒂克和赫尔茨贝格的译本，不过，当确乎有必要进行压缩和提炼的时候，我偶尔也会自己加点东西进去，但尽可能地和原来的格调保持一致。就我而言，我无论如何是愿意为他搞出一个德文版的歌剧脚本来的，尽管他始终还在坚持要用英文脚本给这部歌剧作曲。

他显然很高兴能够避开喝喜酒的热闹场面。他眼里的朦胧表明，头痛又开始折磨他了，而十分罕见的则是，这同样的症状先前在教堂和用餐时也出现在了他父亲的身上。这种神经质性质的毛病恰好发生在容易诱发情绪激动的节庆场合，这是可以理解的。老头的情况就属于此类。但就儿子这边来看，发病则更多是由于心理因素所致，即他并不是心甘情愿地，而是迫不得已地跑来参加这个贞洁献祭仪式的，而且还是他自己的亲妹妹的。不过，他尚且知道说些好话来掩饰不悦。他肯定我们在这件事情上的做法是简单朴素的、格调高雅的、不叫人讨厌的，他赞成取消“各种舞蹈和风俗”，这是他的原话。他表扬说，一切均是在光天化日之下进行，老牧师的婚礼布道简短而朴实，酒席间没有难听的讲话，为了保险起见根本就没有讲话。要是连那条面纱，那条白色的处女的丧服，还有那双缎子的丧鞋也都能给免掉了，那可就更好了。而尤其令他赞不绝口的则是乌尔泽尔的未婚夫和现在的丈夫给他留下的印象。

“多好的一双眼睛，”他说道，“多好的血统，一个老实的、无可挑剔的、没有污点的男人。他可以追求她，可以凝视她、向往她——用我们这些个神学家的话说就是：娶她作信仰基督教的老婆，而我们有理由感到自豪的是，我们偷偷从魔鬼手里弄走了那个肉乎乎的混合体，从中制造出一件圣事，基督教婚姻的圣事。这种为着那不可亵渎的神圣，通过纯粹地在前面放置‘基督教的’一词而对自然的罪恶所作的劫取，原本就是十分滑稽可笑的——这种做法实际上根本没有改变什么。不过，必须承认的是，通过基督教的婚姻来驯化自然的恶，驯化性，不失为一种较为聪明的权宜之计。”

“你把自然归于恶，”我回应道，“这可是我不喜欢听到的话。人道主义，旧的和新的，全都会认为你这是对生命源泉的诽谤。”

“我亲爱的朋友，这世上可诽谤的事情并不多啊。”

“这样的话，”我毫不动摇地说道，“人们就会陷入否定自然的杰作的怪圈，人们就会成为虚无的卫道士。相信魔鬼的人就已经是魔鬼的人了。”

他猛地大笑了一下。

“你不懂得幽默。我是以神学家的身份，当然也必然像神学家那样说话。”

“算了吧！”我也大笑着说道，“你向来看重你的玩笑胜过你的认真。”

沐浴着秋日下午的阳光，我们坐在锡安山顶那条掩映于槭树林中的乡村长凳上展开这次谈话。事实是，我自己那时已经开始搞对象了，虽说婚礼乃至公开订婚还得等我找到固定职业之后才能有个眉目，而且，我还很想跟他讲讲海伦以及我下一步的打算呢。然而，他的那些观点并不让我觉得十分轻松。

“应该好得像一个人，成为一体，”他又重新打开了话匣子。“这难道不是一种奇怪的祝福么？谢天谢地，施罗德牧师引用的这句话是送给他自己的。当着新郎和新娘的面听到这样的话更是一件令人难堪的事情。但总归是好心好意，而且恰好就是我所说的那种驯化。罪恶的、性感的、邪恶的情欲的因素显然应该通过这种方式，像变戏法似的从婚姻中被剔除出去——因为情欲只出现在两个肉体，而不是一个肉体那里，如此看来，他们应该成为一体，这可就是一句温和的胡话。另外，让人惊奇不已的则是，一个肉体对另一个肉体怀有情欲——这的确是一种非同寻常的现象，真的，一种极为罕见的爱的奇迹。当然，性感和爱情是绝对不可能彼此分离的。人们让爱情避免背负性感的骂名的最好的办法就是反过来证明性感中的爱情因素。对于陌生的肉体产生情欲，这就意味着克服之前固有的种种抗拒，这些抗拒是以我和你、自身和他人的陌生性为基础的。这个肉体——姑且保留这个基督教的术语——通常只对自己不反感。它不愿意和陌生的有丝毫瓜葛。如果忽然有一天，那个陌生的成为渴求和情欲的对象，那么，我和你的关系就通过一种方式改变了，而对于这种方式而言，性感不过是一句空话罢了。据说，在这个过程中，精神的东西是完全插不上手的。尽管如此，人们还是不能没有爱情这个概念。每一个情感的行为其实都意味着柔情似水，其实就是情欲在索取中的给予，就是通过给人幸福、向人示爱来获得幸福。相爱的人从未是‘一体’，而命令规定却想要通过驱逐情欲而连带着把爱情从婚姻中驱逐出去。”

他的这番话激起我内心异样的感觉和迷惑，我尽量克制自己不从侧面去窥视他，但我又情不自禁地想去这样做。每当他说起肉欲方面的东西时，旁人都会是什么感受，我在很前面的时候就已经暗示过了。但他却从未像现在这样忘乎所以，而且我觉得，他的言谈之中似乎有了某种从前不曾有过的明确，一种既是对自己，又是对听者的轻微的失态。另外，又想到他是在眼睛因为偏头痛阴云密布的时候而说这些话的，我的心里便感到一阵不安。不过，对于他的言论所表达的意思我却是完全抱有好感的。

"吼得好，狮子！"我极尽愉快之能事地说道。"我把这叫做站在自然的杰作一边。不，你和魔鬼毫无关系。你刚才说话的口气反倒更像是个人文主义者而非神学家。你自己对此难道不清楚吗？"

"这么说吧：是个心理学家，"他回答道。"一个中立的不偏不倚的立场。不过，我相信，最热爱真理的人们所持的就是这种立场。"

"那么，"我建议道，"我们直截了当地像私交和普通人那样说话，好吗？我告诉你，我正准备……"

我告诉他我正准备干啥，向他讲述海伦，讲我如何和她相识，我们又是如何情投意合。我说，如果我能够因此而使他的祝贺变得更加由衷的话，那么，他尽可以放心，用不着跑来参加那些因为我的婚庆仪式而举办的"舞蹈和风俗"，我这就提前给他免了。

他高兴极了。

"太棒了！"他喊道。"好小子，你打算结婚了。多么本分的一个想法啊！这样的事情总是来得十分突然，尽管事情本身一点也不突然。接受我的祝福吧！But，if thou marry hang me by the neck， if horns that year miscarry！①"

"Come，come，you talk greasily"②，我也引用了同一幕中的一句话。"如果你了解那个姑娘，也了解我们结交的精神，那么你就会知道，对于我所追求的清静而言，没有什么可担心的，相反，一切都是为了营

---

① 莎士比亚戏剧《爱的徒劳》第四幕第一场临近结尾时鲍益说的一句话，英文字面意思为："可是啊，如果你结婚，如果没有几顶绿帽子头上戴，你就把我的脑袋割下来。"朱生豪译为："你若一旦结了婚，准得害得你的丈夫戴上几打你的绿头巾。"如果直接采用，与本文语境不符。

② 莎士比亚戏剧《爱的徒劳》第四幕第一场结尾时玛利亚说的一句话，可以直接采用朱生豪译文："得了，得了，别耍贫。"

造清静与安宁，为了营造一种稳固而不受打扰的幸福。”

“我对此没有怀疑，”他说道，“我对于成功也没有怀疑。”

有那么一瞬间，他似乎禁不住想和我握手，但终究还是放弃了。我们的交谈中断了一会儿，而在我们回家的路上，我们的话题重又转向重要对象，那部提上议事日程的歌剧，即我们刚才曾用其中的台词开过玩笑的第四幕中的那一场，它属于我要坚决去掉的那一类。它里面的斗嘴相当猥亵，而且从编剧的角度来看也是多余的。无论如何，压缩都是不可避免的。一部喜剧不允许长达四小时之久——这曾经是一直针对《名歌手》的主要指责。不过，阿德里安似乎偏偏选定了罗瑟琳和鲍益的那些个“俗语”，诸如“管保你打不着，打不着，打不着”等等，作为序曲的对位，而且还一节一节地讨价还价，尽管如此，当我告诉他说，他令我想起克雷齐马尔的那个拜瑟尔以及其天真的、要把半个地球都谱成音乐的热情时，他仍然还是忍不住大笑了起来。此外，他并不承认因为这种比较而感到不好意思。他说，对于这位音乐的复兴者和立法者，他心里其实还一直保留着一丝早在他首次听说之时就已怀有的那种诙谐的敬重。说得荒唐点，他可从来没有停止过去想他，而且，他最近比什么时候都要更频繁地想到他。

“你只消回忆回忆，”他说道，“我那时是如何立马就用他的主音和仆音的专横游戏来驳斥你对荒谬的理性主义的指责的。这里让我本能地感到喜欢的东西其实就是某种本能的东西，而且也是和音乐的精神单纯地相一致的东西：那种以滑稽的方式显露其中的、要像构建严肃乐章那样来构建万事万物的意志。在另一个比较不单纯的层面上，我们今天多么需要像他这样的人啊，就像他的羊羔们当年需要他一样——我们需要一个元老体系，一个客观的和组织结构的导师，其天才足以把具有重建作用的，也就是把远古的东西同革命性的东西结合起来。人们应当……”

他禁不住笑了起来。

“我这说话的语气完全跟席尔德克纳普一样了。人们应当！人们又有什么东西不应当呢！”

“你所说的，”我插嘴道，“有关远古革命导师的言论，很有点德意志的味道。”

“我猜想，”他回应道，“你这话听起来可不像表扬，纯粹只是一种得体的批评而已。当然，你这话此外也许能够说明某种时代的迫切必要性，某种在一个社会习俗已经被摧毁了的、一切客观约束趋于瓦解的时代里能够消除弊病、实施补救的东西，一句话，在一个自由的时代里，这个时代开始作为蚜虫蜜躺到天才的身上并显示出创造力枯竭的特征。”

这番话令我大惊失色。很难说这是为什么，然而，对我而言，从他嘴里说出来的，总而言之，一切和他相关的东西，都带有某种对于未来的恐惧，而这种恐惧里面，害怕和敬畏又奇特地混合在了一起。之所以这样，是因为在他的周围，创造力枯竭、麻木的威胁和创造力的禁止只被想象为某种近乎积极和自豪的东西，而且只和高尚与纯洁的精神性联系在一起。

“如果创造力枯竭，”我说道，“那就应当归为自由的结果，那可真的就是悲剧性的。但对于释放创造力量的希望却是始终存在着的，自由因此而被征服！”

“不错，”他回应道，“确实有一小会儿，它达到了人们对它的预期。然而，自由还是主观性的另外一个别名，而且，总有一天，它将不再能够容忍后者和自己搅在一起，没准什么时候，它就会对从自身出发的创造性的可能性感到绝望，从而在客观那里寻求保护和安全感。自由始终是倾向于辩证的突变的。它很快就会通过束缚和限制认识自我，通过对法则、规律、强迫和制度的臣服而实现自我——以此来实现自我，这也就是说：不因此而停止是自由的。”

“照您的看法，”我笑了起来，“它知道的可真是多啊！不过，那样的话，它实际上就不再是自由的了，一点也不是的了，就跟产生于革命的专制也不再是自由的性质一样。”

“你说这话有把握吗？”他问道，“再说了，这可是一种政治论调。不管怎样，在艺术中主观和客观相互交融，不分彼此，一方生发自另一方并具备另一方的性质，主观表现为客观并通过天才的唤醒而再度成为一时冲动——正如我们所说的‘受到推动’；它突然说起了主观的语言。当今被摧毁的音乐习俗并不是在过去的所有时间段里都表现得如此客观、如此外在的。这些习俗是活生生的经验的固定，并作为这样的固定长久地完成着一项具有生机勃勃的重要性的任务：组织的任务。组织就是一切。没有它就什么都没有，至少是没有艺术。而现在则是美学的主观性在关注这项任务；它自告奋勇地去自愿地、自由地组织这项事业。”

“你想想贝多芬。”

“想想他和他的技巧原则，通过这个原则，那种盛气凌人的主观性控制了音乐的组织，也就是发展。这种发展部一度是奏鸣曲的一小部分，主观阐明和动机的一个简朴的收容所。随着贝多芬的出现，它变得无所不包，成为全部形式的中心，而全部形式本身，即便是在其作为习俗被预先确定的地方，也依然被主观所吸收并得以被自由地重新创造。变奏曲，也就是某种远古的东西，一种残留物，成为形式的一时冲动的全新创造的手段，变奏的发展部扩散到这个奏鸣曲。它在勃拉姆斯那里是把这个当作主题工作来做的，更加彻底，更加全面。你就以他为例来看看主观是如何转变为客观的吧！在他那里，音乐抛弃了一切常规习俗的空洞辞藻、条条框框和残渣余孽，也就是说，它每时每刻都在重新地，发自自由地制造着作品的统一。然而，自由恰恰因此而成为普遍经济的原则，这种原则不允许音乐里有任何偶然的东西，并且还从被同一性固定的材料当中发展出极大的多样性来。而在不再有任何非主题的东西的地方，在不再有任何东西能够证明自己是从一种始终相同的事物中派生出来的地方，自由乐章几乎就等于是无稽之谈……”

“甚至连旧的意义上的严肃乐章都谈不上。”

“不管是旧的还是新的，我要跟你说的是我对严肃乐章的理解如何。我在此所指的是一切音乐范畴的完全一体化，是它们的以完美的组织为依据的相互之间的不敏感。”

“我没有完全搞懂。”

“音乐是一种野生的东西，”他说道，“它的各种元素，旋律、和声技巧、对位、形式和配器，其历史发展均是杂乱无章且彼此独立的。每当一个孤立的素材领域在历史上得到促进并被划归较好的级别时，其余的总会落在后面并在作品的统一性中对这个通过进步性得以维持的发展阶段进行嘲讽。你就拿对位法在浪漫主义里所扮演的角色来说吧。它在那里是主调乐章的纯粹的添加物。要么它是专为主调音乐而准备的主题的一个外部的联合，要么就只是运用假声的和声赞美诗的包装点缀。然而，真正的对位渴望的却是独立的声音的同时性。一个具有旋律兼和声性质的对位，如晚期浪漫派的，就不是什么对位……我的意思是：各个素材领域越发达，进而发展到一些领域甚至融合到了一起，如浪漫主义之中的器乐声与和声技巧，那么，有关对全部音乐素材进行理性的贯通组织的理念就越具有吸引力，越具有紧迫性，这一理念同时代错误的不调和相决裂，同时阻止一个元素成为其他元素的单纯的功能，就像在浪漫主义时代旋律学成为和声技巧的功能那样。当务之急恐怕应该是同时发展所有的范畴，让它们从彼此之中产生，以达到一致。重要的事情恐怕就是音乐范畴的普遍的统一。最后要涉及的则是取消复调的赋格体和主调的奏鸣曲性质之间的对立。”

“你看到一条这样的路了吗？”

“你知道，”他反问道，“我在哪里离严肃的乐章最近？”

我等待着。他喃喃低语，很难听懂他都在说些什么，这是他头疼时的习惯性动作。

“在布伦塔诺歌集里有过一次，”他说道，“在那首《我亲爱的姑娘》里。这完全是从一个基本形式，从一个四重变化的间歇音列，从h-e-a-e-es这五个音调推出来的，水平线和垂直线都由其决定和主宰，只要这在一个由如此有限的音符数组成的基本动机的情况下是可能的。它就像一个词，一个关键词，它的符号不仅在这首歌曲里随处可见，而且还要彻底将其控制。然而，它却又是一个太短的词，而且自身也太不灵活。它所提供的音的空间太有限。你不得不从这里出发继续往前走，用平均律的半音字母的十二个音级来造些较大的词，由十二个字母组成的词，确定的联合和十二个半音的相互关系，音列形态，必须从中严格地推导出这个乐曲，单个的乐章或一部完整的多乐章作品。全部乐曲的每一个音，无论是在旋律上还是在和声技巧上，都必须证明自己和这个预先确定的基本音列的关系。没有音可以在其余的音还没有出现之前重复。任何没有在整体结构中完成其动机作用的音都不得出现。再也没有自由的音符。这就是我所说的严肃乐章。”

“一个令人惊讶的想法，”我说道，“这也许可以被称作理性的贯通组织。以此可以赢得一种不同凡响的完整性和一致性，一种天文学的规律性和正确性。不过，如果我想象一下的话，一个这样的音程音列的没有改变的进行，即便按照规定和节奏仍算得上富于变化，恐怕也会不可避免地造成音乐的一种贫瘠化和停滞。”

“很有可能，”他微笑着回答道，这表明，他对这种疑虑早已有所预料。也正是这种微笑让他和他母亲的相像之处强烈地凸显出来，然而，却是以一种为我所熟悉的费劲的方式凸显出来，就跟他顶着偏头痛的压力强装笑颜一样。

“但也不是这么简单。必须把所有变奏的技巧，即使是那些被斥为不自然的，也全都纳入这个体系，也就是这种一下就能帮助发展部主宰奏鸣曲的手段。我问自己，何苦要花那么长的时间去跟着克雷齐马尔做那些老掉牙的对位练习，密密麻麻地写了很多很多倒影进行赋格、主旋律与经过句的反向形式以及这些主旋律与经过句反向形式的倒影进行。现在清楚了，在对十二音一词进行富有意义的修改时，这一切怕是都能派上用场了。除了作基本音列，它还可以得到如下运用，即它的每个间歇将被反方向的那一个所代替。此外，你还可以用最后一个音去开始，而用第一个去结束这个形态，然后再让这个形式重新回到自身。在此你有四个调式，你可以在半音音阶的全部十二个不同的出发音上给它们每一个移调，因而这个音列也就是以四十八种不同的形式为作曲效劳的。如果你觉得这还不够，那么我建议，通过对称地选择一定的音的办法从这些音列中进行派生，这些派生又产生出新的、独立的、但却又与那个基本音列相关的一些音列。我建议，为着加强音的关系起见，这些音列还应细分为相互间具有亲缘性的分支形式。一部作曲作品也可以使用两个或多个音列作为始发素材，根据双重和三重赋格的性质。关键是，这其中的每一个音，均毫无例外地，在这个音列或者在其派生的一个音列之中，拥有其自身的地位和价值。这样就保证了我所说的和声技巧与旋律学之间的不敏感。”

“一个幻方，”我说道，“不过，你能指望这一切都会有人倾听吗？”

“倾听？”他回应道。“我们听过的某场公益报告里说过，对于音乐里的东西，根本没有必要全都去听，你还记得吗？如果你对‘倾听’的理解是各个手段在个体那里的精确实现，由此而产生最高的和最严格的秩序，一个具有星系性质的，一个宇宙的秩序和规律性，不，那样的话是没有人会去倾听的。然而，这个秩序将会或者也许会有人倾听，而且，对它的感受也许会给人带来一种前所未有的美学意义上的满足。”

“非常奇特，”我说道，“按照你对这件事情的描述，其目标是指向一种作曲前的作曲的。这个素材的布局和组织恐怕在真正的工作应当开始的时候就得完成，而现在的问题只是，什么是真正的工作。因为素材的这种配制是通过变奏产生的，变奏的创造性或许可以称为真正的作曲，但它却被退回到了素材——连同作曲家的自由一起。那样的话，当他开始创作的时候，他已经不再是自由的了。”

“受到自己制定的秩序强制的约束，也就是说，自由了。”

“那么，自由的辩证法就是神秘莫测的。然而，作为和声技巧的塑造者，他恐怕是不大可能被称作是自由的了。难道和弦的构成不是碰运气，听任盲目的厄运的摆布的吗？”

“你最好说：听任星宿的摆布。每个构成和弦的音的复调的尊严是通过星宿来得到保障的。历史的结果，不谐和音的从其瓦解之中解放出来，不谐和音的绝对化，正如瓦格纳的晚期乐章的某些地方所流露出来的那样，将表明每一个能够在这一体系面前证明自己身份的和弦都是合理的。”

“那么，倘若星宿造出的是平庸，是协和和音，三和弦的和声技巧，是废弃物，是减半音的七和弦呢？”

“那恐怕就是星宿对陈旧所进行的革新了。”

“我在你的乌托邦里看到了一种发挥重建作用的元素。你的乌托邦非常极端，但却可以放宽对协和和音业已执行的禁令。向变奏的古老形式回归就是一个近似的特征。”

“这些较为有趣的生活现象，”他回应道，“它们大概总也少不了这样一副带有过去和未来的双重面孔，它们大概总是要集进步与倒退于一身。它们显示出生活本身的多义性。”

“这是不是一种概括呢？”

“什么概括？”

“对家庭的民族的经验概括？”

“哦，别太轻率了。也别自己恭喜自己！我要说的全部意思是，有序地去把握，让音乐的神秘本质消解到人类理性当中，这是那古老的渴望所发出的持续不断的呼唤，你的异议——如果它们是被当作异议来理解的话——同这种渴望的实现相比又算得了什么呢。”

“你是想提醒我别忘了我作为人文主义者的荣誉吧，”我说道，“人类理性！而与此同时呢，对不起，‘星宿’则是你的第三个词。但它却已经是更多地属于占星术的范畴了。你所呼唤的理性混杂了很多的迷信，即相信那种既不可捉摸又含糊不清，在赌博、纸牌算命和抽签上大显身手的魔力。反过来，如你所说，你的体系在我看来似乎更适合于把人的理性消解为巫术。”

他把一只捏成拳头的手放到了太阳穴上。

“理性和巫术，”他说道，“会彼此相遇，并在人们称之为智慧、奉之为神灵的东西里，在对于星象、数字的信仰里，合二为一……”

我不再作答，因为我看见他头痛得很厉害。而他刚才所说的一切在我眼里似乎也被打上了这种痛苦的烙印，受到这种痛苦的影响，尽管他所说的这一切是那样的充满才智并值得深思。他本人似乎不再沉湎于我们的谈话；而他在缓步前行的过程中所发出的无关痛痒的叹息和哼哼声也表明了这一点。然而，我这边却是一时半会地难以自拔，我感到吃惊，我在内心深处一个劲地摇头，并且我还暗自思忖，思想虽然有可能因为其同痛苦相关而显得独特，但绝不会因此而失去价值。

在后半段回来的路上，我们基本上没再说话。我现在仍然记得，我们当时在“牛槽”旁有过片刻停留；我们在田间小路边上走了几步，面对夕阳的余晖，我们向水面望去。水很冷；很显然，只有靠近湖岸的地面是平坦的，而离此不远的地面很快就没入一团漆黑之中。大家都知道，池塘的中间很深。

“好冷，”阿德里安一边说，一边用头示意；“现在游泳可是太冷太冷了。”——“好冷，”他一眨眼工夫又重复了一遍，这一次身体明显地抖动了一下，于是他转身走开了。

当天晚上，为了不耽误工作，我不得不连夜返回凯泽斯阿舍恩。他那边还留下来继续呆了几天，之后才迟迟启程前往慕尼黑，那是他给自己挑选的居住地。此时此刻浮现于我眼前的情形是，他和他的父亲——

最后一次，他当时并不知道——握手道别，他的母亲亲吻他，也许所用的方式跟她当年在客厅里同克雷齐马尔说话时的一样，即让他的头靠在她的肩膀上。他将不再，而且也不愿意再回到她的身边。后来是她去找的他。

二十三

一两周之后，他从巴伐利亚首府给我来信。他在信中这样写道："你若不想出手，你就不可能去推进。"这是他对库姆甫所进行的滑稽模仿。他写这封信的目的，一来是要表明他已经开始了《爱的徒劳》的作曲工作，二来则是催促我赶紧把剩下的编剧部分给他寄过去。他在信中说，他需要有个总体上的把握，而为了便于建立一些音乐上的连结和联系，有时就希望能够提前看到后面的几个部分。

他住在科学院附近的拉姆贝格大街。这条街上有一栋还算新的小楼。小楼底层的一套单元由来自不来梅的一个名叫罗德的市政议员遗孀及其两个女儿共同租住。阿德里安是她们的二房客。被他转租过来的这个房间朝向僻静的街道，位置就在大门入口的右首。房间布置得干净整洁，朴实温馨，很合他的心意。没过多久，他就用他的个人用品、他的书籍和他的乐谱把这里完全变成了他自己的天地。不过，挂在右侧墙上的那幅巨大的镶在胡桃木镜框里的版画却是件多少有点胡闹意味的装饰品。这幅画展现了一种如今已经风光不再的狂热的余温，画面的中心是吉亚哥莫·迈耶贝尔[①]，只见他坐在钢琴旁才思泉涌地举目仰望，敲击琴键，四周则有他的歌剧人物环绕盘旋。然而，这种神化的场面并未引起我们这位年轻房

① 吉亚哥莫·迈耶贝尔（1791－1864）：德国作曲家，著名犹太音乐家。瓦格纳漂泊巴黎期间曾受到其照顾和提携，但瓦格纳后来却在《音乐中的犹太精神》一书中对其进行无情攻击。

客的丝毫反感，因为，不管怎样，每当他坐在藤椅里，趴在一张铺着素雅的绿色台布的伸缩桌上埋头工作时，他反正总是背对着它的。所以，他就没有去动它，而是让它继续呆在了它的地盘上。

一架或许能够勾起他的往昔回忆的小小的风琴立在房间里为他效劳。不过，由于市政议员夫人大多数时候是呆在后面的朝向小花园的房间里的，再加上她的女儿们上午又不见踪影，故而，他也可以自由使用放在客厅里的那架虽说有点陈旧破败、音色倒也甚为柔和的贝希施泰因[①]三角大钢琴。除此之外，客厅里还配有几把用回针缝合的圈椅，几盏镀了青铜的枝形吊灯，几个镀金的网格小凳，一张铺有织锦桌布的长沙发桌和一幅镶嵌在富丽堂皇的镜框里的、颜色已经变得十分暗黑的油画，这幅油画作于1850年，其描绘的对象是能够眺望到加拉塔大桥的金角湾[②]：总之，这间客厅里所配置的物件全都可以让人感受到一个曾经富有的市民之家的余韵。正是这里，晚间时常成为一个小圈子进行社交活动的场所。阿德里安也属于其中的一员。刚开始他还不大愿意，慢慢地也就习惯了，而到最后竟然多多少少地扮演起了少东家的角色。前来此处聚会的人群均是艺术家或半艺术家的性质，也就是说，他们是一个所谓可登大雅之堂的文艺人群体，既有教养，又不乏自由、奔放和风趣，完全能够满足市政议员夫人罗德太太的种种期盼。而她也正是在这些期盼的驱使下把她的家从不来梅搬到了这座南德首府。

她的境况如何，明眼人是不难看出的。一双深色的眼睛，一头褐色的、稍稍泛些灰白的优雅的鬈发，贵妇人的举止，象牙般的肤质，可爱的、依然保养得相当娇好的容颜，她这一辈子，体面风光地出入过城市贵族的社交圈，恪尽职守地打理了一个仆佣成群、义务繁多的大家庭。

---

① 德国著名的钢琴生产厂家。

② 土耳其最大城市和港口伊斯坦布尔的两个城区，一个是老城伊斯坦布尔，位于金角湾博斯普鲁斯海峡和马尔马拉海之间地岬上，一个是金角湾北岸的商业区和教育中心贝伊奥卢（加拉塔-佩拉），有两座大桥跨越金角湾与老城区相通，其中之一便是加拉塔桥。

然而，自从她的夫君（他的身着工作制服的严肃肖像同样也是装点这间客厅的饰物之一）过世之后，家道便开始严重衰落，往昔的地位在原来的环境中已经很难完全得到维持，正是在这种情况下，对于一种永不枯竭、很有可能永远也无法真正得到满足的生活情趣的种种向往从她的身上释放出来，她渴望在人情较为温暖的地方愉快地度过自己的余生。她举办这些社交聚会，按她的说法是为了她的两个女儿，但实际上却首先是，这一点是十分清楚的，为了自我享受，为了有人向自己献殷勤。讲些不太出格的低级笑话，对这座艺术之都的轻松愉快而又无伤大雅的风俗作些含沙射影的谴责，说些关于女招待、模特、画家的奇闻逸事，这些都是能够让她感到开心的最好办法，也都能够诱使双唇紧闭的她发出一阵阵秀美而又性感的笑声来。

她的女儿伊涅丝和克拉丽莎显然不爱听到她们母亲的这种笑声；每当她发出这种笑声时，她们就会彼此对望，满脸的阴沉，满眼的拒斥，那种成年子女面对母亲本性中残存的人性的全部恼怒因此而暴露无遗。就小女儿克拉丽莎而言，这种家道的破落，这种对于市民根基的丧失，对于这一点，她至少是有意识刻意地在强调着。这位身材魁梧的金发女郎长着一张用化妆品美白过的大脸，她的下嘴唇是圆形的，下巴则有些发育不良，她打算将来做个戏剧演员，为此她专门拜了皇家暨国家剧院的一位老生为师。她的发型勇敢而大胆，她的金黄色的头发被笼罩在各种车轱辘大小的帽子里，她还喜欢在自己身上披些稀奇古怪的羽毛披肩。这些东西自身虽然沉重，但较之于她的伟岸身材来，哪里是对手，只会落得个黯然失色。另外，她对于那些怪诞阴森的东西也有偏好，故而常常会因此而逗得那些崇拜她的男士开怀大笑。她养了一只名叫“伊萨克”的黄猫，是那种类似于硫磺的黄色，她在它的尾巴上系了一个黑缎子蝴蝶结，以此来寄托她对那个死去的教皇的哀思。骷髅头的图案在她的房间里重复出现，一次是以龇牙咧嘴的真骷髅标本的形式，另一次则是以一块青铜镇纸的形式，这块镇纸的形状宛如一本大开本的古书，这书的封面上就是那个眼窝深陷的短暂性和“分娩”的象征。另外这书上还用希腊字母写有“希波克拉底[①]”这个名字。书心是空的，封底则十分光滑，用四个小小的螺丝封紧，只有细心地使用精密工具才能将其拧开。后来，也就是克拉丽莎用锁在这个空心里的毒药服毒自杀身亡之后，市政议员夫人罗德太太把它转送给我留作纪念，所以，它至今还保存在我的手里。

姐姐伊涅丝也是一个命中注定要作出悲剧性举动的人物。她代表着——难道我该说：可是？———一种在这个小家庭里发挥维护作用的因素，她的生活内容就是抗议根基的丧失，抗议南德的风习，抗议这座艺术之都，抗议这类艺术家群体，抗议她母亲在晚间举办的这些社交聚会，就是要倒退，尤其是强调要倒回到过去，倒回到她父亲的时代，回归市民的严谨和尊严。不过，在外人看来，这种保守主义似乎是为阻挡她的本性的张力和危险而构筑的一个防御工事，而她本人却又十分知性地重视这种张力和危险。她的体态较克拉丽莎娇小一些，她和她很合得来，而对于她的母亲则是沉默而明确地表示拒绝。她长着一头泛着灰色的金发，她的这头头发非常浓密，所以看上去是沉甸甸地压在她的头上的，而每当她伸长脖子撅起嘴巴笑的时候，她的这个头便会歪向一边。她的鼻子驼峰似的微微隆起，她的浅色的眼睛发出的光芒几乎被眼皮遮挡，这是一种疲惫、柔弱、充满不信任的目光，一种知情的和悲哀的、尽管同时又是不免有些狡黠的目光。她所受的教育就是要高贵得体；她有两年时间都是在一所高贵的有宫廷提携的女子寄宿学校里度过。她对艺术或科学并不上心，相反，她把重点放在了如何做个女管家之上，不过，她的书倒也真是读了不少，她“给家里”、给过去、给她寄宿学校的女校长、给她往日的女友写信，这些信件，其文体之优雅，非常人能比。她妹妹有一天曾经把她写的一首题为《矿工》的小诗拿给我看过，我现在还可以清晰地回忆起其中的第一节。那内容是这样的：

---

① 希波克拉底（前 460－前 370）：古希腊哲学家和最著名的医生，被视为外科、药物学、解剖学和日常保健学的鼻祖。

“我是灵魂深井里的一名矿工
我静静地无所畏惧地沿着黑暗攀登
我看见苦难的珍贵宝藏
在漫漫黑夜里闪烁可怕的光芒。”

下面的内容我就记不得了。只有结尾的那一行还没有忘记：

“而我也永远不会再去把那幸福向往。”

关于女儿们的情况现在就说到这里。阿德里安同她们保持着一种建立在合住基础之上的友好关系。她们俩都很欣赏他，并且还对她们的母亲施加影响，促使她也懂得去诊视他，尽管她认为他不大具备一个艺术家的气质。至于出入这栋小楼的客人，情况大致是这样的，他们当中的一些人，其中也包括阿德里安，或者用她们自己的话说，“我们的房客，莱韦屈恩博士先生”，已经通过轮换挑选的方式被邀请到罗德家的那间餐厅里和她们共进晚餐，这间餐厅里摆放着一个橡木餐柜，而这个餐柜相对于整个空间而言的确是显得过于巨大了，其雕刻也显得过于繁复了；另外一些人则在九点或者更晚的时候前来演奏音乐，喝咖啡，聊天。他们是克拉丽莎的男女同事，某位发大舌音的血气方刚的小伙子以及某个声音位置很靠前的姑娘；这之后便是一对名叫克虐特里希的夫妇，男的叫康拉德·克虐特里希，是土生土长的慕尼黑人，从外形上看长得跟古日耳曼人的一支，苏加姆比尔人或乌比尔人[①]一模一样，只不过头顶上缺了那样一簇反拧的头发而已，他所从事的艺术活动并不确定——他原来很可能当过画家，但业余却爱好乐器制作，他的大提琴拉得相当狂放粗糙，而在他拉琴的时候，他的那只鹰钩鼻还会不停地呼哧

① 西日耳曼的一个部落。

呼哧喘粗气；女的叫娜塔莉娅，棕色的皮肤，戴着耳环，黑色的鬈发儿弯垂到脸旁，具有西班牙式的异域情调，也同样是画画的营生。跟在这夫妇俩之后而来的是一个学者，克拉尼希博士，钱币学家和负责古币收藏的官员，他的说话方式是明确、明朗而理智的，但他的声音却因为哮喘病而变得沙哑。除以上人员外，还有两个要好的画家和脱离派[①]成员，列奥·齐恩克和巴普提斯特·施彭格勒，一个来自奥地利，老家在博岑一带，就其社交技巧而言很会搞笑，是个善于逢迎的丑角，他会不停地用慢条斯理的语言讽刺自己和自己那超长的鼻子，此人身上还有着那么一股子色迷迷的味道，从他的两只紧密相邻的圆眼睛里发射出来的目光真的十分滑稽，能把女人们刺激得哈哈大笑起来，而一个好的开场始终如此；另一个，即施彭格勒，德国中部地方人，留着非常浓密的金色髭须，是个处世圆滑老练的怀疑论者，此君家财万贯，所以很少工作，生性多疑，却又博闻强记，与人交谈时总是笑容可掬，飞速眨眼。伊涅丝·罗德极不信任他——到何种程度，她自己倒没怎么往下说，但她却对阿德里安说他是个拐弯抹角的家伙，是个鬼鬼祟祟的伪君子。不过，后者倒也承认，巴普提斯特·施彭格勒身上有着某种令他感到宽慰的聪明才智，他喜欢和他交谈——相比之下，他对另一个客人为消除他的矜持和赢得他的信赖而作的努力追求所给予的回报则要少得多。这个人就是鲁道夫·施维尔特费格，一个才华横溢的青年小提琴家，撞塞子乐队成员，该乐队和宫廷乐队一样在这座城市的音乐生活中占有重要的一席之地，而他可是该乐队的第一小提琴之一。虽然生于德累斯顿，但从他的祖籍看倒更像是来自低地德语地区的人，满头的金发，中等匀称的身材，举止文雅，彬彬有礼，萨克森文明那迷人的精明世故和大方洒脱在他身上体现得淋漓尽致，他性情温和，同时又热衷于卖弄风情，他频繁出入沙龙聚会，他的每个闲暇的晚上至少

---

① 德国19世纪末的一个艺术流派。

是在一个，大多数情况下则是在两到三个社交场所度过，从年轻姑娘到半老徐娘，他和漂亮的异性调情，如痴如醉，飘飘欲仙。列奥·齐恩克和他关系冷淡，偶尔还会发生一些磕磕绊绊——我常常发现，讨人喜欢的人却很少喜欢别人，而这一点无论对于男性征服者还是对于漂亮的女人都是一样适用的。就我个人而言，我并不反感施维尔特费格，是的，我还真是发自内心地喜欢他，而他的过早到来是悲惨的，在我看来另外也是笼罩着一层特别的阴森恐怖的死亡，也使得我的心灵深处很受触动。时至今日，这个年轻人连同他那孩子气的举止仍是如此清晰地浮现在我的眼前，只见他把穿在衣服里面的一只肩膀摆正，短促麻利地扮出一个鬼脸，同时把一个嘴角向下撇去；他的另一个天真的习惯，即同别人说话时紧张急切而又似乎是义愤填膺地看着对方：与此同时，他的那双钢青色的眼睛会一本正经地在人家的脸上来回搜寻，一会儿去迎合人家的这只眼睛，一会儿又去迎合人家的另外一只眼睛，一张嘴巴则会随之而撅了起来。此外，即便是完全撇开他的可以算作可爱之处的才能不说，什么样的优良品质他又没有呢。坦率，正直，不带偏见，艺术上毫无妒忌之心，淡泊金钱物质，总之，某种纯洁的东西，也会从他那双——我现在要再次重申这一点——美丽的钢青色眼睛里放射出来，从而令他那张无论怎样看都有点像斗牛狗或哈巴狗，同时却又是年轻迷人的脸庞大放异彩，而这些说实话，又全都只是为他个人所特有的东西。他常常和钢琴弹得绝不蹩脚的市政议员夫人一起合奏——同时还得兼顾那位强烈要求横扫他的大提琴的克虐特里希，因为大家更多的是冲着鲁道夫的表演而去的。他的演奏干净利落，训练有素，声音虽然不大，却很甜美动人，技巧上也极为出色。维瓦尔第①、魏奥当和史博尔的某些东西，格里格②的c小调奏鸣曲，甚至连克

① 安东尼奥·维瓦尔第（1678－1741）：意大利作曲家、小提琴演奏家。

② 爱德华·格里格（1843－1907）：挪威作曲家，19世纪下半叶挪威民族乐派代表人物。

鲁采奏鸣曲和赛萨尔·弗兰克[1]的一些作品，人们都是很难再听到比他更加无可挑剔的演绎了。他思想质朴，也没有受过文学的熏陶，但他对于文化修养高的人士所发表的好的意见却很在意——这不仅只是出于虚荣心的需要，同时也是因为他真心实意地重视同他们的交往，并且也希望通过这种交往使自身得到提高，从而变得更加完美。他很快就把目标锁定在了阿德里安身上，他向他献殷勤，不惜因此而怠慢那些贵妇人，他请他作出评价，要他为他伴奏，但当时都被阿德里安一一加以拒绝了，他表现出极大的同他谈论音乐和音乐以外的事物的渴望，而且——一种非同寻常的忠诚的标志，但同时也是一种无忧无虑的理解和自然的文化的标志——无论怎样的冷淡、矜持、拘谨都不能使他醒悟、退缩和反感。有一次，阿德里安由于头痛得厉害，所以完全没有了参加社交聚会的兴致，于是便谢绝市政议员夫人的邀请，一个人独自呆在自己的房间里休息，突然，施维尔特费格跑了进来，穿着他那件前下摆向后斜切的燕尾服，戴着他那条黑色宽领带，跟他说，他是受好几个或者全体客人的委托前来请他回去参加聚会的。他说，没有他在场简直是无聊透顶……这话听起来就有点令人吃惊，因为阿德里安绝对不是一个能够活跃气氛、陪人消遣的社交伙伴。我至今也不清楚他那时是否被成功说服。讨人喜欢是一种非常普通的需要，也许他只是充当了这种需要的一个对象而已，尽管这是一种推测，但仅凭这一点，他都会情不自禁地对这样的毫不气馁的亲近感到某种惊喜。——

至此，对于参加罗德家沙龙的人员的组成情况，我已经进行了相当全面的介绍，这些人物都是我本人后来在弗莱辛做教书匠期间亲自结识，与此同时，我还结识了这个慕尼黑社交圈中的其他许多成员。不久之后还有吕迪格尔·席尔德克纳普加入进来——他，也学着阿德里安的

---

① 赛萨尔·弗兰克（1822－1890）：法国作曲家、管风琴演奏家，重要作品有《d小调交响曲》、《A大调小提琴奏鸣曲》等，其音乐旋律不凡，和声新颖，结构坚实，尤以擅长“循环形式”著称于世。

样子认为，应该在慕尼黑而不是在莱比锡生活，于是乎下定决心，用实际行动做成了这件值得一做的事情。而出版他所翻译的中古英语文学作品的出版商也正好就在此地落户，这一点对于吕迪格尔来说具有实用价值；此外，缺少同阿德里安交往的日子让他感到遗憾和挂念，而现在他马上又可以用他爸爸的那些故事和他的那句“您参观参观那个！”把他逗得忍俊不禁了。他在离他这位朋友的住处不远的阿玛利恩大街的一栋楼房的四层里找了一间屋子，他坐在里面，由于天生特别需要空气，所以整个冬天都会开着窗子，他身披大衣和花格毛毯坐在他的那张桌子旁，历尽艰辛，吞云吐雾，半是满腔仇恨、半是如痴如醉地为能替那些英语单词、短语和节律找到精确的德文对应值而奋力拼搏。他经常和阿德里安一起在宫廷剧院餐厅或者在城里的某个地下酒家吃中饭，但很快他便通过莱比锡的关系搞到了进入私人宅邸的敲门砖，甚至还有办法让这一家人或那一家人哪怕是在中午时分也会专门为他添加一副餐具——例如，在他陪同一个为他的人穷志不穷而着迷的家庭主妇去购完物之后，更别说是晚上的邀请了。在诸侯大街他的出版商——一家名为“拉德布鲁赫商行”的公司的老板那里，情况是如此；在施拉金豪芬家里情况亦是如此，这是一对上了年纪、家财万贯、却无儿无女的夫妇，男的是编外学者，祖籍施瓦本，女的来自慕尼黑的一个贵族世家，在布里内尔大街拥有一套光线不大好，但却华丽的住宅，住宅的客厅里装饰有高大的立柱，这里是一个包括艺术家和贵族在内的社交圈子的聚会场所，而这位娘家姓冯·普劳斯西的主妇最喜欢的事情莫过于艺术家和贵族这两种元素能够在同一个人身上水乳交融，就像在王室戏剧总管冯·里德泽尔阁下的身上所体现出来的那样，他是那里的常客。——此外，席尔德克纳普也在一个富有的造纸厂主、实业家布林格尔那里吃饭，布林格尔的家就安在临河的维登麦耶大街上，是一幢由其本人自建的出租公寓，而这幢公寓的二楼就由他自己居住；当然，除此之外，席尔德克纳普另外还在普硕尔啤酒股份公司的一个经理家中以及别的一些人家中混饭吃。

在施拉金豪芬夫妇家中，吕迪格尔也引荐了阿德里安。这个少言寡语的外人在那里见到了有贵族头衔的大画家们，瓦格纳歌剧女主角的扮演者唐娅·奥兰达，还有费利克斯·莫特尔，巴伐利亚的宫廷贵妇，“席勒的曾孙”、撰写文化史书籍的冯·格莱辛—茹斯伍尔姆先生，以及一些个啥都不写，就只知道一门心思充当口头文人引上流社会入胜的作家，所有这些人，他和他们全都是萍水相逢，纯粹的点头之交而已。不过，也正是在这里，他第一次结识了让内特·硕伊尔。这是一个值得信赖的、具有奇特魅力的女人，大他整整十岁，其父已故，生前为巴伐利亚的一个行政官员，她的母亲则是巴黎人——一个长年瘫痪在轮椅上，思想却很活跃的老太太，她从未下过气力去学德语：她也有理由这样做，因为她那备受习俗护佑的大行其道的法语全然就是金钱和地位的保障。硕伊尔太太和她的三个女儿，让内特是其中的老大，她们一起住在植物园附近的一套公寓里，尽管这套公寓的面积相当有限，可她偏偏就是喜欢在她家这间巴黎风味十足的小小客厅里举办音乐会，用茶水招待客人。男女功勋歌唱家标准纯正的嗓音在这几间狭窄的房间里充斥集聚，大有要把它们撑破之势。人们也可以看到，常有蓝色的宫廷马车在这栋简朴的楼房前停留。

让内特自己的情况则是这样的，她写文章，写书，还写小说，她在双语的环境中长大，她用一种不正确但却迷人的个人语言撰写优雅独特的社会研究，这些研究不乏心理学的和音乐的魅力，绝对属于高雅文学。她一眼就注意上了阿德里安，她始终如一地支持着他，而他也感到和她有共同语言，同她谈话很安全。她衣着华丽，但相貌丑陋，一张优雅的羊脸上土气和贵族气相间杂陈，这跟她说话时巴伐利亚方言和法语混用的情况完全相似。她这人可谓绝顶聪明，但同时却又免不了某种老姑娘的天真无知，所以尽提一些幼稚可笑的问题。她的思想有点变化无常，有点滑稽混乱，她也真心诚意地取笑自己的此等毛病——但绝对不是像列奥·齐恩克那样搞自嘲之名，行阿谀奉承之实，而是纯粹发自内心地觉得自己好笑。另外，她在音乐方面也很有造诣，弹得一手好钢琴，迷恋肖邦，为舒伯特摇旗呐喊的文字也写了不少，她还和不止一个当代音乐界名人交好，而有关莫扎特复调音乐及其同巴赫关系的意见交换则是她和阿德里安之间进行的第一次面谈，双方对此均感到满意。他是，而且一直是她怀有好感并信赖多年的人。

顺便提一下，谁也休想指望，这座城市，这座被他选为自己逗留地的城市，它的氛围，真的会让他融入其中，真的会有朝一日把他变成它的一员。它的美丽，它那雄伟的、山涧流水潺潺的富于田园风光的城市图景，在吹着燥热风的阿尔卑斯山蓝天的衬托之下，或许也会使他感到赏心悦目，它的无拘无束的习俗有点像旷日持久的化装舞会上的行动自由，这或许也会给他的存在带来些许轻松。它的精神——请允许我这样说！——它的愚笨、但却一团和气的生活情调，这座自娱自乐的卡普阿[①]感性的、爱装潢的和狂欢节式的艺术思想，对一个像他这样深刻而严肃的人来讲，必定会永远从骨子里感到陌生——这种城市本质才真的是他所射出的那种很久以来为我所熟知的目光的合适的对象，他的目光是朦胧的、冷漠的、若有所思和遥远的，而他的人则会随着这种目光微笑着转身离去。

我正在说的这座城市就是君主摄政晚期[②]的慕尼黑，时间距离战争爆发还只剩下四年，战争的后果将会把这种惬意变为抑郁，将会导致一个又一个阴暗的怪诞在这里上演。这座有着透视美的首府，其政治问题局限于一种情绪化的对立，对立的双方，一个是半分裂主义的群众基础

---

① 意大利城市，位于那不勒斯以北。该城东南四公里处便是古希腊罗马时期名城卡普阿遗址。罗马时期的卡普阿城经济富裕，风习放浪，因而名声不好，后常被用于形容声色犬马之地。

② 路德维希二世之弟奥托因患精神疾病无法执政，国王路德维希一世的一个儿子，即鲁伊特博尔德便以“王子摄政王”的身份接管了统治权。他死于1912年。

广泛的天主教，一个是忠实于帝国条条框框的清新活跃的自由主义。慕尼黑连同在慕尼黑统帅厅举办的卫兵仪仗队音乐会，连同它的艺术品商店，做装饰装潢生意的大卖场及旺季展览会，连同它的谢肉节期间的农民舞会，它的由喝烈性黑啤酒引起的酩酊大醉，它的十月啤酒节草地上的长达数周的巨兽般的教堂落成纪念日年市，在这里，一群群倔强而又快活的人们庆祝他们的农神节，尽管这种庆祝早就被现代大众化经营所收买；慕尼黑连同其被保留下来的瓦格纳崇拜，它的秘密的躲在凯旋门后举办美学晚会的小集团，它的为公众的善意所围裹且实质上是舒适惬意的放荡不羁的文艺人团体。所有这一切，都在阿德里安此次于上巴伐利亚度过的贯穿一秋、一冬、一春的那九个月里被他尽收眼底，他徜徉其间，体会个中滋味。在他和席尔德克纳普一同前往参加的艺术家庆典上，在装饰雅致、若隐若幻的大厅中，他本人重又和罗德圈子里的成员，那些年轻的演员、克虐特里希夫妇、克拉尼希博士、齐恩克和施彭格勒、这家的两个女儿，相聚在了一起，他同克拉丽莎和伊涅丝，外加吕迪格尔、施彭格勒和克拉尼希，很有可能还有让内特·硕伊尔一起围坐一桌，其间也会突然冒出个施维尔特费格来，他或是扮成农村小伙，或是穿上十五世纪的佛罗伦萨服，这种古装有利于突出他的美丽大腿，并使他看上去有点像波提切利[①]肖像画上的那个戴红帽子的男孩——他兴高采烈地跑来，他把提高自身精神境界的要求忘到九霄云外，他“以友好的方式”邀请罗德家的姑娘们去跳舞。“以友好的方式”是他爱用的一个口头禅；凡事皆应友好地发生，避免不友好的忽略，这是他所遵循的原则。他在客厅里原本有着繁重的义务和浓厚的与人调情的兴趣，而他同拉姆贝格大街的这两位女士的关系更多的也只是一种兄妹之情，但他觉得如果完全忽略她们的话不大友好，可是，这种刻意的友好又由于他的匆忙接近而表现得太过明显，以至于克拉丽莎傲慢地对他说道：

---

① 桑德罗·波提切利（1445－1510）：意大利文艺复兴早期佛罗伦萨画派重要画家，代表作有《春》、《维纳斯的诞生》等。

“上帝啊，鲁道夫，您一来，就摆出一副救世主的表情，您能不能不这样啊！我向您保证，我们已经跳够了，我们根本不需要您。”

“需要？”他用他那带点后腭音的声音喜怒参半地回应道，“那么我的内心需要就该毫无价值吗？”

“一文不值，”她说道，“再说了，我对您而言个子也太高了。”

她一边这样说，一边很是傲慢地抬起她那吊在圆圆的嘴唇之下的缺乏凹陷的短下巴，起身和他一起离开座位去跳舞。要么，换了他请的人不是她，而是伊涅丝，那么，伊涅丝则会低眉撅嘴地跟着他去跳舞。此外，他的友好也不仅仅只是针对这姐妹俩。他十分善于控制自己的忘性。他可以突然地，尤其是当那姐妹俩拒绝跟他去跳舞的时候，摇身一变，若有所思地在桌边找个紧挨着阿德里安和一直穿着化装舞服喝红酒的巴普提斯特 · 施彭格勒的位置坐下来。后者一边绘声绘色地说事，一边眨眼睛。他的脸上有一个酒窝，就悬在他那浓密的髭须的上方，他此时正在引用龚古尔兄弟的日记或是阿贝 · 加里亚尼的书信，而施维尔特费格则带着他那种恰恰是因为注意力集中而显得愤怒的表情，目不转睛地盯着人家的脸。他和阿德里安谈论下一场“撞塞子”音乐会的曲目，要求阿德里安把他不久前在罗德家发表的关于音乐、关于歌剧状况之类的言论作进一步解释，那个迫切劲儿呀，就好像这世上再也没有什么别的能够让他感兴趣，再也没有什么别的义务需要他去承担了似的，而且，他还真是一门心思地扑在了阿德里安一个人身上呢。只见他挽起他的胳膊，同他一起绕开热闹拥挤的人群，围着客厅闲逛，用狂欢节式的你来称呼他，全然不顾对方的不予理睬。让内特 · 硕伊尔后来曾告诉我说，有一次阿德里安这样漫步回来之后，伊涅丝 · 罗德对他说道：

“您可别让他得逞。他什么都想要。”

“恐怕莱韦屈恩先生也是什么都想要吧。”克拉丽莎用手托着下巴这样补充道。

阿德里安耸了耸肩膀。

“他想要的东西，”他回答道，“就是，希望我能给他写一部甚至能让乡下农民都接受他的小提琴协奏曲。”

“这事您可别干！”克拉丽莎又说道，“如果您在这件事情上同他搭上边，那您恐怕就只剩下满脑子的奉承话了。”

“您也太高看我的灵活性了，”他回复道，一旁的巴普提斯特·施彭格勒于是咯咯地笑了起来。

不过，阿德里安对慕尼黑享乐生活的参与我也介绍的不少了，就到此为止吧！其实，他冬天就已经开始在席尔德克纳普的陪同下，当然大多数情况则是在他的催促之下，乘车到尽人皆知、风光优美的郊区去游玩，尽管那里的面貌因为大搞旅游业而被弄得好不滑稽，此外，在埃塔尔、奥伯阿梅尔高、米滕瓦尔德，他还和他一起度过了数个不免艰苦，但却美妙的雪天。当春天来临之际，这样的远足甚至还愈发地多了起来，所去之地尽是些著名的湖泊，以及那个尽人皆知的疯子①的戏剧城堡，而且，他们常常也漫无目的地骑车（因为阿德里安爱把自行车作为自主漫游的工具）到发绿吐芽的乡间，走到哪里住到哪里，不管那里显眼还是不显眼。我之所以至今对此念念不忘，是因为阿德里安正是通过这种方式，才得以发现和熟悉了那个日后将要被他选作个人生活环境的地方：位于瓦尔茨胡特附近的普菲弗尔林及施魏格施迪尔家的庭院。

瓦尔茨胡特是座没有魅力也没有名胜的小城，位于加米施—帕滕基兴铁路沿线，距离慕尼黑一个小时，而下一站，只需再开十分钟便是普菲弗尔林，又称普法弗尔林，但是快车在此不停。它们呼啸而过，把此处仍显平淡的风景和高耸其间的普菲弗尔林教堂的葱头形尖塔孤零零地晾在那里。阿德里安和吕迪格尔造访这么个小地方纯属一时兴起，这一

---

① 即巴伐利亚国王路德维希二世（1845－1886）：1864年登上王位，为理查德·瓦格纳最重要的赞助者，具有病态心理，最后疯死。生前斥巨资修建新天鹅堡、林德霍夫等宫殿。因其遁世而浪漫的生活方式而受到民间爱戴。

次完全是匆匆一瞥。他们甚至没在施魏格施迪尔家过夜，因为两人第二天早上还有事要办，所以要赶在天黑之前坐火车从瓦尔茨胡特返回慕尼黑。他们在小城广场边上的酒家里吃了中饭，而按照火车时刻表他们还有好几个小时的时间，于是他们沿着两旁绿树成荫的公路继续向普菲弗尔林骑去。他们骑着自行车在村子里转悠，从一个小孩子口里打听出附近池塘，即“夹子湖”的名字，又匆匆看了一眼“罗姆冈”，那座由绿树为之加冕的山丘，然后，在一条被赤脚女佣唤作“卡施佩尔”的用铁链拴住的警犬的阵阵狂吠声中，来到一座装饰有一个僧侣标志的大庄园门口，准备讨要一杯汽水喝——与其说是因为口渴，倒不如说是因为这幢农村建筑物浓厚的富于个性的巴洛克风格，一俟跃入他们的眼帘，就立马引起了他们的注意。

我不知道，阿德里安那时在多大程度上有所“觉察”，某些关系以另一种并不遥远的面目显现，他是否当时就或者是逐渐地、事后地、隔段时间回忆一下地把它们认了出来。我倾向于相信，他起初一直没有意识到这个发现，只是后来才，也许是在梦里，大吃一惊地明白过来。反正他没有向席尔德克纳普透露一个字，同样，他也从未在我面前提起过这奇特的雷同。当然，我也许会搞错。池塘和山丘，庭院里那棵巨大的老树——但是棵榆树——连同绕树一圈的涂着绿色油漆的环形椅，以及其他的还在增加的细节，都可能让人第一眼就有瞠目结舌之感；或许他无须做梦便能睁开眼睛，但可以肯定的是，他当时的只字未提证明不了任何问题。

在大门口隆重迎接来访者的人是艾尔泽·施魏格施迪尔太太，她的态度十分友好，听完他们的来意之后，就拿出高脚杯和长柄勺来为他们配制汽水。她把他们让进一个形状近似礼堂、有拱顶的会客室，把配好的汽水端给他们喝。这会客室位于门厅左侧，门厅则是一种农家沙龙，里面摆放着一张巨大的桌子，几个窗龛能让人清楚地看到墙壁的厚度，一个窄柜刷的是五彩漆，窄柜上面放着一尊石膏像，是长有一对翅膀的萨莫德拉克胜利女神尼基。这个厅堂里还立着一架棕色的桌式钢琴[①]。施魏格施迪尔太太一边冲着他们坐下，一边向他们解释说，这个厅她家里人是不用的；他们晚上睡在斜对过紧挨楼门口的一间小些的屋子里。这楼里空闲的地方多的是，此外在这边还有一间漂亮的小房间，即所谓的修道院院长室，之所以这样叫，是因为奥古斯丁教团[②]的僧侣们从前在这里有过经营，他们的首领用它作过工作室。她以此证实，这个庭院曾经为修道院所有。施魏格施迪尔家族住在这里面已有三代之久了。

阿德里安说，他自己原本也是农村出身，不过在城里已经住了很长时间，他问这个庄园共有多少地产，得到的答复是，耕地、草场连同森林加起来足足有四十个塔格维尔克[③]。另外，位于农庄对面空地边上的那些低矮建筑及其前面的栗树也是属于庄园的财产。那里以前住过帮工，现在几乎是常年空置，基本上不具备住人的条件了。前年夏天曾经有个慕尼黑的画家租过那里的房子，为的是在周边地区，瓦尔茨胡特沼泽一带写生，画风景，倒是也画出了几幅好画，不过内容都有点悲伤绝望，其中有三幅在水晶宫[④]展出，她本人去那里参观时又跟它们见了一面，有一幅还让巴伐利亚汇兑银行[⑤]行长施蒂格尔迈尔给买去了呢。两位先生是不是也是画家啊?

她大谈那个租房人的目的，恐怕只是为了表示自己的这一猜测，同时也弄清楚，自己大致在和什么人打交道。当她得知他们一个是作家，一个是音乐家时，便恭敬地扬起眉毛说，这种情况比较少见，也比较有意思。而画家则不然，他们可是遍地开花，多如牛毛啊。两位先生相当

---

① 一种流行于 18 和 19 世纪的近似于餐桌形状的钢琴，琴弦与琴键是水平和平行的。

② 中世纪建立的分布极广的宗教组织。

③ 德文为 Tagewerk，一头牲口一天能耕的耕地面积。

④ 即位于慕尼黑卡尔广场的当代绘画博物馆，当时以展览脱离派画家的作品为主，1931 年被大火烧毁。

⑤ 主要从事贴现业务的银行。

严肃，这一点她也是一眼就看出来了的，而画家们却不同，他们大都是些轻浮放荡、无忧无虑之徒，对生活的严肃没有多少兴趣——她所指的并不是那种讲究实际的严肃，比如挣钱之类的事情，而是，如果她谈严肃的话，那么，她更多地指的则是生活的沉重，生活的黑暗的方面。当然，她也不想冤枉所有的画家，因为，比如说她当时的那个房客，人家很快就表明自己是个例外，是个很安静、很内向的人，一点也不逍遥自在，心情反倒十分沉重——而他的画看上去也是如此，不外乎迷雾重重的沼泽气氛和孤独寂寥的森林草地，所以呀，银行行长施蒂格尔迈尔居然选中其中一幅，而且恰恰还是最为阴郁的那一幅，给自己买下，着实叫人感到奇怪：他这个金融家想必也有发愁的时候。

她坐在他俩边上，腰板挺直，棕色的、稍稍有点斑白的头发梳得平整而紧绷，白色的头皮因而清晰可见，身上套着一件方格纹料理围裙，圆圆的领口处别着一枚椭圆形的胸针，一双手小巧灵活，修长优美，十指交叉地放在桌面上，其中的右手腕上还戴着一只光滑的结婚手镯。

尽管她的话里夹杂着“就是么”、“听见没”、“是不是吵”这类方言，不过，她的语言总的讲来还是相当纯净的，她说她喜欢艺术家，因为他们都是些善解人意的人，而理解又是生活中最美好和最重要的东西——画家们的轻松愉快实际上也是以此为基础的，理解的确有轻松的和愉快的两种，而另外还要弄清楚的是，应该优先考虑两者中的哪一种。或许最合适的是某个第三种：一种冷静平和的理解。艺术家当然得住在城里，因为那里有与他们息息相关的文化发生；其实，他们和农民打成一片要比和城市市民正确得多，农民由于是生活在自然当中，因此也就更接近理解，而那些市民呢，他们的理解不是萎缩，就是遭到压制，因为这些人为了维护资产阶级秩序不得不这样做，结果就是，这种做法恰好导致萎缩。不过，她也不想把城里人说得一无是处；例外总是有的，或许还是些隐秘的例外，姑且再举银行行长施蒂格尔迈尔的例子来说吧，他买下那幅沉重的画，以此证明他所怀有的诸多理解，而不仅仅只是对艺术家的理解。

她接下来请她的客人们喝咖啡，吃斤糕①，但席尔德克纳普和阿德里安似乎更愿意利用他们余下的这段时间去看看房子和院子，他们说，很想麻烦她带他们去转一下。

“那好吧，”她说道，“只是遗憾得很，我家马克斯（即施魏格施迪尔先生）正在外面地里干活，和格雷翁一起，这是我们的儿子。格雷翁新买了一台撒肥机，他们想试试它好不好使。看来只能由我代劳了，还请两位先生务必将就一下吧。”

“这可不叫将就，您太客气了，”他们一边回答，一边起身和她一起穿过这座结实耐用的楼房，没走几步，就来到前面，参观了主人家的起居室，这里是四处弥漫的烟草气味的发源地；再往下走就是那间修道院院长室，一间讨人喜欢的屋子，不是很大，同整栋楼的外部建筑风格相比显得有些落伍，就性质而言，倒更像是1600年代，而非1700年代的，墙上装有护墙板，地面铺的是木板，但木地板上没有铺地毯，一块用皮革制成的裱糊布紧贴在格栅平顶的下面，窗龛扁平隆起，窗龛的墙壁上是圣像，嵌进铅环的玻璃上镶着正方形的玻璃画，五彩斑斓；一个壁龛，里面挂着一把紫铜水壶，壶的下方放着同样质地的水盆，一个壁橱，上面安装了铁手镯和卡锁。一只角凳上了皮垫套，还有一张橡木桌，夯实沉重，放在离窗户不远处，形状宛如一口箱子，桌面经过抛光处理，下面的抽屉开得很深。桌面的中间部分低陷，边缘高出，加装了一支供阅读用的雕花斜面架。桌子的上方自格栅平顶向下悬挂着一只巨大的枝形吊灯，吊灯表面残留的蜡烛清晰可见，这是一件源于文艺复兴时期的摆设，它不规则地伸向四面八方，最终以兽角、掌状鹿角顶之类的奇形怪状收场。

---

① 德国常见的一种一斤重的家常烤制糕点，最简单最传统的原料配比为黄油、糖、鸡蛋、面粉各四分之一。

对于这间修道院院长室，两位来客可谓赞不绝口。席尔德克纳普甚至若有所思地点头说，应该在这里安家，在这里生活，施魏格施迪尔太太听罢，却向他表示了自己的怀疑，说这样对一个作家会不会太孤单，太远离生活和文化了。她还领着她的这两位客人登上楼梯，上到二楼，那里有很多卧室，沿着刷得雪白、散发着霉味的过道一字排列，一间挨着一间，她让他们看了其中的一两间。这些卧室都配备了床架和柜子，趣味和客厅的五彩窄柜保持一致，不过，只有几间卧室里的床是已经铺好了的：按照农民的趣味，用蓬松的鸭绒被铺得高高的，跟小山似的。这该有多少卧室啊！这俩说道。是的，通常情况下几乎都没人住，女主人答道。只有几间被人临时住过。汉德舒赫斯海姆的一位男爵夫人在这里住过，在这楼里散过步，有两年时间呢，直到去年秋天才走，那是一个贵妇人，她的想法，如施魏格施迪尔太太所说，和别人的想法不太合拍，所以她就跑到这里来躲避这种分歧。她本人和她处得相当好，很喜欢和她聊天，有时她甚至有办法让她自己去嘲笑她自己的那些个离经叛道的念头。但遗憾的是，这些念头不仅没有能够被铲除，反倒越来越多，大有难以遏制之势，无奈之下，亲爱的男爵夫人最后只好被送到专业人士那里接受内行的护理去了。

说到这里时，施魏格施迪尔太太已经沿着楼梯走下楼来，他们仨又来到外面的院子里，准备再去看看畜棚。另外还有一次，她说，时间要更早一些，在这么多卧室的一间里还住过上流社会的一个小姐，她在这里生下了她的孩子——既然她是和艺术家们在说话，那么，她就可以开诚布公地把事情说出来，无须躲躲闪闪，尽管当事人的名字不能直说。这位小姐，她父亲在巴伐利亚那边属于地位很高的法官阶层，他给自己买了一辆电动汽车，不曾想从此埋下祸根。为什么呢？因为他还专门雇了一个司机开车送他去公干，而这个年轻人呢，可以说毫无特别之处，只是在穿上他那混纺制服时才勉强显得整洁漂亮，就这么个人，却让人家小姐不顾一切地给喜欢上了。她怀上了他的孩子，她的父母发现之后，大发雷霆，深感绝望，又是绞手，又是抓头发，又是诅咒，又是痛哭，又是谩骂，怎么也不相信会发生这种事情。理解在他们那里是没有的，既没有一般老百姓的，也没有艺术家的，有的只是城市市民害怕失去社会名誉的极度恐惧，面对父母的诅咒和拳头，小姐缩作一团，哭泣哀求，直至最终，她和她的母亲一起同时晕倒在地。一天，那位法院院长找到这里来，要求和她，施魏格施迪尔太太，谈一谈：这是一个身材矮小的男人，只见他戴着一副金丝边眼镜，胡子花白，整个人伤心得连腰都快直不起来了。他们约定，小姐先在这里悄悄分娩，然后再在这里继续呆上一段时间，如果有人问，就说是贫血。之后，这位矮小的高官起身告辞，但还没走出几步就又折了回来，只见那金丝边眼镜片后面有眼泪流出，他再次同她握手，同时对她说道："亲爱的夫人，我谢谢您，谢谢您的善意的理解！"不过，他这里所指的是对抬不起头来的父母的理解，而不是对他们的女儿的理解。

这位女儿倒也真的来了，好一个可怜的人儿，嘴巴老是张着，眉毛老是竖着；她在这里等待分娩，等待期间她向她，施魏格施迪尔太太，透露了许多实情，她承认自己有罪，但不承认是被人引诱——相反，卡尔，那个司机，人家甚至还说过："那样不好，小姐，我们还是别那样的好！"可是，他们终究没有能够抵挡住，她也是做好了随时付出生命代价的准备，而且，她后来也是这样去做的，在她看来，死亡的决心可以抵消任何后果。她也表现得相当勇敢，她生了一个女儿，帮她接生的是这里的专区医生，好心的屈尔比斯大夫，对他而言，孩子是怎么来的并不重要，只要其他一切正常，胎儿不是横位就好。然而，尽管有乡下清新的空气和良好的护理，小姐分娩之后身体却一直十分虚弱，她也从未放弃过她那张嘴竖眉的老习惯，这样一来，她的双颊就显得更加瘦削，又过了一段时间，她那矮小的身居高位的父亲过来接她，见她这副模样，金丝边眼镜后面又禁不住泪光涟涟起来。那孩子被送到班贝格的方济各会修女那里，孩子的母亲从此也就只能是个面如死灰的小姐：她成天呆在她的屋子里，拖着一直就有肺痨的身子，悲苦地度日如年。她的双亲发慈悲送给她一只金丝雀和一只乌龟做伴。最后她又被送到达沃斯，而这似乎给她以致命打击，因为她一到那里就——如愿以偿地，一命呜呼了；一切都可以用死亡的决心来预支，如果她的这个想法没错的话，那么她就算是解脱了，一了百了了。

他们参观了牛棚，观赏了骏马，瞄了一眼猪圈，女主人同时把她接待过的那位小姐的故事讲与他们听。他们还去了屋后的鸡舍和蜂房，两个朋友接下来便问他们要付多少钱，她却说不要钱。他们对这一切表示感谢，然后便骑车返回瓦尔茨胡特去赶火车。他们一致认为，这一天没有白过，普菲弗尔林是一个值得注意的好地方。

这个地方的图景被阿德里安保存在了心底，不过，在较长的一段时间里，这个图景还不会左右他的决定。他要走，他要远走高飞，而不只是坐个把小时火车进山观景。那时，《爱的徒劳》的音乐已经写完了阐述场景的钢琴草稿；但这个工作却卡壳了；这种风格的滑稽模仿的艺术性很难坚持到底，它导致一种变化多端的古怪情绪，也促使那种对于远方的空气和更为陌生的环境的向往开始变得活跃起来。他感到烦躁不安。他厌倦了他安在拉姆贝格大街的那个小家，因为他在那里根本无法独处，猛不丁地就会有人跑来叫他去参加他们的社交聚会。"我在寻找，"他在给我的信中写道，"在这个世界上不停地寻找，我的内心在不停地发问，我听到一个命令，命令我去一个地方，我可以在那里隐身遁世，不受干扰地过我的生活，和我的命运进行对话……"尽是些不吉利的奇谈怪论！他那是在为怎样的对话、怎样的会面和约定寻找地点啊，一想到这些，我这心里能不发凉吗，我这握笔的手能不发抖吗？

他决定去的地方正是意大利，在旅游淡季，在夏天将来临之际，约摸六月底的时候，他开始动身启程。他还说服吕迪格尔·席尔德克纳普和他一同前往。

二十四

1912 年暑假，我带上我年轻的妻子去看望阿德里安和席尔德克纳普，我的出发地照旧是凯泽斯阿舍恩，目的地则是萨宾人[①]的山巢，这是他们给自己选择的逗留之处。我们去的时候，这对朋友已经开始度过他们在那里的第二个夏天。他们冬天是在罗马过的，等到五月份气温逐渐升高，他们就又回到那座山里，住进那同一户好客的人家，他们去年曾经在那里住过三个月，感觉跟家里一样。

那个地方是帕莱斯特里纳，是那位同名音乐家的诞生之地，其古希腊名字叫做普莱内斯特，另又被称作佩内斯特里诺，亦即科伦纳族诸侯固守的城堡，但丁曾在《地狱篇》的第二十七首歌里对此有提及过。这是一个风景如画的倚山居民点，有一条被房屋遮挡住、不算很干净的阶梯胡同从下面的教堂广场一直延伸到这里。一种黑色的小猪在上面乱跑，满载宽大货物的驴子也在那里上上下下，粗心的行人很容易被这些驴子当中的哪一头用驼在背上的向外凸出的货物挤到和顶到路边房屋的墙上去。出了该居民点后，这条路继续以山路的形式延伸，沿途经过一个嘉布遣会修道院，然后上至山顶，直抵卫城，那卫城虽说仅剩一点断垣残壁，不过其附近却还有一座古希腊剧院的遗址。海伦和我在我们所作的短暂停留期间曾多次登上山顶去眺望这些庄严的遗迹，相比之下，阿德里安却真的是“什么都不想看”，几个月里，他最远只到过嘉布遣会修士们的那座花园，那里绿树成荫，是他最爱驻足的地方。

马纳尔迪家，阿德里安和吕迪格尔借宿的旅馆，应该算得上是当地的第一显贵，尽管他们全家有六口人之多，但仍旧还是不费吹灰之力地

① 古代意大利中部民族。

就给我们这两个临时跑来的人安排好了住处。这个房子坐落在阶梯胡同边上，是一座形状几近宫殿或古罗马要塞的高大肃穆的建筑，我估计建于十七世纪六十到七十年代，木瓦屋顶平坦而不突出，下面只用了很少的横线脚，窗户也不大，正门的装饰表现出早期巴洛克风格，正门是用木板包裹的，上面还开了一个小门。主人把位于底层的一个非常宽广的区域腾出来给我们的朋友们住，那是一个开有两扇窗户的起居室，其长宽比例类似于客厅，地面铺的是石头，同这楼里所有的房间一样，背阴，凉爽，光线有点昏暗，陈设极为简单，全部的家具就是几把草编的椅子和几张马毛沙发，但面积却的确叫大，在那里，两个人被相当大的空间分开，可以互不打搅地专心做自己的事情。与此相邻的是几个宽敞的、陈设却同样简朴的卧室，其中的一模一样的第三间也被主人打开来供我们这两个客人居住。

家庭餐厅连同隔壁的厨房在楼上，厨房比餐厅要大得多，从小镇来的宾朋都在这里受到款待。巨大的烟道口被油烟熏得漆黑，墙上挂满了各种神奇的、只应是法国童话中的吃人怪物才有的长柄勺和切肉用刀叉，架子和搁板上堆满了铜器，平底锅、盆子、盘子、带盖汤罐和研钵，而在这里当家作主的则是西格罗拉·马纳尔迪，家里人都叫她内拉——我现在认为，她当时叫佩罗内拉，一个罗马类型的德高望重的老太太。她上嘴唇隆起，一双和善的眼睛不是深棕色，而只是栗子那样的棕色，一头交织着银色的头发梳得光而紧，外形匀称丰腴，显示出农村妇女的朴素与能干——常常可以看见她把一双小巧、但却惯于劳作的手叉在硬朗的紧扎围裙的腰间，右手上还戴着只双重寡妇镯。

她的亡夫给她留下一个年少的女儿，名字叫做阿美莉亚，年龄在十三四岁之间，是个有点傻里傻气的孩子，爱在吃饭时把勺子或叉子拿到自己的眼前晃来晃去，同时以问话的方式自言自语地反复强调着某个令她念念不忘的词。原来，马纳尔迪家很久以前住过俄罗斯的一户贵族，那家的老爷，伯爵或者侯爵什么的，是个看得见鬼神的能人，只要有游荡的鬼神进入他的卧房袭击他，他就会拿起手枪向这些鬼神射击，如此这般折腾让住在这楼里的人夜里没少受罪。因此，与此相关的记忆当然就会始终处于活跃状态，阿美莉亚频繁而固执地用意大利语发出“妖怪？妖怪？”的疑问便可从中得到解释。不过，更为细微的小事她也能够牢记在心。例如，“瓜”这个在德语中为阴性的词，在意大利语中为阳性，有个德国游客曾经照着德语的样子把它说成过阴性，于是，这孩子现在便会在嘴里喃喃念叨：“La melona？ La melona？”①，同时摇晃脑袋，一双无神的眼睛则随着她的那把勺子转动。西格罗拉·佩罗内拉和她的兄弟们对于她的这种行为早已习以为常，所以基本上是视而不见，充耳不闻，而只有在客人感到非常吃惊时，才会付之一笑，这种笑与其说是表示抱歉，倒不如说是充满了感动、柔情，甚至是幸福，仿佛那就是一桩很可爱的事情似的。对于阿美莉亚在饭桌旁的这种瞪眼发愣，海伦和我也很快就习惯了。至于阿德里安和席尔德克纳普，这俩的表现，可以说完全就当没有她这个人似的。

这家女主人的兄弟们我前面已经提到过，从年龄上看她大约介于他们之间，他们是：律师埃尔科兰多·马纳尔迪，通常被自家人心满意足地简称为“俺家的律师”，是这个朴实农家的骄傲，因为家里再没有别人读过书，他有六十岁，灰白的髭须乱蓬蓬的未经修理，说起话来声嘶力竭，那叫费劲儿呀，跟一头驴子叫唤没有什么两样；而阿尔佛恩佐先生则是弟弟，年纪在四十五岁左右，被他家里人亲热地唤作“阿尔佛”，以种地为生，每次我们下午去 Campagna② 散步，归来的时候都能碰到他，只见他骑着他的那头小小的长耳朵③，双脚几乎着地，头上顶着一把遮阳伞，鼻子上架着他那蓝色的护眼镜，他这是刚从田里收工回

---

① 意大利语，冠词“la”表阳性，名词“melona”意为“瓜”，这句话意为：“瓜是阳性吗？”

② 意大利语，意为“田野，天地，乡村”等。

③ 德文里指兔或驴。这里指的是驴子。

来。所有迹象表明，律师已经不再从事他的职业，而他目前依然还在坚持做的事情只是看看报纸——但不是在户外看，即使天气炎热，他也敢于穿着内裤不关房门地坐在他的房间里看。他因此而遭到了阿尔佛先生的指责，后者认为，一个搞法律的学者——他在这种时候总会用意大利语说“这种人啊！”——这样做太出格了。他在哥哥的背后大声谴责他的大胆行为，他的姐姐见状便会过来劝慰说，律师血气旺，遇到高温酷暑的天气得当心中风的危险，所以衣裳有必要穿得薄一点，可是，阿尔佛哪里听得进，继续不依不饶地说，那他这种人至少也应该把门给关严了，而不是像现在这样，把他那副过于随便的样子全部暴露在他的家人和 distinti forestieri[①] 的眼皮子底下吧。别以为受过高等教育，就可以如此傲慢无理、不修边幅。显然，这位 Contadino[②] 对那个上过大学的家庭成员怀有某种敌意，而现在他终于可以在这里找到一个绝妙的借口来发泄他的这种敌意了，尽管——或者说正因为——阿尔佛先生同所有姓马纳尔迪的人一样，从骨子里佩服这位律师，看重他，把他当作心目中的政治家。不过，兄弟俩在世界观上也存在着多重分歧，律师的思想更趋保守、更趋庄严谦卑一些，阿尔佛恩佐则相反，是个无神论者、自由主义思想家和批评家，具有叛逆精神，反对教会、反对王权、反对政府，声称它们统统掉进腐化堕落之深渊，难以自拔。“Ha capito, che sacco di birbaccione? [③]”“什么混账东西呀，尽是骗人的把戏，你明白吗？”他常常这样结束他的控诉——比律师要伶牙俐齿得多，而后者呢，会先用嘶哑的声音进行抗议，但也就一到两个回合而已，之后便会生气地埋下头去，自顾自地看他的报纸而不再理他。

这三个兄弟姐妹还有一个亲戚，是内拉太太那死去的丈夫的兄弟达

① 意大利语，意为“尊敬或高贵的外国人或外宾”。

② 意大利语，意为“农民”。

③ 意大利语，字面意思为：“全都是一帮恶棍流氓，你懂吗？”这里紧随其后的那句话实际上是用德文重复同样的意思。这种现象在整部小说中为数不少。

利奥·马纳尔迪，一个温和、胡子灰白、拄着拐杖走路的乡下人，他和他那不起眼的病怏怏的妻子一道生活在这栋家族小楼里。但他们俩却是自己单独开火，而我们七个，这兄弟俩、阿美莉亚、那两个常住客人和我们这对临时来访的夫妇，则由西格罗拉·佩罗内拉从她充满浪漫气息的厨房里给我们供给膳食。她为我们端上一道又一道菜肴，不知疲倦，慷慨大方，款待之盛，我们所交的那点膳宿费根本不能与之相抵。您瞧，我们津津有味地享用着营养丰富的浓菜汤[①]、小鸣禽配油煎玉米饼、马尔沙拉甜葡萄酒泡煎牛肉片、羊肉或野猪肉配糖拌蔬菜，还有很多的沙拉、奶酪和水果，我们的朋友们呢，则一边品着清咖啡，一边抽起他们的国家专卖香烟来，每当这时，她就会用一种提建议和想出一个高招的口吻问大家伙道："先生们，现在——来点鱼如何？"——有一种紫色的农家葡萄酒，律师在声音嘶哑的情况下仍旧大口大口地像喝水一样地喝它，这种葡萄酒，其实酒性烈得很，故而不适宜一天两次地当作高级饮料来喝，但像我们这样把它兑上水用以解渴，则又未免太可惜了。女主人于是就会用下面的话来劝我们痛饮它："你们喝啊！你们喝啊！Fa sangue il vino[②]。"但阿尔佛恩佐此时却会向她指出这种说法是迷信。

我们下午到外面去美美地散步，途中会时不时地被吕迪格尔·席尔德克纳普说的一些盎格鲁-撒克逊笑话逗得忍俊不禁，我们顺着山谷而下，在两旁长满桑树的小路上徜徉，偶尔也会离开小路一段，进入精耕细作的田野，领略乡间的橄榄树和宛如彩带的葡萄藤，欣赏那里的划分为一个个小庄园的良田沃土，那些庄园以墙为界，几乎称得上是巨大的正门都开在墙上。这片古典主义的天空在我们长达数周的逗留期间万里无云，弥漫在这块土地上的仿古之风又时时会栩栩如生地通过一个喷泉

---

① 一种有米、肉等的意大利风味菜汤。
② 意大利语，字面意思是："葡萄酒能够强血补血。"

的边缘、一幅牧人形象的绘画，通过潘神[1]那只恶魔般的公山羊头迎面吹来，而除此之外，我原本就因为能够再次同阿德里安呆在一起而心情激动，所以啊，这一切加起来就别提又该让我有多高兴了，难道我非要这样说不可吗？不言而喻，阿德里安只会用微笑点头、含讥带讽的方式来分享我这个人文主义者发自内心的欣喜。这些艺术家很少关注他们周围的现实，这个现实同他们的创作天地不直接发生关系，他们生活在他们自己的创作天地里，因此，这个现实充其量也只会被他们视为一个中性的、多少有利于创作的生活环境而已。——返回小镇的路上，我们会仰起头来观看日落，傍晚的天空瑰丽无比，类似的情形我还从未见过。一层涂得厚厚的黏稠如油的被绯红所环抱的金色漂浮在西边的地平线上，绝对的独一无二，美轮美奂，只要看上一眼，忘乎所以之情便能油然而生。尽管如此，当总能用自己的幽默逗阿德里安发笑的吕迪格尔·席尔德克纳普指着那神奇美妙的景象高喊他的那句“您快看看那个吧！”，从而又一次让阿德里安爆发出那种感激的大笑之时，我这心里仍然感到了一丝不悦。因为，我觉得，他是在利用这个机会对我和海伦的激动，对自然现象的壮观绮丽同时一并加以嘲笑。

坐落在小镇上方的那个修道院花园我在前面已经提到过，我的朋友们每天早晨都要背着包爬到上面去，然后再分开坐下干自己的工作。他们曾经去找过院里的修士，请求允许他们呆在那里，人家温和地答应了他们的请求。我们也常常陪同他们前往，那是一片杂草丛生、围墙破碎、但却馥郁芬芳的林荫地，一俟进去，我们就会立即让他们去忙他们各自的事情，我们自己则不声不响地找个他们俩看不见的地方（他们俩也都呆在彼此看不见的地方），躲在夹竹桃、月桂和染料木交织而成的灌木丛里，自力更生地度过一个越来越炎热的上午：海伦干她的钩织活儿，我看我的书，不过，我这心里却是既满足又好奇的，因为我知道，

[1] 希腊神话中主宰森林畜牧的神。

阿德里安就在附近给他的那部歌剧作曲，他的这项工作正在向前推进。

《〈爱的徒劳〉，可爱的任性的喜剧》是这部作品1598年用过的名称，里面的一些部分已经完成，为它所用的管弦乐队也是经过再三挑选的，而且大部分配器也都已经完成，在我们逗留期间，他曾用那架放在两个朋友起居厅里的五音相当不全的桌式钢琴为我们弹过——可惜只有一次——其中有代表性的段落和几个完整的舞台过渡：第一幕，包括在亚马多家的出场，以及他用先现音逐一处理过的后面的好几场：特别是俾隆的那些独白，那可是他一开始就特地定下的目标，——既包括在第三幕结尾处以诗行形式出现的那一个，又包括第四幕里不拘于格律的那一个——They have pitch'd a toil，I am toiling in a pitch，pitch，that defiles①，这里表现了那个爱上花心黑美人的骑士的绝望，一种真切、深刻、却又始终充满滑稽和怪诞的绝望，以及他的发泄愤怒的自嘲——By the Lord， this love is as mad as Ajax： it kills sheep， it kills me， I a sheep②，在音乐上比第一个更好，更成功。之所以会这样，一部分是由于这里的散文体速度快、终止猛，是以文字游戏的方式短促地从嘴里爆发出来，从而促使作曲家重点创造一些极为特别的古怪可笑，另外一部分也是由于在音乐中，刻意重复的和已经熟悉的东西，俏皮或深刻的提醒始终是用语言说出来给人印象最为深刻的东西，最后还是由于在第二个独白里，第一个的元素又以逗乐的方式使自己重新陷入回忆。这首先适用于他内心强烈的自责，因为他迷恋那个“脸上有着天鹅绒般的眉毛、有着两只沥青般乌黑眸子而非眼睛的苍白的小精灵”，同时又特别适合那双该死的、遭人爱的黑眸子的音乐形象：一个幽光闪闪的、混合大提琴和长笛声的、半是抒情加激情、半是怪诞的花腔，在散文体“O,

---

① 莎士比亚《爱的徒劳》第四幕第三场开始处俾隆的一句独白，朱生豪的译本译为：“他们张罗设网；我却陷身在泥坑之中。泥坑，这字眼真不好听。”

② 莎士比亚《爱的徒劳》第四幕第三场开始处俾隆的一句独白，朱生豪的译本译为：“上帝啊，这恋爱疯狂得就像埃阿斯一样；它会杀死一头绵羊；它会杀死我，我就是绵羊……”

but her eye, – by this light, but for her eye I would not love her” ①一处，以大肆讽刺的面目重复，而眼睛的幽暗还通过音域来加深，眼里的闪光这一次甚至分配给了小长笛。

毋庸置疑，一味固执地把罗瑟琳刻画成一个卖弄风骚的、不忠诚的、危险的荡妇，这是令人费解的，同时也是没有必要和缺乏充分的戏剧理由的——她得到这样一个标签只是俾隆的一面之词使然，而在喜剧的现实中她不是别的，就是潇洒大方和幽默机智——毫无疑问，这样的人物刻画，其根源在于作家内心的一种冲动，它强烈渴望保存个人经历，并且不管合适与否，用文学的方式为之复仇，因而具有强迫的性质，即使违背艺术规律也在所不惜。罗瑟琳，正如她的情郎所不厌其烦地加以描述的那样，是十四行诗的第二首里的那个深肤色的贵妇，是伊丽莎白的宫廷贵妇，是莎士比亚的情人，她和他那年轻英俊的朋友一起欺骗了他；而俾隆走上舞台开始他那散文体独白时所念的那首“蹩脚诗与伤感”——“Well, she has one o’ my sonnets already” ②，则是莎士比亚写给这位贫血的黑美人的诗行中的一首。那么，罗瑟琳又怎么会想到要把她下面的智慧运用到剧中说话刻薄而又绝对愉快活泼的那位俾隆身上的呢：

> “青春的热血怎会如此恣情
> 恰似倒向淫荡的一本正经？”

他确实是年轻，而且一点也不“正经”，而且也绝对不是那种可能让人产生这种看法的人，如果智者变成傻瓜，同时还要把他们全部的精

---

① 莎士比亚《爱的徒劳》第四幕第三场开始处俾隆的一句独白，朱生豪的译本译为：“啊，可是她的眼睛——天日在上，倘不是为了她的眼睛，我决不会爱她……”

② 莎士比亚《爱的徒劳》第四幕第三场开始处俾隆的一句独白，朱生豪的译本译为：“她已经收到我的一首十四行诗了。”

神力量都用来赋予这种愚蠢以价值的假象，这该是多么可悲。在罗瑟琳和她的女友们的嘴里，俾隆的行为举止极不检点；他不再是俾隆，而是同那个深肤色贵妇有着不幸的暧昧关系的莎士比亚；而阿德里安呢，他的手头总是备有一本袖珍英文版，他可以随时查阅这些十四行诗，这个根本离奇的诗人、友人和情人的三人组，在创作上，他从一开始就力求他的俾隆的性格能够同他所珍爱的那处对话相吻合，同时赋予他一种音乐，这种音乐——与其所从属的整体的漫画风格相匹配——突出了他的“正经”和他的思想价值，真实地把他刻画成一种无耻的情欲的牺牲品。

这很好，我对此赞不绝口。再说了，就他给我们演奏的东西，夸奖也好，惊喜也罢，要多少理由有多少理由！剧中那个咬文嚼字的学究霍罗福尼斯评价自己的话倒是可以好好地在这里派上一回用场了：

“这就是我所拥有的一种天分，就是，就是！一种怪异狂放的感觉，充满了形式、人物、形象、对象、观念、现象、激动、变化。这些东西统统被收纳在记忆的子宫里，在软脑脊膜的母体里被孕育滋养，只等着时机成熟，一朝分娩。”Delivered upon the mellowing of occasion。[①]美妙极了！在这里，在这种甚为无关紧要和滑稽的场合下，这个诗人居然乘机对艺术家精神作出了一番如此无可超越的全面描述，以至于人们会情不自禁地想把这种描述也套用到我们这位正在着手把莎士比亚青年时期的辛辣讽刺作品移植到音乐领域的杰出人物身上。

然而，这种高深的精神活动时刻都会令人感到一丝诚惶诚恐，假如不是这样那该有多好啊！“谁寻找沉重的东西，谁就会心情沉重，”这是那封写给那些希伯来人的信里的一句话——用在我的朋友及其创作活动身上，可谓一语破的，既是无上的光荣，也不免叫人忧心忡忡。只为我用原文改编的剧本配乐，他最终没有这样去做，我本应感到高兴才是。

---

① 英语，字面意思是：“随着时机的日臻成熟而分娩。”

取而代之，他给自己制订了给英德两种语言的编剧一并谱曲的任务，我要说的是：他通过风琴来使处于两种语言状态之下的旋律得到统一，同时又想办法让处于两者之中的它具有只有它自身才有的鲜明的音乐风格并被正确地诵咏。这样的一部艺术作品，一种堪称绝招的特技，甚至要比它所赖以存在的那些音乐灵感本身，似乎更能让他感到骄傲，而那种强迫倒让我有点为这些灵感的泛滥犯起愁来。

那么，我该不该把这种犯愁的原因归结为那种稍带个人色彩的委屈或忧虑呢？这种委屈或忧虑是由嘲讽古典研究这件事情本身带给我的，而古典研究又在这部作品里表现为不自然的禁欲。阿德里安无须为这幅人文主义的漫画负责，应该为此负责的倒是莎士比亚，而且，那种乖僻的、“教养”和“野蛮”这些概念在其中扮演重要角色的观念秩序也是由他事先设置好了的。前者是精神的禁欲，是一种极大鄙视生命和自然的，恁把生命和自然，把率真、人性、感情视作野蛮的文人的讲究过度。甚至连当着阿卡德摩林苑[1]那几个忸怩作态地发誓不恋爱的人的面为自然说了几句好话的俾隆自己都承认，他“替野蛮所说的话比替智慧天使所说的更多”。这位天使虽然受到嘲笑，但却又只能受到可笑的嘲笑；因为，这些盟誓者重新陷落的“野蛮”，发生在他们身上的用以惩罚他们虚伪的结盟的十四行诗般的幸福热恋，同时也是风格俏皮的漫画，爱的揶揄，感情的境况最终并不见得会比狂妄地发誓不要它能好多少，对此阿德里安的音乐简直可以说是大材小用了。我以为，恰恰是音乐，就其内在属性而言，应该负有充当向导，引领人们从荒唐的造作走向自由，走进自然和人性的世界的使命才是。可唯独却是它放弃了这一使命。骑士俾隆用英文称之为“野蛮”的东西，也就是自发的和自然的

---

① 雅典城外纪念阿提卡半人半神英雄阿卡德摩的园地，柏拉图公元前387年在此建立其讲学授徒的学院，是为世界上最早的集教学和科研于一体的学院。在莎士比亚戏剧《爱的徒劳》中，那卡国王就宣布把自己的王宫变成这样一座学院，用以钻研人生的艺术。

东西，在它那里未能奏响凯歌。

我的朋友在这里所编织的音乐从艺术的角度而言是极其值得钦佩的。鄙视任何挥霍奢侈的他，原本是只打算为贝多芬式的古典管弦乐队写总谱的，可是，不曾想，仅仅为了亚马多这个人物，一个滑稽浮夸的西班牙人，他就把第二对圆号、三个长号和一个大号收进了他的管弦乐队。不过，一切皆为严格的室内乐风格，是用金银丝编织的装饰品，一种由声音组成的聪明的怪诞，富于联想和幽默，充满一种纯粹狂妄的灵感，一个音乐爱好者，假如他厌倦了浪漫主义的民主和面向大众的道德说教，渴望过一种为艺术而艺术的艺术，一种没有野心的或者只在最为高雅的意义上有野心的为艺术家和行家而存在的艺术的话，那么，他是肯定能够从这种以自我为中心而又冷若冰霜的深奥之中找到他所需要的那份狂喜的。不过这种深奥，作为深奥，却又依据作品的精神，想尽各种方法进行自我嘲弄，滑稽模仿式地进行自我夸张，从而使得这份狂喜里又同时夹杂了一点悲伤、一丝绝望。

是的，倾慕和悲哀在凝视这种音乐的过程中非常奇特地相互交融。“多么美啊！”心在说——至少我的心在这样对自己说。“——可同时又是多么悲伤啊！”因为，这种倾慕的对象是一件既幽默又感伤的艺术作品，是一项可以称作英雄壮举的知识成就，是一种以傲慢的滑稽模仿的姿态出现的勉强，我称之为一种永不松弛的、紧张得令人窒息的艺术行走在不可能性的边缘的游戏，除此之外，我不知道还有什么叫法能够更好地说明它的特点了。悲伤的基调就是这样定下的。然而，倾慕和悲哀，倾慕和忧愁，这不几乎就是爱情的定义么？我对于他和他的一切怀有一种充满痛苦和期待的爱，我就是怀着这种爱来倾听阿德里安的演奏的。我不是很能说的人；席尔德克纳普则不然，始终充当着一个接受力很强的好观众的角色，他对他呈献的东西所作的评论比我敏捷，比我知性——我事后还会，在吃中饭的时候，恍恍惚惚、若有所思地坐在马纳尔迪家的那张桌子旁，心潮起伏，而我们所听到的那个音乐对于这样的感情是根本不予理睬的。“多喝点啊！多喝点啊！”女主人用意大利语说道，“葡萄酒能够强血补血！”阿美莉亚在她的眼前晃动着那把勺子，嘴里同时喃喃自语道：“妖怪……妖怪……”

这个晚上已经是我们，我的好老婆和我，在我的两位朋友的独特的生活环境里所度过的最后几个晚上之一。过不了多久，呆了三周的我们就又得离开这里回到家乡德国去了，而那俩呢，他们还将呆上数月之久，直到秋天来临，在这期间，他们将继续忠实于他们那介于修道院花园、家宴、边缘黏稠而金黄的田间地头以及他们挑灯夜读的石头地起居厅之间四点一线的田园般的有规律的生活。他们上一年的整个夏天就是这样过来的，而他们在城里的生活方式，整整一个冬天，也同这里的这种没有什么本质上的区别。他们住在科斯坦佐戏院和万神殿附近的阿根廷塔楼路，四层，女房东为他们提供早餐和两餐之间的点心。正餐他们则以包月价在相邻的一家饭馆吃。帕莱斯特里纳修道院花园的角色在罗马由多利亚·潘菲利别墅替代，春光明媚和秋高气爽之时，他们会在一个造型优美、不时有奶牛和自由放养的马儿跑来饮水的喷泉附近埋头于他们的工作。阿德里安很少缺席市立小乐队在圆柱广场上举行的午后音乐会。晚上偶尔也会去听歌剧，但一般情况下都是去咖啡馆，找个安静的角落，一边玩多米诺骨牌，一边喝杯热乎乎的橙汁潘趣酒。

他们没有任何别的交往——或者说几乎没有，他们的封闭状态在罗马几乎跟在乡下一样彻底。他们完全回避德国分子，尤其是席尔德克纳普，只要听见有人用母语说话，就能不出任何差错地溜之大吉：如果公共汽车、火车车厢里出现了“Germans”[①]，他甚至有本事再从车上跳下来。不过，即便是结识本地人，他们的独居，或者不妨说双居的生活方式几乎提供不了这样的机会。整个冬天里，他们一共被一位来路不明的资助艺术和艺术家的女士邀请过两次：德·科尼亚尔夫人，是由吕迪格

① 英文，意为“德国佬”。

尔·席尔德克纳普在慕尼黑的一个关系介绍过去的。这位夫人的居室位于主干道上，居室里点缀有丝绒镜框和银镜框，镜框里面装的是题词相片，他们在这里得以遇见形形色色的国际艺术人士，戏剧界的芸芸众生，画家和音乐家，波兰人、匈牙利人、法国人以及意大利人，而其中一些人转眼又会消失得无影无踪，让他们联系不上。席尔德克纳普偶尔也会和阿德里安分开一下，以便跟着那些对他深表好感的英国青年一起去小酒馆喝马利瓦西亚葡萄酒①，到提沃黎②去游玩游玩或者上四泉的特拉普会③会员们那儿喝喝桉树烧酒，和人家胡侃乱侃一番，也好乘机放松放松自己，要知道，翻译艺术的艰难困苦可没让他少伤脑筋。

总之，不论是在这座城市，还是在那个偏远的山区小镇，这两个人过的都是一种回避世界和人群的生活，他们的心里只有他们的工作。我这样说一点也不过分。难道我现在应该说，离开马纳尔迪家，同往常一样，就我个人而言是极不情愿的事情，但从阿德里安那边来讲，他心里肯定又会暗自感到一丝轻松？既然话已出口，那么也就有义务再说明一下产生这种感觉的原因，而要想较为容易地做到这一点，我就只好当着我自己和别人的面献点丑了。事实是：在一个明确的问题上，用青年人时下爱说的字眼，在首要问题上，我在这些同楼住户中应该算是一个有些滑稽的例外；也就是说，我不符合常规：即我的性格和生活方式，我是一个认同那种事情的丈夫，我们怀着既抱歉又神往的心情称之为“自然”。而在这座依傍着阶梯胡同的城堡之家里，别人都不这样干。我们的优秀的女房东，佩罗内拉太太，长年守寡，她的女儿阿美莉亚是个不大聪明的孩子。马纳尔迪兄弟，无论是那个律师，还是那个农民，均以硬邦邦的老光棍形象示人，不难想象，这两个男人恐怕从未碰过一个女人。还有头发灰白、性情柔和的亲戚达利奥，以及他那个子矮得很且病

---

① 地中海地区所产的一种甜味葡萄酒。

② 罗马东边的一座城市，有许多文艺复兴时期文化古迹。

③ 天主教西多会中的一派。

歪歪的妻子，肯定是一对只在名副其实的最最博爱意义上互相取悦的夫妇。最后再来看看阿德里安和吕迪格尔·席尔德克纳普，月复一月地固守在这个已经为我们所熟悉了的宁静而又严肃的圈子里，他们的这种活法，无异于山上修道院里的那些修士和修女。我这个庸俗的男人难道不该因此而感到一点羞耻和压抑吗?

我前面已经说过，广阔的世界充满了幸福的可能性，席尔德克纳普同这个世界的关系很特殊，他也很喜欢通过吝惜他自己来吝惜这份财富。我认为这一点是了解他的生活方式的关键，它可以帮助我解释下面这个令我很难理解的事实，即他使这种生活方式得到实现。阿德里安的情况则有所不同——尽管我很清楚，共同的禁欲是他们的友谊，或者说，如果这个词用得太过的话，他们的共同生活的基石。我猜想，读者很可能已经看出来了，我有些嫉妒这个西里西亚人跟阿德里安的关系；那么，但愿他也能够理解，那种嫉妒所最终针对的正是这个共同点，这种节欲的黏合剂。

如果说席尔德克纳普，如果我可以这样说的话，过的是潜在的浪荡子的生活的话，那么阿德里安——我对此毫不怀疑——自那次格拉茨，或者更确切地说，普雷斯堡之行以来，过的则是圣徒的生活——正如他在那之前已经做到的那样。然而，一想到他的禁欲自此，自从那个拥抱以来，自从他的短暂的染病以及染病期间相继失去给他治病的医生以来，不再是源于纯洁的道德，而是来源于不纯洁的激情，我浑身上下就会颤抖不止。

他的本性中始终有着那么一点“Noli me tangere”①——我很了解这一点，他厌恶人的身体的过分接近，厌恶相互影响，厌恶肉体的接触，他的这些厌恶我都是非常熟悉的。他是一个名副其实的“厌恶”的人，

① 拉丁文。字面意思为“别碰我！”。表示禁止接触或干涉的警告。这也是《圣经·新约·约翰福音》第20章中复活的耶稣对抹大拉的马利亚，即首先看到他复活后身影的人之一所说的一句话。

回避的人，矜持的人，保持距离的人。身体的热情好像和他的天性格格不入；你基本上很难见到他跟人握手，而且，即便是真的跟人握手，那也是握得匆匆忙忙。他的全部特点在我们新近的这次团聚期间表现得比任何时候都要突出，我觉得，我几乎说不清这是何故，“别碰我！”、“离我远点”似乎在某种程度上已经改变了他的意识，似乎他这样做不仅没有拒绝一个无理的要求，而且也没有害怕和回避一个正好相反的无理要求——放弃女人也显然与此有关。

只有像我这样去迫切进行观察的朋友才能感受到或者是预感到事情在此种意义上的变化，上帝保佑，可千万别叫这种洞察削弱了我在阿德里安身边的乐趣！发生在他身上的事情，可能会让我震惊，但永远也不可能让我从他身边走开。这世上有些人，同他们生活在一起是不容易的，放弃他们却又是不可能的。

二十五

我在前面章节里一再予以暗示的那份文献，阿德里安的秘密记录，自他去世以来便一直存放在我的手里，被我当作一件可怕的珍宝悉心加以保管——现在它就放在这里，我这就来将它公之于世。在这部传记中插入他自己的东西的时刻来临了。那处由他坚持选择并和那个西里西亚人合住的庇护之所，虽说我也曾经亲自到里面去看过他，但我在思想上却又重新背离了它，因此，我的发言中止，读者将在这个第二十五章里直接聆听他本人的发言。

这真的只是他的吗？这里所呈现的其实是一个对话。首先发话的甚至是另外一个人，完全不同的另外一个人，恐怖可怕的另外一个人，而这个在他的石头厅里书写的人只是把他从他那里听到的东西记录下来了而已。一则对白？真是这样的么？我要是信以为真，我的神经不出问题才怪呢。因此，我也不可能相信，他会从骨子里认为他的所见所闻是真实的：在他去听和看的时候，以及事后用文字记录的时候，——无论那个对话伙伴是如何极尽讽刺挖苦之能事地试图让他相信他的客观存在。然而，如果这个他，这位来客不存在的话——我为这个承认感到震惊，这个承认在于：哪怕只是有条件地和作为可能性地容忍他的真实性——那么势必可以毛骨悚然地想见，哪怕那些讽刺挖苦、嘲弄和伪装也全都是出自这个遭遇不幸的人自己的灵魂……

不言而喻，我不打算把阿德里安的手稿拿去付印。这个手稿，它是用为他个人所特有的那种加涡卷形花饰，因而显得古朴的深黑色圆体小字，有人也许会说，一种僧侣体，密密麻麻地写在五线谱纸上的，我用自己的羽毛笔逐字逐句地把它从那上面转抄到我的手稿里。他之所以使用的是五线谱纸，显然是因为他当时手头没有别的可用，或者也是因为他没有能够在位于山下圣阿加皮图斯教堂广场边上的那家杂货铺里买到合适的书写纸张。在他的手稿上，始终是两行字落在上面的五线系，两行字落在下面的低音系；即使是两者之间的空白处也都毫无例外地各用两行字填满。

由于这份文献没有注明日期，故而记录的时间不能完全确定。如果我的信念还多少管点用的话，那么，它绝对不是在我们访问那座山间小镇之后或是在我们停留该地期间写下来的。它要么产生于那个夏天的前半段，那之后有三周我们是和这两位朋友一起度过的，要么起源于上一个夏天，也就是他们客居马纳尔迪家的第一个夏天。我可以肯定的是，在我们去拜访的时候，作为手稿基本内容的这次经历其实已经成为过去，下面的这场谈话阿德里安那时已经进行过了；同样，书面记录也是紧跟在事情发生之后，可能就是在第二天写下的。

我就这样抄写着，而无须远处的爆炸震撼我的隐庐，我的双手恐怕就会颤抖，这种颤抖害得我所抄写的一个个字母开始变得歪歪扭扭起来……

——你如果知道就别说。我什么都不会说，即便只是出于羞耻，同时也替别人着想，唉，为了顾及社会影响。我下定决心，我决不放松理性的体面监督。可我终于，终于看见他了；他在我这里，在客厅里，巡视我，出人意料，同时又是期待已久，我和他促膝长谈，只是事后感到一点不悦，因为我不能确定，我怎么会从头到尾都在发抖，只是由于怕冷呢，还是由于怕他。不管怎样，我可能骗自己吗，他在骗我吗，说天气冷，好让我想发抖，并以此证实，他就在那里，真的，独自一人？因为谁都知道，没有哪个傻瓜会在自己的幻影面前发抖，相反，一个这样的幻影反倒会令他感到轻松惬意，他会与之交往，既不感到尴尬，也不会浑身颤抖。他大概把我当傻瓜，因为他通过发散冰冷的寒气骗我说，我不是傻瓜，他也不是幻影，因为我很怕，我很傻，我在他面前发抖？他很狡猾。

你如果知道就别说。我就这样在沉思中保持沉默。我把这里的一切默默地记录到乐谱纸上，而我的隐居同伴，我和他一起大笑的那个人，此刻也坐在客厅里离我很远的地方，正在历尽艰辛地把可爱的异国文字译为可恨的本国文字。他想，我在作曲，而他假如看见我在写字，他就会想，贝多芬当年也是这个样子。

这一天，我那可恶的头痛病再一次严重发作，整个白天，我这个痛苦的造物都是躺在昏暗的房间里，恶心不止，呕吐不止，不过，将近傍晚的时候，这病却出乎意料地，几乎是突然地就好了。我可以喝点房东妈妈给我端来的汤了（可怜啊！），随后我还心情愉快地喝了一杯红的（酒，酒！），我于是对自己一下子又有了百倍的信心，破天荒地开恩让自己抽了一支烟。我本来也是可以像几天前约好的那样出去走走的。达利奥·马有意把我们引见给山下的普莱内斯特上流市民俱乐部，让我们去露露脸，带我们去看看那里的房间、台球桌、阅览室。我们不想辜负人家的一番好意，于是就答应了他——可结果却是席一个人去的，因为我的这个毛病又犯了。他见我不能同行，便气哼哼地跺脚离开饭桌，和达利奥肩并肩地沿着胡同下山去找那些种地的市民，即那些居住在城堡以外的小市民去了，我则独自一人呆在屋里。

我孤零零地坐在这个客厅里，大致坐在窗户附近，而这些窗户又都是用护窗板堵住的，我的前面是这个空间的长度，我打开我的灯，就着灯光阅读起克尔凯郭尔关于莫扎特《瑭璜》的论述来。

这时，我突然感到寒冷刺骨，好像有个人坐在这间冬暖夏凉的屋子里似的，好像有一扇窗子忽地一下向外打开，迎面涌进一股寒气似的。然而，这股寒气却不是从窗户那里，也就是从我的后面吹来的，而是从前面向我袭来的。我猛地抬头向厅里望去，我看见，席已经回来了，因为我不再是一个人：朦胧之中有人坐在马毛沙发上，这沙发连同桌子和门附近的几把椅子一起大约处于这个空间的中部，我们每天早上在这里用早餐——有人坐在沙发的一角里，跷起二郎腿，但那却不是席，而是另外一个人，个子比他小，离魁梧就差得更远了，根本不是什么正经绅士。可是，寒冷仍然源源不断地向我涌来。

“谁在那里？”我从有点发紧的喉咙里喊了一声，同时用双手撑住椅子臂，就这样，书从我的双膝上掉落到了地上。而这另一个人却用平静的缓慢的，似乎是受过训练的带有好听的鼻腔回音的声音答道：

“只说德语！只用纯粹的古德语说出来！不要有一丁点儿的掩饰和伪善。我听得懂这种语言。它恰恰就是我最喜欢的语言。我有时候就只能听得懂德语。另外，你去把你的双排钮大衣，还有帽子和格子呢旅行毛毯拿过来吧。你会觉得冷的。即使不会冷得感冒，你也会冷得打战的。”

“谁冲余说你？”我愤怒地问道。

“我，”他说道。“我，这是对你的偏爱。哦，你以为呢，因为你不对任何人说你，甚至连你的这位幽默家，这位绅士都不，只有那个童年游伴，那个忠实的朋友一人除外，他对你直呼其名，你却不这样对他？

将就点吧。我们就是这样一种关系了，实话对你说吧。快点吧，行不行？去给自己拿点御寒的东西来，好吧？”

我在朦胧之中凝视，我怒气冲冲地看着他。这是一个男人，身材细瘦，姑且不说远不如席高大了，甚至比我还要矮一些——一只运动软帽紧绷绷地罩住一只耳朵，而在另一边的帽子下面，从太阳穴往上长着微微泛红的头发；眼睛是红红的，眼睫毛也是微微泛红的，脸色苍白，弯曲的鼻尖有点歪斜；里面穿的是横条纹的紧身针织衬衣，衬衣上面又罩了一件方格纹夹克，夹克的两只袖子不长，袖口处冒出一双手来，手指粗大；裤子的大小勉强合适，看着让人讨厌，一双黄鞋已经破得不经一擦。一个滑头，一个无赖，可有着一副演员的嗓音，口齿清晰，字正腔圆。

“快点吧，行不行？”他再次催促道。

“余首先很想知道，”我一边颤抖，一边克制地说道，“是何人竟敢擅自闯入我处落座。”

“首先，”他重复道，“首先一点也不赖。不过，你对每个被你当作不速之客的来宾也太敏感了吧。我可不是来接你去社交的，也不是来奉承你，好让你去参加妇人们举办的小型音乐茶话会的，而是为了和你谈正事的。你的东西都拿了吗？我可不想谈话时听见你的牙齿冷得格格打颤。”

接下来的几秒钟里，我仍然坐着不动，眼睛则一直死死地盯在他的身上。而那股发源于他的严寒向我汹涌袭来，如同刀割一般，面对这样的严寒，衣衫单薄的我感到自己是在赤裸裸地任人宰割。我的身子于是开始动了起来。我还真的站起身来了，我走进左边最近的那扇门，我的卧室就在那里（另一间继续走就是，依然是在这同一边），我从窄柜里拿出我的冬大衣穿上，那是我在罗马逢屈拉蒙塔那风[①]天气才穿的衣

① 地中海沿岸的一种干冷北风。

服，因为我不知道该把它扔到哪里，所以它就只好跟我一起到了这里；我又戴上我的帽子，一把抓起我的旅行毛毯，就这样全副武装地返回到我的位置上。

他依旧和刚才一样坐在他的位置上。

“您还在啊，”我一边说，一边把大衣领子竖起来，同时还用旅行毛毯裹住膝盖，“甚至在余走后和返回之后？这叫余好生奇怪，因为余强烈地猜测你现在已经不在这里了。”

“不在了？”他像接受过专门训练似的，用鼻腔回音问道，“怎么会不在了呢？”

我：“因为，一个人傍晚跑到这里来，坐到余跟前，说着德语，放着寒气，声称要和余商量余根本不知道，也不愿意知道的事情，这绝对是不可能的。可能性大得多的倒是，一种疾病正在余身上爆发，余发烧畏寒，余把自己裹得严严实实，恍恍惚惚之中，余跑出去找到您本人，余见到了您，只是为了把您看作它的源头。”

他，平静而令人信服地像个演员那样地笑着：“你胡说什么呀！你可真会胡说呀！不错，用纯正的古德语的说法，这就叫作荒唐。而且还如此做作！一种巧妙的做作，就跟从你的歌剧里偷来似的！但我们眼下在这里搞的可不是音乐。再说了，你这是纯粹的疑心病。请你不要抱有不切实际的幻想！你要有点志气，不要说风就是雨，立马就把你的五官都给解雇了！你身上哪里有什么疾病爆发，你只是有过一点点发作而已，你现在正处于年轻人最佳的健康状态。而且，对不起，我不想失态，到底什么才叫健康呢。我亲爱的朋友，你的疾病可不会这样爆发。你一点也不发烧，而你动不动就发烧的理由也是完全不存在的。”

我：“另外还因为您每说三句话，里面就有一句会暴露出您的虚幻。您所说的尽是余心里有的、发自余内心的东西，但却不是发自您内心的东西。您猴儿般地模仿库姆甫的空话套话，看上去却不像是上过大学，上过大学堂的样子，也不像是和余并排坐过猴儿凳的。您谈到那个穷绅士，谈到那个余对他以你相称的人，甚至还谈到那些对余以你相称，但却没有得到任何回报的人们，而且您最后也谈到了那部歌剧。这一切您又该是从哪里得知的呢？”

他（再一次老练地大笑起来，头摇得跟拨浪鼓似的，就像嘲笑人家幼稚可笑那样）：“我又该从哪里得知？可你是看见了的，我就是知道啊。而你没有看对，你愿意从中得出这样一个让你自己蒙受耻辱的结论吗？这才真的叫做所有逻辑颠倒，这些逻辑上高等学校的人都学的。我不仅是真实的，有血有肉的，而且我还是那个你一直以来就已经认为我就是的那个人，你最好得出这样的结论，而不是从我的见多识广中推导出我是不真实的，没有血没有肉的结论。”

我：“那余该把您当什么人来看呢？”

他（礼貌地责难地）：“得了吧，这你可是知道的！你其实早就预料我会来的，可你却装出一副一无所知的样子，你把自己藏得太深了，你不应该这样做。你我都很清楚，我们的这种关系总有一天会迫使我们在某个时候进行一次谈话。如果我是真有其人——而这一点，我想，你现在是承认的，那么我只可能是一个人。你问我是谁，你的意思是说我叫什么名字吗？所有这些诨名，你可是自打上高等学府那会儿起就全都记在脑子里了的呀，从你最初开始大学学习起，那时你还没有把《圣经》放到门口和凳子底下。你对它烂熟于心，倒背如流，而且还能够从中进行选择。我基本上只有这些名字，几乎全是诨名，人们一边喊着这些诨名，一边，这么说吧，用两个手指头抚弄我的下巴：这是缘于我的极其德意志的普及性。这种普及性，它确实是得到人们的容忍的，可不是吗，尽管人们并没有刻意去寻找它，而且本质上也坚信误解是其赖以存在的基础。不管怎样，总归是讨人喜欢的，叫人心里感到舒服的。你也找找吧，如果你愿意叫我的话，虽然你绝大多数时候是根本不会去叫别人的名字的，因为你不知道，也没有兴趣去知道他们的名字——你就在那些土里土气的昵称里随便找一个出来吧！只是有一个我不愿意，也不喜欢听到，因为那绝对是个恶意的诽谤，和我本人相差十万八千里。谁叫我‘只闻其声不见其动’先生，谁可就是住错了山坡，大错特错。虽然这也应该算是一种用手指头抚弄下巴的把戏，可却是一种污蔑和诽谤。我说了什么，我就会去做，我会信守诺言，绝不会有半点差错，这正是我做事的原则，大概就跟犹太人是最可靠的商人差不多吧，而一旦发生欺骗，那么，千真万确呀，受骗的总是我这个相信忠诚和正直的人……”

我：“只闻其声不见其人。您真的打算就这样从外面跑来，坐在我面前的这张沙发上，以标准的库姆甫式，用古德语的片言只语冲我说话吗？这罗曼之国意大利完全不是您的地盘，您在这里可是一点也不流行，您干吗非要跑到这里来考察余呢？真是太荒唐，太有欠雅趣了！倘若是在凯泽斯阿舍恩，余或许就会容忍了您。在维滕堡或在瓦特堡，甚至是在莱比锡，余或许都还会相信您呢。可是在这里，在这异教的天主教的天空下，那可不行！”

他（一边摇头，一边忧虑地咂舌作声）：“特，特，特，还是跟原来一样的怀疑癖，还是跟原来一样的缺乏自信！你拿出点勇气来，对你自己说：‘我所在的地方，那就是凯泽斯阿舍恩’，好不好，那样的话，雅趣的问题马上就能解决了，而你这位唯美先生也就用不着再为有欠雅趣而叹气了。我的天哪！若是能这样说，那你就对了，可是，你就是没有这样去做的勇气，或者你装出一副缺乏勇气的样子。自我低估，我的朋友——而且，你若是如此这般地限制我，千方百计地想要把我完全变成个德意志的乡巴佬，那么，你也就是低估了我。我虽然是德意志的，个人认为甚至是绝对德意志的，但恰恰却又是古老而较好的那种，也就是发自内心的世界主义的。你想把我从这里否定掉，根本没有想到要把那古老的渴望和那浪漫主义的漫游冲动也一并带到这个美丽的国度意大利来！我应该是德意志的，可我多想以标准的丢勒式在晒完太阳之后冷上一把呀，然而，这位先生却不愿意为此给我开恩，甚至在我，姑且完全撇开太阳，来这里有重要的好事要做的时候都不，为了一个高级精密的、被创造出来的造物的缘故……”

这时，一股不可言状的恶心向我袭来，我浑身开始剧烈地打起寒战。我打寒战的原因不止一个，这些原因之间并没有明确的区别；可能同时地、一并地都是因为寒冷吧，然后就是这股从他那里刮来的寒流突然间猛烈了起来，乃至透过我的大衣刺入我的骨髓。我不满地问道：

“您就不能不捣乱，不刮这股冰冷的阴风吗？！”

他赶紧说道：“很遗憾不能。我很抱歉，不能在这一点上就您的意思。我就是这样冰冷，这是无法改变的。否则我怎么能受得了，又怎么能在我现在呆的地方呆得住呢？”

我，不由自主地：“您指的是在阴曹地府及其洞穴里吗？”

他（大笑起来，好像被人搔了痒痒似的）：“棒极了！话说得很有力，很德意志，也很狡黠！确实还有很多漂亮的叫法，深奥的，激昂的，都是你这位前神学家先生所熟悉的，例如死尸、退出离世、驳倒、中毒受害、谴责定罪等等[①]。不过，那些有德意志亲切感的叫法，幽默的叫法，没办法，才始终是我的最爱。我们还是暂且先把地点及其特性放一放吧！我从你的脸上看出来了，你正准备问我这方面的问题。但这不是一时半会能够说清楚的，也根本不是什么火烧眉毛的事情——这不是什么火烧眉毛的事情，原谅我说这样的玩笑话！——这还有时间，有充裕的、看不到尽头的时间——时间是我们所给予的最好的和真正的东西，而我们的给予就是计时沙漏——它的狭窄之处是如此精细，红色的

---

① 《浮士德博士民间故事书》里的概念。在该书第十六章有关地狱的辩论中，魔鬼对地狱的各种性质作出下述解释：“它[地狱]也被称为 Carcer（死尸），因为受到诅咒的那个人必须永远被囚禁起来。它另外还被称为 Damnatio（打入地狱），因为这个灵魂在地狱里，就像被判永世监禁一样，受到谴责和诅咒。然后，就像公开审判一样，对作恶的人和有罪的人进行判决。所以它也叫做 Pernicies（中毒受害），以及 Exitium（退出离世），即一种堕落毁灭，因为这些灵魂遭受的是一种永无休止的损害。总之，也叫做 Confutatio（驳倒）、Damnatio（打入地狱）、Condemnatio（谴责定罪）等等……”

沙子从这里流出，沙流细得跟头发丝一模一样，根本看不出上面空穴里的沙子是在一点点减少，只是到了最后，那里看上去才会是走得快，才会是走得快的了——不过，在如此狭窄的条件下，这所需要的时间是如此漫长，以至于都不值得一提，也不值得去想了。只是这只计时沙漏已经调好，里面的沙子也已经开始流淌，就此我很愿意和你，我亲爱的朋友，达成谅解。”

我（相当嘲讽地）：“您爱得特别丢勒，先是‘晒过太阳之后我又会感到寒冷’，现在又是《忧郁》里的计时沙漏。还要再来上个和谐的幻方么？余作好了最坏的准备，余什么都会习惯的。您称余为你，把余唤做‘我亲爱的朋友’，这当然令余特别反感，但余会习惯您的这种无耻的。最终余也是会对余自己说‘你’的——这也许可以作为对您这样说作出的解释。按照您的说法，余是在和那个黑色的科斯培尔林谈话——科斯培尔林，这就是卡斯帕尔，这样一来，卡斯帕尔和萨米厄尔就是同一个。”

他：“你又来劲了？”

我：“萨米厄尔。真可笑！你的非常响亮的 c 小调，由弦乐器震音、木管乐器和长号组成的非常响亮的 c 小调，它在哪里呀？对于浪漫主义的听众而言，它不啻为天才的儿童恐吓，它从峡谷的升 f 小调里走出来，正如你从你的岩石里走出来一样，它究竟在哪里呀？余奇怪的是，余居然没有听见！”

他：“将就点吧。更值得称赞的乐器我们还有的是，你当然应该听到它们。一旦你成熟到可以听的时候，我们就会给你奏响。这全都是关乎成熟的事情，关乎亲爱的时间的事情。我想和你谈的就是这个。可是萨米厄尔——这个形式是愚蠢的。我真的是赞成大众化的，可是萨米厄尔，太愚蠢了，卢卑克的约翰·巴尔霍恩对此进行了改进。取名为萨玛厄尔[①]。那萨玛厄尔又是什么意思呢？”

---

① 魔鬼的称呼之一。

我（倔强地沉默着）。

他：“你如果知道，那就别说。你把这个称谓的德语叫法留给了我，你很谨慎，我喜欢你的这种谨慎。那意思是‘恶毒之天使’。”

我（因为余的上下牙齿不愿意咬紧闭合，所以余从牙缝里说道）：“是的，真的，您看上去就是这样的！完全和天使一样，一模一样！您知道您看上去是个什么样子吗？说鄙俗根本就是用词不当。您看上去就像一个无耻的败类，一个流氓，一个血淋淋的恶棍，这就是您的尊容，您带着这副尊容来找我，得意得很吧——可惜啊，这不是天使的形象！”

他（伸开双臂，自上而下地打量着自己）：“到底怎样？到底怎样？我看上去到底怎么样？不，你问我是不是知道我自己的长相，这真的很好，因为我确实不知道。或者说我过去不知道，现在是你才让我对此有所觉察。请你相信，我对我的外表根本不注意，也就是说随它去，懒得过问。我现在的样子，这纯属偶然，或者也可以说是应时而作，应运而生，我在这里可是没有用上哪怕是半点心思的。适应，拟态，这你都是很了解的，自然母亲始终把舌头放在嘴角作挖苦状，这是她的假面舞会和密码游戏。对于适应，可以说我所知道的就只是像枯叶蝶那样的情形，一点也不多，一点也不少，但你，我亲爱的朋友，却将不会把这种适应和你自身联系起来并因此而怪罪于我的！你必须承认，从另外一个方面看，它又是有其合理性的。从你，而且是在受到警告的情况下，惹病上身那方面来看，从你创作的那首带有象征字母的漂亮的歌曲那方面来看——哦，真的是构思巧妙，几乎就像来了灵感一样：

‘你曾经在茫茫黑夜
给了我清凉的饮料解渴，
你毒害我的生活……’

棒极了。

'在那伤口之处
曾有蛇拼命吮吸……'

真的很有天赋。这就是我们及时的认识，也是我们为什么很早就注意到你的原因。我们发现，你是一个特别特别值得花番气力的个案，是一个储藏得最好的个案，只要把我们的火种带一点点到那下面，只要是先生生火，给一点点鼓舞和迷惑，就有可能取得辉煌的成就。德意志人需要半瓶香槟酒来达到其自然的巅峰，难道俾斯麦没有说过诸如此类的话吗？反正我觉得他好像是说过诸如此类的话的。而且这也是不无道理的。德意志人有天赋，但也很麻木。这种天赋足以让他们因为自己的麻木而生气，从而跑去找魔鬼，以期通过启示摆脱困境，渡过难关。你，我亲爱的朋友，是知道自己缺什么的，而当你那次专程跑去让你自己染上梅毒的时候，你也始终是相当地秉承了这种风格的。"

"你给我住口！"

"你给我住口？你瞧瞧，这就是你在这个方面的一个进步。你变得温暖起来。你的举止也像那些有条约在身，有长期和永久约定在身的人们那样得体起来了，你终于放弃复数的尊称而对我用起你来了。"

"您应该住口！"

"住口？可我们已经沉默了将近五年之久了，而我们肯定会有一天要相互进行交谈，以便为这整件事情，为你的有趣的处境，出出主意，把把脉。这当然是一件需要保持沉默的事情，但是，在我们之间却大可不必如此持久地沉默下去。在我们之间，计时沙漏已经调好，红色的沙子已经开始从那细而又细的狭窄之处流过——哦，只是刚刚开始！同上面的大量的沙子相比，下面几乎还是一片空白。我们给出时间，充裕的一望无涯的时间，你根本用不着去想它的终点，还早得很哪，而什么时候你可以开始去想那个终点，什么时候可以说'想想结局'之类的话，你甚至于连这个时刻都可以暂且不去管它，因为这是一个摇摆不定的时刻，是随意的，由着性子的，而它该在哪里开始，又该离那个终点有多远，却是无人不知，无人不晓。这既是一个绝妙的笑话，也是一件杰出的设备：那个应该去想终点的时刻，它是不确定的和随意的，这种不确定性和随意性开玩笑似的掩盖住那个走向设定的终点的时刻。”

“胡说八道！”

“是吗，事情办得不合你的心意。你甚至对我的心理学态度粗暴。心理学是一种可爱的中立的中间状态，而心理学家则是热爱真理的人，这可是你自己有一回在国内的那座锡安山上说过的话喽。如果我讲的是给出的时间和设定的终点，那么我绝对没有胡说八道，而是在严肃认真地谈正事。哪里有调好的沙漏、给出的时间，不可想象的、却又是规定了期限的时间和一个设定的终点，哪里就会出现我们的身影，我们的事业就会在哪里兴旺发达。我们出卖的是时间——我们这就讲定二十四年。这是可以预见的吗？这个数量多吗，恰当吗？在这段时间里，一个人可以纵情挥霍，可以过花天酒地的生活，可以成为一个伟大的魔法师，干下许多魔鬼行径，让世界震惊；这样的话，一个人就有可能随着时间的推移逐渐淡忘所有的麻木，就有可能获得光明的指引去登高望远，去超越他自己，而不是变得自我异化，相反，他是并且依然是他自己，他只不过是被那半瓶香槟酒带上他的自然巅峰而已，他可以于自我陶醉之中品尝这几乎是难以忍受的推杯问盏所提供的一切欢愉，他可能多多少少有理由相信，如此这般的推杯问盏几千年来可是不曾有过的啊，他也可能在某些放纵的瞬间凑合着把自己高看为一个神祇。如此一来，一个人怎么会去关心那个应该去想终点的时刻！只是，这个终点是我们的，他最终是我们的，这是必须进行约定的，不仅只是以沉默的方式，纵然默不作声也行得通，而且还要两个人面对面地把话说清楚。”

我：“这么说您是要把时间卖给余了？”

他：“时间？只是时间吗？不，我的好人儿哟，这可不是魔鬼的商品。仅凭这个我们是赚不到终点属于我们这样的大价钱的。那到底是什么样的一种时间，这才是关键所在！伟大的时间，疯狂的时间，极其可恨的时间，在这段时间里，聚会的进行是那样的轻松活泼，轻松活泼的过分——当然，同时却又免不了有点儿悲惨，甚至是深重的悲惨，这一点我不仅会承认，我甚至还要骄傲地加以强调，因为只有这样才算得上是合情合理，只有这样才算得上是艺术家做派和天性。这种艺术家做派和天性，众所周知，任何时候都是偏好于向两方面放纵的，出点格是完全正常的。在这里，钟摆始终会在愉快和感伤之间大幅度地来回摆动，这是不足为奇的，也就是说，同我们所提供的东西相比，其性质尚属有节制的市民之列，尚属纽伦堡之列。而我们所提供的却是这个方向上的极端：我们提供精神的上升，还有顿悟，对被消除和被激起，对自由、安全、轻松、权力感和胜利感的体验，我们的这个人居然不敢相信自己的感官。此外还应该再加上的是，那种对已有成就的五体投地的佩服甚至有可能轻而易举地让他舍弃任何陌生的、外在的佩服——这种自我敬仰的战栗，是的，这种面对自身而感到的美好的恐怖的战栗，使他觉得自己就像是一个受到恩赐的喷嘴，就像是一个神圣的怪物。而与此同时，向下，向着相应的低谷，光荣的低谷的运动也在进行——不仅陷入空虚、无聊和无能为力的悲哀，而且同时也落入痛苦和反感的深渊。当然也都是些司空见惯的，过去就一直存在着的，天性难免的东西，只是通过明亮的照射和有意识的迷醉得到了极其光荣的强化罢了。这就是人们为了那已经得到的巨大享受而心甘情愿地和自豪地忍受着的痛苦，这就是人们通过那个童话所了解的痛苦，也就是那位小小的不要鱼尾的人鱼公主从她的那双费尽心血才获得的美丽的人腿上所感到的刀割一般的痛苦。安徒生笔下的小人鱼你应该是熟悉的吧？那才是个适合于你的小宝贝呢！你只要吱一声，我就把她给你带到床头。”

我：“你这个蠢货，你就不能把嘴巴闭上！”

他：“好了，好了，千万别总是一上来就动粗。你就总是一门心思地只想着要别人住口。可我不是那个姓沉名默的施魏格施迪尔[①]家的人。再说了，善解人意的艾尔泽妈妈为慎重起见，事先也已经把有关他们家临时房客的一大堆事情说与你听了。而我呢，根本不是为了什么沉默才跑到这个异教的外国来找你的，我是为了我们俩之间能够面对面的确认，为了就服务和报酬达成固定不变的协议，我是为了这个才来找你的。我告诉你，我们已经沉默了四年多——而与此同时，一切都正在暗中无比精确、无可挑剔、充满希望地进行，现在，那口钟已经铸造过半了。具体的情况究竟如何，到底又有何事发生，要我来告诉你吗？”

我：“看来余是非听不可了。”

他：“你听着听着就会想听的，你还会因为自己能够听到而感到满意呢。我甚至认为，你其实是很想听的，假如我真的把事情压下不告诉你的话，你说不定哪天就会冲着自己抱怨咆哮开了呢。倘若那样的话，你也是有道理的。你和我，我们共同所在的这个隐秘的世界，是多么的舒适安逸。我们俩在这里那可是相当的如鱼得水，那纯洁的凯泽斯阿舍恩，公元1500年前后的标准古德意志的氛围，此后不久便来了个马丁博士，他和我的关系牢不可破，坚不可摧，至真至诚，他向我扔小圆面包，不，是墨水瓶子，早在那为期三十年的联欢会发生之前。你只消回忆回忆，那时在你们德国的中部，在莱茵河沿岸和四面八方，群众运动是多么的如火如荼，无处不是群情激昂和抽搐痉挛，多如牛毛的惩罚限制和骚动不安——涌向位于陶伯谷地的尼科拉斯豪森朝拜圣血的人群，儿童游行队伍和血淋淋的圣体，饥荒，鞋会[②]，战争和发生在奎伦的鼠疫，流星、彗星，还有各种大的征兆，被打上耻辱印记的修女，出现在人们衣服上的十字，以及上面画有神奇的十字符号的少女衫，有人把它

① 德文姓氏 Schweigestill，由意为“沉默”的动词 schweigen 和意为“安静、不作声”的形容词 still 构成。

② 15 世纪末和 16 世纪初德国中部和西南部农民的革命组织，其标识为脚踝上绑缚以皮带的农民鞋，这是中世纪晚期的一种农民装束。

用作为旗帜，要擎着它去抗击土耳其人。美好的时代，极其德意志的时代！想起这些的时候，你难道不觉得心情愉快吗？那时，真正的行星们在蝎子的图形里聚合，正如丢勒大师已经在医学传单上用画笔谆谆教诲过的那样，那时，那些柔软的小东西，那帮追求性的享乐的螺旋体，那群亲爱的来客，从西印度群岛进入德意志这块土地，这些热衷于鞭子的家伙，——你在竖起耳朵听吧，是不是？我看似在说那帮忏悔者，那些个为了自己的和所有人的罪过而揉搓碾压自己背部的鞭笞派①。然而，我实际指的却是鞭毛虫，这种肉眼看不见的微生物，是长有鞭毛的那种，就跟我们苍白的维纳斯一样，即所谓的梅毒，就是这种。不过，你是对的，这听上去确实很有一点中世纪鼎盛时期的味道以及《异端的鞭子》②一书的那种亲切感。哦，是的，我们的这些空想家，遇到较好的情况，比如遇到像你这样的情况，它们还是能够证明自己是具有迷惑力的。另外，它们的文明程度也相当高，早就被驯化过来了，在它们数百年来以之为家的那些老地方，它们再也不像从前那样嚣张胡闹了，什么脓包破溃呀，臭气熏天呀，鼻子烂掉呀，类似的症状全都没有了。画家巴普提斯特·施彭格勒从外表上看也不是这样的了，那要是在从前，像他那样的人，尸首可是要用粗呢裹住的，而且，不论走到哪里，那可是必须转动拨浪鼓报警的哟。”

我：“施彭格勒的情况是——这样的吗？”

他：“为什么不是呢？难道只应该你一个人的情况是这样的吗？我知道你很希望自己搞自己的，和别人完全分开，任何的比较都会让你感到生气。我亲爱的朋友，一个人总是会有一大堆同路人的。当然，施彭

---

① 德文为 der Flagellant，die Flagellanten，有两个意思，其一：中古时期的一种宗教信徒，主张以皮鞭自笞忏悔。其二：医学和心理学术语，指通过惩罚性抽打或鞭笞寻求性刺激和性满足的性变态者。

② 原文拉丁文书名为 Flagellum haereticorum fascinariorum，写于 1458 年，首印于 1581 年，作者尼克劳斯·雅科奎耶为法国多明我会修士、宗教裁判，该书把巫婆群体归入邪教，为巫婆迫害提供理论依据。

格勒就是一个男艾丝梅拉达。他总是这样难为情地和狡黠地眨着他的眼睛，他这样做不是无缘无故的，而伊涅丝·罗德说他是个鬼鬼祟祟的伪君子也不是无缘无故的。情况就是这样，列奥·齐恩克，这个梦魔，一直都还没有染上，而那个干净聪明的施彭格勒却早早地就给染上了。另外，请你不要激动，也不要为这个人去浪费你的嫉妒。他是个无聊的、庸俗的个案，在他那里根本出不了一丁点儿彩。他不是那种能让我们干出惊天动地大事业的蟒蛇。通过得这个病，他可能会变得明朗一点，参与精神活动更多一点，而他倘若没有这种较高的联系，没有受到这种秘密的训诫，他或许也就不会如此爱读龚古尔和阿贝·加里亚尼[①]的日记了。心理学，我亲爱的朋友。疾病，而现在甚至是下流的、难以启齿的、隐秘的疾病，可以造成某种和世界，和平庸生活的严峻对立，定下反叛和嘲弄资产阶级秩序的基调，让得上它的人在自由的精神，在书籍，在思想那里去寻找庇护。施彭格勒的情况也就只能到这个程度了。他还有时间去阅读，去引经据典，去喝红葡萄酒，去逍遥，不过，这个时间并不是我们卖给他的，这根本不是被赋予了天才灵性的时间。一个被点燃了的、没有什么光彩、也没有多大意思的社交名人，仅此而已。他的肝、肾、胃、心脏和肠子，正在一点一点地支离破碎，他总有一天不是嗓子变得完全沙哑，就是耳朵变聋，过不了几年，他就会自顾自说着含混的笑话孤独地死去——还能有什么呢？对此我并不介意，他那里从未有过照亮、提升和激动，因为那不是脑的，大脑的，你懂吗？在他那里，我们的小家伙对那个高贵的东西，对那个上面的东西并不关心，这个东西显然诱惑不了它们，那种继续向形而上的领域，向性以外的领域，向感染以外的领域转移的情况并未发生……”

我（恨恨地）：“余还要坐多久，冻多久，被迫耐着性子听您不忍卒

① 阿贝·加里亚尼（1728－1787）：意大利作家、经济学家和外交家。曾出使巴黎，和法国百科全书派交好，回国后和他们保持通信联系。这些书信富有见解，机智风趣，是法国大革命前夕欧洲精神生活的真实写照。

听的胡说八道多久啊？”

他：“胡说八道？被迫耐着性子听？你这街头小曲唱得也忒滑稽了点吧。照我看来，你是在全神贯注地听，不仅如此，你还巴望知道得更多，巴望全都知道。你刚才还在迫不及待地打听你慕尼黑的朋友施彭格勒的情况呢，我要是不打断你的话呀，你只怕还会这样不停地追问我有关阴曹地府及其洞穴的情况呢。请你别再装出一副被骚扰的样子来了！我也有自知之明，我很清楚，我不是一个不速之客。总之，这种由螺旋体所引起的病变，这就是脑膜被感染的过程，我向你保证，这恰好就仿佛是那些小东西之中的某一些，它们对上面怀有一种热爱，对头部区域、三层脑膜、硬脑脊膜、脑穹隆和保护着里面柔软的实质的软脑脊膜怀有一种特别的偏爱，并且，自第一次全面传染开始，自打开始的那一刻起，它们便成群结队地蜂拥着向那里狂奔而去。……”

我：“您爱怎么说就怎么说吧。您这无赖似乎学过医。”

他：“不多，就跟你学神学一样，我想说的是：虽然学得残缺不全，但也是专门地有针对性地去学的。你不也只是专门地、当作爱好地学习过这门最佳的艺术和科学的么？你想要否认这一点吗？你的兴趣所在是——我。我对你非常感激。我，你眼前的这个人，艾丝梅拉达的朋友和皮条客，对于这个相关的、具有吸引力的、近在咫尺的医学领域，怎么可能不会特别感兴趣呢，怎么可能不会成为这方面的行家里手呢？事实上，我一直在追踪这个领域里的最新研究成果并给予它们以最大的关注。一些大夫也承认，而且信誓旦旦地保证说，那些小东西里面肯定有脑专家，大脑区域的爱好者，简言之，有一种神经病毒。然而，它们却是住在那个众所周知的仓库里的。实际情况正好相反。是大脑渴望它们的造访，翘首期盼它们的造访，就跟你之于我一样，它邀它们到自己这里来，拉它们到自己身边来，完全是一副急不可耐的样子。你还知道吗？那位名叫亚里士多德的哲学家在《论灵魂》中写道：‘行动者的行动发生在先天的易感者的身上。’这下你该看见了吧，全都取决于易感性，心甘情愿，主动邀请。一些人比另外一些人更有天分去干巫婆勾当，而我们知道如何把他们挑选出来，那些描写巫婆灾祸的作者是值得尊敬的，他们早就知道这样去做了。”

我：“你在造谣，余与你素昧平生。余没有请过你。”

他：“啊，啊，多么可爱的无辜哦！我的小妓女难道没有警告过那位远道而来的客人吗？而且，你的医生也是你凭可靠的直觉自己去找的。”

我：“余是在通讯簿上查到他们的。余还能问谁呢？而谁又可以告诉余他们后来会弃余于不顾呢？您对余的两个医生都干了些什么呀？”

他：“我把他们除掉了，除掉了。哦，我们当然是为了你的利益才除掉这两个半吊子的。而且时机非常恰当，不太早，也不太晚，就在他们用他们的狗皮膏药已经让事情步入正轨的当口，我们要是放过了他们，你这个漂亮的个案恐怕就只有泡汤的份了。我们允许他们进行了病象的人工诱发——够了，就这样，让他们消失。一旦他们通过他们特殊的治疗有效地限制了最初的以皮肤为主的一般浸润并因此而有力地推动了向上的转移，那他们该做的事情就做完了，那就必须把他们废除。这两个笨蛋哪里知道，这种一般治疗有力地加速了那些上面的超越性病的过程，就算他们知道，他们也无法改变。虽然新发阶段的不治疗常常也足以助长这些过程，简言之，他们那样的做法是错误的。我们决不允许这种狗皮膏药式的诱发继续下去。普遍侵入的减少应该顺其自然，以便病情的恶化能够在那上面舒缓地顺利进行，以便为你抢出数年，数十年美好的、当魔法师的时间，整整一个装满天才的魔鬼时间的记时沙漏，那该有多好。今天，在你染病四年之后，你那上面留下的是有限的又窄又小又细的一点点地方——但它却是存在着的——那个病灶，那些小东西们的小小工作室，它们经由液体途径，也就是抄水路到达那里，那个初发的照亮之处。”

我："余捉得住你吗，笨蛋？把你自己暴露出来吧，把余脑子里的那个地方告诉余，那个虚构出你来迷惑余的发烧的病灶，而没了它也就没了你！余虽激动时能够看得见你，听得见你，但你只是发生在余眼前的一阵叫嚷而已，你就这样跟余说！"

他："什么逻辑啊！小傻瓜，事情应该倒过来才对。我并不是你那上面的软脑脊膜病灶的产物，相反，你懂吗，是这个病灶使你有能力觉察到我的存在，而如果没有它，你当然就不会看得见我。我的存在因此就和你发病初期的微醉密不可分吗？我因此就属于你这个主体吗？我求你行行好！耐心点吧，正在那里发生和进行的事情，还将赋予你完全不同的能力，还将摧毁完全不同的阻碍，还将和你一道跨越麻木和顾忌。你等着，等到耶稣受难节，等到那时复活节也就不远了！你等一年，十年，十二年，直到那个光明的照亮达到极致，一切麻木的顾虑和怀疑在光天化日之下消失殆尽，那时你将会明白，你在为何事付出代价，你为什么要把肉体和灵魂遗赠给我们。那时，渗透的产物就会大摇大摆地从药房拿来的种子里萌发抽条，长满你的全身……"

我（发怒地）："就此闭上你的臭嘴吧！余不允许你说我的父亲！"

他："哦，从我的嘴里说出你的父亲可是再合适不过的了。他狡猾得很，老喜欢苦思冥想自然力方面的问题。那头痛的毛病，小人鱼刀割般疼痛的发端，你可也是从他身上继承过来的哟……另外，我在前面已经说过，而且我也说得非常正确，这整个魔术所涉及的其实是渗透作用，液体渗出，病态的增生过程。你们当时看见的是里面带有搏动着的液体柱的腰椎囊，它伸进大脑，抵达脑膜，在脑膜的组织中，花柳病引发的脑膜炎在偷偷地潜行，在悄无声息地活动。不过，我们的小东西根本不可能进入内部，进入实质，不管那里是怎样地拉它们过去，也不管它们是怎样地渴望被拉到那里去——如果没有液体渗出，没有渗透作用的话，这种和软脑脊膜的细胞液进行的渗透作用，它稀释细胞液，溶解组织，为那些鞭毛虫打通进入内部的道路。一切均缘于渗透作用，我的朋友，它的调皮的产物让你很早就体验到了那种赏心悦目的感觉。”

我：“您的拙劣让我发笑。余真想席尔德克纳普这就回来，余好和他一起笑。余，余也真想把父亲的故事说与他听。余真想告诉他，当时我父亲说那句‘可它们的生命也就此终结！’的时候，眼里可是含着泪水的。”

他：“惊煞人也！你因为他充满同情的泪水而发笑，你做得对，但你还没有看到的却是，谁天生和诱惑者有关系，谁就会总是和常人的感情格格不入，谁就会总是在他们想哭的时候忍不住想笑，而在他们想笑的时候又忍不住想哭。那些植物增生发芽，绚烂多姿，甚至具有向日性，怎么会是‘生命终结’呢？那滴液体显示出如此健康的胃口，怎么会是‘生命终结’呢？什么是病态，什么是健康，我的年轻人，最好不要把这个问题的最后决定权拱手让与那位种地的小市民。他是否真正精通生命，这始终还是一个有待回答的问题。对于在死亡之路、疾病之路上产生的东西，生命会满心欢喜地去拿取，并且会在其引领之下走向更远更高，这样的情形也已经有过几次了。上帝能够从恶中创造出善，而让上帝失去这样的机会是不允许的，这是你在高等学府学过的，你难道忘记了吗？此外，必须有人得过病发过疯才行，以便其余的人不再需要变成这个样子。而在疯狂开始是病的时候，人人都能轻而易举地应对。如果一个已经处于疯狂爆发状态的人，还念念不忘在书的边缝上写下这样的旁注：‘我快乐之极！我忘乎所以！我把这叫做伟大新奇！灵感带来的热血沸腾的幸福！我的双颊宛如铁水一般通红！我疯了，如果你们遇到这样的事情，你们全都会发疯！到那时就让上帝来帮助你们可怜的灵魂吧！’——那么，他这是疯狂的健康，正常的疯狂呢，还是脑膜里面进什么东西了呢？市民是最后一个有能力应对这类事情的人；反正这类事情再也甭想长时间引起他的注意了，因为艺术家就是有点异想天开。如果有个人第二天在复发时喊道：‘哦，讨厌的空虚！哦，一事无成的可怜的存在！真想外面有人打仗，生出点事来热闹一下才好！我要是能够体面地死去该有多好！但愿地狱怜悯我，因为我是地狱之子！’——这还能当真吗？他所说的关于地狱的话是字面上的真实呢，还是对有点正常的丢勒的《忧郁》的比喻而已？总之，我们向你们提供的只是众神的赐予，那位古典诗人[①]，最受尊敬的那一位，把自己对此所怀有的感激之情化作了美妙无比的诗行：

‘众神，无限的众神，把一切赐予
他们的宠儿，倾其所有：
一切的欢娱，无限的欢娱，
一切的痛苦，无限的痛苦，倾其所有。’”

我：“你这个说风凉话的骗子！要是魔鬼不是一个骗子，不是一个杀人的凶手，那该有多好啊！[②]就算我非听你说不可，那么，什么健康完好的伟人啦，什么自然形成的金子啦，这类话你至少别再跟我唠叨了！我知道，这用火而不是用太阳炼出来的金子，它不是真的。”

他：“这是谁说的？太阳的火难道好过炼丹房的火吗？哪里还有什么健康完好的伟人！你哪怕也说出一个来让我听听啊！一个天才和地狱没有丝毫瓜葛，这样的事情你信吗？不信！艺术家是罪犯和疯子的兄弟。你以为，每一部娱乐作品的作者都是在不了解罪犯和疯子生活的情况下进行创作的吗？什么是病态，什么是健康！没有病态的生活一天都过不下去。什么是真，什么是不真！我们是给国家抹黑的大骗子吗？我们能从虚无的嘴巴里套出好东西来吗？在虚无存在的地方，魔鬼也丧失其权利，同样，在这里，苍白的维纳斯[③]也办不成聪明事。我们不搞新

① 指约翰·沃尔夫冈·冯·歌德。下面的诗行出自歌德1777年7月17日写给奥古斯特·冯·施托尔贝格伯爵夫人的信。
② 这句话原文为拉丁文。
③ 由拉丁文直译为德文的梅毒病的另一种说法。

玩意儿——这是别人的事。我们只管解除和放出。我们让麻木和胆怯，让禁欲的顾虑和疑惑见鬼去。我们使人振奋，只需通过一点点刺激和局部充血祛除疲劳——大的小的，个人的和时代的。就是这样，如果你抱怨，某某人，在没有给他调计时沙漏，终究也没给他出示账单的情况下，就能够拥有那倾其所有的赠予，那无限的欢乐和痛苦，那你就是没有去想时代，就是没有去想历史。此人在他古典主义的时代里或许没有我们便能拥有的东西，这在今天只有我们能提供。而且我们提供更好的东西，我们首先提供正确的和真实的东西——这已经不再是古典的了。我亲爱的朋友，我们让人去体验的东西，就是远古的、原初的、早就不再被检验的东西。有谁今天还会知道，而又有谁哪怕是在古典时期知道过，什么是灵感，是真正的、古老原始的激动，没有受过任何批判、麻木的谨慎、致命的理性监督污染的激动，那种神圣的陶醉？岂有此理，魔鬼被看作是进行瓦解批判的那个人？又一次——诽谤，我的朋友！老天爷啊！如果说还有什么让他感到仇恨的话，如果说全世界还有什么和他对立的话，那就是这种瓦解的批判了。他所盼望和他要捐献的东西，恰恰就是胜利地去超越它，毫不迟疑地抨击！”

我：“狂热的吹鼓手。”

他：“那是当然！如果一个人说，他是出于热爱真理而非自尊才去澄清别人对自己的最大误会，那么他就是在漫天吹牛。虽然你心情烦躁，不好意思，但我是不会因此而堵上自己的嘴巴的，而且我知道，你不过是在拼命压制你内心的冲动而已，其实，你非常喜欢听我说话，就像教堂里的少女爱听别人窃窃私语一样……你比如说一闪念吧——这是你们的叫法，你们一两百年来一直都是这样叫的，因为以前是根本没有这个类别的，也是没有诸如音乐产权之类的东西的。一闪念也就是三四拍的事，不是吗，仅此而已。其余的一切都是精心安排，都是坐功。抑或不是？好了，我们现在可是文学的行家里手，我们会发现，一闪念并不是什么新东西，它同出现在里姆斯基—科萨科夫或勃拉姆斯那里的某些东西十分相似。怎么办？那就去改变它。可一个被改变了的一闪念，这在根本上还是一闪念吗？你就拿贝多芬的速写本来说吧！那里面找不出一个主题构思是跟上帝的赐予一模一样的。他让它变样，同时加上‘更好’二字。对上帝的灵感的不大信任，对上帝的不大恭敬，从这个始终还不算是狂热的‘更好’里流露出来！一种真正令人喜悦、令人入迷、深信不疑的灵感，一种没有选择，无须修改和修补的灵感，而遭遇了这种灵感的那个人呢，他把一切都视为极乐的指令，对它们全盘加以接受，他停下脚步，跌倒在地，他浑身上下感到一阵阵崇高的战栗，他幸福得泪如泉涌——这样的灵感靠上帝是不可能的，因为上帝他老人家给理智留下了太多要做的事，这样的灵感只有依靠魔鬼才是可能的，因为魔鬼他老人家才是狂热的真正主人。”

在说最后一席话的过程中，我面前的这个家伙身上，不知怎么的，起了一些变化：如果我没有看走眼的话，我觉得他不同于先前了；他坐在那里不再像个恶棍和流氓了，而是，随您怎么想，有点像个好人了，只见他白色的衣领上打了个蝴蝶结领带，弯曲的鼻子上则架着一副角边眼镜，镜片后面的一双眼睛湿润黯淡，微微发红，幽光闪闪；脸部线条鲜明和柔和兼而有之：线条鲜明的鼻子，线条鲜明的嘴唇，下巴却是柔和的，下巴上面有个小肉坑，除此之外，面颊上还有一个小酒窝；他的额头是苍白的，隆起的，额头上的头发在开始处高高挺出，然后渐次降低地向后奔着头顶而去，直至消失，而从额头到两边的头发则显得很厚、很黑、很浓密拳曲——好一个给通俗报纸写艺术、音乐类文章的知识分子，一个理论家和批评家，只要他的精神允许，他甚至会去作曲。他还有一双柔软、干瘦的手，这双手会在他说话的时候略显笨拙地打出各种手势，偶尔也会去轻抚长在太阳穴和颈背处的头发。这就是正在沙发角里坐着的这位来客的写照。他的个子并没有变高；而主要的是他的声音没变，还是原来那种带着鼻音的、清晰的、训练得十分好听的声音；这在外形缺乏明显标志的情况下起到了维持身份的作用。我听见他说，同时也看见他的嘴角紧闭的大嘴在胡子没有刮好的上嘴唇下张开，发出位置靠前的清晰的声音：

“当今什么是艺术？脚踩豌豆的朝山进香[1]。现如今跳舞所需要的可不仅仅只是一双红舞鞋，而被魔鬼搞得愁眉苦脸的人也不止就你一个。你看看他们吧，你的同事——我知道，你不看他们，你不朝他们看，你维护着你那独处的幻想，你愿意一切，一切时代的诅咒，全都属于你自己。可你还是看看他们吧，那些新音乐的共同开创者，我指的是那些诚实的严肃的对这种状况进行总结的人，这样你会感到宽慰！我说的不是那些从民歌和新古典音乐之中寻找避难所的人，他们的现代性在于，他们禁止音乐的爆发并多多少少带点尊严地披上前个性主义时代的风格外衣。他们试图使自己和别人相信，无聊变成了有趣，因为有趣已经开始变得无聊……”

这时，我忍不住笑了起来，尽管严寒还在继续折磨着我，但我现在却不得不承认，自他改变形象起，他的陪伴让我感到好受一些了。他也跟着微笑起来，只是他的紧闭的嘴角绷得更紧了，他的眼睛也微微地闭上了。

“他们也是软弱无力的，”他继续说道，“但我认为，你和我更喜欢他们的这种值得尊敬的软弱无力，因为他们鄙视冠冕堂皇地打着假面舞会的幌子来隐瞒这种普遍的疾病。当然，这种疾病确实是普遍的，正直的人可以很好地确定其表现在自身和退化者身上的症状。创造力濒于枯竭，不是吗？而必须严肃对待的事情但凡还能诉诸文字，其所见证的则是艰难和反感。外部的、社会的原因？缺乏需求——正如前自由时期那样，创造的可能性在很大程度上取决于资助者恩宠的偶然性？这固然正确，但不足以说明问题。作曲本身变得太沉重了，沉重得令人感到绝望。当创作与纯真不再协调一致时，谁还愿意工作？可是，我的朋友，

---

① 一个古老的苦行和禁欲习俗：去朝觐的人为了使自己的朝拜之行变得更加困难，特意把干硬的豌豆撒在自己穿的鞋子里。

情况就是这样，大师级的作品，这种以自身为支撑的产物，属于传统的艺术，解放了的艺术对它进行否定。这件事情的发端是，对于所有曾经运用过的音乐组合的支配权绝对不会落到你们手里。减半音的七和弦不可能，某些半音的贯通音不可能。每一个较好的东西自身都背负着一个禁止的、闻所未闻的规范，调性的，也就是全部传统音乐的手段，都实实在在地包含在了其中。什么是错误的，什么是过了时的俗套，都由这个规范来决定。调性音乐，一部具有当代技术视野的音乐作品里的三和弦——超过任何一个不协和音。而成其为的三和弦是要被派上用场的——但要小心，且只在极端情况下，因为这样做所带来的震惊要比从前最难听的声音更严重。一切都取决于技术视野。在第 111 号作品的开头，减半音的七和弦是正确的，充满表现力的。它符合贝多芬总体的技术水平，符合那于他是可能的最不谐和音和谐和音之间的张力，不是吗？调性的原则及其力度赋予和弦以其特殊的分量。但和弦失去了这种分量——通过一个无人能够逆转的历史进程。你听听这死去的和弦——它甚至在溃散的情况下也仍然代表着一种同现实的相对立的技术的整体水准。每一个音都在自身背负着整体，也背负着整个历史。耳朵对于错误的辨别因此却是必然地和直接地受到它，这个自身并无过错的和弦的约束，而完全不与技术的整体水平发生抽象的关系。我们在这里有一个正确性的要求，这个要求是形象向艺术家提出的——有点严格，你怎么看呢？他的行动总不会是仅限于执行包含在创作的客观条件中的东西吧？在一个人敢于想象的每一个小节里，技术的水准都以问题的面目呈现在这个人的眼前。作为整体的技术每时每刻都在要求他跟上它的步伐，要求他给出它在每时每刻所允许的唯一正确的答案。结果呢，他的作曲不是别的，只是这样的答案，只不过是从画中猜出字谜而已。艺术成为批评——一种非常正派的东西，这一点没有人会否认！这里需要很多的严格服从之余的不服从，很多的独立性，很多的勇气。不过，没有创造性的危险，你怎么看呢？这危险还只是危险吗，还是已经成为铁板钉钉的事实?”

他稍事休息。他用一双湿润的发红的眼睛隔着眼镜看我,他轻轻地举起手来,用两个中间的指头抚摩他的头发。我说道:

“您还等什么?要我欣赏您的冷嘲热讽吗?您很擅长把我知道的事情告诉给我,对于这一点我从未有过怀疑。您完全是有意这样做的。您就是想要用尽一切手段向我暗示,除了魔鬼,我不可能再找到任何别的人来帮我点燃创作作品的激情。与此同时,在自身需要和‘正确性’的瞬间,在这两者之间,您不能排除自发和声理论的可能性——一种自然的,可以成为一个人进行无拘束和下意识创作起点的齐唱的可能性。”

他(大笑着):“一个实际上非常理论的可能性!我亲爱的朋友,这种局面太需要批评了,没有批评怎么应付得了啊!另外,我还要驳斥你对有倾向性地探讨事物的指责。在你看来,我们没有必要再去多费口舌。我不否认,这种‘创作’状况非常普遍地让我感到了某种满足。我反对那些大而全的作品。音乐创作的观念有毛病了,我为什么不能以此为乐呢!你可别把这个推到社会状况头上!我知道,你喜好这样做,也习惯于说,这种状况拿不出任何具有约束力和得到足够证实的东西来保障安分守己的创作的和谐。此话不假,但并不重要。创作的巨大困难深植于其自身。音乐素材的历史性运动已经回过头来反对自成一体的创作了。它在时间中缩减,它藐视在时间中的延伸,即音乐创作的空间,而且它还让这个空间空空如也。不是由于软弱无力,也不是由于缺乏塑造形式的能力。而是由于一道强硬的要求浓缩的命令,这道命令唾弃多余,否定空话,摧毁装饰,反对时间的扩展,即作品的生命形式。作品、时代和假象,它们是一体的,它们共同落入批评之手。后者不再忍受假象和游戏,不再忍受虚构,不再忍受形式的自负,因为这种形式,它审查人的激情,审查人的痛苦,它将这种激情、这种痛苦划分为一个个角色,转化为一个个形象。而唯一还被允许的只是那种非虚构、非游戏、非伪装、非神化的对处于痛苦的真实瞬间的痛苦的表达。由于这种对于痛苦的表达已经变得越来越软弱，越来越无力，越来越窘困，所以就再也容不下任何一个假象的游戏了。”

我（十分嘲讽地）：“很动人，很动人。魔鬼变得慷慨激昂起来。可恶的魔鬼在搞道德说教。人类的痛苦让他关切。他荣幸地跑到艺术那里去献殷勤。如果您不愿意我在您的演绎中得意地发现魔鬼正在大放厥词地羞辱创作，那您最好还是忘掉您对那些作品的反感为妙。”

他（无动于衷地）：“到目前为止，一切顺利。可你在本质上和我一样认为，如果人们承认世界丧钟敲响的事实的话，那么这就既不能说是伤感，也不能说是恶毒。某些东西不再可能。感情的假象作为作曲的艺术作品，音乐的安分守己的假象自身已是不可能的了，也维持不下去了——作为假象，它的内容自古以来就是，对预先规定的公式化的元素进行这样的投入使用，仿佛它们就是这样一种情况的信守不渝的必然结果似的。或者完全颠倒过来：这个特例作出这样的一副表情来，仿佛它和那预先规定的熟悉的公式是一致的。四百年来，一切伟大的音乐都在用这种作为持之以恒而取得的成绩的一致性来蒙蔽世人并从中找到满足——它把它理应遵循的常规的普遍规律性同它自身的最大关切相混淆，并喜欢以此来自我炫耀。朋友，这种做法行不通了。对装饰、常规和抽象的普遍性的批评其实就是同一个。落入批评之手的东西是资产阶级艺术作品的假象性质，音乐参与其中，尽管它不制造形象。当然，同别的艺术门类相比，音乐无疑是更有权不制造形象的，然而，它却不知疲倦地使它的特殊的关切同常规习俗的统治相调和，这样一来，它依然还是尽力参与了这更高一级的欺骗。把表现力归属于具有和解性质的普遍性，这就是音乐假象的最为内在的原则。这个原则，它是没有希望的了。那种把普遍性想象为和谐地包含于特殊性之中的要求开始不攻自破。那些先前有义务发挥效力的保障游戏自由的常规习俗，它们所遭遇的情形也是如此。”

我：“对此人们心里可能很清楚，而且他们也有可能会在任何为批评所鞭长莫及的地方再度承认常规习俗。人们可能还会重蹈玩弄形式的覆辙，从而使得这个游戏在数量上出现几何般的增长，尽管人们心里很清楚，生命力就是从这些形式中消失殆尽的。”

他：“我知道，我知道。滑稽模仿。如果它不是太过阴郁地沉湎于它那贵族式的虚无主义的话，那么，它可能也是很好玩的。难道你指望这样的花招给你带来幸运和伟大吗？”

我（生气地回答他）：“不。”

他：“又冷淡，又粗暴！可为什么要粗暴呢？因为我私下里向你提了几个友好的关乎良心的问题吗？因为我向你当面指出了你的那颗绝望的心，还以行家的眼光让你看到了当今作曲所面临的那些恰恰是不可克服的困难吗？不管怎样，你总归还是可以把我当个行家来尊奉的。魔鬼总归是应该懂一点音乐的。如果我没有弄错的话，你刚才是在看那位迷上美学的基督徒所写的书吧？此人心明眼亮，深知我与这种美的艺术之间所具有的那种特殊关系——这种最为基督教的艺术，正如他所认为的那样——当然不乏消极预兆，虽然是由基督教投入使用和发展起来的，可是，同样也是被基督教当作恶魔的领地而加以否定和开除的——而你完全可以在这里找到答案。这音乐啊，是一件高度神学的事情——罪恶也是如此，我也是如此。那个基督徒在书里对音乐所怀有的激情是真正的基督受难曲，这也就是说，认识和沉湎作为真正的基督受难曲存在于每一个人的身上。——真正的激情只存在于意义双关的东西之中，只以反讽的面目出现。最高级的基督受难曲所指向的就是那个绝对不可靠的玩意儿……不，我已经是音乐性十足的了，姑且就这样吧。同当今的一切事物一样，音乐遇到了困难，这也就是我刚才为何在你面前歌颂那可怜的犹大的原因。难道我不该这样做吗？可我这样做也只是为了通知你，你应该去突破这些困难，为了你自己能够被人迷恋，你应该去超越这些困难，干大事，面对你干下的那些大事，你应该会感到那种神圣的恐惧。”

我："余亦有一事相告。余将去把渗透的赘生物拔掉。"

他："这完全是一回事！冰花也好，由淀粉、糖和纤维素构成的那些个花也好——两者都是自然，而另外还需要回答的问题则是，自然的哪个方面最应受人赞叹。你，我的朋友，喜欢探究客观，探究所谓的真理，喜欢怀疑主观的价值，怀疑纯粹体验的价值，你的这种偏好是真正的小市民意识，应该加以克服才是。你看见我，也就是说，我在你眼里是存在着的。我是否真的存在，这个问题值得一问吗？起作用的东西真的就不存在么，而体验和感情就真的不是真理么？提升你的东西，增加你的力量感、权力感和统治感的东西，见鬼，这就是真理——而从美德的立场来看却怕只会是个弥天大谎。我要说的是，一个能够增加力量的非真理可以和任何一个无利可图的美德的真理相媲美。而且，我还要说的是，具有创造性的、产生天才的疾病，这种意气风发、策马扬鞭地去清除障碍的疾病，这种精神恍惚地从一个山崖大胆地冲向另一个山崖的疾病，生命更喜欢它，胜过喜欢用晃悠的双脚走路的健康一千倍。从病人身上来的只能是病，这是我迄今为止所能听到的最愚蠢的话。生命并不挑剔，而生命所了解的道德就是一堆臭狗屎。生命一把抓起那大胆的疾病的产物，把它放到口里，津津有味地咀嚼它，消化它，而生命所关心的也只是其自身的健康，同样，其自身就是健康。生命在发挥作用，在这个事实面前，我亲爱的朋友，任何一种对疾病和健康进行区分的尝试都将遭到失败。整整一大群和整整一代健康易感的小青年争先恐后地冲向那个生病的天才，那个因疾病而变成了天才的人的作品，欣赏它，赞扬它，抬高它，将它揣在怀里带走，从内部对它作出一些改动，把它送给那种不单单只靠吃家庭烘烤面包，而且也要靠不少吃极乐使者药店分发的药物和毒药过活的文化。关于这一点，那个没有被改坏的萨玛厄尔[①]会告诉你。他不仅会向你保证，在你的那些计时沙漏岁月行将结束

① 魔鬼的称呼之一。

之时，你的权力感和崇高感会日益超过那位人鱼小公主的痛苦，并且一定会变得越来越强烈，最终成为达到胜利巅峰的健康，成为狂热的健康情绪，促成一个神的改变——这只是事物的主观方面，我知道，这对你也许是不够的，你也许会觉得它并不牢靠。那么，你要知道：你将借助我们的帮助成就大业，对你而言，我们代表着你所成就的那种大业的生命效应。你将引领潮流，你将奏响未来的进行曲，那些小年青将用你的名字发誓，他们正是因为你的发疯，所以才没有必要再去发疯。处于健康状态的他们将依靠你的发疯过活，而你将通过他们成为健康之人。你懂吗？你将突破这些令人僵化的时代困难，但这是不够的。这个时代本身，这个文化时代，我要说的是，这个文化的和文化崇拜的时代将由你来突破，而你将不惜诉诸野蛮，双倍的野蛮，因为它是跟在人道之后，跟在穷尽一切可能的牙根治疗和资产阶级的过分讲究之后而到来。相信我吧！它对神学的精通甚至要强过对一种背离崇拜的文化的精通，即便是在宗教里，这种文化所看到的也只是文化，只是人道，而非过分、悖论、神秘的激情，绝非资产阶级的冒险。我可是希望，你不会因为圣·危尔滕向你说起宗教而大惊小怪吧？天上的星星哪！我倒很想知道啊，今天除了我，还会有谁向你说起它来？怕不是那位自由主义的神学家吧？我就是当今唯一储存它的人！如果不是我，你又愿意把神学的存在授予谁？而没有我，谁又愿意拥有一个神学的存在？宗教肯定是我的专业，正如它肯定不是资产阶级文化的专业一样。自从这种文化背离宗教崇拜而把自身变成了一个宗教崇拜以来，这种文化，它就不再是别的，而只能是一种背离，而在经过了赤裸裸的五百年之后，全世界的人都对它腻味透了，好像他们，说句不好听的话，吃了几大锅撑着了似的……”

就是在这里，也就是早在他对自己作为宗教生活的真正维护者，对魔鬼的神学存在长篇大论地发表讽刺言论的时候，我发现：我眼前这个坐在沙发里的家伙外表上又起了变化，他似乎又不是那个刚才和我说过一会儿话的戴眼镜的音乐文人了，他的身子也不再像刚才那样是端坐在他原来的角落里的了，而是很随便地，半坐半骑地落在沙发的圆形扶手上了，与此同时，他的手指尖在他的怀里相互交差，只有两只大拇指是僵硬地向外伸出。下巴上的小胡子一分为二，在他说话的时候上下运动，外人可以通过他张开的嘴巴看到里面又小又尖的牙齿，而嘴巴的上方则直挺挺地躺着尖端打转儿的小髭须。

见他变回熟悉的老样子，被寒流包围的我还是忍不住地笑了起来。

“您忠诚的仆人乐意为您效劳！”我说道，“这才是您应该让余看到的样子，您专程跑到这客厅里来给余一个人上课，您这样做简直是太客气了。瞧啊，现在拟态把您变成个啥样了呀，同样，余也希望，您是乐意满足余的求知欲的，乐意向余精确地证明您的自由存在的，办法就是：您不仅向余讲授余已经从自身得知的东西，而且也向余讲授了我首先想要知道的东西。关于您出售计时沙漏时间的情况，以及出售期内应为这高贵的生命付出痛苦代价的相关情况，您已经向余讲授了很多，但对于结局如何，对于以后如何，对于永久清偿的问题，您却不讲。余很想知道这方面的情况，而您呢，只顾蹲在那儿喋喋不休，不给余留下一点提问的余地。难道余不该去弄清楚这桩交易所需的一分一厘吗？请您回答余！克勒佩尔林家的生活过得怎样？那些把您的话奉为圣旨的人，洞穴里等待他们的又会是什么？”

他（咯咯咯地高声大笑）：“你指望中毒受害，指望驳倒去跟你说清楚？要我说啊，这就是冒失，这就是读书人的孩子气啊！先不急，时间多的是，一望无涯呀，之前还有很多激动人心的事情要发生，你将不得不去做些别的事情，而不是去想什么结局，哪怕只是去注意一下那个应该去想结局的时刻都不要。不过，我也无意拒绝你的问询，我也没有粉饰太平的必要，因为你怎么可能会去关心一件离你还远得很的事情呢？只是，真要说起来并不容易，这么说的意思是：真要说起来根本，完全，绝对办不到，因为这真正的实情和语言并不相符；有可能需要和造出很多词来，即便是有了这些个词，所有这些词也只不过是当当代表，代表没有的名字而已，不可能有资格去说明永远无法被说明和用词语去告发的事物。而地狱的秘密乐趣和固若金汤就在于，它的这种秘密乐趣和固若金汤是无法被告发的，它们在语言面前是万无一失的，它们就只是存在而已，但却不上报纸，不公开，不能够通过语言被人批评了解，‘地下的’、‘地窖’、‘厚墙’、‘无声无息’、‘被遗忘’、‘无可救药’这些个词就正是此类微弱的象征。我亲爱的朋友，当你谈及地狱的时候，你绝对必须以这些象征词为满足，因为在那里一切停止——不仅只是告密的语言，而根本就是一切。这甚至是它的主要特征，而且是对此所能作出的最一般的说明，同时也是新来的人在那里所能最先得知的东西，而且是首先令有着所谓健康的感官的他所无法相信和不愿理解的东西，因为理智或理解的一些局限性始终在这方面阻挠着他，总之，因为这太让人难以置信了，让人难以置信得面如死灰，太让人难以置信了，尽管一上来致欢迎辞时就开门见山、开宗明义地强调‘一切止于此’，所有的怜悯，所有的恩赐，所有的仁慈，任何的最后一丝对于那种由于呼天抢地的难以置信而发出‘您可不能，可不能这样对待一个灵魂’的指责的顾虑：这样的事情就在做着，就在发生，而且无须语言来说明理由，在那隔音的地窖里，在上帝听不见的深渊里，而且是永远如此。不，这不好说，这地方偏僻，位于语言所能掌控的范围之外，后者与前者毫不相干，和前者没有关系，因此语言，它永远也不会真正地知道，为此它应该采用哪一种时态，故而情急之下就用‘那里将会是一片嚎叫和咬牙切齿’这样的将来时来敷衍了事。好了，这是几个从相当极端的语言领域里选取的几个字句，但也就只是微弱的象征而没有同那里‘将会是’发生真正的关系——无须说明理由，被遗忘，在厚墙之间。没错的是，由于哀鸣和咕咕声，嚎叫，呻吟，咆哮，汩汩声，尖叫，谩骂，阴郁易怒，乞求和受刑的欢呼，那隔音的地方声音将会相当大，将会大得过分，将会老远就让人感觉到如雷贯耳，以至于将不会有人听得见他自己的歌声，因为他的歌声会窒息在那普遍的、茂密的、浓厚的，由源源不断的不可置信和不负责任而诱发的地狱的持续的欢呼声中和无耻的反复啁鸣声中。此外，还会有狂喜的呻吟掺杂进来，非同凡响，难以忘怀，因为一种无穷无尽的折磨，它不以受不了，不以崩溃，不以昏厥为限，反倒酿成无耻的娱乐，这也就是为什么这些不乏几分直觉的人会有‘地狱的狂喜’之说的原因。不过，与此相关的嘲讽和极端耻辱的元素同时又和刑讯逼供相结合；因为这种地狱的幸福等同于一种对极度忍受的根本可怜的嘲弄，而且整个过程中还会伴随有轻蔑的指指点点和怪声大笑：所以有了下面这么一个理论，认为被上帝罚入地狱受苦的人同时也还会遭受嘲讽和蒙受耻辱，是的，地狱应该被定义为是对根本不能承受、但却必须永远忍受的痛苦的一种非同寻常的结合——和嘲弄。在那里，他们将会为那巨大的痛苦吞掉自己的舌头，但却不会因此而成为一个共同体，相反，彼此之间倒会充满嘲讽和鄙视，一边发颤音、呻吟，一边用最脏的话互相对骂，到了这个时候，以前那些最优雅、最骄傲、从未说过一句下流话的人也会被迫用起最为不堪入耳的肮脏字眼。细细品味这些龌龊之极的字眼则是他们的痛苦和低级趣味的部分所在。”

我：“恕余直言，下地狱的人在地狱里必须忍受何种痛苦，您这是第一次告诉余。您请注意，您其实只给余讲过地狱的效果，至于那里就事情本身而言实际等待下地狱者的是什么，您却没有讲过。”

他：“你的好奇心太孩子气，太冒失。我让这成为注意的中心，但隐藏在这之后的东西，我亲爱的朋友，我也是心知肚明得很哪。你企图向我刨根问底，目的是让自己害怕，害怕地狱。因为你心里在偷偷地想着悔改和拯救，想着你的所谓的灵魂的得救，想着从那书面承诺撤退，你还拼命企图给自己弄个不完全忏悔，即从内心对那里感到恐惧，人可以通过内心恐惧达到所谓的天堂的幸福，这种说法你很可能听说过。告诉你吧，这是一种老掉牙的神学。仅因怕惩罚而作不完全忏悔的学说在科学上已经过时。痛悔被证明是必要的，它是真真正正的新教对罪恶的悔悟，它不单意味着按照教规去恐惧，去忏悔，而且也意味着内在的、宗教的悔改——而我要问你的是，你是否有能力做到，你的骄傲将会促使你给予相应的回答。时间越长，你迁就痛悔的能力和意愿就会越弱，因为你将拥有的那种越轨的存在是一种严重的放纵，要想再回到原来那平常而有益健康的生活轨道简直没门。因此，这样说是为了安慰你，地狱将要提供给你的也不会是什么本质上的新东西——只不过是多少习以为常了的东西，带着骄傲习以为常了的东西而已。它其实只是那种越轨的存在的继续。用两句话来说吧：它的本质，或者说，如果你愿意的话，它的结尾的噱头是，它只让它的居住者们在极端的冷漠和一种能让花岗岩熔化的炽热之间进行选择——他们在这两种状态之间咆哮着来回逃窜，因为在这一个的眼里，那另外一个总是妙不可言的万金油，可不一会儿就又变得难以忍受了，变得比地狱还要地狱了。这种极端性你肯定是会喜欢的。”

我：“余会喜欢它的。余想警告您，别太得意，以为自己已经对余稳操胜券。您可能会禁不住您那有点肤浅的神学的诱惑而这样去做。您放心，余将会因为骄傲而不去进行拯救所必需的痛悔，也不会去想有一个骄傲的痛悔。该隐的痛悔，他认定，他的罪恶大过他的想被原谅的罪恶。没有任何希望的和作为完全不相信仁慈和原谅之可能性的痛悔，作为罪人的坚如磐石的信仰的痛悔，罪人罪孽深重，甚至于无穷的善也不足以原谅他的罪恶——只有到了这个地步才是真正的痛悔，余提请您注意，这样的痛悔离解脱最近，对善而言则是最不可抗拒的。您将会承认，平日的普通罪人只能引起恩赐的普通兴趣，在这样的情况下，恩典的动力不足，恩典只是一次无精打采的活动。中不溜根本过不了神学的生活。一个无可救药得让犯下它的人彻底对幸福死心的罪恶，才是真正神学意义上的通往幸福的道路。”

他：“滑头！这条无可救药的通往幸福的道路，恐怕得有一个前提，那就是单纯的绝对的绝望，而像你这样的人又要从哪里去找来这样的天真呢？刻意去指望大罪对善的刺激，而这种刺激如今已经极大地使得恩典变得不可能，这你难道不清楚吗？”

我：“可只有通过这样的不可登峰造极的绝顶才能极大地提升那戏剧兼神学的存在，也就是说：才能犯下最邪恶的罪孽并因此而向善的无限性发起最后的和最不可抗拒的挑战。”

他：“不错。真的是足智多谋。那我现在要告诉你，地狱的居民正好就是由你这样的人构成。进地狱可不是一件轻而易举的事情；要是什么人都能进的话，我们还不早就闹地荒了。可是，像你这样的神学类型，如此狡诈多端的一个大怪物，一个因为骨子里继承了父亲的冥思而指望冥思的人，如果没有这样的念头，那才叫做怪呢。”

在他说这话的时候，而且，也在他说这话之前，这家伙就已经开始了又一次变形，云里雾里地，要不是他自己通报一声，我还浑然不知呢：客厅里，他不再是骑坐在我面前那张长沙发的扶手上了，而是重新以流氓恶棍的面目，以头戴小帽、脸色惨白、有着一双红眼睛的无赖的面目，坐在了先前的那个角落里。接下来，他用他那慢条斯理的、拖着鼻音的演员嗓音说道：

“我们就要结束，就要作出决定，这也将是你所希望的。为了和你把这件事情说透，我可花了不少工夫——但愿我的做法能够得到你的认可。当然，坦率地说，你也是一个很有吸引力的个案。你头脑敏捷，你傲慢，你的天资和记性出类拔萃，我们很早就注意上你了。你当年受你的自负驱使，进入大学学习神的科学，但是，你很快就不再愿意以神学家自居，而是把《圣经》撇在一边，打这以后，你全力以赴，投身到音乐的音型、符号和咒语之中，让我们好不欢喜。因为，你的傲慢渴望那种自然力的东西，而你打算用最适合于你的形式去赢得这种东西，也就是在这种东西以代数学魔力之面目同与之协调的聪明与计算相结合，同时却又经常大胆反抗理性与清醒的地方，去赢得它。可是，你对于自然力而言却又太机灵、太冷淡、太禁欲了，我们怎么会不知道呢，你为此生气，为你这不光彩的机灵而自我厌倦，我们怎么会不知道呢？我们跑前跑后给你张罗，让你投入我们的怀抱，也就是说：投入我的小东西，那个艾丝梅拉达的怀抱，让你得上那个病，得到那种照亮，那种你的身体、灵魂和精神全都渴望得要命的脑的性激素。一句话，我们之间用不着斯佩思森林里的那个四岔路口，也用不着画圆圈①。我们是有契约的，我们是在做交易——你已经以你的鲜血为证，把自己当面许诺给了我们，你接受了成为我们的人的洗礼。我这次来目的只是为了确认而已。时间你已经从我们这里拿去了，天才的时间，高产的时间，自合同签订之日起整整二十四年，这就是我们给你设定的目标。如果这二十四年满期了，过去了，世事难料啊，而这样的一段时间也不算短的话，那么到时候，你就应该是已经被我们接走了。反过来，在此期间，我们也愿意在各个方面听命于你，为你效劳，而只要你拒绝所有生活在地狱的、所有生活在天上的和所有的人，地狱就应该有益于你，因为必须是这样。”

我（一股凛冽刺骨的寒风迎面刮来）：“您说什么？这可是新的。这附加条款是什么意思呀？”

他：“它的意思是拒绝。还能是什么？你以为只有高处的会吃醋而低处的不会吗？你这精致的造物，你已经许配给了我们。你不可以去爱别人。”

我（真的忍不住笑了起来）：“不爱别人！可怜的魔鬼！你居然想把生意和承诺建立在一个如此迁就、如此尴尬的概念——爱的上面，莫非你还想把你这愚蠢的声名远扬，把你自己变成一只脖子上挂着个铃铛的公猫？魔鬼想要防止情欲吗？如果不是的话，那他也就只好容忍这样的好感乃至博爱了，否则他就会像书里所描写的那样上当受骗。余让自己害上了什么样的病，你又为什么愿意余许配给你——这里的根源是什

① 取自《浮士德博士民间故事书》中的内容。

么，你说，作为爱，即便是经由上帝许可而被你毒害的爱？吾辈按照你的断言而结成的联盟本身就和爱相关，你这个笨蛋。你想要余，为了创作的缘故，也甘愿这样去做，还想要余跑到那片林子里，跑到林子里的那个四重岔道口去，你想得好美啊。不过，也有人说，创作本身就与爱有关。”

他（从鼻孔里发出笑声）：“Do，Re，Mi！你放心，你的心理学的花招在我这里比神学的强不到哪里去！心理学——仁慈的上帝啊，你还在偏好它吗？这就是糟糕的、资产阶级的十九世纪。它让这个时代腻味透了，用不了多久，它就会刺激它发怒，而用心理学扰乱生命的人，不消说，将会遭到迎头一击。我们所处的时代，我亲爱的朋友，并不愿意看到自己是饱受心理学刁难的……姑且先把这个搁置一边吧。我的条件明确而诚恳，它是由地狱的法定热情所决定。只要爱还能散发暖意，就不许你去爱。你的生活应该是冷冰冰的——因此你不可以去爱任何人。你自己又是怎么想的呢？那种照亮会让你的精神力量完好地保持到最后一刻，有时甚至还会使其上升为光天化日之下的迷醉——而最后除了那可爱的灵魂和那珍贵的感情生活，还能拿什么收场呢？对你的生活和你与人之间的关系进行一次全面的冷却，这是这桩大事的本质要求——也更是你的本性的要求，我们绝对不会让你承担任何新的东西，那些小东西不会把你变成个新人和陌生人，它们只是巧妙地强化和夸大你身上原本就有的一切。同后来演变为人鱼小公主之痛的父亲的头痛一样，你身上的冷漠难道不是前世注定的吗？我们要你冷漠，虽然创作之火将会在你的心头燃烧，但是，热度却几乎不会高到使你感到温暖的地步。你将从你的冷漠生活逃向那创作的火焰……”

我：“接着再从熊熊大火逃回到冰天雪地。看来您已经提前给余准备了这座人间地狱。”

他：“对于一个个性傲慢的人，也只有这种放肆的存在才能唯一满足他的存在。说实话，你的高傲将永远不会答应拿它去交换一个温和的存在。你会向我提出这样的建议吗？你应该在这段长长的多产的人生里去享受它。一旦记时沙漏里的沙子流完，我就要大权在握，按照我的方式和我的意愿来永久地支配、领导和统治你这个精致的造物——你的一切，无论身心、血肉、还是财富……”

那股先前曾经令我感到过的恶心，我现在又一次感到了，与此同时，那股坚硬如冰川的寒流也从那个穿紧身裤的无赖处再一次向我进逼，在两者的共同夹击之下，我的身体开始摇晃起来。极度的厌恶使我难以自持，那感觉很像是昏厥。接着我听见了席尔德克纳普的声音，他坐在沙发角里，慢条斯理地对我说道：

“您当然什么都没耽误。看报纸上的新闻，外加两桌台球，喝了一轮马尔沙拉甜葡萄酒，乘着酒兴，那帮老实人说了几句政府的闲话。”

我身穿夏装，坐在台灯下，双膝上放着那位基督徒写的那本书，可不就是嘛！实际情况不是别的，只会是：我肯定是抢在我的伙伴回来之前，怒气冲冲地赶走了那个流氓，并且赶紧把我的衣服又放回到我的厢房里去了。

二十六

照理说，以克雷齐马尔的报告为内容的那一章，原本就已经长得叫人深感不安了，而前面这一节的篇幅可更是了得，所用的页数甚至大大超过了前者，不过，令我聊以自慰的是，我能够对自己说，读者不可以因此而怪罪于我。他们因此而提出的过分要求超出我这个作者所能担负的责任，我可以置之不理。把阿德里安的这份记录图省事地随便甩给某个编辑；把这个“对话”（请注意我给这个词加上了一对表示抗议的引号，当然我也承认，这样做只能部分地消除其自身所固有的阴森恐怖）——也就是把这个谈话化整为零地分散到各个编了号的章节中去，任何的担心读者的接受能力可能会减弱的顾虑，都不会对我有所触动。我必须用满怀悲痛的虔敬去再现一件现存的事物，把它从阿德里安的五线谱谱纸上转抄到我的手稿里来；真的，我不仅是一个词一个词地，而且我甚至可以说：也是一个字母一个字母地抄录下来的——其间常常放下手里的笔，常常为了恢复而中断，不是思绪纷繁地在书房里来回踱步，便是一屁股坐进沙发，双手合十于额头之上，故而，我本来只需照抄照搬的一章完成起来竟然不比自己此前所写的任何一章要快，这听起来也许很奇怪，但却真的是事实，因为我的手在这个过程中时不时地就会抖上几抖。

同记录自己的思想一样，意味深长而又思前想后的抄写其实也是（至少对我而言；不过亨特普佛特勒尔阁下在这一点上也赞成我的意见）一项费力而又费时的工作，而读者早在前面的一些地方就有可能已经低估了我在我这已故朋友的生平故事上所用过的天数和星期数，那么他现在同样也有可能在他的想象中是落后于我写下当前这几行的这个时刻的，姑且让他去嘲笑我的迂腐吧。不管怎样，我认为自己这样做是正确的，我要让他知道，自打我开始这些生平记录以来，时间几乎已经过去了又一年，而 1944 年 4 月也随着最新一章的撰写而来临了。

当然，我的这个日期指的并不是我自己所做的这项工作所处的那个日期——不是我的小说已经写到的那一个，即 1912 年的秋季，上一次战争爆发的二十个月前，那时阿德里安和吕迪格尔 · 席尔德克纳普一起返回慕尼黑，他首先在施瓦宾给自己找到一家提供膳宿的小旅店（吉泽娜旅馆）住了下来。我不知道这种双重的纪元为何会如此强烈地吸引我的注意力，也不知道自己为什么会如此迫切地要把它指点出来：这个个人的和事实的纪元，这个叙述者穿行于其中的时间，以及那个被叙述的事物发生于其中的时间。这是两个时间的运行轨道的一种非常奇特的交叉，另外也是为了再和第三个相结合：即那个时间，读者有一天将会因为想要接受这被告知的一切而抽出的那个时间，这样一来，读者也就和一个三重的时间秩序发生着关联：他自己的时间、编年史作者的和历史的时间。

这些苦思冥想在我看来已经渐露疲态，我无意于继续沉迷其中，我这里只想补充的是，“历史的”这个词有着那么一股子强烈的阴森气，用它来指我的写作所处的那个时代，远比用它来指我所写的那个时代要合适得多。最近这几天对奥德萨所进行的激烈争夺是一场损失惨重的战役，结果以黑海之滨的这座名城落入俄国人之手而告终，不过，这个对手没有能够扰乱我军的换防行动。同样，他肯定也不会在塞瓦斯托波尔[①]，我们的另一张王牌，得逞，这个显然占优势的对手似乎现在就想把它从我们手里夺走。与此同时，随着我们固若金汤的欧洲堡垒几乎每天遭受空袭，巨大的恐慌开始四处蔓延开来。这些巨兽投下的炸弹造成了越来越大的毁灭，尽管它们当中也有不少成为我们英勇抵抗的牺牲品，但这又于事何补呢？成千上万的怪兽让这个被胆大妄为统一起来的大陆变得暗无天日，我们的城市越来越多地沦为一片废墟。莱比锡，这座在莱韦屈恩的成长，在他的人生悲剧的形成过程中扮演过重要角色的城市，不久以前也被狠狠地击中了：正如我不得不有所耳闻的那样，它的著名的出版社区只剩下一堆瓦砾，难以数计的宝贵的文献资料和文献人才培训场所被毁于一旦——一个不仅令我们德国人，而且根本就是令全世界热心文化教育事业的人都会感到万分沉重的损失，然而，后者似乎愿意以盲目的或正确的方式——我不敢对此妄加判定——去容忍这样的损失。

是的，我担心，事情会朝着毁灭我们的方向发展，一种被赋以致命灵感的政治让我们同时和人口最多并有革命威望的大国以及生产能力最大的大国发生冲突——美国这架生产机器看上去甚至不需要开足马力便能源源不断地制造出一大堆锐不可当的战争工具。而那些神经紧张的民

---

① 乌克兰境内克里米亚半岛上一军港及贸易港，在克里米亚战争及第二次世界大战中曾被激烈争夺。

主国家甚至也懂得利用这些可怕的工具，这倒是一个叫人震惊、也叫人清醒的体会，有了这样的体会之后，我们不再天天去犯下述的习惯性错误，以为战争就是德意志的一个特权，以为别人在暴力艺术领域肯定都是浅薄的半吊子。我们已经开始，（在这个方面，亨特普佛特勒尔阁下和我均不再是例外）对盎格鲁-撒克逊人的战争技术作最坏准备，担心敌人入侵的紧张与日俱增：占优势的武器装备和数以百万计的士兵从四面八方向我们的欧洲城堡所展开的进攻——或者我应该说：我们的监狱，我应该说：我们的疯人院？——正在被期待，而只有对似乎是真正伟大的阻止敌人着陆的预防措施——对这些专门用来保护我们和这个大陆不至于失去我们现在的元首的预防措施——进行令人印象最为深刻的描述，方能够从思想上去抗衡那种对于未来的普遍恐惧。

显然，我的写作所处的时代具有比我所写的时代，阿德里安的时代，那个只把他引领到我们难以置信的时代门口的时代，强大得多的历史动力，而我现在的心情则是，我真恨不得去冲着他，真恨不得去冲着所有现在不再和我们一道，过去，当这个开始时，也不再和我们一道的人，去冲着他们大喊一声"您是有福的！"，大喊一声发自内心的"愿您永远安息！"。阿德里安在我们的有生之年面前是安全的，这个安全性于我是宝贵的，我对它十分珍视，我可以意识到它，为此我乐于去容忍我继续置身于其中的这个时代的恐怖。我觉得，我好像是在代表他，是在为他而活，好像不是他，而是我在承担他肩头一直没有能够承担的重担，简言之，好像我在通过替他而活的方式向他表示一份爱意；这种想象，它尽管虚无缥缈，甚至无异于痴人说梦，但却令我感到愉快，它迎合了我一直以来所怀有的那种为他服务、帮助他、保护他的愿望——这个需要不幸得很，在我朋友活着的时候只得到过非常微小的满足。

* * *

我一直认为值得注意的是，阿德里安在施瓦宾的那家小旅店只住了两三天，而他根本也没有打算在城里找一套合适的长租房。席尔德克纳普在意大利的时候就写信给他原先在阿玛利恩大街的房客，从而保证了自己可以重新住回以前的老窝。阿德里安不想再去市政议员夫人罗德家住，也根本无意继续呆在慕尼黑。他的决定似乎是长时间以来悄然形成的——而且情况还是这样的，他也没有事先临时坐车去瓦尔茨胡特附近的普菲弗尔林考察和商谈，而就只是打了一个电话过去，而且还是一个非常简短的电话。他从吉泽娜旅馆打电话给施魏格施迪尔家——接他电话的正好是艾尔泽大妈本人。他首先向人家自我介绍，说他就是以前有幸来庄园考察过的那两个骑车人之一，紧接着就问人家是否愿意，同时可以以什么样的价钱把二楼的一间睡房和底层的那间修道院院长工作室作为白天逗留的场所让与他用。不过，施魏格施迪尔太太并未急着讲价，尽管那包括伙食和服务在内的价钱后来证明是非常适中的；她首先要弄清楚对方是当初那两位来访者中的哪一位，是作家还是音乐家，在对自己当初的印象进行了一番核实之后，她了解到对方是那位音乐家，于是就本着完全是为他好、为他着想的立场对他的请求提出异议——而她提出异议的方式也只不过如此，即她说，他肯定很清楚什么对他最有好处。她说，一般出租都是为了赚钱，但他们，施魏格施迪尔家，却不是这样的，他们仅仅只会偶尔地，也就是说根据具体情况，接纳房客和食客；这一点两位先生应该是能够从她上次的介绍中立马了解到的，而他这个打电话的人是否就构成这样的偶尔和这样的情况，这可不是她的事情，这个结论必须由他自己来下。他在他们那里将会过得很安静，很单调，另外，生活设施也会很简陋：没有浴室，没有抽水马桶，取而代之的只有屋外的农家茅厕，而叫她感到吃惊的是，一个年龄，如果她没有弄错的话，还不到三十的先生，一个搞艺术的人，竟然不在有文化表演的地方呆着，却甘愿跑到偏僻的农村来安营扎寨。其实，用“吃惊”这个词是不准确的，她和她丈夫天生就不会吃惊，如果这或许正好就是他在寻找的东西，那他只管来好了，因为太爱大惊小怪的人真的是占了绝大多数。不过，这样的一种关系可不能只是心血来潮，住几天就走，而是从一开始就要有一点长期打算的，因为马克斯，她的丈夫，还有她本人，都很看重这一点，所以这一条必须好好考虑，特别考虑，不是么，是不是吵？等等。

他是长期的，阿德里安回答道，而且这件事情他已经考虑很久了。他说，那种等待着他的生活方式已经通过了内心的考验，已被认为是好的和可以接受的了。他同意每月 120 马克的价钱。他请她给他挑个卧室，还说他很期待是那间修道院院长室。他要求三天后就入住。

事情就这样发生了。阿德里安利用他在这座城市的短暂停留去和一个别人给他推荐的（我认为：是由克雷齐马尔推荐的）抄写员会面，即撞塞子乐队的第一大管吹奏手，想通过这个副业赚点小钱的格里彭克尔，阿德里安把《爱的徒劳》的总谱的一部分留在了他的手里。在帕莱斯特里纳时他还没有彻底完成他的这部作品，那时他还在给最后两幕配器，那个奏鸣曲形式的序曲也还没有解决，其最初的构思，他认为，通过引进那个惊人的，而对歌剧本身则是完全陌生的，在重复和结尾的快板里作用极其风趣俏皮的副主题，已经发生了巨大的变化，此外，他在作曲时曾经大段大段地忽略演唱符号和速度符号的标注，所以又花了很多气力去补做这项工作。顺便提一下，我心里很明白，他的意大利之行的结束和这部作品的完成没有能够同时发生其实并非偶然。甚至在他刻意追求这种巧合的时候，事情仍旧没有能够按照他那隐秘的意图发生。他这个人太始终如一了，太会保护自己不受环境变化的影响了，所以，他是绝对不会把此事看作是值得向往的，即在生活的场景发生更迭时，他完全能够处理解决好在前面的状况下做过的事情。为了内在的连续性的缘故，比较好的做法是，他这样对自己说道，把剩余的旧的附属工作一起带到新情况里来，而当外在的新事物已经成为例行公事之后，首先考虑内在的新事物。

他的行李从未重过，由一个装总谱的文件夹和一个在意大利时就被他用作澡盆的塑料盆组成，他带着它们，从施塔恩贝格火车站搭乘那些不仅在瓦尔茨胡特，而且十分钟后也会在普菲弗尔林经停的慢车中的一趟抵达他的目的地，两箱子书和日用杂物则办了托运。时间正值十月将尽，天气虽然还很干燥，却也变得阴冷和阴沉。树叶纷纷落下。施魏格施迪尔家的少爷格雷翁，一个青年农民，对待外人的态度尽管生硬冷淡，对待自己的事情倒也明显是胸有成竹，就这么个人，他还引进和使用了新型撒肥机呢，就是他，赶着一架带长条座椅的马车来到那个小小的火车站前，静坐在底座高、结实而又有弹性的马车夫驾御台上，等候客人的到来，而一俟脚夫刚刚把手提箱装上马车放好，他就立马让手中的缰绳在为拉车而套在一起的牲口，即两匹膘肥体壮的栗色马的背上舞动起来。两人一路上也没有怎么说话。罗姆冈及环绕山冈的树木，夹子湖那灰蒙蒙的水面，阿德里安以前坐在火车上时就已经见过它们不止一次了；现在，他可以近距离地看到这些景物了。不久，施魏格施迪尔家那座巴洛克风格的修道院建筑也在他眼前出现了；在敞开着的四方形庭院里，马车沿着那棵挡住去路的老榆树画了一个弧，榆树的树干为一圆环形长凳所围绕，树上的叶子已经有很多落到了椅子上。

施魏格施迪尔太太和她的女儿克莱门蒂娜一起站在那带有僧侣徽章的大门口迎接来客，克莱门蒂娜一身农家装扮，显得贤淑端庄，是个长着一双褐色眼睛的农村姑娘。她们的欢迎辞被一阵紧似一阵的狗吠声淹没，原来，他们家那只用链条拴住的警犬激动异常，不仅踢翻了给它喂食的盆，而且还差点把它自己的草棚子撞塌。母亲和女儿，还有那个帮忙拿行李的专管牲口的脏脚女佣（瓦尔特普尔吉斯），全都冲它喊“去，卡施佩尔，斯塔特！”（在方言中保留下来的古高地德语“斯塔梯”，在古高地德语中为“斯泰特”，后来又演变为“斯忒特”，意思是：“安静”和“别动”），可无济于事。那狗继续怒吼不止，阿德里安呢，先是微笑着站在一边看了有一会儿，之后，他走到它跟前。“苏索，苏索，”他对着它这样唤道，他没有提高嗓门，只是带了一点令人吃惊的警告性的腔调，可是看哪：纯粹只是受到这和缓的轻言细语的影响，那畜生几乎是马上就安静了下来，不仅如此，它还允许这位魔术师伸出手去温和地抚摩它那从前被咬得伤痕累累的脑袋，它甚至还抬起头来，用一双黄色的眼睛看着他，神情极其严肃认真。

“您好勇敢，真让人佩服！”当阿德里安回到大门口的时候，艾尔泽太太这样对他说道。“大多数人都怕这畜生，它真要是闹起事来，就像刚才那样，也难怪人家会怕它。村里有个年轻老师，平时来给孩子们上课——哦，天哪，他那人长得就是瘦弱——每次都会说：‘您家的狗，施魏格施迪尔太太，俺怕得很哪！’”

“是的，是的！”阿德里安一边笑，一边点头，接着他们走进屋里，走进烟草味弥漫的氛围，走上二楼，在那里，房东太太把他领进那间专门为他安排的卧室，这间卧室位于白色的、散发着霉味的过道边上，卧室里面配置有一个五彩的窄柜和一张褥子垫得高高的床。房东另外还多做了一件事，即让人往屋里专门放进了一把绿色的靠背椅，椅子前的松木地板上还铺了一块用边角余料拼缀而成的脚垫。格雷翁和瓦尔特普尔吉斯把手提箱搬了进去。

在这里，也在重新下楼去的路上，他们就已经开始商量如何为客人提供服务，以及如何给他安排生活起居了，随后，他们又来到楼下那间修道院院长室，在这间特色鲜明的、阿德里安早就为之心仪的老屋里继续商量并最终确定：每天早上一大壶热水、浓咖啡，送到他卧室，正餐的时间——阿德里安不和这家人一起吃饭，这一点是事先没有料到的，不过，那时间对他而言也确实是太早了点——那就定在一点半和八点单独给他开饭，最好是在前面那间大屋里（即那间放着尼基像和那架桌式钢琴的农家客厅里），施魏格施迪尔太太说，那屋子如果需要也可以提供给他使用。她答应保证饮食清淡，早上吃牛奶、鸡蛋、烤面包、蔬菜汤，中午是一份又好又红的牛排配菠菜，然后是手工蛋卷，里面夹苹果酱，总之，都是有营养的东西，很适合像他那样胃口不好的人。

“胃，我的朋友，在绝大多数时候根本就不是胃，那是脑袋，很难伺候的、费心劳神的脑袋，它对胃的影响大着呢，就算胃本身好好的，”他说，那就跟晕船和偏头痛时的情形一样……哎呀，他有时犯偏头痛，而且还十分严重？这她可早就想到了！这她真的是之前就想到了的，早在他在卧室里细心琢磨护窗板和让房间变暗的各种办法的时候；因为黑暗，在黑暗中躺着，黑夜，阴暗，反正只要没有光线射进眼睛，只要这痛苦不停止，这样做就是正确的，另外再多喝些浓茶，多吃些酸柠檬。施魏格施迪尔太太并不是不知道偏头痛——我想说的是：她本人是从未闹过偏头痛。不过，她的那位马克斯前些年却是周期性犯病的；慢慢地，这毛病也就随着时间消失了。他说，随着他本人的来到，他也就把一个周期性发作的病人一起悄悄地带进了这户人家，对于客人为自己体弱多病而说的这些表示歉意的话，她可是一句也不想听，而只是说：“啊，是吗！”当然，不管怎样，有那么一点点类似的东西，她说道，肯定是会马上就想到的了；因为，如果一个人像他这样，从有文化的地方跑到普菲弗尔林来隐居，那么他这样做是自会有他的道理，这里显然涉及的是一桩要求给予理解的事情吧，是不是，莱韦屈恩先生？不过，我们这里虽然不是一个有文化的地方，但却是一个不缺理解的地方。这个老实正派的女人要说的也就只有这些了。

下面这些约定是她和阿德里安当时作出的，而且还是在站着和四处转着的情况下作出的，两人谁也没有想到，这些约定居然在后来长达十九年的时间里一直成为维持他外在生活的秩序规章。村里的木匠被叫来测量修道院院长室室门两边的空间尺寸，为的是做几个架子给阿德里安放书用，但高度却不能高过皮质裱糊布下面的老木头层；关于给带蜡烛头的枝状吊灯通电一事也是一口讲定的。随着时间的推移，这个房间还将经历这样和那样的变化，它注定要去目睹为数众多的大师级作品的诞生，而这些作品直到今天仍然或多或少不能为公众所知晓和欣赏。这之后不久，一块几乎和房间面积一样大的地毯被铺在了用坏的地板上，这在冬天里简直是太有必要了；工作台前面有一个萨沃纳罗拉[①]沙发椅，除它之外，剩下的唯一一个落座的机会就是一只角凳，只要是关乎风格的事情，阿德里安就不会不管，于是，没过几天屋里就放进一把在慕尼黑的伯恩海姆购置的阅读休闲椅，这是一件值得称道的家具，它和它的那个可以推近的底座部分，一个靠背垫大小的矮凳，合在一起使用，倒是更配得上"无靠背沙发榻"这个名称，而不是普通的卧式长沙发，在几乎长达二十年的时间里，它为它的主人恪尽职守。

这些东西（地毯和椅子）都是从位于马克西米利安广场旁的那家家居装饰城购置而来。我提及它们，一部分目的是为了表明，进城的交通十分便捷，因为有多条铁路线从这里经过，其中还有好几趟快车，用不了一个小时，所以阿德里安可并不像施魏格施迪尔太太的说话口气有可能让人猜想的那样，会由于落户普菲弗尔林而完全陷入孤独状态，完全和"文化生活"隔绝。甚至连他参加完一次晚间活动，一场学院音乐会或者是一场撞塞子小乐队的音乐会，一场歌剧演出或者是一个社交聚会——这也是有的——之后，也都总会有一趟 11 点的火车深夜送他回家。当然，这时他就休想指望施魏格施迪尔家的马车会到火车站去接他了；遇到这样的情况，他可以找一家瓦尔茨胡特的运输公司来解决问题，此外，他还特别喜欢在冬日月朗星稀的夜晚沿着池塘边的那条小路步行返回进入梦乡的施魏格施迪尔农庄，每当这个时候，他远远地就知道给卡施佩尔或苏索发去一个暗号，它在这个钟点已经被打开锁链，省得它大吵大闹。他用的是一个用螺丝刀重新调过音的金属小笛子，上面最高的几个音频率极高，人的耳朵即便是在近处也基本上听不见。相反，它们对于构造完全不同的狗鼓膜却能作用强烈，而且还是从距离惊人的远处，所以，当那秘密的、另外也是任何人都听不

① 1500 年前后出现的一种装饰性很强的带扶手、大都也带靠背的椅子。季罗拉莫·萨沃纳罗拉（1452－1498）：多明我会修道士及宗教改革家，曾试图在美第奇家族控制的佛罗伦萨建立一个神权政体，后失败被处以火刑。

见的声音穿过黑夜传到卡施佩尔的耳朵里的时候，它可是表现得一声不吭，安静极了。

由于好奇，也由于我的朋友冷淡内向，是的，表现为高傲羞怯的个性对那么一些人很有吸引力，所以，这些人不久也反过来专程从城里跑到他的这个庇护所里来看望他。这里，我愿意把优先权给予席尔德克纳普，而这也是他实际所拥有的：他当然是过来看阿德里安到底在他们共同发现的这个地方搞些啥名堂的第一人；而此后，特别是在夏季，他常常到普菲弗尔林来和他一起度周末。齐恩克和施彭格勒是骑车来的，因为阿德里安利用进城购物的机会再次去拉姆贝格大街问候了罗德一家，而这两位画家朋友又从那家的两个女儿口里听说了他回来的消息，获悉了他的逗留之地。根据种种猜测来看，他们的这次普菲弗尔林之行极有可能是由施彭格勒倡议和发起，因为齐恩克虽然作为画家比前者更有才华，更充满原动力，但在做人方面却要粗俗得多，他对阿德里安的性情毫无感觉，所以肯定就只是作为形影不离的那一个才来的——不管是什么，只要是人家指给他看的，他都会说些奥地利式的奉承话，报之以“谢谢”和虚伪的“乖乖”惊呼，而实际上却是满怀敌意。他的小丑表演，他用他那长长的鼻子，用他那两只长得很近、可笑得让女人们发呆的眼睛制造的滑稽效果，现在在阿德里安这里却再一次失灵了，要知道，阿德里安平时是多么喜欢滑稽，多么容易受到滑稽的感染的啊。然而，他的这种滑稽却是为虚荣所累；随后呢，好色的齐恩克就只会一味单调地注意人家交谈中的每一个词，看是不是可以为其添加一层性的双关含义，以便自己也能够插上嘴——他的这种癖好，齐恩克自己大概也看到了，也还就是无法博得阿德里安的喜爱。

每每发生这样的事故的时候，眨巴着眼睛、脸上还有个酒窝的施彭格勒便会由衷地格格地笑出声来。性在文学的意义上让他感到开心；性和精神在他看来是紧密关联的——这本身也没错。他的修养（这我们是知道的），他对于有教养、机智风趣、批评的理解，是基于他和性的领域所保持的那种偶然的和可怜的关系，是基于把肉体固定于此，而这种肉体的固定又纯粹是倒霉所致，远远不能代表他的禀性、他在这方面的癖好。他以那种时下已被抛在脑后的美学文化时期的方式，微笑着谈论种种艺术事件，种种文学现象和图书收藏现象，报告慕尼黑的街谈巷议，还滑稽十足地大讲特讲一个故事，说的是魏玛大公爵和剧作家理查德·佛斯一起出游阿布鲁佐[①]，遭到一伙真强盗袭击——他说，这肯定是佛斯安排的。他聪明地向阿德里安恭维他的《布伦塔诺歌集》，他把买来的这本歌集拿到钢琴上进行过研究。他当时所发表的意见是，研究这些歌曲意味着一种坚定而又近乎危险的宠爱：这种类型的别的东西以后想要还受到人们的喜爱并非易事。他还继续就宠爱说了一些溢美之词——作为宠爱首先涉及的是高度需要的艺术家自身，而且有可能给他带来危险。因为随着那部已经完成的作品，他使自己的生活变得愈加艰难，并且最终变得不成体统，因为通过非同寻常和败坏对所有别的东西的胃口，自我宠爱最终必然会把他推向不调和，推向不可行，推向再也无法完成的境地。这个问题对于天赋高的人则是这样的，即尽管宠爱在不停地发展，恶心也在蔓延，但他始终还是会使自己处于可行的范围之内。

施彭格勒就是这样聪明——当然，这种聪明只是基于他的那种被专门固定的状态，一如他的眨眼睛和咯咯笑所暗示的那样。——接在这两位之后来喝茶的是让内特·硕伊尔和鲁迪·施维尔特费格，他们的目的是想看看阿德里安到底住得如何。

让内特和施维尔特费格有时在一起玩音乐，既会在硕伊尔老太太的客人们面前，也会在私下里，所以，他们就约好一起坐火车去普菲弗尔林，同时由鲁道夫负责打电话通知。这个建议是不是也是由他提出来

---

① 位于意大利南部的一个地区。

的，还是由让内特提出来的，姑且就不去管它了。为此他们甚至当着阿德里安的面争论不休，彼此谦让着非要把关注他的功劳推给对方不可。让内特滑稽可笑的一时冲动说明她不愧为一个写手；不过，她的这个一闪念灵感又和鲁迪惊人的见人熟本领相得益彰，两者配合起来可谓天衣无缝。他所说的内容大概是，他两年前就开始对阿德里安以你相称了，尽管那只是非常偶然地在狂欢节期间发生的一次性行为，而且打那之后完全就是他单方面的一厢情愿，也就是只由鲁迪这边单方面发起这样的称呼。打那起，他就开始诚心诚意地使用这个称呼，但他发现，阿德里安在第二次或第三次时就已经开始拒绝与之呼应了，于是他这才——当然也是一点也不敏感地——决定放弃。看到他的这种见人熟遭受失败，硕伊尔毫不掩饰自己的幸灾乐祸，即便如此，他也根本不为所动。他的一双湛蓝的眼睛没有流露一丝困惑，人家对他说些有才智、有学问、有教养的话，他却拿眼睛去挖人家的眼睛，其情其景迫切之极，幼稚之极。我至今还在琢磨施维尔特费格这个人，我问我自己，他究竟在多大程度上了解阿德里安的孤独，并因此也了解这种孤独的需要及其接受诱惑的可能性，又究竟在多大程度上希望以此来证明他那招人喜欢的，或者说得粗俗点，纠缠不休的磨人的才能。毋庸置疑，他生来就是为了胜利和征服；但我如果只看到他的这一面，那我就必然会担心这样做对他不公平。他其实也是一个不错的哥们和艺术家，至于阿德里安后来还真的和他以你相称，以名字相称，我并不愿意认为这是施维尔特费格善于卖俏的结果，是可耻的，相反，其根源在于，他能够真诚地感到这个不同寻常的人的价值，真心实意地喜欢他，并且从中汲取百折不挠的动力，最终战胜他那感伤的冷漠，赢得胜利——当然是一场后果严重的胜利。——您瞧，我这爱抢话的老毛病又犯了。

在施魏格施迪尔家的农民沙龙里，让内特 · 硕伊尔在那架桌式钢琴上弹起了莫扎特，她头戴一顶宽大的帽子，优雅的面纱从帽檐向下撑至鼻尖，为了配合她，鲁迪 · 施维尔特费格在一旁吹起口哨，其技术之娴熟，真是可喜可贺，甚至于都到了可笑的地步：我这也是后来从罗德一家和施拉金豪芬那里听说来的，而且他们还跟我讲，他很小，还是在他上小提琴课之前，他就已经开始训练这种技术了，几乎是走到哪里练到哪里，分秒必争，只要是听过的作品，都能纯粹地模仿吹出，后来的水平也总能在已有的基础上继续得到提高。他吹得非常出色，熟巧得很，演卡巴莱[①]不成问题，几乎比他的小提琴演奏给人留下的印象更深，而就器官方面的先天条件而言，他也肯定是特别优越的。那悠扬如歌的旋律听上去舒服极了，比起笛子来更有小提琴的味道，分句[②]十分高超，那些小音符来得轻松愉快，细致入微，在短奏和有弧形连线连接各音的地方从未出现过，或者几乎是从未出现过失误。总之，他吹得非常好，但是，他的这种高超技巧之中却总也难免几分生手的马虎粗劣，这种马虎粗劣与艺术上必须严肃对待的东西相结合，于是又能引发一种特别的喜悦。人们会情不自禁地欢笑喝彩，而施维尔特费格也会孩子气地欢笑起来，他让自己的肩膀在衣服里耸动，同时用嘴角扮出一副转瞬即逝的鬼脸。

这些就是阿德里安在普菲弗尔林的第一批客人。而不久之后，我本人也亲自出马，来到他的身边，每个周日和他一起围着他的池塘徜徉，漫步登上那座罗姆冈。只有他从意大利回来之后的那个冬天我是在远离他的地方度过的；1913 年复活节我得到了弗莱辛文理中学的一个职位，这也要得益于我的家庭对于天主教的信仰。我带着老婆和孩子离开凯泽斯阿舍恩，迁居到这个庄严的地方，它位于伊萨尔河畔，是长达数百年的主教府，在这里，我同首府和我的朋友的联系都很便利，除了战争期间的几个月之外，我的一生都是在这里度过，而同样也是在这里，我怀着充满爱的震撼参与了他的悲剧。

---

① 卡巴莱小品剧是一种由诙谐的歌舞和幽默的对话、模仿等艺术手段构成的，大多以政治和当前事件为内容的讽刺性舞台小品。

② 将乐曲按其内容分成起承转合的段落。

二十七

大管吹奏手格里彭克尔所抄写的《爱的徒劳》总谱非常值得表扬。阿德里安和我再次相见时首先说到的就是这个抄写得近乎完美以及这种近乎完美给他带来的愉快。他另外还拿出一封信来让我看，那信是注意细节的抄写员本人利用抄写工作之余的时间写给他的，信里对他为之费心的这个对象流露出一种不无忧虑的热情，很有洞察力。他告诉作者，这部作品大胆，观念新颖，叫人屏气凝神，他本人感到了一种前所未有的紧张不安，而这种紧张不安又很难用语言来表达。织体的轻盈，节奏的灵活，让他怎么欣赏也觉不够，配器技术使得一个常常是复杂的声部组织得以保持住完美的清晰，首先是作曲的想象力显现在通过多重变奏对一个现存的事物所进行的变换之中：例如，那种美的和同时又是半滑稽的属于罗瑟琳这个角色的音乐，或者说更多是表达俾隆对她所怀有的那种绝望的感情的音乐，这种音乐在最后一幕三组布列舞[①]曲之中间一组里的运用，这种对法国旧时舞蹈形式所作的风趣诙谐的革新，堪称是最高意义上的巧妙之极和机智之极。他此外还补充写道：这种布列舞曲还是能够反映那种轻快古老的社会限制因素的特点的，这种因素是非常迷人的，但同时也是具有挑战性的，同作品里的那些“现代的”，那些自由的和超自由的，反叛的，同时也是蔑视调性联系的角色声部形成强烈对照；因此他不得不担心，总谱的这些截然陌生的、公然唱反调的地方比起那些虔诚的和正统的地方来几乎将更能为受众所理解。结果是这里常常出现一种僵化的、思考多于艺术的、用音符编织的空想，一个几乎没有音乐效果的、似乎是专门拿来读而不是拿来听的、用音符拼嵌的

① 法国旧时奥弗涅民间舞。

图案——等等。

我们笑了起来。

“可千万别让我听见这个听字！”阿德里安说道。“我认为，什么东西听过一遍，就足够了，这也就是说，在作曲家构思它的时候。”

他过了一会儿又补充道：

“好像只要是人们听见的东西，就都是在那里已经听过了的东西似的。作曲意味着：用天使合唱来款待准备行刑的撞塞子管弦乐队。另外我也认为这些天使合唱的冥想性质过于浓厚了。”

就我这方面而言，我是不赞成格里彭克尔把这部作品古老的和“现代的”元素截然分开的做法的。它们是相互交融和相互渗透的，我说道，他同意我的看法，但对这件成品没有表示出进行讨论的意思，似乎要把这件在他看来已经结束、不再有趣的工作置于脑后。至于下一步应该拿它怎么办，应该把它往哪里打发，应该把它送给谁看，诸如此类的问题他都留给我去考虑。而能够让文德尔·克雷齐马尔看到这个总谱，这才是他所关心的事情。他把它给身在卢卑克的克雷齐马尔寄去，这个结巴子仍在那里供职，而克雷齐马尔也果真于一年之后，也就是战争已经爆发之后，在那里上演了有我参与改编的这部歌剧的德语版——成功地让三分之二的观众在演出结束之前离开剧院，跟人们所说的六年前慕尼黑首演德彪西的《佩利亚斯与梅丽桑德》时所出现的情形一模一样。接下来只又重演了两次，这部作品的影响暂时还只能局限在这座位于特拉维河畔的汉萨同盟城市里。当地的评论也几乎是一边倒地支持外行听众的评判，几乎是一边倒地取笑这种得到了克雷齐马尔先生照顾的“使人蒙受巨大损失的音乐”。只有一位在今天看来无疑是早已过世了的名为伊默塔尔的老教授在《卢卑克交易所信使报》上撰文指出，这是一个有待时间来纠正的有失公允的误判，他的语言于老练持重之中透出几分稀奇古怪和古色古香，他认为，这部歌剧是充满深刻音乐的前程远大的未来之作，而这部歌剧的作者，说他是一个好讽刺挖苦之徒，的确也不为过，但他同时却也堪称是“一个具有上帝精神的人”。这个用词十分动人，我以前从未有听过，也从未有看过，而且以后再也没有碰见过，这个用词给我留下了无比奇特的印象，我已经永远把它铭记在心，把这个使用它的内行的怪物铭记在心，因此，我想，后世也许会把这个用语归为他的荣耀，而让这个后世为证，这也正是他当年用以反击他的那些软弱而僵化的文人同僚的手段。

我来到弗莱辛的时候，阿德里安正忙于一些歌曲的作曲，德语的和外语的，即英语的。他首先又回到了威廉·布莱克那里，这是他极为喜爱的一个作者，他已经为他的一首非常奇怪的长诗《静静的，静静的夜》谱了曲，那首诗一共有四段，每段又由押同音韵的三个诗行组成，而最后一段的内容足以叫人感到诧异：

“可是一个忠诚的玩笑
也会自己把自己毁掉
为着一个妓女的羞娇。”

这些神秘莫测的有失体统的诗行，现在，我们的这位作曲家已经为它们写出了十分简单的和声，在同整体的音乐语言的关系上，它们——比那些肆无忌惮的紧张显得“更虚伪”、更支离破碎、更令人毛骨悚然，真正地让人体验到了三和弦的恐怖化过程。《静静的，静静的夜》是为钢琴和人声而作。与此相对，阿德里安又为济慈的两首颂歌，八段长的《夜莺颂》和短一些的《忧郁颂》，配了一个弦乐四重奏的伴奏，这个伴奏自然是远远超出传统意义的伴奏概念并使这个传统意义的伴奏概念相形见绌。因为，这里实际所涉及的是一种艺术性极高的变奏形式，在这一变奏形式中，人和那四种乐器的声音全都是主题。在这里，声音和声音之间不间断地保持着一种密不可分的关系，故而，这种关系不是旋律和伴奏的那种关系，而是极为严格意义上的连续交替着的主音和副音[①]的那种关系。

这些都是美妙的作品——但却由于语言的罪过而至今鲜为人知。这其中让我奇怪得想笑的是作曲家在《夜莺颂》里所采用的那种深沉的表达方式，他用这种方式来表达那种深藏于诗人内心的，由“不死鸟”[②]的歌声所唤醒的对于南方甜蜜生活的向往——阳光明媚的世界可以叫人忘却，“那倦怠、那热病、和那焦躁——这人人对坐而哀鸣的地方”，然而，对于这个世界所给予的安慰，阿德里安身处意大利之时可是从未太过激烈地从心底里流露出过多的感激之情。从音乐的角度来看，最值得珍视、艺术性也最高的无疑是这个美梦在结尾处的瓦解和消失：

“别了！幻想，这骗人的小精灵
它惯用的把戏今天不大灵
别了！别了！你哀婉的歌唱
……
那乐音去了：——我是醒还是睡？”

这场以美如花瓶的颂歌为起点而向音乐发起的装饰战，我是完全可以理解的：不是为了让这些颂歌变得更加完美——因为它们是完美的，而是为了更加强烈地表达和立体地凸显它们那高傲的、充满忧郁的妩媚，赋予它们那珍贵的细节的瞬间以永恒，这种永恒的完整性比通过用气声轻轻说出的话所被赐予的永恒性要更胜一筹：其实也就是那些形象性密集的瞬间，如《忧郁颂》第三段里有关隐匿的感伤甚至在喜悦的庙宇里都拥有自己“无上的牌位”的诗行——当然，这个“无上的牌位”唯有懂得大胆用舌头去舔破那含在柔软腭部的欢乐葡萄的人方才有缘得见——简直是好极了，很难再给音乐留下什么可以发挥的余地了。也许

① 原文为 Nebenstimme，为勋伯格发明的一个音乐概念。
② 此段和下一段的直接引用均为英文原诗。

音乐还能做的仅仅就是不去损害它，通过放慢它的速度而和它一起说话。我常常听人说，一首诗不可以太好，太好了就写不出好歌了。给中不溜镀金之类的活儿，音乐干起来那可是要拿手得多。所以说高超的表演艺术在糟糕的剧本里最有光彩。然而，阿德里安和艺术的关系太过傲慢，太具批判性了，故而他甚至没有兴趣让自己的光芒在黑暗里闪耀。他必须从精神上高度注意，他作为音乐家的使命感应该在哪里被唤醒，所以，那首让他在创作上为之殚精竭虑的德语诗也是最高级别的，虽然不如济慈的抒情诗那样享有知性的名望。与这种文学的精华相呼应的是，这里出现了一种更为雄浑的东西，即那种高调的和雷鸣般的宛如狂热宗教赞美的激情，同那些不列颠形态的希腊式高贵相比，这种激情连同其对崇高和宽容的祈求及描述甚至对音乐作出了更多的让步，对音乐表示出了更为忠诚的迎合。

这就是克洛普施托克[①]的颂歌《春天的庆典》里著名的《桶边的水滴》那一章节，莱韦屈恩在对原文略作删减之后，把它谱为男中音、管风琴和弦乐队曲目。这是一部具有震撼力的作品，在第一次世界大战期间以及战后的几年里，这部作品在好多个德国的音乐中心，也在瑞士，由勇敢的、热爱新音乐的指挥们搬上舞台，受到为数虽然不多，但却是狂热的欢迎，当然也遭到阴险庸俗的反对，然而，在很大程度上，也正是这部作品使得我的朋友的名字最迟于二十年代开始被荣耀地罩上了一层玄奥的光环。不过，我要说的却是下面的话：无论这种宗教情感的爆发是怎样深深地触动我——即使并未真正地让我感到震惊，这部作品在使用廉价的造势手段（没有竖琴的鸣响，而这恰恰是原文所要求的；没有用鼓来再现主的雷声）方面都可谓是富有节制的，因而也就显得更加纯洁和更加虔诚；这首赞歌的某些美丽之处或伟大真实之处，绝对不是通过破旧的音诗而取得，如那朵黑云的令人压抑的缓慢变化，当“遭受

① 弗里德里希·戈特利布·克洛普施托克（1724－1803）：德国诗人，德国启蒙运动的重要代表之一，其在文学方面的主要成就是颂歌。

打击的森林开始冒气的时候”（一个强有力的地方），雷所发出的两声“耶和华！”的呼唤，在结尾处，当上帝不再以天气的形式，而是以静静的沙沙之声的形式来临，而且，在上帝的下方“和平之弓开始倾斜”的时候，管风琴的高音栓和着弦乐器发出多么新颖的美好的和弦，无论这首赞歌的美丽或伟大真实之处是多么地贴近我心——我那时就是没有能够依照它本来的思想意义，依照它最为隐秘的痛苦和意图，依照它在赞美之中找寻恩赐的恐惧，去理解它。我的读者现在也有所了解的那份文献，那份对于发生在石头客厅里的那场“对话”的记录，我那时真的了解吗？在他面前，我其实也只能是很有限地称自己，正如《忧郁颂》英文原诗里所说的那样，是“一个分担你悲哀秘密的伙伴”：我只有为他的灵魂得救而感到一种早就来自孩童时代的模糊的担忧，而不是由于真正的知情。只是到了后来我才学会了把《春天的庆典》这部音乐作品理解为一件献给上帝的宣扬赎罪的祭品，这才是它的本来面目：作为一部不完全忏悔的，即从内心对那里感到恐惧的作品，我现在推测，它当时是在一种受到那个坚持自己假象的来访者威胁的情况下创作出来的，而我在作这番推测的时候，仍然会浑身禁不住地颤抖起来。

不过，从另外一个意义上来讲，这部以克洛普施托克的诗歌为蓝本的作品，其产生的个人背景和精神背景，我那时还没有能够理解得十分清楚。我原本是应该把它们和我那时同他进行的，抑或是他同我所进行的数次谈话联系起来想的，他当时是那么生动活泼，那么热情细致地向我讲述他的那些与我的好奇心、与我的科学观相去甚远的考察和研究：他的那些令人激动的丰富的关于自然、关于宇宙的知识，当时就令我想到了他父亲，以及老人家对于苦思冥想、对于“探究自然力”的癖好。

对于《春天的庆典》的作曲家，原诗作者的立意其实并不适用，因为原作者在诗中明确表示要放弃“冲进全世界的海洋”，而只愿意以那“桶边的水滴”为中心，以我们的地球为中心来飘荡和膜拜。可他呢，却是要冲进这深不可测的海洋，而对于这深不可测的海洋，天体物理学一直在尝试进行测量，结果只是弄出一堆人类精神与之毫不相干，自身却又迷失在理论和抽象之中，完全不为感官所及，说得难听一点：荒诞不经、荒唐之极的度量单位、数字、数量等级来。当然，话又说回来了，由于这首诗中提到一种以那个“水滴”为中心的飘荡，故而这件事情终归还是发端于此，而这个“水滴”也还算配得上这个名字，因为它主要由水，由海里的水构成，而且它，乘着上帝创造万物的机会，同样“也出自那万能的主之手”，所以，我当然不会忘记——这件事情，怎么说呢，总归还是发端于对它以及它的那些漆黑的藏身之所的探察；因为，深海的奇迹，生命在海底下，在太阳光照射不到的地方的不可思议的景象，便是阿德里安——而且还是以一种特别的、神奇的、让我同时感到愉快和迷惑的方式，即摆出那种自己直接经历和本人亲自去过的架势——首先要讲与我听的奇闻。

不言而喻，他也只是读过这些东西而已，他设法给自己搞了一些这方面的书籍，让自己的想象力从中汲取营养；或许是因为他用心专一，非常清晰地抓住了这些图景，或许是因为一时的心血来潮，不管怎样：一切都是他虚构出来的，他说他下去过了，在百慕大群岛一带，距圣乔治以东几海里，他看到了海底的自然幻想，陪他去的人则被他说成是一个名叫雄松鸡[①]的美国学者，而且他还声称，他和他一起创造了一项新的潜海纪录。

我对这次谈话至今依然记忆犹新。我是有一次在普菲弗尔林过周末时得到这种享受的，当时，克莱门蒂娜·施魏格施迪尔为我们端来简单的晚餐，我们就在放有钢琴的那间大屋里吃完晚饭，之后，我们坐在修道院院长室抽味道又淡又好的蔡希鲍尔牌香烟，那个衣着正统的姑娘给

---

① 原文为英语 Capercailzie，意思就是“雄松鸡”，此处的这个人物名很容易让人产生对于魔鬼的联想。在施皮斯 1587 年出版的《浮士德博士民间故事书》中，就有一个妖怪叫这个名字，是浮士德在立遗嘱时为他的助手瓦格纳准备的一个邪恶精灵。

每个人端来一杯半升装的啤酒。而苏索也在这个时候被解开链条放出来，可以自由自在地在农庄周围溜达了。

也就是在这种酒足饭饱的情形下，阿德里安开始卖弄起他的这个玩笑，他极尽绘声绘色之能事地骗我说，他和雄松鸡先生一起登上一个内径只有一米二十、装备跟高空气球差不多的球形潜水小艇，他和他一起呆在里面，由护航舰上的起重机垂直沉入极深极深的海里。那场面真是让人激动万分——至少是让他，即使没有让他的顾问或向导激动万分的话，因为这样的经历是他向人家要求的，而人家也不是第一次下来，所以能够比较冷静地面对这种事情。那个空心球体重达两吨，内部十分狭窄，他们呆在里面一点也不觉得舒服，不过聊以自慰的是，他们认为他们的这个陋室是绝对安全的：它是绝对防水的，能够承受巨大的压力，氧气储备充足，配有电话、强电流探照灯和用于全方位搜索的石英窗。总之，他们在里面，在海平面以下，呆了有三个小时多一点，他们觉得时间过得飞快，因为他们可以尽情地去了解一个世界，而由于这个世界生来就和我们的没有任何联系，所以它的那种对于我们而言是静静的和怪怪的陌生性因此而变得合乎情理，也因此从中得到某种程度的解释。

不管怎样，一个罕见的、心脏有点快要停跳的时刻在一天早晨的九点钟来临，当时，那个四百磅重的钢甲门在他们身后关上，坐在里面的他们由护航舰一直向下悬放，不久就潜入四大要素之一的水中。刚开始环绕在他们周围的是清澈透明的、被太阳照亮的海水。然而，这种上面的光线对我们的“桶边的水滴”的内部的照明只向下达到约五十七米处；之后一切便停止了，更有甚者：一个新的、没有头绪的和不再熟悉的世界开始了，阿德里安声称，他和他的向导一起进入这个世界，直至下潜到这个深度的十四倍，整整二千五百英尺处并在那里停留了半个小时，而他们几乎没有一刻不在想，他们的房子现在所承受的实际压力是五十万吨。

逐渐地，在去往那里的路上，海水变成了灰色——也就是那种还搀杂着一些顽强之光的黑暗才有的灰色。这些光对于每一次的继续挺进都是不会轻易放弃的；去照耀，这是它的本性和意志，它会为此竭尽全力，它的办法是，把最近阶段的疲劳和停滞塑造得比前一阶段的甚至更加多姿多彩：现在两个旅行者通过他们的石英窗看到外面有一种难以描述的蓝黑，相比较而言，这情形同刮焚风时出现在碧空如洗的天边的黑暗地平线最接近。当然随后，而且是早在深度显示器指向750，指向765米之前，周围完全变成漆黑一团，这是微弱得不能再微弱的太阳光永远也达不到的星际空间的黑暗，是永远宁静的和像处女一般的沉沉黑夜，而现在，令这个黑夜不得不容忍的是，让自己被一束从尘世带来的强有力的非宇宙来源的人造光照个透亮，看个透彻。

阿德里安说，没有被看到的、难以看到的、不希望被看到的东西，现在全都暴露在你的眼皮子底下，刺激着你非要去探个究竟不可。由此而引起的那种冒失感，是的，罪恶感，并不会因为科学的激情而得到完全的缓解和弥补，尽管这种激情肯定是可以挺进到科学的才能所能达到的极限。而再清楚不过的是，这些令人难以置信的，一半是令人恐惧，一半是令人可笑的由自然和生命在这里创造的希奇古怪，这些看来和地面上的几乎没有相似之处、似乎是属于另外一个星球的形式和面貌，正是这个隐蔽之所的产物，正是那种坚持被包裹在永恒的黑暗之中的结果。人类的宇宙飞船到达火星，或者我们最好说达到水星永远背对太阳的那一半，这些给可能居住在这些“近的”天体上的居民所带去的轰动，其程度恐怕都不能和雄松鸡的垂钟在这水下出现所造成的轰动相比。这些令人费解的海底生物把两位来客的房子团团围住，表现出一种难以言状的通俗的好奇——而同样难以言状的是，地下有机物的狂放的鬼脸们，强盗似的大嘴们，无耻的假牙们、龙睛们，最长达两米的、长着向上看的大眼睛、龙骨脚和脚蹼的宛如纸船和银斧头的鱼儿们，箭一般蜂拥着从小艇的窗子前飞驰而过。甚至连那些由黏液构成的随波逐流的触手状庞然大物，那些管水母、珊瑚虫和钵水母，似乎也受到这人为的活蹦乱跳的兴奋场面的感染。

此外很有可能的是，所有这些深海里的土著都把这位从上面下来的打着灯照射它们的不速之客看成是它们自身的一个巨大的变种，因为它会的事情，它们之中的绝大多数也都会，即靠自己的力量发光。阿德里安告诉我们，他们这两个观光者原本是可以放心大胆地关掉他们的直流发电机，从而看到一场别开生面的演出的。因为，黑暗的深海在很大程度上是由盘旋环绕的和飞射而过的磷火，即鱼儿们自身的发光来照明的，很多鱼都天生具有这方面的才能，而且方式也不尽相同，有的是通过浑身发出磷光，有的则少到只有一个发光器官，只有一盏灯，而在这永恒的黑夜里，这盏灯可能不仅被它们用来给自己照亮道路，而且也被用来引诱猎物或者用来求爱。一些较大的鱼儿也确实独自发出过一种十分强烈的白光，刺得他们这两个观察者的眼睛都睁不开了。不过，它们之中有些却长着呈管状向前突出的有柄眼，其功能很可能是为了在尽可能远的地方就能分辨出那发出最微弱的警告或者诱惑的光芒。

这个娓娓道来的人说，让他感到遗憾的是当时没有想到要抓一些这样的深海幼虫，至少是那些最不为人所知的带上岸来。如果真要去抓的话，首先有一种设备是必不可少的，这种设备能够在上升的过程中为它们的身体保持那种它们业已习惯并适应了的大气压力——这也就是那种，想想就让人透不过气来的那种，和我们的小艇艇壁所承受的那种压力一样大的压力。它们通过一种同样高的来自它们的组织和体腔内部的压力来与之保持平衡，因此，一旦压力减小，它们就必然会爆裂成为碎片。有一些在和来自上面的这艘船相遇时就已经遗憾地遭遇了这样的命运，例如，我们曾看见过一个特别大的、肉色的和形态几近美好的水怪只轻轻地和小艇一碰便爆裂成了成千上万块碎片……

阿德里安就这样一边抽烟，一边讲述，那神情就好像他本人亲自跟着下去过并亲眼看到了这一切似的——他似笑非笑地把这种并不当真的玩笑进行到底。看到他在那里一惊一诧地高声大笑，我甚至也不由自主地感到了几分惊诧。他肯定意识到了我这方面对他的这些讲述所抱有的某种反感，他的微笑或许也是一种对我的反感进行取笑和嘲弄的表示；因为，我对自然的事物的嘴脸和秘密的，总而言之就是对“自然”的近乎反感的冷淡，以及我对语言人文领域的忠诚的亲近，他都是非常了解的。显然，正是这种了解成为刺激他的一个重要原因，促使他在这个晚上对我滔滔不绝地讲述他的发现，或者，如他所做的那样，讲述他在那些荒无人烟的地方的体验，并且还不止于此地转而冲向“那宇宙万象的海洋”，同时不忘把我也给一起拽上。

他通过前面的描述轻而易举地完成了这个过渡。其中的一个连接点便是那怪异的似乎不再属于我们这个星球的深海生活。第二个连接点则是克洛普施托克的用语“桶边的雨滴”，由它来表达那种心怀仰慕的敬畏确实是再合理不过的了，因为，不仅是地球，就连我们整个的行星系，也就是在其所属的银河旋涡之内，太阳连同它的七个行星，“我们的”银河，它们所处的位置都十分次要偏僻，对于巨大的视野而言只是微不足道的细小物体而已，几乎难以被发现——这里就更不用说其他那些数以百万计的银河了。“我们的”一词赋予其所针对的这种庞大以某种亲密性，它用一种几乎已经是滑稽的方式对家乡的概念进行扩展，使其所能涵盖的范围广阔到令人晕头转向，让我们不得不感到我们自己的容身之所虽然简朴，倒也安全。通过这样一种深入内部的安全，自然的对于球形体的偏爱似乎得以实现——而这就是阿德里安的第三个连接点，他以此来连接自己对于宇宙的那些解释：它们部分来源于他逗留于一个空心球体，即那艘雄松鸡深海小艇的奇特体验，他自己说他和人在里面呆了几个小时。人家如此教诲他说，我们每个人每天都生活在一个空心球体里，在银河系所在的太空里，我们在其中的某个偏僻的地方分得一个微小的位子，而银河系所在的太空，它的情况是这样的：

它的形状约莫像个浅平的怀表，也就是说它是圆形的，不算厚，但范围相比起来却要大得多———个并非不可测量，但无疑是巨大的旋转圆盘，众多的相互环绕着在椭圆形轨道上运行的星星、星群、星团、双星，众多的星云、发光星云、环形星云、星雾等等，在这里聚集。不过，这个圆盘只等同于那种平坦的圆形场地，其形成就好比是把一个橙子从正中切割开来；因为它的四周为其他星星的一圈霾罩所环绕，虽然人们同样也没有必要认为这圈霾罩是不可以测量的，但却有必要认为它具有非凡的高潜能，而且在它的各个区域里，主要是在那些空旷的区域里，现有物体的分布状况使得整个结构呈现为一个球形。而那颗为地球及其小月球连同大大小小的同类一齐所环绕飞舞的恒星，原来就非常不起眼、难以被发现、几乎是不值得一提地存在于这个宽敞无比的空心球体的内部的纵深之处，是这个星系云集的圆盘中的一员。“这个太阳”根本不配用定冠词“这个”，一个表面热到六千度，直径为区区一百五十万公里的气态球，其远离银河系内部区域中心点的长度正好就是后者的厚度，即三万光年。

凭着我所具有的一般素养，我大致还算知道使用“光年”这一概念。不言而喻，这是一个表示空间的概念，这个词表示光在一个完整的地球年里所走过的距离——以它自身所特有的速度，对此我只是隐约有点印象，而阿德里安却能精确地记住它是每秒十八万六千里①。用这个速度，一个光年总计要走足足六个十的十八次方里，我们的太阳系的离心率是三万个这么多，而那个银河的空心球体的整个直径则为二十万光年。

不，它并非不可测量，它只是必须这样来测量。这是对人类理智发起的攻击，面对这样的攻击，应该说些什么才好呢？我承认，面对这种不可实现的超雄伟超庄严，我的禀性只会促使我作放弃状地，同时也是略表鄙夷地耸耸肩膀。倾慕宏大，对其胸怀狂热，是的，被其征服，这无疑是一种精神上的享受，然而，这也只会是在可以把握的尘世的和人

---

① 这里指路程的长度单位，长短不等，不是中文意义上的“里”。

类的环境当中才有实现的可能。金字塔是伟大的，勃朗峰是伟大的，圣彼得大教堂的内部是伟大的，如果你并不是从骨子里更愿意先把这个表属性的定语留给道德和精神的世界，留给心灵和思想的崇高境界的话。这些关于宇宙的创造的数据就是用数字对我们的知性所进行的一次震耳欲聋的轰炸，其火力装备为一个拖着两打零的彗星的长尾巴，而这些零还会装模作样地摆出一副多少还有点节制和理智的样子。在这个实施破坏行径的怪物身上，没有任何的善、任何的美、任何的伟大能够吸引像我这样的人，而我也永远不会理解，为什么凡是宇宙物理学的东西，全都可以被某些人拿来当作所谓“上帝的杰作”看待，从而对其生发那种“和撒那”①情绪。一种你对它可以完全像说“和撒那”那样轻易地说出“没什么大不了”的活动，到底可不可以被称为是上帝之作？我以为，作为对于一后面或者也是在七后面的两打零的回答，说第二个“没什么大不了”似乎要比说第一个“和撒那”来得更正确，不过，这已经变得不再重要了，我看不出有什么理由非要对这个一百万的五次幂进行顶礼膜拜不可。

还有一点能够说明问题的是，克洛普施托克这位激情澎湃的诗人，他是在人间的范围之内，以桶边的那滴水为限，他是在这个限度之内来表达和唤起这种狂热的敬畏之情的，而且，他对于那个一百万的五次幂也是不予理会的。可是，为他的颂歌谱曲的作曲家，我的朋友阿德里安，如前所述，却对这个数字喋喋不休；当然，如果我因此就造成这样一种印象，即是他在这里有所渲染和强调的话，那便是我有失公允。他谈及与我们的银河最邻近的银河的银河，他大谈这些银河的方式，这些银河，如果我没有弄错的话，距离我们有整整八十万光年，而从我们的天文仪器尚可看到的这些星群的最外围的一颗上发出的一束光的射线，如果现在能够引起一位洞窥茫茫宇宙的天文学家的注意的话，那么它早

① 宗教用语，表示欢乐和欢迎的赞美性的呼喊声，原为对进入耶路撒冷的耶稣表示欢迎的呼喊声。

在大约数百万年以前就已经开始其穿越宇宙的行程了，也就是说，他处理这些耸人听闻的信息的方式方法是冷漠的，漫不经心的，对我公然所表示的反感也是不无取笑的，但同时也是具有某种通过传授而熟悉这些情况的性质的，我想说的是：具有一种持续不断的虚构性，仿佛他不是通过转手，通过阅读，而是通过别人的言传身教和个人的身体力行来获得这些知识的，即约莫是在他所谓的那个导师，那位雄松鸡教授的帮助之下，后者，按照他的描述，似乎不仅和他一起下到过黑暗的深海里航行，而且也向上飞到过太空里遨游……他差不多摆出这样一副模样，好像他是从他那里，而且多多少少是通过直接经验而获悉下面的知识的，即物理的宇宙——取这个词的无所不包的广义，既不可以称之为有限，也不可以称之为无限，因为这两个表达式所表示的均是某种多少都是静止的东西，而真实的情况却完全是动态性质的，而且宇宙，至少是长久以来，更确切地说：自十九亿年以来，一直处于飞速扩大，也就是说：爆炸的状态。光的红移使这一点变得毋庸置疑，这个光能够抵达我们这里，我们则是无数的银河系之中的一个，而这些银河系同我们的距离也是众所周知的。这个光的颜色向着光谱的红色一端的变化越剧烈，这些星系离我们的距离就越远。它们显然是在竭尽全力地远离我们，而在那些离得最远的，约莫为一亿五千万光年的群体那里，他们用以远离我们的速度就完全等于放射性物质的 α 粒子所产生的速度，而这个速度为每秒两万五千公里，在这样的弹力面前，一颗爆炸的榴弹的碎片的飞行速度也就只相当于蜗牛爬行了。这也就是说，如果所有的银河系都以过分夸张的速度飞离彼此，那么“爆炸”一词也就只是将将够，或者说早就不足以用来表述宇宙模式的状态及其广大的性质了。这种广大以前可能是静态的，直径也可能就是十亿光年。而从现在的情况来看，扩大虽然可以谈得上，什么静止的广大，“有限”或“无限”，却无论如何也是谈不上的。看来雄松鸡能向这个提问者打保票的全部东西就是他能够肯定地说，完全存在的银河形态的总量为一千亿的数量级，其中只有区区的一百万可以用我们当今的望远镜窥探到。

阿德里安就这样一边抽烟，一边微笑。我于是严肃地对他进行规劝，要求他作出下述表白，即所有这些骇人听闻的数字无异于逃向虚无的幽灵，不可能激起人内心对于上帝之壮美的感受，不可能让人得到任何道德上的升华。凡此种种，倒更像是鬼话连篇，一派胡言。

“你要承认，”我对他说道，“这些可怕的物理的创造绝不具备宗教意义的创造性。什么样的敬畏和什么样的源自敬畏的高尚心灵是可以通过想象诸如宇宙爆炸之类离谱的胡闹来造就的呢？绝对没有。虔诚、敬畏、心灵的高贵真诚、笃信宗教只有经由人和通过人，通过局限于人世间才是可能的。它们结出的果实应该是、可以是并且也将会是一种受到宗教浸染的人道主义，在这里起决定作用的是那种对人的超验的隐秘感觉，是那种自豪的意识，即他不纯是一个生物，他的本质的一个关键部分是属于一个精神的世界的；他被赋予了绝对价值，被赋予了真理、自由、正义的思想，他肩负着不断去接近完美的责任。上帝就存在于人面对自己所怀有的这种激情、这种责任、这种敬畏里；而在一千亿个银河里我并不能找到它的踪影。”

“所以你反对这些杰作，”他回答道，“也反对物理的自然，而人就是从中而来的，同时随他一起从中而来的还有他的精神，这种精神也还最终存在于宇宙的其他地方。物理的创造，这种让你感到气恼的盛大恢弘的世界活动，无可争辩地构成了道德的前提，没有它道德便没有了根基，也许善必须被称为恶的花朵——une fleur du mal[①]。你的作为上帝造物的人终究是——或者不是终究，我请求原谅，但却首先就是，讨厌的自然中的一分子——其所具备的精神潜能并不算多。另外一件有趣的事情是看到你的人道主义，也许是所有的人道主义，所表现出来的那种中

① 法文，意为“一朵恶之花”。

世纪以地球为中心的倾向——显然是必然会表现出来的那种倾向。人们通常以为，人道主义是爱好科学的；但它却不可能是这样的，因为人们不可能不在把科学的对象视为魔鬼的作品的同时，也把科学本身视为和魔鬼一样的同类。这就是中世纪。中世纪曾经是以地球为中心和以人类为宇宙中心的。中世纪曾在其中得以幸存的教会打着人道主义的旗帜跳出来反对天文学的认识，为了人的荣誉而把这些认识妖魔化，把这些认识禁止，出于人道而坚持蒙昧无知。你瞧，你的人道主义是纯粹的中世纪。它的事业就是一种凯泽斯阿舍恩式的狭隘宇宙论，由此导致占星术，导致对行星位置、星座位置及其所预示的福或祸的重视——这非常自然，也不无道理；因为，一个如我们太阳系这般的地处宇宙一隅的休戚与共的天体群落，它们彼此之间的那种密切的依赖性，它们相互之间的那种一衣带水的关系确实是显而易见的。”

“关于占星术的盛行，我们以前曾经说到过，”我插话道，“那是很久以前了，我们一边绕着牛槽散步，一边讨论音乐方面的事情。对于星座的位置，你当时是为它辩护来着的。”

“我今天也同样在为它辩护，”他回答道，“占星学时期的认识已经达到十分深入的程度。那时已经了解或预感的东西，今天仍为最广大的科学所一再触及。疾病、瘟疫、传染病同星座的位置相关，这在那时就已经是一种知觉上的确定无疑了。今天人们所能达到的程度是对下面这个问题展开讨论，即病原菌、细菌、生物体，这些，比如说，引起地球上流感流行的东西，是否来源于另外一些行星，来源于火星、木星或金星。”

他接着又告诉我，加利福尼亚的一个学者据说找到了流星上所包含的年龄达数百万岁之久的活细菌群。没有人能够充分证明他的这个发现是不可能的，因为可以肯定的是，病原菌，活的组织，它们所能够经受的寒冷程度，至少是接近绝对冰点，摄氏零下 273 度，也就是星际空间的温度的。传染性疾病，瘟疫，如鼠疫、黑死病，很有可能不是来源于我们这个地球，之所以这样说，一个重要的原因就是，生命的本原几乎可以肯定不是在地球上，而是从外部迁移过来的。赫尔姆霍茨[1]曾经有过这样的假设，即生命是通过流星从其他星球带到地球上来的，自他之后，人们对于生命的起源是否就是地球的怀疑不断升温。他本人也从最可靠的材料上获悉，生命来自像木星、火星和金星这样的邻近星球，这些星球被一层更有利于它的、含有许多甲烷和氨的大气所包裹。生命是从它们，或者说，他让我自行选择，是从它们当中的一个那里开始，然后通过宇宙的投掷物的携带，或者就是简单地通过光压，来到我们这些相比较而言更是无菌和无辜的行星上。我的人道主义的作为上帝造物的人，这生命万物的灵长，连同它所肩负的精神义务，原来可能就是一个富含甲烷的比邻天体的产物……

“邪恶的花朵，”我点头重复道。

“而且多半绽放在邪恶里，”他补充道。

他就这样戏弄我，不仅拿我善意的世界观开涮，而且还在整个谈话过程中阴阳怪气地装腔作势，好像他那方面对天与地的状况真的有着某种特别的、亲历亲为的、直接的了解似的。我不知道，但我其实却是可以告诉自己的，所有这一切都是为了一部作品，即那部关于宇宙的音乐，它当时正在他的酝酿之中，并且时间是在他完成了那段新歌曲的插曲之后。这是他的一部令人惊异的交响曲或管弦乐队幻想曲，只有一个乐章，创作时间在1913年的最后几个月和1914年的最初几个月之间，他给它取名为《宇宙的奇迹》——这同我的愿望和建议很是背道而驰。因为我曾经担心这个标题会给人留下轻佻的印象，所以就建议他采用《宇宙交响曲》一名。但阿德里安不听我劝，哈哈大笑着坚持要用另外

---

① 赫尔曼·路德维希·斐迪南·冯·赫尔姆霍茨（1821－1894）：德国物理学家、生理学家和心理学家，能量守恒定律的发现人之一，化学热力学的创立者，发明检眼镜，在光学、电学、流体动力学、声学、音乐理论等诸多方面均有杰出贡献，被誉为达尔文之后最伟大的科学家。

那个虚情假意的讽刺名，因为，采用这个讽刺名可以使他这位知情者对于自己的那些恢弘描述所具有的滑稽怪诞性质作出更加充分的准备，尽管这种怪诞常常是以一种精确庄严的、数学仪式的方式表现出来。这部音乐同在某种意义上也再度成为其准备的《春天的庆典》的精神，也就是说同那种心怀虔诚的赞美的精神毫不相干，而如果不是音乐手稿的某些个性化的特点表明作者是同一个人的话，人们几乎不敢相信，两者会是同一个人所为。那部管弦乐的宇宙画像时长大约三十分钟，其本质和精华就是嘲讽——这种嘲讽只会更好地证明我之前与他进行交谈时所表明的那个观点，即致力于无度的超越人类范围之外的研究并不能为虔诚提供土壤，没有什么能够比它更好地证明我的这个观点了；这是一种凶恶如魔鬼的阴险挖苦，是一个爱开玩笑的人用滑稽模仿的方式道出的一声赞扬，这声赞扬的对象似乎不仅是宇宙大厦那可怕的钟表机构，而且还包括那个它在其中呈现，也就是重复的媒介：音乐，这个用声音所表现的宇宙，再者，也正是这声赞扬为我朋友的艺术家本性招致骂名，为人家骂它是娴熟的反艺术思想，是亵渎神明，是虚无主义的放荡提供了不小的把柄。

有关的具体情况还是等到该说的时候再说吧。下面的两章我打算专门用来讲述一下我和阿德里安在作为时代转折的 1913 到 1914 年之交，在战争爆发之前的慕尼黑的最后一个狂欢节期间，共同分享的一些社交经验。

二十八

我已经说过，施魏格施迪尔家的这位房客并不是完全一个人躲在那个由卡施佩尔—苏索看守的修道院里，与外界隔绝的，相反，他也同城里保持着一定的社会交往，尽管次数有限，态度矜持。当然，这里看来让他感到快慰的是，所有的人都知道，他由于要去赶十一点的那趟火车而必定雷打不动地需要提前起身告辞。我们在拉姆贝格大街的罗德家聚会，我和她们这个圈子，和克虐特里希一家、克拉尼希博士、齐恩克和施彭格勒，以及吹得一口好哨子的小提琴手施维尔特费格，关系相当友好；我们另外也在施拉金豪芬家，也在位于诸侯大街的席尔德克纳普的出版商拉德布鲁赫那里，以及同样由吕迪格尔给我们引见的造纸工业家布林格尔（顺便提一下，他是莱茵地区人）那雅致的二楼上聚会；最后，我们还在狂欢节期间举办的施瓦宾艺术家节庆上聚会，在那里，你又可以重新遇见你在所有这些聚会场所结交的各色人等，因为这些圈子彼此之间也都是有联系的。

不论是在罗德家里，还是在施拉金豪芬家那有立柱装饰的客厅里，大家伙都喜欢听我演奏浪漫古提琴，当然，这也是我这个朴素的、向来都不是十分活跃的学者和教书先生能够为社交活动所作的一点特别的贡献吧。在拉姆贝格大街，始终不忘督促我弹奏的首先是患哮喘病的克拉尼希博士和巴普提斯特·施彭格勒：他们一个是由于对古钱币和古玩感兴趣（他喜欢用他那字正腔圆的语风和我谈论提琴家族的各个历史形式），另一个则是出于对不同寻常的，也就是罕见的事物的嗜好。不过，在这栋房子里，我必须时刻提醒自己，不可忘记康拉德·克虐特里希那拼命要在人前横扫大提琴的欲望，以及这一小群观众对施维尔特费格那动人心弦的小提琴演奏所怀有的当然是自有其道理的偏爱，我应尽量对这种欲望和偏爱予以体谅。因此，当另一个大得多也高雅得多的圈子，也就是被娘家姓冯·普劳斯西的施拉金豪芬博士夫人用雄心壮志巧妙地凝聚在自己和自己那位讲士瓦本方言、听觉又很迟钝的丈夫身边的那个圈子，对我的这个始终只是作为爱好来展示的节目表现出十分热烈的需求的时候，我的虚荣心所能得到的满足可就要大得多了，我差不多每次都是被他们催着逼着地拿上我的乐器上布里内尔大街去的，在这里，我会用十七世纪的一首夏空舞曲①或萨拉班德舞曲②，用十八世纪的一曲《爱的欢愉》来款待在座的宾朋，或者为他们演奏亨德尔的朋友阿里奥斯逖的一首奏鸣曲，或者是海顿为低音古提琴而写，但在浪漫古提琴上也是可以演奏的曲子中的一首。

这样的提议通常不只会由让内特·硕伊尔，而且也会由总管冯·利德泽尔阁下发起，他对这种古老乐器和这种古老音乐的青睐当然不会像克拉尼希那样，是源于一种对于古玩的科学的爱好，而是源于纯粹保守的倾向。这种区别，不言而喻，是巨大的。这位宫廷侍臣，从前是个骑兵上校，他之所以会被任命到现在这个位置上，仅仅就是因为他有个会弹一点点钢琴的名声（因为贵族出身，同时还会弹点钢琴，便能当上总管，这在今天看来都是几百年前的老黄历了呀！）。总之，在利德泽尔男爵的眼里，一切古老的和历史的东西都是抵御新时代和颠覆的堡垒，都是对新时代和颠覆所进行的一种封建性的攻击，本着这一思想，他支持它们，而事实上却对它们一无所知。对新生事物理解甚少，同时又不能在传统中游刃有余，如果对新事物不予理睬，而新事物产生自旧事物又是历史的必然性，那么，这种对旧事物的热爱必定是不真实的和没有创造性的。所以，利德泽尔十分珍视和抬高芭蕾舞，而且，按他的说法，就因为它是“优雅的”。“优雅的”这个词在他那里意味着保守向现代反叛发起攻击的一个口令。对于俄国和法国芭蕾舞的艺术传统及其代表，如柴可夫斯基、拉威尔和斯特拉文斯基，他可谓一无所知，而他距离如最后所列举的那位俄国音乐家后来就古典芭蕾舞所发表的下述观点则有万里之遥：它，作为适度的计划对于过分的感情的胜利，秩序对于偶然的胜利，作为有阿波罗意识的行动的楷模，是艺术的范例。而说起芭蕾舞，他眼前更多浮现的无外乎就是小纱裙子、小步急行的足尖和“优雅

① 出现于17、18世纪巴洛克式组曲中的一种变奏曲。

② 西欧古老舞曲的一种，据传16世纪由波斯传入西班牙，16世纪后期传入法国，17世纪前半叶常见于德国古组曲，为其中四首固定舞曲的第三首。

地”举过头顶的手臂——就是供坐包厢的坚守“理想”、唾弃丑陋问题的宫廷社会和坐正厅的克制的市民观看的表演。

当然，施拉金豪芬家里所上演的瓦格纳的东西也不少，因为富有戏剧性的女高音歌唱家塔妮娅·奥尔兰达，一个强有力的女性，和歌剧中扮演主角的男高音哈拉尔德·克约耶伦德，一个戴夹鼻眼镜、有着金属般嗓音的肥胖男子，都是那里的常客。不过，瓦格纳的作品同时也是他的宫廷剧院赖以存在的基础，尽管它们是那样的高亢和激烈，冯·利德泽尔先生多少还是把它们纳入到了封建加“优雅的”范畴，并对它们表示敬重，而一旦有必要对较新的和比较更新的作品进行拒绝，而且还可以保守地利用瓦格纳来当挡箭牌的时候，他的这分敬重就更是发自内心的了。因此，甚至出现了阁下大人亲自坐到三角大钢琴前为两位歌唱家伴奏，让人家感到受宠若惊的场面，尽管他的钢琴技巧难以胜任钢琴改编谱，甚至还不止一次地危及人家的演唱效果。我极不喜欢听功勋歌唱家克约耶伦德演唱西格弗里德的《铸剑之歌》，没完没了不说，还相当乏味，更何况他的音量之大，甚至刺激得客厅里稍微敏感一些的装饰物，花瓶、艺术玻璃制品什么的，也随之一起颤动和嗡嗡作响。尽管如此，相反，我却承认，我很难抵御一个英雄的女声所带来的震撼，奥尔兰达的声音那时就是这样的。她的个性的冲击力，嗓音的威力，炉火纯青的戏剧腔，使我们如梦如幻，仿佛一个激情四射的女人，高贵威严的女人横空出世，而大约在唱完伊索尔德的“你难道不认识爱情夫人？”到她那令人消魂的“这火炬，它可是我的生命之光，我大笑着将它熄灭，没有犹豫彷徨”（女歌唱家同时将自己的一只手臂急速而有力地向下挥去，以示对这一戏剧情节的强调）之后，眼里满含泪水的我差点便要拜倒在这位备受欢迎的面带胜利微笑的女性脚下了。顺带提一下，这一次自告奋勇为她伴奏的不是别人，正是阿德里安，而当他起身离开琴凳，目光掠过我那热泪盈眶的激动表情时，他也是面带微笑的。

倘若自己也能乘着这股激情洋溢的东风，为增进各位聚会来宾的艺术雅兴助上一臂之力，岂不美哉，因此，当冯·利德泽尔阁下用他那虽具南德色彩、却又不免些许长官命令的口吻，鼓动我重演我前不久已经在此用我的七弦琴演过的米郎德热①作于1770年的行板和小步舞曲，而且他的这一鼓动立即得到风度高雅的长腿女主人的附和时，我完全被感动了。人是多么软弱啊！我感谢他，全然忘记了自己对他那光滑而空虚的，不错，因为经久不衰的恬不知耻而在某种程度上是明显的贵族相貌的反感，对他那被捻过的金色的小髭须、刮掉了胡子的圆脸，以及对他那泛白的眉毛连同眉毛下边眼睛里闪闪发光的单片眼镜的反感。我当然知道，对于阿德里安而言，这位骑士人物不值一提，不值得恨，也不值得鄙视，甚至都不值得嘲笑；他连肩膀都懒得为他一耸，而这其实也就是我的感受。然而，在这样的时刻，即当他邀请我参与助兴活动，以让聚会的宾朋能够通过某种“优雅”从那股以革命性著称的风暴之中缓过气来的时候，我却没有办法不去遂了他的心愿。

而当冯·利德泽尔的保守主义遭遇另一种保守主义的时候，一种非常奇特的，尴尬与滑稽参半的局面就会出现了。这种保守主义既不是“还”也不是“又”，而是后革命和反革命的，是从另一个方面，不是从先前，而是从事后，对资产阶级自由的价值取向发动的进攻。这样的令老式的并不复杂的保守主义感到欢欣鼓舞，同时也感到瞠目结舌的相遇的机会，实在是由时代精神所提供，而在施拉金豪芬太太雄心勃勃积聚起各色人等的沙龙聚会上，也有人提供了这样的机会：这个人就是不担任固定职务的学者哈依姆·布赖萨赫尔博士，一个高度热情而又思想进步的，也就是那种非常危险却又丑得迷人的类型，在这里，他显然是带着某种幸灾乐祸的快意来扮演一个起发酵酶作用的异物的角色。女主人

① 路易·杜桑·米郎德热（生卒年不详）：曾为法国国王路易十六的宫廷乐队作曲并担任提琴手，还作有《浪漫古提琴简易技法》一书。

十分欣赏他的善于雄辩的口才，他另外还带有很重的法尔茨[①]口音，而他的奇谈怪论则能够让女士们一边发出拘谨古板的欢呼，一边将双手举过头顶击掌。就他自己而言，在这个圈子里卖弄炫耀，恐怕首先是为了附庸风雅，其次则是因为他需要这些外表光鲜、头脑简单的人去为他的那些观点感到大惊小怪，要知道，他的这些观点在文人聚会上是很可能不会引起多少轰动效应的。我压根儿就不喜欢他，一直把他看作是一个存心捣乱的知识分子，而且我始终坚信，就是阿德里安对他也是十分反感的，尽管我们之间，出于我不是完全清楚的原因，从未就布赖萨赫尔有过一次比较详细的意见交流。当然，他对时代的精神运动的洞察和感知，他对时代的精神运动的最新的意愿和观点的嗅觉，我却是从不否定的，而且，这其中的有些东西，我还是最先通过他本人和他所发表的沙龙谈话才得以接触到的呢。

他是一个博学的人，对任何事情都能侃侃而谈，而作为一个文化哲学家，他的思想却是反文化的，因为他把全部的文化史都只假托为一个没落的过程。在他的嘴里，最具鄙视意味的用语是“进步”一词；他采用一种毁灭性的方式把它说出来，而人们能够感觉到，按照他的理解，他对进步所进行的这种保守的讽刺是他参加这种社交聚会的真正合理合法的理由，也是他合乎上流社会交际礼仪的标志。他对绘画从原始平面到透视画法的进步大肆嘲弄，尽管显得很有思想，但却不大招人喜欢。谁用前透视法艺术来拒绝透视法对视觉的迷惑，谁就是无能，就是无助，就是左倾原始主义，这种看法以及对此同情地耸耸肩表示不知道或无可奈何的做法，都被他解释为新时代的幼稚可笑的傲慢的一种登峰造极。他说，拒绝、放弃、藐视并不是没有能力、不接受劝导，并不表示贫乏。似乎幻象就不是艺术中最低级、最适宜乌合之众的原则，仿佛对它不感兴趣就说明格调不够高尚似的！对某些东西不感兴趣，这种近乎

① 德国地名。

于智慧的或者更相当于一部分智慧的能力，可惜已经丧失，而鄙俗的唐突冒失却要自诩为进步。

对于参加娘家姓冯·普劳斯西的夫人举办的沙龙聚会的成员而言，这些观点多少让他们感到了几分亲切，而且，我以为，他们还会觉得，他们其实并不想真心实意地去为他的这些观点喝彩，除此以外，他们还更会觉得，布赖萨赫尔其实也并不完全能够真正地代表他们。

他说，类似的情况还包括音乐从单声部到多声部、到和声的过渡，人们十分喜欢把这种过渡看作是一种文化的进步，而正是在这里，它却恰恰曾经是野蛮的一个吆喝。

“这是……对不起……野蛮的？”冯·利德泽尔先生高声嚷道，他大概已经习惯把野蛮看成是保守的一种形式了，尽管是一种有点丢人的形式。

“当然，阁下。多声部音乐，也就是五重唱或四重唱的起源地，它们是远离音乐文明中心，远离美声及其崇拜盛行的罗马的；它们位于嗓音沙哑的北方，似乎曾经是一种对于嗓音沙哑的补偿。它们位于英国和法国，尤其是原始荒芜的大不列颠，这里甚至是首先把三度音程纳入和声的地方。所谓的向前发展，复杂化，进步原来有时就是野蛮造就的成果。是否应该为此而称赞这样的野蛮，我听凭您自己来决定……”

明眼人一看便知，他这是在捉弄阁下和沙龙聚会的全体成员，他所采用的方法就是同时保守地讨好他们。显然，只要还有人知道他下面想的是什么，他就会觉得不舒服。当然，复调的声乐，这种进步的野蛮的发明，从它到和声和弦原则，以及随之向最近两个世纪的器乐的历史性过渡一旦完成，它就会成为他保守的庇护的对象。现在，这后一个便是没落，即伟大的和唯一真实的对位艺术，这神圣冷漠的数字游戏的没落，按照他的说法，这种游戏，感谢上帝，还不曾沾染一丝情感的卖淫和肆无忌惮的活力；他说，来自埃森纳赫的伟大的巴赫已经深深地陷入这股没落的漩涡，歌德就曾经非常正确地把他称作一个和声家。一个人，如果他不是平均律钢琴，也就是那种多义地去理解每一个音并用等音混淆它们的可能性，也就是近代和声变调的浪漫主义的发明者，那么，他就不配得到魏玛的那位行家所给予的这个硬邦邦响当当的称号。和声的对位？没有这个东西。这不是肉，也不是鱼。软化、娇弱化和歪曲，使古老和真实的、作为各种声部的相互交融而被感受的复调音乐变为和声和弦的改换，在十六世纪的时候就已经开始了，而一些人，如帕莱斯特里纳、两个加布里埃利[①]和我们本地乖巧的奥兰多·迪·拉索[②]业已无耻地参与到其中去了。这些先生最贴近"人性地"给我们带来声乐复调艺术这个概念，哦，是的，因此在我们看来，他们就是这种风格的最伟大的大师。但这里真正的原因其实却是，他们大都已经开始卖弄、炫耀一种纯粹和弦的作曲法，同时他们对待这种复调风格的方式也已经由于要顾及和声的调和，要顾及谐和音和不谐和音的关系而被相当可怜地软化了。

大家伙都对这些可气的言论感到吃惊，情绪也高涨得直拍大腿，我于是便乘机四处张望，想看看阿德里安会是什么眼神；可惜他没有给我这样的机会。至于冯·利德泽尔，不幸得很，脑子里只剩下一片混乱。

"对不起，"他说道，"请您允许我……巴赫，帕莱斯特里纳……"

对他而言，这些人可都是大名鼎鼎的保守主义的权威泰斗，而现在他们却让人给拽到了现代主义的瓦解的阵营。一股同情不觉涌上他的心头——与此同时，他甚至还激动得一把摘下戴在眼睛上的那只单片眼镜，从而导致他脸上的智慧光芒荡然无存。布赖萨赫尔接下来话锋一转，把文化批判的矛头指向《旧约》，也就是主攻他个人的来源、犹太

---

① 安德雷亚·加布里埃利（约 1510－1586）及其侄儿兼学生乔万尼·加布里埃利（1557－1612）均为威尼斯圣马可教堂管风琴师，乔万尼还是海因里希·许茨的学生。

② 奥兰多·迪·拉索自 1556 年起在慕尼黑工作生活，1558 年和巴伐利亚宫廷长官之女结婚，1594 年在慕尼黑去世。

部落或民族及其精神史，并且正好也是在这里表现出一种极为暧昧的，甚至是不成体统的，同时却又是幸灾乐祸的保守主义，即便是在这样的时候，他老人家的日子也没有好过多少。如果按照他的说法，那么，没落、愚民化以及丧失任何同古老和纯真的联系的苗头其实早就提前，并且还是在非常值得尊敬的地方出现了，这可是任何人做梦都没有想到过的呀。我只能说：全都是一派滑稽之极的胡言乱语。对他而言，像大卫王和所罗门王这样的为每一个基督之子所敬畏和景仰的圣经人物，还有那些先知连同他们关于天上亲爱的上帝的高谈阔论，其实就已经是一个苍白褪色的晚期神学的没落代表。希伯来民族的埃洛希姆[①]耶和华，其古老纯真的真实面目，这个神学不再知道，而只知道把人们在具有真正民族性时代用以祭祀这位民族之神或者强迫他肉身显灵的礼拜式勉强视作"原初时代之谜"。他尤其对"智慧的"所罗门心怀敌意，因而对他大肆虐待，致使在场的男士们吹起口哨起哄，女士们则发出诧异的欢呼。

"对不起，"冯·利德泽尔说道，"我是，温和地说……所罗门王辉煌灿烂……您不该……"

"是的，阁下，我不该，"布赖萨赫尔答道，"这个男人是个被性爱的享受搞得筋疲力尽的美学家，但他在宗教方面则是一个进步的傻瓜，从对这个具有显灵作用的民族之神，这个形而上学意义上的民族力量的化身的崇拜到宣扬一个来自上天的抽象的和普照人类的上帝的退化，即从民族宗教到万能宗教的退化，对于这样的退化，他是具有典型性的。要想证明这一点，我们只须再去查阅一下他在第一个神庙完工之后所发表的那番骇人听闻的演讲，他在那里面问道：'上帝他能和凡尘之中的人住在一起吗？'——好像以色列全部和唯一的任务并不是为上帝造房子、搭帐篷和千方百计保证他的持续光临似的。而所罗门竟然恬不知耻

① 《旧约》中对上帝的称谓。中文译作"上帝"或"神"。"埃洛希姆"意即为人们所敬拜和恳求的对象。

地叫嚷：'上天都难以抓住你，我建的这座房子就更不知要难上多少倍了！'这是一派胡言，也是终结的开始，即诗篇诗人的上帝观念开始蜕化变质，在他们那里，上帝已经完全被放逐到了天上，他们不停地歌唱天上的上帝，而摩西五经[①]则根本不知作为神灵所在地的上天为何物。在那里，在一根腾起的火柱中，埃洛希姆走在这个民族的前列，在那里，他愿意和这个民族同吃同住，在这个民族之中游走并拥有自己的屠宰台——为了避免人类后来使用的那个叫做'圣坛'的单薄的字眼。一个诗篇作者让上帝问道：'我吃公牛的肉，喝公羊的血？'您认为这可能吗？让这样的话从上帝的口里说出简直就是闻所未闻，这是无耻的启蒙打在摩西五经脸上的一记耳光，在摩西五经里，献祭品被强调为'面包'，也就是耶和华真正的食物。从这个问题，当然也包括智慧的所罗门的那些言论，到迈默尼德斯，两者之间只有一步之遥，此人据说是中世纪最伟大的犹太教经师，其实却不过是亚里士多德式的一个同化之徒而已，把献祭品'解释'成一种上帝对这个民族之异教直觉的妥协，就是他干下的好事，哈哈，哈哈！好啊，这血和脂肪的献祭品，这在以前是拌上盐和有刺激性气味的佐料拿去供上帝食用，为他制造一个肉体并敦促他在场的，但对于诗篇作者而言，这种献祭品却勉强只是一个'象征'而已；（布赖萨赫尔博士吐出这个字眼时所用的那种极度鄙夷的腔调至今还在我的耳边回响）——令人难以置信的是，被宰杀的不再是动物，而是感恩和谦卑。'谁宰杀感恩，谁就是尊敬我'，这就是现在的口号。还有另外一种说法：'献祭给上帝的牺牲是一个悔恨的心灵。'简言之，这早就不再是什么民族、血统和宗教之真了，而是人道的清汤寡水……"

布赖萨赫尔高度保守的倾诉既让人发笑，也让人反感。上述这些就权当是其中的一个取样吧。他不厌其烦地说，真正的礼拜式，即对于真

---

① 基督教《旧约》全书开头五卷。

实的和绝不是抽象意义上无所不包的，因此也不是“万能的”和“普遍存在的”民族之神的崇拜，是一种魔术，是一种对肉体并非没有危险的动态的操纵，在这个动态的操纵过程中，很可能，也很容易由于错误和过失而导致不幸的事故、灾难性的短路发生。亚伦[①]的儿子们死了，因为他们带来了“异质的火”。这就是一个技术上的不幸事件，就是一个错误的前因后果。一个名叫乌撒[②]的人在运输途中发现，那个箱子，即所谓的约柜[③]，就要从车子上滑落，便不假思索地赶紧伸手去扶，结果自己立马就给摔死了。这也正好就是一种超验的动态爆发，由疏忽造成，而且是由竖琴弹得太多太多的大卫王的疏忽造成，因为他其实也是一窍不通地学着庸人的样子让手下用车子来运送那柜子的，而不是遵循摩西五经里那条理由充分得不能再充分的规定用挑子去挑。大卫业已和所罗门一样，变得远离本源，变得无知，说得难听点：变得粗蛮了。比如，他对于人口普查的动态危险一无所知，于是就通过举办这样的一个活动而引发了一场沉重的生物学意义上的打击，引发了一次流行病的爆发，引发了死亡，作为可以预见的玄学意义上的民族力量的反应。因为一个真正的民族是承受不起这样一种机械化的登记造册的，这种数字化的消解动态整体为同质个体的……

一个贵妇人插话说，她以前根本不知道人口普查还是这样的一种罪恶。而这正是布赖萨赫尔所求之不得的。

“罪恶？？”他用夸张的疑问语气回应道。不，一个真正的民族的真正的宗教，在这样的宗教里根本不存在什么诸如“罪恶”和“惩罚”之类的概念，这些黯然无光的神学概念纯粹还停留在伦理的因果关联意义上。这里所涉及的是错误和事故的因果关系。宗教和伦理，只有当后

① 《圣经》人物，摩西之兄，生有四子，其中的拿答和亚比户因饮酒过量，醉中献凡火与耶和华，得到报应，被火焚烧而死。

② 《圣经》人物，大卫王率以色列人从巴拉运回约柜途中，乌撒负责赶车，当牛失前蹄时，他用手触扶了约柜，因而激怒耶和华，被降罪杀死。

③ 犹太人用来保藏刻有摩西十诫的两块石板的木柜。

者是前者的没落的时候，两者才会相互发生一点关系。所有的道德的东西都是一种对礼拜式的纯粹精神的误解。难道还有什么东西比这个“纯粹精神的东西”更遭上帝遗弃的吗？那些没有个性的世界宗教最后还能做的就只是把这个“祈祷”，请别见怪，变成一种讨厌的乞讨，变成一种“赦免申请”，变成一声声“啊上帝”、“上帝，发发慈悲吧”，变成一声声“救命”、“给点吧”和“行行好”。这个所谓的祈祷……

“对不起！”冯·利德泽尔说道，这一次用的倒是真正强调的语气了，“您这话说得固然有理，但这个‘脱帽祈祷’怎么总让我觉得……”

“这个祈祷，”布赖萨赫尔毫不留情地替他把下面的话说完，“是庸俗化了的和注入了理性主义水分的某种极具活力的、积极的和强大的东西：魔咒的、上帝强制的晚期形式。”

这位男爵真的让我感到遗憾。眼见自己的贵族保守主义被返祖现象的聪明绝顶的发挥和酣畅淋漓的表演，被一种极端的，不再是贵族气的，而是比任何自由主义都更具某种革命性的，都让人感到更有破坏力的，同时却又好像故意气人似的，不乏值得赞赏的保守主义感染力的保守所战胜，他的灵魂深处肯定会陷入一片茫然。我心想，他会为此而彻夜不眠的，不过，我这或许也是出于同情而有点言过其实了吧。不过，布赖萨赫尔的言论也不是一点问题都没有的；例如，对献祭品的精神蔑视并不是最先在预言家们那里，而是在摩西五经自身就可以直接找到，即在摩西那里，他直截了当地宣布献祭品是次要的，而把所有的力量全都放在服从上帝、遵守他的训诫上面，如果能够向他指明这一点，就很容易将他驳倒。然而，这个比较敏感脆弱的人儿却讨厌打搅人家；他讨厌用逻辑的或历史的反驳去冲破一个已经领会的思路，而且仍然还在通过反精神来景仰和爱护精神。今天的人们都看到了，我们的文明那时所犯下的错误就是，太过慷慨地实施了这样的爱护和这样的景仰——而对立面回应它的却是赤裸裸的肆无忌惮和干脆果断的绝不容忍。

凡此种种，我其实早已想到，那还是在我刚刚动笔开写这本传记的时候，当时，我虽然承认对犹太人怀有好感，但同时也限制性地作出以下说明，即我偶尔也碰到几个这种血统的相当可气的例子，于是乎，不任固定职务的学者布赖萨赫尔的名字便早早地跃然纸上。这个犹太人，如果他对于未来，对于新鲜事物的耳聪目明的敏感也在先锋性和反动性叠合的复杂情况下被证明是可靠和有效的，那么，你还能够去对他妄加指责吗？不管怎样，那时，在施拉金豪芬家里，我这个对于反人道的新世界之前可谓一无所知的良民，正是首先通过这位布赖萨赫尔，正是通过他，我才开始对于这个反人道的新世界的存在变得有所觉察起来。

二十九

慕尼黑 1914 年的狂欢节，那是一段介于主显节①和圣灰星期三②之间的时间，在这几周里，举国上下气氛轻松，全国人民个个亲如兄弟，一张张脸上全都洋溢着节日的喜庆，当时还是弗莱辛文理中学青年教师的我独自，或者也和阿德里安一道，去参加了各种各样的公共活动和私人活动，那时所发生的一切，让我始终记忆犹新，我最好说：噩梦不断。不错，这正好就是那场为期四年的战争爆发之前的最后一个狂欢节，而那场战争，用我们现在的历史眼光来看，同我们现时的恐怖一起集结为一个时代：所谓的第一次世界大战，这场大战，如果我可以这样说的话，永远地结束了这座位于伊萨尔河畔的城市的富于美学意味的无忧无虑的生活，以及它那狂热纵情的欢娱。也正是在这个时期，在我们的熟人圈子里，在我的眼皮子底下，某些个人的命运发展变得紧张而激烈起来，这些发展变化将会，当然是以几乎不为外界所注意的方式，导致灾难性的后果，而又由于它们部分地同我的主人公阿德里安 · 莱韦屈

---

① 即耶稣显现节。
② 四旬节的第一天，按习俗要把圣灰撒在忏悔者头上。

恩的生活和命运发生密切联系，是的，而又由于我深知行为举止阴森致命的他被卷入了其中之一，故而，相关的情况在下面的这些章节里肯定会有说到。

这里所指的并非克拉丽莎·罗德的命运，她是个骄傲而爱嘲讽、爱玩弄恐怖的身材高大的金发女郎。她那时明里仍在我们之中出没，仍住在她母亲那里，仍参加狂欢节的各式娱乐，可暗里却已经开始准备离开这座城市了，因为地方上有一家剧团聘请她去当青年业余演员，这个职位是她的那位在宫廷剧院扮演老生的老师为她谋到的。这次受聘后来被证明是一个不幸，而她的戏剧指导，一个名叫塞勒的人，一个有经验的男人，倒也不必为此承担任何责任。他有一天给市政议员夫人罗德太太写了一封信，他在信里宣布，他的这位女弟子虽然聪慧过人，对戏剧也充满热情，但她的天分却不足以保证她将来的舞台生涯能够取得成功；她缺乏一切戏剧艺术家所应该具备的原始基础，缺乏喜剧家的本能，缺乏人们一般所说的那种戏剧天性，所以他不得不认真地劝她放弃，劝她别在这条路上继续走下去了。克拉丽莎这边看到信后，眼泪都哭干了，整个人变得万分绝望。她的母亲见状，深受触动，大为动容，于是赶紧请求宫廷演员塞勒，也就是写这封信的那个人，结束培训并通过他的关系帮助这个年轻女孩从初学者开始。

从克拉丽莎的命运成为现实的那一天起，至今已经过去有二十四年了，我将会按照时间的先后顺序对此进行讲述。但是此时此刻，在这里，我的眼前浮现的却是她那温柔而令人痛心的，以优雅来粉饰过去和痛苦的姐姐伊涅丝的命运——以及可怜的鲁迪·施维尔特费格的命运，刚才，在我硬是没能忍住，暂且提前透露可怜的阿德里安被卷入这些过程的时候，我就曾经震惊地想到过他的这个命运了。对于我的这些先期行为，读者诸君怕是早已习以为常，见怪不怪了，但愿诸位不要以为这就是作家的天马行空和头脑混乱。我将在某个时候不得不说的某些东西，这些东西，我真的是担惊受怕地，忧心忡忡地，甚至是毛骨悚然地从远处注视它们的，它们呈现在我的眼前，令我感到非常压抑，于是我就试图分散它们的重量，为此我采用暗示，以及当然也只有我自己心知肚明的方式，提前让它们开口说话，让它们事先就露出半个身子来，事情就是这样简单。我以为，这样一来，我今后就可以比较轻松地讲述它们，去掉它们身上令人震惊的锋芒，淡化它们身上阴森恐怖的气息。之所以说这些，目的就是为了求得读者对于一个“错误的”叙述技巧的原谅，同时也恳请读者理解我的窘境。——不消说，这里就要述及的命运发展的开端，阿德里安和它们是根本不沾边的，他几乎没有拿正眼去瞅过，而只是通过我才在一定程度上注意到它们，同他相比，我这个人生性更爱热闹，好奇心更强，或者我应该说：更有人情味和同情心。下面便是事情的经过。

如先前已经有所暗示的那样，罗德家的两姐妹，无论是克拉丽莎还是伊涅丝，都和她们的母亲，市政议员夫人的关系不是特别和谐，她的沙龙聚会及其略带几分淫荡的驯服与野性参半的艺术家氛围，她的虽然不乏城市贵族残余家具作摆设，但却丧失了根基的生活条件，不止一次地让她们流露出明显的厌烦情绪。两人都想脱离这个鱼龙混杂的环境，努力的方向却不尽相同：骄傲的克拉丽莎向外寻求发展，决心做个艺术家，可惜学艺没有几天，就被师傅无奈地断言为缺乏天分；相反，文雅感伤而又对生活根本心怀恐惧的伊涅丝则向后退到有保障的市民阶层那里寻求庇护，寻求精神保护，而获取这种保护的途径就是一桩体面风光的，有爱情基础更好，即便没有，却也是以上帝的名义缔结的婚姻。伊涅丝所走的道路便是这样一条，当然，她的母亲也是由衷地支持她这样去做的，尽管有些伤感——而她和她的妹妹一样，都在各自所走的道路上遭到失败。事情的悲剧性结局表明，这种理想其实是落不到她个人头上的，这个改变和冲蚀一切的时代也是不可能允许这种理想实现的。

那时有个叫赫尔穆特·英斯提托利斯的博士在追求她，此人是美学家和艺术史学家，科技大学的编外讲师，讲授美学理论和文艺复兴时期的建筑艺术，同时还在课堂上分发各种图片给学生们看，不过，他的前途，即日后还会受到综合性大学聘请，当上教授，教席教授，科学院院士什么的，却被人十分看好，另一方面呢，他这个伍尔茨堡有钱人家出身的单身汉，一份不菲遗产的继承人，也特别想通过组建一个高朋满座的家庭来提升他的存在的富丽堂皇性质。因此，他如果找对象，是无所谓所选择的女方家庭经济条件的好坏的，相反，他属于那类希望在婚姻生活中独揽经济大权，同时也懂得如何让妻子完全依附于自己的男人。

但这并不说明他自我感觉强大，实际上呢，英斯提托利斯也不是一个强大的男人——这一点从他对一切强大的和肆无忌惮地怒放盛开的东西所怀有的美学意义的欣赏之中便可窥见一斑。他有着一个长长的脑袋，长着一头金发，说得确切些，他身材矮小，但却相当讲究穿着，留个分头，抹了一点油的头发看上去十分光滑。一个金色的髭须轻轻地悬挂在嘴巴的上方，金丝边眼镜后面是一双天蓝色的眼睛，目光柔和、高贵，同时也让人很难——或许恰好就让人很容易——理解他为什么景仰残暴，当然了，仅仅只在它是美的时候。他属于那个年代的典型产物，这种人，正如巴普提斯特·施彭格勒曾经一语中的指出的那样，“当肺痨烧得他满面通红时，他会不停地喊叫：生活是多么的强大和美好！”

当然，英斯提托利斯没有叫喊，他说起话来倒真可谓轻声细语，甚至在他宣布意大利文艺复兴是一个“散发着血腥和美的气息”的时代的时候都不例外。而且他也没有肺痨，最多是，几乎和所有人一样，在青少年时期感染过轻微的肺结核，但没发病。然而，他却是柔弱而神经质的，他的交感神经，太阳神经丛，不大好，老是生出太多的恐惧和过早的死亡预感，另外，他还是位于梅兰诺[①]的一座富人疗养院的常客。他显然也相信——他的医生们也向他许诺说——稳定而均衡的婚姻生活可以促进他的健康。

---

① 意大利城市和疗养地。

总之，在 1913 到 1914 年间的冬天，他开始接近我们的伊涅丝 · 罗德，他所采用的方式让人猜测他的目的是要和她订婚。后者没有操之过急，而是拖了好一阵子，一直拖到大战初期：双方的担心和小心大概都集中反映在对彼此是否真的合适这个问题的反复斟酌之上。尽管如此，如果你看到这样“一对儿”，无论是在市政议员夫人的客厅里，英斯提托利斯是通过巧妙的自我引见而进入这个圈子的，还是在公共场合的聚会上，时常呆在一起，躲在角落里聊天，那么，你仍然会觉得，他们之间直接或间接讨论的似乎还是这同一个问题，而你如果是一个胸怀博爱的旁观者，同时又有某种类似准订婚或试订婚的东西不时地在你的眼皮子底下若隐若现，那么，你的内心就会情不自禁地认为自己有义务参与到这场讨论中去。

赫尔穆特恰好相中了伊涅丝，对于这一点，人们刚开始也许会感到吃惊，但最终还是完全可以理解的。她不是那种文艺复兴时期的女人——她一点也不是的，她精神脆弱，目光低垂，充满高贵的哀伤，她的小脖颈向前歪斜，嘴巴也略带几分调皮捣蛋地撅起。然而，假如她真是的话，这个求婚者可就完全不知道应该如何怀抱他的美学理想去生活了；那样的话，他的男人的优势可就要吃大亏了——你只消想想他和一个像奥尔兰达那样丰腴而响亮的女人站在一起的样子，你就可以幽默地坚信这一点了。再说了，伊涅丝也绝不是没有女性魅力可言；她的头发浓密，她的一双小手张开时能够现出小肉坑，她注重仪表，年轻优雅，她被一个四处寻觅对象的男人爱上，这是很容易理解的。她能够是他所需要的。她的处境对他很有吸引力：即她的城市贵族的出身——这是她所强调的，但她目前的状况，她的迁居，社会地位的某种丧失，却也使得这个出身的级别略微有所下降，所以她不会威胁到他的绝对优势；相反，他倒是可以觉得他娶她为妻是抬举她，为她平反，为她恢复名誉。一个寡妇母亲，半穷困潦倒不说，还爱追求那么一点儿享乐；一个妹妹呢，又跑去学了戏剧，结交的人呢，还多半是些生活放浪形骸的艺术家之流——这些情况都不会让他感到不高兴，反倒还都有利于维护他的尊严，而一个尤为重要的原因则是，这种结合也丝毫无损于他的社会体面，他的飞黄腾达不会因此受到威胁，而且他还可以确信，市政议员夫人将会适度而深情地给伊涅丝准备一份亚麻的，没准还是银质的嫁妆，她对他而言将会是一个无可挑剔的登得上大雅之堂的模范主妇。

我认为，从英斯提托利斯博士的角度来看，情况就是这样的。而当我尝试着用人家姑娘家的眼光来打量他的时候，这件事情可就显得不太和谐了。这个男人狭隘小气，只顾自己，出身虽然高贵，本人也受过极好的教育，可在体格上却毫无阳刚之气可言（而且走起路来还是小步奔跑式的），即使我使出浑身解数，也根本想象不出他对异性能有什么吸引力可言；而我同时也感到，伊涅丝，无论她怎样恪守处女的矜持，本质上却是需要这样一种吸引力的。再加上两人在哲学思想和理论的生活氛围方面的对立——一种可以被称为是正好相反和极其典型的对立。用最简单的公式表示，就是那种介于美学和道德之间的对立，这种对立在很大程度上主导着那个时代的文化辩证法并一定程度地在两个年轻人的身上体现出来：一边是对“生活”及其毫无疑虑的绚烂夺目的系统颂扬——一边则是对苦难，连同对苦难的深重以及对苦难的深知的悲观尊崇，两者之间是针锋相对的。可以说，这种对立在其产生之初其实就已是一个成型的个性统一体，只是到后来，随着时间的推移才开始吵翻瓦解，最终分崩离析。英斯提托利斯博士——这里必须补充一句：我的天哪！——完完全全就是一个文艺复兴式的人物，而伊涅丝·罗德呢，则又彻彻底底地是一个悲观的道德主义的信徒。她对于一个“散发着血腥和美的气息”的世界丝毫不感兴趣，至于“生活”，那么，她通过一种严格意义上市民阶级的，高贵的和经济实力雄厚的，可能阻挡任何冲击的婚姻所寻求的正好就是一把能够抵御它的保护伞。而具有讽刺意味的是，这个开口闭口都是丧尽天良之美和投毒杀人之意大利的男人——或者说这个小男人——似乎愿意为她提供这样的藏身之所。

我不相信，这俩独处的时候也会因为世界观的分歧而争吵不休。这个时候，他们很可能谈论靠近手头的一些东西，其实就是探讨他们订婚后的生活。哲学倒更多是高级社交娱乐的一个对象，不过，我现在还记得有好几次，在较大的场合，在某个舞厅过道供人休息喝酒的桌子旁，他俩的思想以谈话的形式展开交锋：例如英斯提托利斯声称，只有拥有强大残酷本能的人才能够创造出伟大的作品，伊涅丝则对此表示抗议，她指出，艺术中伟大的东西往往出自那些极度基督教的观念，这些观念听从良心的召唤，因为苦难而变得高尚，而且还会阴郁地去反抗生活。在我看来，这些反命题都是不必要的，都是和时代相连的，在我看来，它们根本不能应对现实，因为现实情况是，活力和虚弱的平衡显然是构成天才的总和，然而，这种平衡的成功例子极其罕见，而且这种平衡的取得也始终困难得多。当然，在这里，一方代表着他自己就是的东西，即生活的病态，而另一方则代表着他自己顶礼膜拜的东西，即力量，于是乎，你就只好由着他们去了。

我想起来了，有一次，我们就这样坐在一起（在场的还有克虐特里希，齐恩克和施彭格勒，席尔德克纳普和他的出版商拉德布鲁赫），一场友好的争执于是又告开始，当然，这一次却不像一贯所说的那样是发生在两个恋人之间，而是，滑稽得很，发生在英斯提托利斯和鲁迪·施维尔特费格之间，这后一个，一身猎人打扮，英俊潇洒，正好也在我们这里坐着。当时的具体内容是什么，我现在真的记不清楚了；总之，引起这次意见分歧的导火索是施维尔特费格没怎么想或者说根本想都没想就随口说出的一句完全无辜的话。如果我没有记错的话，好像说的是“功绩”，一种通过斗争，通过搏斗而得到的东西，通过主观努力和自我克服而取得的东西，鲁道夫对此打心眼里表示称赞，大呼其值得赞赏，而他一点也闹不明白的是，英斯提托利斯怎么就只知道一味指责他的这个看法，而不愿意承认通过流汗取得的功绩。英斯提托利斯说，从美的立场出发，该称赞的不应该是意志，而应该是天赋，而且，唯有天赋才可以说是值得赞赏的。努力是属于贱民的，出自本能的事情，出自情不自禁和轻巧的事情，才是唯一高贵的，因此也才是唯一值得赞赏的。善良的鲁迪哪里是什么英雄和征服者呢，他长这么大还从没做过什么让他不感到轻松的事情，例如，就说重要的吧，他的卓越的小提琴演奏。可是，那另外一个人说的那些话跟他的想法格格不入，他模糊地感觉到，这里涉及一种总之是“比较高级的”，为他所不能理解的情况，尽管如此，他还是咽不下这口气。他愤怒地张大嘴巴，视线停留在英斯提托利斯的脸上，两只天蓝色的眼睛在对方的右眼和左眼之间轮番钻孔挖掘。

“不，怎么会呢，这可是一派胡言，”他自己说这话的时候倒是把声音压得很低的，这说明他自己也不是底气十足，“功绩是功绩，而天赋就不是功绩。你一口一个美，可是，博士，如果一个人通过自己而赢得功绩，并且做得比自然赋予他的更好，这也应该是很美的事情。你说呢，伊涅丝？”他转而向后者求救，这个询问又再一次把他的天真暴露无遗，因为他并不知道，伊涅丝·罗德在这些问题上同赫尔穆特的看法是根本对立的。

“你是对的，”她略微有些脸红地回答道，“反正我认为你是对的。天赋逗人乐，但‘功绩’这个词里却包含了一种天赋乃至本能的东西不能享有的钦佩。”

“果不其然！”施维尔特费格发出胜利的欢呼，英斯提托利斯则笑着回敬道：

“那是当然。你找对人了。”

这里面有情况，恐怕每个人的脑海里都会情不自禁地产生这样的想法，至少是一个闪念，伊涅丝脸上的红晕没有马上褪去也证明了这一点。她在这样和那样的问题上反对他的追求者，这完全是她分内的事。然而，她支持鲁道夫这个小伙子，这却不是她分内的事。这个人真的是完全不知道，这个世界上还有诸如不道德主义之类的东西，而对于一个根本不懂得反命题的人，你是不可能很爽快地就说他是对的——至少在向他作出解释之前是不可能这样的。伊涅丝的裁决，从逻辑上来讲是理所当然的和合情合理的，尽管如此，她的裁决里面仍然包含了某种令人惊讶的东西，而在我看来，伴随着她妹妹克拉丽莎面对施维尔特费格不配得到的胜利所发出的大笑，这种令人惊讶的东西就变得更加令人惊讶了——这个下巴超短的傲慢人儿啊，当优越出于和优越毫不相干的原因而有失体面，却还特别肯定地以为这样做一点也不失体面的时候，那肯定是逃不过她的眼睛的。

“现在，”她叫道，“鲁道夫，快！致谢，起来，小子，鞠躬！给你的救命恩人拿一块冰激凌来，再请她去跳下一场华尔兹！”

这是她的一贯做法。她非常骄傲地和她的姐姐抱成一团，而且总会在事关她的体面和尊严的时候说“快！”。而当追求者英斯提托利斯在献殷勤方面表现得多少有些迟钝和木讷的时候，她也会对他说“哎，快！”。和优越抱成一团，为她着想，如果应该出现在她身上的东西没有马上出现的话，就会显得极度震惊，她这样做其实就是出于傲慢。“如果人家要你做什么，”她似乎想要说，“那你就得赶紧为他去奔忙。”我现在依然记得很清楚的是，她还有一次是为了阿德里安的缘故而对施维尔特费格说了“快！”的，阿德里安当时就撞塞子乐队的一次音乐会表达了某个愿望（我现在以为，是为了给让内特·硕伊尔弄张票），施维尔特费格却找出这样或那样的理由来反对这个愿望的实现。“是的，鲁道夫！快！”她喊道。“看在上帝的分上，你怎么回事呀？难道非要人家催你不可吗？”

“哪里呀，根本用不着，”他回应道，“我肯定会……只是……”

“这里可没有‘只是’，”她居高临下地，半幽默、半严肃加责罚地发出最后通牒。阿德里安和施维尔特费格全都忍不住笑了起来——后者于是出动嘴角和肩膀作出一副熟悉的淘气包样，同时答应一切都包在他身上。

克拉丽莎似乎把鲁道夫看作是一个必须去“奔忙”的追求者；而他事实上也的确是一直在不停地去努力赢得阿德里安的青睐，而且是以一种最天真幼稚、最不认生和最吓不倒的方式。克拉丽莎由于那位真正的追求者，由于那个向她的姐姐求婚的人的缘故，常常故意拿话来套我的意见——这此外也是伊涅丝本人的做法，只不过她表现得柔和一些，胆怯一些，同时却又看上去很矜持，好像她什么都想听，又什么都不想听和不想知道似的。两姐妹都信任我，这也就是说：她们似乎认为我有能力和权利去评价别人，当然，要想完美地担当起这份信任，还需要能够做到超然于物外，毫不含糊地保持中立。扮演被人信任的角色始终是一件既令人感到愉快，同时也令人感到痛苦的事情，因为你充当这一角色的前提条件始终只能是你自己被排除在外。然而，赢得世人的信任，比起激发他们的热情来，却不知要好上多少倍！让他们觉得“好”，比起让他们觉得“美”来，却不知要好上多少倍！这是我常常用来告慰自己的话。

一个“好人”，这在伊涅丝·罗德看来大概就是这样一种人，即世界同这种人之间是一种纯粹道德的，而非受到美学刺激的关系；所以他信任我。但我必须说的却是，我对这姐妹俩所提供的服务不大一样，我对求婚者英斯提托利斯所发表的意见还是有一点点因提问人而异的。我和克拉丽莎交谈时更能敞开心扉一些，我以心理学家的身份对他的犹豫不决（当然并不是他单方面的犹豫不决）的选择动机发表看法，我还敢于对他这个神化“残暴的本能”的病包儿说三道四……而当伊涅丝本人跑来问我的时候，情况就又是另外一个样子了。这时，我会考虑我在她那里应该流露什么样的感想为宜，但其实也并非是为她着想，而是更多考虑到她将要和这个男人结婚的理性因素，所以说的也就是些尊重他的话，比如说他性格坚定，学识渊博；说他人很干净整洁，前程远大什么的。总之，既要让我的话听起来有一丝暖意，又不能说得太多，这可真是一项艰巨的任务；因为，我觉得我同样负有重任，我有义务去强化这个女孩的疑虑，去破坏她所渴求的庇护所……说服她；……有时，出于一个特殊的原因，我也会觉得，赞同她结婚比说服她不结婚可能更能表明我的责任心强。

而她那边呢，对于我就赫尔穆特·英斯提托利斯所发表的意见，大都是听了几句就会觉得厌烦，当然，她并不因此中断对我的信任，而是将其普遍化，具体的体现就是她转而请我谈谈我对我们圈子里别的人的评价，例如对齐恩克和施彭格勒，或者，我再举一个例子，对施维尔特费格。她很想知道，我是如何看待他的小提琴演奏，看待他这个人的性格的；她问我是否以及在何种程度上推崇他，而我的这种推崇又具有什么样的严肃或幽默色彩。我字斟句酌地回答她的问题，尽可能公正，跟我先前已经在此，在这些稿纸上，对鲁道夫所发表过的那些看法完全一致，她也非常认真地听我讲，待我讲完之后，她还会赶紧对我的那些基于友好的溢美之词进而作出自己的补充，而她的这些补充又让我只有表示赞同的份，当然我也部分地因为她的这种急切而感到目瞪口呆：照说，以这女孩的性格，再加上她所特有的那种怀疑生活的低垂目光，从她身上表现出这种备受痛苦折磨的急切实属正常，一般不大可能让人感到吃惊，然而，如果这种急切被用到这个对象的身上，那么，这还是免不了会令人感到吃惊的。

所以，她对于这个迷人的青年男子的了解从时间上看要比我早得多，而且，她还跟她妹妹一样，同他保持着一种亲如兄弟姐妹的关系，因此，她比我更能近距离地观察到他，更能跟信任的人说出更多更详细的关于他的情况来，如此一来，这里最终也就没有什么值得大惊小怪的地方了。她说，他是一个天真无邪的人（她没有使用这个词，而是某个弱一点的，但她的意思很清楚，就是这个词所表达的意思），一个纯洁的人——因此他不认生；因为纯洁是不认生的。（这可是一个出自她之口的动人心弦的字眼，因为她本人是绝对认生的，虽然对我是例外）他不喝酒——总是只喝加少许糖，但不加掼奶油的茶，一天要喝三次；他也不抽烟——最多也是极偶尔地抽上个一两支，根本不上瘾。也就是说，所有诸如此类的对男人的麻醉（我想我记得很清楚，她当时就是这样说的），也就是那些麻醉剂，他全不沾边，而作为补偿，他却特别迷恋与人调情，他就是为了调情而生——而不是为了爱情和友谊而生，而这后两个就他的本性而言也似乎偷偷地变成了调情。一个轻浮的花花公子？是，又不是。反正肯定不是通常庸俗意义上的。就说工厂主布林格尔吧，此人对自己的富有得意扬扬，时常还要含讥带讽地唱上两句：

“性情健康，心情愉快，
强过万贯家财，”

目的只是为了让人更加嫉妒他有钱，如果你愿意，你只消看看他和他站在一起的样子，你就会认识到两者之间的区别了。可是鲁道夫让人很难始终如一地觉察和意识到他的价值，他太会讨人喜欢，太会打情骂俏，在社交中太讲究穿戴，总之他对社交聚会太有兴致了，这其实都是他让人不大放心的地方。她说，这地方整个儿的那种快乐的装饰性的艺术家气味，例如我们新近在可可采罗俱乐部一起参加的那次秀丽妖娆的彼德麦耶尔[①]节，同生活的悲剧性与可疑性构成令人痛苦的对照，她问我有没有觉察到这一点。她还问我有没有对充斥此类普通“邀请”的精神上的空虚和虚无感到过恐怖，而这种“邀请”所必有的那种鉴于美酒、音乐和人与人之间阴暗关系而显得热闹非凡的激动场面，却同这种恐怖形成令人目眩的反差。她说，有时你只消用眼睛一扫，就可以发现，有的人只是迫于社交礼节的需要才机械地和别人交谈，他其实根本就是心不在焉的，他心里想着的，眼里看着的都是另外一个人……再加上现场的颓废，愈演愈烈的混乱，“邀请”接近尾声时沙龙里所呈现的是一派狼藉龌龊的景象。她说，她承认，有时聚会结束之后她会躺在床上哭一个小时之久……

① 盛行于1814至1848年间德国的一种文化艺术流派。

她继续这样不停地往下说着，表露出更为普遍的苦闷情绪和批判癖好，似乎已经忘记了鲁道夫。可是，她的话题不知什么时候又回到了他的身上，毋庸置疑，他时刻都在她的脑海里，一刻也没有消失过。她说，如果她说他社交时非常讲究穿着，那么她的意思也是想说，这种事情，尽管偶尔也会让人有些伤感，究其实却是无伤大雅的，笑一笑也就过去了。这不，参加社交聚会，他总是最后一个露面，因为他需要别人等他，他总是让别人等他。而来了之后呢，他又会说他昨天在什么什么地方，在朗格维舍家里，或者叫什么什么的朋友家里；在罗尔瓦根家里，这家有两个热情奔放的女儿（“一听到‘热情奔放’这个词，我心里便有些害怕和担忧。”），以此表明他很重视竞争和上流社会的争风吃醋。但他说起这些的时候，却又总是歉意和抚慰兼而有之的，那意思好像是在说：“没办法，我非得到那里去露一面不可，”——而你可以肯定的是，他在那些人家里说的话也跟在这儿所说的一样，因为他希望每个人都沉迷于这样的错觉，以为他最爱和他呆在一起——就好像每个人都必须把他关注的重点放到这上面来不可似的。当然话又说回来了，他的这种以为自己可以给人人带来心灵愉悦的信念倒的确也是不乏某种感染力的。他五点钟过来喝茶，同时告知说他已经答应人家了，要在五点半到六点之间赶到别的什么什么地方，朗格维舍家或是罗尔瓦根家，其实根本不是真的。然后他呆到六点半，以表明他更喜欢这里，舍不得离开这里，其他那几家可以等他——而且非常肯定地认为，这样做肯定让人感到高兴，以至于人家可能真的会为此而感到高兴。

我们都笑了，不过，我笑得很克制，因为我看见她的眉头皱了起来。她同时要我，好像她认为这很有必要似的——抑或她真的认为这很有必要？——要我当心施维尔特费格的盛情，也就是警告我不要过于看重他的这种盛情。这种盛情其实虚得很。她有一次很偶然地听到过，那是在一个聚会上，虽然隔着一些距离，但她句句听得真切，他当时正邀请某人再多呆一会儿，她敢肯定他根本不在乎那人——他用亲切友好的、不认生的方言套话，如："侬来嘛，行行好啦，侬就留下来吧！"因此，他那方面的此类劝说于她而言，正如她自己已经有所领教的那样，也正如我今后说不定也会领教的那样，永远都是不值一文的。

总之，她承认自己很痛苦，不相信他是认真的，不相信他所表示的同情和关心：比方说，如果有人病了，他跑来看人家的话。这一切，正如我自己今后还将有机会去体验的那样，都不过是"以友好的方式"发生而已，并非出于真心实意，因为他认为这样做是恰当的，合乎社交礼仪的；可千万别拿它们当回事。甚至于一些无聊之极的话也会从他的口里说出来，例如，他会俗不可耐地大声嚷嚷："不幸的女人多了！"这是她亲耳听见的。有人开玩笑地警告他说，别去害人家姑娘，或者某个已经结婚的女人什么的，别去害人家难受，可他倒好，反而还真的很是自负地回答道："哎呀，不幸的女人多了！"让人听了这话，只会在心里这样想："请上天保佑吧！成为这样的女人该是多么可笑的羞辱啊！"

当然，她也不想把话说得太尖刻——她用"羞辱"这个词也许是尖刻了点。但愿我不要误会她的意思：鲁道夫的天性中还是有一些比较高贵的根基的，这是毫无疑问的。在社交场合，如果你压低声音回答他，默默地显得生分地只瞟上他一眼，偶尔也能够促使他摆脱高声喧哗的积习，一定程度地变得较为严肃起来。哦，有那么几次，他似乎确实是变得比较严肃了，他的确是一个特别容易受人影响的人。这个时候，什么朗格维舍家，什么罗尔瓦根家，管他们叫什么呢，对他而言都只不过是些模模糊糊的幻影罢了。当然，一俟他呼吸了别的空气，接受了别的影响，那么，信任，相互之间的理解便足以被完全的陌生感，被令人绝望的距离感所取代。到了这个时候，他自己也会开始对此有所察觉，因为他这个人是非常敏感的，于是他就会感到后悔，就会想方设法进行弥补。他的做法很滑稽，但也很动人，为了恢复彼此的关系，他会把某句多少够得上是好话的话翻来覆去地说，有时是你自己说过的，有时是你援引书上的——以此表明，他还记得它，他也是蛮高雅，蛮有文化的。

真可谓催人泪下。最后来个傍晚的告别——同时也表明他的悔改的决心。他过来道别，用方言说些让人面部表情扭曲，并且疲于应付的小笑话。而在和周围的人一一握手之后，他却又会来个抽身折回，当然，这一次说的就是简单而由衷的再见了，因而回应起来就比较容易一些。这样他就有了一个好的结束，因为这也是他非要不可的。他随后还有两个聚会要去出席，他很可能又会这样如法炮制一番……

够了吗？这不是小说，在为小说谋篇布局时，作者会直接通过场景的描述来向读者展示他的人物的内心。作为生平传记的叙述者，直言不讳地指出这些东西，查明对我要描绘的生活情节发生过影响的灵魂的事实，完全是我应该做的分内之事。在我根据我的记忆记录下她的这些奇特的意见，一种，我想说的是：特别紧张的意见之后，下面这个即将公布的事实恐怕就是毫无疑问的了。伊涅丝·罗德爱着年轻的施维尔特费格，而这里只有两个问题需要回答：第一，她自己是否知道；第二，什么时候，在哪个时刻，她同这个小提琴手原本是兄弟姐妹加伙伴的关系具有了这种炽烈而痛苦的性质。

第一个问题我用是来回答。一个像她那样博览群书，大概可以说：系统学习过心理学并能够富于诗意地严密监察自身体验的姑娘，对于自己感情上的发展变化当然不会视而不见——这种发展变化也许刚开始时都让她自己觉得太突然，太难以置信。她看似天真地在我的面前敞开心扉，不过，这却根本不能证明她对此一无所知；因为，一方面，看上去天真的东西其实是一种非说不可的冲动的表示，另一方面，事情关系到对我的信任，一种经过了乔装打扮的信任：她假装以为我单纯得很，什么都看不出来，这姑且也算是一种信任吧，其实心底里却希望，而且也知道，这个事实逃不过我的眼睛，因为她尊敬我，认为她的秘密能够在我这里得到很好的保守。这是绝对的。我的基于人道主义的同情和保守秘密，她完全可以指望得上，尽管由于天生的原因，要一个男人去设身处地理解一个为他的另一个同性而疯狂的女性的心灵和感觉，这该是多么困难的一件事情。不言而喻，对于我们来讲，体会一个男人对于一个女人所怀有的感情——这甚至也说明不了任何问题——比起要设身处地地去体会一个异性被同性的一个人所打动要容易得多。其实，人们一般是不“理解”这一点的，人们一般只是以有教养的、实事求是尊重自然规律的方式对此进行容忍而已，况且男人在这里所表现出来的态度往往又比女人的更显得亲切宽容，因为当女人从一个同性口中得知有一个男人正在热烈地爱着她的时候，往往会对后者产生嫉妒，尽管她根本不爱那个男人，对那个男人毫不动心。

总而言之，我不缺乏友好善良的愿望，我愿意理解别人，虽然我的天性有可能会阻碍我去进行这种移情意义上的理解。我的天哪，那个小施维尔特费格！他的脸形长得还真有点像哈巴狗呢，开口就发喉音，他呀，与其说是男人，倒不如说更像男孩。他的眼睛是美丽的湛蓝色，他的身材挺拔，他的小提琴拉得，口哨吹得引人入胜，而且他对什么人都是友好相待，都没得说。所以呢，伊涅丝·罗德爱上他，倒也并不盲目，然而，她却也会因此而更加痛苦；而基于这种情况，我内心想要做的则跟她妹妹，也就是那位冷嘲热讽的，在异性面前表现得极度自负的克拉丽莎一样：我也恨不得对他说“快！”，“快，哎呀，您还犹豫什么？赶紧去奔忙吧！”

只是这跑前跑后的奔忙事儿，就算鲁道夫承认自己有做的义务，但真做起来可也没有那么容易。因为还有赫尔穆特·英斯提托利斯这位新郎，或者说未来的新郎，英斯提托利斯，这位追求者呢。那么，伊涅丝和鲁道夫所保持的那种兄弟姐妹般的关系究竟是从什么时候开始转变为男女之情的呢？我现在就回过头来回答这个问题。我的常人的预感能力告诉我：当英斯提托利斯博士开始像男人接近女人那样接近她时，这种转变就发生了。我坚信并且现在仍然坚信，倘若没有英斯提托利斯这个求婚者走进她的生活，伊涅丝是永远也不会爱上施维尔特费格的。他追求她，然而，从某种意义上讲，他却是在为另外一个人做嫁衣裳。因为这个平庸的男人虽然可以通过他的追求以及与此相连的一系列思想唤起她身上的女人意识——这是他的追求能够达到的地步，但是，他却无法为自己唤起她的这种意识，尽管她出于理智的考虑愿意跟他——这是他的追求所不能够达到的地步。相反，她那被他唤醒的女人味很快便转向另外一个人，要知道，此前她的意识中只对这个人怀有一种冷静的类似于兄弟姐妹的感情，而从现在开始，她的内心对这个人生发出一种完全不同的感情。难道她认为他就是合适于她的，配得上她的那个人了吗？完全不是那么回事。相反，倒是她那自讨苦吃的伤感把视线锁定在了他的身上，而偏偏正是这个他说了那句让她反感的话："不幸的女人多了！"

而且，更奇怪的还在后头呢！这位先天不足的新郎热爱没有灵魂的本能的"生活"，这同她的思想是完全背道而驰的，她于是从这种热爱中取出一些来用到她对那另外一个人的沉迷之上，用他的精神倾向来对他进行背叛，可谓是某种意义上的以子之矛，攻子之盾。在她那睿智而感伤的眼睛里，鲁道夫可不就显得是某种同可爱的生活一样的东西了吗？

英斯提托利斯仅仅只是一个美学讲师而已，同他相比，施维尔特费格那边具备了艺术自身的优势：它既是激情的滋养者，又是人性的美化者。因为它会自然而然地提高这个情人的人格，而对他所怀有的感情也会顺理成章地一再从中抽取新的养料，因为醉人的艺术印象几乎总是和他个人的印象联系在一起。伊涅丝其实是鄙视这座纵情声色的城市的美丽喧哗的，她迁居到这里来完全是因为她的母亲渴望了解此地较为宽松的习俗的好奇心使然，但是，为了在市民阶层中找到属于自己的一席之地，她还是坚持参加一个社会团体的庆祝活动，这个社会团体就是唯一一个大的艺术协会，而这恰恰对她所要找寻的宁静构成威胁。来自这个时代的精确而恐怖的图景至今依然保留在我的记忆里，时不时地就会浮现在我的眼前，历历在目，这不，我仿佛依稀看见：我们，罗德一家，还有克虐特里希一家和我自己，在撞塞子乐队的演出厅里，在听完他们美妙无比地演奏柴科夫斯基的一段交响乐之后，从最前面几排的一排座位上站起身来，站在人群中，热烈鼓掌。指挥让乐队全体成员起立，以便他们能够和他一起领受观众对他们的美好工作所致以的谢意。施维尔特费格站在左边靠近首席小提琴（这个位置不久之后就将由他来占据）的地方，一只手臂里夹着他的乐器，激动地，满面红光地冲着大厅里的观众点头致意，并且还专门向我们这边表示出并不是很得体的亲热劲儿，而与此同时，我忍不住朝伊涅丝那边看了一眼，只见她向前歪着脑袋，不苟言笑地撅着嘴巴，眼睛固执地看向台上的另外一处，看向乐队队长，不，还在继续看向别的什么地方，看向竖琴。要么，我又仿佛依稀看见：鲁道夫本人，他刚刚看完一个作客串演出的艺术同仁的典范演奏，整个人显得激动万分，他站在一个几乎是空空如也的大厅的前部，不住地冲着讲台鼓掌，而台上的那位演奏大师第十次鞠躬致谢。在离他两步远的地方，在搬开的椅子中间，站着伊涅丝，她在这个晚上和我们其他人一样没有同他有什么接触，她看着他，等着他尽兴，转身，发现她，和她打招呼。可他没有停止，也没有觉察到她的存在。尽管如此，他总归还是用眼角去扫了她几下的，要不就是，如果这种说法太过分的话：他的湛蓝的眼睛不可能完全不受干扰地去看台上的那位主角，它们确实没有往角落里去，而是被轻轻地扯向一边，扯向她站立和等待的地方，只是他热烈的举动并未因此而中断。又过了几秒，她转过身去，脸色惨白，眉头紧蹙，先是原地不动，随即匆匆离开。他于是放弃，不再为那位明星反复喝彩，而是赶紧去追她。他在门口追上她。她脸上露出冷漠而吃惊的表情，好像是在说，他居然在这里，居然还活在这个世界上，她不和他握手，也不看他，也不和他说话，只顾一个人继续匆匆往前走。

我发现，我所观察到的这些杂碎和细枝末节，其实是根本不可以把它们用到这里来的，它们不配被写进书里。各位读者很可能会觉得它们有些不足挂齿，因而会责怪我拿出这些累赘来折磨人。不过，各位读者至少应该相信的则是，我还扣下了很多很多别的类似的东西没有写呢，这些东西似乎也同样为我所觉察，为一个像我这样的富于同情心的人类之友所觉察，它们的不断累积导致了这场不幸，正是有鉴于此，它们已经根本不可能从我的记忆中抹去了。我在长达数年的时间里目睹了一场灾难的形成，而在普遍性的世界进程中，这场灾难所能扮演的自然也只会是一个很不起眼的小角色，至于我的所见和我的担忧，那我对谁可都是守口如瓶的哟。我只是在刚刚开始时，乘着去普菲弗尔林的机会，唯一对阿德里安提到过一次——尽管我总的说来不太喜欢，甚至还老是有点害怕和他，这个过苦行僧生活、不谈情说爱的人，一起谈论这类社交事件。然而，我还是这样去做了，我私下里告诉他说，伊涅丝·罗德虽然准备和英斯提托利斯订婚，但根据我的观察，她已经是无可救药和死心塌地爱上鲁迪·施维尔特费格了。

我们当时正坐在修道院院长工作室里下象棋。

“这可是新情况！”他说道，“你怕不是想要我走错这一着，丢掉我的车吧？”

他一边微笑，一边摇头，一边还加了一句：

“可怜的人！”

然后，在他东想西想这一着该怎么走的时候，又说一句、歇一阵地加了两句：

“这个事儿他可不能当儿戏。”——“那他可该想办法金蝉脱壳才是。”

三十

1914 年 8 月的最初几天，作为预备役副中士的我接到归队命令，于是赶紧顶着酷暑匆匆起程，火速从弗莱辛辗转赶往图林根的瑙姆堡与我所在的军团汇合，我一路上换乘了好几趟火车，趟趟拥挤不堪，途中停留的候车大厅也是个个水泄不通，月台上全都摆满行李，一排一排地平放整齐。

战争爆发了。这场在欧洲上空酝酿已久的厄运终于降临了。它摇身一变，预先制定的全部计划和预先进行的全部训练均给人以有条不紊地“顺利进行”的印象；它以这样的面目横扫我们的城市，在人们的头脑和心灵里掀起恐怖的、腾达的狂澜和困顿的万丈激情，让他们强烈地感到被命运扼住了咽喉，强烈地感到力量倍增，从而勇于奉献牺牲。我现在乐于相信的是，在另一方，在敌对的，甚至是和我们结盟的那些国家，这次命运的短路当时恐怕更可能是被当作灾难和“巨大的不幸”来看待的，这后一个词是我们当时常常能在田间地头听到的从法国妇女们口中用法语说出来的话，当然，她们是在她们的国家、她们的客厅和厨房里感受这场战争的：“哦，先生，这场战争，这是多么巨大的不幸！”在我们德国，这一点现在已经是毋庸置疑的了，然而在当时，它最先呈现的面目却是崛起，是历史性的热情高涨，是觉醒的快感，是对平庸的日常生活的摈弃，是从世界的停滞不前的状态解放出来，是这个世界不可以再这样继续停滞下去的呼声，是对未来的欢欣鼓舞，是对义务和男子汉气概的呼唤，简而言之，是一派英勇的喜气洋洋的热闹景象。凡此种种都让我弗莱辛最高两个年级的学生们激动得满面通红，两眼放光。在这里，青年人的当兵欲和冒险欲同一场速战速决的紧急毕业考试的好处不无滑稽地结合在一起。他们一个个向征兵处蜂拥而去。而我自己呢，自然也是满心欢喜，因为我无须为自己呆在家里而遭受他们的鄙视了。

总之，我现在无意否认的是，这种全民性的热情高涨我也完全有份，我当时就试图这样对其进行定性，尽管这其中的那种痴迷远非我的天性，而且这种痴迷也同时让我感到一丝莫名的恐惧。我的良心——这里，我是在一种超个人的意义上来使用这个词的——并不是完全纯洁的。这样的一种战争“动员”，不管它的表现是如何的义愤填膺和坚不可摧，是如何的人人有责和义不容辞，却终究不免意味着放纵的假期的开始，意味着真正该尽的义务不尽，意味着一种逃学，一种对不愿受到约束的本能的屈服：凡此种种，它和它们的相似之处太多了，因而一个像我这样成熟稳重的人是不可能对此感到特别舒服的；而道德上的疑虑，即这个国家迄今为止是不是真的做得那样好，乃至于它真的有权放纵自己去沉湎于这样一种盲目的自我陶醉，这种疑虑也和上述那些源自个人天性的反抗结合在了一起。然而，在这里，一个甘愿牺牲、甘愿赴死的时刻却来临了，它使很多东西都被一笔勾销，也就是说，它就是最后的决定，在这个最后的决定面前说什么都是多余的。如果这场战争，或多或少被明确地视作是一场普遍的灾难的话，那么，面对这场灾难，个体，同样，还有单个的民族，为了这个连同其自身弱点和罪恶也一并包括在内的时代的弱点和罪恶，就会心甘情愿地去经受考验，就会自觉自愿地去流血造孽；如果这场战争被认为是一种牺牲，而通过这种牺牲旧亚当可以脱胎换骨，统一地赢得一种全新的更高层次的生活的话，那么，在这一非凡的伟业面前，平凡的道德已经被超越，只能是哑口无言。而我现在同样也无意忘记的是，我们那时是怀着一颗比较纯洁的心奔赴战场的，我们那时并不认为：这场战争是我们在家里早就蓄谋已久的，以至于一场血腥的世界灾难会必然被视为是我们内部表演的合乎逻辑和不可避免的结果。这是，真可惜啊，五年前的情况，而不是三十年前的。正义和法律，人身保护法，自由和人的尊严在国内受到尊重的情况曾经还算凑合。虽然那个坐在皇位上的，本质上绝非尚武的，为什么都行，就是不为战争而生的舞蹈家和喜剧演员的挥舞曾让有教养的人感到难堪——而他对文化的态度跟一个落后的笨蛋没有什么两样。但是，他对后者的影响也仅仅只限于空洞地表示一下制定措施的姿态而已。文化曾经是自由的，它曾经达到过可观的高度，而且它已经长时间地习惯于完全同国家权力脱离，所以，它的年轻的承载者们恰恰会把一场大的民族战争，正如现在所爆发的这场战争，看作是取得一种将国家和文化合二为一的生命形式的手段。在这里占据统治地位的自然是，正如在我们身上所惯常发生的那样，是一种特别的自我束缚，是一种完全天真的利己主义，这种利己主义并不在乎，是的，它甚至认为那是完全理所当然的，即为了德意志的形成发展（而且我们始终还处在形成发展的过程之中），已经比较成型而又绝不迷恋灾难动力学的全世界都必须和我们一起流血牺牲。人们现在因此而怪罪我们，这也不是完全没有道理的；因为从道德上来看，一个民族为使其集体生活达到一种更高形式而采用的手段——如果为此非要流血不可的话——不应该是对外发动战争，而应该是进行内战。但后者却又是我们所极力反对的，我们不喜欢打内战，相反，我们认为我们通过发动那三次沉重的战争[①]换来民族统一——还只是一种部分的，一种有妥协的统一——是非常了不起的。我们早就是一个大国了，太久了；我们对这种状况已经习以为常了，我们没有像预想的那样感到高兴。这种状况不仅没有让我们变得更讨人喜欢，反而恶化而非改善我们和世界的关系，这种感觉，不管承认与否，已经根植于我们的灵魂深处。看来是该来一次新的突破了：一种跃升为主宰世界的大国的突破。这样的突破当然不可能通过呆在自家做道德手工活儿之类的途径来达到。既然如此，那就打仗，如果有必要的话，就对全世界的人发动战争，好让全世界的人都心服口服，都喜欢我们，这就是“命运”（多么的“德意志”，这个词，一个前基督教的原始语音，一个悲剧性的神话的音乐戏剧的主题！）作出的决定，我们就是为了它而热情洋溢地（只有我们是热情洋溢地）踏上征途——坚定不移地以为，德国的时代已经来临；历史支持我们；继西班牙、法国和英国之后轮到我们来打造世界和领导世界了；二十世纪属于我们，在开创于数百

---

① 指俾斯麦在 1871 年建立德意志民族国家——德意志帝国之前而发动的德丹战争（1864）、普奥战争（1866）、普法战争（1870－1871）。

年前的资产阶级时代结束之后，世界必须在德意志的影响之下，也就是在一种还没有完全作出最终定义的军事社会主义的影响之下，来上一次洗心革面。

这种想法，我不想称之为观念，同那种想法，即我们是被迫参战，是神圣的困顿呼唤我们拿起武器，而这些武器其实是早就准备好了，我们其实也早就学会了熟练使用，它们的杰出性能始终散发出秘密的使用的诱惑，同时相安无事地占据着我们的头脑——外加那种对四面楚歌的担忧，而为了防止这种情况的发生，我们只有依靠我们自身的强大力量，也就是说：依靠那种立即在别人的国家开展战争的能力。就我们的情况而言，进攻和防御是一回事：它们共同塑造了灾难、使命、伟大的时刻、神圣的困顿的激情。就让国外的那些民族把我们视作正义与和平的破坏者吧——我们有办法把世界打他个底朝天，直到它彻底改变对我们的看法，不仅钦佩我们，而且也热爱我们为止。

千万可别有人以为我这是在出自己的洋相！我没有理由这样做，之所以如此，首先是因为我根本不可能要求把自己完全排除在那种普遍的群情激昂之外。诚然，学者本性里固有的成熟稳重可能每每会阻止我发出响亮的欢呼，我的心底里甚至还有可能会下意识地冒出些许批判性的疑虑，而你想的是人人都想的，你感受的是人人都感受的，对此我有可能也会在瞬间萌生出一丝不快，即便如此，我那时却是真诚地分享着这种激动情绪的。不错，像我们这样的人确实会怀疑人人的想法是否就是正确的想法。然而，对于地位比较优越的个性而言，偶尔地，一次性地——而这种偶尔和一次性除了此时此地还能上哪里去找呢——遁入芸芸众生，成为沧海之一粟，来无影，去无踪，却又不啻为一种巨大的享受。

为了到各家告别，也为了进一步完善我的装备补给，我在慕尼黑停留了两天。城里的气氛总的来讲是庄严肃穆的，但也有惊慌和恐惧的情况发生，比如突然大家都会风传说自来水管里被人下了毒，或者有人认为在人群里发现了一个塞尔维亚间谍。为了避免由于这样的误会而被人打死，布赖萨赫尔博士在自己的胸前别满了黑白红三色徽章和小旗帜，我是在路德维希大街和他不期而遇时看到他的这副装扮的。战争状态，最高权力从民事转到军事，转到一个将军手中，由他来发布文告和声明，人们对此虽然能够接受，心里却是不无隐忧。而当人们得知，王室成员们都以统帅的身份动身前往他们的大本营，身边将有精明强干的参谋长们协助工作，不大可能造成重大损失之后，心里的一块石头这才算是落了地。总之，他们这些人一路上都受到民间的热烈欢迎。我看见一支支的枪管上都装饰着花束，一团一团的人马，在用手帕捂住鼻子的女人们的陪同下，迈步走出营房大门，老百姓飞速地围拢，发出一阵阵欢呼，这些被提升为英雄的农村小伙自豪地、腼腆地冲着人群傻乐。我看见一个非常年轻的军官站在一节电车车厢后面的平台上，把头扭向一边，心事重重地独自发呆，神情紧张，显然是在担心自己此去恐怕小命难保——但他很快又打起精神头来，迅速地展开笑颜环顾四周，想看看有没有人注意到他刚才的表现。

我又一次感到高兴的是，我知道自己也和他处于同一种情况，而不是躲在那些保家卫国的人背后苟且偷安。实际上，至少是眼下，我是我们这个熟人圈子里唯一一个上前线的人：反正我们强大得很，人多的是，能够有充分挑选的余地，能够充分考虑文化方面的需要，能够给予许多人免服兵役的机会，而只让完全符合年轻勇猛条件的男子汉们到前线去冲锋陷阵。我们圈子里所有的人几乎都能证明自己在健康方面出现了这样或那样的损害，这些毛病在以前几乎是不为人所知的，但现在冒出来却能够让他们免除兵役。那个苏加姆比尔人克虐特里希是轻度的结核病。画家齐恩克患有百日咳样的哮喘，为了治疗这个病他常常退出社交活动，而他的朋友巴普提斯特·施彭格勒则是，众所周知，走到哪儿、病到哪儿，不是这病、就是那病的病包儿。年龄上还算年轻的工厂主布林格尔看来是后方不可或缺的工业家；而撞塞子乐队呢，又是这个首府的艺术生活中一个太重要太重要的元素，以至于其成员，当然也包括施维尔特费格在内，不应该不被排除在服兵役的范围之外。另外，鲁迪前些时候还不得已做了一次手术，这次手术让他失去了一个肾，而这个情况也借这次机会公之于众，这着实让人吃惊了有一小会儿。你会突然听人说，他只靠一个肾过活——但似乎也完全够用了，而且女人们很快就把这事儿给忘在脑后去了。

我其实还可以继续这样数落下去，一口气举出一堆我前面出于厌倦、庇护，出于体谅而略过不提的例子来，这些人都在施拉金豪芬夫妇家中和植物园附近姓硕伊尔的女士们家中进进出出——这些人身上不乏对这场战争的，就如同对上一场战争一样的原则性反感，他们身上同时还兼具有：对莱茵联盟的回忆，对法国人的亲近，天主教徒对普鲁士的厌恶，以及诸如此类的情绪。让内特·硕伊尔从内心深处感到悲伤，眼泪都快流出来了。她所属的这两个民族，法国和德国之间所爆发的残酷对立，让她完全感到绝望，按照她的想法，它们本该相互补充而非相互撕扯才是。“我受够了，我死不瞑目啊！”她一边抽泣，一边气愤地用法文喊道。我虽然在情感上和她有所偏离，但我还是很有教养地向她表示了同情。

对于所有这一切，阿德里安本人是不为所动的，这在我看来也是世界上再理所当然不过的事情了，而为了和他道别，我专门坐车去了一趟普菲弗尔林，此时房东家的少爷格雷翁也已经奉命带着好几匹马火速动身赶往他的应召地去了。我在那里还见到了吕迪格尔·席尔德克纳普，他暂时还是自由身，正在我朋友这里过周末。他已经在海军服过役，后来又被征召入伍，但几个月后就又解甲归田了。可我的情况又能比他好到哪里去呢？我这就说与您听，我在战场上只勉强呆了一年的时间，只呆到 1915 年的阿尔贡战斗打响之前，然后我就戴着十字勋章被人运了回来，就因为忍受了恶劣的条件并染上了伤寒，所以我便为自己挣得了这枚勋章。

先就说这么多吧。吕迪格尔对英国的极度推崇决定了他对这场战争的评价，正如让内特的法国血统决定了她对这场战争的评价一样。大不列颠的宣战让他真正地感到了心惊肉跳，也使他的情绪变得格外阴郁。按照他的看法，违反条约进占比利时，从而挑起英国宣战，这种做法可是万万使不得的。法国和俄国——好吧，不管怎么说还能够同它们进行一番较量。可英国就不行！这是一种可怕的轻率。因而他表现出一种被激怒的现实主义倾向，他也同样认为战争不是别的，就是肮脏、恶臭、恐怖的截肢、性活动需要批准以及浑身长满虱子而已，他同时还狠狠地嘲讽了那种把胡作非为美化为伟大时代的意识形态的粗制滥造。阿德里安没有阻止他，我呢，尽管感情上已经陷得比较深了，但我还是愿意承认，他的话里也确实包含了一部分事实。

我们三个坐在放有胜利女神的那个大房间里吃晚饭，克莱门蒂娜·施魏格施迪尔时进时出，友好而周到地招待着我们，她让我想起了阿德里安在朗根萨尔扎的妹妹乌尔苏拉，我于是就向他打听她的情况。他们的婚姻是天底下最幸福的婚姻，只是健康方面，由于她 1911 和 1912 年连着生了两次孩子，所以不幸染上了肺病，是一种轻度的肺尖卡他，不过现在已经恢复得相当好了。这两个孩子就是那时出生的施耐德魏因家的后代罗莎和以西结。这一双儿女和另外的，也是 1922 与 1923 年接连出生的两个之间还将整整间隔十年。再下一个便是那个叫莱蒙德的小男孩。从我们那时坐在一起吃饭算起，直到这个迷人的内珀穆克的出现，还要等上九年。

用餐的时候，以及餐后在修道院院长工作室里，我们侃侃而谈，我们谈到政治和道德，谈到民族性格在这些历史性时刻有如神话一般的显现，而我在谈到这一点时尤其表现出了一定的激动，目的是为了能够对那种赤裸裸的经验主义，也就是被席尔德克纳普看作是唯一合适的战争观察方式，有所制衡；也就是说，我们谈到了德国在舞台上所扮演的棱角鲜明的角色，谈到它对比利时所犯下的罪过，这个罪过和弗里德里希大王对形式上保持中立的萨克森所施行的暴行有着惊人的相似之处，谈到世界舆论因此哗然，谈到我们富有哲思的帝国首相[①]充满冥思的承认罪责的发言，谈到发言中的那句在民间广为流传的没有办法翻译的“人急造反，狗急跳墙，情急不认法”，以及发言中有鉴于时下的救命要紧而在上帝面前表现出那种对于律令的一纸旧文的蔑视。由于吕迪格尔的缘故，我们都为此而大笑起来；因为他虽然接受了我的有些动情的描述，却又通过对那位高大的思想家的滑稽模仿而让所有这些充满感情的残暴、庄严的悔悟和忠诚的时刻准备着作恶的意愿显得滑稽可笑起来，让人实在是忍俊不禁——甚至比一个早就熟知了这个干巴巴的进军计划的世界的歇斯底里的美德叫嚣还要显得滑稽可笑；而我发现，能够笑出声来竟然是我们这位主人最喜欢并且也很感激的事情，于是我也就十分乐意步调一致地跟着高兴起来，但同时却又不忘提醒说，悲剧和喜剧是在同一块木头上长起来的，只需变换一下灯光便足以让这一个成为那另外的一个。

总之，对于德国的迫切渴望，对于它在道德上的孤立和公共舆论对它所进行的谴责，我心中是充满了理解，充满了感情的，这种谴责所表达的不过是对它的力量和它在扩军备战中的领先地位的一种普遍的恐惧而已（这里我承认，这些，这种力量和这种领先地位现在又能给遭受排斥的我们带来极大的安慰了）——总之，说真的，当时的情况是，尽管同别人的相比，我的这种爱国热情维持起来要困难得多，但任人讽刺挖苦，我自热情依旧。而当我在屋子里踱来踱去，为我的狂热慷慨陈词的时候，席尔德克纳普则窝在椅子里抽他的劣质烟斗，阿德里安也正巧站在了他那老德意志的、中间凹陷并带有斜面读写架的写字台前。而且奇

---

① 即特奥巴尔德·冯·贝特曼·霍尔韦格（1856－1921）：1909至1917任帝国首相，因奉行和解政策而与兴登堡及鲁登道夫元帅不和，遭解职。对于第一次世界大战时德军强占中立国比利时的违反国际法行径，他在1914年8月3日的发言中是这样辩解的：“我的先生们，我们这是处于危机关头的正当防卫，人急造反，狗急跳墙，情急不认法律。”

怪得很，他是在斜面上写东西的，有点像荷尔拜因[①]笔下的伊拉斯谟。桌子上放着几本书：一小本克莱斯特，其中有关木偶的那一章里插着书签，再就是必不可少的莎士比亚的十四行诗，外加这位作家的一本剧作——里面收有《第十二夜》、《无事生非》，如果我没有记错的话，还有《维洛那二绅士》。但读写架上放的却是他眼下的作品——都是些松散的纸片，出自创作后期各个不同阶段的构思、开头、笔记、草稿：往往都只是填满了最上面一行的小提琴声部或木管乐器以及最下面的低音通道，中间的则仍然还是空白；另外，其余管弦乐队声部的和声组合和器乐编组也都已被清晰地记录下来，而他呢，嘴上叼根烟，人站在这些记谱前，两眼往谱子里看，他的这种音乐作曲方式跟在正方形场地上死盯角色位置的一个演员没有什么两样，简直是太像了。我们的相处随意极了，他甚至可以旁若无人地拿起笔来随心所欲地在某个地方加进一个单簧管或圆号的角色。

我们并不十分清楚，他正在忙些什么，只知道那部滑稽的音乐已经在美因茨，在硕特的儿孙们那里出版了，出版条件同先前的那些个布伦塔诺之歌一样。那是一个具有戏剧性和怪诞色彩的组曲，其内容，他告诉我们说，是取材于古老的故事和笑话集《罗马人的功绩》，他想通过它们进行一些尝试，但能不能搞出什么名堂来，他是不是坚持得下去，却都还是个未知数。不管怎样，他在这里所设计的舞台形象都不是人，而是木偶。（所以克莱斯特呀！）——至于《宇宙的奇迹》嘛，这部庄严的目空一切的作品本来都计划好了在国外上演的，现在因为战争爆发而泡了汤。我们是边吃边谈的。《爱的徒劳》的上演没有成功，在卢卑克演出的几场也是如此，再加上《布伦塔诺歌集》纯粹的入世思想，不知不觉地，在圈内，阿德里安反倒开始因此而有了敢于大胆尝试，却又有点

① 汉斯·荷尔拜因（约1497－1543）：德国画家，擅长油画和版画；所作《伊拉斯谟像》现藏于法国巴黎卢浮宫。

深奥莫测的声名——即便如此，也基本上不是在德国，更不是在慕尼黑，而是在另外一个比较敏感的地方。几周前，他收到巴黎俄罗斯芭蕾舞团团长，科隆音乐会乐团前成员蒙特[1]先生的一封信，在信中，这位喜欢试验的指挥表达了这样的意图，即以纯粹开音乐会的方式上演《宇宙的奇迹》以及《爱的徒劳》中的几个管弦乐队作品。他准备把这次活动安排在香榭丽舍大剧院，为此他邀请阿德里安到巴黎去，可能的话也请他亲自排练和演示他的作品。我们的朋友是不是有可能已经接受了这次邀请，这个问题我们没有问过他。不管怎样，眼下时局的变化已经使得这件事情没有了继续谈论的必要。

对于我而言，当年的情形现在仍然历历在目：那是一间装有护墙板的老房子，屋里挂着烦琐的枝形吊灯，壁柜钉有金属皮，角凳上和深陷的窗龛上都套有扁平的皮垫子，我的双脚在地毯和地板上来回踱步，我大谈德国——当然是为了我自己，也是为了席尔德克纳普，胜过为了阿德里安，因为我并不指望他会给予关注。习惯了教书和讲演的我，如果来了情绪的话，并不是一个不善言辞的人；我甚至不反感听到自己在说话，而且我还会为自己的口若悬河感到一丝得意。吕迪格尔把我所说的这些话都划归他所深恶痛绝的战争狂言，我甚至还有点手舞足蹈地听之任之呢；我认为，既然历史的时刻让平素是多种形式的德意志本质以这样的面目出现，那么，从心理上对这个——绝不缺乏令人感动的特征的——性格形象予以一点点同情肯定也是合乎情理的，而这里最终所涉及的还是突破的心理。

“在一个像我们这样的民族这里，”我振振有词地阐述道，“心灵的东西始终是第一位的和真正起推动作用的；政治行动是第二位的，是放映，是表达，是工具。命运呼唤我们去突破成为世界大国，这种突破成为世界大国的最深层的意思就是突破成为世界——走出为我们所痛苦地

[1] 皮埃尔·蒙特（1875－1964）：法国出生的美国指挥家。

意识到的孤独，而自从帝国成立以来，任何和世界经济最牢固的紧密结合都没有能够冲破过这种孤独。令人感到残酷的是，出征的经验性现象所体现的东西实际上就是渴望，联合的渴望……”

这时，我听见阿德里安猛地笑着用半大不小的声音说道：“愿上帝保佑你们学有所成！”但他并没有同时抬起头来瞧我，而是继续目不转睛地看他的乐谱纸。

我停下脚步来看他，可他根本没有在意我的举动。

“莫非，”我反问道，“照你的意思，咱还得再加上一句：‘你们将一事无成，哈利路亚[①]’吧？”

“‘这一次将一事无成’或许更好，”他回敬道。“对不起，刚才我太书生气了，因为你的言论让我一下子想起了我们好久以前睡在草垛上进行过的那次辩论——那帮小子都叫什么来着？我发现，从前的那些个名字我都记得不是很清楚了（坐在桌旁的他时年 29 岁）。德意志迈尔？敦格斯雷本？”

“你指的是那个壮实的德意志林，”我说道，“和一个叫敦格斯海姆的。当时在场的还有一个叫胡普迈耶的和一个叫冯·托伊特雷本的。你总是不大记得住别人的名字。那可都是些努力上进的好青年哪。”

“瞧你说的！你想什么呢，有一个听起来像是叫‘沙佩勒’，还有一个是叫社会医生什么的。看你现在还有什么话说？你那时和他们根本就不属于同一个系。不过我今天听你说话的口气倒还真是和他们的如出一辙呢。睡在草垛上——我只想以此说明：一次是书生，永远是书生。做学问好啊，可以永葆青春活力。”

“你那时和他们是同一个系的，”我说道，“而实际上却要比我这个旁听生还要旁听生。这不是明摆着的嘛，阿德里。我那时只是一介书生，你现在说我永远都是一介书生，你这话也许说得没错。不过，这样

---

① 犹太教和基督教的欢呼语，意为“赞美神”。

反倒更好，如果做学问好，可以永葆青春活力，也就是说：能够让人永远对精神，对自由思想，对在更高的层面上诠释这一粗暴事件保持忠诚的话……”

“这里谈得上忠诚吗？”他问道。“我明白了，凯泽斯阿舍恩想变成世界之都。这可不是非常忠诚的事。”

“啊，是吗！？真的么！？”我对他喊道，“这些事情你根本就没有弄明白，你很清楚，我所说的德意志冲向世界的突破是什么意思。”

“就算我弄明白了，”他回答道，“也无济于事，因为至少在眼下，这场粗暴的行动只会让别人对我们进行的封锁和隔离变得更加彻底，如果你们这些好战分子还这般大张旗鼓地叫嚣着要冲向欧洲的话。这你是看到了的：我不能去巴黎了。是你们去而不是我去。也好！实不相瞒：我反正是不会去的。我这正犯难呢，你们倒帮我解了围了……”

“战争很快就会结束，”我压低声音说道，因为他的话已经刺痛了我，“战争根本不会持续很长时间。我们为这次快速的突破付出，我们承认，一种犯罪的代价，而我们也表示愿意弥补这样的罪过。我们必须肩负起这样的罪过……”

“那你们就要懂得有尊严地去承担它，”他插嘴道，“德国有宽阔的肩膀。用已经被驯化的世界称之为犯罪的手段去达到这样一个真正的突破是值得的，这一点是谁也否认不了的！我希望，你不要以为我会小看这个你喜欢在草垛上运用的观念。其实世界上只有一个问题，而它就叫了这个名字。如何突破？如何进入自由王国？如何冲破这个木偶，化作蝴蝶？全部的形式都是由这个问题所决定。这里，”他一边说，一边去扯夹在桌上克莱斯特著作中的那个红色小书签，“即在这篇卓越的论述木偶的文章里，也涉及突破，而且它在里面恰恰被称作‘世界历史的最后一章’。但这里只谈到美学，只谈到优美，自由的优雅，而这种自由的优雅，它其实就是专门留给四肢的人或上帝去做的，也就是专门留给无意识或者是一种无穷的意识去做的，别的都没有资格，也没有能力，而那介于零和无穷之间的反思却在杀害着这种优雅。这位作家认为，为了优雅的再次到来，意识非得是穿越过那无穷之境不可，而亚当为了退回到无辜的状态，也非得第二次去吃智慧树上的果实不可。”

“我真高兴啊，”我叫道，“你刚好读过这些！这些想法很美妙，你把它们纳入突破的观念，你做得很对。但你不要说：‘这里所涉及的只是美学，’你别说：‘只是’！把美学看作是人文的一个狭小和专门的分区，这是非常错误的。它远不止于此，就其讨人喜欢或令人惊异的作用来看，它其实就是一切，这也就跟在诗人那里‘优雅’一词具有最为宽泛的意义一样。美学意义上的得到解脱或得不到解脱，这其实就是命运，这个命运决定着幸福或不幸，决定着以地球为家的群居生活或是无可救药的，即便是骄傲的孤独，而你用不着非要是语文学家才能懂得丑陋的就是可恨的这个道理。从丑陋的束缚和封闭之中突破出来的渴望——不管怎样，我告诉自己说，我这是躺在床上夸夸其谈，然而，我觉得，我过去也一直觉得，并且，为了表明我反对诸多粗俗的表面现象的决心，我还会继续坚持认为，这就是德意志的，绝对的，深厚的德意志的，恰恰就是这种对于德意志民族性的，对于一种精神性的定义，在受到威胁，那种奇谈怪论和胡思乱想，那帖孤独的毒药，那种狭隘的地方主义的游手好闲，那种神经官能症式的纠缠，那种于无声处的群魔乱舞，凡此种种，全都在威胁着这种精神性的界定……”

我停了下来。他看着我，我现在认为，他当时是面无血色。他看我的眼神是*那样一种*，是那种有意识的、让我感到难受的眼神，这种眼神几乎根本无所谓它撞上的是我还是别人：它是沉默的、朦胧的、冷冰冰拒人于千里之外的，甚至是伤人的，而紧随其后接踵而来的则是那种抿着嘴、鼻翼同时讥讽地颤动着的微笑，然后便是转身而去。

他离开桌子，不是朝着席尔德克纳普的位置，而是朝着窗龛走去，他刚刚在那里的装有护壁镶板的墙上挂了一幅圣徒像。吕迪格尔这时也开口说了些不咸不淡的话：我能有这样的思想，他说，着实可喜可贺，我可以即刻开赴前线，并且还是骑着马上战场呢。开赴前线就只该骑马，否则还是根本别去的为妙。他同时敲打着那匹想象中的老马的脖子。我们都笑了起来，而当我不得不动身去赶火车的时候，我们的告别是轻松和愉快的。好事，我们的告别没有伤感；倘若真是那样的话，倒还显得不合时宜了呢。然而，阿德里安的眼神却被我一同带向了战场——也许正是他的这种眼神，让我很快就又从前线返回到家中，返回到他的身边，而所谓的虱子伤寒也只不过是表象罢了。

三十一

“是你们去而不是我去，”这是阿德里安说过的话。但我们却没有能够过得去！难道非要我现在承认，我个人那时完全是默默地和超越于历史视角之外、为此而从心底感到深深的羞愧吗？开始的几个星期，我们用毫不客气、轻描淡写、装腔作势的语言简明扼要地向家里发回胜利的消息。列日①早已落入我手，我们打赢了洛林战役，按照酝酿已久的大师计划②，我们调头用五个军的力量越过马斯河，拿下了布鲁塞尔、那慕尔，取得了对沙勒罗瓦③和隆维④的胜利，赢得了在色当、雷特尔⑤、圣康坦一带展开的第二系列战役胜利，并一举占领了兰斯。我们欢欣鼓舞，加速挺进，正如我们所梦想的那样，我们好像是插上了翅膀，得到了战神的眷顾，受到了命运的青睐。杀人放火在所难免，而能够坚定地承受这一点，则是我们作为男子汉应尽的责任，也是对我们的

---

① 比利时要塞，1914 年 8 月 17 日被德国军队占领。

② 指施利芬计划。由曾任德军参谋总长的施利芬伯爵制定。按照该计划，德军必须以闪电战方式迅速拿下法国，以防止东西两线作战。

③ 比利时南部城市。

④ 法国城市。

⑤ 法国北部地名。

英雄气概所提出的最基本的要求。当时有一幕情景，我至今仍记忆犹新，那就是：一个干瘦的高卢妇人站在一座小山丘上，绕过我们的炮火，而她的脚下已是一座被击毁的、冒着残烟的村庄。“我是最后一个！”她冲着我们叫喊，那种悲痛欲绝的神情，恐怕是一个德意志妇人所不曾有过的。“我是最后一个！”她举起拳头，在我们的头顶上一连三遍地用法语发出“十恶不赦！十恶不赦！十恶不赦！”的诅咒。

我们把视线移开，看向别处；我们必须胜利，这就是取得胜利的强硬手段。而能够给我带来一丝安慰的则是，骑着栗色马的我感觉非常糟糕，由于是在湿漉漉的帆布帐篷下面过夜，我不停地剧烈咳嗽，关节酸痛之极，难以形容。

我们还在继续捣毁众多村庄，就像插上了翅膀似的。这之后便是那个不可思议的、似乎是荒唐的命令的下达：撤退。我们又该怎样来理解它呢？我们属于豪森的军团，正在马恩河畔的沙隆以南全速向巴黎挺进，情况大致和别处的冯·克鲁克军团一样。我们并没有意识到，经过五天的会战之后，法国人在什么地方破坏了冯·比洛的右翼。这样，某个谨小慎微、仰仗他叔才被提拔到现在这个位置上来的总司令，就有充分理由让全体撤回。我们又一次经过那些曾经是浓烟滚滚的被我们抛在了身后的村庄，还有那个悲伤的妇人曾经站立过的小山包。但她已经不在那里了。

插上了翅膀是假象。命中注定不该如此。这场战争的胜利并没有能够通过速战速决的方式夺得——我们和呆在家里的那些人一样并不明白这将意味着什么。我们不明白世界为什么对马恩河战役的结果发出那样疯狂的欢呼，也不明白，和我们的幸福休戚相关的这场短期战争从此便转化为一场我们承受不起的长期战争。我们的失败对别人而言不过是一个时间和费用的问题——如果我们能够明白过来的话，那么，我们是可以放下武器并强迫我们的首领马上媾和的；然而，即便是他们当中恐怕最多也只有那么一两个人会偷偷地去这么想。他们几乎没有在自己身上碰到过这样的事实，即局部战争的时代已经过去，而我们被迫参加的每一次作战必然成为世界大战。现在，在这样一场世界大战中，我们这边不仅有国内正规军、尚武精神和高度的戒备状态，而且我们的国家根基稳固、威望高，我方在这些方面所拥有的优势使得我们有机会通过闪电战迅速克敌制胜。如果这个机会被错过——而这个机会肯定被错过已是板上钉钉的事情，那么，不论我们在剩下的几年时间里还能够做成什么，我们的事业原则上就已经是提前完蛋的了——这一次是，下一次是，永远都是。

但我们当时是不知道这些的。那所谓的真理被一点一点、慢慢地强行灌入我们的脑海，而这场战争，它却是一场腐化堕落、衰败解体、走向贫困化的战争，虽然时不时也会闪烁出那么一点糊弄人、勉强给人希望的不充分的胜利光芒——这场我也曾经说过只可以速战速决的战争，它打了四年。沉沦，失败，我们的人力和物力的损耗，变得破破烂烂、千疮百孔的生活，营养不良，因为物资匮乏而道德堕落，盗窃成风；暴发户的穷奢极欲，等等，难道还要我在这里一一提醒吗？人们可以指责我，因为我说这些话的时候有可能已经大大超出了我的原本只为亲密朋友写传记的任务。上述提到的那些东西，从其开始到其苦涩的结束，我都是在后方，起初是以一个休假者的身份，最后则是以一个由于不合格而被部队剔除并重返弗莱辛担任教职的复员军人的身份体验到的。因为在攻克阿拉斯①之前，在争夺这个要塞的第二阶段战斗中，除虱工作显然做得不够：如此一来，我便不幸感染了伤寒，这害得我被送进隔离营房，数周之后又被送到位于陶努斯山区的伤病员疗养院，在那里又继续呆了一个月后，我最终接受下述建议打道回府：我已经履行了我对祖国的义务，还是应返回原籍从事维护和促进教育事业的工作为宜。

我于是返回原籍重操旧业，我又被允许当起丈夫和父亲来了，我那

① 法国北部一个地区的首府。

平凡的小家，家中的墙壁和再熟悉不过的物品有些可能遭到了炸弹的肆意摧毁，尽管如此，这个小家至今仍旧是构成我隐逸和虚空的存在的框架。当然，我还要再强调一遍，我这可绝对不是想要自吹自擂，我纯粹只是想作一个简单而明确的说明，即我自己的生活，我虽然没有径直去忽略它，但我始终也只是顺便地，心不在焉地，似乎是附带着地，总之是得过且过地去过着它的，相反，我自己真正用心在做的事情，我的紧张，我的忧虑，其实都是围绕着我的这个童年时代的朋友的存在而打转的，我为自己又能够回到他的身边而感到万分高兴——如果就我心里因他愈演愈烈的创作孤独而感到的一丝压抑，而感到的那种得不到回应的痛苦和阵阵寒意而言，“高兴”这个词是合适的话。“用一只眼睛去盯住他”，监视他那不同寻常的、迷雾一般的生活，这似乎一直以来就是要由我来完成的真正而迫切的任务；这就是我要做的事情的真实内容，也正是因为如此，我才说我现在的日子过得很虚空。

他的家——当然是与他真正的家有着奇特的重合之处，再怎么说也不能完全得到认可意义上的一个“家”——他对他的这个家所作的选择是比较幸运的——谢天谢地！在那没落解体、物资匮乏越来越严重的几年间，他在他那作为农村居民的房东，即施魏格施迪尔家里受到了可以说是蛮过得去的款待，只要是他想要的，人家都能替他弄来，但由于他对具体情况并不是特别了解，所以也就谈不上特别珍惜，整个国家虽然遭到封锁和包围，军事上却依然还在坚持多面作战，不过，这些耗尽人力物力的变化并未对他有所触动。他对此只字不提，权当作理所当然一般来加以接受，就好像那是他身上和天性里所固有的东西似的，这种天性的毅力和命中注定的我行我素从个性上战胜了外部状况。另外，他的饮食习惯简单，施魏格施迪尔家的安排打理什么时候都能够满足他的要求。不过我这里还需要补充一点，那还是在我刚从前线回来的时候，我就发现有两个女性在同时照料他，她们先是想办法接近他，然后便以关心他生活的女朋友自居，而她们彼此之间却又老死不相往来。她们就是梅塔·纳可黛和库尼恭德·罗森施蒂尔两位女士，——一个是钢琴教师，一个是一家香肠店的，也就是说：一家生产肠衣的企业执行合伙人。事情说起来确实也奇怪得很：莱韦屈恩这个名字最早给人的就是一种深奥莫测的印象，其地位和价值大众可谓一无所知，只有懂行的圈内人士，顶尖的专家才会对此有所认识，那封来自巴黎的邀请函便是一个很好的证明；当然，话又说回来了，这个名字同时却也是有可能在朴素的比较底层的地方，在贫苦的人们的迫切需要的心灵里得到反映的，这些人凭借着某种以“较为高尚的追求”的面目出现的对于孤独和苦难的敏感，从芸芸众生之中脱颖而出，并通过一种此外还具珍稀价值的尊崇去争取自我的幸福。因此，这样去做的正好是妇女，而且还是犹太妇女，也就不足为奇了；由于人类的匮乏显然是一种先知先觉的源泉，而这种先知先觉的珍贵性也绝对不会因为其源头的如此困苦而有丝毫降低。这里，直接的个人因素，无疑发挥出了巨大作用，也就是说精神的因素发挥出了主导作用，不过，这一点在这两个个案里也都只能是模糊地，完全以情感，以预感的方式去理解和评价。当然，在此，包括我自己恐怕都可以算得上是这个行列中的一员，因为我也是很早就在某种程度上开始醉心于阿德里安那冷漠的谜一般的自我封闭式的存在了。那么，对于他的孤独，他的离经叛道的生活对这些妇女所产生的魅力，我又有什么哪怕是一丁点儿的权利去行嘲笑之事呢？

纳可黛是一个三十多岁的老姑娘，她胆怯腼腆，她的脸永远都是红着的，好像每时每刻都在感到羞愧万分似的，不管是自己说话也好，还是听人说话也好，戴着单片眼镜的她总会拼命友好地眨动一双眼睛，同时还要一边点头，一边皱鼻子。这个女人其实是在乘电车时和阿德里安相识的，他那天正好进城，他们都站在电车前面的平台上，她就站在他旁边，当发现这个情况后，她的脑袋嗡的一下就大了，她飞也似地穿过拥挤的车厢，逃向后面的平台，在那里稍事冷静之后，又赶紧跑回前面去主动与他搭话，叫出他的名字，脸上红一阵白一阵地向他表忠心，顺带也介绍一点她自己的情况，并且还告诉他说，她认为他的音乐很神圣，他于是对自己所得知的这一切表示感谢。这便是他们结交的起点，不过，梅塔并未就此打住，偃旗息鼓：没过几天，她就捧着鲜花，满怀敬意地造访普菲弗尔林，让他们彼此又重新结识一次，并在以后的时间里持续不断地维持着这种交往——她同罗森施蒂尔展开自由竞争，双方都表现出争风吃醋的势头，不过，同她相比，后者和阿德里安开始交往的方式则有所不同。

她是一个瘦骨嶙峋的犹太女人，年龄大概和纳可黛相仿，长着一头乱蓬蓬的难以收拾的头发，褐色的眼睛里写满那种古老的源于锡安之女[①]被掳走及其民族宛如流浪畜群的悲哀。然而，作为一个精力充沛的活跃在粗壮行当（因为一个生产肠衣的工厂绝不缺乏粗壮之物）里的女商人，她却有着一个哀婉忧戚的习惯，即只要她开口说话，每句话必以"啊"字打头。"啊，是"，"啊，不"，"啊，请您相信我"，"啊，为什么不呢"，"啊，我明天要去纽伦堡"，她用深沉沙哑和带着抱怨的口吻说话，甚至于当人家问她："您好吗？"她的回答都是这样的："啊，一直都很好。"但是，她写起信来——她格外喜欢写信——却完全是另外一个样子。因为，库尼恭德同几乎所有犹太人一样，不仅有着极高的音乐造诣，而且也，甚至是在没有读过很多书的情况下，同德语也保持着一种比一般的国人，甚至是比大多数学者，还要纯洁和无忧无虑得多的关系，而她的一直被她自己称之为"友谊"的和阿德里安的熟识（难道事实并非永远如此吗？）就是通过一封绝佳的书信来打的头阵，那是一封很长的、优美得体的效忠信，内容上可谓波澜不惊，文体上却透出一股子较为古老的、人文主义德国的典范性，不用说，收信人是带着几分惊讶读完这封信的，而鉴于该信所具有的文学价值，要想一声不吭地将其忽略掉，那也是不可能的事情。于是，她接下来就常常会把信给他写到

① 耶路撒冷城的一种诗意的和拟人化的别称。

普菲弗尔林去，她本人同时还会不厌其烦地多次登门造访：她的这些信，详尽而不琐碎，内容本身虽然平淡无奇，所用的语言却是认真、干净并有较强的可读性的——不过，这些信不是用手写成，而是用她的那台商用打字机，用商人的“和”字记号[①]打出——以表达一种她或者是因为太谦虚而不能，或者根本就是不能作出进一步解释和证明的尊敬，反正就是尊敬，一种由直觉所决定的、经过多年忠诚考验的尊敬和仰慕，而仅仅因为这种尊敬和仰慕的缘故，你就不得不对这个杰出的女人感到肃然起敬，姑且不说她在其他方面的干练之才了。至少我是这样做的，我同样也打心眼里赞许羞怯腼腆的纳可黛，尽管阿德里安对这两个完全无视他的天性的女性追随者的前呼后拥始终只是容忍而已。那么，说到底，我的命运和她们的又有什么很大的不同呢？而让我引以为荣的是，我确实打心眼里唯愿她们好（相反，她们之间倒是十分露骨地彼此不能容忍，她们碰面之后都会斜着眼睛打量对方）；其实，从某种意义上来讲，我的处境也和她们是一样的，因此，对于这种低层次的和老处女化的重复我自己和阿德里安的关系，我更应该有理由感到恼怒才是。

总之，在那些饥饿的年月里，这两位从没空手来过，她们每次都是大包小包地给这个就基本营养而言原本已经受到很好照料的人送来通过非法途径弄到的各种东西：糖、茶、咖啡、巧克力、各式各样焙制的糕点饼干、果酱蜜饯和卷香烟用的烟丝，只要是想得到的，应有尽有，他甚至还能够把其中的一些拿出来送给我、席尔德克纳普以及从未放弃和他套近乎的鲁迪·施维尔特费格分享，所以，我们这些人常常会又是夸赞，又是祝福地提起这两位忠心耿耿的妇女的名字。而就拿与香烟有关的烟草来说吧，阿德里安只有在万般无奈的情况下才会放弃，也就是说，在他偏头痛发作，出现严重晕船症状，并不得不呆在昏暗的房间里卧床静养的那些天里，才会放弃不抽，这种情况一个月有两到三次，除

① 即打字机和电脑键盘上的符号“&”。

此之外，他恐怕离不开这种愉快的刺激，他是很晚才，直到在莱比锡时才养成的这个习惯，至少是在他工作的过程中，在他确信无疑之后，假如没有这种卷和吸的中途休息，他怕也是坚持不了很久的。当然，在我复员前后的这段时间，他可已是非常迫切地投入到了那项创作之中——按照我的印象，倒并不是怎么因为其当前对象之故，即谱写那几个《功绩》剧的缘故，或者不单是因为它们的缘故，而是因为他也很希望赶快把它们结束，以便能够开始着手他的才思对他提出的新要求。这场战争，就他那样的预见能力而言，将意味着一次深重的断裂，意味着一个新的、骚动不安、天翻地覆、充满疯狂冒险和苦难的历史时期的开启，我肯定，那时，很可能自战争爆发之日起，地平线上就已经出现了——他的创作生命的地平线上就已经出现了《形象启示录》这部作品，这部作品将会给这个人的生命带来巨大鼓舞，而要等到这一天的到来——至少我现在是这样来看待这个过程的——尚需时日，在此之前，他还得通过创作一些有创造性的木偶滑稽剧来打发这段光阴。

这本古书应该可以被视为中世纪绝大部分浪漫神话的源头，这是一本从拉丁文翻译过来的最古老的基督教童话和神话集，阿德里安是通过席尔德克纳普而认识它的——我很乐意证明这个功劳是那个有着两只颜色相同的眼睛的宠儿的。他们有时会在晚上一起来读它，而在这个阅读过程中，首先得到满足的就是阿德里安对滑稽的趣味，他的那种大笑的欲望——是的，甚至能够笑出眼泪，而我难免枯燥的天性却不仅从不懂得给予这种欲望以合适的营养，而且还因为受到某种不得体的阻挠而做不到这一点，对于我这个胆怯的人而言，这种不得体就在于他那为我所紧张而不安地热爱着的天性全都化作了欢娱。吕迪格尔这个眼睛颜色相同的家伙一点不能分担我的这种究其实也只是保留在我心底的焦虑，当然，对于如此的纵情狂欢，要是果真如此的话，我也是不会允许这种焦虑影响我真诚地参与其中的。不过，倒是那个西里西亚人，当他能够成功地让阿德里安笑出眼泪来时，倒是明显地把得意写在了脸上，看那架势，好像他完成了一桩使命、一项任务似的，当然，就这本笑话和神话故事书而言，他无疑是做到了这一点的，而且还是以一种最值得感激和硕果累累的方式。

我想要说的是，《功绩》一书通篇充斥着历史的不可救药、基督徒的虔诚说教和道德的天真，它对弑父弑母、通奸和复杂的乱伦所进行的奇特的诡辩，书里的那些查无实据的罗马皇帝及其严加看管的、出嫁条件苛刻的女儿——总之，不可否认的一点是，所有这些寓言在翻译的时候都使用了一种拉丁化十足而又朴素得无以复加的译文风格，内容涉及各色人等，从到天堂去朝圣的骑士，到淫荡的有夫之妇，到狡诈的老鸨和沉迷妖法巫术的教士，不一而足，的的确确是能够格外地让人感到开心逗乐。用它们来激发阿德里安对滑稽模仿的趣味，简直是再合适不过的办法了，而他呢，自从认识它们的那一天起，就一直在琢磨着要把这里面的好几个故事精简改编到那部木偶音乐剧当中去。比如，那里面就有一则完全有伤风化的寓言《老妇人的邪恶诡计》，其内容和后来的《十日谈》有类比之处，说的是一个假装圣洁的罪恶情欲的女帮凶如何设计，使得一个忠诚的，甚至是特别值得尊敬的妻子，在对她充满信任的丈夫出远门的时候，犯下罪孽，委身于一个对她朝思暮想的小青年。原来，那巫婆先是接连两天不让她的小母狗吃任何东西，待那狗饿得头晕眼花之后却又给它喂食芥末面包，害得那狗直流眼泪。于是巫婆便带着小母狗去找那个恪守妇道的妇人，由于人人都把她当神仙待，所以，她也毫不例外地把她当神仙待，恭敬有加。妇人见那只小母狗在不停地流眼泪，就吃惊地向她打听造成这种现象的原因，老婆子先是摆出不大愿意作答的样子，引得对方不断催问，如此三番之后，这才假惺惺地承认说，这个小母狗原本是她女儿，由于过分贞洁，矢口否认她对一个疯狂爱慕她的青年有好感，致使那青年寻了短见，作为惩罚，她就被变成眼前这个样子，过起了做狗的生活，她现在非常后悔，整日以泪洗面。老鸨一边撒着弥天大谎，一边还挤出几滴眼泪；那位妇人听罢，心中甚是惊恐，她想起自己和这个受惩罚的女孩的情况十分相像，就把那个为她受苦的小青年的事告诉给了这个老婆子，巫婆于是一本正经地提醒她，如果她也被变成了一只母狗，那可就是怎么也无法弥补的损失了，于是那妇人便真的委托她去把那个受苦的男人找来，好以上帝的名义平息他的欲火，所以呢，两个人就在那邪恶的玩笑的安排下玩起那天底下最甜蜜的通奸把戏，好不快活。

时至今日，我仍然还在嫉妒吕迪格尔，因为我的朋友首先允许他在那间修道院院长工作室里给他朗读这个故事，虽然我不得不告诉自己，这事就算是由我来做，也不会是同样的情形。此外，他对未来那部作品的帮助也仅限于这样一个最初的激发而已。当需要为那出木偶戏改编这些寓言，需要把它们改写为对话时，他就会以没有时间为由或者出于众所周知的难以驾御的自由意识而拒绝这种过分的要求，阿德里安这边倒也并不怪他，而是，只要我不在，就靠自己先草拟出松散的演出提纲和大致的交谈的办法来应付，然后再就是由我来利用空闲时间把它们飞速地转换为它们最终的、混杂着不押韵的散文和押韵的小诗歌的形式。这里，按照阿德里安的设想，为在台上表演的木偶配音的歌唱演员，他们的位置将被安排在乐器当中，安排在乐队里，一个阵容非常简单的乐队里，由小提琴和低音提琴、单簧管、巴松管、小号和长号，外加一个人的打击乐器组以及与之配套的一组钟琴装置组成，同时和他们一起的还有一个朗诵演员，他就像清唱剧中的证人，用宣叙调①和叙述把情节联系起来。

这种形式的突破在这个组曲的真正核心部分，也就是第五个曲目，即标题为《极乐教皇格列高利之诞生》的那个故事里，被证明是最为成功的，主人公所有那些触目惊心的遭遇不仅没能阻挡他最后荣升基督的总督，反而恰恰让他按照上帝的神奇的恩惠得到特别任命，给人一种他

① 用于歌剧、清唱剧等中。

就是前世注定的印象。这个故事错综复杂，头绪繁多，内容讲的是王室的一对兄妹相恋，这对兄妹父母双亡，哥哥超越常规爱上妹妹，由于难以自持而最终让她陷入一点也不有趣的境地，把她变成一个绝顶漂亮的小男孩的母亲，就我而言，再在这里重复这个故事可能有些多余。而一切的中心正好就是这个男孩，一个名副其实的最坏意义上的乱伦兄妹之子。他的父亲企图通过出征希望之乡[①]来赎罪，而且也死在了那里，与此同时，小男孩则经历了多舛的命运。因为那位女王，她决定，不给自己用这样的方式生下的孩子行洗礼，而是把他和载着他的豪华的摇篮一起放在一个空桶里，连同一封说明身世的信，外加用于抚养他长大成人的金银财宝，一起托付给波涛汹涌的大海，海浪在“第六个节日”把他驮到一座修道院附近，虔诚的修道院院长发现了他，用自己的名字格列高利给他起名施洗礼，让这个心智出类拔萃的人儿接受一种最合适于他的教育。而与此同时，他那罪孽深重的母亲也发下了一个让她的国人好不惋惜的誓言：永世不再结婚——当然肯定不仅仅只是因为她觉得自己是个罪人，不配享有一个基督徒才配享有的婚姻，而且也是因为她要向她那失踪的哥哥保持一份不大可靠的忠诚；就连外国一个很有势力的公爵向她求婚，也被她一口回绝，那位公爵因此气急败坏地决定向她开战，并且很快占领她的帝国，只留下唯一一座坚固的城池供她在里面离群索居；后来，长大成人的小伙子格列高利得知了自己的身世，他原本准备去圣墓[②]朝觐，却不想鬼使神差地就来到他母亲所在的城池，他在那里听说了这位帝国女王的不幸，于是就让人带他去拜见她，向她当面表示愿意为她效劳，她呢，虽然对来人，如书上所说，“好一番仔细打量”，却没有能够认出是谁来；最后，他杀死了那个气急败坏的公爵，解放了这个国家，获救女王的亲信们于是提议选他为夫；女王尽管也有些不好意思，并且还要求给她一天——只一天——时间考虑，但终究还

① 基督教《圣经》中上帝赐给亚伯拉罕的迦南地方。
② 指耶稣之墓。

是违背自己以前的誓言应允下来，他们在全体国民的欢呼雀跃声中完婚，浑然不知，兄妹乱伦产下的孽种最后竟和生母携手登上婚床，这该是多么错上加错，祸上加祸，大祸临头的事情——凡此种种，我都不想一一在此赘述了。我这里只想提请读者注意故事情节中那些激情四溢的高潮，这部木偶歌剧以无比美妙神奇的方式给予这些高潮以应有的重视：如，刚一开头哥哥就问妹妹，问她为什么脸色惨白、“双眼已经没有了原先的乌黑”时，妹妹回答他说：“这有什么奇怪的，因为我怀孕了，所以我很后悔。”又如，当她听到造孽的那个人的死讯时突然奇怪地呼嚎：“我的希望啊，它去了，我的力量啊，它去了，我唯一的哥哥啊，我的第二个我呀！”嚎完之后，又开始不停地亲吻尸体，从脚底一直吻到头顶，害得她的面对如此夸张的痛苦而感到不大自在的骑士们不得不强行把他们的女王从死人的身上拉开。再如，当她觉察到，和她共度这世上最美满婚姻生活的人竟然就是自己的儿子，从而对他说出下面这段话的时候：“哦，我可爱的儿子啊，你是我唯一的孩子，你是我的夫君，也是我的主人，你是我和我哥哥的儿子，哦，我可爱的儿子啊，上帝啊，你为什么要让我被生下来哟！”事情的经过原来是这样的：她在她夫君的一间密室里发现了她当年亲笔写下的那封信，由此得知自己是在和谁人同床共枕，谢天谢地，总算还没有给他生下一个弟弟，给她的哥哥生下一个孙子；于是，这下该轮到后者寻思去忏悔了，他倒也真够利索的，光着脚，连鞋也没穿就动身走人了。他跑到一个渔夫那里，人家见他“细皮嫩肉”，断定决非等闲之辈，他们推心置腹，最后一致认为，唯有极端的孤独才合适于他。他于是带他出海，把他送到距离海岸十六里远的一座四周恶浪汹涌的礁石上，他在那里给自己戴上脚镣，然后把开脚镣的钥匙扔进大海。格列高利就这样度过了十七年忏悔时光，而就在这十七年结束之际，老天爷猛然开始大发慈悲，不过，他本人对此似乎并不怎么感到吃惊。原来，罗马的教皇行将就木，他就要咽下最后一口气，而就在此刻，一个声音从天上传了下来：“你们去把教士格列高利乌斯找来，让他做我的代表！”信使们于是赶紧到四面八方去寻找，他们也找到了那个渔夫，他的记性很好。于是他捕起一条鱼，当年那把被沉进大海的钥匙恰好就在这条鱼的肚子里。于是，他用船把使者们带到那个忏悔者所在的礁石，他们冲着上面喊：“哦，格列高利乌斯，喂，你这个教士，快从岩石上下到我们这里来吧，因为这是上帝的意志，你被选作他在尘世的代表！”那他又是如何回答他们的呢？“如果这样做让上帝高兴，”他镇定地说道，“那就让他的意志得到实现吧。”然而，待他们来到罗马，那些个原本应该是由人来敲的钟却不等人来敲就自动地响了起来，所有的钟全都自发地响了起来，向世人宣告，一个如此虔诚和富于教育意义的教皇怕是从来还不曾有过呢。这位有福之人的美名也传到他母亲那里，她有理由让自己相信，把她的一生托付给谁都不如托付给这个由上帝挑选出来的人好，于是就跑到罗马来向这位圣父[①]忏悔，他倾听她的忏悔，他认出她来，他于是对她说：“哦，我亲爱的母亲、姐妹和妻子。哦，我的爱人。魔鬼曾经妄图把我们领进地狱，但上帝的万能威力阻止了他。”他给她建起一座修道院，让她在里面当院长，只是好景不长。因为，他们两人不久就获准把灵魂还给上帝。

总之，阿德里安把所有的诙谐和恐怖，生动形象的音乐描绘能够达到的所有单纯的透彻、幻象和庄严肃穆，全都集中在了这个充满罪恶的、朴素而又慈悲的故事里，而卢卑克那位老教授所用的那个神奇的形容词，即“上帝精神的”一词，大概也可以被用来形容这个剧本，或者说首先可以被用来形容这个剧本。我之所以会有这样的印象，是因为这《功绩》还真的有点像是对《爱的徒劳》的音乐风格的一种回归，因为《宇宙的奇迹》的音乐语言已经更多地指向了《启示录》中的那种，甚至已经指向了《浮士德》里将采用的那一种。这样的预示和叠加确实常常出现在创造性的生命中；不过，这些素材对我的朋友所散发出来的艺

---

① 罗马教皇的称号。

术诱惑，我或许可以这样来解释：那是一种精神的魅力，带有一丝恶意，也带有一丝瓦解力量的滑稽模仿，因为它是源自对一个行将结束的艺术时代的膨胀的矫情的批判性回击。这部音乐戏剧取材于浪漫主义的传说，中世纪的神话世界，试图以此表明，只有诸如此类的对象才是配得上音乐的，才是和音乐的本质相契合的。这一条似乎在这里得到了遵守，但却是以一种相当破坏性的方式，通过用稀奇古怪的，尤其是也在性爱方面滑稽可笑的东西来取代道德的庄重，一切华而不实的手段被抛弃，而这一措施也被转化到自身已经是滑稽诙谐的四肢可动的玩偶舞台上。对这个木偶舞台所具有的特殊可能性进行研究，是莱韦屈恩在着手琢磨这些《功绩》作品过程中甚为关切的大事，而他隐身其中的民间对于基督教和巴洛克风格兼具的戏剧的喜爱，也给他提供了一些这样的机会。在瓦尔茨胡特一带有一个既会刻木偶，又会制作木偶服装的卫生用品商店店主，阿德里安不断跑去请教人家。他也坐车去米腾瓦尔德，这是一个位于伊萨尔河上游河谷的小提琴村，村里有个有着同样爱好的药剂师，带着老婆和几个聪明灵巧的儿子，模仿珀西①和克里斯蒂安·温特尔②的样儿，在当地演出木偶戏，吸引了大批本地和外地的观众前来观看。阿德里安看到了他们的表演，此外，对于艺术性极高的爪哇人的布袋木偶戏和皮影人物戏，他也，如我所发现的那样，研读了相关的文献。

那真是一些个令人愉快和激动的晚上。在那间窗户开得很深的尼基客厅里，在那架桌式的旧钢琴上，他把新近写的东西从他那些神奇的总谱中挑出来弹给我们听，也就是说，弹给我、席尔德克纳普，当然也包括有时一定要自己亲自出马的鲁迪·施维尔特费格听，在这些总谱里，最最专横霸道的和声、最最迷宫般的节奏被运用在了最最单纯的质朴之

① 弗兰兹·格拉夫·冯·珀西（1807－1876）：曾任巴伐利亚王室高官，绘画、文学和音乐方面才能突出，尤其擅长写作儿童文学作品和木偶戏剧。

② 很可能指1802年在科隆成立“小汉尼斯剧院”的克里斯多夫·温特尔。

上——而一种儿童小号风格的音乐则又被运用在了最最罕见的素材之上。女王和现在的教皇，这个她为她哥哥生下的孩子，这个她作为妻子拥抱过的男人，她和他的重逢，虽然也引诱我们流出眼泪，但却从未能够让我们流到泪眼婆娑的程度，反而是非常独一无二地混杂了哄笑和想象出来的感动；而亲昵劲儿被激发起来的施维尔特费格则会乘机抓住那个特许的瞬间，用一句“你真是太伟大了！”去拥抱阿德里安，还把他的头按到自己的头上。我看见吕迪格尔本来就已经有点苦涩的嘴巴这下子可好，因为厌恶甚至开始变得歪斜起来，而我自己呢，也忍不住发出一声“够了！”的嘀咕，同时，我还会伸出一只手去，好像是要把这个无所顾忌的人，忘记了距离的人拉回来似的。

这番过分亲密的表演之后，我们来到修道院院长工作室聊天。这个时候他可能就会感到有些力不从心了。我们说到阳春白雪和下里巴人的结合，说到取消艺术和可接受性、高贵和低贱之间的鸿沟，说到浪漫主义的文学和音乐，指出它们曾一度在某种意义上做到过这一点——然而，在此之后，一个比以往任何时候还要深邃的善和轻松之间的、威严和娱乐之间的、进步性和雅俗共赏之间的分离和生疏，却又成了艺术的命运。音乐——它就代表一切——越来越渴望走出它那令人敬而远之的孤独，找到集体，而同时又不至于沦为平庸，并且还会说出一种语言，这种语言即便不懂音乐的人也能够懂得，就像他能够懂得狼谷[①]、处女头上的花环[②]、瓦格纳那样，这是感伤吗？不管怎样，达到这一目标的手段不是感伤，相反，倒更应该是讽刺，是嘲笑，这种嘲笑，它净化空气，反对浪漫主义，反对激情和预言、音乐迷醉和文学，它同客观性与自然力，也就是说：同重新发现作为时代的组织结构的音乐自身联合起

① 狼谷是韦伯歌剧《自由射手》中鬼魂出没的地方。已经把灵魂出卖给魔鬼的猎人卡斯帕尔为找替身诱骗主人公马克斯到此炼制百发百中的魔弹。

② 指举行婚礼时新娘戴在头上的爱神木花花冠，此词是贬义。

来，成为一种投石党运动[1]。这是一个最为棘手的开始！因为，虚假的原始，即浪漫主义的东西，不就又近在咫尺了嘛。永远停留在精神的巅峰；让欧洲音乐发展的精髓化为理所当然、不言而喻的东西，让人人领悟新事物；让自己成为欧洲音乐发展的主人，办法就是：无拘无束地把这种音乐发展当作自由的建筑材料来进行运用，同时也让人感受到传统，来一个彻底改变，走向没有创造性的模仿的反面；让这门已经被推高至此的手艺变得毫不起眼，让所有对位和配器的技法消失并融合为一种简朴的效果，远离单纯，远离一种具有知性弹性的朴素——这似乎就是艺术的任务、渴望。

其实完全就是阿德里安一个人主讲，我们其余的人只是稍微附和一下而已。受到前面的表演的激励，他说话的时候双颊通红，两眼发烧，显得有点狂热，但也算不上滔滔不绝，酣畅淋漓，更多的反倒是信口雌黄，不过情绪很激动，手舞足蹈地，我甚至觉得，我好像从未见他，既没有当着我的面，也没有在吕迪格尔面前，有过如此善于辞令地被逐出自我的表现。席尔德克纳普表示不相信音乐的非浪漫主义化。他说，音乐和浪漫主义有着根深蒂固的、本质的联系，所以，前者是不可能不遭受重大自然损失就否定掉后者的。阿德里安接着他的话说道：

“如果您所说的浪漫主义指的是一种情感的热量，而这种热度又是音乐今天在服务于技术智慧的过程中所要否定的，那么，我很愿意赞同您的看法。那或许就是自我否定。不过，我们所说的从复杂到简单的提炼，本质上其实同重新赢得活力和情感的力量是一回事。假如——谁——有可能——那种——的话，你会怎样说呢？”他冲着我自问自答道：你会说那种突破。也就是说，假如谁能够成功地完成那种从精神的冷漠到一个新情感的冒险世界的突破，那他就将会被人们称作艺术的拯救者。拯救，他神经质地耸着肩膀继续说道，一个浪漫主义的字眼；也

---

① 1648－1653 年法国反对专制制度的运动，又称福隆德运动。

是一个和声技法家爱用的字眼，是表示和声音乐华彩乐段之极乐的行动口号。曾几何时，音乐把自己视为艺术的拯救者，而它自己实际却像所有艺术一样需要被拯救，需要从一种由文化的解放，由文化被抬高到宗教替代品的位置而导致的那种庄严神圣的孤立之中被拯救出来，从只和一帮叫做“观众”的文化精英为伍的状态之中被拯救出来，这样的文化精英马上就不会再有了，现在就已经不再有了，因此，艺术马上就会陷入彻底的孤独，它将会孤独地死去，除非它真的能够找到走向“大众”的那条途径，这也就意味着，很不浪漫地说就是：走向平头百姓，这难道不滑稽可笑么?

他是连说带问地一口气下来的，他把声音压得很低，好像是在和人交谈，然而，他的语气里却隐藏着一种颤抖，只有听他把话讲完，才能真正明白这种颤抖的含义：“艺术的整个生活氛围，你们相信我好了，将会改变，而且会变得愉悦谦和，这是不可避免的，也算是一件幸事吧。很多感伤的野心将会离艺术而去，而一种新的天真无邪，是的，和善，将成为艺术的一部分。未来将视艺术为，艺术自己也又将视自己为服务于一个集体的仆人，这个集体囊括的范围将要比‘教养’宽泛得多，这个集体将没有文化，不过，这个集体自身也许就将是一种文化。我们现在就来对此作出想象是很困难的，但是，这种局面将会出现，而且还将会是自然而然地出现：一种没有痛苦的艺术，灵魂健康，没有庄严神圣，没有悲伤，待人亲切，一种人与人亲密无间的艺术……”

他戛然而止，我们三个人全都震惊得无言以对。听一个孤独的人谈论集体，听一个拒人于千里之外的人谈论信任，这既是一件令人痛苦，同时却又是一件令人振奋的事情。我尽管深受触动，可打心眼里不满意他的这番言论，尤其是不满意他这个人。他刚才所说的和他本人，和他的骄傲，他的高傲，不相配，不管别人怎么想，我就是热爱这种高傲，艺术也有权利要求这种高傲。艺术就是精神，而精神是根本用不着对社会、集体怀有责任感的。我以为，精神，为着它的自由的缘故，为着它的高贵的缘故，不可以这样。一种“走进大众”的艺术，一种把人群的、小人物的、不懂艺术的庸人的需求当作其自身需求的艺术，比如为了国家之故而把其变为自身义务，这样的一种艺术将会陷入可怜的境地；只允许一种小人物懂得的艺术存在，这是最可怕的不懂艺术，也是对精神的谋杀。而精神，我坚信，无论它的进攻、研究、尝试会是多么的冒险、多么的不受约束、同人群是多么的格格不入，它都肯定是能够以某种高度间接的方式为人——甚至是永远地为人们服务的。

这无疑也是阿德里安本人真实的思想。然而，他却喜欢否定自己的这个思想，而我如果以为这就是对他的高傲的否定的话，那我就是大错特错了。这更多的或许只是——由于无以复加的高傲的缘故——而进行的一次平易近人的尝试。在他谈及艺术的拯救需要，谈及人和人的亲密无间时，他的声音在颤抖，他要是不这样该有多好啊。尽管如此，他的这种激动仍然会诱惑我，让我恨不得偷偷向他伸出一只手去。然而，我终究还是没有把手伸出去，反倒是把担心的目光投到了鲁迪·施维尔特费格身上，我想看看这个人是不是末了又会设法去拥抱他。

三十二

战争爆发初期，1915 年春，当举国上下还是信心百倍，斗志昂扬，而我本人也还在前线浴血奋战之时，伊涅丝·罗德和教授博士赫尔穆特·英斯提托利斯结婚了，这对新人恪守市民阶级的一切繁文缛节，在户籍登记处登记，在教堂举行仪式，在四季饭店[①]大摆宴席，之后又去德累斯顿和萨克森小瑞士度蜜月——至此，一场旷日持久的相互考验告一段落，这场考验显然得出了一个他们彼此还算般配的结论。读者可能

① 四季饭店至今仍在经营，为慕尼黑最早的饭店之一，位于马克西米利安大街。

会觉得我用这个“显然”不免含讥带讽，但我真的是没有恶意；因为，这样的一个结果要么就是没有，要么就是一开始就有，而自打赫尔穆特开始主动接近市政议员的女儿以来，两个人的关系绝对不是如前世注定那般的缘分。无论是当时，还是订婚和结婚的那一刻，双方同意结合的理由都是一模一样的，没有什么新意可言的。不过，“事先考验好，才能白头到老”[①]这句老话倒是从形式上得到遵守，长期考验本身似乎终究也该有个积极的结果——而战争又另外造就了某种结合的需要：这场战争的确是从一开始就加速了好些个这样悬而未决的男女关系的成熟。就伊涅丝而言，出于精神的原因——或者我不得不说：物质的原因，总之是出于理性的原因，也许可以这样说——她确实是从一开始就或多或少地准备答应这门婚事了，不过，除此之外，还有一个情况对她作出这个决定起到了极大的推波助澜的作用，那就是克拉丽莎去年年底接受她平生第一次聘用，离开慕尼黑到阿勒尔河畔的策勒当演员去了，撇下她姐姐（如果她不出嫁的话）一个人孤零零地面对她们母亲那虽则相当温和，但却依然十分招她厌恶的对放荡不羁的艺术家情调的偏爱。

再说市政议员夫人，她很高兴，也很满意自己的孩子嫁进体面人家，而这一目标的实现的确也是和她这个做母亲的在家里积极开展沙龙娱乐、举办社交聚会的努力分不开的。当然，这些活动也让她自己从中受益，她那希望有所弥补的、“南德式”松弛闲散的生活情趣因此而得到体恤顾及，她那每况愈下的美貌也因此而受到她邀请来的男人们，克虐特里希、克拉尼希、齐恩克、施彭格勒以及那些年轻的戏剧演员等等的恭维。是的，如果我说，她和鲁迪·施维尔特费格也保持着一种十分诙谐、令人觉得好笑、滑稽模仿母子关系的关系，而且，她还就是在和他交往的时候特别经常地发出那种为人所熟悉的妩媚动人的娇滴滴的大笑声的话，那么，我不仅说得一点也不过分，究其实反而只能说是将将恰

---

① 席勒 1800 年所作《大钟之歌》里的诗句。

如其分。由于我在很前面就已经暗示过，甚至是已经点破过伊涅丝的种种内心活动，所以，目睹母亲的这种打情骂俏会让她感到怎样的难以言表的不情愿，怎样的耻辱，我现在完全可以留给读者自己去想象了。有一次我还亲眼看见，她在这样的情形发生时红着脸离开她母亲的沙龙，躲进自己的房间，一刻钟后，或许如她所希望和期待的那样，鲁道夫跑来敲门，询问她消失的原因，这原因他当然知道，只不过是没法说出口罢了，他跟她说，那边大家伙是多么多么想念她，他用各种各样的语气，也用大哥哥对小妹妹那样的温柔语气，喋喋不休地劝她重新回去参加聚会——他一刻不停地劝说，直到她答应为止，虽然她没有答应和他一起回去，那可不行，但却答应等他回去一段时间之后她再回去。

请读者原谅我事后才插入这件事情，这件事情永远地铭刻在了我的心底，不过，市政议员夫人罗德太太倒是不计前嫌，很快就感情丰富地把此事抛到了脑后，何必呢，既然伊涅丝的订婚和结婚现在已经成为了事实。这不仅是因为她把婚礼办得隆重，尽管没能拿得出一笔可观的金钱作嫁妆，但陪嫁的内衣和银器却显得很有派头；她另外还赠送了几件古旧家具，几只雕花箱子，一两把镀金的网格椅子，好为这对新人租住在摄政王大街的两层楼高——前间朝向英国花园——的华丽新居增添几件摆设。是的，为了向自己和别人证明，她之所以爱好社交，喜欢在她的客厅里举办欢乐晚会，仅仅只是为了她的两个女儿能够有个幸福的未来，能够有个好的归宿，她现在向外界昭示，她已决意引退，她有兴趣去过隐居的生活，她不再招待客人，而大约在伊涅丝结婚刚过一年的时候，她也确实是解散了她在拉姆贝格大街的那个家，开始了与以往完全不同的、以农村为据点的寡居生活：她把家搬到普菲弗尔林，在阿德里安几乎没有觉察的情况下，在施魏格施迪尔农庄对面空场地旁的一个前面有栗子树的矮房子里，租了一个套间住下，正好就是那位把瓦尔茨胡特的沼泽风景画得很是感伤的画家先前住过的那一个套间。

这个简朴而又充满格调的角落对任何非凡的断念和受伤的人性所具

有的吸引力是奇特的：这恐怕只能用农庄所有人的性格，特别是硬朗、矍铄的女主人艾尔泽·施魏格施迪尔的性格，以及她那“善解人意”的才能来解释了，而她偶尔也会在和阿德里安说话的时候，也就是在告诉他说，市政议员夫人准备搬进对面去住的时候，以她令人叫绝的洞察力来证明自己的这种才能。“事情就是这么埃姆法赫[①]”，她说道（按照巴伐利亚的习惯，她总是把字母 f 前面的 n 同化成 m），“就是这么埃姆法赫，也很好理解，莱韦屈恩先生，我一眼就看出来了。城市、人群，还有社交，上流社会的男男女女，让她受不了，因为她老了，这让她感到难为情。人跟人对衰老的态度就是很不一样，有的人觉得无所谓，能够坦然面对，所以也就老得得体。这样的人，只会越老越神清气爽，越老越顽皮，鬓角斑白，可不是吗，诸如此类，等等，等等，看到他们如今这庄严的仪表，人们就会忍不住去猜想揣摩他们从前都干了些啥——而叫人意想不到的是，这往往更能吸引男人。不过，有的人就不行了，受不了，一照镜子，看到自己的脸干巴了，脖子变得跟石头一样僵硬了，笑起来也没了牙齿，他们就会感到无地自容，就会生气上火，就会害怕见人，就会跟害了病似地拼命想要把自己给藏起来。而带来痛苦和耻辱的，不是脖子和牙齿，就是头发。这不，从这位夫人来看，祸根就是头发，这我一眼就看出来了。除了它，其他啥子基本上都还是蛮好的，就是她的这头头发呀，您要知道，她的头发是从额头上方开始秃掉的，根坏了，用烫发钳，不管费多大劲儿，那前面就是梳不拢去了，所以她绝望了，那种痛苦滋味是非常难受的，您只管相信好了！所以就放弃外面的世界，搬到施魏格施迪尔家来了，事情就是这么埃姆法赫。”

这就是老妈妈的原话，而老妈妈自己的一头微微泛白的头发就是平平整整、密密实实地梳成左右两半，一长条由白色头皮构成的中分线清晰可见。前面已经说过，对于对面新搬来的女房客，阿德里安并未怎么

---

① 此为巴伐利亚方言 eimfach 的音译，标准德语为 einfach，音译为埃因法赫，意思都是“简单”。

在意，她那方面呢，则是在参观完农庄之后，由房东太太引领着率先去他那里小坐了片刻，但之后为了不打扰他安心工作，便也投桃报李，以冷淡对冷淡，只在刚搬来的时候，在自己的住处——在她那两三间位于栗子树后的、粉刷简单且低矮的，倒也是被她以前家里残留下来的属于市民阶层的高雅物件：几只枝形烛台，几把用双线连锁缝合而成的靠背椅，那幅镶在厚重的画框内的“金角湾”，那架上面罩有锦缎的三角钢琴，塞得满满当当的平房里，招待他喝过唯一的一次茶。打这以后，倘若他们在村子里或是田间小路上遇见，每每也就是互相友好地问候一声或站着聊上几分钟而已，谈话的内容不外乎国家局势如何恶劣，城里的食品短缺如何日趋严重，呆在这里又不知要少受多少罪，等等，由此看来，市政议员夫人这次搬家甚至不失为务实之举，很有那么一点未雨绸缪的意思，因为她擅自把普菲弗尔林的食品，鸡蛋、黄油、香肠和面粉，拿来供给她的两个女儿，还有她家以前的朋友，如克虐特里希夫妇。而在最困乏的那几年里，大包小包地往城里寄送这些东西，干脆就被她当作一份职业来做了。

见伊涅丝·罗德现在有钱、有地位，生活也有保障了，克虐特里希夫人便把她，连同从她母亲先前的一小撮沙龙客人里挑选出来的几个，如钱币学家克拉尼希博士、席尔德克纳普、鲁迪·施维尔特费格和我本人——但不包括齐恩克和施彭格勒，外加那帮搞戏剧艺术的小青年，克拉丽莎的同学们——一并接收到她和她丈夫各自举办的、有大学元素，即两所高等学校老少教师及其夫人参加的社交晚会中来。不仅如此，伊涅丝还同外表透着西班牙异域风情的克虐特里希夫人娜塔莉娅保持一种友好，甚至是亲密关系，全然不顾这个丰姿妩媚的女人有着相当不容置疑的吗啡成瘾的声名——这种传言绝非空穴来风，因为我发现，她在一场聚会开始时总是风情万种，高谈阔论，顾盼有神，她的这种活力随着时间逐渐衰退，为了使自己重新兴奋起来她有时会悄悄溜走。而如此看重保守的权威和城市贵族的尊严的，完全是为了满足自己的这些向往才结婚的伊涅丝，她居然喜欢同娜塔莉娅交往胜过同她丈夫同事们的那些成熟稳重的太太们，也就是同德国教授夫人这个类型交往，居然私下里去拜访她，单独在自己家里招待她，这使得我极为清楚地看到了她天性中的矛盾，而她对市民阶级所怀有的那种乡愁的个性依据和合理性从根本上讲又是多么的不牢靠。

我坚信，她不爱她的丈夫，那个天生矮小，却爱一味卖弄美学的力量和野心的研究美的学者。她奉献给他的是一种矫揉造作的体面之爱，不过，至少真实的是，她以完美无缺的高雅来代表他的地位，而这种高雅也因为她的那种既温柔又复杂的狡黠的表达而显得更加精致巧妙。她为他主持家政，为他准备招待会，那份精细考究呀，完全可以称得上是吹毛求疵了——更何况还是在市民阶级的标准一年比一年更难以维持的经济条件下。为了照管好她那几间在锃亮的镶木地板上又加铺了波斯地毯的租金昂贵的漂亮居室，她请来两个训练有素且着装合乎礼俗的女佣帮忙，她们头戴小帽，身穿围裙，而且她们的围裙带还特地加固过，其中有一个还是专门为她提供贴身服务的女侍。她特别喜欢摇铃使唤这个叫索菲的女佣。她不停地支使她，一来为了享受到佣人的服务，二来也是为了确信自己得到了她通过婚姻为自己所购得的那份保护，那份照料。而同样也是这个索菲必须为她整理行装，准备好大大小小无数只箱子，每当她和英斯提托利斯去乡下，去特格尔恩湖或贝希特斯加登[①]旅行，哪怕只有三两天，她都要随身带上它们。不管出行的时间是多么的短暂，只要离开她那细致入微的安乐窝一步，她就会用这些堆积如山的行李难为自己，在我看来，这些行李山同样也是她对保护的需要和对生活感到恐惧的一个标志。

我还得再说说位于摄政王大街的那套保持得纤尘不染的八居室。

---

① 两地均为德国休闲度假胜地。特格尔恩湖距慕尼黑开车约一小时路程。贝希特斯加登以前是教会用捐赠财产创办的一个机构，位于巴伐利亚东南部的阿尔卑斯山间，离奥地利的萨尔茨堡不远。

它，连同它的两个客厅，其中布置得更加舒适的那一个用作日常起居，连同它那宽敞明亮的装饰着橡木雕花的餐厅，以及那有着舒适的真皮家具的男主人用书房和吸烟室，还有那间夫妻卧室，卧室里面放着一对黄色抛光梨木床，床的上方悬浮着若隐若现的幔帐，外加一个女用梳妆台，上面摆着一只只闪闪发光的香水瓶子，这些银质的器具全都精确地按照大小来排列——这个八居室，它是，这么说吧，它是一直苟延残喘到解体时代的德国文化市民家居的一个典型写照；这里当然还要算上那些“好书”的贡献，它们随处可见，陈列在起居室、接待室和男主人的书房里，而在购置的时候，一方面出于对外展示的需要，另一方面也是由于如此这般的精神顾虑，而刻意回避了那些具有刺激和瓦解作用的内容：它们全都是些与文化教养相宜的东西，列奥波尔德·冯·兰克[①]的历史学，格雷戈洛菲乌斯[②]的论述，艺术史的著作，德国和法国的经典大家，一句话，稳定的和具有维护作用的内容是其主体构成。随着时光的流逝，这套居室还会变得更加美丽，或者说还会变得更加充实、更加色彩斑斓；因为，英斯提托利斯博士和慕尼黑水晶宫派（虽然他在理论上是绝对赞同暴力的，但他的艺术趣味却依然是非常克制的）的某些个艺术家交好，尤其是和一个叫做诺特波姆的汉堡人交好，此人面颊深陷，留着山羊胡子，一副让人一看就想笑的样子，天生擅长滑稽模仿各种演员、动物、乐器和教授，好一个当今狂欢节濒临灭绝之时的中流砥柱，他对肖像画的社会捕捉技巧能够运用自如，但作为艺术家，我也许可以毫不客气地说，也就是一个平庸的末流画家而已。英斯提托利斯虽然能够驾轻就熟地品评大师们的作品，却不知何故，分辨不出后者和一

---

① 列奥波尔德·冯·兰克（1795－1886）：德国历史学家，历史至上主义学派重要代表，率先在历史学中引入史源学考证，著述甚丰，对普鲁士史、英国史和法国史的研究均有重要贡献。

② 斐迪南·格雷戈洛菲乌斯(1821－1891)：文化历史学家，尤以艺术性地描述中世纪罗马城的历史著称，重要著作有《罗马城的历史》和《中世纪雅典城的历史》等。

个平庸的中不溜之间的差别，要不就是他认为应该把自己的订单给好朋友做吧，事实上，他也只希望在自家墙上挂些优美而不失体统、高贵而令人感到宁静的东西，而不是别的什么，他在这一点上无疑也得到了来自他妻子那方面的即便不是建立在趣味相投、却也是建立在志同道合基础之上的坚决支持。两人因此出了一大笔钱请诺特波姆用极其相似而又空洞的手法给他们画像：既有两人分开的，也有两人在一起的，而等后来有了孩子之后，这个很会搞笑的家伙甚至获准给英斯提托利斯一家人画了一幅跟真人一样大小的全家福，这幅因其巨大的画面而耗费了大量油彩的画被装裱在富贵的、配有专门的自上而下的灯光照明的画框里，成为这家人会客室里的点缀。

我刚才说过，等有了孩子之后。因为待孩子们一个一个来到这世上之后，她又是怎样极尽整洁雅致之能事地，怎样极尽顽强，我几乎想要说：极尽英勇之能事地无视贵族市民越来越失宠的事实，去精心呵护和培养她们的哟——可她这样栽培她们，目的似乎是在为一个曾经存在过的世界，而不是在为一个即将到来的世界。1915 年底，伊涅丝就送给她丈夫一个女孩，取名卢克蕾齐娅，此女孕育于那张支着帐幔的黄色抛光婚床上，婚床旁边是一件件银器，这些银器对称地排放在梳妆台的玻璃板上，而且，伊涅丝当时就发表声明，说她有决心把她培养成为一个窈窕淑女，用她的卡厄斯鲁尔法语说就是：一个完美的小姑娘。两年后，她又生了一对双胞胎女儿，也是以同样标准的家庭仪式，用巧克力、波尔图葡萄酒①和高级糖果，用装饰有花环的银碗，为叫做小安娜和小比肯的她俩行了洗礼。三个孩子全都是皮肤白白的、声音柔柔的，她们时刻担心她们的蝴蝶结裙子会被弄脏弄坏，她们的母亲过分追求完美的癖好显然压得她们有些喘不过气来，悲哀得很，她们全都是自视甚高的耐阴植物和奢侈产物，她们的婴儿时期是在配有真丝窗帘的精美小摇篮里

① 葡萄牙出产的一种深红色葡萄酒。

度过，由一个奶妈（因为伊涅丝自己不给孩子喂奶；是家庭医生建议她不要给孩子喂奶的），一个普通妇女，却还要穿得花花绿绿的，推着她们在摄政王大街的菩提树下散步。后来照看她们的则是一位小姐，是个受过专门训练的幼儿教师。她们在一间明亮的房间里长大，这里立着她们的小床，伊涅丝，只要是家务需要，再就是她对自己制定的讲究有理由感到不放心的时候，只要是这样的时候，那她就会过这里来看望她们，这间房子，它的四面墙壁上端有以童话为内容的带状缘饰环绕，屋子里放置着富于童话色彩的矮脚家具，地上铺着五彩斑斓的亚麻油地毡，屋里另外还开辟了一个井然有序的玩具天地，什么玩具熊、滚动小羊、拉线玩偶、凯特·克鲁泽[①]洋娃娃，以及放在墙托架上的火车，应有尽有，好一个照本宣科的模范家庭儿童乐园。

所有的这些体面其实已经完全丧失了体面，这种体面是建立在一厢情愿和随心所欲之上，说得难听点，就是建立在谎言之上，这种体面不仅从外面看是越来越要受到质疑，就是对于目光比较敏锐的，就是对于通过参与其中而目光变得锐利的人来讲，即使从里面看也可以说是千疮百孔的了，这种体面既不能带来幸福感，又不能被真心相信，甚至哪怕只是真心地被渴望都没有，难道我现在非得说，或者是反复说这些话不可吗？我那时觉得，这整个的幸福标准其实始终就是一种对现存问题的有意识的否定和掩饰；这个幸福标准和伊涅丝的受难崇拜是特别相左的，在我看来，这个女人太聪明了，以至于无法自欺欺人，她过分敏感地把她的孩子们的生活环境美化为理想的市民安乐窝，而这个安乐窝所表达和过度修正的那个事实却是，她不爱她们，而是把她们视为一种结合的成果，作为女人，她是问心有愧地参与这种结合的，她的肉体是反抗这种结合的。

我的老天爷呀，如果一个女人和赫尔穆特·英斯提托利斯睡觉能够

---

① 凯特·克鲁泽（1883－1968）：德国女工艺美术师，以其设计制作的儿童艺术娃娃闻名于世。

感到消魂，那才叫怪呢！我对女人的梦想和要求应该还是比较了解的，所以我总是会情不自禁地去想象，想象伊涅丝纯粹是尽义务那样地容忍她的孩子们，也就是说她是以背过脸去不看他的方式来受孕的。因为她们是他的，这一点是毋庸置疑的，因为三个孩子全都长得更像他，远远胜过像她们的母亲，这或许也是由于她在孕育她们的时候心灵的参与成分太少了的缘故吧。不管怎样，我这样说，可并不是想要去大肆诋毁她的那位小丈夫的自然名誉，我绝对没有这个意思。他虽然长着一副小矮人的身材，但肯定是个完整的男人，通过他，伊涅丝知道了什么是情欲，一种没有幸福感的情欲，而正是在这块贫瘠的情欲的土壤里，她的激情之火得以撩拨，并且开始燃烧起来。

我前面已经说过，英斯提托利斯，早在他开始向黄花闺女伊涅丝求婚的时候，实际上就已是在为另外一个人做嫁衣裳了。即使他现在作为丈夫，他所能唤醒的也只是些歪门邪道的向往，是一种很不完全的、究其实甚至是令人感到屈辱的情欲体验，这种体验使得她强烈地渴望得到补充、证实和满足，使得她为鲁迪·施维尔特费格所承受的那种痛苦，那种在和她谈话的过程中奇怪地呈现在我面前的痛苦，爆发为激情的烈焰。事情非常清楚：早在她作为被人追求的对象的时候，她就已经开始充满痛苦地想他了，而在她成为女人，知道那是怎么一回事之后，那就更是一门心思地，倾其所有地，拿出她全部感情和欲望地，不管不顾地爱上了他。当然，同样也毫无疑问的是，那个年轻人根本就没有办法不去听从这种带着痛苦、带着精神的优越感向他迎面扑来的感情的召唤——我都差点想说：假如他没有听从这种感情的召唤的话，事情没准“还会更好”，而她妹妹的那句“快，喂，您想什么呢，还不赶紧的！”也同时在我耳边响起。再说一遍，我不是在写小说，所以我不会去虚构一个全知全能的作者对一个私密的、避开世人视线的发展过程的戏剧性阶段的认知。不过，可以肯定的是，陷入困境的鲁道夫完全是不由自主地，同时还说了一句“我又有什么办法？”地服从了那道傲慢的命令——在这一点上，我完全能够想象得出，他对调情的那种热爱，他从一种越来越紧张、越来越激烈的局面中所获得的那种起初并不打紧的乐趣，是如何诱惑他去冒险的，而他假使没有这种玩火的爱好的话，也是能够避免这场冒险的。

换言之：在市民阶级的完美的掩盖之下，一度曾对它的庇护朝思暮想得茶饭不思的伊涅丝·英斯提托利斯开始和一个无论心理构造还是行为举止均稚气十足的调情高手通奸，这位高手就像一个给真心爱她的男人带来怀疑和痛苦的轻浮女人一样，给她带来怀疑和痛苦，然而，她那由不和谐的婚姻生活所唤起的感官欲求却在他的怀抱里找到满足。她就这样一年又一年地得过且过着，这种生活发端于某个时刻，如果我没有看错的话，应该是发端于她结婚仅一两个月之后，而截止于1919年年底前后，因为她使出浑身解数竭力试图紧抓不放的那个他，就是在这个时候挣脱她的束缚，离她而去，从而使她的这种生活难以为继。她同时扮演模范主妇和母亲的角色，以此来指挥、操纵和掩饰这种不正当的男女关系，这种天天上演的变戏法，这种双面人的生活，当然会令她神经高度紧张，并且也对她那本来就不算十分娇好的面容构成威胁，而这也是最叫她感到害怕的一点——例如，她的鼻根处的，她的金色的眉毛之间的两道皱纹因此而疯也似的加深。尽管为了不在人前暴露这些偷鸡摸狗的勾当，双方都动用了全部的小心谨慎、全部的聪明才智和所有高超的保密手段，然而，双方掩人耳目的意愿却又不总是特别明确和坚定不移：男的一方是这样，因为只要人家哪怕就只是猜测一下他的好运气，他也肯定会毫无疑问地感到是受到了恭维，甚至女的一方也是如此，她在性的方面的骄傲驱使她暗自定下的目标恰恰就是要让人家知道，她用不着通过她丈夫那不被任何人看好的爱抚来使自己得到满足。因此，如果我猜测，慕尼黑认识伊涅丝的人基本上都应该知道她的出轨之举，尽管我在这件事情上除了对阿德里安·莱韦屈恩以外，从未有对任何人透露过一个字，那么，如果我这样猜测，我大致是不会有错的。是的，我甚至不排除这样的可能性，即赫尔穆特本人也是知道事情的真相的，可他却以一种混合了富有涵养的和善、摇头表示遗憾的容忍和——息事宁人的姿态，他以这种姿态示人，这恰好也表明了我的这种假设是正确的。事实上，一点也不稀罕的是，外人都认为这位丈夫是唯一被蒙在鼓里的人，而他自己还以为，除了他便没有第二个人知道。这就是一个有生活阅历的老人的看法。

我觉得，伊涅丝其实并不是特别在意有没有什么人知道她的秘密。不过，为了掩人耳目她倒也是想尽了办法，但她这样做的目的更多却是为了面子上好看——谁要是真的想知道，那就让他知道好了，只要他别烦她就行。这种激情太专注于自我、对自己太有信心了，所以它想象不出还会有什么人敢跟它叫板。至少在爱情上是这样的，在这里，感情为自己争取世间所有的权利，即便这种感情是被严格禁止的和有伤风化的，它也会完全是不由自主地指望外人的理解。不然的话，如果伊涅丝真的认为自己天衣无缝，那她又怎么可能不假思索地假设我是知情的呢？而她又几乎是毫无保留地这样去做了——只是没有点出具体的名字而已——在我们彼此——大概是在1916年秋——所进行的一次晚间谈心时，而这显然也是她和我进行这次谈话的目的。我那时和阿德里安不同的是，我在施瓦宾，凯旋门后不远处，霍亨索伦大街，给自己租了一间斗室，一来是为了不受约束，二来也是为了能在这座首府里有个落脚之地以备不时之需，而他呢，每次到慕尼黑参加完晚会之后，总是要坚持乘坐那趟十一点的火车返回普菲弗尔林。这样一来，我就能够被英斯提托利斯一家当作好朋友邀请去共进晚餐，也就能够慷慨应允伊涅丝在席间就向我提出的，等赫尔穆特走后，因为他要去“阿罗特利亚”俱乐部打牌，再陪她一起坐坐的请求了，而她的这个请求也得到了她的丈夫的连声附和。九点刚过他就出门了，临走还祝愿我们聊得愉快。随后主妇和客人便单独坐在了那间日常起居室里，这个房间摆放着配有靠垫的藤制家具，柱形支架上还放有一尊伊涅丝的半身塑像，是由一个雕刻家朋友用雪花石膏塑成的——塑得非常像，非常迷人，比真人小很多，但却把她那浓密的头发，蒙眬的眼睛，歪向前方的温柔的小脖颈，令人费解而又狡黠地撅起的嘴巴，刻画得格外生动、准确。

我于是再度成为一个值得信赖的密友，一个不会唤醒任何情思的“好”人，那个诱人的世界的反面，而伊涅丝大概觉得那个男孩就是这个诱人的世界的化身，所以她特别渴望和我说他。她的原话是这样说的：正在发生的事情，已经有过体验的事情，幸福，爱情和痛苦，这些东西，如果总是不说出来，而只是憋在自己心里去回味和忍受，那么，它们就是没有得到应有的重视。它们不满足于只呆在暗处和保持缄默。它们越是隐秘，就越需要一个你可以就此和他进行探讨的第三者，一个密友，一个好人，而这个人就是我；我也很清楚地认识到了这一点，所以就把我要承担的角色承担了下来。

赫尔穆特刚走不久，我们所谈的还是些无关痛痒的话题，好像是怕他听见了似的。不过，谈着谈着，见时间过得差不多了，她就会突然地，出其不意地把话锋一转：“塞雷奴斯，您会责骂我、鄙视我、拒斥我吗？”

假装不解似乎意义不大。

“绝对没有的事，伊涅丝，”我答道，“绝对不会！上帝是不允许这样的事情发生的！他的那句‘复仇是我的，我要报复’，他的这句话我可一直牢记在心间。我知道，他已经让惩罚降临到违法身上，并且让违法浑身沾满惩罚，以至于两者的面目不再能够完全被分辨出来，而幸福和惩罚就是同一个。您肯定非常痛苦。如果我要是想做道德法官的话，我还会坐在这里吗？我确实在为您担心，这一点我不否认。但是，如果不是您问我会不会责骂您的话，我也只会把这话藏在心里，而不会说出口来。”

“受苦算什么，恐惧和令人感到屈辱的威胁算什么，”她说道，“如果把它们拿来同那种甜蜜的、不可或缺的凯旋相比的话，要知道，没有这种凯旋，人都不想活了：那种稍不留意就会从你手中滑落的东西是轻浮的，那种用不可靠的温情折磨心灵的东西是世俗的，尽管如此，这东西却还是自有其真正的人性的价值的，紧紧抓住它的这种严肃的价值不放，强迫它变得严肃起来，主宰命运，最终，最终，通过不止一次，而是通过不厌其烦地永远去证明和保证，最终会，在它的价值所应有的那种状态之中，在那种沉醉的、长叹一声的激情的状态之中，看到这一天的实现！”

我这并不是说，这些话，一字一句都是这个女人当时的原话，但她所表达的意思是和这些话非常接近的。她书确实看得多，她不习惯静默无声地进行内心体验，而是喜欢敞开心扉，她做姑娘的时候甚至尝试着写过诗歌。她的语言既有读书人的精确，又有点大胆放肆。

而一旦这种语言真的意欲要同感情和生活保持步调一致，意欲让感情和生活化为语言本身，让感情和生活只有以语言的形式才能真正地存活下去，一旦她的语言所追求的是这样的目标，那么，这种大胆和放肆就会出现。这并不是什么日常的愿望，而是一种情绪的产物，而情绪和精神的近似程度有多大，精神的感动人的程度也就有多大。她只顾着自己不停地往下说，极少去听我中途所插的话，即便是听的话，也是心不在焉地一个耳朵进一个耳朵出，因此，她的话里话外，如我经常所说的那样，充溢着肉欲的狂喜，正是这种狂喜让我推迟在此用直接引语把它再现出来。同情、保密、人性的敬畏阻止着我去这样做，当然，还有，可能吧，那种害怕让读者感到难堪的小市民的怯懦，也阻止着我去这样做。她翻来倒去地重复——就是一门心思地要让那些在她看来还没有得到应有重视的已经说过了的东西得到更为合适和恰当的表达。而所有这些话讲的都是价值和性的激情的一种奇怪的等同，以及那种毫不动摇的和特别狂热的观念，即情欲显然是某种就严肃性而言和“价值”相同的东西，内在价值只能在情欲中得到自我满足，自我实现，而最高的和最不可或缺的幸福就在于促使价值走上这条自我满足和实现之路。在她的嘴里，价值和情欲这两个概念的混合得到了怎样热烈而感伤的，此外也是没有保障的满足的强调，真的是用文字难以描述；而同样难以用文字描述的是，情欲作为最为庄重严肃的要素，和那可恨的“社会”的要素是如何的势不两立，而价值可好，居然媚态十足地把自己出卖给了这个“社会”要素，这就是它的外壳之要素，亦即那个亲切和蔼之精灵般的、变节的要素，非要把它身上的这种东西去掉、弄走不可，只有这样才能独自，最大限度地独自，最终意义上地独自拥有它。把那个亲切和蔼驯化为爱情，这才是事情的关键所在；但同时关键的还有某种抽象性，或者说是某种所思所想的东西和感性的东西高度地融为一体：也就是那种观念，即社交聚会的轻浮和生活的令人悲哀的不可靠性之间的矛盾在它的拥抱中被取消了，通过这种拥抱，为此而忍受的痛苦也以最甜蜜的方式遭到了报复。

我自己在这中间大概都插了些什么话，我现在基本上都想不起来了，唯一记得的就是提过一个问题，提问的目的大概是想指出她对于这个对象在性爱方面的高估，并想了解一下这种高估是如何成为可能的：我现在想起来了，我当时曾经体谅地对她暗示说，激情在这里紧抓不放的可并不恰恰就是那最富有活力和最好的、最完美的、最值得向往的东西；在决定是否服兵役的体格检查证明上说有个生理功能缺损，有个器官被切除。她所作的回答的意思是，这种局限反而可以使那个亲切和蔼更能了解精神的痛苦；倘若没有这种局限的话，精神恐怕是毫无希望可言，而正是这种局限才真正使得轻浮得以听见了痛苦的呼唤；还有，而且足以说明问题的是：对于占有的渴望而言，由此而导致的生命的缩短，与其说是意味着一种沮丧，倒不如说是意味着一种安慰、一种镇定和保障……另外，这次谈话中所有令人懑闷的细节全都再一次冒了出来，而她也是在这次谈话中第一次把她的堕落透露给了我，只不过她现在的表现松弛得很，带着一种几乎是恶意的满足：他会安慰你说，他还必须再到朗格维舍家或是罗尔瓦根家，尽是些你不熟悉的人那里去露上一面，而你一听他说这些，你自然就会知道，他在那里同样也会说，他还必须再到她那里去露上一面——你完全可以想象一下他的那副洋洋得意的样子。罗尔瓦根家女儿们的“热情奔放”不再叫人感到害怕和难堪了，和他嘴贴着嘴，那些对无关紧要的人所发出的“别走，再玩会儿”的请求也不再有什么毒了。那句丑陋不堪的“不幸的女人多了去了！”——她发出一声叹息，通过这声叹息，这句话的痛苦之刺被折断了。这个女人显然满脑子想的都是，她虽然属于知识和受苦的世界，但同时却又是女人，而她也把她是女人视为她所拥有的为自己争夺生活和幸福、战胜她内心的傲慢的手段。以前不管怎么说还可以通过一个眼神，一句严肃话让这个胡闹的人沉思片刻，暂时还能把他争取过来；还能够敦促他再一次返回，用一个轻声的和严肃的再见来纠正他先前对她所说的一无是处的再见。这些短暂的胜利都通过占有，通过结合巩固下来——只要占有和结合在两个人身上是可能的，只要一种蒙上了阴影的女人味还有能力保护她。而伊涅丝通过昭示她对自己这位情人的忠诚的不信任而表明，她最不放心的就是她自己的这种女人味。“塞雷奴斯，”她说道，“总会有那一天的，我知道，他会离开我的。”我看见她眉头紧锁，表情显得十分固执。“那样的话，他会很不幸的！我也会很不幸的！”她低声补充道，我于是情不自禁地想起了我最初告诉阿德里安他俩关系时他所说的那句话：“那他可该想办法金蝉脱壳才是！”

对我而言，这次谈话是一次真正的牺牲。它长达两小时之久，如果没有足够多的自我克制，足够多的善解人意的同情，足够多的朋友般的良好意愿，那其实可是很难坚持下来的啊。伊涅丝似乎也能够意识到这一点，但奇怪得很，我不得不说的是：我看得很真切，她对于别人为她付出的耐心、时间和精力所表示的感谢，却会由于她在偶尔的神秘微笑中所流露出来的某种因此而感到的恶意的满足感，某种类似于幸灾乐祸的态度，而变得复杂起来，实际上，直到今天，只要我还能够回想起她的这种感谢来，我就会吃惊于自己当初居然坚持了那么长的时间。而当时的事实也是，我们俩一直坐到英斯提托利斯从“阿罗特利亚”回来，他是去那里和协会的先生们玩杜洛克牌的。见我们还在一起，他的脸上不免掠过一丝尴尬，那表情好像是在说：果然不出他的所料。他感谢我的友好代理，而在他再次表示欢迎之后，我没有再坐下来。我亲吻女主人的手，精疲力竭地，半是气恼、半是充满同情与震惊地穿过空无一人的街道，徒步走回我的寓所。

三十三

对我们德国人来说，在我此时此刻所描述的这个时期里，我们的国家行将崩溃，行将投降，行将陷入垂死挣扎，行将茫然无助地落入外人之手。这个时期，正因为我恰好是在其间写作的，所以，它必须协助我，在与世隔绝的寂静中记录这些回忆，它的肚子开始丑陋地膨胀起来，它的腹中正在孕育一场祖国的灾难，而同这场灾难相比，那时的失败就只能算是温和的厄运，算是对一个错误行动的理性清算了。同那种现在正高悬于我们头顶之上的惩罚，同那种曾经降落到所多玛与蛾摩拉[①]头上的惩罚，同那种我们在那第一次时没有招致过的惩罚相比，一个卑劣可鄙的结局总归是会有所不同的，总归是会显得更正常一些的。

这种惩罚正在临近，它的脚步早就不再能够被阻挡——我不相信，还有什么人会对此怀有丝毫疑虑。有一点完全可以肯定的是，拥有这种通过秘密方式获得的毛骨悚然的——上帝帮帮我们吧！——认识的人绝不再仅限于亨特普佛特勒尔阁下和我两个人了。可是，又始终没有人敢于把这个认识说出口来，这本身就是一个幽灵般的事实。因为，当少数几个知情者不得不守口如瓶地和一大群迷惘的失去理智的人住在一起的

① 《圣经》典故。死海附近的两座城市，其居民多行不义，作恶多端，为耶和华不容，降硫磺与火将该城毁灭。后常被喻作活该遭受天谴的罪恶之地。

时候，情况就已经是很阴森恐怖的了——我是这样觉得的，如果所有的人其实都已经知道，但却都像被施了魔法似的一致保持沉默，而与此同时，一个人又可以从另一个人的躲闪的或者惊恐呆滞的眼睛里读到事实真相的话，那么，这种恐怖就应该是快要结束的了。

我日复一日忠诚地，外表平静、内心却激动不已地努力让自己去胜任这项为人著书立传的工作，努力去赋予这种私密的和个人的东西以威严的形态，可谓是两耳不闻窗外事，任凭外面的事情发生，任凭那属于我的写作所处的时代的事情发生。法国人已经侵入了，这种可能性是早就得到认同了的——这是一项经过精心准备的技术和军事成就，一流的，或者根本就是前所未有的，再加上我们又不可以去冒险把我们的防御力量全都集中在登陆的那一个点上，因为我们不能确定那个点是不是肯定就在猜中之列，会不会也有可能是在没有猜中的地方出现别的出其不意的进攻，所以我们就更难去阻挡它了。而就算你怀疑：就是在这里，那么，这种猜疑也是徒劳无益的和有害的。没过多久，上到浅滩上的部队、坦克、大炮以及种种必需品越来越多，以至于我们再也没有能力把它们全都重新扔进大海里去了。瑟堡，它的港口，正如我们可以信赖的那样，在德国工程师所施展的高超技艺作用下全面报废，根据那位发布命令的元帅暨海军上将发来的英勇的电报所称，它已经向元首缴械投降，另外，一场为争夺诺曼底城市卡昂的战役也已经激烈地进行了好几天了。如果我们的担忧还有几分道理的话，那么，这场战斗的本来目的其实已经是为了打开通往法国首都的道路：这个巴黎，新秩序已经规定它扮演欧洲游乐园和妓院的角色，可是现在在那里，抵抗运动又开始大胆抬头，即使我们的国家警察及其法国工作人员通力协作也难以完全控制局面。

是的，对我的孤独的行动发生着影响的事件真的是不胜枚举，我不过是没有让人看出来罢了！令人震惊的诺曼底登陆之后没有几天，我们的新的报复性武器，这种事先已经被元首多次情真意切地满心欢喜地提起过的武器，就开始一举在西线的战争舞台上粉墨登场了：这种自动炸弹是一种值得惊羡的战斗工具，发明这种工具的人如果不是走投无路的话，是绝对造不出它来的——这些无人驾驶的插着翅膀的毁灭使者们，它们，成群地从法国海岸线起飞，在南英格兰上空爆炸溅落，而且，如果所说不全是谎言的话，真的会在短时间内给对手以十分沉重的打击。然而，它们有能力防止那种本质性的转变吗？而为了用空中导弹干扰和阻止入侵，这些必需的装备就得及时完成，但命运却没有允许这样的情形出现。这期间还可以看到佩鲁贾被占领的消息，这地方，就咱俩之间说说，可不能外传，位于罗马和佛罗伦萨之间；有人甚至已经开始私下议论那个完全撤离亚平宁半岛的战略计划了——也许吧，为了抽出部队去增援日趋疲弱的东线防御战，我们的战士个个都愿意被派到那里去，无论付出多大代价也在所不惜。俄国人在那里掀起一股进攻浪潮，他们轰轰烈烈地越过维捷布斯克，现在正向着明斯克，白俄罗斯的首府逼近，若是它被攻陷，那么，正如我们私下里纷纷议论的那样，东边可就真的是再也保不住喽！

再也保不住喽！灵魂啊，不要去异想天开了！像我们这样极端的、简直就是独一无二的可怕情况，如果大坝决堤的话——大坝其实就要决堤，那将会意味着什么，而且，如果真是那样的话，我们曾经非常在行地在我们周围的民族中间所激起的那种深仇大恨，就将再也无法遏制得住了，请不要跟吃了豹子胆似的去作这样的猜想了！虽然通过从空中摧毁我们的城市，德国早已变成了战场；然而，一种始终驱之不散的想法却是：德国可能会成为真正意义上的战场，这是我们所不能接受和不能允许的，而我们的宣传也特别警告敌人不要伤害我们的土地，神圣的德意志的土地，就像警告他们不要犯下一桩毛骨悚然的罪行一样……神圣的德意志的土地！好像它身上还有什么是神圣的似的，好像长时间的肆无忌惮的对法律的践踏还没有把它彻底玷污似的，好像它在道德上也同样真的不会受到限制和惩罚似的。那就让它快来吧！别无希望，别无念想，别无所求。那种和盎格鲁撒克逊人媾和的呼声，那种继续单方面反击汹涌而至的萨尔玛特人[①]的提议，那种放弃无条件缴械投降要求的要求，也就是说：去谈判，而且还是去和谁谈判？一个政权居然提出这样的要求，这只能是叫人翻白眼的胡闹，因为这个政权不愿意知道，而且直到今天似乎也仍然不知道，它已经受到谴责，它必须消失，背负着这样的骂名——让自己为世界所不容——让我们，让德国，让这个帝国——我现在还要继续说：让德意志民族，让德意志的一切都为世界所不容。——

这就是眼下我撰写这部生平的背景。我想，我应该再把这个背景给读者作一个勾勒。就我的叙述的背景本身而言，当我把我的叙述向前推进到那个时候的时候，我在这一章的开头其实就已经先用“落入外人之手”这个措辞对它的特点进行过说明了。“落入外人之手是很可怕的”，这个句子及其所表达的那种苦涩的真实，在那些崩溃和缴械投降的日子里，常常引起我的深思，也常常让我分外沉重：为什么呢，因为我是一个德国男人，尽管我所受到的天主教传统的熏陶使得我与世界的关系不乏某种世界主义色彩，然而，姑且先把这种色彩放在一边不说，我另外对于我们民族的特殊性，对于我的国家在个人生活方面所具有的特点，对于这个国家的思想观念，以及这种思想观念作为人性的断裂，是如何一步步战胜其他无疑也是享有同等权利的人性的变形而开始立足，并且，这种思想观念又是如何只有在获得一定的外在威望的前提下，在一个正派诚实的国家的保护下才能立于不败之地，凡此种种，我的感触简直是太深切了。一场生死攸关的军事失败，其令人震惊的新颖之处就在于，通过一种，首先也是受语言制约的、外来的意识形态，通过对这种意识形态的听之任之，来克服这种观念，来对这种观念进行有形的反驳，然而，又正是由于这种意识形态是外来的，所以，它显然是不能给

① 萨尔玛特人是古希腊罗马对数个多次侵入罗马帝国各行省的东欧游牧民族的称呼，后来这个词演变成为一个对野蛮东欧的比喻。

那个自身的本质带来任何好处的。这种恐怖的经历是何滋味，上一次战败的法国人可是品尝到了的，当时，他们的谈判代表，为了使胜利者的条件提得不至于太苛刻，就对我们部队进驻巴黎的那份光荣，la gloire[①]，给予十分高度的评价，可人家那位德国政客并不买账，反而回敬他们说，法文里的“光荣”一词，或者随便什么与之对应的词，在我们的字典里是找不到的。那是1870年，法国议会当时在商讨此事时甚至是惊恐地把声音压得很低很低的。议员们个个感到忧心忡忡，他们很想搞清楚，无条件地败在一个不知光荣为何物的对手手下意味着什么……

在长达四年的时间里，那种雅各宾加清教徒式的美德粗话已经推翻了那些“表示赞同的人们”的战争宣传，成了通行的胜利语言，在这样的时候，我常常就会想起上面那件事情来。我认为同时得到了证实的是，从投降到纯粹的退位和到作出这样的提议：既然战败国那方面已是束手无策，那就请战胜国只管按照自己的意思来接管它好了，这中间的距离其实并不遥远。这样的躁动四十八年前的法国是很熟悉的，而我们现在对此也并不感到陌生。然而，这样的躁动正在遭到拒绝。战败者终究逃脱不了必须对自己，不管是以什么样的方式，负责的义务，即便是有外来牵制的情况发生，那也只是为了防止革命，防止旧的权威谢幕之后所爆发的填补真空的革命，不至于发展到连战胜国的资产阶级秩序都会一并受到威胁的极端地步。因此，公元1918年，西方列强之所以停战之后继续维持封锁，其目的就是为了控制德国的革命，不让它偏离资产阶级民主的轨道，以防止它演变为俄国无产阶级的模式。因此，戴上了胜利桂冠的资产阶级帝国主义开始不厌其烦地警告人们提防“无政府状态”，不厌其烦地再三断然拒绝同工人和士兵委员会以及类似组织进行谈判，不厌其烦地反复许诺说，只和一个稳固的德国缔结和约，只有一个这样的德国才会有活路。我们当时所拥有的政府竟然也服从了这种家

---

① 法文，意为“那份光荣”。

长式的指挥，喜爱国民大会而反对无产者专政，而且还听话地一口回绝了苏联人的提议，即使这些提议涉及粮食供应。如果可以的话，我在此还想补充一点，即我说这些话，目的并不是单纯为了让我自己感到满意。诚然，作为一个懂得节制、有教养的人，我对激进的革命和下层的专政确实怀有一种本能的惊恐，它们在我看来就是无政府状态和暴民统治，总之就是对文化的摧毁，除此以外，我很难再把它们想象为别的什么。尽管如此，我却常常会回想起那则荒诞的趣闻，内容说的是那两个由大资本出钱扶持的欧洲文明大救星，一个德国的，一个意大利的，手拉着手地穿行在佛罗伦萨宫，参观这个其实根本不是他们应该参观的地方，其中的一个还拍着胸脯对另一个打保票说，所有这些“辉煌灿烂的艺术珍宝”，倘若不是上天通过降大任于他们俩来阻止布尔什维主义的话，恐怕是早就被布尔什维主义毁于一旦了——每当我回想起这则趣闻，我对暴民统治的理解就会得到新的修正，在我这个德国市民看来，同这帮人渣的统治相比，下层的统治简直就是一种理想状态，而现在来进行这样的比较已经是可能的了。据我所知，布尔什维主义从未摧毁过艺术品。相反，倒是那些整天叫嚷着要保护我们不受布尔什维主义侵犯的家伙，摧毁艺术品倒是在很大程度上成了这伙人的一项重要任务。他们践踏精神产物的兴趣——这种兴趣所谓的暴民统治是绝对不会有的——不是差一点也就殃及本书主人公阿德里安·莱韦屈恩的作品了吗？他们的胜利和那种历史赋予他们的，按照他们卑鄙无耻的野心来随意安排这个世界的权力，不是差一点就要把他的作品的生命力和不朽给剥夺掉了吗？

事实上，早在二十六年前，对于那些资产阶级雄辩家和所谓的“革命之子”的这些自以为是的美德说教，我这心里其实就已经感到极为反感了，而且这种反感甚至超过了我内心对于天下大乱的恐惧，这就使得我非常向往那些前者正好一点也不向往的东西：就让我们的战败了的国家倚靠它的难兄难弟，倚靠俄国吧——为此我甚至都准备容忍，乃至赞同这种志同道合的协作可能带来的社会巨变。俄国革命让我深受震撼，它的原则之于那些迫使我们就范的大国的原则所具有的历史优越性在我看来是毋庸置疑的。

从此，通过这段历史，我就学会了用另外一种眼光来看待当时那些制服了我们的胜利者，这些胜利者接下来又将通过和东方的革命的结盟而再度成为胜利者。真的：资产阶级民主的某些阶层，无论是在过去还是在现在，似乎都具备接纳被我称为人渣统治的条件——他们愿意同这种人渣统治联合，以勉强维持他们的特权。尽管如此，从资产阶级民主里还是涌现出了这样一批领袖，这些人，跟我这个人文主义之子在看法上特别一致，全都认为这种统治是人类能够并且可以承受的最后极限，并且，他们还发动起全世界追求民主的人们展开针锋相对的殊死搏斗了。无论怎样对这些人表示感谢都不为过，这证明，西方国家的各种民主制度，即使它们的机构再怎么不合时宜，它们的自由概念同新事物和必然性相比再怎么顽固不化，但是，它们从本质上讲所奉行的却依然是人类进步的路线，所坚持的依然是使社会日臻完善的良好意愿，而且就其本性而言，它们依然还是有能力去革新、修复，去返老还童，去朝向更适宜于生命的状态过渡的。——

所有这些都是顺便提及而已。在这部传记的这个部分里，我现在正在回忆的是那个君主制军事国家权威的丧失，这种丧失早在失败日益临近之时就已经开始大踏步加速，并随着失败的到来而最终完成，这个军事国家曾经在相当长的时间里成为我们的生活方式和生活习惯，它的崩溃，它的谢幕，以及在持续困乏、货币贬值愈演愈烈的情况下所出现的那种散漫的讨论和自由的遐想的状态，某种寒酸的和不该有的对资产阶级的独立性的授权，一个如此长久地接受纪律约束的国家结构解体为一个个由没有了主人的臣仆所组成的大辩论群体。然而，这并不是一个十分令人感到惬意的景象，如果要我来描述一下，我作为纯粹被动的旁观者参加当时成立的某些“精神工作者委员会”以及类似的组织在慕尼黑各家宾馆大堂举行的集会所获得的印象的话，我根本就无法不用“尴尬”二字。假如我是一部小说的叙述者，我就要把这样的一个会议，在这个会议上，比如说，会冒出个把纯文学作家来，不无优美地，甚至是一笑就露出两个小酒窝地大谈“革命和人类之爱”这样的主题，从而以此煽动起一场自由的，太过自由的，杂乱和混乱的，以最为罕见的、只在遇到这样的机会时才会出来露一小会儿脸的那类人，小丑、癫狂症患者、幽灵、不怀好意的破坏分子和末流哲学家们为参与主体的讨论——假如我是一部小说的叙述者，我就要，也就是说，把这样一个茫然不知所措的和无可救药的委员会集会，通过我费死力地拼命回忆，向读者作一个尽可能形象清晰的描绘。我记得，当时与会的人们纷纷发言支持和反对人类之爱，支持和反对军官，支持和反对人民。一个小姑娘朗诵了一首诗；一个穿军灰色军装的士兵好不容易才接受了劝阻，没有继续把他的一份稿子念到底，这份稿子以“亲爱的男女公民们”开头，如果听之任之的话，无疑会占用一整夜的时间；一个恶毒的候选人无情地谴责所有在他前面发言的人，认为这次集会没有提出一个真正有价值的意见——等等。听众喜欢用叫喊声打断台上的发言，他们的表现是闹哄哄的、幼稚的和粗野的，主持人则是无能的，现场气氛则是可怕的，结果为负数。我环顾四周，一再地问自己，是不是只有我一个人感到难受，最后，我终于因为能够离开会场，来到空旷的马路上而感到高兴，而这时的马路上，有轨电车已经收班好几个小时，偶尔会有几声枪响在冬夜里回荡，也不知是从那里来的，很是莫名其妙。

莱韦屈恩，当我把这些印象告诉给他的时候，他正在遭受非同寻常的痛苦——看他那病快快的样子，就有点像是有人正在侮辱他，正在用烧得通红的火钳拧他、掐他、折磨他似的，不过，你同时却又大可不必直接替他的性命担忧，然而，他的生命似乎已经跌落谷底，他充其量也只是在过一天算一天地熬日子罢了。他那时犯的是再严格的病人食谱也无济于事的胃病，同时伴发剧烈无比的头痛，每发一次都要持续好几天，而且隔两三天就反复一次，呕吐长达数小时，甚至是数天之久，而且还是在空腹的情况下，真是一场劫难，很没尊严的，很凶险的，也是很丢人的，而每次发作完毕之后，病人就会由于持续的对光的高度敏感而表现出深度的疲态。但是，这种痛苦却是绝不可以归结为精神原因，归结为时代的忍受酷刑的体验，归结为国家的失败及其随之出现的混乱状况。这些东西几乎触及不到他，因为他归隐田园，过着僧侣般的隐居生活，远离城市，但是，他无论如何又始终都能够了解到有关方面的最新情况，当然不是通过报纸，因为他不看报纸，而是通过施魏格施迪尔太太，他的这位同情心和镇定自若兼具的护理员。这些事件，其实对明眼人而言并不是什么突如其来的震惊，而是某种早就期盼已久的事情的实现，对此，他几乎连肩膀都懒得耸一下，而对于我这边所作的那些希望从中找出这场灾难可能潜藏着的好的一面的尝试，他也反应平淡，权当是我的絮叨而已，而且还是和我在战争之初所作的那些喋喋不休的絮叨相类似的絮叨——写到这里，我又想起了他那时用以回答我的那句冷冰冰地表示不相信的话——“愿上帝保佑你们学有所成！”

尽管如此！感情丰富地把他的健康的每况愈下和祖国的日益不幸联系在一起，这仍然还是很不合适的一件事情——我倾向于把这一个和那另外的一个看作是有客观联系的，是象征性的对应，我的这种倾向，虽然促使它产生的只是同时性这个事实，即使我小心翼翼地隐瞒这个想法并尽量避免在他面前说起它，哪怕连暗示也不作一个，但又由于他对外界事物的远离，我的这种倾向，它却又是不可遏制的。

阿德里安没有要求找医生，这可能是因为他把他所忍受的这种痛苦完全看作是某种根本熟悉的东西，认为这只是他所遗传的偏头痛的一种急性期的加重发作而已。多亏有施魏格施迪尔太太坚持，这才总算是叫人去把瓦尔茨胡特的专区郎中屈尔比斯大夫请了过来，正好也就是当年对遭遇分娩阵痛的那位拜洛伊特小姐施行过救治的那同一个。这位好好先生并不认为他得的是偏头痛，因为他的这种头痛常常毫无节制，不像是一般偏头痛发作时应该表现出来的那种单侧的头痛，而是表现为两只眼睛里面及其上方部位的剧痛，因此，他判断他的这种头痛应属具伴发性质的症状之类。所以他，当然也是有保留地，对他的病作出诊断：有点像是一种胃溃疡。他告诉病人说，偶尔可能会有出血发生，要他对此有所防备，于是就给他开了一支硝酸银棒溶剂内服。可是，出血的情况却一直未见发生。见硝酸银棒溶剂不起作用，他便开始给病人吃大剂量的奎宁，一天服用两次，这下倒还真的使病情得到了缓解。可是，也就只隔了两周，两周之后，那种和严重的晕船症极为相似的发作重又开始，屈尔比斯的病情诊断随即受到动摇，或者说在另外一个意义上得到确定：他认为现在应该完全有把握把我朋友的这个病诊断为一种慢性胃炎，同时伴有显著的、而且是右边一侧的胃扩张，以及血液黏滞，影响头部供血。他现在开的方子是卡尔斯巴德矿泉水①，外加一份病人食谱，按照这份以尽可能量少为原则的食谱，菜单上几乎只能写上嫩肉、流食、汤以及蔬菜，汁少的东西、面包都被认为是有害无益而应该加以避免。这同时也是为了对付阿德里安胃酸产生过多的情况，他的胃酸那叫多啊，程度极其严重，这其中的原因，屈尔比斯倾向于认为，至少应该部分归于神经紧张，即一种中枢作用，也就是说，在这里，大脑首次开始在他的诊断猜测中占据一席之地。然而，即便胃扩张已经治愈，头痛和严重的恶心却未见有消失，他于是就开始越来越多地把这些疾病现象的源头往大脑上推——而病人所提出的那种对避开光线的迫切要求则让他愈发坚定了自己的这种推测：这位病人即使不在床上，也要在那间黑漆漆的屋子里呆上半天，因为一个阳光灿烂的上午就足以让他的神经感到疲惫不堪，以至于他极度渴求黑暗，享受黑暗就如同享受一个让他感到舒爽的环境一般。我本人白天有些时候也是在那间修道院院长室和他一起聊天度过，那屋子是如此之暗，以至于你只有经过较长时间的适

① 这是一种富含芒硝的矿泉水，常被加工用作泻药。

应之后才能分辨出家具的轮廓，分辨出从外面渗透到墙壁上的一丝微光。

按照医嘱，这段时间早上要用冰袋敷头，用冷水浇头，这种做法从效果来看，比前面的明显要好，但也只是当镇痛剂用而已，虽然能够起到缓解作用，却远远谈不上康复：那种阴森恐怖的状态并没有能够被消除，而是间歇性地反复发作。病人说，如果没有这种持续不断的发作的话，他自己倒是很想咬牙挺过去的，可是，这种位于头部的，位于两眼之上的持久的疼痛和压迫感，这种难以言说的、浑身从头顶到脚尖整个地都跟瘫痪了似的感觉，似乎也累及到了语言器官，致使病人，不知他自己意识到没有，有时会张嘴乏力，说话不得劲，吐字不清。我当然更愿意相信的是，他对此并不介意，因为这并未阻碍他继续把话说完；不过，他另外有时也会给我造成这样一种印象，即他恰恰是在利用这种阻碍，这种阻碍正中他的下怀，如此这般，他就可以用一种并非训练有素的、目的就是不想让人完全听懂的方式，就如同痴人说梦那样地，来说一些事情，而且在他看来，用这种方式来叙说这些事情是合适的。而他跟我说起安徒生童话中的小人鱼时用的正好就是这种方式，他说他格外喜爱和佩服那个小人鱼，当然也包括书中对海底巫婆的丑恶领地所作的那种真正杰出的描绘，那巫婆住在汹涌翻卷的涡流后面，住在珊瑚虫的森林里，而那个充满渴望的孩子居然斗胆跑到那里，目的就是为了把她的鱼尾变成人腿，然后再通过黑眼睛王子的爱情——她自己有着一双“像最深的海底那样蓝的”眼睛——或许，像那些人那样，获得一个不朽的灵魂。他玩弄比较的游戏，那个哑巴美人鱼每走一步，她的一双雪白的行走工具就会感到刀割一般的疼痛，他把她甘愿遭受的这种痛苦和他自己所不得不持续忍受的折磨相提并论，他称她是他患难与共的姐妹，他另外还对她的行为、她的固执、她的感伤的对两条腿的人的世界的错误的向往提出一种亲人般的、幽默中透着真实的批评。

“事情起因于一个大理石塑像，这塑像掉到海底，被她拾到，不觉神魂颠倒起来，”他说道，“这塑像是个男孩子，很明显是出自托尔瓦尔德森[1]之手，可她倒好，竟然对它发生了不该发生的浓厚兴趣。她的祖母原本应该把这个东西从她手上夺下来才是，而不是另外又同意这个小人儿再往蓝色的沙子里种下一棵红如玫瑰的垂柳。因为起初太放任她了，所以，待她后来对那个被歇斯底里高估了的人间，对那个‘不朽的灵魂’表现出那种强烈渴望之时，就再也没有什么办法可以去遏制她了。一个不朽的灵魂，怎么会是这样呢？一个极其愚蠢的愿望！而比这要让人感到安慰得多的则是，知道小人鱼命中注定死后将变成海上的泡沫。那个王子是个笨蛋，他根本不知道去珍惜她，反而让她眼睁睁地看着他去娶另外一个女人，若是换了一个普通的水妖，人家就会在他王宫的大理石台阶旁引诱他，把他拉进水中，温柔地将他淹死，而不是像她所做的那样，让她的命运受制于他的愚蠢。而他说不定还真会去爱她，爱那天生长着一条鱼尾的她，胜过爱那长着疼痛不已的人腿的她一百倍……”

他抱着一种根本无法叫人当真的客观，眉头紧皱，同时又只是含糊不清地、双唇勉强蠕动地谈论这个水怪的形体，谈论这个形体在美学意义上较之于叉开两腿的人体的优越之处，谈论女人的身体自臀部往下合并为一条有着光滑鱼鳞的、有力而柔韧的、为娴熟的掠过而生的鱼尾之后所能获得的那种线条的魅力。把人和动物进行神话式结合一般所难免的种种怪异，都被他在这里一一否定掉了，让人觉得，他似乎并不承认神话虚构这个概念在这里根本就是恰当的：这个来自大海的女人拥有完美的、最招人喜爱的、有机的真实性、美和必然性，这一点人们完全能够觉察到，尤其是当他们看到，付出高昂代价换来两条人腿的小人鱼最后却落得可悲可怜、往昔地位不保的田地，但是，没有人会因此而感谢她——这个海的女儿无疑是自然的一分子，自然已经对其有所亏欠了。

---

① 贝尔特尔·托尔瓦尔德森（1770－1844）：丹麦雕刻家，斯堪的纳维亚古典雕刻艺术的最重要的代表。

如果自然已经对其有所亏欠的话，他是不相信这个的，他在这方面甚至知道得更多，等等。

现在，我的耳旁仿佛依然听见他在这样述说或呢喃，带着一种阴暗的、我也幽默地予以回应的幽默，见他在明显承压的情况下还能够拥有这样的快乐情绪，我这心里，如平素一样，除了默默地佩服之外，仍不免几分担惊受怕。正是这种情绪让我由着他拒绝了屈尔比斯大夫当时出于医生的职责所作的建议：他向他推荐或是让他考虑去看更高一级的医学权威；但阿德里安避而不答，根本不感兴趣。他说，他首先是完全相信屈尔比斯的，另外他也坚信，他多多少少都必须依靠自己，依靠自身的力量和天生的抵抗力来征服这个毛病。这一点符合我自己的预感。我其实是更倾向于改变一下环境，去作一次疗养的，这也正是那位大夫的建议，但出乎意料的是，他没有能够说服他的病人。后者太留恋这个有房子、农庄、教堂钟楼、池塘和山丘的生活圈子了，太留恋他那古色古香的研修室、他那天鹅绒的椅子了，所以，任何代之以疗养的想法他都容不得一星半点，哪怕只是抽出仅仅四周的时间去疗养一下，去过一下以集体用餐、漫步林荫道和听音乐为内容的疗养生活，对他而言都是极其恐怖的事情。他首先拿出施魏格施迪尔太太当挡箭牌，说他要替她着想，他不希望让她觉得，他更喜欢在外面随便找个普通护理而不是她的护理，从而伤害她的感情——因为，他觉得自己实际上早就已经在这位，在这位善解人意、沉着镇定、通情达理而又内行的母亲这里受到了无微不至的最好照顾了。这话说得倒也真是一点不假，试问，他还能上哪儿去找像她这样的照顾呀，她现在，遵照最新的推荐，每四个小时就会给他上一次饭菜：八点钟是一只鸡蛋、可可饮料和烤面包片，十二点钟是一小份牛排或一份煎肋肉排，下午四点钟是汤、肉和一点蔬菜，晚上八点则是烤肉冷盘和茶。这样的安排是非常舒服的。它可以防止因暴饮暴食而导致的消化不良。

纳可黛和库尼恭德·罗森施蒂尔轮流造访普菲弗尔林。她们带来鲜花，果酱、蜜饯之类煮透装瓶保存的食物，薄荷夹心糖果，或是别的什么稀缺物品。她们并不是每次都受到接待，甚至很少受到接待，但她俩却并不因此而丝毫有所动摇。库尼恭德在遭受拒绝的时候会通过她那特别成熟庄重的、用最纯洁和最高贵的德语写就的一封封信函来对自己作出补偿。当然，这样的安慰纳可黛却是不会有的了。

我很愿意看到吕迪格尔·席尔德克纳普，这个和他有着同样的眼睛的人，出现在我们的这位朋友身旁。有他在场，他会感到无比安慰，无比快乐。如果他在场的次数能更多一些，那该有多好啊！可是，阿德里安这次病得很重，而每当遇到这种严重的情况时，吕迪格尔的帮助往往就会陷于瘫痪状态——我们知道，他的那种迫切希望受到别人的欢迎的感觉会使他变得固执倔强，让他吝惜起自己来。他也总能找到各种借口，也就是说，总能找到让他的这种奇特的精神气质变得合理起来的各种可能性，如：他要忙于卖文为生，他的翻译工作把他折磨得够呛，他真的有事很难走开，而且，他自己的健康也由于营养不良而受到损害；他的肠炎发得更频繁了，如果他要是在普菲弗尔林露面的话——不管怎样，他偶尔还是会过来看一下的——那么，他就会戴上一条法兰绒保暖用羊毛腰带，甚至也可能是一条潮湿的覆盖有防水橡胶的敷布——这成为他搞带点苦味的幽默和说盎格鲁撒克逊笑话的一个源泉，也成为阿德里安快活起来的一个源泉，除了吕迪格尔，再也没有第二个人能够让他如此轻松地超越肉体的痛苦，进入自由戏谑的、开怀大笑的天地。

不言而喻，市政议员夫人罗德太太也时不时地会走出她那充斥着过多的市民阶级家具的藏身之处，跑到这边来小坐片刻，如果见不到阿德里安本人的话，她就会向施魏格施迪尔太太打听他的情况。如果他在家招待她，或者他们在外面碰上，那么，她就会跟他讲她的两个女儿，由于她的门牙已经掉了一颗，所以在整个讲述的过程中，她都始终能够做到笑不露齿；因为，这里也和她前额的头发一样，都是让她不敢见人的难堪之处。她说，克拉丽莎非常热爱她的艺术家职业，虽然观众的反应有些冷淡，评论界也挑剔得很，还有那个狂妄无情的导演，他总是在她兴冲冲地准备把她一个人的单独表演进行到底之时，在后台对着她叫喊“快点，快点！”，企图以此败坏她的兴致，但是，这些统统都没有能够降低她从事这个职业的乐趣。她在策勒的第一个聘用合同已经到期了，而她的下一个也没有让她提升多少：她现在在遥远的东普鲁士的埃尔滨演些小情人的角色，不过，她有希望被聘用到帝国西部，也就是到普福尔茨海姆，如果从那里最后再往卡尔斯鲁厄或斯图加特的舞台上跳，那距离就不算遥远了。而从事这种职业生涯的关键就在于，不能总是在小地方呆着，而是要能够及时进入一家州立剧院或是一家省城的在精神文化领域占有重要地位的私人剧院立足。克拉丽莎希望自己的目标能够实现。但是，从她的来信，至少是从她给她姐姐的信中可以看出，她所取得的成功更多的是个人生活的，也就是说：情爱的，而不是艺术的性质。她发现有很多人在追求自己，而用冷嘲热讽去拒绝这些追求也牵扯了她的一部分精力。她虽然没有直接告诉过她母亲，但在给伊涅丝的信中却透露说，有一个有钱的百货公司老板，一个保养得很好的白胡子老头，有意让她做他的情人，许诺给她房子、车子，让她穿金戴银，永葆娇媚；如果她答应了的话，她就可以叫那个无耻地叫喊“快点，快点！”的导演住口，同时也可以让写剧评的那些个人改口。可是，她太骄傲了，太骄傲了，根本不能容忍把她的生活建立在这样的基础之上。在她看来，这关系到她的人格，而不是她的人；那个大商贩遭到了拒绝，而克拉丽莎又重新去埃尔滨开始了新的奋斗。

相比之下，市政议员夫人说起她在慕尼黑的女儿伊涅丝时就没有那么详细了：她的生活似乎的确是更平稳、更正常、更有保障一些了——至少表面上看来是这样的，而罗德夫人显然也只愿意从表面上来看待它，也就是说，她所描绘的伊涅丝的婚姻是幸福的，然而，她的这种描绘却是表面得不能再表面了，尽管感情丰富。当时正好是那对双胞胎出生，市政议员夫人并非特别情真意切地谈及这件大事——谈及那三个娇生惯养的、雪白雪白的小东西，她偶尔也会进到她们居住的那间理想的儿童房里去看望她们。她用强调的语气，同时也不无自豪地赞扬她的大女儿有一股子不屈不挠的精神，说凭着这股精神，她，即便境况恶劣，照旧知道如何把她的家务打理得无可挑剔。但让人分辨不出的是，她对那个早已是公开的秘密，即她和施维尔特费格的事，是真的不知道呢，还是故意装作不知道。而阿德里安，正如读者诸君现在所知道的那样，那时则是通过我的口才了解到这些事情的真相的。有一天，鲁道夫甚至当面向他进行了忏悔——非常奇怪的一件事情。

这位小提琴家在我们的朋友的老毛病急性发作期间表现得非常热心、忠诚和亲近，好像他就是要抓住这次机会向他表明他是多么看重他的亲善、他的好感似的——当然还不止于此：我的印象是，他认为，应该乘阿德里安处在痛苦的、比较虚弱的和正如他所认为的那样，一定程度上无助的状态的时候，来向他提供他全部的永不气馁的和受到诸多个人魅力支撑的帮助，以消弭他那种矜持、冷淡、嘲讽地拒人于千里之外的态度，这种态度，出于多少也是严肃的原因，让他感到难过，或者让他感到痛苦，或者有损他的虚荣心，或者伤害到一份真正的感情——天知道那是怎么一回事！如果要谈论鲁道夫那善于调情的天性的话——而这也是必须被提及的一点——那么就很容易陷入那种言多必失的危险。当然，也不应该说得太少，而在我看来，就我而言，他的这种天性，这种天性的显露，始终都是笼罩在一种绝对天真、幼稚、甚至是鬼怪精灵般的魔性的光环之下，而我以为，这种魔性的灿烂的反光，我偶尔也在他的那双漂亮无比的蓝眼睛里见到过。

够了，我刚才已经说过，施维尔特费格对阿德里安的病十分上心，殷勤备至。他常常打电话到施魏格施迪尔太太那里打听他的病情并表示，只要他的病情哪怕是勉强能够容忍他的探望，而他的探望也能够帮他散心的话，他就要去看他。而时隔不久，在病情有所好转的那几天里，他倒也真还是经允许来了一趟，他把自己对于这次重逢的最动人的喜悦全部挂在了脸上，他一见面，就用“你”叫了阿德里安两次，直到第三次，因为人家根本不理这茬，才又改过口来，而只满足于在叫名字的时候用“您”即可了。而阿德里安这边呢，一方面是为了对他有所安慰，另一方面也是想试探一下，也偶尔会叫他的名字，不过并不是以那种小化了的、亲切的、在施维尔特费格那里是习以为常的昵称形式，而是以全称的形式，也就是鲁道夫，但随即却又不再使用这个形式。另外，他还会对这位小提琴家最近所取得的那些美好的成就表示祝贺。他在纽伦堡举办了一场自己的音乐会，尤其是他对巴赫（专为小提琴而写）的那部 E 大调组曲的卓越再现，激起观众和新闻界的巨大反响。此后，他又紧接着在音乐厅举办的一场慕尼黑学院音乐会上作为独奏出场，他对塔尔蒂尼[①]所进行的那种干净、甜美和技巧上臻于完美的演绎受到了人们非同寻常的喜爱。没有人计较他的声音小。他只有通过音乐（以及个性）来弥补这个不足。他就要登上撞塞子乐队第一小提琴的宝座，因为先前坐在这个位置上的人为了潜心教学准备辞职走人了，虽然他还很年轻——而他比他实际的年龄看上去还要年轻很多，是的，奇怪得很，甚至比我初次认识他的时候还年轻——但他的这次荣升现在已经是一个确定无疑的事实了。

即便如此，鲁迪仍然还是显得有些郁郁寡欢，这是由于他在私生活方面的某些遭遇——由于他和伊涅丝·英斯提托利斯之间不正当的男女关系，而有关这种关系的详细情况，当他有机会和阿德里安四目相向的时候，他全都充满信任地告诉给了他。此外，在这里用“四目相向”一词倒也并不是特别正确，或者说并不是特别充分，因为这次谈话实际上是在那间昏暗的屋子里进行的，他们彼此其实根本看不见或者是只能隐隐约约看见对方——这种客观情况，毫无疑问，对施维尔特费格的自白而言，具有鼓舞和放松作用。那是 1919 年 1 月的一个极其晴朗的日子，

---

① 吉乌泽培·塔尔蒂尼（1692－1770）：意大利作曲家，小提琴演奏家，《魔鬼的颤音》是其最有名的奏鸣曲。

天空蔚蓝，阳光灿烂，到处是一派白雪皑皑的景象，阿德里安在鲁道夫刚到门口，刚在外面的露天里和他打完第一声招呼之后，就突然地感到剧烈的头痛起来，没有办法，他只好请他的客人和他一起到那片被实践证明是舒适的、具有保护作用的昏暗里呆上至少是一小会儿。原来，他最初所呆的那间尼基客厅他现在已经不住了，而是换到了那间修道院院长室，而且这院长室另外还用挡光的百叶窗和窗帘给封了个严严实实，以至于整个屋子呈现出一副为我所熟悉的样子来：首先映入眼帘的是一片黑暗，然后他们学着大致地区分出家具的位置，觉察到从外面渗透进来的微光和墙上的一丝苍白的光。阿德里安坐在他自己的天鹅绒椅子上，一再在黑暗中为自己提出的过分要求表示歉意，而在书桌前面的那只萨沃纳罗拉沙发椅上落座的施维尔特费格却一个劲地表示并不介意。还说只要这样能够让前者觉得舒服——而他完全能够想象得出，这样做肯定对他大有裨益，那么，这样就是他所最喜欢的。他们压低嗓门，甚至是悄声交谈，部分是由于阿德里安的身体状况使然，部分则是因为人在黑暗中会不由自主地降低声调。黑暗甚至会让人产生某种程度的不想说话、希望结束谈话的倾向，然而，施维尔特费格的德累斯顿文明和社交素养却容不得任何的停顿，他滔滔不绝地越过极点，打破僵局，尽管身处沉沉黑暗之中的他并不能够确定那另外一个人的反应究竟如何。他先是顺便提了提惊险的政局和发生在帝国首都的斗争，然后又把话题扯到最新的音乐上来，鲁道夫还极为纯正地用口哨吹了点法雅[①]的《西班牙花园之夜》和德彪西的长笛、小提琴和竖琴奏鸣曲。他也吹了《爱的徒劳》中的那支布列舞曲，完全用的是它本来的调，并且紧接着又吹了木偶戏《邪恶诡计》中那个流泪的小狗的滑稽主旋律，不过，他却始终不能正确判断出阿德里安是喜欢还是不喜欢。最后，他长叹一声说，他根本没有心情吹口哨，他这心里其实是相当沉重的，或者，即便不是沉

① 马努埃尔·德·法雅（1876－1946）：西班牙作曲家，重要作品有舞剧《爱情魔法师》和钢琴与乐队曲《西班牙花园之夜》。

重，那可也是生气、郁闷、烦躁，总之是束手无策、忧心忡忡，如此一来，还是沉重。为什么呢？要回答这个问题当然是不容易的，甚至是不可以的，除非是当着朋友的面，因为这里并不十分看重那条保密的戒律，那条骑士戒律要求对风流韵事守口如瓶，他可是一直在恪守这条戒律的，他可不是那种嘴巴不牢靠的人。但他也并不是一个纯粹的骑士，他说，如果只把他看成这类人的话——看成一个肤浅的花花公子，看成一个塞拉东[①]的话，妈呀，那也太恐怖了，那可就大错特错了。他是一个人，也是一个艺术家，他会不屑一顾地冲着这种骑士的严守秘密吹口哨——当然只是在他有心情吹口哨的情况下，对于这一点，他这个听他说话的人肯定也和全世界所有的人一样，是非常了解的。总而言之，这里说的就是伊涅丝·罗德，叫英斯提托利斯更正确一些，以及他和她的那种关系，而他却拿这种关系毫无办法。我对此毫无办法，阿德里安，请你相信——请您相信我！我没有勾引她，而是她勾引的我，那小矮子英斯提托利斯头上的绿帽子，如果可以用这个愚蠢的说法的话，那可全是她一手给戴上的，不关我的事。如果一个女人像抓住一根救命稻草一般地死死抓住您不放，您会怎么办？您会把您的上衣脱给她，自己抽身逃跑吗？不，现在没有人会这样做了，相反，这里现在又有了不能放弃、必须遵守的骑士戒律，更何况那个女人还很漂亮，虽然是那种带点不幸和痛苦的漂亮。可他自己也是不幸和痛苦得很啊，他是一个尽心竭力的，并且常常充满苦闷的艺术家；他不是个快乐小伙或阳光少年，或者是人家想象中的别的什么东西。伊涅丝对他寄予了种种想象，完全错误的想象，而这又导致了一种倾斜的关系，好像这样一种关系连同其愚蠢无聊的局面本身还斜得不够似的，这种关系另外还要不断制造那些愚蠢无聊的局面，迫使你和每个人交往起来都非得小心翼翼不可。伊涅丝可以比较容易地逾越所有障碍，原因很简单，因为她在狂热地爱着——

---

① 为17世纪法国一部宫廷小说中的一个人物，后用以泛指备受爱情折磨的男子。

正是由于她的这种做法是建立在错误的想象的基础之上，所以他就更可以把这件事情说出来了。他在这里是吃亏的，他并不爱她："坦率地说，我承认，我从未爱过她；我对她始终只怀有一种类似于兄弟和朋友的感情，而我之所以还这样和她勾搭在一起，让这种被她死死抓住不放的愚蠢关系拖延下去，纯粹是因为我这一边所坚持奉行的那种骑士的义务。"不过，他此外肯定还满怀信任地说了下面的这番话：如果情欲，一种恰恰是绝望的情欲，是发自女方，而男方却只是在履行骑士的义务的话，那么，这种关系是很让人尴尬，甚至是很让人掉价的。不管怎样，这种关系，它颠倒了占有关系，导致女人在爱情中占据令人不悦的主导地位，以至于，他不得不说，伊涅丝在对待他的人格、对待他的身体的方式上，真的完全就跟一个男人应该对待一个女人的身体那样，一点不假——外加她那病态的和抽风的，同时也是毫无道理可言的、把他的人完全据为己有的醋意：没有任何道理可讲，如前所说，因为他就是受够了她的身体，受够了她的人和她的死抓不放，而坐在他对面的这位让他看不见的人几乎想象不到，正是在这种情况下，对他而言，接近一个同时也是被他自己奉为高人的高人，这样的一个高人的领地，和这样的一个高人交流，这该是怎样令人清新振奋的事情啊。别人对他的评价大都是错误的：他其实更愿意和这样的一个男人进行一次严肃的、旨在提升和促进他的谈话，而不是躺在女人们那里；是的，如果要他说出自己的性格特点的话，那么，在经过细致入微的考察之后，他自诩自己的天性是柏拉图式的，他相信，这种柏拉图式的天性应该是对他最好的刻画。

而说到这里，突然地，似乎也是为了直观展现他刚才的言论，鲁迪话锋一转，把话题扯到那首小提琴协奏曲上，说他是多么多么渴望得到它，说阿德里安应该为他而写它，应该根据他的特点来写它，若可能的话，应该宣布演出权只为他一个人所独有，这就是他的梦想！"我需要您，阿德里安，为了我的上升，我的完美，我的提高，也为了使我能够，在某种程度上，摆脱别的纠缠。”我保证，我说的都是实话，我在这件事情上，在这个要求上是认真的，我还从来没有这样认真对待过什么呢。而我希望您为我而写的这首协奏曲，仅仅只是这一要求的一个最为简明扼要的，我想说的是：一个象征性的表达。您将把它写得美妙无比，比德里乌斯[①]和普罗科菲耶夫[②]还要好很多——在重要乐章里使用一种闻所未闻的简单而又可唱的第一主题，让这个主题在华彩乐段之后重新开始，在古典小提琴协奏曲里，最精彩之处始终都是独奏杂技结束之后第一主题重新开始的那个时刻。但您根本不需要这样做，您根本就不需要华彩乐段，这真的已经过时，您可以推翻所有的陈规俗套，包括乐章的划分——您的这首曲子根本没必要有乐章，依我看，就可以把那个很快的快板放在中间，一个真正意义上的魔鬼的颤音，你在这里只管尽你所能地巧妙处理节奏，结尾可以来段柔板，作为美化——无论怎样打破常规都不为过，总之，我的真实意图是想把它表演得让人看了之后眼馋，惊羡不已。我会把它吃进自己的肚子里，甚至进入梦乡也在演奏它，爱抚它，就像一个母亲一样地呵护它的每一个音符，因为我对它就是母亲，而您就是它的父亲，它就相当于我们俩的孩子，一个柏拉图式的孩子，是的，我们的协奏曲，它就如同是我对这所谓的柏拉图式所作的全部理解的真正实现。——

这就是施维尔特费格当时所说的话。我在前面的字里行间已经多次为他说了好话，而且，即便是在今天，在我重新回忆这一切的时候，我仍然把针对他的调子定得很温和，这在某种程度上是因为我对他那悲惨的结局的于心不忍。然而，读者现在将会更容易理解我先前曾经用在他身上的一些个措辞了，如“小精灵般的天真无邪”或“幼稚无知的魔

① 弗雷德里克·德里乌斯（1863－1934）：德国出生的作曲家，主要在法国工作生活，作品有小提琴协奏曲等。

② 谢尔盖·谢尔盖耶维奇·普罗科菲耶夫（1891－1953）：俄国作曲家，作品有芭蕾舞剧《罗密欧与朱丽叶》、交响童话《彼得和狼》、两部小提琴协奏曲以及多部歌剧和交响曲等。

力”什么的，我认为这都是他天性中所固有的东西。我要是阿德里安的话——当然，把我置于他的位置上是很荒唐的——我就会对鲁道夫所说的好多话不能容忍。那绝对算得上是一种对黑暗的滥用。不仅仅只是他一再过分公开他和伊涅丝的不正当关系——他在另一个方面也做得像淘气鬼般的过分，过分到了该受惩罚的地步。在黑暗的诱惑下，我想说的是，如果这里用诱惑的概念似乎已经是完全正确，而说它是过分亲昵地对孤独所展开的一次洒脱的袭击反倒并不见得更好的话。

这实际上就是对施维尔特费格和阿德里安之间关系的一个叫法。这次袭击前后花费了几年时间，不可否认，它是取得了某种充满伤感的成功的：在这样一种追求面前，孤独被持续地证明是没有反抗能力的，然而追求者却也最终走向了毁灭。

三十四

在健康状况处于最低谷的时候，莱韦屈恩会把自己所受的折磨比作是“小人鱼”那刀割般的疼痛，不仅如此：他在我们的交谈中还为此专门使用了一个形象精确而又奇特的比喻，只是我过了好几个月后，即1919年春，才又重新想起这个比喻来，但也恰好就是在这个时候，他奇迹般地摆脱了疾病压迫，他的精神犹如劫后余生的浴火凤凰腾空而起，飞向最高的自由，迸发令人惊叹的力量，一种不可遏制的，说得难听一点就是：肆无忌惮的，反正是不可阻挡的和生拉硬拽着的，几乎是持续不断的创造的力量。而与此同时，恰恰是这个比喻却让我隐约感到，这两种状态，沮丧的和高涨的，它们之间的内在界限其实并非是泾渭分明的，并非是毫无联系地彼此分离的，相反，后者在前者身上已经开始准备酝酿，并且在一定程度上已经是包含于前者之中的了。同样，随后爆发的健康和创作阶段反过来也根本不是一个舒服惬意的时期，就其性质而言反倒同样也是这样一个被搅扰纠缠、被痛苦驱使和困窘难耐的时期……哎，我写得真糟！我恨不得一口气把什么都说完，这种欲望让我的句子泛滥成灾，驱使它们偏离它们最初为之提供记录服务的那个基本思想，也致使它们继续四处弥漫，大有要把这个思想从它们的视线之中抹去之势。读者想要说出的这种批评我来替他们说出，我这样做没错。不过，这种仓促从事和我的初衷的渐行渐远却是由于情绪激动所致，我因为回忆这个时期而陷入这种激动，我现在所涉及的正是这个时期，即德意志独裁国家崩溃连同其深刻的哲理的松懈时期，这种松懈也把我的思考拽进它的漩涡，我的稳重成熟的世界观被新的东西团团围住，而处理消化这些新东西对它而言可并非易事。我感觉，一个时代即将结束，这个时代不仅包括十九世纪，而且还要回溯到中世纪末期，回溯到对经院哲学束缚的冲破，回溯到个性的解放、自由的诞生，这个原本不得不被我真正视为我的另外一个精神家园的时代，简言之，资产阶级人道主义的时代——我感觉，比如说，它的丧钟已经敲响，一种生命的突变就要完成，世界就要进入一个新的、尚不知如何命名的黄道十二宫。这种持续地督促着人去高度注意的感觉其实并不是这场战争结束才有的产物，它其实早就是世纪之交过后的1914年战争爆发时的产物，是像我这样的人在当时所体验到的那种震惊、那种被命运攫住的感觉的基础。现在看来并不令人感到奇怪的是，那场具有瓦解作用的失败把这种感觉推向极端，而同时也并不令人感到奇怪的是，这种感觉在一个像德国这样被推翻的国家里对人们心灵的统治，同在战胜国国民那里相比，要显得更加坚决彻底，而战胜国国民的平均思想状况也正是由于战胜的原因而显得要保守得多。他们绝对不会，像我们所认为的那样，觉得这场战争是深刻的和锥心刺骨的历史的重大转折，而是把它看作一场被顺利终止的干扰，干扰结束之后生活又会重新步入因它的撞击而脱离的正轨。所以我很羡慕他们。我尤其羡慕法国的是，其具有维护作用的资产阶级的精神状态通过这场胜利，至少从表面上来看，是得到了辩护和证实的；

我羡慕其可以通过这场胜利来汲取那种躺在古典理性怀抱之中的安全感。可以肯定的是，那时的我假如身在莱茵河彼岸的话，会比在我们这里感觉更舒服，会更有家的感觉，在我们这里，如前所述，有很多新的东西、令人惊慌失措和胆战心惊的东西，开始向我的世界观发起进攻，我因为还有良心，所以我必须同它们展开争鸣——写到这里，我想起了当年在位于施瓦宾的一个住所里所展开的思想混乱的晚间讨论，住所的主人是某个叫做西克斯图斯·克利德威斯的先生，我是在施拉金豪芬的社交沙龙里认识他的，我马上还会回过头来说他，这里暂且只先交代一点，即在他家里举行的这些聚会和思想商讨我经常参加，由于我的态度极为认真，所以我没少受纠缠——同时我也以一个亲近的朋友的身份，全心全意、激动万分且常常是惊恐万状地列席了一部作品的诞生，这部作品同那些讨论之间存在着某些大胆的和预言性的联系，是在一个更高的创造性的层面上对它们所作的证实和实现……我现在要补充的是，尽管我参与上述种种事情，但我同时仍然必须坚守我的教师岗位并保证履行我作为丈夫和父亲对家庭所应承担的义务，因此，可想而知，我是多么的紧张，多么的劳累，这种过度疲惫在当时已经成为我的生活的一个组成部分，再加上我所摄入的食物又都是低热量的，所以我的体重在两者的夹击之下没少降低。

即使是说这个，我的目的其实也只是为了说明那个迅急的、危险的时代的特征，而肯定不是为了要把读者的同情引诱到我这个微不足道的个人身上，我个人在这些回忆之中始终只配占据一个幕后的次要的位置。我的迫不及待的报道的热情想必会时不时地给人造成一种思维奔逸、意念飘忽[①]的印象，对此我已经在前面表达过我的遗憾了。不过，这却是一种错误的印象，因为我正在非常严格地按照我的思想意图行事，而另外我也没有忘记的是，除了阿德里安在他最痛苦难耐的时候所

① 心理学术语，指躁狂症的症状。

用的那个小人鱼的比喻之外，我还有意再用一个感人的、意味深长的比喻。

“我感觉如何？”他那时对我说道，“大致就像约翰在油锅里殉道。你必须非常精确地这样去想象。我作为一个虔诚的受难者蹲在盆子里，盆子架在熊熊燃烧的木柴垛上，一个老实听话的人在用手拉风箱，认真地鼓风旺火；而且是当着皇帝陛下的面，陛下在很近的地方观看这件事情——那是皇帝多米提安，你要知道，一个了不起的高个子土耳其人，背上披着件意大利锦缎；行刑助手背着羞耻袋，身上的衣服随风飘动，他用一把长柄大汤勺把滚烫的油浇到我的脖子上，我坐在油里，虔诚肃穆。人家就用这样的手艺给我浇油，我如同一块煎肉，一块地狱的煎肉，这个场面很值得一看，你也被邀请去了，你混在栅栏后面那些兴趣浓厚的看客群里，那些高级官员，那些被请来的观众，有的戴着头巾，有的戴着十分古老的德意志便帽，而便帽上面还罩了硬礼帽。诚实的城里人——以及他们的观赏的兴致享有执戟士的保护。他们相互指指点点地在那里观看一块地狱煎肉的境况。他们把两根指头放在脸颊上，把两根指头放在鼻子底下。一个胖子举起一只手，似乎想说：‘愿上帝保佑每个人！’妇女们脸上写满单纯的喜悦。你没看见吗？我们全都一个紧挨着一个，整个画面都忠诚地用人物形象填满了。为了不留一个小空，甚至于多米提安先生的小狗也一起来了。只见它的脸上流露出德国种刚毛小猛犬的愤怒表情。背景则是凯泽斯阿舍恩的钟楼、凸肚窗和山墙……”

当然，他原本应该说的其实是：纽伦堡的。因为他所描绘的东西，用那种跟描绘女水妖的身体变成鱼尾时一样令人熟悉的惟妙惟肖所描绘的东西，由于他的描绘是如此的惟妙惟肖，所以，还没等他说完我就知道是什么了，他所描绘的东西就是丢勒的木版画系列《约翰启示录》的第一幅。这个比喻——它那时在我看来是奇怪而牵强的，而且它还马上让我产生某些预感，而当后来阿德里安的那个计划，即他正在努力完成的、几乎要把他压垮的、令他为之不顾病痛折磨而竭尽全力的那部作品，在我的面前慢慢显露出来时，我怎么就不该回想起它来呢？这个艺术家的沮丧的和因为创作而高涨的状态，他的疾病和健康，它们彼此之间绝对不是截然分开的，我这样说难道不对吗？其实健康的因素更多是在生病的时候，而且似乎还是在疾病的保护之下，展开工作，而疾病的因素也会在发挥天才作用的同时被转化为健康，我这样说难道不对吗？说真的，不是别的，我感谢友谊让我获得这种认识，这份友谊虽然给我带来很多苦恼和惊恐，却也始终使我内心充满自豪：天才是一种在疾病中被深刻体验的、从疾病中汲取的并因疾病而富于创造性的生命力形式。

这部关于世界末日的清唱剧的构思，阿德里安暗自为它而下的工夫，可以追溯到很久以前的一个时期，在那段时间里，他的生命力似乎已经完全枯竭，而那之后，在短短的几个月里，他迅猛地把它写在了纸上，他所表现出来的这种猛烈和迅捷总是让我浮想联翩，在我的想象中，那种困苦的状态好像就是一种避难所和藏身之处似的，他的天性缩回这里，以便不被人窥见、不被人怀疑地躲在被断了后路的、与我们的健康生活痛苦隔绝的隐蔽之所里，酝酿和展开普通的舒适根本无法为其提供所需的冒险精神的构思，而这些构思似乎也很愿意自己被人从地底下抢出来，被人从地底下一起带上来重见天日。前面我已经说过了，他打算做的这件事情只是一步一步地，经过一次又一次拜访，才逐渐为我所知的。他又是写，又是画，又是收集，又是研究，还搞连接组合。这些都不可能一直瞒着我，当我发现这些的时候，我内心是感到由衷的满足的。试探性的询问在起初的几周里还会遇到他的沉默和抗拒，他会半是戏弄、半是羞怯生气地摆出一副誓死捍卫一个阴森恐怖的秘密的架势来，他会皱起眉头大笑一阵，还会说些诸如“你还是少管闲事，让自己落得清净为好！”之类的套话。或者是：“你总是在打听，我的好伙计，透露这方面的情况还早得很。”或者，说得更清楚些，有点更愿意承认的意思："是的，神圣的暴行在那里汹涌。看来，有人把神学的病毒带来了，要想从血液里清除可没那么容易。冷不防就会暴风骤雨般复发。"

这个暗示证实了我在观察他阅读时心中所涌现的猜测。我在他的工作台上发现了一本神奇的旧书：一本出自十三世纪的《保罗幻象》的法文韵文译本。《保罗幻象》的希腊文文本属于公元四世纪。当我问他到底是从哪儿弄来这东西时，他回答道：

"这是罗森施蒂尔帮我弄到的。这已经不是她为我搜罗到的第一件稀罕品了。一个有进取心的女子。我偏爱那些'从高处下来的人'，这一点被她看在了眼里，记在了心上。我这里所指的是：从高处下到地狱。这样一来，像保罗和维吉尔笔下的埃涅阿斯这样相距甚远的人物就可以成为知己，不分彼此了。但丁就把他们这两个到过下面的人一起称为兄弟，你还记得吗？"

我想起来了。"可惜啊，"我说道，"你房东的女儿无法把它念给你听了。"

"是啊，"他笑了起来，"对付古法语我可就得用自己的眼睛看了。"

原来，当他不能用他的眼睛去看的时候，当疼痛的压力从上面和底部两个方向夹击它们的时候，在这个时候，他常常不得不向克莱门蒂娜·施魏格施迪尔求助，让她来念给他听，而且是念些既能够让这个农村姑娘觉得够稀奇，同时从她的嘴里念出来又并不是不得体的东西。我本人就在那间修道院院长工作室里碰到过这个好孩子和阿德里安呆在一起念书的情景，只见她坐在书桌前的那把萨沃纳罗拉沙发椅上，腰板挺得笔直，手里拿着一本带霉斑的马粪纸装订的册子，用一种舒缓动人的和有板有眼的中学普通话的腔调，给歪在伯恩海姆椅子上休息的那个人念梅希蒂尔德·冯·马格德堡[①]的消魂经历，估计这东西同样也是通过

---

① 梅希蒂尔德·冯·马格德堡（约1212－1283）：又译马格德堡的梅希蒂尔德，修女和神秘主义者。

机智伶俐的罗森施蒂尔给弄进家来的。我于是悄悄坐到屋角的脚凳上，继续全神贯注地听她念了有好一阵子，同时也着实对她所念内容当中的那些虔诚反常的和拙劣怪癖的东西深感吃惊。

直到那时我才得知，这是常有的事。她穿着农家贞洁禁欲的、证明着宗教监督的服装，这是一件用橄榄绿的羊毛料子做成的衣裳，上边是高领的、缀有紧紧挨在一起的小金属纽扣的、让她年轻的胸脯变得平坦的紧身胸衣，从紧身胸衣尖尖的衣角处向下，与之相连着宽大的拖地长裙。她戴了一条古银币项链来搭配这件衣服，这唯一的一件饰物是挂在颈部的镶边下方的。这个长着一双褐色眼睛的姑娘就这身打扮地坐在那个备受病痛折磨的人身旁，用连祷般的女学生的声调给他念各种各样的作品，而对于所念的这些作品牧师先生只怕是提不出任何异议来的：早期基督教和中世纪的幻想文学以及彼岸冥想。施魏格施迪尔大娘有时会把头伸进门缝里去找她的女儿，她可能有家务活需要她帮忙，但她也只是对他俩友好赞许地点点头，随即就又退出门外去了。要么，她大概也会坐到门边的一把椅子上，听上个十分钟，然后再悄悄地走掉。那时克莱门蒂娜朗诵的如果不是梅希蒂尔德的出神入迷，那么就是希尔德加德·冯·宾根[①]的出神入迷。如果不是这些的话，那么就是渊博的僧侣比德·威内拉比利的《英吉利教会史》，在这部著作里，凯尔特人的彼岸想象，爱尔兰—盎格鲁—撒克逊人基督教早期的幻想经历，有相当一部分都得以流传了下来。这整个的消魂迷醉、宣告审判、教育煽动人们畏惧永恒惩罚的基督教前期和早期末世论的文献资料，其中拔摩岛的约翰的启示只是一个类比丰富的例子而已，从欧洲北部的那些遗嘱到同样性质的意大利证明文件，到教皇的歌唱大师格列高尔的那些对话，以及对

① 希尔德加德·冯·宾根（1098－1179）：最早的女性作曲家，她正式身份是“圣希尔德加德”，德国的女修道院长，也是女性文学家、画家、科学家和预言家。12世纪很少有女性从事创作，而被喻为莱茵河女先知的希尔德加德却有许多理论作品。

但丁影响明显的蒙特卡夏洛[①]僧侣阿尔伯利希的幻象——这些文献，要我说啊，构成一个非常深厚的、充满反复出现的主题的传统领域。阿德里安置身其中，目的是要为自己的一部作品定下基调，这部作品将把这个领域所有的元素全都集中到一个焦点上，将运用后来的艺术的综合方法对它们进行具有威胁性的总结，并按照无情的委托去把一面启示的镜子高举到人类面前，好让他们从中可以瞧见什么东西已经在向他们逼近。

“末日来了，末日来了，它已经在你的头上醒来了；你看啊，它来了。它已经上路，所以它就会在你的头上迸裂，你，这个国家的居民。”这段话，莱韦屈恩让他的testis，证人，叙述者，以一种幽灵般的、建立在少见的外国卧式风琴基础之上的、由纯粹的四度和减弱的五度音程步调相结合而成的旋律性，进行宣告，随后，这段话又充当接下来大胆而又充满远古气息的轮唱圣歌的歌词，通过两个彼此相向运动的四声部合唱而得到令人难以忘怀的重复——这段话同样根本不属于《约翰启示录》；他们源自另一个层面，即巴比伦流亡的预言，以西结的幻觉和哀歌，而出自尼禄时期的拔摩岛的神秘的公开信又同以西结的幻觉和哀歌有着罕见之极的依赖关系。故而，曾经也被阿尔布雷希特·丢勒大胆拿去做了他的一幅木版画内容的那个“吃书”场面，几乎完全就是原封不动地从以西结那里借用过来的，只有一个细节除外，即那书（或者说那封“信”，里面本来写满哀怨、悲叹和痛苦）在那个驯服的食客嘴里反倒是甜如蜜糖了。同样如此的还有那个大淫妇，这个骑在兽上的女人，上面这位纽伦堡画家在描摹她时使用了他自己带来的一个威尼斯交际花的肖像草图，从而高兴地给自己解了围，其实呢，她的绝大部分轮廓早在以西结那里就已经勾勒好了，而且使用的也是完全相近的语言。事实上却是存在着一种世界末日文化的，这种文化把直至一定程度固定

---

① 山名，位于意大利那不勒斯以北。

不变的幻象和经历流传给那些心醉神迷的人——无论下面的现象从心理学的角度来看会显得有多么的奇怪：一个人狂热地模仿别人先前已经狂热地做过的事情，而且还是以不独立的、借来的和墨守成规的方式入的迷。然而，这却是事实，我现在把它指出来，同时也把它和下面的这个论断联系起来：莱韦屈恩在创作这部无与伦比的合唱作品的歌词时绝对不是只以《约翰启示录》为准的，而是把我所说的那整个的预言的来源全拿进他的作品里去了，以至于该作品都快要成为一部全新的和自成一体的《启示录》创作了，在某种程度上都快要变成一个对所有末日预告进行总结的集大成者了。《形象启示录》这个标题是对丢勒的一种致敬，也是意欲强调视觉上真实的东西，外加版画般的细致入微的东西，浓厚的空间充盈感连同富于想象力的精确的细节，这都是两部作品所共有的特点。但如果就此认为，阿德里安的非凡的壁画法是对这位纽伦堡画家那十五幅木刻插图的纲领性遵循，那就大错特错了。这幅壁画，尽管其中极具艺术性的乐音是由很多出自丢勒那份神秘文献的词句作为衬垫，而且前者也的确从中受到启发；但是，他却把音乐的可能性的，合唱的、朗诵的、如歌的可能性的余地扩大了，他不仅把《圣经 · 旧约》中《诗篇》卷的一些阴郁的部分，如那首尖锐的《我的灵魂充满悲伤，我的生活在地狱近旁》，而且也把伪经的最具表现力的恐怖景象和谴责非难，另外还把一些出自《耶利米哀歌》的在今天看来是无言的影射的未完成诗篇，以及一点生冷怪僻的东西，全都纳入到他的这部音乐作品之中，所有这些必然有助于制造那种另一个世界正在开启、就要算总账了的整体印象，那种下地狱的整体印象，与此同时，他也充满幻想地对早期的、萨满教时期的彼岸想象以及被古希腊和基督教直到但丁所发展的彼岸想象进行了加工和处理。莱韦屈恩的音乐油画从但丁的诗歌中受益匪浅，但它从黑压压挤满人的那面墙那里得到的东西更多，在这面墙上，这边有天使吹响毁灭的号角，那边有卡戎的小船在卸载亡灵，死人复活，圣徒朝拜，恶魔面具等待着腰间缠蛇的弥诺斯的暗示，这个被诅咒的人，一身横肉，被地狱的狞笑着的儿子们包围、扛起、拉走，开始恐怖的下降，只见他用手遮住一只眼睛，用另一只眼睛惊恐万状地看着这永久的灾祸发愣，而就在离他不远的地方，上帝的仁慈还在拯救两个下降的罪恶灵魂，用力把他们往上提拉——总之，它从这末日审判的群体和情景结构中得到的东西更多。

如果一个受过教育的人，他为了说明一部和他距离近得可怕的作品而尝试着把它拿来同现有的和众所周知的艺术丰碑们进行比较，那么，就请原谅他吧，而我就是这样的一个人。这样做有助于保持平静，而我，直到今天，只要谈起它来，我仍然需要努力保持平静，正如我那时，当我带着惊恐、惊异、压抑懑闷、自豪参与它的形成时，也需要努力保持平静一样——这样一种经历大概应该归于我对它的创作者所怀有的那种充满热爱的忠诚吧。然而，它其实已经超过了我的思想的可能性，以至于我因此而感到疲惫乃至浑身颤抖不已。在经过了那段最初的隐瞒和抗拒的时期之后，他很快就向他的童年好友敞开了那扇通向他的作为的大门，以至于我每次造访普菲弗尔林——我当然会尽可能多地上那里去，几乎总是在周六和周日——都会被允许去领略这部正在形成中的作品的一些新的部分：一个有时是令人难以置信的篇幅的增加和在一定期限内完成的定额，一次又一次，以至于，特别是当织体的服从于严厉法则的思想和技巧的复杂性被考虑在内的时候，一个习惯了资产阶级温和稳重的前进步伐的人在它面前很可能会被吓得脸色煞白。是的，我承认，这部作品的形成速度太快了，快得完全令人感到毛骨悚然——主要是在四个半月的时间里完成，要知道，就算是机械地写，纯粹地抄，也需要这样长的时间啊——这一点几乎是极大地加剧了我对它所怀有的那种，或许是单纯的，我想说的是：生理上的恐惧。

很显然，同时也应该承认的是，这个人那时是生活在一种高度紧张的状态之中的，他不单是感到愉悦，而且还受到灵感的煽动和奴役，因为当这种灵感来临时，一个问题的，即那个从一开始就已经在他的脑海里萦绕着的作曲任务的闪现和在某个位置上的出现，和这个任务的顿悟性质的解决是一体的，他几乎没有时间用羽毛笔，用铅笔去记录这些你追我赶的点子，它们不让他享有片刻宁静，它们让他成为它们的奴隶。尽管他的身体依然还处于最虚弱的状态，但他一天却要工作十小时甚至更久，中间只停下来作短暂午休，有时也会去外边走走，围着夹子湖转转，登登锡安山——这些行色匆匆的游览，与其说是休息，毋宁说是逃避。他在游览时步伐先是急迫紧促，然后又是驻足不前，由此可以看出，他的这些游览只是另外一种形式的躁动不安而已。有些星期六的傍晚是由我陪他一起度过的，我这时就发现了，他根本不能控制自己，根本没有办法停下来放松一下，而他其实是很希望通过跟我聊些日常的、哪怕是无关痛痒的事情来放松一下的。我看见，本来是懒洋洋躺着的他会突然跳起，两眼发直，耳朵竖起，嘴巴张开，一片我不欢迎的、心血来潮的红云袭上他的脸颊。这是什么？难道这就是他那时，我几乎想说：所遭受的，而又被我根本不愿知道的神秘力量用来守约的——那些旋律的顿悟中的一个。他想象的那些其表现力巨大的主题频繁出现在这部世界末日的作品里，它们在里面总是立即经受一种使之冷却的控制，也就是说它们被严加管束，通过转变思想成为（十二音体系）音列，得到相当于该音乐作品的建筑石材的待遇，难道这就是它们之中的一个的展开吗？我看见他一边在嘴里嘟囔着那句“你继续说！只管继续说！”，一边走到桌旁，一把扯开管弦乐队草图，或许真的是用力过猛吧，其中的一张纸在翻的时候被从下面撕破了，而他这时的脸上则是各种表情杂陈，这种表情我不打算再去逐一描绘了，但在我看来，这种表情扭曲了他脸上原有的那种聪颖和自豪的美感。他就带着这副表情去看那些草稿，在那上面，那首涉及在四骑士面前逃跑、绊跤、被摔倒在地、被马蹄践踏的人类的恐怖合唱，其构思或许已经完成了。《鸟的哀鸣》中那种交由嘲讽挑剔的巴松管来发出的令人恐怖的叫声或许已经被记录下来了，要么，那支应答轮唱式的交替歌唱的曲子或许也已经连接好了，我的心在我第一次接触它时就马上被它深深地打动了——这是一首用耶利米的话改编而成的严厉苛刻的合唱赋格曲：

“活着的人要怎样去咕哝呢？
人人都要因为不满自己的罪孽而咕哝！
就让我们去探究和检验我们的本性，
就让我们去皈依主吧！……

我们，我们犯下了罪孽，
我们过去也没有做到听话驯服；
因此你没有廉价地姑息；
你对我们万分生气，
你迫害我们，把我们无情地掐死。……

你把我们变成粪便和垃圾，
众民把我们踩在脚底。”

我称这支歌为一首赋格曲，而它也是显得蛮有赋格味儿的，但是，主题却没有得到诚实地重复，而是自身随着整体的发展而发展，以至于一种艺术家看似服从的风格开始解体并在一定程度上变得荒唐起来——这种情况的发生也是和回归前巴赫时代某些押韵歌谣和寻求曲的古朴的赋格曲形式同时进行的，在这些押韵歌谣和寻求曲里，赋格曲主题的定义并不总是清晰和固定的。

他的眼睛可能会看向这里或那里，他伸手去拿记谱笔，他把拿起的笔又扔到一边，口中喃喃自语着“好，明天见”，用依旧通红的额头冲着我，就这样，他人又折回去了。但我却知道或担心，他不会遵守这句“明天见”，而是在和我分手之后又会马上坐下来工作，把在他和我聊天的过程中不请自到地袭上他心头的那些东西付诸实施——完事之后再服两片鲁米那[①]，死死地睡上一觉，必须用睡得死来弥补睡得短，这样，天一亮就又可以开始。他引用了下面一段话：

> “起来吧，洋琴和竖琴！
> 我要早早把床起。”

因为他生活在恐惧中，他害怕，他被赐予或他所遭遇的这种顿悟的状态可能被提前剥夺，事实上，他在这部作品即将杀青之前，这个可怕的结尾，它要求他拿出全部的勇气，它远非那种浪漫的拯救音乐，而是对整部作品所具有的神学意义上的否定和决不宽恕的性质的极其无情的证实——事实上，怎么说呢，恰好就在他要确定这个铜管体的过于多声部的、覆盖其全部音域、给人以通向绝望沉沦的深渊大门已经打开之印象的音乐之前，他的老毛病又复发了，他的身体重新陷入以前那种疼痛和恶心状态，处在这种身体状况之中的他，用他自己的话说，甚至连作曲以及如何作曲，它们是什么，都记不清楚了。这种情况持续了三周，疾病过去之后，他于1919年8月初再度开始工作，抢在这个很多时候是烈日炎炎的月份过去之前，做完了所有的事情。这部作品的形成时间，按我的算法是四个半月，也就是截至他因身体虚弱而中断之前。如果把这个中断期和结尾工作也考虑在内的话，那么，他为写下这部《约翰启示录》草稿所需的时间总共也就六个月，的确是足以令人感到吃惊的了。

三十四（续）

难道这就是我要在我这位已经作古的朋友的传记中对他那部令我万

---

① 一种镇静安眠药。

般厌恶、反感和回避，却又百般爱戴和仰慕的作品所说的全部吗？不，还不是。我的心里对它还有一些话要说，但我旋即又决定，那些性质和特征，它们令我——当然是以一种令人叹为观止的方式——感到压抑和恐惧，更好的说法是：以一种令人害怕的方式激起人的兴趣。我说了，我旋即又决定，在对这一切进行刻画描述时结合那些抽象的苛求，这些苛求是我在西克斯图斯·克利德威斯先生家里所举行的那些讨论会上所遭遇到的，关于这些讨论会我在前面的章节里就已经有所提及。正是我在这些晚间聚会上的新奇经历，连同我同时对阿德里安那部孤独作品的参与一道，使得我的精神感到过度紧张，我那时就生活在这种过度紧张的气氛中，而这些新奇经历还真是让我的体重减轻了整整十四磅。

克利德威斯，版画家，书籍装帧艺术家，东亚彩色木刻和陶瓷收藏家，对于这个领域，他也应这个或那个文化团体之邀，在帝国的各个城市，甚至在国外，作些内行和聪明的报告，他是一位矮个的、不显老的男士，他的说话方式表现出强烈的莱茵黑森地区风格，他的思想异常活跃，他不受传统僵化的思想意识约束，而是以纯粹好奇的方式去窥探时代的种种运动，并声称其中一些传到他耳朵里的东西是“极其重要的”。在他的操劳之下，他那位于施瓦宾区马尔提乌斯大街的、其接待大厅挂有迷人的中国（出自宋代的）水墨彩画的居所，便成为举足轻重的或是消息灵通的以及参与精神生活的头头脑脑们的聚集之地，而这其中也囊括了全慕尼黑城所有的头面人物，而且，他另外还在那里安排富有哲理的绅士晚会，一种不超过八到九个知名人士的私密圆桌会议，这些会议在晚餐之后大约九点的时候开始，由于这些会议纯粹是以自愿聚集在一起交流思想为目的的，所以东道主亦无须另外再为招待来客而破费颇多。当然，话又说回来了，这种思想交流也不会将其富有才智的高度紧张保持到底；又鉴于克利德威斯的社会倾向和局限，故而参加者的思想水平仍然显得有些参差不齐，所以，仅仅出于这个原因，这种思想交流就常常会偏离正题，沦落为舒适惬意的日常闲聊。这不，参加这些会议的就有黑森拿骚大公世家的成员，是两个正在慕尼黑念大学的友善的年轻人，他们被主人不无羡慕地唤作“美王子”，由于有他们在场，即使只是因为他们的年龄比我们大家要小太多，交谈的时候肯定就会有所顾及。我不想说，他们干扰了我们。实际上我们常常会无忧无虑地进行一些内容较为高深的谈话，根本不问他们能否听懂，每当这个时候，他们都会做个谦虚的面带微笑的或是认真的挂满一脸惊异的听众。对我个人而言，更败兴的却是那个已经为诸位读者所熟悉的荒谬骑士的在场，这个叫做哈依姆·布赖萨赫尔博士的家伙，我早就承认我对他难以容忍，但他的敏锐和觉察能力在这样的场合似乎又是不可或缺的。而同样让我感到生气的是，工业家布林格尔也属被邀之列，受邀的唯一理由就是他的税率等级高，他跟着一起凑热闹，对最重大的文化问题大放厥词。

我只想继续往下说，当然我也承认，我其实对参加这个圆桌会议的每一个人都鼓不起勇气来，都不能报以不打折扣的信任——但在这里，我却要把也在这个圈子里旁听的赫尔穆特·英斯提托利斯作为一个例外，的确，友谊的纽带通过他的妻子把我和他联结起来——只是他个人现在又开始让人产生别样的忧心忡忡的联想了。此外还必须问及的是我对温鲁俄[①]博士，埃贡·温鲁俄的反感，此人是个富有哲学思想的古动物学家，他在他的著述中很有见地地把深海地层及化石知识同那种对古老神话财富的辩护与科学实证结合起来，以至于在他的学说中，只要愿意，万事皆可成真，其实就是一种理想化的达尔文主义，而对于这样一种达尔文主义，先进发达的人类其实早就不再对其信以为真了。是啊，我对这个有学问、思想上又高度进取的男人的不信任又是从何而来的呢？而我对格奥尔格·福格勒教授的那种不信任又是从何而来的呢？这个文学史家用宗族的视角写了一部备受关注的《德语文学文献史》，在

---

① 德文为Unruhe，有“不安、骚动”之意。

这本书里，作家不是被直截了当地当作作家和受过全面教育的特殊人才来对待，而是被当作受到血缘和地域束缚的典型产物来对待，他被认为是源自真实的、具体的、特别的、为他作证的、也为他所证的一隅，他是这个角落的典型产物。这一切确实都非常诚实、勇敢、不掺杂质、具有批判性并值得感谢。艺术学者和丢勒研究专家吉尔根·霍尔茨舒赫尔也是一位让我同样莫名其妙地感到不舒服的受邀来宾；另外，完全适用于这一点的还有那个经常到场的诗人丹尼尔·楚赫，此人是一个三十来岁的瘦子，穿着高领的黑色制服，跟个教士似的，侧面看很像猛禽，说起话来犹如放连珠炮一般，让人听起来大致是这样的：“是呀，是呀，没那么糟，哦当然喽，可以这样说！”嘴里一边这样说，一边还不断神经质地、急切地动用大脚趾去敲击地面。他很爱把双臂交叉于胸前，或像拿破仑那样把一只手藏在怀里，而他的诗人梦想则是指向这样一个世界的，这个世界首先是由纯粹精神通过血腥战役来征服的，其次，这个世界永远是通过白色恐怖和高级的繁育品种来维持的，这就是他在他的，我想，也是唯一的一部作品，即战前就已经在手工纸上发表的那本《宣言书》里所描绘的蓝图，这部作品可以说是一种纵情享乐的恐怖主义的抒情加雄辩的总爆发，其语言力量之强大，由不得你不承认。这些宣言的落款是一个名叫“救世主皇帝至高无上”的实体，这个实体干劲冲天地发号施令，它鼓噪军队去赴汤蹈火，去征服地球，它发布一天内有效的日令类公告，定下享受兼无情的条件，呼唤贫穷和贞洁，无休无止地连珠炮般挥拳提出绝对服从的要求。“战士们！”该诗作这样结尾道：“这个世界——我把它交与你们去抢劫！”

凡此种种，它们都是“美的”，它们也都强烈地自我感觉是“美的”；它们是“美的”，以一种残酷和绝对美丽的方式，本着那种无耻地东扯西拉、嘻嘻哈哈和不负责任的精神，只有诗人才会允许自己具有这样的精神——我觉得这是一种极其放肆的美学的胡闹。赫尔穆特·英斯提托利斯对此自然是偏爱有加，不过，除此之外，作者和作品所享有的声誉还真是卓著，而且，我对两者的厌恶本身也不是特别坚决，因为我的这种厌恶同时也是取决于克利德威斯圈子及其苛刻的文化批判性质的诊断结果给我带来的普遍刺激，而一种思想上的义务感却又督促着我去认识和了解这些诊断结果。

我现在要尝试着用尽可能短的篇幅来简要介绍一下这些诊断结果，我们的东道主认为这些结果是“极为重要的”，他的这种看法也是很有道理的，而丹尼尔·楚赫那公式化的“哦当然喽，没那么糟，是呀，是呀，可以这样说！”则和这些结果如影随形，即便它们的目的并不像高呼“救世主皇帝至高无上”口号的誓死效忠的士兵们去抢劫世界那样直接。这显然只是象征性的诗歌，而圆桌会议所涉及的则是对社会学意义上的现实的展望，是对现存的和未来的确定，这些倒是和丹尼尔想象的那些既禁欲又美的恐怖情形有几分关系。我本人在本书的很前面就已经主动点明：通过战争动摇和摧毁看似稳固的生命价值，这一点尤其是在那些因此而在精神上一定程度地领先于别的国家的战败国里能够十分活跃地被感受到。人们非常强烈地感受到，也客观地认定：个体作为个体已经通过战争事件遭受了巨大的价值损失，今天生命正在漫不经心地跨过单个人的头顶，这种漫不经心其实过去就已经作为普遍的面对个体的痛苦和沉沦的麻木而积淀在人们的心灵深处。这种漫不经心，这种对个人命运的漠不关心，似乎可以视作是刚刚过去的为期四年的血腥教堂落成典礼纪念节日所培育的结果；但是，人们啊，可千万别被迷惑了双眼：在这里也正如在其他有些方面一样，这场战争也就只是完成了以前早就蠢蠢欲动着的、建立在一种新的生命感受基础之上的东西，它使这种东西变得清晰并使之成为一种戏剧性的体验，仅此而已。可是，既然这不是一件可以简单表扬或谴责的事情，而是一件实际感知和确定的事情；而且，既然在对真实的不带激情的认识之中，正是出于认识的乐趣，总是存在着某种赞同，那么，一个多方面的、甚至是全面的对资产阶级阶级传统，我这里指的是：对文化教育的价值、启蒙、博爱，对诸如通过科学教化提升民众之类的梦想所作的批评，怎么就不该和这样一些观点相结合呢？而居然就是一群搞文化、搞教育、搞科学的男人在进行这种批评——而且在进行这种批评的时候心情还愉快得很，不时发出自鸣得意和兴高采烈的哄堂大笑，从而还使得这件事情具有了一种特别的、让人痒得难受的、抑或也是略显反常的刺激；而在这种情况下说，这场失败分配给我们德国人的国体，这种投进我们的怀抱的自由，一句话：这个民主共和国，作为要认真对待的那个被瞄准的新事物的框架，一刻也没有得到过承认，反而是理所当然、齐心协力地被认为是转瞬即逝的和从一开始就于事无补的，是的，被当作一个拙劣的玩笑遭到轻蔑的抛弃，在这种情况下说这样的话恐怕也是多余的。

托克维尔（阿列克西·德）[①]的话被引用，他说过，从革命中就如同从一个共同的源泉里产生两股潮流：一股对人们而言是流向自由的机构，另一股则是流向绝对的权力。对于“自由的机构”，在克利德威斯这里交谈的先生们当中是再也没有一个人会相信它了，他们说，这尤其是因为自由，当它被迫为了自保而去限制自由，即它的对手们的自由，也就是说去取消它自己的时候，从内部而言就是自相矛盾的。这就是它的命运，如果不是从一开始人权的自由激情就被抛开的话，时代对此所显示出来的倾向性要比先去参与这个辨证过程的倾向性大得多，而正是这个过程把自由变成它那个党派的专政。反正所有的后果都是专政、暴力，因为随着法国大革命对传统的国家和社会形式的捣毁，一个时代开始了，这个时代，无论有意与否，承认与否，都是趋向于对平均化了的、原子化了的、彼此没有联系的且跟个体一样无助的群众实行强制性的独裁统治。

“就是的！就是的！哦当然喽，可以这样说！”楚赫一边信誓旦旦地附和，一边急切地用脚跺地。当然可以这样说，只是，由于这里最终

---

① 阿列克西·德·托克维尔（1805－1859）：法国历史学家和政治家，著有《论美国的民主》和《旧制度与大革命》等。

所涉及的是对一种正在临近的野蛮的描述，所以在这样说的时候，我觉得真应该多一点害怕和恐惧才是，而不应该表现出那种兴高采烈的满足，可是，恰恰还可以寄希望于这种满足的是，这种满足所针对的是事物的认识而非事物本身。我现在打算来形象地描绘一下这种令我感到压抑的兴高采烈。谁也不会感到惊奇的是，在这支文化批判先锋队的各种谈论中，一本战争爆发前七年发表的书，索列尔[①]的《暴力论》发挥了重要作用。索列尔无情地预言战争和混乱，他认为欧洲是战祸的策源地，他的学说，即这个大洲的各民族始终只能通过一个思想团结起来，这就是：进行战争——凡此种种，使得这本书有理由被称为欧洲之书。而使它更有理由得到这样的称号的则是他的下述认识和预告，即议会讨论在群众时代作为政治意志形成的手段必然会被证明是完全不合时宜的；它的位置在未来必须用向群众提供神秘的虚构来替代，这些神秘的虚构作为原始的战斗呐喊，其目的就是为了释放和激活政治能量。事实上，下面这段话似乎才是此书鲜明而激动人心的真正预言，即流行的或者说更适合群众的神话今后将成为政治运动的推进器：寓言、幻觉、幻象，它们不需要和真理、理性、科学有丝毫关系，尽管如此，它们却能创造性地决定生活和历史并以此证明自己是动力十足的现实。可见，此书的具有威胁性的书名也不是白起的，因为它的内容涉及的是作为得胜的真理的对立面的暴力。它让人明白，真理的命运同个体的命运是接近和相似的，甚至同后者是一致的，也就是那种被贬值的命运。它开启了真理和权力，真理和生活，真理和集体之间地狱般的鸿沟。它向人暗示，后者应该有权得到一个远超前者的位置，前者要以后者为目标，而且，谁想要享受集体，谁就必须作好愿意一笔勾销真理和科学，愿意牺

① 乔治·索列尔（1847－1922）：法国社会哲学家，著有《暴力论》（1908）一书，是流行于19世纪末、20世纪初的暴力论的代表人物之一，认为暴力在历史进程中起创造性作用，社会变化是暴力的创造过程。也有人认为，索列尔关于暴力和社会神话的学说使之成为法西斯主义的开路先锋之一。

牲自己的认识的准备。

现在我们就来想象一下（我刚才许诺要“形象地描绘一下”，我这就来），这些本人都是科学家、学者、高校教师的先生，福格勒、温鲁俄、霍尔茨舒赫尔、英斯提托利斯，另外还有布赖萨赫尔，都在为一种局面感到兴高采烈，而这种局面在我看来却是极为恐怖的，可他们却认为它要么就是已经形成了，要么就是必然要来临的。他们给自己找乐子，想象出一种法院审判的情形来，审判讨论的内容为那些服务于政治冲动的、蚕食资产阶级社会秩序的群众神话之中的一个，其主角们必须为自己辩护，反驳那种“谎言”和“伪造”的指责，但原告和被告双方没有说到一块，而是以最可笑的方式彼此错过，各说各话。十分荒唐的事情是，强大的科学作证的系统也被搬了出来，用以证明欺骗就是欺骗，就是对真理的骇人听闻的侮辱，然而，从这个方面下手却根本对付不了活力十足的和具有历史创造性的虚构，即所谓的伪造，也就是说：构筑集体的信仰，你越是勤快努力地要在完全陌生的和对它而言并不重要的层面上，也就是在科学的层面上，在诚实客观的真理的层面上去反驳它，那么，它的维护者们就越是会摆出一副更加优越傲慢的面孔来。我的天哪，科学，真理！这种叫喊的精神和声调充斥在这帮闲聊的人所作的戏剧性遐想当中。看到批评和真理绝望地向这个它们完全触及不到、根本伤害不了的信仰发起进攻，他们怎么乐也觉得乐不够，不仅如此，他们还懂得用联合起来的力量使科学陷入一种极为滑稽可笑的虚弱地步，甚至于连那两个“美王子”都忍不住以他们天真的方式笑开了花。这帮圆桌会议人士还毫不犹豫地把他们自身所从事的同样的自我否定添加到要最后作出决定、进行宣判的司法头上。这是一种渴望立足于民族情感，不希望孤立于集体之外的法学，它或许可以允许自己把那种理论的、反集体的所谓真理的观点变成它自己的；它必须证明自己是现代的，同时又是最现代意义上的爱国的，为此它敬重那种繁殖力强的伪造欺骗，宣布那些倡导传播这些伪造欺骗的使徒无罪，并让科学两手空空地扫兴而去。

哦当然，当然，肯定喽，可以这样说。嘭，嘭。

我虽然心里窝火，表面上却万万不可做那败兴之人，我不仅有办法不让人看出我内心怀有一丝反感，而且我还尽我所能地强迫自己和大家一起高兴，更何况这种赞同并不是毫无顾忌，而是暂时的，只是笑着表示对现存的和即将来临的事物的一种愉快的认识。我大概提过一次建议，“如果我们愿意严肃片刻，”我说道，“来思考一下，会不会有那么一个思想家，尽管他很关心集体的困境，但他却能够更好地把真理而非集体作为自己的目标，因为真理，甚至是严酷的真理，是间接和持续地服务于集体的，而且这种服务要胜过那种思想所提供给集体的服务，这种思想自以为应当以牺牲真理为代价，实际上却通过这样的否定以无比阴森恐怖的方式从内部瓦解着真正意义上的集体的基础。”可是，人家对我的这个建议却是置若罔闻，根本不予理睬，这可是我有生以来从未遇到过的事情。我现在也承认，这个提议是不得体的，因为它和当时的思想氛围格格不入，因为它里面注入了一种当然是为大家所熟悉的，简直是太熟悉的，熟悉得令人感到乏味的理想主义，这种理想主义只会对新事物构成干扰。我当时做得比较好的是，我和被刺激起来的一桌人一起去考察和探究这个新事物，而不是以死气沉沉的、其实也是相当无聊的方式去反对它，我让我的想象紧贴讨论的进程，并在这个讨论的框架内去了解那个即将来临的、已经暗中形成着的世界——无论我此时此刻内心的情感如何。

那是一个既旧且新的，一个革命复发的世界，在这个世界里，与个性观念相连的价值，比如：真理、自由、权利、理性，要么完全被驳倒和抛掉，要么就具有了一种与上几个世纪完全不同的意义，为此所采用的办法是，它们被从苍白的理论中解放出来，被充满活力地相对化，和级别高得多的权力、权威、信仰专政的主管机关联系起来，绝不是以一种发动的、昨天或前天的方式，而是以等同于充满新意地让人类退回到中世纪神权政治状态和条件的方式。这样一来就显得不怎么反动了，就好比一个人行走在一个球面上，而他走的这条路就是一条天然的环行路，是一个圆圈，他自然而然地就会再回到原来的起点上去，因此你很难说他绕圈子是倒退一样。所以就出现了这样的情况：倒退和进步，新和旧，过去和未来合二为一，政治上的右也越来越多地和政治上的左重合起来。这种缺失前提的研究，这种自由思想，它们远远不能代表进步，更多的只是属于一个落后的和无聊的世界。这种思想被赋予了使暴力变得合理的自由，就像七百年前理性曾经可以自由讨论信仰、证明教条一样：它就是为此而存在的，今天的这种思想也是为此而存在的或者将在明天为此而存在。然而，这种研究可是有前提的——不消说，它是有前提的！这些前提是权力、集体的权威，而且还是理所当然，理直气壮，以至于科学根本不会去想“自己难道不是自由的吗”这个问题。它在主观上完全是自由的——在一种客观约束的范围之内，这种约束是如此根深蒂固和自然而然，以至于绝对不会被当作枷锁来感觉。为了让自己搞清所要面临的东西，也为了消除自身对此所怀有的那种恐惧，人们必须做的事情只有一件，那就是不要忘记，确定的前提和神圣的条件的绝对性从来就不曾阻碍过想象力和个体的勇敢之想法。相反：恰恰是由于教会从一开始就把精神的统一和封闭作为绝对理所当然的东西灌输给了中世纪的人，所以中世纪的人在很大程度上是充满想象力的人，这个程度要远远大于个人主义时代的市民，因此中世纪的人能够独自更有把握和更加轻松地让自己在个人的想象力的天地里驰骋。

哦是的，权力可以让我们的双脚走在一片坚实的土地上，它是反抽象的，而我做得很好的地方是，我和克利德威斯的朋友们精诚合作，我们一起去想象这既旧且新的事物将会如何在这个和那个领域里从理论上彻底改变生活。例如，教育学家都知道，在当今的小学教学中已经出现这样一种趋势，即放弃最先学会字母，放弃一个音一个音地去读，而是转而采用单词学习法，把书写和具体观察事物结合起来。这在一定程度上意味着对抽象普遍的、语言上不受约束的拼音文字的偏离，也在一定程度上意味着是对原始民族的音节文字的回归。我在心中暗自思忖：单词何用之有，书写何用之有，语言何用之有？极端的客观性必须以物为准绳，以后者为唯一准绳。这里我想起斯威夫特①的一篇讽刺作品，说的是一帮喜欢改革的学者决定，为了爱护肺部，也为了摆脱空话，根本废除用语言说话，而只用出示物本身来交谈，不过，这些物，为了便于理解，人们必须尽可能悉数把它们背在身上，走到哪里，带到哪里。这个地方非常滑稽，尤其是因为，奋起反对这一革新并坚持要用语言闲聊的不是别人，正是妇女、暴民和文盲。当然喽，我的这帮讨论者在亲自实施他们的建议上倒是远不及斯威夫特笔下的那些学者走得远。他们更多表现出一种保持距离的旁观者的表情，他们关注这种普遍且已清晰凸显的意愿，即：为了一种被认为是必要的和合乎时宜的简单化的缘故，断然抛开所谓的文化成就，而这种被他们认为是“极为重要的”意愿完全称得上是一种刻意的再野蛮化。我没听错吧？当这帮绅士在上述关联中突然把话题扯到牙医学，而且还是非常具体地指向阿德里安的和我的那个“死牙”的音乐象征时，我忍不住大笑起来，同时也着实被吓了一大跳。我现在真的认为，我当时跟着一起笑的时候是满脸通红的，当时，我们正在一片愉快的欢笑声中讨论牙医们日益增长的趋势，即把那些神经已经坏死的牙齿断然拔掉，因为医生们已经决定把它们视为感染的异物——在十九世纪的牙根治疗技术经历了一个长期的艰苦的并日臻完善的发展之后。说得好——而尖锐指出下面这一点并赢得大家一致赞同的正是布赖萨赫尔博士：这种卫生学观点多少应当被看成是前面那种首先存在着的抛开、放弃、偏离和简单化的趋势的一种合理化——在卫生学的理由陈述过程中任何意识形态怀疑都是适宜的。无疑，较大规模地不维持病人的生命，杀死没有生存能力的和弱智的人，如果有一天人

① 约拿旦·斯威夫特（1667－1745）：英国作家，以寓言小说《格列佛游记》最为著名。

们会转而去这样做的话，那么，恐无疑也是会从民族和种族卫生学的角度来陈述理由的，而实际上恐怕这里所涉及的——人们根本不打算否认这一点，相反，人们还强调这一点——则是远远要深刻得多的决定，是对所有的曾经是资产阶级时代杰作的人之娇弱化的拒绝：是人类本能地让自己进入状态，以应对艰难的和较为阴暗的、嘲笑人道的时势，以应对一个全面战争和革命的时代，这个时代将会远远地退回到中世纪基督教文明那里，而且，它更将会把中世纪基督教文明形成之前的、古希腊文化崩溃之后的那个黑暗时期带回……

三十四（完）

为了消化这些新生事物，一个男人的体重居然减掉了十四磅，您现在可以理解怎么会是这样的了吧？假如我不去相信克利德威斯家举行的这些座谈会的结果，并且一直坚信这些先生是在胡说八道的话，那么，我肯定就不至于会损失这么多的肉了。可是，这完全不是我的看法。我更多的其实是毫不犹豫地表明，他们用值得称道的敏感去触摸时代的脉搏，并把这个脉搏跳动的情况如实地说了出来。只是，假如他们自身对他们的那些诊断结果哪怕稍感震惊，并且有针对性地作出哪怕一点点道德批判的话，那么，我是会——我必须重复这一点——感激不尽的，我的体重很可能也就不会是减少十四磅，或许也就只是减少七磅了。他们本来是有能力这样说的：“不幸的是完全给人一种事情似乎就要这样发展下去的印象。所以必须有人从中调解，对即将来临的事情发出警告并尽自己的力量去阻止事情的来临。”可他们呢，这么说吧，他们所说的，却是：“这事就要来了，这事就要来了，如果这事真来了，那我们就是站在了历史潮流的风口浪尖。有意思，甚至可以说好得很——原因很简单，就是因为这是即将来临的事情，而认识到这一点既需要足够的功夫，也带来足够的愉悦。至于此外再去做点什么阻止其发展的事情，这并不是我们要关心的。”——这些学者，在私下里就是这样的。然而，他们说认识到这一点很高兴却是骗人的；他们对他们所认识到的东西报有同情好感，在没有这种同情好感的情况下，他们也对根本没有被他们所认识到的东西报有同情好感，这就是问题所在，这也就是我为什么感到生气和不安，我的体重为什么下降的原因。

不过，我现在在这里所说的也并非全部正确。如果单就我在克利德威斯圈子里的这些义不容辞的拜访以及我自愿在那里所遭受的苛求而言，那么，我是根本不会因此而掉肉的，不仅不会掉十四磅，甚至连它的一半也掉不了。假如那些圆桌边上的高谈阔论没有对一种艺术和友谊的炽热体验形成那种冷淡理智的评论的话，那么，我也是不会去理会它们的，我实际上也是这样做的——我这里的体验指的是：那种对于一部友好的艺术作品的形成过程的体验——我之所以称它为友好，是因为它的创作者，而非它本身，我可不能说它友好，它对于我的鉴赏力而言有着太多令人感到陌生和惊恐的东西了，所以我太有理由不能说它友好了。这部作品，它孤独地在那里，在那个太像故乡的乡村角落里，狂热而急速地形成着，它同我在克利德威斯处所听到的东西之间有着一种奇怪的联系，是一种精神上遥相呼应的关系。

就是在那里，在那张圆桌旁，对传统的批判成为家常便饭，传统被认为是生命价值遭到摧毁的结果，而生命价值长久以来还曾被认为是牢不可破、坚不可摧的呢，难道不是这样的么？而且，不是还有人——我现在记不清他是谁了，是布赖萨赫尔？温鲁俄？霍尔茨舒赫尔？——振振有词地说过，这种批判必然会不可避免地转而反对传统的艺术形式和种类，比如转而反对唯美戏剧这种曾经在资产阶级的生活领域扎根立足并一度成为关乎文化教育的一桩大事的戏剧，难道不是这样的么？这不，我眼前开始浮现这样的情形：一种叙事性的形式取代这种戏剧的形式，音乐戏剧转变为清唱剧，歌剧戏剧转变为歌剧康塔塔——而且这种转变还是本着一种精神，一种作为根基的思想，而这种思想同我在马尔提乌斯大街的那帮对话者，就个性的状况及全世界的个人主义所作的那些评价之间具有高度的一致性：一种思想，我想要说的是，这种思想，它不再对心理学感兴趣，而是坚决要求客观性，要求一种能够表达绝对性、约束和责任义务的语言，而且，这种语言因此还偏爱给自己戴上前古典的严格形式的虔诚枷锁。不知有多少次，当我充满好奇地在一旁观察阿德里安的创作时，我都会情不自禁地回想起从前我们还是小男孩时，那个健谈的结巴子，即他的老师对我们所作的叮嘱：反对"和声的主观性"和"复调的客观性"。我前面在描述克利德威斯家里进行的那些聪明而又折磨人的谈话时，曾经用过一个走球形路的比方，我还说过，倒退和进步、新和旧、过去和未来在这条路上合二为一了——而现在在这里，我发现这条路，通过充满新意地越过巴赫和亨德尔已是和声的艺术向后回归到那更加幽深的真正多声部的过去，已经成为现实。

至今我手里仍保存着阿德里安当时写给我的一封信，这是从普菲弗尔林寄到弗莱辛来的——是抽空写的，他当时正忙着创作一首颂歌，这首颂歌的歌词是："人山人海，数不胜数，来自全世界的所有民族操着各自的语言，站在那张凳子跟前，站在那只羔羊跟前。"（请参阅丢勒的第七幅版画）——他在信里说很希望我去看他，而在信的末尾则署名为"佩洛提奴斯 · 马格奴斯"。这是一个意味深长的玩笑，也是一种玩世不恭的充满自嘲的认同；因为这个佩洛提奴斯是十二世纪巴黎圣母院教堂音乐负责人，同时也是一位歌唱大师，他的作曲规定推动了新兴的复调艺术的向前发展。他的这个诙谐的署名不禁让我立即想到了理查德 · 瓦格纳的极其类似的举动，后者在创作《帕尔齐伐尔》期间也是在一封信的末尾，在它自己的署名后面加上了"首席教区委员会成员"这一称号。对于非艺术家而言，一个相当有诱惑力的问题是，艺术家对待本应对他以及似乎对他是最为迫切严肃的事情的态度到底有多么严肃；与此同时，他对自己的态度又到底有多么严肃，而轻松愉快、假面舞会、较为高级的玩笑在其中到底又占有多大比例。假如说这个问题问得没有道理的话，那么，那位音乐戏剧的大师又怎么能在创作庄严神圣之极的仪式作品的同时还给自己取一个这样的绰号呢？阿德里安的签名也让我感到了非常相似的东西；是的，我的提问、担心和害怕并不仅仅局限于此，其实在我的内心深处，它们恰恰是指向他的创作行为的合理性的，是指向他对那个他所沉湎的领域所拥有的时间上的权利的，他是用最极端、最高级的手段来进行这个领域的消遣的；简言之，它们的根源在于那种爱怕交织的怀疑，对唯美主义的怀疑，因此，我朋友的这句话："正在发挥取代作用的资产阶级文化的反面不是野蛮，而是集体，"遭到了令人苦不堪言的怀疑。

在这里，凡是没有像我一样，用自己的灵魂去体验过唯美主义和野蛮的近邻关系，体验过唯美主义就是野蛮的开路先锋的人，他是不可能跟上我的思路的——我当然不是靠我自己的力量，而是借助于对一个忠诚的和陷入高度危险的艺术家精神的友谊才体验过这种困境的。对出自世俗时代的祭礼音乐进行革新自有其危险。前者，不是吗？是服务于教会的目的的，但之前也为文明程度较少的目的，为行医的人，为魔术师提供过服务：也就是在超世俗事物的管理者，即教士，同时还兼医生和魔术师的时代。这是一个前文化的，一个野蛮的崇拜状态，可以否认这一点吗——而那种后文化的、从原子化出发使集体变得野心勃勃的对崇拜的革新所使用的种种手段，不仅属于这种崇拜的教会文明化阶段，而且也属于这种崇拜的原初阶段，这一点又好不好理解呢？莱韦屈恩的《约翰启示录》的每一次排练和上演之所以困难重重，就是因为这些困难正好都和这里直接相关。这部作品有合唱，它们以齐诵的形式开始，先是逐级地，通过各种稀奇古怪之极的过渡，成为最丰富的声乐音乐；也就是说，这些合唱穿越了所有的色彩，分级别的低吟浅唱、不同形式的说话、半说半唱直至无以复加的复调的歌唱，全部上阵，为它们伴奏的音乐则从纯粹的声响，从融神秘、狂热和黑人风格于一体的鼓和锣发出的隆隆声开始，一直延伸到最高级的音乐。由于这部危险的作品特别渴望用音乐去揭示人身上最隐秘的东西，既揭示人的兽性，也揭示其最崇高的冲动，所以受到严厉攻击，既被人指责为血腥的野蛮主义，又被人指责为贫血的理智主义！我说的是：受到；因为它的主题思想，即在一定程度上融进音乐的生命史，从其前音乐的、神秘加节奏的初级状态直至其最为复杂的完美实现，被它也许不是部分地，而是全部地暴露在了那些指责面前。

我现在要举一个例子，这个例子总是特别刺激我作为凡夫俗子的恐惧，而且，它还一直是一种满怀敌意的批评嘲讽乃至仇恨的一个对象。为此我必须从很远的地方讲起：我们大家都知道，使声音非实用化，使那种想必是原初的和原始人的跨越好几个音阶的嚎叫的歌唱，固定在唯一一个音阶上并从这种混乱中赢得音的体系，这是音乐最先关心的事情，即音乐最早的成就。肯定和理所当然的一点是：对音进行一种规范化、标准化和秩序化，这可是被我们今天理解为音乐的那个东西的前提及其最初的自我表达。在它身上，也就是说作为一种自然主义的返祖现象，作为一种出自前音乐时代的野蛮残余，还遗留有那种滑音，即级进滑奏——鉴于深刻的文化原因，使用这一手段时必须极其小心才是，我总是能够轻易地从中听到一种反文化的，甚至是反人道的、充满魔力的弦外之音。我这里所指的是莱韦屈恩对这种滑音的——当然不能说是：偏好，但却是特别频繁的运用，至少是在这部作品，即《约翰启示录》里，那里面的一幅幅恐怖景象为使用这种狂野的手段提供了最有诱惑力的，同时也是最具合法性的机会。其中有一个地方，讲的是四个杀戮天使像割草一样把骏马和骑士、皇帝和教皇以及三分之一的人类消灭，而他们的大开杀戒则是由祭坛的四个声部来命令的，在这里，代表主旋律的长号级进滑奏恐怖无比——该乐器的七个序列或音域全都被摧枯拉朽般地奏了一个遍！以这种不断的号叫作为主旋律——太恐怖了！而反复规定的定音鼓级进滑奏又制造了怎样的听觉恐慌啊！这种音响或声响效果的可能性是通过——这里是在整个急速击鼓的过程中被操纵的——机械定音鼓可以被调节到各种不同的音级上而实现的。这种效果是极端阴森恐怖的。但最最令人毛骨悚然的却是把这种“级进滑奏”应用到人的声音上，要知道，人的声音当初可是音的秩序化的第一个对象，也是第一个从那种跨越所有音级的号叫的原始状态中被解放出来的啊——也就是说，最最令人毛骨悚然的就是向这种原始状态的回归，在《约翰启示录》中，这种回归是在第七印解封，在太阳变黑、月亮流血而死、船只倾覆时，通过狂呼乱喊的人类这个角色来实施的，其情其景令人恐惧。

如果允许的话，请容我在这里就我朋友在这部作品中对合唱的处理再插上一句，这种处理使得合唱这个声乐体变得前所未有的松散起来，成为按组等分的和交叉的相互对立，成为戏剧性的对话，也成为个别叫喊，而这些个别叫喊却是以《马太受难曲》中的那种“巴拉巴！”[①]式的回答来作为其经典而遥远的范例的。《约翰启示录》这部作品放弃了管弦乐队插曲；作为补偿，合唱不止一次地赢得了鲜明的和令人惊异的管弦乐队性质：在赞美诗变奏曲那里情况就是如此，这些变奏曲所再现的是那能够感到上天存在的十四万四千名被选者的放声颂扬，与此同时，符合赞美诗的东西仅仅只在于所有四个声部持续地以同样的节奏进行，而管弦乐队则会为此配置最为丰富的对比性强的节奏。这部作品（也不单是这部作品）的极端复调的严厉无情为嘲讽和仇恨它的人提供了众多口实。但事情就是这样，你只有接受，至少我是接受的，而且是心甘情

① 巴赫根据《圣经·新约》第一卷《马太福音》内容于1727年创作完成其最重要的宗教音乐作品《马太受难曲》。1729年《马太受难曲》在莱比锡圣托马斯教堂首演。《马太福音》主要记载耶稣基督的生平事迹。此处为其中涉及耶稣被捕和受难的内容：巨盗巴拉巴犯杀人罪被捕入狱，耶稣则因加略人犹大出卖被捕入狱。根据惯例，罗马帝国驻耶路撒冷巡抚在逾越节前有权释放一名在押犯人。时任巡抚彼拉多便让众人在耶稣和巴拉巴之间进行选择。众人决定释放巴拉巴。彼拉多于是释放了巴拉巴。最后，耶稣被钉上十字架，受难而死。在巴赫这里，上述两者择一的情节被处理为问答，即彼拉多问他们应该放谁，众人以“巴拉巴”作答，而音乐上，众人齐喊这个名字则是通过一个合唱队的合唱来完成。

愿地怀着惊奇地接受：在这部作品里，不谐和音被用来表达所有高尚的、严肃的、虔诚的、精神的东西，而和谐的和调性的音乐却专门留给了那个地狱的世界，在这个意义上也就是留给了一个平庸和空洞的世界，这种自相矛盾构成整部作品的特征（如果这就是自相矛盾的话）。

但我还想说点别的。我想提请大家注意《约翰启示录》中那种奇特的经常出现在声乐部分和器乐部分之间的音的交换。合唱和管弦乐队并不是作为人的代表和物的代表彼此泾渭分明地对立着的；它们已经相互转化：随着人和物的界限真的以不合情理的面目出现，同时也是为了达到这个目的，合唱被器乐化了，管弦乐队则被合唱化了，这显然有利于艺术的统一性，因为这其中——至少对我的心灵而言——也包含着某种令人压抑的、危险的和恶毒的成分。就拿几个细节来说吧：巴比伦大淫妇，这个骑兽的、尘世的国王都和她私通的女人，她的声音就被罕见地、令人吃惊地托付给了最为优雅的花腔女高音，从她口中唱出的技巧炉火纯青并带有完美的长笛般效果的经过句①偶尔还会和管弦乐队的音乐融为一体。另一方面，被不同程度压低的小号则装扮出一个滑稽怪诞的人声，萨克斯管也是如此，它在好几个细碎的管弦乐队小分队中扮演一个角色，而这些小分队则是为魔鬼之歌，即那些深陷泥潭的子孙的可耻轮唱做伴奏的。阿德里安的那种在嘲弄的同时展开模仿的能力，这种深深根植于他天生的忧郁之中的能力，在这里，在滑稽模仿各种迥异的音乐风格的过程中，迸发出创造性，而地狱的愚蠢狂妄则在这些风格当中尽情徜徉：法国印象主义的音乐，变得可笑之极，资产阶级的沙龙音乐、柴科夫斯基、综艺节目、爵士乐的切分音和节奏跟头，这一切犹如民间跑马挑圈比赛一般，在周围熠熠生辉，令人眼花缭乱：也就是说，笼罩在主管弦乐队的基础语之上，而这个基础语则以严肃、阴沉、艰难、极端严厉地维护这部作品的精神级别为己任。

---

① 按音阶或琶音式急速进行的乐句。

继续！对于我朋友的这个几乎尚未得到开发的遗赠，我心里还有太多的话要说，我还觉得，似乎这样做最好，即另外也把我的这些看法置于一种指责的视角之下，我承认这种指责是可以解释清楚的，因为在我承认它，即那种野蛮主义的指责的合理性之前，我倒是更愿意咬断自己的舌头不说话。之所以有人作出这样的指责，是因为他们反对那种成其为这部作品特色的最新与最旧的结合，而这种结合却绝非一种随心所欲的行为，而是寓于事物的本质之中：它，我想说的是，它是建立在世界是曲线的基础之上的，根据这个世界曲线说，最早可以在最晚之中重现。因此，古代的音的艺术并不知道音乐所理解的节奏为何物。歌唱是根据语言规则来韵律化的，歌唱的进行过程不是通过由节拍和周期来划分的速度，而是更多地服从于自由朗诵的精神。而我们的，即最年轻的音乐的节奏，它的情况现在又是如何呢？它不也是已经向语言腔调接近了吗？被变化多端的超灵活性消解了吗？其实早在贝多芬那里就有一些句子是自由节奏的，这种节奏自由让人预感到某种未来的发展方向。在莱韦屈恩这里什么都不缺，就差放弃节拍划分本身了。具有讽刺和保守意味的是，它没有被放弃。但这里的节奏变换实际上是从节拍到节拍，不考虑对称，纯粹是为了适应语言腔调。我曾经说过有些东西刻骨铭心。现在就有这样一些刻骨铭心的东西，它们在理智看来可能是微不足道的，但它们却在灵魂里继续起作用并发挥着它们那下意识起决定作用的影响。这不，还有那个海外怪人的形象，以及他既专横霸道又天真单纯的音乐活动，而跟儿时的我们讲述此人的则是另外一个怪人，即阿德里安的老师，而且，我的朋友当时还在回家的路上用无比高傲的掌声对人家表示赞赏——那个约翰·康拉德·拜瑟尔的故事也是这类刻骨铭心的东西当中的一个。对于这位身处海外的以法他的严厉教书先生和歌唱艺术之开先河者，我似乎早就不去想他了，也不会再反复地去想他了，我干吗要装出这副样子来呢？他的幼稚勇敢的教育学和莱韦屈恩这部把音乐的丰富知识、技巧、精神性全都推向极限的作品，这两者之间，横亘着一个世界，相距可谓遥远。然而，对于我这个知情的好友而言，这位“主仆音”及音乐赞美诗朗诵的发明者，他的思想却幽灵般地躲在其中作祟。

我的这个私密的意见有助于解释那个野蛮主义的指责吗？我现在试图对这个让我如此头疼的指责进行解释，但我不准备对它作出丝毫的让步。它或许更多地同这部宗教幻象作品所显示的某种冰冷动人的群众现代性特点有关，这部作品几乎只知道把神学的东西用于审判和恐吓——一种流线型的特点，恕我冒昧，采用了这个具攻击性的字眼。就拿那位testis，那个恐怖事件的见证者和叙述者，也就是“我，约翰”，那个满是狮子头、小牛头、人头和鹰头的深渊里的动物的描述者来说吧——这个角色，按照传统应该是由一个男高音，但这一次却是由一个音高几乎相当于阉人歌手的男高音来担任的，只见他在那里高声歌唱，冷漠无情地、一五一十地进行报道，很是难听，同他灾难性的倾诉内容形成可怕的对比。1926年，在“国际新音乐协会”于美茵河畔的法兰克福举办的音乐节上，这部《约翰启示录》经历了它的第一次，暂时也是它的最后一次演出（由克雷姆佩勒尔执棒指挥），在这次演出中，这个极其困难的角色是由一个名叫埃尔伯的太监类型的男高音来演唱的，他唱得非常纯熟，他尖利刺耳的宣告听起来真的就像是“关于世界毁灭的最新通告”。这与这部作品的精神是完全相符的，这位歌唱演员极为聪明，他极好地把握了这一精神。——要不，再举一个例子吧，如在骇人听闻的气氛中使用舒适的现代化设备的技巧，即扬声器效果（在一部清唱剧里！），作曲家在不同的地方指定要这种效果，而它们的运用也取得了前所未有的空间上和听觉上的层次分明：结果，通过扩音器，一些东西被拉到前台，另外一些东西则退到幕后，成为遥远的合唱、遥远的管弦乐队。与此同时，只是偶尔且纯粹以地狱为目的才使用的爵士音乐再度绵延不断地响起，而人们也将原谅我使用“流线型”这个尖刻的说法，因为这部作品就其精神和心灵的基调而言更多的是和“凯泽斯阿舍恩”有关，而非现代的流线型思想，而且，我很想——不揣冒昧地——说一句，它的本质就是一股肆虐的古风。

感情冷漠！我很清楚，这实质上才是那些人骨子里所指的东西，他们动不动就会打着“野蛮主义”的幌子来攻击阿德里安所创作的这部作品。那么，请问他们有没有用耳朵去听过这部《约翰启示录》中的某些个抒情部分——或者我只可以说：瞬间——由室内管弦乐队伴奏的歌唱段落呢？哪怕只是用眼睛去看过呢？这些地方如同刻不容缓的灵魂恳求，就连一个心肠像我这样比较硬的人听了都不禁会潸然泪下。请原谅我这漫无目标的辩驳，然而，在我看来，把这样一种对灵魂的热切渴望——小人鱼的那种渴望——说成是感情冷漠，这才叫野蛮、不人道！

我激动地写下我的反驳——我整个人又同时陷入另外一种激动：我开始回想起构成《约翰启示录》第一部分结尾的那阵短暂、但却恐怖的群魔狂笑，地狱狂笑。我既恨它，又爱它，还怕它；因为——请原谅这过于个人化的“因为”！——我一直都惧怕阿德里安那种对大笑的偏好，我跟吕迪格尔·席尔德克纳普不一样，我总是很不善于搞协助——而这同样的害怕，这同样胆怯而关切的笨拙迟钝，我也在听到这犹如洪水决堤一般的痉笑[①]时感觉到了，这是一阵混杂着狂喊、狂吠、尖叫、咩咩叫、鹿鸣、鬼哭狼嚎和马嘶的令人不寒而栗的来自地狱的充满嘲讽的胜利狂笑，它横扫五十个小节，最开始时是单独的一个声音在那里格格地笑，接着，这笑声迅速地扩散，席卷合唱和管弦乐队，随着节奏的颠覆和破坏阴森地逐渐加强，直至成为很强的乐队全体合奏。这段插曲还因为其在整体中所处的位置而得到特别突出，我其实对它是极为厌恶的，然而，偏偏又是它，在相互关联中，以让人心脏停跳的方式，把音乐最深邃的秘密透露给了我，要知道，这可是一个同一性的秘密啊，假如不是这样的话，我基本上是不大会强迫自己在这里谈论它的。

---

① 痉笑是指一种由面肌痉挛而引起的面部表情，主要表现为扬眉、咧嘴等。

因为，第一部分结尾处的这阵地狱狂笑是有其对立面的，这就是美妙无比的儿童合唱，它在一个管弦乐队分队的伴奏下迅速拉开第二部分序幕——这是一段宇宙空间的天体音乐，冰冷，清澈，晶莹剔透，虽然听起来苦涩刺耳，却又不乏一种，我想说：高不可攀的、超凡脱俗的、来自天外、让你心中充满无望的渴望的惹人爱怜。而且，这一段甚至还赢得和打动了那些反对者的心，让他们为之神魂颠倒，事实上，就其音乐的实质性内容而言，耳朵好的人，目光敏锐的人，其实都可以听出和发现，这又是一阵魔鬼的狂笑！无论是在哪里，阿德里安 · 莱韦屈恩都能非常了不起地把相同化为不同。大家都知道他的特点，他会在作出第一次回答时就在节奏上对一个赋格曲主题进行修改，尽管主题表现手法得到严格保留，但这个主题在重复时却已变得面目全非了。这里的情况就是如此——但却没有一个地方是跟这里一样深邃、隐秘和宏大的。每一句话，只要能够让人听出“到那边去”这一观念，即那种神秘意义上的转变的观念，也就是变形的观念，那么就都会在这里受到精确的欢迎。之前听到的恐怖情形虽然在这段难以言状的儿童合唱里被转换到一个完全不同的位置，虽然彻底改变了配器，改变了节奏；可是，这嗡嗡作声的伤人的天体和天使之音，它的每一个音符，没有一个，不是高度一致地出现在地狱的狂笑之中的。

这就是阿德里安 · 莱韦屈恩的全部。这就是他所展示的音乐的全部，而和谐则是作为深刻的思想，作为上升到秘密的算计。就这样，一种因为痛苦而突出的友谊教会我去发现这种音乐，尽管我，鉴于自身朴素的天性，或许可能更喜欢从中发现一点别的什么东西。

三十五

这个新数字写在一个章节的开始，这个章节将要报道一个发生在我朋友生活圈子之内的惨痛事件，一个人的灾难——可是，我的上帝，我在这里写下的每一个句子，每一个字眼，又有哪一个不是笼罩在这场已经成为我们所有人的生活氛围的灾难之中的呢？又有哪一个不是像这只奋笔疾书的手那样动不动就会因为这场灾难所带来的震颤而暗自颤抖的呢？我的叙述正在奔向这场灾难，这场灾难同时也让当今世界——至少是人道的、资产阶级的世界蒙上阴影。

这里所涉及的是一个人的特别私密、几乎不为外界所注意的灾难，而导致这场灾难发生的原因有很多：男人的无耻，女人的软弱，女人的骄傲和职业的失败。现在算来，事情也已经过去将近二十年了，然而，克拉丽莎·罗德，那个女演员，那个显然同样也处在危险之中的伊涅丝的妹妹走向毁灭的情形，却依旧会，而且几乎是历历在目地浮现于我的眼前：她在 1921 到 1922 年间的冬季演出季之后，在五月份，在普菲弗尔林，在她母亲租住的那栋房子里，在没有太多为后者着想的情况下，匆忙而坚决地以服毒的方式结束了自己的生命，而她之所以还耐着性子地把她的生命维持了这么许久，也正是为了等待这个她的骄傲不再能够承受她的生命的时刻。

这里，我要把那些导致她做出这一让我们大家深感震惊、实质上却是无可指责的恐怖之举的因素，以及她实施这一举动的前后过程，作一个简明扼要的复述。正如我之前已经暗示过的那样，她慕尼黑的老师的担心和警告是完全有道理的，克拉丽莎的艺术生涯多年来始终没有能够从地方的底层上升到比较高的、比较有名气的和被认可的级别。她先是在东普鲁士的埃尔滨，然后又来到位于巴登的普福尔茨海姆[①]——这也就是说：她是在原地踏步，或者可以说是基本上没有进步；全帝国所有较大的剧院都对她置之不理；她一事无成，或者说没有取得任何像样的成绩，这其中的原因非常简单，但对当事人而言却又是极其难以接受，

① 德国巴登-符腾堡州城市，位于黑森林的北沿。

即她的天分比不上她的雄心，她缺乏真正的戏剧细胞来帮助她，使她的知识得到发挥，使她的愿望得以实现，使她能够在舞台上赢得众多的难以驾御的观众的感情、观众的心。总之她是从根本上缺乏那种既然是在任何艺术中都至关重要，因而肯定也是在喜剧艺术中至关重要的东西——不知这样说对艺术，尤其是对喜剧艺术是恭敬呢，还是不恭敬。

另外还有一件别的事情也促使克拉丽莎的生活乱了阵脚。她，正如我很早就遗憾地觉察到的那样，不能把舞台和生活很好地区分开来；她是演员，而或许正是因为她不是真正的演员，所以她即使是在舞台之外也格外强调她是演员；这门艺术所具有的那种身体的加个性的特征使得她在日常生活中也不惜通过浓妆艳抹，通过高高隆起的蓬松发型和装饰过度的帽子来大肆装扮自己——一种完全没有必要和容易引发误会，让对她怀有好感的朋友感到难堪，让市民觉得受到挑衅，同时却又让男人敢于产生非分之想的自我表演——完全是错误的和违背任何本来意愿的；因为克拉丽莎又属于那一类最能冷嘲热讽地拒人于千里之外、最冷淡、最贞洁、最高贵的人——尽管这种含讥带讽的高傲的铠甲很可能是针对她自己作为女人的渴望的一种保护机制，而恰好又是这些渴望使得她不愧为伊涅丝·英斯提托利斯，施维尔特费格的——或者说从前的——情人的名副其实的妹妹。

不管怎样，继那个保养得很好的有意让她做他的情妇的六十岁老头之后，还有一些心猿意马的轻浮少年在她那里丢人现眼地碰了钉子，此外，还有几个搞公共评论的家伙，本来是可以替她说话的，却因为没有达到目的而采用嘲笑贬低她的表演的伎俩来对她进行报复。随后，命运终于找到她的头上，可鄙地让她的不屑一顾的骄傲化为乌有、荡然无存：我在这里之所以说“可鄙地”，是因为征服她的童贞的那个家伙根本就不配得到这样的胜利，而克拉丽莎本人也绝不认为他配得到这样的胜利：此人留着一个准魔鬼似的山羊胡子，看见女人就现出一副色迷迷的馋样，经常跑去后台打情骂俏，整一个小地方公子哥，他的职业是普福尔茨海姆的一个律师，刑事犯罪辩护人，说起话来浅薄无聊，口若悬河，对人不屑一顾，他的内衣精致考究，另外，他的两只手上还长满密密麻麻的黑毛，这就是他施行占有时的全部行头。一天晚上演出结束之后，很有可能是在喝得烂醉如泥的情况下，看似浑身带刺，其实却是毫无经验和毫无设防的冷淡矜持的她，终于不敌此人例行公事般的老道，成了人家的囊中之物——她为此而气急败坏，也为此而极度鄙视自己；因为引诱她的这个人虽然能够吸引她的感官一时，却无法令她对他怀有任何好感，相反，他的胜利在她心里所能激起的只有满腔仇恨，当然，这种仇恨里同时却又混杂着她从内心深处感到的一丝惊异，即他居然有办法叫她克拉丽莎·罗德堕落。从此，她对他的欲求一概，而且还是冷嘲热讽地加以拒绝。不过，始终令她感到惶惶不可终日的却是，他总有一天会把她曾经做过他的情人这件事情张扬出去，因为，那人当时就已经以此对她施过压，进行过要挟。

就在她深感痛苦、失望和羞辱的时候，能够让她得到解脱的、过上正常人的和体面的生活的美好前景呈现在了她的面前。向她提供这样的前景的人是一个来自阿尔萨斯[①]的年轻的实业家，他不时地会因为生意的缘故从斯特拉斯堡跑到普福尔茨海姆这边来，他在一个人数较多的场合与她相识，并且要死要活地爱上了这个长相漂亮而又喜欢冷嘲热讽的金发女郎。而克拉丽莎那时也并不是一点演出合同都没有，相反，她倒是第二次受雇于普福尔茨海姆市立剧院，虽说只是些个并不值得特别感激的跑龙套的小角色，但她仍然应该为此感谢一个上了年纪的编剧的好感同情和大力举荐，这位自身在文学上同样感到吃力的编剧，虽然也没有办法令自己信服她的戏剧才能，但是，无论如何，他却懂得珍视她在精神境界和作为人的方面所普遍达到的那个水准，这个水准远在一般杂耍小艺人的水准之上，并且也使得她因此而显得和别人格格不入。也

① 法国东北部地区及旧省名；隔莱茵河与德国相望。

许，谁知道呢？说不定他甚至爱她呢，只是因为他太失望，也太与世无争了，所以始终没有勇气表达他心中那份默默的好感。

总之，在新的演出季开始之时，克拉丽莎邂逅了一个年轻人，他答应把她从她目前所从事的错误职业中解放出来，娶她为妻，为她提供一种安宁而有保障，甚至是物质条件优越的生活，尽管是远在异国他乡，可不管怎么说，终究也算得上是那种同她的市民出身相仿的环境。她满怀希望、喜悦、感激乃至柔情（那种源自感激的柔情）地把亨利的求婚以及他的愿望暂时还遭到家里反对的情况写信告诉给了她的姐姐，甚至还告诉给了她的母亲。他，约莫和他的心上人同龄，是集全家希望于一身的大少爷——或者也可以说是小少爷，他母亲的心肝宝贝，他父亲在生意上的好帮手，对于他上述的那些愿望，他在家里很热情地，并且肯定也是下了很大决心地进行了捍卫——但是，这种热情和决心恐怕必须再多上一点点才行，只有那样才可以迅速消除他那资产阶级大家族对这个女演员，对这个流浪女艺人，此外还是一个“德国鬼子”①的偏见。——亨利非常理解他的家人对于他的高贵性和纯洁性的担心，以及他们对于他可能会因为感情而毁掉前程的忧虑。当然，他是绝对不会为了要把克拉丽莎领进家门而做出此等事情来的，可是，要想让他们明白这一点又谈何容易啊。最好的办法就是，他把她本人带回来，把她介绍给他的生他养他的亲人们，介绍给他的心怀醋意的兄弟姐妹们和有判断能力的七大姑八大姨们，让他们去检察考验，而他几周以来便一直在为这次会面的获准和安排而四处奔忙：他通过定期写明信片和反复往普福尔茨海姆这边跑的方式向他的恋人通报他所取得的每一个进展。

克拉丽莎对于自己的胜利充满信心。她和他就社会地位而言其实是门当户对的，这一点只不过是受她现在所从事的职业的影响而被掩盖了罢了，况且她已经准备放弃这个职业了，这一点待亨利家那些担惊受怕

---

① 原文为法文 boche，意为“德国佬”或“德国鬼子”，是一句骂人的话，尤指第一次世界大战中法国人对德国人的称呼。

的族人亲眼见到她本人之后是会明白过来的。她不仅在信中，而且也利用一次访问慕尼黑的机会直接以口头的形式，开始提前对即将到来的他们的正式订婚和未来生活作出展望。尽管这个未来和她作为那个丧失了根基、追求精神、追求艺术的城市贵族家庭出身的孩子所有过的梦想完全不同，尽管如此，这个未来却是港湾，是幸福——一种资产阶级的，显然是由于她的生活将要被置于其中的那个异国他乡、那个全新国度所具有的魅力而更容易为她所接受的幸福：她生动地想象着她未来的孩子们用法语聊天的情景。

就在这时，她过去生活中的那个幽灵，一个愚蠢的、空洞无物和卑鄙无耻的，但同时却又是狂妄的和冷酷无情的幽灵，突然冒了出来，对她进行阻止，对她肆意挖苦，让她的种种希望破灭，把这个可怜的人儿逼进墙角，逼上死路。那个通晓法律的流氓，她曾在软弱无力的时刻属于过他，现在他利用他所有过的唯一一次胜利来讹诈她。他说，如果她再不答应委身于他的话，他就要把他和她的关系告诉给亨利的家人，甚至是亨利本人。根据我们后来所了解的所有情况来看，这个杀人犯和他的牺牲品之间想必上演了一幕幕绝望的场景。这姑娘徒劳无益地请求——最后甚至是跪下来——乞求他，求他体谅她的苦衷，放过她，别强迫她为了息事宁人过平静生活而付出背叛这个爱她的、同时也是为她所爱的男人的代价。正是这样的表白刺激了这个恶棍的残暴。他毫不讳言地表示，她即使现在愿意委身于他，那也只能赢得眼前，也只能赢得暂时的安宁，买到斯特拉斯堡之行，买到订婚仪式。他说，他永远也不会放过她，相反，他会一而再，再而三地，随心所欲地去督促她，提醒她为他的沉默向他表示感谢，而只要她拒绝向他表示感谢，他就立马不再保持沉默。她将不得不过着一种与人通奸的生活——这将是对她这个市侩，对她的被他称之为胆怯地跑到资产阶级那里藏身的行径所进行的正义的惩罚。其实，如果事情真的难以为继的话，如果，就算是在没有他推波助澜的情况下，她的小男人自己发现了她的这个秘密的话，那么，她手里始终还留有那种能够以不变应万变的物质，这种物质从一开始就被她保存在那个装潢精美的物件，即那本封皮盖子上有个骷髅头的书里。而或许也不是完全没有一点道理可言的是，她正是因为拥有了希波克拉底的这种药物，所以她才会感到自豪，才会感觉自己面对生活时又多了一份优越感，也才敢于对生活进行这种阴森恐怖的嘲弄——一种同她原本准备进行的以资产阶级方式与生活讲和相比更能给她长脸的嘲弄。

我认为，那个无赖除了强行求欢之外，其真正的目的恰恰就是要置她于死地。他那卑鄙恶毒的虚荣心渴望有一个女人的尸体为之铺路；他突然心血来潮地想要人类儿女之中的一员，即使不是独独为了他，却也是由于有了他的因素而走向死亡和毁灭。啊，克拉丽莎竟然非要称他的心、如他的意不可！事情就是这样，她别无选择，这一点我从现在来看是这样，我们大家从当时来看也只能是这样。为了获得暂时的安宁，她又一次遂了他的心愿，这样一来，她反倒比以前任何时候更受他的摆布了。也许她心里盘算的是：等亨利的家人接受她了，等她和亨利结婚了，她就会找到对付这个讹诈者的办法来了。但是，她没有能够等到这一天。折磨她的那个家伙显然已经决定连婚都不让她结了。一封用第三人称写就的揭发克拉丽莎另有情人的匿名信在斯特拉斯堡的那家人里，在亨利本人那里显现了作用。他把那封信的内容寄给她——让她，如果可能作出解释的话，作出解释。而他自己附在信中的信也不大让人能够看得出他对她所怀有的爱情是海枯石烂、永不变心的那一种。

克拉丽莎是在普菲弗尔林收到这个用挂号信寄来的邮件的，她那时在普福尔茨海姆的戏剧演出季已经结束，正在她母亲那位于栗子树后的小屋里作客，并准备呆上几周再走。事情的发生是在下午的早些时候。市政议员夫人看见她的这个喜欢饭后独自去散步的孩子三步并作两步地从散步途中折回。在屋前的小场地上，带着一脸仓促、迷惘和茫然的微笑的她，急匆匆地同她擦肩而过，一头扎进她的房间，房门的钥匙紧接着便在她的身后，在锁孔里短促而有力地转动起来。在她自己的卧室里，在隔壁，不大一会儿工夫之后，老夫人听见女儿在盥洗台旁用水漱口——我们今天知道，她当时这样做是为了缓解那种可怕的酸在她的咽腔里造成的损害。之后便是一片寂静——这种阴森恐怖的寂静一直持续到约莫二十分钟之后市政议员夫人去敲克拉丽莎的房门并呼唤她的名字为止。她不停地、拼命地敲门、叫唤，但里面始终没有应答。老夫人感觉大事不妙，顾不得额头上再也梳不拢去的头发和牙齿脱落之后留下的瘪嘴，赶紧跑到对面的主楼里，压低声音地向施魏格施迪尔太太通报了情况。经验丰富的女房东于是带上一个伙计跟她一起过去，在两个女人反复敲打和叫喊之后，那伙计撬开了门锁。克拉丽莎双眼圆睁地躺在床脚头边上的长沙发上，这是六十年代或七十年代的一种家具，带靠背和扶手，早在拉姆贝格大街那会儿我就见过它，而当死神在她漱口的当口向她袭来之时，她就是一头栽到它上面去的。

“怕是再也没有什么办法可想了，亲爱的市政议员夫人，”施魏格施迪尔太太一看到身子半立半躺着的死者的惨状，就一边很是无奈地把自己的一根手指头放到脸上，一边摇头这样说道。这种确凿无疑得让人不得不信的场面我只是到了晚上才得以目睹，我接到房东太太的电话通知后便赶紧动身从弗莱辛赶了过来，作为这家人的老朋友，我首先动情地拥抱并抚慰了那位呜咽不已的母亲，然后和她、艾尔泽·施魏格施迪尔以及一起过来的阿德里安一道站在了死者的遗体旁。克拉丽莎美丽的双手和面庞上都有乌紫的淤斑，这表明，造成死亡的原因是一种迅速的窒息，由足以杀死一个连士兵剂量的氢化物所导致的呼吸中枢瘫痪所引起。房间的桌子上放着那件里面空空如也、底部的螺丝已经被拧开的青铜容器，即那本用拉丁文字母写有希波克拉底名字、上面还躺着个骷髅头的书。同时放在桌上的还有一张草草地用铅笔写给她未婚夫的法文字条：

“我爱你。我骗过你一次，但我爱你。”

那个年轻人跑来参加由我负责筹备的葬礼。他非常伤心，或者说更多的是“空寂”，从而，显然是错误地，给人造成一种不是特别真心的，而更有一点像是在说客套话的感觉。我并不怀疑他的痛苦，带着这种痛苦他喊出了下面这段话：

“啊，先生，我非常爱她，所以能够原谅她！这一切原本是可以有个好的结局的。可现在——竟然是这样！”

是的，“竟然是这样”！如果他不是这样一个疲弱无力的集家人希望于一身的小少爷，从而能够成为克拉丽莎的一个更为可靠的支柱的话，那么，这一切真的是可以有个完全不同的结局的。

在那个晚上，当市政议员夫人坐在她孩子那已经变得僵硬的躯壳旁，沉浸在极度悲痛之中的时候，我们，阿德里安、施魏格施迪尔太太和我，一起起草了那份公开的、由克拉丽莎的近亲签字的、措辞既委婉又明确的讣告。我们一致同意采用这样的说法，即死者是在经历了沉重的、无法愈合的心灵痛苦之后而告别人世的。我把这份讣告拿去给慕尼黑的新教教长看，我去造访他，目的是想请他来主持市政议员夫人所迫切希望的教会葬礼。我在处理这件事情的时候表现得不太老练，我一见到他，就天真而充满信任地向他承认了克拉丽莎宁死也不愿意苟活的事实，可是，这位僧侣，一个五大三粗、真正典型的路德教的牧师，对此根本不感兴趣。我承认，我当时是过了一会儿才恍然大悟的，原来，教会虽然一方面并不希望看到自己的无所作为，但是，它另一方面也不愿意为即使再正直，却也是公然宣称的自杀作最后的祝福。总之，这个身强力壮的男人就是想要我不说真话。我于是就，近乎可笑，莫名其妙地突然把话锋一转，声称整件事情的原因不明，有可能，甚至极有可能是一个事故，把盛香水的小瓶子搞混了，如此这般，最终才使得这个顽固不化的家伙，为着他那神圣的公司的利益，在他的公司的参与为人所看中而感觉很受用的情况下，把举行教会葬仪一事答应下来。

葬礼在慕尼黑森林公墓举行，罗德家的朋友们悉数参加。就是鲁迪·施维尔特费格，就是齐恩克和施彭格勒，甚至于席尔德克纳普都没有缺席。大家都发自内心地感到悲痛，因为大家以前都很喜欢这个可怜的、做事唐突、为人骄傲的克拉丽莎。浑身上下被密封在一片黑色里的伊涅丝·英斯提托利斯站在她那不能露面的母亲的位置上，小脖颈歪向前方、温柔庄重地接受来宾的哀悼。而我没有办法不把她妹妹的这种生活尝试的悲剧性结局视作她本人未来命运的一个凶兆。另外，通过和她所作的交谈，她给我留下的印象是，她其实更羡慕和妒忌克拉丽莎，而不是为她感到悲哀和伤心。他的夫君的家境随着某些阶层刻意制造的货币贬值而持续恶化。这堵奢侈豪华的胸墙，这种应对生活的保护，在心惊胆战的她看来正在濒临消失，而且，他们在英国公园边上的那套富贵的公寓今后还能不能保得住，也已经成了一个非常现实的问题。就鲁迪·施维尔特费格而言，他虽然向克拉丽莎，他的好伙伴，表示了最后的敬重，但他的人却又是尽可能快地提前离开了墓地的——在他向死者的那位近亲属表示完哀悼之后，他就离开了，我当时就提醒阿德里安对其纯属礼节性的这种匆忙简短加以注意。

这也很可能是伊涅丝第一次和他的情人重逢，自他宣布和她结束关系以来——我担心：他用的是有些无情的方式，因为“用友好的方式”来结束，在她这个绝望地、顽强地紧抓不放的女人这里恐怕是不太可能。她现在和她那小巧的丈夫并肩站在她妹妹的墓旁，全然一副弃妇模样，一个无论怎么猜想都是极度不幸的形象。不过，能在一定程度上对此予以安慰和补偿的则是，一个由妇女组成的小团体团结在了她的周围，其成员都来参加了葬礼，尽管其中一部分人前来参加，更多地是为了照顾她的面子，而不是为了向克拉丽莎表示敬意。属于这个小而固定的组织、派别、协会，或者用我自己的话说，属于这个友谊俱乐部的成员，有充满异国风情的娜塔莉娅·克虐特里希，她是伊涅丝最信任的密友；也有一个同丈夫离了婚的来自罗马尼亚特兰西瓦尼亚地方的女作家，写过几部喜剧，并在施瓦宾搞了一个放荡不羁的艺术家沙龙；还有宫廷女演员罗莎·茨维切尔，一个常常爆发强烈的神经质情绪的女人；外加这样或那样的女性人物，我在此就不再一一对她们进行描述了，这样做的一个特殊的原因是，我对属于这个团体的每一个积极分子并不全都了如指掌。

把这群人粘到一起的黏合剂是——读者听闻之后应该不会感到吃惊——吗啡：这是一种非常强大的胶合材料；因为，这些成员不仅用这种既让人舒服又让人败坏的毒品来实施亲如战友般的互帮互助，而且，在这些沦为同样的毒瘾和嗜好的奴隶中间，从道德上讲，还存在着一种悲观的，不过倒也是温情、甚而是彼此充满敬重的团结，而在我们所说的这个案例里，把这伙女罪人串在一起的另外还有一种确定的、由伊涅丝·英斯提托利斯创立的哲学或准则，而为了给她们自己的行为找理由，这个小团体的全部五个或六个好朋友都对其表示赞同。而伊涅丝的观点是——我本人偶尔也亲耳听她说起过——痛苦是有违人类尊严的，忍受痛苦是一种耻辱，然而，姑且完全抛开那些由身体的疼痛和心灵的哀伤带给人类的种种具体的和特殊的屈辱不谈，生命本身，就其本身而言，这种赤裸裸的生存，这种动物的存在，就是一副没有尊严的沉重的枷锁和卑贱的负担，毫无高贵和骄傲可言，也就是说，人权和精神权利的一个行动就是要推开这个包袱，卸掉这个重物，用这种美好的、能够保证身体以这样的方式从受苦的状态之中解放出来的物质来供应身体，通过这种办法去获取自由、轻松以及一种似乎是没有了肉体的健康。

显然，这种哲学的一个优雅之处就在于，它忍受了这种使人变得娇弱的习惯所带来的身心俱毁的后果，而很有可能正是这种对于共同的早衰的意识为这些女性伙伴之间的关系定下了这样一种温情脉脉、甚至是互敬互爱的基调。每当在社交场合碰面时，她们的眼睛里就会射出狂喜的光芒，她们就会动情地拥抱和亲吻，看到她们这个样子，我并不是没有感到反感。是的，我现在承认，我心里对她们为自己配制的这帖方剂是不能容忍的，但我同时也是带着一丝惊讶来承认这一点的，因为我通常是很不喜欢自己扮演一本正经和吹毛求疵的角色的。那种甜蜜的欺骗或许是这种罪恶所致，要么它从一开始就是内在于这种罪恶的，这让我从心底里感到了一种无法克服的厌恶。而另外也让我感到气愤的是她对她的孩子们所采取的那种肆无忌惮的漠然态度，她用她对于那种胡作非为的沉迷来证明了这种漠然，而这种漠然也把她所有的对于那几个白白的豪华造物的过分的爱作为谎言加以揭穿。总之，自从我知道和看到这个女人都放纵自己干了些什么之后，我便从心底里对她失去了兴趣，而她也相当敏锐地察觉到她在我心目中的形象已经坍塌，并且，她对此还报之一笑，这种纷繁复杂和恶作剧似的不怀好意的微笑，在我看来，和她以前那次在骗得我充满人情味地倾听她的爱情痛苦和欢乐长达两小时之后，所展露的那种微笑颇为相似。

啊，她没有多少能够让自己变得快活起来的理由，因为像她那样作践自己其实是很痛苦的。她很有可能是超剂量吸毒，这不仅没有给她创造出充满活力的健康来，反而使她陷入一种不能出去见人的状态。那个茨维切尔在这种物质的作用下会表演得更有天分，而娜塔莉娅·克虐特里希也通过它提高了她的社交魅力。可是，在可怜的伊涅丝身上却一再出现这样的情况：她迷迷糊糊地跑到家里的那张餐桌旁，目光呆滞地冲着她的大女儿和她那大惊失色、尴尬万分的丈夫点头，整个人随后便歪倒在那张始终还保养得很好的、闪烁着水晶的光泽的餐桌下面。我此外还要承认的一件事情是：伊涅丝几年后犯下了一桩激起普遍震惊并使她的资产阶级的存在得以终结的死罪。但是，无论这桩罪行让我感到多么的毛骨悚然，出于老朋友的情谊，我仍然几乎会感到自豪，不，坚决地会感到自豪的是，陷入沉沦之中的她最后终于找到了那股促使她去采取这一行动的力量和疯狂劲头。

三十六

哦德国，你正在走向灭亡，而我正在纪念你的希望！我指的是你当年曾经激起过的那些希望（也许我并未和你分享这些希望）；那些在你上一次比较温和的崩溃之后，在那个皇帝帝国的谢幕之后，世界想要注入你胸中的希望，那些，尽管你的放纵的举止，尽管你困苦的全然失常的、疯狂绝望的和极度示威性的“膨胀”，即那种醉醺醺地冲上天的货币的通货膨胀，尽管如此，你却似乎在长达几年的时间里，在某种程度上仍然有理由怀有希望。

说真的，我们自1933，甚至是1939年以来所上演的青面獠牙的令人难以置信的状况，这种稀奇古怪、始终被认为是闻所未闻的情况，这种不怀好意的长裤汉①习气，在当时的那种乖僻、嘲弄世界和被认为是震惊世界的胡闹中其实就已经显露出了不少端倪。那种数十亿之巨的恍惚，那种灾难性的浮夸，终于在某一天结束，我们的经济生活的扭曲变形的面孔上重新现出理性的表情，我们德国人似乎看到了一个灵魂的休养生息的时代到来的曙光，在这个时代里，社会沿着和平和自由的道路前进，文化进行着走向成熟的和渴望未来的努力，我们的思想和感情善意地和世界常规接轨。毫无疑问，这就是，尽管有着种种天生的缺陷和自我厌恶，这就是这个德意志共和国的意义、希望——我这里所指的仍旧是：它在外国人心目中所激起的那种希望。它是一次尝试，一次并非完全没有前途的尝试（是继俾斯麦及其统一手段的尝试失败之后的第二次），目的是，在德国欧洲化，或者也可以说“民主化”的意义上，在从精神上将其纳入欧洲各民族社会生活的意义上，促使其走向正常化。对于这一进程的可能性所抱有的美好的信仰，那时在欧洲其他各国应该说是很活跃的，对于这一点，今天有谁能够否认呢？而在我们之中，在德国，在这个国家的每一个角落里，除了农民的顽固不化之外，一个沿着这一方向充满希望的运动也确实是铁板钉钉地存在着的，对于这一点，今天又有谁能够反驳呢？

---

① 又称无套裤汉，法国大革命时期贵族对激进共和主义者的蔑称。当时的贵族穿长及膝部的短裤，而法国大革命的追随者们则以穿长裤来以示区别。

我现在谈的是本世纪的二十年代，当然，尤其是它那促成文化中心从法国向德国转移的后半段，这段时间依旧表现出来的一个极为明显的特点是，前面所提到过的那场首演，说得更明确一些就是：阿德里安的那部关于世界末日的清唱剧的第一次完整上演就发生在这个时间段之内。当然，上演地法兰克福尽管属于帝国最友好的正直的城市形象之一，但是，这次上演却并不是没有遭到愤怒的批驳的，而且，指责它是对艺术的嘲弄，是虚无主义，是音乐罪犯，或者，用当时最流行的骂人话：指责它是“文化布尔什维主义”的声音也并不是不义愤填膺的。不过，话又说回来，这部作品及其表演的大胆也同样遇到了聪明的、能言善辩的拥护者，而且这种好的勇气，这种是热爱世界和自由的勇气，在1927年前后达到高潮，这种针对那种尤其以慕尼黑为老巢的民族主义、瓦格纳风格和浪漫主义的三合一反应所唱的反调，早在那十年的前半段里就已经成为我们公共生活的一个要素——我现在又想起了诸如1920年在魏玛举办的音乐家节和次年在多瑙厄申根[①]举办的音乐节之类的文化盛事。这两个音乐节——遗憾的是在音乐家本人没有到场的情况下——绝对是具有感染力的，我想说的是：具有艺术和“共和”思想的观众展示了莱韦屈恩的几部作品，连同其他几个被视作新精神和新音乐态度的范例一道：在魏玛是那部《宇宙交响曲》，由节奏上特别值得信赖的布鲁诺·瓦尔特指挥，在位于巴登的音乐节举办地，则是《罗马人的功绩》中全部五个作品和汉斯·普拉特内尔著名的木偶戏联袂——真可谓一次难忘的经历，观众的心在虔诚的感动和欢笑之间从未有过如此这般地来回撕扯。

但我在这里另外还要纪念的则是德国艺术家和艺术爱好者对1922年成立“国际新音乐协会”所作的贡献，以及这个组织两年后在布拉格举办的活动，在这些活动中，出自阿德里安《形象启示录》中的一些合

---

① 位于多瑙河源头布里嘉贺河和布雷格河汇合处的一座城市，在德国境内。

唱片段和器乐片段在清一色由来自全世界音乐大国的知名来宾构成的听众面前奏响。这部作品那时已经出版，而且不是像阿德里安以前的劳动成果那样，是在美因茨的硕特，而是隶属于维也纳的“万能编辑”出版社，该社的社长叫作艾德曼博士，年龄几乎不到三十岁，但却年轻有为，在中欧音乐生活中颇具影响，有一天，也就是在《启示录》还根本没有最后完成的时候（因为作者老毛病复发而中断了几个星期），这位社长突然现身普菲弗尔林，出其不意地要向施魏格施迪尔家的这位房客提供他的出版服务。他的这次造访明显和一篇评论阿德里安创作的文章有关，这篇不久以前发表在维也纳一家激进的、进步的音乐杂志《伊始》上面的文章出自匈牙利音乐学家和文化哲学家德西德里乌斯·费赫尔笔下。在这篇文章里，费赫尔提请文化界注意这种音乐，对其所具有的那种知性的高度和宗教的内涵，那种骄傲和绝望，那种罪恶的、被推向了灵感的聪颖，给予了一种情真意切的评论，由于这位撰稿人同时还羞愧地承认，这件最有趣、最动人的事情倒并不是他依靠自身的力量而发现，凭借自己内心的引领而撞见，而是肯定受到了来自外界，或者，正如他所说的那样，来自上界的，出自一个高于任何渊博学识的领域的，即那个爱和信仰，简言之就是那个永恒之女性的领域的指引的，所以这份情真意切就显得更加情真意切了。总之，这篇，就其讨论的对象而言也算不上不合适的，融分析和抒情于一体的文章，让——当然是以模糊的方式，让一个多愁善感、知情的和用实际行动去宣传自己这份知情的，归根结底就是其真正的始作俑者的女人的形象隐隐约约地透射出来。不过，既然艾德曼博士的来访被证明是受到维也纳发表的那篇文章的启发，那么，就可以说，他的这次来访也是间接地由那个温柔的、一直藏而不露的能量和爱所促成。

真的只是间接的吗？我是不能完全肯定的。我认为有可能的是，这个年轻的音乐商人也得到过直接来自那个“领域”的启发、暗示、命令，而下面的事实又进一步强化了我的这个推测，即他所知道的比那篇文章要多，那篇文章只是故作神秘地勉强披露：他知道那个名字并且说出了这个名字——不是马上，也不是一开始就，而是在交谈的过程中，在交谈快要结束的时候。在他几乎已经是遭到拒绝，但他仍不死心，依然想方设法达到了他的求见目的之后，他请莱韦屈恩把自己正在进行的创作向他作了介绍，还听了那部清唱剧的音乐——第一次吗？我很怀疑！但他可真有办法，莱韦屈恩最后居然还顾不得身体的疼痛和虚弱，亲自跑到尼基厅里去给他演奏那部手稿里的几个较长的部分，艾德曼听后当即拍板，为“编辑”购得了该作品的出版权：第二天就有人从位于慕尼黑的“巴伐利亚庄园”饭店送来合同。不过，在他告别之前，他用维也纳的、从法文中借用过来的问候语问了阿德里安一个问题：

“师傅，您认识，”——我现在甚至认为，他当时问的是：“师傅认识”——“冯·托尔纳夫人吗？”

现在，我准备在我的叙述中引入一个人物，而一个小说作者从来都是不可以向他的读者推出这样的一个人物的，因为不可见性和艺术的乃至小说叙述的条件明显是对立的。而冯·托尔纳夫人就是一个看不见的人物。我无法把她带到读者眼前，她长得什么样，我一无所知，因为我没有见过她，也从未得到过有关她的描述，因为我所认识的人之中没有一个是见过她的。姑且不论，艾德曼博士是否，还有《伊始》的那位撰稿人，他是她的同乡，是否敢夸口说认识她。就阿德里安而言，他当时对这个维也纳人所提的这个问题所给予的回答是否定的。他说他不认识这位女士——但他那方面却没有反问这个人到底是谁；所以艾德曼也就不再去作解释，而只是说：

“不管怎样您没有”——要不就是：“师傅没有”——“比她更为热心的崇拜者了。”

他显然把这个“不认识”理解为是对事实的限定和小心掩饰，其实它就是事实。阿德里安可以说是作了如实回答，因为他和这个匈牙利女贵族的关系是一种缺乏任何个人接触的关系，而且——我在这里还要补充的是——按照双方心照不宣的约定还将永远会是这种关系。他很久以来就和她保持书信交流，在他们的这种通信交往中，她被证明是他作品最聪明绝顶、最精细准确的行家和拥护者，此外也是无微不至的友人和顾问，是无条件服务于他的存在的那个人，而他那方面呢，则是做到和给予了一个孤僻的人所能做到和给予的最大限度的健谈和信任——这完全是另外一回事。我曾经谈到过两位贫家女子，她们通过无私忘我的付出，使自己在这个男人肯定是永垂不朽的生命中得以占据小小的一席之地。而这里所涉及的是第三个，一个完全不同类型的女人，就无私而言，不仅不亚于那两个普通女子，反而有过之而无不及：禁欲，放弃任何直接的接近，坚定不移地遵守隐身、克制、不打扰、永远不见面的戒律——这样做不大可能是由于笨拙怯场，因为这里所说的是一个闯荡世界的女性，在普菲弗尔林的那个隐士眼里，她也真的就代表着世界——那个为他所热爱、所需要、所忍受的世界，那个有距离的世界，那个出于知性的珍惜而始终停留在远处的世界……

我现在就来说说我所知道的有关这个奇女子的情况。托尔纳夫人是一个富有的寡妇，她的丈夫很有骑士风度，可也十分放纵无度，不过，他最后倒并未毁于恶习，而是死于赛马，他没有给她留下子嗣，却给她留下了一座位于佩斯的宫殿，一块巨大的，从首都往南要走几个小时路程，距离施图尔森堡不远，处于普拉滕湖和多瑙河之间的骑士封地，外加一幢城堡式别墅，位置就在刚才所说的那个湖畔，即巴拉顿湖①畔。此外，那块封地还带有一栋华丽舒适的建于十八世纪的装饰一新的庄园住宅，整个封地除一望无际的麦田之外还包括大片的甜菜种植园，种植园所收的甜菜都在封地上自家的制糖厂里加工成糖。市区房屋、封地宫殿和消夏别墅，这些逗留处所没有一个是被它们的女业主较长时间使用过的。她以旅行为主，可以说：她几乎总是人在旅途，所以，她把她的

---

① 德国人又称巴拉顿湖为普拉滕湖。

这些固定住所放手让给雇来的管家和主管照看。她显然并不依恋它们，它们带给她不安或是尴尬的回忆，驱使她逃离。她住在巴黎、那不勒斯、埃及，住在恩加丁，不管走到哪里，身边都有一个婢女、一个男性雇员和一个医生陪同前往，男性雇员大概负责安营扎寨和充当旅行侍从，医生则是专门给她一人看病，由此看来，她的健康可能有点问题。

但她的活动性似乎并不因此受到影响，再加上她有着一股子狂热，而这种狂热又是建立在直觉、预感、对神秘莫测的移情和心灵相通的敏锐感知——天知道是什么——的基础上，所以只要有演出活动，她总是有办法到场出席，令人好不惊奇。事实表明，凡是胆敢让阿德里安的音乐响起一星半点的地方，这个女人全都去过了，而且每次都是不显山不露水地混进观众堆里：她去了卢卑克（经历了那部歌剧首演遭遇嘲笑的场面），去了苏黎世，去了魏玛，去了布拉格。她来无影去无踪地到过多少次慕尼黑，又有多少次是离他的居住地很近，我不得而知。更有甚者，她还很熟悉普菲弗尔林，偶尔还会偷偷地露面：对于阿德里安所住的地方，他周边的环境，她都悄无声息地摸清了底细。如果我没有弄错的话，她还恰好就在那间修道院院长工作室的窗户下面站过——然后又神不知鬼不觉地离开了。光就这些，就已经够引人入胜的了，还有呢，更奇怪、更能触动我的，而且更加引发那种类似于朝圣和朝山进香的想象的则是，她，正如很久以后且多少有些偶然所表明的那样，甚至还去过凯泽斯阿舍恩，她本人甚至在奥伯魏勒尔和布赫尔农庄获悉，也就是说熟知了那种——总让我感到有些压抑——存在于阿德里安童年的活动场所和他后来的生活环境之间的平行对应。

我刚才忘了提了，就连那个位于萨比内尔群山里头的弹丸之地——帕莱斯特里纳，她都没有遗漏，还在马纳尔迪家逗留了几个星期，看那样子，似乎很快就跟西格罗拉 · 马纳尔迪成为知心朋友。每当她在她那部分用德语、部分用法语写成的书信里回忆起这位女房东时，她都会称她为“马纳尔迪妈妈”。她也对施魏格施迪尔太太使用同样的称呼，正如从她的话中所流露的那样，她看见过后者本人，而后者却没有看见过——或是注意到——她。那她自己呢？加入这些母亲人物的行列，和她们以姐妹相称，她是这样想的吗？在同阿德里安·莱韦屈恩的关系中——她应该得到一个什么样的称呼呢？她自己又希望用什么样的称呼呢？保护神，埃格丽娅[①]，幽灵情人？在她（从布鲁塞尔）发给他的第一封信里，她随信附上了一枚戒指作为表示敬重和崇拜的礼物，像这样的戒指我还从来没有见到过，当然，这也说明不了很多问题，因为写这封信送礼的人真的对这个世界上的贵重东西不大在行。这个东西——对我而言——是一个无比美丽的无价之宝。这枚雕花戒指本身就很古老，是文艺复兴时期的作品；上面的石头是浅绿色的乌拉尔绿宝石的大平面切割的精制品，好看极了。可以想见，这枚戒指曾经装饰过某位教会诸侯之手——它上面所带有的异教的铭文也几乎难以驳斥这样的想象。在这块绿柱石宝石的坚硬之处，也就是在它上部的打磨面上，用极为精细微小的希腊字母刻着两行诗，如果转换成德语说的话，意思大概如下：

“是怎样的震颤穿过阿波罗的月桂树丛！
整个神宇的柱顶盘都在震颤！凡夫俗子们，快逃！赶紧离开！”

对我而言，指出这两行诗的出处并不困难，它们是卡里马科斯[②]所著《阿波罗颂歌》的开头两句。它们以充满神圣惊恐的笔触描绘了这个神在他的神殿显灵的先兆。它们尽管字迹微小，清晰度却保持完好。反倒是镂刻在它们下面的小花饰样的标志显得有些模糊，这个标志，最好用放大镜，可以确定为一个长了翅膀的蛇形怪物，它口里伸出来的舌头

---

① 罗马的泉源和生育女神。
② 卡里马科斯（约公元前310－公元前240）：古希腊诗人，希腊文学史奠基人，亚历山大里亚派诗歌的代表。以颂歌著称于世，《阿波罗颂歌》是其留存的六首颂歌之一。

呈现箭的形状。这个神话的幻象让我想到了克律塞岛上的菲罗克忒斯被射伤或被蛇咬伤的情形，也让我想到了埃斯库罗斯给这支箭所取的名字："嘶嘶作声的长了翅膀的蛇"，但同时还让我想到了那种存在于福玻斯[①]的箭和太阳光线之间的关系。

我可以证明，阿德里安那时收到这个重要的，从那陌生、同情的远方给他寄来的礼物时，高兴得跟个孩子似的，不假思索地就接受了它，虽然他从未在人前戴过它，却也私下里演练过这样的习俗，或者我该说：仪式，即在搞创作的时候戴上它：在谱写《约翰启示录》的整个过程中，如我现在所知，那他都是一直把这件珠宝戴在他的左手上的。

这枚戒指是制约、束缚，甚而是服从的象征，这一点他想过吗？他显然没有这样想过，相反，他把他作曲时戴在手上的这个东西视为一条看不见的链子上宝贵的一环，在他眼里，它就是把孤独的他和世界连接起来的纽带——这个世界于他只是一个模糊的影像，它的面目，个性如何，他几乎不得而知，可是，他好像并不急于打听它的个性特征，因为我在这方面的打听比他要多得多。我问我自己，莫非这个女人的外表有什么毛病，因而决定了她同阿德里安的关系的基本原则只能是隐身、回避、永不谋面？她可能长得很丑，可能是瘸子，是驼背，可能被某种皮肤病毁容。我不接受这样的揣测，我倒是更多地认为，如果真有某种缺陷的话，那也是心灵上的，而且，这种缺陷使得她很容易去理解任何形式的对珍惜的需要。他们的关系注定要严格坚守在纯精神领域，对于这个原则，她的伙伴也确实从未有过要去动摇的念头，反倒是一味地默默地加以遵守和服从。

我很不情愿用这个平庸的说法："在纯精神领域"。这种说法显得有些苍白无力，同某种实际的硬朗矍铄很不相称，而这种硬朗矍铄则正是那遥远的藏而不露的忠诚和关怀所特有的。一种来自那对面的非常严肃

① 太阳神阿波罗的别名。

的音乐和普遍的欧洲的素养赋予他们的通信以一个非常实际的支撑，因为他们的通信正好就是在那部《启示录》作品的准备阶段及其谱写期间定期进行的。人家很善于给他的这部作品的文字结构提建议并弄来难以弄到的材料——正如事后所证明的那样，那本有关保罗幻像的古法语诗歌体翻译就是那个“世界”给他弄来的。后者精力充沛地为他操持忙碌，尽管是以转弯抹角和借助中间人的方式。正是在她的促使之下，《伊始》发表了那篇很有见地的文章——然而，这里也是当时唯一的一个能够以欣赏的口吻谈论莱韦屈恩音乐的地方。而“万能编辑”出版社之所以满口答应保证出版他当时正在进行的那部清唱剧，也是由于她的暗中授意。1921 年她同样也是以隐蔽的，让人搞不清楚资助来源的方式，为普拉特内尔的木偶剧，为在多瑙厄申根能够昂贵盛大地和音乐上完美地上演《罗马人的功绩》提供了重要的资金支持。

我想坚持采用这个词及其所属的那种包容的姿态，即坚持用这个“提供”。阿德里安不可以怀疑的是，只要是他的这个崇拜者，这个孤独的上流社会贵妇，只要是她能够办得到的，那她就全都提供给了他。她的财富，可以明显感到，于她，因为有着批判的良心，所以是一种负担，尽管她并不了解没有财富的生活，而且恐怕也不会知道该怎么去过这样的一种生活。尽可能多地把她的财富，倾其所有、竭尽所能地把她的财富，拿出来放到天才的祭坛上，这于她是不容否认的渴望，而假如阿德里安愿意的话，那么，他的整个生活格调恐怕一夜之间就能按照那个珠宝的模式改变过来，然而，看见他戴这个首饰的也就只有修道院院长工作室的那几面墙壁。对于这一点，他心里跟我一样清楚。我也用不着说，他一刻也没有严肃考虑过这种可能性。就我而言，只要一想到有笔巨大的财产就躺在他的脚边，他只需伸伸手，就能让自己过上王侯般的生活，一想到这些，我就会感到某种陶醉，但是，阿德里安和我不同，他肯定从来没有让这种想法沾过自己的边。不过，倒是有一次例外，那一次他竟然离开普菲弗尔林出门了，总之是出远门了，跑出去对那种几乎是君王般的生活形式匆匆进行了一次体验尝试，说真的，我还就是情不自禁地打心眼里希望他永远都能过上这样的生活。

这件事情到现在已经有二十年了，之所以会发生，是因为他接受了托尔纳夫人固定不变的、永远有效的邀请，她邀他到她的某个庄园里去住一住，只要他愿意，住多久都可以，前提当然是在她不在那里的时候。他那时，即1924年春，正在维也纳，在当地的埃尔巴尔大厅里，在所谓的“《伊始》之夜”的一个晚会上，鲁迪·施维尔特费格第一次极其成功地——特别也是为他自己——演奏了那部最终为他而写的小提琴协奏曲。我这里说“特别也”，我的意思是“首先”，因为某种程度地把兴趣集中到演奏者身上恰好是这部作品的意图之一，尽管它的音乐手稿绝对不容混淆，不过，它却不属于莱韦屈恩最登峰造极、最骄傲的作品之列，而是，至少是部分地，带有某种尽义务的、恩赐的，我最好是说：居高临下的意味，这令我不禁想起了早年的一个预言，而发出这个预言的那张嘴此间已经永远地闭上了。——阿德里安也拒绝在节目结束时到热烈鼓掌的观众面前露面，当人家四处找寻他时，他已经离开音乐厅走了。我们，即举办者、兴高采烈的鲁迪和我，后来在一家小旅馆的餐厅里和他碰了头，他已经在这家位于绅士胡同的旅馆里登记住下，而施维尔特费格原本以为自己是应该住进一家位于环行大道上的饭店里的。

事后的庆祝是短暂的，因为阿德里安又头疼了。第二天他决定，先不忙返回施魏格施迪尔家，而是就他的那位世界女友人的意思，到她在匈牙利的庄园去看一看，从片刻放松他的生活的角度出发，我对他的这个决定是能够理解的。由于她当时正好——神不知鬼不觉地——逗留在维也纳，所以她不在庄园那里的条件已经满足。他直接给庄园那边打电报通知了他将作短暂拜访的消息，接着，正如我所猜测的那样，在庄园和维也纳的一家饭店之间来回进行了几次沟通。他动身前往，可惜陪他去的人不是我，因为我几乎不可能为了他的这场音乐会而去请假失职不上课，当然这一次陪他的也不是吕迪格尔·席尔德克纳普陪他前往，这个跟他有着一样的眼睛的家伙嫌累，根本就懒得去维也纳，另外也可能是他手头没有足够去到那里的旅费。最后反倒是鲁迪·施维尔特费格顺理成章地成了陪同他前往的那个人，此君既有时间，又正好在场，而且他和他刚刚还有了一次顺利的艺术上的合作，另外，他对他不知疲倦的亲近举止恰巧也在那段时间大获成功——一场后果严重的成功。

在他的陪伴下，阿德里安在托尔纳城堡过了十二天，沉浸在一种由尊贵的华丽、十八世纪的柱子和高雅居室所构成的家庭氛围中。他受到了犹如出行归来的领主一般的接待，他多次乘车穿过大小如同侯爵领地一般的庄园，来到明朗的普拉滕湖滨，由一批毕恭毕敬的、部分为土耳其裔的用人伺候着，享用着一个五种语言的图书馆、两架气派的三角大钢琴、一架家庭管风琴以及形形色色的奢侈。他告诉我说，他在参观庄园的时候发现，隶属于这片华美领地的一个村子，竟然还处在赤贫的状态，竟然还完全停留于远古的、前革命时期的生活水准。他们的向导，本身也是庄园的管理员，一边同情地摇头，一边把值得一提的稀罕事儿讲与他们听，说这里的居民们一年里只是在圣诞节前后才能吃上一次肉，甚至连动物脂蜡烛都没有点的，真的就是鸡进窝就上床。这种状况是令人羞辱的，可是，由于习惯势力，也由于愚昧无知，这里人们面对此种境遇倒也心安理得，并不显得多么敏感，假使要想对这种状况，例如村里的街道脏得难以形容，村民居住的茅屋卫生条件完全没有，假使要想对此有所改变的话，那可真的就得发动一场革命了，然而，这却是一场任何个人都无力发动的革命，一个女人就更不可能了。当然，有一点则是可以想见的，即村子里的这种光景应该是促使阿德里安的这位隐秘女友不愿在她自己的庄园里逗留的因素之一。

不过，话又说回来，对于我的这位朋友的严肃人生当中的这样一段略显古怪的插曲，我也只能是粗略地作个勾勒而已，因为能够对此进行更为详细的描述的人并不是我。我当时并不在他的身边，就算他当时有意邀上我，我也是不可能去的。当时陪在他身边的是施维尔特费格，他倒是很了解情况的。可他却死了。——

三十七

假如我对这一节，也和前面的几个章节一样，不专门另外编号，而是把它当作前面一章的继续，仍旧把它当作属于这一章的一个部分来看待，假如我这样来做的话，情况或许会更好一些。这样既可以继续往下讲，同时又可以避免出现较大的断裂脱节，这或许才是合适之举，因为《世界》这一章，有关我那已经故去的朋友与它的关系或非关系的这一章，始终还在上演——它现在在这里当然放弃了所有神秘莫测的谨小慎微，不再以蒙着厚厚的面纱的女保护神和寄送珍贵象征物品的女人的姿态，而是以天真缠人的、天下隐士不在话下的、执着的，尽管如此在我看来甚至是迷人的曹尔·费特尔贝格这类人的形象出现，此人是一个国际音乐掮客和音乐会经营家，他在夏末一个美好的日子里，正逢我恰好也在场的时候，也就是在一个星期六的下午（星期天一大早我就要赶回家去，因为我的妻子过生日）造访了普菲弗尔林，用其可笑的言谈让我们，阿德里安和我，忍俊不禁了足足有一个小时之久，之后又——仅就所涉及的事宜和建议而言——虽然是两手空空地，倒也并不觉得怎么难受地重新离去。

那是 1923 年——我们现在不能说，此人当时起得特别早。不管怎样，他没有耐心等到布拉格的演出，法兰克福的演出，这些演出的到来尚需要一些时日。但魏玛已经有了，多瑙厄申根已经有了——这里我把莱韦屈恩青年时期作品在瑞士的上演完全搁置一边不算。再说了，这里面有着某种值得珍视、值得鼓吹的东西，而要想预感到这一点也用不着非要有什么惊天动地的先知先觉不可。那部《启示录》也已经付印出版了，我现在认为，曹尔先生当时是有能力研究这部作品的。不管怎样吧：此人反正是已经嗅到了点什么了，他希望参与进来，打造出一个名人，让一个天才曝光，以他天才经纪人的身份把这个天才引见给那个令他游刃有余的充满好奇心的上流社会。着手开展诸如此类的事情，这就是他此次来访，他的大大咧咧闯入创造性痛苦的避难之所的目的。——事情的经过是这样的：

我是在上午较早些的时候抵达普菲弗尔林的，喝完茶后，也就是四点钟刚过，我们，阿德里安和我，去田间散步，散步归来的时候，我们惊奇地发现院子里的那棵榆树旁停着一辆车——不是普通的出租，而是更显个人身份的一种车辆，即按小时和天数从一家运输公司连车带司机一起租用的那种。后者，那个司机，站在他的车子边抽烟，仅从他的制服就可隐约窥见他的雇主的气派体面，他见我们从他身边走过，于是就连忙摘下他的鸭舌帽向我们致意，满脸堆笑，很有可能是在回味他给我们拉来的那位稀客所讲的玩笑话。在大门口处，施魏格施迪尔太太向我们迎来，手里拿着一张名片，说话的声音压得很低，显得有些惊魂未定。来了一个“油嘴滑舌之人”，她告诉我们说——这个词，作为对一个刚刚被让进屋来的外人的仓促的定义，又特别因为它是用耳语悄声说出，所以对我而言，它便带有了某种精灵鬼怪和神秘的意味。或许是为了对这个刁钻的说法进行解释吧，艾尔泽太太紧接着又称他是一个“胡说八道的雕鸮”。她说他先是用法语叫她“亲爱的夫人”，然后又叫她“小妈妈”，还拿手去拧了克莱门蒂娜的脸。她不得已就先把这孩子锁在了她的房间里，等这个见人熟走了之后再出来。但她没法轰他走，因为他是专程坐车从慕尼黑赶来的。他正在大客厅里等着呢。

我们俩满脸狐疑地接过那张名片来看，所有有关它的主人的值得了解的信息全都用法文在上面写着了。“曹尔·费特尔贝格。组织策划音乐演出。众多知名音乐家代理人”。我很高兴自己也在场，从而能够为阿德里安保驾护航。叫他一个人独自去面对这种“代理人”，这是我不情愿想见的。我们向那间尼基厅走去。

费特尔贝格已经站在了门的附近，阿德里安让我在他前面进屋，尽管如此，那个男人却仍然能够马上就把他的全部注意力集中到前者身上去：他先是透过他那单角眼镜匆匆瞥了我一眼，随后，他甚至把他那肥胖的上身歪向一边，为的是能够窥见我身后的那个人，他不惜花费两个小时坐车赶来也正是为了这个人。当然，一个是被打上了天才标记的人，一个是朴实的中学老师，对这两者作出识别并不需要什么机巧；不过，尽管如此，这个人的这种迅速辨别方向的能力，即使我走在前面，他也能够看出我的无足轻重，同时不受任何影响地牢牢锁定他的真正对象，他的这种敏捷，依然不免令人印象深刻。

“亲爱的师傅，”他嘴角挂着微笑地抢先用法语开了口，口音很重，但叽里呱啦地倒也是绝对流利，“能够见到您，我是多么幸福，多么激动啊！即便是对于一个像我这样被宠坏了的、硬心肠的汉子，能够结识一个伟大的人物，这仍然始终不失为一种动人心弦的经历。”——“教师先生，认识您很高兴，”他另外又补充道，而且，因为阿德里安向他介绍了我，所以，他还漫不经心地伸出手来和我握手，但紧接着整个人马上就又转向了他的真正目标。

“我贸然造访，也许会令您不悦，亲爱的莱韦屈恩先生，”他仍用法文这样说道，特别重读了其中人名的第三个音节，好像若是他写的话，就要写成“Le Vercune”[①]似的。“Mais pour moi，étant une fois à Munich, c'était tout à fait impossible de manquer ……[②]哦，我也说德语的，”他用同样的、听起来相当舒服的、很硬的发音打断了自己的法

---

① “莱韦屈恩”这个名字的法文音译，此名字的德文为 Leverkühn，由三个音节组成，其中“屈恩”为第三个音节。

② 法语：“可是对我而言，既然已经到了慕尼黑了，那就不可能不这么做了……”

语。“说得不好，不标准，但用来交流还是够了的。Du reste，je suis convaincu,[①]您精通法语——您为魏尔兰[②]的诗歌所谱的那些曲子就是这方面最好的证明。Mais après tout,[③]我们是在德意志的土地上——是在一片多么德意志的、多么隐秘的、多么富有个性的土地上啊！这片田园风光令我感到欣喜，您，maître[④]，把自己关在这样的美景里，可真够睿智的…… Mais oui，certainement，[⑤]我们坐下来吧，merci，mille fois merci！[⑥]”

他是一个约莫四十岁上下的胖男人，没有突出的大肚子，但是很肥，四肢绵软，白皙的双手肉嘟嘟的，胡子刮得光光的，一张脸圆鼓鼓的，双下巴，轮廓鲜明，弓形眉，单角眼镜后面的两只快活的杏眼充满地中海式的柔美。虽然头发已经变得稀疏，但他却有着一口洁白的好牙，这口牙老是露出来，因为他老是喜欢笑。他穿着一套腰身收紧的淡蓝色条纹法兰绒西装，脚上配之以亚麻和黄色皮革制成的鞋子，浑身上下透着一股夏季的优雅时尚。他的做派自在愉快，无忧无虑；说起话来语速很急，稍微有点含混不清，嗓门总是相当高，偶尔还会用上最高声部：但无论是他的言谈，还是他的整个行为举止，都表现出这种为他所特有的令人振奋的轻松，这种轻松同他本人的肥胖形成某种反差，同时却又同这种肥胖和谐地融为一体，所以呢，施魏格施迪尔太太刚才对他的特点所作的那番描绘也因此而快快乐乐地被证明是合理的了。这种深入到他骨髓里的轻松，我之所以称它是令人振奋的，是因为它的确能够给你带来那种既滑稽又安慰的感觉，即你完全没有必要把生活看得太沉重。它似乎总是想要表达这样的意思：“可为什么就不行呢？还有什么

① 法语，“此外，我也是充满信心”之意。
② 保尔·魏尔兰（1844－1896）：法国诗人。惶惶不安的情绪和富于暗示的音乐性是其作品的最大特点。
③ 法语，“但毕竟呢”之意。
④ 法语，“师傅”之意。
⑤ 法语，“好的，当然”之意。
⑥ 法语：“谢谢，多谢多谢！”

呀？没什么可说的！让我们高高兴兴的吧！”而你也会不自觉地去努力听从它的这个观点。

他绝对不是一个傻瓜，这一点是不容怀疑的，凭据就是我对他当时说的话至今还记忆犹新，我有意公布他的那些话。我最好是这样来做，即把发言权完全交给他自个儿，因为不管阿德里安或我作何回答，插进何话，几乎都没有多大意义。我们当时是在那张夯实的长桌的一头落的座，这桌子是这间农家客厅的主要装备：阿德里安和我并排，那位客人和我们面对面。对于他的愿望，他的意图，此人并没有隐瞒多久，简单的寒暄之后他就步入正题了。

“师傅，”他说道，“我完全理解，您想必是十分依恋这个格调和谐风雅的僻静之地的，您还把它挑选出来作为您的居留之所——哦，我都看见了，这山冈，这池塘，这有教堂的村庄，et puis，cette maison pleine de dignité avec son hôtesse maternelle et vigoureuse. Madame Schwei-gestill! Mais ça veut dire：‘Je sais me taire. Silence, silence! ’ Comme c'est charmant! ①您已经在这儿生活多久了？有十年了？没有间断过吗？几乎没有间断过吗？C'est étonnant! ②哦，很容易理解！尽管如此，figurez-vous③，我还是跑来了，跑来诱骗您，引诱您暂时放弃您的忠诚，用我的魔衣载上您去空中翱翔，向您展示这个世界的各个帝国及其华美壮丽，不仅如此，还要让它们全都拜倒在您的脚下……请您原谅我的这种夸张的说话方式！它真的是 ridiculement exagérée④，尤其是涉及到‘华美壮丽’的时候。实际上绝对没有到这个地步——这个世界的这种‘华美壮丽’绝对不是一件如此激动人心的事情——我就要这样说，我可是小人

---

① 法语，意为：“另外，还有这栋房子，庄严肃穆得很哪，而且房子的女主人，不仅像母亲一样，而且精明能干。好一个姓沉默名不语的夫人哪！但我这里想要说的是：‘我知道沉默。不语！不语！’这是多么迷人啊！”

② 法语：“这真是令人惊异！”

③ 法语，“您想象一下吧/您想想啊”之意。

④ 法语，“夸张得可笑”之意。

物家的孩子，来自简朴的，说得难听点就是：恶劣的环境，也就是来自地处波兰中部的卢布林，父母真的是非常卑微渺小的犹太人。我是犹太人，您必须知道：费特尔贝格，这是一个特别典型的波兰—德意志—犹太姓氏，只是我已经把它变成了一个有声望的先锋文化先驱的代名词，以及，我大概也可以这样说吧，一个伟大艺术家之友的代名词。C'est la vérité pure，simple et irréfutable。①这其中的原因是，我从小就追求更高的，追求精神的和有趣的东西，尤其热衷追求新奇的，而且还是丑闻的东西，不过，那可得是值得尊敬且前景光明的丑闻，这种丑闻会在明天成为要价最高的东西，成为大时尚，成为艺术。A qui le dis-je? Au commencement était le scandal。②

“谢天谢地，那个恶劣的卢布林现在已被远远地抛在了身后！我已经在巴黎生活了有二十多年——您以为呢，我甚至还在那里的索邦大学听过整整一年的哲学课呢。可是，à la longue，③我就觉得这个很无聊了。这倒并不是说，似乎哲学就不可能跟丑闻沾边似的。哦，不，哲学也是可以变成丑闻的。但它在我看来太过抽象了。随后我模模糊糊地感觉到，形而上学最好还是应该去德国学。对于我的这个感觉，坐在我对面的这位受人尊敬的人士，这位教师先生，也许会表示赞同……接下来的事情就是，我领导了一个很小型的高级通俗剧院，un creux，④une petite caverne，⑤可容纳百十来号人，nommé ‘Théatre des fourberies gracieuses’。⑥这个名字还是很迷人的，是不是？可您猜怎么着，这种事情在经济上靠不住。位子少，价格必然昂贵，最后害得我们没办法，只好把它们全部送人。我们也够伤风败俗的了，je vous assure，⑦不过，我

① 法语：“这是纯粹的、朴素的和无可辩驳的事实。”
② 法语：“但这话我又会对谁去说呢？只是以丑闻开始罢了。”
③ 法语，“长此以往”之意。
④ 法语，“一个窟窿”之意。
⑤ 法语，“一个小洞穴”之意。
⑥ 法语：“我给它取名叫作‘雅谬剧院’。”
⑦ 法语，“我敢跟您打保票”之意。

们同时又像英国人所说的，太那个 high-brow[1] 了。仅有詹姆斯 · 乔伊斯[2]、毕加索[3]、埃兹拉 · 庞德[4]和德 · 克莱芒—托涅热公爵来捧场，这日子过不下去了。总之吧，这'雅谬'开张还没几天，就不得不又关门了，然而，对我来讲，这次尝试并不是没有取得一点成果的，因为不管怎么说，通过它，我和巴黎艺术生活中的那些顶尖人物，画家、音乐家、诗人，建立了联系——在巴黎，或许身在其中的我可以这样说，时下跳动着活生生的世界的脉搏——也是通过它，通往好几个贵族沙龙的大门向我这个当经理的打开了，这些艺术家都在这些沙龙里跟人结交来往……

"您也许会感到惊奇。您也许会说：'他是怎么做成这个的？这个来自波兰乡下的犹太小青年是如何得以在这些刁钻讲究的圈子里，在这些 créme de la créme[5] 中间活动的？'啊，我的先生们，没有什么比这个更简单的了！给自己的晚礼服打蝴蝶结，很快就学得会，很快就能无拘无束，大摇大摆地走进一家沙龙，就算遇到几级台阶要下也同样能够显得轻松自如，而且，也根本不会去想，自己的两只胳膊会不会给自己平添一丝烦恼。然后，就只需不停地说'Madame'。'啊，Madame，哦，Madame，Que pensez-vous，Madame，On me dit，Madame，que vous êtes

① 英语，字面意思是"文化修养高"，此处可译为"阳春白雪"。

② 詹姆斯 · 乔伊斯（1882－1941）：爱尔兰小说家，其利用深层心理学解构现实生活的方法对长篇小说创作进行革新，影响巨大，代表作有《尤利西斯》、《青年艺术家画像》、《芬尼根守夜人》等。乔伊斯 1920－1940 年期间在苏黎世、巴黎等地生活。

③ 帕布罗 · 毕加索（1881－1973）：西班牙画家，现代绘画奠基人之一，于 20 世纪初来到巴黎。

④ 埃兹拉 · 庞德（1885－1975）：美国作家，意象派诗歌代表人物，主要作品有《面具》、《反击》、《献祭》等。20 世纪 20 年代曾在巴黎生活，后前往意大利，在那里一直呆到二战结束。由于庞德在第二次世界大战中公开支持法西斯主义，所以战争结束后即被美军逮捕，押回美国受审，后因多方说情，又有医生开具精神病证明，最终只被关进精神病院，1958 年重返意大利生活，直至去世。

⑤ 法语，"精英中的精英"之意。

fanatique de musique?'[1]这差不多就是全部。如果不是身在其中，身临其境，就会极大地高估这些东西。

"Enfin[2]，这些我要归功于'雅谬'的关系网，这网对我很有用，不仅如此，当我后来开设我的办公室，组织当代音乐演出时，这些关系网还得到进一步扩大。这其中最大的好处就是：我找到了我自己，这就是您现在所看到的我，我是经纪人，生来就是做经纪人的料，必然会是经纪人——这就是我的乐趣和骄傲所在，j'y trouve ma satisfaction et mes délices,[3]让有才能的人，让天才，让有趣的人士脱颖而出，为之摇旗呐喊，让社会为之欢欣鼓舞，或者，即使不能让它欢欣鼓舞，也要让它激动起来，因为这就是它所渴望的一切，et nous nous rencontrons dans ce désir,[4]社会愿意受到刺激，愿意受到挑战，愿意在针锋相对之中分崩离析，它最感激的莫过于有趣的喧嚣，莫过于那为报纸上的漫画和无休无止的胡扯提供素材和谈资的人。在巴黎，要想出名，就得先把名声搞臭——一场真正的首演必是这样进行的，即在整场晚会过程中，所有的观众多次从座位上跳起来，绝大多数人狂呼：'Insulte! Impudence! Bouffonerie ignominieuse!'[5]而与此同时，六七个 initiés[6]，埃里克·萨蒂[7]，三四个超现实主义者，弗吉尔·汤姆森[8]，从剧院的包厢里高喊：'Quelle précision! Quel esprit! C'est divin! C'est suprême! Bravo! Bravo!'[9]

---

① 法语："您对此意下如何啊，夫人，有人告诉我说，夫人，您很热衷音乐？"
② 法语，"总之"之意。
③ 法语，意为"我找到了我的满足和我的巨大享受"。
④ 法语："这种渴望让我们彼此相遇。"
⑤ 法语："可笑！恬不知耻！愚蠢可耻的玩笑！"
⑥ 法语，字面意思为"知情者"，此处也许可以译作"托儿"。
⑦ 埃里克·萨蒂（1866－1925）：法国作曲家，其音乐幽默离奇，独具魅力，对"六人团"成员影响甚大。
⑧ 弗吉尔·汤姆森（1896－1989）：美国作曲家和音乐评论家，1925－1932 年间曾在巴黎生活。
⑨ 法语："多么精确的表达！多么机智风趣！这简直绝了！非同寻常！太妙了！太妙了！"

“我担心会吓着你们，messieurs[①]，即使不会吓着 Maître，那也或许会吓着教师先生。但我首先要赶紧补充的是，这样的音乐会之夜，还真的从来没有一个是必须提前中断不可的——事实上，就连那些最愤怒的观众也是绝不希望发生这样的事情的，相反，他们巴不得自己还有机会反复发怒，这就是这个夜晚带给他们的享受所在，而那少数的几个行家呢，此外也可以以奇怪的方式表现出一种居高临下的权威性。第二，这可绝不意味着，每一个具有进步性质的演出活动都得发生我刚才所暗示的那种情形不可。如果有足够的大众传播工作方面的准备，有提前针对愚蠢行为所展开的充分威慑，那么，一场演出就可以保证进行得非常庄严隆重，而如果今天被展示的恰恰是来自曾经敌对的国家的一员，恰恰是一个德国人的话，那么，恰恰是在这样的时候，可以指望观众表现出彬彬有礼的举止来……

“这就是健康的投机，我的建议，我的邀请正是以此为基础。一个德国人，un boche qui par son génie appartient au monde et qui marche à la tête du progress musical！[②]在当今，这对于观众的好奇心，对于没有成见的、附庸风雅的、受过良好教育的观众而言，可是一种极富刺激性的挑战。这个艺术家对他的民族烙印，对他的德意志民族性，否定得越少，他提供给人高呼那种‘Ah，ça c’est bien allemand，par exemple！’[③]口号的机会就越多，他因此就越具刺激性。您是在这样做吧，cher Maître，pourquoi pas le dire？[④]您在一步紧似一步地提供这种机会吧。在您早期，在您创作那部《海之光》和您的那部滑稽歌剧时期，您还不太是这样的，但是后来的作品就逐渐越来越向这个方向发展了。您肯定在想，我首先关注的是您的纪律严明，et que vous enchaînez votre art dans un système de règles

① 法语：“先生们。”
② 法语：“一个通过其天才跻身于全世界且行进在音乐进步最前沿的德国佬！”
③ 法语：“啊，比如，这才是真正的德意志哟！”
④ 法语：“亲爱的大师，我为什么不该这么说呢？”

inexorables et néo-classiques,[①]您的办法是，您强迫您的艺术戴着这些脚铐手链——即便不具备优美，却也是具备精神和勇气地去运动。但如果真是如我所指的那样，那么，通过谈及您的 qualité d'Allemand，[②]我所指的同时还不只就这些——我所指的是——我该怎么说呢？——是一种固定的四四方方、节奏的慢条斯理、僵化、grossièreté[③]，这些构成古德意志性的东西——en effet，[④]entre nous，[⑤]在巴赫那里也能发现它们。您对我的批评不会见怪吧？Non，j'en suis sûr！[⑥]您太伟大了，所以您不会见怪。您的主题——它们几乎全由偶数值组成，二分之一，四分之一，八分之一；它们虽然节拍是切分的，并且是捆绑过去的，但它们仍然还是固执于一种常常是机械工作着的、轰隆隆地运转着的、连续敲打着的不机灵和不优雅。C'est ›boche‹ dans un degré fascinant。[⑦]您可千万别以为我这是在指责！哪里呀，我这其实就是在说：简直 énormément charactéristique[⑧]，而我眼下正在筹办的这个国际音乐的音乐会系列，您的这个特色那可是其中根本不能缺少的……

"您瞧，我在抖开我的魔衣。我将把您带到巴黎，带到布鲁塞尔、安特卫普、威尼斯、哥本哈根。人们将欢迎您，对您表示出最浓厚的兴趣。我会把最好的乐队和独奏演员提供给您使用。您将亲自执棒指挥《海之光》，指挥《爱的徒劳》中的几个片段，指挥您的交响曲《宇宙论》。您坐在三角大钢琴边为您的那些以英国和法国诗人为蓝本的歌曲伴奏，而一个德国人，一个昨日的敌人，通过选择他的歌词的方式向外昭示这种宽广的胸怀，全世界都将为此感到万分欣喜，ce cosmopolitism

---

① 法语："您让您的艺术服从于一种强硬的和新古典主义的规律体系。"
② 法语："德意志特质。"
③ 法语："结实粗壮。"
④ 法语："一种效果。"
⑤ 法语："就咱俩私下说说（不得外传）。"
⑥ 法语，字面意思为："不，我对我的事情胸有成竹！"
⑦ 法语："这是一个达到令人着迷程度的'德国佬'。"
⑧ 法语："独特极了。"

généreux et versatile! [1]我的朋友，玛雅·德·斯特罗兹—派西克夫人，一位来自克罗地亚的女士，也许算得上当今东西两个半球最美的女高音，将会不胜荣幸地演唱这些歌曲。我另外还会聘请日内瓦的四重奏演出小组'富隆扎雷'或布鲁塞尔的四重奏演出小组'为艺术'来完成济慈的几首颂歌的器乐部分。全都是优中选优，这您满意吗?

"您说什么，您不会指挥？这个您不干？钢琴您也不愿意弹？您拒绝为您的歌曲伴奏？我能够理解。Cher Maître，je vous comprends à demi mot！[2]停留在已经完成的东西上面，这不是您的作风。对您而言，一部作品的演出就是一部作品的演出，这个作品对您而言已经是写完了的。您不会去弹奏它，您不会去给它当指挥，因为那样的话，您马上就会去改变它，把它消解为变种和变奏，继续发展它，或许也会毁掉它。这个我太能够理解了！Mais c'est dommage，pourtant。[3]这些音乐会在个性方面的吸引力会因此遭受不同程度的损害。啊，反正呀，我们会有办法弥补的！我们会去找世界著名的顶尖乐队来演奏——我们不用多久就会找到！玛雅·德·斯特罗兹—派西克夫人的常任伴奏将会担任这些歌曲的Accompagnement[4]，只要您，Maître，一起来，只要您在场，让观众能看见您，那么，就不会有任何损失，就全都赢定了。

"但这就是条件——啊，不！您可千万别把您作品的演出交给我，自己却不在场！您亲自出场是绝对必要的，particulièrement à paris，[5]在巴黎，音乐的名望是在三四个沙龙里建立起来的。您把'Tout le monde dait，Madame，que votre jugement musical est infaillible'[6]说上个几遍，这又能让您破费多少呢？您没有任何破费，您却会因此收获一大堆快活。我

---

① 法语："这种胸襟宽广的以及具备转变能力的世界公民性！"
② 法语："亲爱的大师，我理解您，即使您没有直说！"
③ 法语："不过，尽管如此，还是很遗憾。"
④ 法语，"伴奏"之意。
⑤ 法语："特别是在巴黎。"
⑥ 法语："谁都知道，夫人，您对音乐的判断是不容置疑的。"

所组织的演出活动作为社交盛事将紧跟在狄亚吉列夫先生的俄罗斯芭蕾首演之后——如果它们被安排跟在人家之后的话。您可能每天晚上都会受到邀请。一般而言，没有什么事情是比挤进巴黎的上流社会更难的了。但对于一个艺术家而言，又没有什么事情是比这个更容易的了——哪怕他还只是处在名誉的准备阶段，只是频频出现在轰动性的丑闻当中。好奇心会消除每一个障碍，好奇心会击败所有的孤僻……

"可我干吗要大谈特谈上流社会及其好奇心呢！我发现，我并没有能够激发起您的好奇，cher Maître。我又怎么能够呢？我根本就没有严肃地做过这样的尝试。上流社会跟您有什么关系？Entre nous——它跟我有什么关系？生意上的——这样那样的。但是从内心而言呢？没有这么多的关系。这个环境，普菲弗尔林这个地方，还有和您见面的这种感觉，Maître，对我促进不小，使我意识到我心里对那个轻浮浅薄的世界所怀有的无所谓和蔑视。Dites-moi donc[①]：您是不是来自萨勒河畔的凯泽斯阿舍恩？这是一个多么严肃、多么令人尊敬的籍贯啊！喏，我，我说我的出生地是卢布林——这也是一个令人尊敬的白发苍苍的老地方，我从它身上得到一笔严厉的财富，这笔财富让我受用终生，un état d'ame solennel et un peu gauche[②]……咳，我是最后一个愿意向您赞扬那个优雅社会的人。不过，在巴黎，您将有机会加入您那些阿波罗兄弟[③]行列，走进您那些不断追求的同仁和贵族院议员、画家、作家、芭蕾明星，首先是音乐家当中，结识其中一些最有趣、最刺激的人。欧洲经验和艺术实验的顶尖人物，他们全都是我的朋友，而且他们也愿意做您的朋友。让·科克托[④]，诗人；马思尼，舞蹈家；马努埃尔·德·法拉[⑤]，作曲

① 法语："您告诉我吧。"

② 法语："一种庄严肃穆而又有点不知所措的精神状态。"

③ 比喻艺术之友。

④ 让·科克托（1889–1963）：法国作家、导演和版画家，和托马斯·曼的儿子克劳斯·曼交好。

⑤ 马努埃尔·德·法拉（1876–1946）：西班牙著名作曲家。

家；六人团[①]，新音乐六巨头——这整个的又高雅又好玩的充满了冒险和辱骂的天地，它就等着您去呢，您只消表示一下愿意，您就马上属于这个行列……

“从您的表情来看，您可能也在一定程度上反对这样做，是不是？但在这里，cher Maître，任何的羞怯，任何的难堪，现在真的都是非常不适宜的，——无论造成这些孤立感觉的原因如何。我一点也不想去深究这些原因，满怀敬意地和，我想说的是，有教养地猜测一下它们是存在着的，这对我就完全足够了。这个普菲弗尔林，ce rufuge étrange et érémitique，[②]普菲弗尔林——自有其有趣的、精神上的特殊性。我不问，我把所有的可能性都粗略地计算了一下，我力求公正，既考虑全部的，也考虑那些最不寻常的。呃，还有什么？这就是面对一个不带丝毫成见的——自有其充分理由不带成见的——天地感到难堪的一个原因吗？哦，哎呀，哎呀！这样的一个决定趣味的天才和上流社会艺术权威的圈子，往往都是由那些个 demi fous excentriques、[③]垮掉的灵魂和经过修补的有罪的残废组成。一个演出经济人，c'est une espèce d'infirmier，voilà！[④]

“您现在看见了吧，我把我的事业经营得有多么糟糕，dans quelle manière tout à fait maladroite！[⑤]我发现了这一点，这就是我所得到的全部好处。原本是抱着鼓动您的初衷，不曾想却惹恼了您那颗骄傲的心，眼睁睁地看着自己搬起石头砸自己的脚。我当然会对自己说，像您这样的人——我还是最好不说像您这样的人，而是说像您——好

---

① 1918 年在巴黎成立的一个六人音乐团体，成员为弗朗西斯 · 普朗克（1899 – 1963）、阿尔蒂尔 · 奥涅格（1892 – 1955）、达律斯 · 米约（1892 – 1974）、乔治 · 奥里克（1899 – 1983）、热尔梅那 · 塔耶弗尔（1892 – 1983）和路易 · 迪雷（1888 – 1979），他们没有共同的艺术纲领，只以实用为目的，即通过举办音乐会等类型的活动，发布和传播六个人的作品，使之为广大公众所熟知。

② 法语，意为“这罕见而又遁世的避难之所”。

③ 法语，“半疯半傻的怪物”之义。

④ 法语：“整一个看护，就是这样的！”

⑤ 法语：“我的方式有多么的笨拙！”

吧，您太把您的存在，您的命中注定，当作某种独一无二的东西了，您把它看得太神圣了，所以您不能和别人打成一片。您一点也不关心别人的 destinées[①]，而只把您自己的当作唯一的来关心——我知道，我理解。您憎恶所有普遍化、一刀切、一般化概括所带来的贬低。您坚持作为个性的无可比拟性。您醉心于一种个人化的或许自有其必然性的孤独傲慢。'当别人活着的时候，你还活着吗？'这是我在某个地方读到过的一个问题，在哪里，我已经记不清了，但肯定是在一个知名人士的书里。你们大家都会大声地或在心里默默地提出这样的问题，你们纯粹是出于礼貌或更多地是为了制造假象而相互认识了解——如果你们会相互认识了解的话。沃尔夫、勃拉姆斯和布鲁克纳生活在同一座城市，也就是维也纳，长达数年之久，但他们却在这整段时间里相互回避，而且，据我所知，他们之中谁也没有遇见过谁。他们对彼此的评价恐怕也是吝啬小气的。不是那种透着批判性的同事之谊的评价，而是些为着唯我独尊的目的而进行的断然否定，anéantissement[②]。勃拉姆斯尽可能地贬低布鲁克纳的交响曲；他称它们是奇形怪状的大蟒蛇。反过来，布鲁克纳对勃拉姆斯也是持极为轻蔑的看法。他认为 d 小调协奏曲的第一个主题还不错，但却同时断定，勃拉姆斯今后永远也不会再创作出与之价值相仿的东西来了。他们彼此都不愿意来往。对沃尔夫而言，勃拉姆斯意味着 le dernier ennui。[③]您读过他发表在维也纳《沙龙报》上的对布鲁克纳的《第七》的批评吗？他对这个男人的重要性的看法全都在里面了。他指责他'缺乏聪明才智'——avec quelque raison，[④]因为布鲁克纳就是人们所说的那种简单的、不懂世事的人，一门心思地埋头搞他的庄严雄伟的通奏低音音乐，在关乎欧洲教养的所有事情上完全就是个白痴。不过，

---

① 法语，意为“命运”。
② 法语，“消灭，摧毁”之意。
③ 法语，意为“乏味之极。”
④ 法语：“不无道理。”

您要是偶然读到布鲁克纳在一些书信中对陀思妥耶夫斯基所发表的言论的话，qui sont simplement stupéfiants，[①]那么，您就会去追问他自身精神的形成过程。某个霍尔内斯博士为他那部再也完成不了的歌剧《马努埃尔·维内加斯》所撰写的歌词被他称为奇妙之作，具有莎士比亚风格，是诗歌的顶峰，而当朋友们表示了他们的怀疑之后，他就变得尖酸刻薄起来，毫无趣味可言了。另外，他也谱了一首名为《献给祖国》的男声合唱颂歌，但他仍嫌不够，还打算把它献给德意志皇帝。这您怎么看？他直接向最高当局提出的呈文被打了回来！Tout cela est un peu embarassant，n'est-ce pas？Une confusion tragique。[②]

“Tragique，messieurs。[③]我之所以这样说，是因为我认为，这个世界的不幸，其根源在于精神上的不统一、愚蠢、缺乏理解，这种不统一把精神的各个领域彼此分隔开来。瓦格纳就把他同时代的印象主义绘画蔑视为乱涂乱抹——此人在这个领域是非常严厉和保守的。但与此同时，他自己的和声学的结果却是和这种印象主义有着千丝万缕的联系的，是通到它那里去的，作为不谐和音已经频繁地超越印象主义的不协调了。他为了反对巴黎的那些乱涂乱抹的画家，就把提香[④]搬出来说事；说提香才是真的。A la bonne heure。[⑤]可实际上呢，他自己的艺术趣味恐怕充其量也只是介于皮罗提[⑥]和马卡尔特[⑦]，装饰花束的发明者，以及提香之间的某种东西，这更应该是雷恩巴赫[⑧]的事情，雷恩巴赫那方面对瓦格

---

① 法语：“这些言论简直令人瞠目结舌。”

② 法语：“这一切都有点令人难堪，不是吗？一种可悲的混乱。”

③ 法语：“悲剧啊，先生们。”

④ 提香（1488－1576）：意大利文艺复兴时期威尼斯画派杰出画家，在肖像画、宗教画和神秘题材绘画方面均有不朽贡献，代表作有《圣母升天》、《酒神祭》等。

⑤ 法语，意为“这样就不错”或“这样就好得很”（带讽刺意味）。

⑥ 卡尔·冯·皮罗提（1826－1886）：德国画家。

⑦ 汉斯·马卡尔特（1840－1884）：奥地利画家，历史画画家，其装饰风格对时尚和家居文化影响较大。

⑧ 弗兰茨·雷恩巴赫（1836－1904）：德国画家，19世纪著名的肖像画家。

纳的理解可谓入木三分，所以啊，他敢说《帕尔齐伐尔》是对闹哄哄的咖啡馆音乐的一种模拟——而且还是当着这位大师的面呢。哎，哎，comme c'est mélancholique，tout ça！[①]

“我的先生们，我已经严重跑题了。但我这样说的意思是：我已经偏离我原来的意图了。我已经放弃了那个让我跑到您这里来的计划了，您就把我刚才的絮叨权当作是对这一事实的表达吧！我已经确信这个计划是不可行的了。您，Maître，不会登上我的魔衣。我也不会以您的经纪人的身份把您领向世界。您拒绝这样做，这应该比您真的这样做让我更失望。Sincèrement[②]，我在心里问自己，这到底是不是一种失望。你来普菲弗尔林也许是抱着一个实用的目的，——但这个目的总是，而且必然是居次要地位的。就算你是一个经纪人，你既然来了，那么你的目的首先就是 pour saluer un grand。[③]没有什么事物性的挫折能够削弱这种乐趣，特别是当相当多的正面的满足是由于失望所致时，那就更不能够了。事情就是这样，cher Maître，另外，您的不接受也令我感到满足，之所以如此，还是因为我对您的这种不接受情不自禁地抱以理解，怀有同情和好感。我这样做是违背我的利益的，但我要这样做。作为人我想说，假如这不是一个太大的范畴的话，我还是应该以更特别的方式把自己的意思表达出来。

“您大概根本不知道，maître，您的 répugnance[④] 是多么的德意志，如果您允许我 en psychologue[⑤] 来说的话，您的这种由傲慢和自卑、由鄙视和恐惧合成的 répugnance 很独特——我想说，它是一本正经的严肃对世界沙龙的妒恨。喏，您必须知道，我是犹太人——费特尔贝格，这是一个众所周知的犹太姓氏。《旧约全书》就在我的心中，这可是一件严肃的

① 法语，意为“所有这些，该有多么感伤啊！”
② 法语：“坦率地说。”
③ 法语：“为了问候一个大师。”
④ 法语，意为“厌恶，反感，拒绝”。
⑤ 法语：“以心理学家的身份。”

事情，其严肃的程度并不亚于德意志的民族性——它从根本上造就了那种不大喜欢 Valse brillante[①] 领域的气质。Valse brillante 只在外面才有，严肃认真只在德国才有，虽然这是一个德意志的迷信，但是，犹太人从根本上是对世界持怀疑态度的，偏向于德意志的民族性的，当然，他的这种偏好也给他带来被人拳打脚踢的危险。德意志的，这首先就意味着：民族的——又有谁会相信犹太人有民族性呢？人们不只是不相信他没有民族性——人们还会，在他试着去强求这种民族性的时候，给他头上来上一两下。德意志性格的各个方面，我们犹太人全都惧怕，qui est essentiellement anti-sémitique，[②]这当然足以构成让我们和世界抱成一团的理由，我们为世界安排娱乐和轰动，而这也并不意味着我们就是轻浮的不可靠的人或者是笨蛋。我们其实非常内行，我们知道如何把古诺的《浮士德》和歌德的《浮士德》区分开来，即便我们说法语，那也……

“我的先生们，我说这些只是为了放弃，我们在生意上确实无话可说了，我这就差不多要走了，我的手已经抓到门把手了，我们其实早就起身准备走了，我再说几句，pour prendre congé[③]。古诺的《浮士德》，谁想过要对它嗤之以鼻？我高兴地看到，我没有，您也没有。一颗珍珠——une marguérite，[④]满是令人欣喜若狂的音乐发明。Laisse-moi，laisse-moi contempler[⑤]——令人心醉！令人心醉的还有马斯涅[⑥]，lui aussi。[⑦]作为教育家的他肯定是特别迷人的，他是音乐戏剧学院教授，社会上流传

① 法语：“辉煌华尔兹。”
② 法语：“它就其本质而言就是反犹主义的。”
③ 法语：“我就告辞。”
④ 法语：“一朵雏菊。”
⑤ 法语：“让我，让我凝视。”取自古诺作《浮士德》第三幕中花园一场的一句台词：“让我凝视你的面貌。”
⑥ 朱尔斯·埃米尔·马斯涅（1842－1912）：法国作曲家，法国 19 世纪浪漫主义音乐代表人物，1878 年任巴黎音乐学院作曲教授。创作领域以喜歌剧为主，其名作《曼侬》与《卡门》、《浮士德》一道成为法国最受喜爱的三大歌剧。
⑦ 法语：“他的确如此。”

着一些相关的小故事。据说，学生一开始跟他学作曲，他就鼓动人家自己搞创作，要他们写出一个完美无缺的乐章来，完全不管他们是否已经掌握足够的技巧和能力。很人性化，是不是？德意志的就不是这样的了，但很人性化。有个男孩把自己刚谱的——刚谱的，而且还能证明是有几分天分的一首歌曲拿去给他看。'Tiens！'[①]马斯涅说道，'真的很好。听着，你肯定有个可爱的小女友吧。你去给她表演，她肯定会喜欢的，下面的事情也就好办了。'这个'下面的事情'该作何理解，这里面的意思是不确定的，大概包括了所有的既涉及爱情、又涉及艺术的可能性。您有学生吗，Maître？假若有的话，他们的日子肯定没有这样好过。但您好像根本没有。布鲁克纳有一些。他本人从很早起就开始和音乐及其神圣的困难展开搏斗，就像雅各和天使摔跤那样，而且他还要求他的学生也这样。这些学生，在他们获准唱一首歌曲之前，必须长年累月地练习那神圣的手艺，和声学与严格乐章的基本元素，这种音乐教育同那种可爱的小女友可是没有半点关系了。每个人的心思都是单纯幼稚的，而音乐对于每个人而言就是最高认识的神秘显示，是一种礼拜仪式，而从事音乐教师这个职业就相当于是在当一个教士……

"Comme c'est respectable！Pas précisement humain，mais extrè-mement respectable。[②]我们犹太人，即使我们在巴黎的沙龙里故作姿态，我们骨子里其实照旧还是一个庄严如教士的民族，难道我们就不应该感到自己被德意志民族性所吸引，就不应该让这种德意志民族性来为我们定下一个讽刺的基调，以抗击那个所谓的浮华世界和那种小女友艺术吗？只怕喜闻乐见的民族性于我们而言就是一种容易挑起反犹排犹运动的狂妄。我们是国际性的——但我们却是亲德意志的，世界上再也没有别的人是像我们这样来亲德意志的了，就因为我们没有办法去无视德意志民族性和犹太民族性在这个地球上所扮演的那种角色的亲缘

---

① 法语："噢，真没想到！"

② 法语："这是多么值得尊敬啊！虽然究其实并不人性化，但还是值得尊敬。"

性。Une analogie frappante! [①]他们都同样可恨，可鄙，可怕，遭人嫉妒，他们也都同样令人感到奇怪，而且，他们还同样都对别人感到奇怪。人们常说民族主义时代。但实际上只有两种民族主义，一种是德意志的民族主义，一种是犹太的民族主义，其他所有的民族主义在这两者面前都是小儿科，小巫见大巫而已——正如一个名叫阿纳托尔·法兰西[②]的人身上所具有的那种根深蒂固的法兰西民族性，同德意志的孤独——以及同犹太人的自以为是上帝的选民的狂妄相比，纯粹不过是资产阶级花花世界而已一样……法兰西——好一个具有民族主义色彩的nom de guerre[③]。心安理得地也给自己取个'德意志兰'[④]的笔名，这对于一个德意志作家而言恐怕是办不到的，他充其量也只能是让一艘战舰叫这样的名字。他恐怕也就只好拿'德意志'[⑤]来聊以自慰了——于是他就给自己起一个犹太名字。哦，哈，哈！

"我的先生们，现在的这个东西真的就是门把手了，我已经走到门外边去了。我就再说一点吧。德国人最好把维护德意志的事情放手交给犹太人去做。他们将随着他们的民族主义，他们的傲慢，他们的那种喜欢无与伦比的嗜好，他们的对于排序和整齐划一的仇恨，他们的对于被引见给世界和参与社会交往活动的拒绝——他们会因此而把自己推向不幸，推向一种真正犹太人的不幸，je vous le jure。[⑥]德国人应该允许犹太

---

① 法语，意为："这是多么令人瞠目的相似性啊！"

② 即阿纳托尔·法朗士（1844－1924）：法国作家、文艺批评家，原名弗朗索瓦·阿纳托尔·蒂波，法朗士实与"法兰西"为同一个词，因他热爱祖国法兰西，遂以祖国之名为笔名。1921年获诺贝尔文学奖，其文学成就被誉为彰显了"高贵的风格"和"优雅纯正的高卢人的气质"。代表作有长篇小说《苔依丝》、《企鹅岛》、《诸神渴了》等。

③ 法语，意为"笔名"。

④ 德文为"Deutschland"，意为"德国"，这里采用该词的德文音译。

⑤ 德文为"Deutsch"，"德国的、德语的"之义，这里采用该词的德文音译。托马斯·曼本人在对最早的英译本作评论时，曾极力主张此处音译并同时特别指出，"Deutsch"是一个十分常见的犹太姓氏。

⑥ 法语："这一点我可以向您发誓。"

人去充当他们和社会之间的 médiateur①，去充当全体德意志民族的经理人、经纪人、企业家——犹太人绝对是这方面的合适人选，他们不应该把犹太人撵走，犹太人是国际性的，犹太人也是亲德意志的…… Mais c'est en vain。Et c'est très dommage! ②我还要说什么呢？我早就出门了。Cher Matîre，j'étais enchanté。③J'ai manqué ma mission，④但我还是非常欣慰的。Mes respects，Monsieur le professeur。Vous m'avez assisté trop peu，mais je ne vous en veux pas。Mille choses à Madame Schwei-ge-still. Adieu，adieu……⑤"

三十八

我的读者已经知道，阿德里安终于满足了鲁迪·施维尔特费格多年以来一直坚持不懈地怀有和表达着的愿望，即根据他的特点量身定做，专门为他写了一部小提琴协奏曲，并且亲手把这部杰出的、对小提琴手而言特别值得感激的作品献给了他，甚至还亲自陪他去了维也纳进行首演。我将会在首演的现场述说这样一个事实，即几个月之后，也就是1924年年底前后，他也参加了他在伯尔尼和苏黎世的首演。不过，在此之前，本着严肃认真的精神，我想我还是先退回去看看我的那个描述，那个描述也许是莽撞的，也许于我是不合适的，那个描述是我在很前面的时候针对这部音乐作品的特点而作的，意思是说，莱韦屈恩全部创作的基调是毫不留情的极端和毫不妥协，但这部作品却在音乐姿态上流露

---

① 法语，意为“中介”。
② 法语：“可那是白费力气。这的确令人非常遗憾！”
③ 法语：“尊敬的大师，我感到欣慰。”
④ 法语：“我一无所获。”
⑤ 法语：“请接受我的敬意，教师先生。您给予我的支持太少了，但我不会因此对您生气。请向施魏—格—施迪尔夫人转达我成千上万的问候。再见，再见……”

出某种有约束力的、娴熟运用协奏曲形式的服从，因而显得有些出格。我不得不相信的是，后世将会同意我的这个“断言”——我的上帝啊，我讨厌这个词！——而我在这里所做的不是什么别的，就只是向后世提供一个现象的解释，解释这个现象的精神内涵，否则的话，后世将对这个现象感到莫名其妙。

这部作品的一个特殊之处在于：它是由三个乐章组成，没有一个调号，内部却，如果我可以这样说的话，装进了三个调，B大调、C大调和D大调——其中，搞音乐的人可以发现，D大调构成第二度的属音，B大调构成下属音，C大调则刚好居中。这部作品游走于这几个调之间，对它们的把玩显得得心应手，以至于它们当中没有一个是明显发挥效力最长时间的，相反，每一个倒都只是通过这些音调之间的比例而被暗示出来。广泛的复合结构为所有三个调的重叠所贯穿，直至最终C大调，当然是以一种凯旋般的、向每一个听音乐会的观众放电的方式，公然亮相。标题为《温柔的行板》的第一乐章透着一股自始至终近乎嘲讽的柔情蜜意，在这里有一个主导和弦，在我听来带有某种法国味：c-g-e-b-d-升f-a，一个和弦，它，连同盖住它的小提琴的高音f，人们可以发现，包含了那三种主调的各个三和弦。可以说，它就是作品的灵魂，它同时也是这个乐章的主题的灵魂，而在由一系列绚丽多彩的变奏所组成的第三乐章里，这个主题又一次被采用。这是一个就其性质而言美妙无比的旋律上的成功，一个潺潺如流水般，拉出大弧线，令人神魂颠倒的悠扬旋律，这个旋律明显带有某种炫耀，某种华丽，外加一种伤感，而且这种伤感，依照那位演奏者的理解，也不乏讨人喜欢的外表。这一发明创造的特别令人欣喜之处在于那种猝不及防的和温柔强调的旋律的线条的自我超越，它已经达到一个确定的高潮，却不满足于此，而是继续再升一个音级，然后又从这个音级，极其饶有兴味，或许太有兴味地，潮涌般地返回，一路高歌，直至终了。这是一种已经具备立体感的、吸引耗费头和肩膀、同那种“飘飘欲仙”擦肩而过的美的展示，只有音乐有能力进行这样的美的展示，除此之外的任何别的艺术都不具备这样的能力。而在那个变奏乐章的最后部分里，正是通过乐队全体合奏来美化烘托这个主题，才带来了那种爆发式的C大调的公开亮相。而早在这个轰动到来之前，大胆的助跑就已经开始进行了，这种助跑具有戏剧性的说唱和朗诵性质——这是一个和贝多芬那部A大调四重奏最后乐章里首席小提琴的宣叙调明显相似的地方，只不过在贝多芬那里，紧跟在那个伟大的乐句之后的是别的东西，而不是这样一种旋律的狂欢，而在这种旋律的狂欢中，对那扣人心弦之处的滑稽模仿演变成为实实在在的滑稽模仿，因此也就演变成为多多少少显得有些可耻的激情。

我知道，莱韦屈恩在谱写这部作品之前，已经对贝里奥①、维厄唐②和维尼亚夫斯基③的小提琴处理法进行过深入细致的研究，并以一种肃然起敬和夸张讽刺参半的方式对他们的处理法予以采用。此外还有一个前提，那就是对演奏者的技巧提出了非常苛刻的要求，尤其是在居中的那个极端放纵和技巧高超的乐章里，这个乐章是一个谐谑曲，其中有一段是引自塔尔蒂尼的奏鸣曲《魔鬼的颤音》，因此，为了能够满足这样的要求，好心的鲁迪就必须使出他所有的看家本领：他每次执行这个任务的时候，都会有大颗大颗的汗珠子顺着他那奋力向上的金色鬈发向下滚落，他那漂亮的浅蓝色眼睛里的眼白都会布满红色的毛细血管。可是，通过一部作品，他又得到了多少补偿，当然也是，多少“调情”的机会啊，而且还是一种更进一步意义上的“调情”的机会，我曾经当着这位大师的面声称这部作品是“对沙龙音乐的神化”，之所以敢这么说，是因为我事先就能肯定他不仅不会因为这话见怪于我，反而还会微笑着加以接受。

---

① 夏尔·奥古斯特·德·贝里奥（1802－1870）：比利时小提琴家，作曲家。

② 亨利·维厄唐（1820－1881）：比利时小提琴家、作曲家，为法国、比利时小提琴学派承前启后的重要人物。

③ 亨利克·维尼亚夫斯基（1835－1880）：波兰小提琴家、作曲家。

每次只要一想到这个杂交的成果，我就会不由自主地想起一次讨论，这次讨论的地点是在工厂主布林格尔那位于慕尼黑威登麦耶大街的寓所：并且还是在这栋由他建造的豪华阔绰的出租楼房的最好楼层——二楼，而在这个美二楼的窗户下面，在整治良好的河床里，潺潺流淌着由未受污染的山溪汇聚而成的伊萨尔河。在这位富有的男人家里，七点钟的时候大约有十五个人共进了晚餐：他，在一批训练有素的人员的协助和一个一心想把自己嫁出去的喜好繁文缛节的女管家的主持下，统领着一个好客之家，而来他家参加聚会的宾客则大都为金融界和商界人士。不过，您可要知道，他这人那可是特别喜欢大声大气地插手精神生活的，所以呢，在他家那些舒适的厅堂里也举办有艺术家和学者参加的晚会——没有谁，也包括我，会承认，能够找出一个理由来拒绝他家招待会上那些美味的食品，蔑视他家的沙龙聚会为气氛活跃的交谈所提供的那种优雅的环境。

这一次在场的有让内特 · 硕伊尔、克虐特里希夫妇、鲁迪 · 施维尔特费格、齐恩克和施彭格勒，以及钱币学家克拉尼希，出版商拉德布鲁赫和夫人，女演员茨维切尔，那位姓宾德尔—马约内斯库的来自布科维纳的喜剧女作家，外加我和我的爱妻；不过，阿德里安也来了：经过好说歹说，而竭力对他进行说服的人除了我之外，还有席尔德克纳普和施维尔特费格。至于这其中是谁的请求起到了决定性的作用，我现在也懒得去调查了，反正我现在绝对不会异想天开地以为那是由我所促成。由于是和让内特坐在一起用餐，而她的接近又总能让他感觉很惬意，另外还由于有他所熟悉的其他面孔散落在周围，所以他看上去似乎不仅不后悔他的让步，反而在他所呆的三个小时里一直显得非常高兴，而我在此期间也得以带着内心的喜悦再一次观察到，人们在社交场合是用怎样情不自禁的，很少有人能够用理性解释得清楚的殷勤和多少有些战战兢兢的敬重来对待这个其实才三十九岁的人的。这种现象，要我说啊，很令我开心，而且也再度以一种更加充满忧虑压抑的方式攫住我的心；因为，人们如此待他的原因究其实就在于那种难以言状的陌生和孤独的气氛，这种气氛以不断增长的势头——这几年更是越来越显而易见地和越来越拒人于千里之外地——将他包围起来，并且，这种气氛还能给人造成这样一种感觉，好像他是天外来客，是来自一个除他之外再也无人居住的国度似的。

这个晚上，如前所述，他表现得相当的随意和健谈，我认为这在一定程度上应该归功于布林格尔家用安果斯都拉苦味药酒①调过味的香槟鸡尾酒和他家美妙神奇的法耳次葡萄酒。他和身体状况已经相当糟糕的施彭格勒（他的那个病已经侵袭到了心脏）聊天，也像我们大家一样被列奥·齐恩克的滑稽表演逗得哈哈大笑，齐恩克在用餐时，身体向后靠着，用他那块巨大的锦缎餐巾盖住自己，就像盖了一张床单似地，只露出一个怪诞的鼻子，然后在其上方作安详状地双手合十。更令他开心的则是这个小丑的老道，当业余画点油画的布林格尔拿出一幅静物写生来向人们展示时，只见这家伙从各个角度凝视那幅好心好意的油画，甚至还把它翻过面去看了一遍，嘴里同时喊出成千上万个意思可能是南辕北辙的“乖乖”来，如此这般，他不仅巧妙地让自己避免作出任何评价，同时也为我们其余的人省去了这样的麻烦。当然，顺便说一下，这种不知节制的大惊小怪和不负任何责任的大呼小叫其实也是这个并不令人感到舒服的男人参与那些为他作为画家和狂欢节爱好者的视野所不及的探讨时所采用的一种技巧，他甚至还把这种技巧拿到一场触及美学—道德问题领域的讨论中去演练过一阵子呢，而这场讨论的情形，我至今仍然记得很清楚。

这场讨论的紧张密集程度随着留声机播放的音乐表演而变得松弛散淡下来，这些表演是男主人在我们喝完咖啡之后继续抽烟、喝烈性甜酒期间拿出来款待我们的。那时留声机唱片已经开始有了一个非常良好的

---

① 一种解热强壮剂。

发展势头，布林格尔让我们从他那架宝贵的柜式唱机里享受到了好多动听的音乐：古诺的《浮士德》中演奏精湛的华尔兹，我现在还记得，是最先放的，巴普提斯特·施彭格勒却一个劲儿地挑它的毛病，说它作为在草地上跳起的民族舞的旋律显然是太优雅、太适宜于沙龙聚会了。大家一致认为，这种风格如果换成柏辽兹的《幻想交响曲》中那段迷人的舞会音乐将会更合适，于是就问有没有这个作品。答复是没有这个作品的唱片。作为补偿，施维尔特费格于是动用他那两片不会出错的嘴唇，以小提琴的音色，吹起这个曲子的口哨来，吹得纯洁而美妙，但他对我们报以的喝彩却作嘲笑状，只见他按照他的方式耸动衣服里的肩膀，一个嘴角向后撇着扮鬼脸。而后，为了跟法国的搞平衡，大家又要听维也纳的声音，要听兰纳[①]和小约翰·斯特劳斯，我们的东道主有求必应地捐献着他的资源，直到一位女士——我现在还清晰地记得，是拉德布鲁赫夫人，那位出版商夫人——提醒大家说，这些玩意儿都太轻浮了，老这样会不会让坐在我们中间的那位大作曲家感觉很无聊啊。她的一番话得到大家忧心忡忡的赞同，反倒是阿德里安吃惊地四下打听赞同的内容，因为他没有明白她的问题。当人家把她的那个问题复述给他听时，他发出了强烈的抗议。天呀！不，这是一个误会。这些东西自有其卓越之处，他从它们身上获得的乐趣无人能比。

“您低估了我的音乐教育，”他说道，“我在柔弱的青少年时期有过一个老师（他同时还带着他所特有的那种美的、优雅和深邃的微笑朝我这边看将过来），是个狂人，他的脑子里塞满了全世界的音乐作品，满得直往外溢，不管是什么样的喧闹，哪怕是有组织的喧闹，他都爱得不得了，以至于你休想从他那里学到哪怕是一丁点儿的自负，哪怕是一丁点儿的在音乐方面的自以为是。他是一个非常懂得什么是高尚和严谨的人。不过，对他而言，音乐就是——音乐，如果它就只成其为音乐的

---

① 兰纳（1801－1843）：奥地利作曲家，对推动维也纳圆舞曲体裁的形成起了重要作用，代表作有《宫廷舞会圆舞曲》、《浪漫风格圆舞曲》等。

话，对于歌德的那句‘艺术研究的是重的和善的’，他是不敢苟同的，他认为，轻的，如果它是善的话，也是重的，而它完全可以和重的一样是善的。他所说的这样一些话被我记住了，我这是从他那里知道的。但我是这样来理解他的意思的，即你必须精通重的和善的，以便也能这样地去和轻的作较量。”

这时，整个屋子变得鸦雀无声。他实际上说的是，就独有他一个人有权从这些由主人尽心提供的服务中得到愉快的享受。即使你尽量不去这样来理解他的话，你却仍然不免会怀疑他所说的就是这个意思。席尔德克纳普和我面面相觑。克拉尼希博士发出一声“嗯”。让内特用法文小声地说道：“好极了！”列奥·齐恩克让人听到了他的那句愚不可及的，其实则是幸灾乐祸的“乖乖！”。“这就是真正的阿德里安·莱韦屈恩！”施维尔特费格叫了起来，满脸通红，因为喝多了韦丽库[①]，但不仅仅只是这个原因。我知道，他私底下是觉得很委屈的。

“您的收藏里，”阿德里安继续说道，“碰巧没有圣—桑斯所作《参孙》中大利拉的那首降 D 大调咏叹调吧？”这个问题是提给布林格尔的，后者因此而逮着了一个能够洋洋得意地大声回应他的机会：

“我？没有这首降 D 大调咏叹调？我亲爱的朋友，您怎么可以这样来想我呢！它就在这里——而且，我敢向您保证，一点也不是‘碰巧’！”

阿德里安紧接着说道：

“啊，好的。我之所以会想起它来，是因为克雷齐马尔——您要知道，这是我以前的老师，一个管风琴师，一个赋格分子——对这部作品怀有一种特别深厚的感情，一种真正的对它的偏爱之情。他同时也不忘对它进行嘲弄，但这一点也不影响他的倾慕，这种倾慕或许只是指向事情本身的示范性。请大家安静。”

---

① 一种在法国西南城市波尔多附近的村农生产的利口酒，成分由不同的烧酒和 52 种草本植物组成。

唱针开始动了起来。布林格尔把它上面的那个沉重的盖子按下去。透过声网，一个骄傲的、并不特别在意发音是否清晰的女中音奔涌而出：你可以听懂一句法文的“我的心在听你倾诉”，然后就基本上什么都听不懂了。不过，尽管伴奏很遗憾，是一个有点呜呜咽咽的乐队，演唱本身倒也还是非常美妙，温暖，柔情的，好一曲深沉的幸福挽歌，这首咏叹调的旋律也同样是十分美妙的，它是位于两个结构相同的段落的正中间，是为了配合那丰盈的美妙歌声才开始响起，之后一直摄人心魄地陪伴到结束，尤其是在第二遍的时候，这时，小提琴也，现在可是特别嘹亮地，很享受地，跟着一起拉起那根丰腴的歌唱的线条并用感伤柔情的余音重复它的结尾。

大家都被感动了。一位女士拿起她那绣花的走人家才用的小手绢去轻轻擦拭一只眼睛。——“臭美！”布林格尔说道，用的是一句较长时间以来为美学家们所喜爱的习语，用这句习语可以有力而内行地给“很美”这个狂热的评价降降温。可以说，它用在这里是非常精确的，并且就其字面意思来看也是合适的，而这可能也是令阿德里安感到开心的地方。

“现在好了吧！”他大笑着叫道，“现在您明白了吧，一个严肃的人是有能力崇拜这个乐曲的。虽然它不是精神的美，而是典型的感性的，但是，在感性面前，我们终究是既不应该感到害怕，也不应该感到羞愧的。”

“不，”钱币局的克拉尼希博士忍不住发出了自己的声音。他说起话来还跟平时一样，不仅特别明确、坚定、字正腔圆，而且条理清楚，当然，同时也会因为气管炎的毛病而不免呼哧呼哧喘粗气。——“不，在艺术上也许是应该的。在这个领域，我们实际上可以或者应该对那种纯粹的感性感到害怕并为之感到羞愧，因为这种感性，根据那个诗人的‘所有不能诉诸精神且只能激起感官刺激的东西都是粗俗的’这一定义，是粗俗的东西。”

“好高贵的一句话，”阿德里安用坚定的语气回答道。“在我们想起一丁点儿反驳的话来之前，我们再让它余音缭绕一会儿应该是不无裨益的。”

“那您可能会想起什么来呢？”这位学者急切地问道。

阿德里安先是耸了耸肩，撇了撇嘴，那意思大概是：“我对事实无能为力，”然后才又说道：

“这种理想主义所忽略的东西是，精神绝对不仅仅只是为精神所吸引，精神同时也是可以被感性美的那种兽性的忧郁所深深打动的。它甚至已经向轻浮表示过欢呼了。菲利娜①说到底不就只是个小妓女嘛，可距他的作者根本不算遥远的威廉·迈斯特却对她给予敬意，以此公开否定了那种感性的无辜就是粗俗的看法。”

“对模棱两可的东西的过分殷勤和容忍，”钱币学家回应道，“从未被认为是我们的古希腊诸神性格中最具典范性的特征。此外，如果精神在粗俗感性面前睁一只眼闭一只眼，或者根本就是眨眼示意的话，那么，人们就可以从中看到一种对于文化的危险。”

“我们显然对这种危险的看法不同。”

“那您现在就赶紧叫我胆小鬼得了！”

“不，绝对没有的事！一个表示担忧和针砭时弊的骑士不仅不是什么懦夫，反而恰恰因此而是一个骑士。我想为之进行辩护的一切，归根到底都是一种在艺术的道德性方面所表现出来的宽宏大量。这种宽宏大量，我觉得，人们更乐意在别的艺术领域而非音乐里容许它或者是享有它。对于音乐而言，这或许是相当光荣的，然而，这也是有危险的，这会导致它的生活天地变得狭小起来。如果以最严厉的精神道德尺度为衡量标准的话，那么，这整个叮叮当当的既奏且唱又究竟都能剩下点什么来呢？巴赫的几个纯洁的光谱罢了。没准根本就剩不下一丝一毫值得一

① 歌德的成长小说《威廉·迈斯特的学习时代》中的一个女性人物，是独立于道德之外的感性的化身。

听的东西了。”

一个仆人用巨大的茶盘托来威士忌、啤酒和苏打水。

“谁还想做破坏游戏规则的人来着？”克拉尼希依然不依不饶地说道，为此布林格尔一边大喊着“妙极了！”，一边去拍他的肩膀。对于我，恐怕也对于来宾中的某些人而言，这场对话其实就是严厉的中等平庸和受苦的深刻体验之间在思想上所展开的一次迅猛的决斗。不过，我把社交聚会上所发生的这一幕插进这里——不仅是因为我特别强烈地感到了它同阿德里安当时正在创作的那部协奏曲之间所存在着的丝丝缕缕的关系，而且也是因为那些和那位年轻小伙个人相干的丝丝缕缕的关系当时立马就浮现在了我的眼前，而这部协奏曲作品正是在他的顽强推动下才写成的，而且这对于他而言还在不止一个意义上意味着一种成功。

只能僵硬地、枯燥地、苦思冥想地对这一现象进行泛泛而谈，这有可能就是我的命运，这种现象有一天被阿德里安当着我的面定义为一种令人惊奇的和始终不大自然的对我和非我的关系的改变——也就是所谓的爱情的现象。对于这个就其本身而言就算不上什么神奇的、与个体的封闭状态相左的现象在这里所经历的那种笼罩了一层神秘的恶魔气息的变化，我的态度不是沉默，就是寡言，之所以这样，主要是因为对那个秘密的敬畏发挥出了抑制作用，另外还有一个原因就是个人的敬畏。不管怎样，我都希望别人知道，正是通过我的古代语文学家的气质——也就是用一种难得糊涂的态度去面对生活的性格——所赋予的那种特别的情趣，使得我有能力从这里看出点名堂来。

毫无疑问的是，同时也还需要用常人的克制来进行报道的是，一种不知疲倦的、无所畏惧的亲热温良最终战胜了天底下最为突兀冷漠的孤独。好一种胜利，这种胜利在双方极端——我特别强调这个字眼：极端不同的情况下，亦即就它们之间的精神距离来看，只可能具有一个确定的性质，而且这种胜利，始终也只会是在这个意义上，通过精灵般的方式，全力以赴地去取得。我心里非常清楚，就施维尔特费格喜好调情的天性而言，这种亲热对孤独的征服，有意也好，无意也罢，从一开始就是带上了这层特殊的意思和色彩的——但这并不是说它就缺乏较为高尚的动机。相反：当这位追求者说，在他眼里，阿德里安的友谊对于他的天性的补充是多么必要，这种友谊能够多么多么地促进他、提升他和完善他，当他说这话的时候，他真的是非常认真的；只是他缺少足够的逻辑性，竟然为达到占有的目的而动用种种天生的调情手段——而后呢，而当由他所激起的那种忧郁的好感并未否定性爱的讽刺特征时，他却又觉得自己受到了伤害。

尽管如此，对我而言，眼睁睁地看着：这个被征服的人不仅觉察不到他已经被施了魔法，反而把一个根本就是属于那另外一方的倡议归在了自己名下；眼睁睁地看着：他对于一种更应该是归在诱惑名下的露骨地流露不尊重的应允和迎合，似乎却是无比充满想象力地感到惊奇。对我而言，最怪异和最震撼的事情莫过于此。诚然，他曾说起过那个因为感伤和情感而毫不动摇、毫不困惑的奇迹，我也一点不怀疑这种“惊讶”可以追溯到那个已经变得十分遥远的傍晚，在那个晚上，施维尔特费格走进他的房间，恳请他回去参加他们的社交聚会，说没有他很无聊。可是，在发生这种所谓的奇迹的时候，每每真正起作用的却是可怜的鲁迪的那些一再为人所称道的高尚的、追求艺术自由的和正直的性格特点。我手头有一封信，时间约莫是在布林格尔家举办那次社交晚会的前后，阿德里安给施维尔特费格写过一封信，后者理应销毁这封信才是，可是他却把它保存了起来，一是因为敬畏，二来肯定也是想留作战利品。我拒绝引用这封信里的话，相反，我只愿意说它是一份人性的文献，这份文献所起的作用就如同揭开一个伤疤，写信的人认为，这个伤口的痛苦的裸露在外根本就是一种巨大的冒险。那不是什么冒险。不过，证明那不是什么冒险的方式倒是蛮漂亮的。当时，收信人一收到信便赶紧地，以最快的速度，不带任何折磨人的耽搁犹豫地跑到普菲弗尔林，说出心里话，信誓旦旦地致以最为严肃认真的谢意——展露出一种简单的、大胆的和忠心与温存兼具的行为方式，殷勤有加，想方设法不让人感到不好意思……我不得不对此进行赞扬。我无法不这样做。我倒是并不反对的，我猜测，谱写和赠予那部小提琴协奏曲的决定正是乘着这次机会作出的。

阿德里安因此去了维也纳。他因此也随后和鲁迪·施维尔特费格一起登上了那座位于匈牙利的庄园城堡。待他们从那里返回之后，鲁道夫便开始享有那种因为童年的缘故此前一直是只为我一个人所独享的殊荣：他和阿德里安彼此开始以你相称。

三十九

可怜的鲁迪！你的幼稚的魔力的胜利是短暂的，因为它陷进了一个更加深邃、包藏着更大灾难的魔力的力场，它将迅速地被这个力场折断、扯碎、消灭。不幸的“你”啊！这个蓝眼睛的小人物为自己赢得了这个他不应该赢得的“你”，那个勉强与他以“你”相称的人，那个人不得不对自己随着这个“你”所遭遇的这种——或许也——给他带来愉悦的耻辱进行报复。这种报复是不由自主、不假思索、眼露凶光和神秘莫测的。读者诸君，您别急，我这就一一道来，我这就一一道来。

在1924年的最后几天里，那部成功的小提琴协奏曲在伯尔尼和苏黎世重演，在瑞士“室内乐团”的两场演出的框架之内，该团的指挥保尔·萨赫尔先生，以十分优厚的条件向施维尔特费格发出邀请，同时还表达了这样的愿望，即作曲家如能亲自到场，那可将会赋予这些演出以特别的声望。阿德里安起初并不同意；鲁道夫见状，自然懂得该如何去求他才能让他回心转意，这个年轻的“你”那个时候有的是力量，足以去为未来将要发生的事情开辟道路。

这部协奏曲被安排在包括德国古典主义和俄罗斯当代音乐在内的演

出节目单的中心位置。它的，思想的和压倒一切的，特质，借助于独奏者全力以赴的献身精神，在那两座城市，在伯尔尼音乐学院大厅和苏黎世音乐厅里，再一次得到展现。评论界注意到某种风格上，甚至是水平上的不统一，观众同维也纳的相比也稍显冷淡，不过，他们对演员们还是给予了热情的喝彩，不仅如此，他们还在两场晚会上都坚持要作者本人出场，而这位作者呢，也很给他的演奏者面子，手拉手地同他一起多次向喝彩的观众致以谢意。这两次罕见的场面，这种孤僻的人亲自把自己暴露在人群面前的情形，我是没有机会看到的。我被排除在外了。第二次，在苏黎世，经历这件盛事并就此向我作出描述的人是让内特·硕伊尔，她当时恰巧就在这座城市停留，并且还在那家私宅里碰到阿德里安，而他和施维尔特费格正好就在宅中小住。

这个地处神话大街、离湖很近的私宅的主人是莱孚先生和夫人，一对富有的、无儿无女、爱好艺术、年事已高的夫妇，素来以向路过的有级别的艺术家提供保养维护得很好的收容所并组织社交聚会给他们解闷为乐事。男的以前搞实业，经营丝绸，现已退居二线，在家安度晚年，是一个脑子里装满了根深蒂固的旧式民主思想的瑞士人，他有一只玻璃制的假眼，这使得他的蓄着大胡子的面容显得有些僵硬呆板，但这只是一个假象而已，因为他喜欢自由快乐，而且，他不爱别的，就爱和剧院的女士、女主角扮演者或是演些欢快滑稽角色的女高音歌手们，在他的沙龙里舌战。他偶尔也会在他的招待会上拨弄大提琴，拉得倒也不赖，值得一听。他的夫人为他钢琴伴奏，老太太是德意志帝国人，曾经从事过演唱。她缺少他的幽默，但她首先是以一个精力充沛、殷勤好客的市民形象示人，她也喜欢留宿名流，喜欢无忧无虑的名家气派充溢他们的豪宅，在这一点上，她和她的夫君完全称得上是志同道合。在她的闺房里有一张桌子，上面摆满了欧洲名流送给莱孚夫妇的、对他俩的殷勤款待深表谢意的题词照片。

这对夫妇，早在施维尔特费格的名字见诸报端之前，就已经向他发出了到他们家来玩的邀请，因为，作为出手大方的资助者，对于音乐界将要发生的事情，这位老实业家知道得比谁都早。当他们了解到阿德里安要来以后，也毫不迟疑地把邀请扩大到他的头上。他们的私宅很宽敞，有的是客房，事实上，从伯尔尼那边过来的这俩已经就地遇见了每年都会来这里友好地小住几周的让内特·硕伊尔。不过，在音乐会结束后于莱孚夫妇家餐厅举行的、只召集了不多的几个圈内朋友参加的晚宴上，在她旁边落座的却并不是阿德里安。

桌子的首席由男主人占据，他用精美的磨光玻璃杯畅饮一种不含酒精的饮料，同时表情僵硬地和坐在他旁边的一个市立剧院的戏剧女高音歌唱家斗嘴打趣，后者是一个孔武有力的女人，整整一晚上都在频繁地用攥紧的拳头捶打自己的胸脯。在场的还有一个市立歌剧院成员，是个专演英雄人物的男中音，祖上为波罗的海东岸三国[1]德意志人，长得高大魁梧，说起话来震耳欲聋，谈吐倒是聪明机智。当然，另外在场的还有这次音乐晚会的主办者、乐团指挥萨赫尔，音乐厅的常任指挥安德雷亚博士，以及《新苏黎世报》杰出的音乐评论家舒乌博士——这几位全都是带了夫人来的。莱孚夫人精神矍铄地坐在餐桌的另一头，她的两边分别是阿德里安和施维尔特费格，而挨着这俩的左边和右边又分别坐着两个女宾，年轻的，或者说还算年轻的职业女性、法裔瑞士人玛丽小姐和她的姑妈，一位特别友善的、长着很小很小的小髭须的，看上去同俄罗斯人几乎没什么两样的老夫人，玛丽（姓戈多，玛丽是她的名）叫她“我的姑妈”或“伊莎波姑妈”，从种种迹象来看，她是以随行、管家和宫廷贵妇的身份和她的这位侄女生活在一起的。

对于后者，我或许负有进行一番描述的使命，因为之后不久，出于充分的理由，我的两只眼睛就开始盯住她不放，我长时间地仔细地打量起她来。如果说以前刻画一个人物必用“惹人喜爱”这个词的话，那

---

① 即拉脱维亚、爱沙尼亚和立陶宛。

么，现在在描绘这个女人时也必然要用上这个词，她从头到脚，她的每一个表情，每一句话，每一个微笑，每一次性情的流露，全都充分满足这个词本身所蕴涵的那种沉静含蓄的美学伦理及道德意义。她有着一双全世界最美丽的黑眼睛，这是我首先要说的，黑得犹如黑玉、犹如焦油、犹如欧洲黑莓，这双眼睛，尽管不是很大，目光却很坦然，于黑黝黝之中透出清澈和纯净，眼睛上方的两道眉毛，纹路精美匀称，柔嫩的双唇鲜红润泽，好一个浑然天成。这姑娘身上没有一丝人工雕琢的痕迹，没有描眉画眼，没有涂脂抹粉，没有浓妆艳抹。她的令人赏心悦目是自然的，实实在在的，她的暗褐色的、于脖颈处很浓密的头发是从额头和太阳穴向后梳去的，耳朵是露在外面的，很是赏心悦目，同样赏心悦目的还有她的一双手——聪慧美丽的，绝不是很小的，但却是修长和骨感的一双手，手的关节处，素雅地为一件白色真丝长袖衬衫的硬袖口所环抱。她的脖子也是这般地被光滑的衬衫领子所围绕，脖子既修长，又宛如立柱般浑圆，仿佛就是浮雕一般地从领口处拔地而起，而在脖子的上方，则被冠之以一张可爱的、逐渐变尖、椭圆形、象牙白颜色的脸，脸上的小鼻子长得不仅精致，而且形态优美，两个鼻孔活泼地张开，很是醒目。她的微笑是不太常见的，她的大笑更是难得一见的，但只要她微笑或大笑起来，娇嫩无比的鬓角处就总是会显得有些吃力，叫人好生心动，而与此同时，她的一口排列紧密而均匀的牙齿的釉质就总是会露了出来。

人们总有一天会理解，我为什么如此情真意切，如此不遗余力地去描绘这个女人的音容笑貌，要知道，正是这个女人，阿德里安曾一度有意与之缔结姻缘。我第一次遇见玛丽的时候，她也是穿着这件格调高雅的白色真丝女衬衫，这件衣服在一定程度上有意识地突出了她身上所特有的那种乌黑，不过，这以后我再见到她时，她大都穿一件相比较而言更有益于她的健康，式样简单，用深色苏格兰布料做成的、带漆皮腰带和珠光纽扣的休闲装——她也会再在外面，当她用石墨和彩笔在她的绘图板上忙碌时，披上一件长及膝盖的工作服。因为她是画家——这一点莱孚夫人事先就已经告诉给阿德里安了——搞设计的女艺术家，为巴黎的小型歌剧和德国小歌剧[①]舞台、欢乐剧院[②]、老文化剧院发明创造和精心制作各种服装设计图样、戏装、布景，然后再把它们提供给裁缝和装饰画匠作样品和模型。这就是她所从事的工作，她的祖籍为日内瓦湖畔的尼翁，她和姑妈伊莎波一起住在巴黎的一个如鸽子笼般狭小的单元套房里。不过，由于她的能干，她的发明创造才能，她对戏装历史的精通，以及她淡雅细腻的趣味，她的名气已经越来越大，她这次来苏黎世就带有职业背景，不仅如此，她还告诉她右边的邻桌说，她几周之后将去慕尼黑，慕尼黑剧院有意委托她为一部现代风格喜剧设计舞台布景。

阿德里安把自己的注意力平分给她和女主人，与此同时，在他的对面，疲惫、同时却又是沉浸在幸福之中的鲁迪则同“我的姑妈”说笑打趣，老太太只要一笑起来，就很容易两眼溢满慈祥的泪水，还常常往她的侄女那儿弯腰探身，满脸湿漉漉的，声音哽咽地把她的邻座所说的某些她认为她非听不可的笑话复述给她听。玛丽听后会友好地冲她点头，显然为她过得如此愉快而感到高兴，同时，她的目光也会不无感激和赞赏地停留在这份快乐的制造者身上，而这位制造者呢，为了能够不止一次地和再次地激起老夫人传播他的笑话的需要，怕是没少费心吧。玛丽，为满足阿德里安的询问，便和他聊起她在巴黎的工作，聊起他只是部分了解的法国芭蕾舞和歌剧的最新成果，聊起普朗克、奥里克、里蒂[③]的作品。两人兴味盎然地交换着对拉威尔的《达芙妮与克罗埃》和德彪西的《游戏》的看法，对斯卡拉蒂为哥尔多尼[④]《好情绪的妇人》所谱的音乐、奇马罗萨[⑤]的《秘密的婚姻》和夏布里埃的《缺乏教养》的看

---

① 一种德国特有的带有说白的歌剧。

② 巴黎旧时的一座剧院，曾被视为19和20世纪通俗戏剧的象征。

③ 维托里奥·里蒂（1898–不详）：意大利作曲家。

④ 卡洛·哥尔多尼（1707–1793）：意大利剧作家，现代喜剧创始人。

⑤ 多米尼科·奇马罗萨（1749–1801）：意大利歌剧作曲家。

法。玛丽曾经为这些作品当中的一些设计过新颖的布景，为了便于他理解，她还用铅笔把个别舞台解决方案的草图画在座位姓名卡上。她大概认识曹尔·费特尔贝格吧——那还用说！就是在这个时候，她的牙齿的釉质放射出光芒，她发自内心地大笑起来，她的太阳穴开始用劲，叫人好生爱怜。她说起德语并不费劲，带点外国腔，很迷人；她的音质温暖动人，是一种如歌的嗓音，无疑是块“材料”，准确地说：就音位和音色而言，她的声音和艾尔丝贝特·莱韦屈恩的很相似，不仅如此，有时候，如果你注意听的话，你还真的会以为你是在听阿德里安的母亲说话呢。

一个像这样的，至少有十五人参加的社交聚会，通常会在取消座次之后重新组合，形成三三两两的小团体，变换接触。如此一来，阿德里安在晚宴之后就几乎没再和玛丽·戈多说上一句话了。萨赫尔、安德雷亚、舒乌几位先生，外加让内特·硕伊尔，较长时间地缠着他絮叨苏黎世和慕尼黑的音乐事物，与此同时呢，巴黎的女士们则和两位歌剧演员、主人夫妇以及施维尔特费格一起围坐在那张放有珍贵的塞夫勒[①]产精致瓷器茶具的桌子旁，惊讶地看着莱孚老先生把一杯又一杯的浓咖啡一饮而尽，他，用瑞士人所特有的那种煞有介事的措辞，解释说，之所以这么做，是听从医生的建议，目的在于强健他的心脏，同时也是为了更容易入睡的缘故。一俟外面的来宾告退，这三个住在主人家中的客人便赶紧回房休息。玛丽小姐和她的姑妈又在艾登奥拉克饭店继续住了有好几天。第二天早上，施维尔特费格要和阿德里安一起返回慕尼黑，道别的时候他非常热烈地表示希望再在那里同两位女士相逢，然而，玛丽却是犹豫了一小会儿，等到阿德里安重复这个愿望之后，方才友好地点头同意的。

---

① 法国城市，位于巴黎西南，自 1756 年起成为法国著名的瓷都。

1925年的头几周已经过完了的时候，我从报纸上得知，我朋友那迷人的苏黎世女桌友抵达我们的首府，而且绝非偶然的是——因为阿德里安曾经跟我说过，他已经把那个地址推荐给了她——她和她的姑妈所下榻的正好就是位于施瓦宾的那同一家当年他从意大利返回之后曾经住过几天的旅馆——吉泽娜旅馆。慕尼黑戏院为了提高它的观众对即将到来的初演的兴趣，有意向公众发布了这个消息，而我们紧接着也通过施拉金豪芬夫妇的一次邀请证实了这个消息的真实性，他们邀请我们下周六去他们家和那位著名的女布景师共度良宵。

直到现在，我都很难形容我当时翘盼这次会面的那种紧张心情。我心里好像被打翻了的五味瓶，又是期待，又是好奇，又是喜悦，又是懑闷，整个人被搅得坐立不安，心神不宁。为什么呢？并不是——或者不仅仅是——因为阿德里安结束那次艺术之行从瑞士返回之后还另外与我说起过他和玛丽的相识，当着我的面对她个人有过一番描绘，同时还肯定地断言说她的声音同他母亲的很相近，虽然他说这话的时候是不动声色的，但我仍然还是马上就竖起了耳朵。当然，呈现在我面前的他绝对不是什么狂热的形象，相反，他的话说得平静而随便，脸上的表情木然，目光在房间里游离。不过，他把人家姑娘的名和姓倒是背得烂熟——我说过的，他在大的社交场合是很少能够记住和他交谈过的人的名字的，从这一点就可以看出，这次相识可是已经给他留下了印象的，他前面所说的那些话绝不只像单纯的提及那样简单。

然而，另外还有一件事情让我好生奇怪，让我的心在喜悦与怀疑的交织之间怦怦地跳个不停。情况是这样的：当我下一次再去普菲弗尔林看阿德里安的时候，他竟然撂下些话来，听那意思就是说，也许他在这里已经住到头了，他的外在生活可能要面临一些改变了；至少他想马上结束这种离群索居的状态；他已经有了结束它的打算，等等——总之，这些话没有别的意思，只能让人理解为：他要结婚。我斗胆问他，问他的这些暗示是不是和他在苏黎世逗留期间所参加的一次偶然的社交聚会有关，他听罢答道：

“你要浮想联翩，谁能挡得住呢？只是这种陋室绝对算不上什么浮想联翩的好地方。如果我没记错的话，当年在家乡的那座锡安山上，你可是向我敞开过心扉，倾诉过类似的想法的哟。看来我们真应该跑到罗姆冈上去促膝谈心才是啊。”

您就想想我当时张口结舌的样子吧！

“亲爱的朋友，”我说道，“你这举动未免也太轰动、太震撼了点吧。”

他劝我要控制住自己的激动情绪。他说，他就快四十岁了，仅这一点就足以提醒他不能耽误终身大事了。他要我别再追问了，说我以后就会明白的。他的这个想法意味着他要摆脱他同施维尔特费格之间那种鬼鬼祟祟的关系，为此我感到高兴，我甚至难以掩饰这种高兴，我乐于把他的这个想法理解为他为此而有意识地采取的手段。那个拉小提琴的和吹口哨的家伙对此将作何反应，这只是一个次要问题，不会令人感到有何不安，因为此人的那种小青年式的虚荣心已经得到满足，他已经拿到了他的小提琴协奏曲。我想，在他取得了胜利之后，他应该还是愿意重新在阿德里安·莱韦屈恩的生活里占据一个比较理智的位置的。而让我百思不得其解的只是，阿德里安在谈及他的这个想法时所用的那种方式很是奇怪，好像它的实现就只取决于他一个人的意志似的，好像根本不用去管人家姑娘家同不同意似的。好一个自以为可以尽管去选择，可以尽管去说出他的选择的自信啊，而我又是多么愿意接受这样的自信啊！可是，我这心里却又由于这种自以为是的幼稚性而不免战战兢兢起来，在我本人看来，这种幼稚性就是一种构成他气质的孤独和陌生的表现，从而令我开始违心地怀疑起来，怀疑这个男人是否真的具有那种吸引女人来爱自己的天分。如果让我掏心窝的话，我甚至会怀疑他本人是不是也真的相信这种可能性，我觉得，他只是故意装出一副他肯定会成功的样子，但我尽力不让自己去这样觉得。至于那个被选中的姑娘对于他安在她个人身上的这些想法和意图是否暂时有哪怕是一星半点的觉察，这就不得而知了。

对于这一点，我一直都是不清楚的，即使是在布里恩大街的那次社交晚会上认识了玛丽·戈多本人之后，我仍然没有弄清楚。她是如何令我喜爱，从我前面对她所作的描述之中便可看出。不仅是她目光里的那种柔和的夜色，我知道阿德里安见到它的反应该有多么敏感，她那迷人的微笑，她那富于音乐性的嗓音令我为她陶醉，还有她那友好而又聪慧的稳重性格，完全置女人娇气于度外的朴实客观，坚定不移，是的，那种独立自主的职业女性所特有的干脆利落。只要一想到是她要成为阿德里安的生活伴侣，我就会感到愉快幸福，我认为自己非常能够理解她在他心里所引起的那种感觉。他的孤独所畏惧的那个“世界”——或许也是人们从艺术和音乐的意义上称之为“那个世界”的东西，那种德意志以外的东西——正在通过她，以庄重无比的友善形象，向他迎面走来，唤醒他的信任，在他心里播种取长补短的希望，鼓励他去加入，难道不是吗？他是以他那由音乐的神学和数学的数字魔术所构成的清唱剧世界为出发点去爱她的，难道不是吗？尽管就我所见，这两个人只有过昙花一现的私下接触，尽管如此，一想到他们将要生活在同一个屋檐下，一想到将要有这样的图景出现，我仍然不免会激动不已，同时也充满期盼。有一次，在社交聚会的人员组成发生变换，约莫由玛丽、阿德里安、我，还有一个第四者，共同结为一组时，我几乎是立马就抽身而去，而且，我同时还巴不得那第四者也和我一样知趣，赶紧找个地方离开。

施拉金豪芬夫妇举办的这次晚会并不是晚宴，而是一种九点钟开始的配有茶点的自助冷餐招待会，地点则是紧邻立柱沙龙的那间餐厅。自从战争爆发以来，他们所办社交聚会的景象已经发生了重大变化。不再有什么叫做利德泽尔的男爵跑来这里为所谓的“优雅”摇旗呐喊了；这个弹钢琴的骑士在历史的沉沦中被人遗忘了，而且，席勒的曾孙，格莱辛—茹斯伍尔姆先生，也不再露面了，原来，他老人家聪明反被聪明误，搞诈骗败露，所以没脸见人，只好貌似自愿坐禁闭似的，躲在他那下巴伐利亚庄园里不出来了。整个事情几乎令人难以置信。据说，这位男爵有一件珠宝，他给它上了很高的、超出其价值的保险，他把它包得严严实实地给一个外地的珠宝商寄去——可当包裹寄达人家那里的时候，人家珠宝商却发现里面除了一只死老鼠之外什么都没有。这只老鼠很不能干，它没有能够完成那个寄包裹的人准备要它完成的任务。后者的用意很明显，即这只啮齿目动物应该是会咬破包装跑出来的——以此造成这样一种假象，即那件珠宝通过天知道怎样形成的破洞掉出来不见了，于是乎，那笔保险金就可以到手了。可是，这畜生不仅没有把事办成，反倒落得个暴死，没有搞出那个出口，而那个出口原本是可以解释那件根本就没有放进过包裹里去的珠宝的丢失的——这个恶作剧的发明者以最可笑的方式发现自己露馅了。他有可能是从一本文化史的书里偶然看到这个把戏的，从而成为阅读该书的一个牺牲品。不过，从非常普遍的意义上来讲，或许这个时代的道德混乱也对他的这个愚蠢的念头同样负有责任。

不管怎样，我们的娘家姓普劳斯西的女主人都不得不作出一些牺牲，不得不几乎是完全放弃她以前的那种要把世袭贵族和艺术家气质结合起来的理想。某些曾经的宫廷贵妇的到场令人回想起过去的旧时光，她们和让内特 · 硕伊尔用法语交谈。此外，还可以看见戏剧明星们身旁冒出那么一两个天主教民族党的，是的，甚至还有一个有名的社会民主党的议员，以及这个新国家的几个大大小小的官员，其中自然是不乏自家人的，如一个特别忠诚的、时刻准备着冲锋陷阵的冯 · 施腾格尔先生——然而，某些不遗余力地讨厌这个“自由主义的”共和国的分子，也是有的，那种要为德国雪耻的意念和代表着一个即将到来的世界的意识被这些人肆无忌惮地写在了脸上。

结果不是别的，只能是：旁观者会发现，同玛丽 · 戈多和她的好姑妈更多地呆在一起的人是我，而不是阿德里安，他无疑是专程为她而来的——不然的话，他干吗要来呢？——刚见面的时候，他也是喜悦之情溢于言表地再次对她致以问候，但这之后他就基本上只与他亲爱的让内特，以及那位精通并崇拜巴赫的社会民主党议员聊天。即使完全撇开对象的赏心悦目不算，就凭阿德里安出于信任所告诉给我的那一切，人们就很容易理解我为什么这样专注了。鲁迪 · 施维尔特费格也和我们在一起。伊莎波姑妈很高兴又见到他。跟在苏黎世时一样，他常常把她逗得哈哈大笑——也把玛丽逗得抿嘴微笑，但他却无法阻止一场持重的交谈，这场交谈主要以发生在巴黎和慕尼黑艺术界的事情为中心，也捎带涉及了一点欧洲政局、德法关系，而在这场交谈的最末了，阿德里安才以起身告辞的方式站着参与了几秒钟。他总是必须去赶他的那趟 11 点的开往瓦尔茨胡特的火车，而这一次的社交晚会，他一共只呆了不到一个半小时。我们其余的人比他多呆了一小会儿。

这是，如前所述，一个星期六。几天后，星期四，我接到了他打来的电话。

四十

他打电话给身在弗莱辛的我，目的是想请我帮个忙，这是他的说法（他的声音压得很低，听上去还有点单调，由此可以看出，他又开始犯头痛的毛病了）。他说，他觉得有必要给住在吉泽娜旅馆的那两位女士介绍一下慕尼黑。他已经计划带她们到周边看看，而目前这种晴好的冬日也确实令人情不自禁地就想去郊游。他并不要求拥有这个主意的原创权，因为它其实是由施维尔特费格提出来的。不过，他已经对这个提议进行了研究。可以考虑菲森和新天鹅堡。或许再加上奥伯阿梅尔高[①]会

① 位于德国南部巴伐利亚地区，是阿尔卑斯山前的一个小镇。

更好，然后再从那里坐雪橇去他个人很喜欢的艾塔尔修道院，中途经过林德霍夫宫[1]，绝对是个值得一看的稀世之宝。他问我意见如何。

对于这个想法本身，以及把艾塔尔作为远足的目的地，我都举双手表示赞成。

“当然喽，你们可得一起来啊，”他说道，“你和你的夫人。我们将把这件事情安排在一个周六——据我所知，你这学期周六都不必去上课——要不就下周的后天吧，如果到时候融雪天气不是太厉害的话。我也已经通知席尔德克纳普了。他特别喜欢此类活动，还准备脚踩滑雪板地把自己拴在雪橇上过瘾呢。”

所有这一切我都觉得妙不可言。

他现在请我能够对他下面要说的话给予理解，他继续说道。这个计划，前面已经讲过了，最早是由施维尔特费格提出来的，可是他，阿德里安，并不希望住在吉泽娜旅馆的人有这样的印象，而我应该能够明白他为什么会有这样的想法。他不愿意鲁道夫跑去那里发邀请，而是比较在意由他自己来操办——虽然也不是用太直接的方式。他问我在这件事情上是否可以行行好，帮他穿针引线，也就是说，在我下次去普菲弗尔林作客之前，也就是后天，先去城里拜访那两位女士，在一定程度上作为他的使者，虽然只是暗示性地作为这样的一个使者，把他的邀请转告给她们。

“你这次的友好帮助可以让我从今往后对你感激不尽。”这是他在电话那头所说的最后一句话，态度之生硬，叫人好生奇怪。

我很想反问，但强忍着没有问出口来，倒是非常干脆地答应他，按他的意思去做，再三向他保证，我为他和我们大家感到高兴，我盼着这次活动早日到来。我自然也是这样去做的。我已经严肃地问过我自己，

---

① 林德霍夫宫是位于德国巴伐利亚州西南部的一座皇宫，于 1874 年到 1878 年间建造。是路德维希二世建造的三座皇宫中最小的一座，也是唯一他在世时完工的一座。

他透露给我的这些意图应该怎样做才能够得到推动，这些事情应该怎样做才能够得以顺利进行。我觉得，要他靠碰运气来争取继续和他相中的姑娘会面的机会，并不见得是什么好办法。从现实情况看，制造这样的运气的余地并不是很大。通过安排一些活动促成，主动出击是必要的，而现在这个就是的。施维尔特费格真的是这个主意的始作俑者吗——阿德里安突然寻思起郊游和集体乘雪橇作短途旅行来，这实在与他的天性和生活基调太相抵触，莫非只是因为他羞于自己的恋情而推说是人家的？事实上这在我看来是非常有失他的尊严，所以，我甚至希望他说真话就好了，而不是叫那个小提琴家来为这个主意担责——不过，与此同时，我也无法完全不让自己再次发出这样的疑问：这个精灵古怪的柏拉图主义者是不是真有兴趣参加这次活动。

那么反问呢？我其实只有一个：阿德里安，他为什么，如果他希望让玛丽知道他很想见到她，那他为什么不直接去找她，给她打电话，甚而坐火车去慕尼黑，拜访那两位女士，把他的提议当面告诉她们。我那时并不知道，这实际上是一种倾向，一个念头，从某种程度上讲也是后来将要发生的某件事情的预演，是那种打发别人去找自己的意中人——我不得不这样来称呼那位姑娘，让另外一个男人去她那里表白的偏好。

他的那番心声首先是向我吐露的，我呢，也乐于去执行他委托给我的任务。我去找玛丽的时候，她正好穿着那件无领的苏格兰女式衬衫，衬衫外面罩着件白色的工作大褂，别提有多适合她了。她坐在她的画板旁工作，这是一块斜放着的厚木板，上面用螺钉固定着一盏电灯。她见我来了，就起身离开画板欢迎我。我们在两位女士租来的那间小小的客厅里一起坐了有二十分钟。两人被外人给予她们的这份关注深深打动，热烈响应这个远足计划，而关于该计划的情况，我所能透露的只是：它不是我的发明。之前，我附带着告诉她们说，我这是顺道，我还要去我的朋友莱韦屈恩那里。她们说，假如没有这种骑士风度的引领，一些慕尼黑周边的名胜，一些巴伐利亚地区的阿尔卑斯山风貌，她们也许就永远见识不到了。我们说好了碰头、出发的日子和钟点。这下，我便可以为阿德里安带去令他感到满意的消息了，我详细地向他汇报，我还在汇报中插入了一句对玛丽着工作大褂的优雅形象的赞美。他用下面这句——在我听来是——没有含讥带讽的话对我表示感谢：

“你瞧啊，有可靠的朋友就是好。”

通往那座基督受难之村的铁路线绝大部分和通往加米施—帕腾基兴[①]的铁路线是同一条线，只是到最后才从中分岔出来，途经瓦尔茨胡特和普菲弗尔林。阿德里安正好住在通往目的地的半道上，故而只有我们其余的人，只有施维尔特费格、席尔德克纳普、巴黎的两位客人、我的夫人和我，是在约好的那一天的十点钟左右在慕尼黑火车总站集合上车的。在暂时缺少我们这位朋友的最初的一个小时里，列车是穿行在还算平坦、尚未解冻的地带上的。我们只觉得这段时间过得好快，因为我们一边享用我的海伦在家里准备好的夹心面包配蒂罗尔红葡萄酒早餐，一边被席尔德克纳普用餐过程中幽默诙谐地摆出的生怕吃亏的劲头搞得忍俊不禁。“你们对克纳皮”（他这样英国化地称呼自己，并且大家也都这样称呼他），他说，“你们对克纳皮不要太克扣了！”他对一起吃东西所表现出来的那种自然的、毫不掩饰的和用开玩笑的方式进行强调的乐趣是令人忍俊不禁的。“啊，你的味道棒极了！”他一边嚼着面包，一边两眼放光地唉声叹气。当然喽，很明显，他的那些笑话首先是为戈多小姐而说的，他和我们大家一样非常喜欢她。她身着她的那件用细细的、褐色的貂皮条镶边的橄榄色冬季套装，显得分外娇好，而我呢，也开始在某种程度上跟着我的感觉走——就是因为我知道轮到什么该看了，所以就——情不自禁地再三去凝望她的那双黑眼睛，这让我感到心醉神迷，这是怎样一种掩映在黑压压的睫毛丛中的，像沥青一般乌黑而同时又是明朗愉悦的光芒哟。

---

① 德国一小镇，位于德奥边境，距离德国最高峰——楚格峰不远。

阿德里安在瓦尔茨胡特上车和我们汇合，我们这群人纵情欢闹着，大呼小叫着欢迎他的到来，而恰恰也就是在这个时候，一种奇怪的惊恐涌上我的心头——如果这样说能够切中我的感受的话。不管怎样，我的这些感受里面多少都是带有那么一点惊恐成分的。总之，直到现在我才意识到，在我们一直占据着的这个火车车厢分隔处里，也就是说在狭窄的空间里（虽然不是包厢，而是一个快车的二等车厢里的一组开放式座位），那双黑色的、那双蓝色的和那双同样颜色的眼睛，吸引和漠然，激动和镇定，都在他的眼皮子底下聚集，而且，在整整一天的郊游中，他们都将始终呆在一起，因此，这一天在某种程度上都会受到这种态势的影响，或许已经就该是受到它的影响了，以至于作为知情人或许可以从中看出这一天本来的想法是什么吧。

阿德里安加入之后，外面的地形自然而然，同时也是恰好地开始上升，而且越升越高，白雪皑皑的高山世界也开始跃入眼帘，尽管还只是从远处。我们分辨着形形色色的山峰峭壁，席尔德克纳普总能很快叫出它们的名字来，出尽风头。在巴伐利亚的阿尔卑斯山各山峰中，是找不到那种崇高威严级别的巨峰的。不过，列车带我们驶入的可是一片银装素裹、雄伟庄重地屹立着的森林峡谷与辽阔宽广交相辉映的壮丽冬景。与此同时，这个白天却是阴沉的，有寒冷的继续下雪的趋势，傍晚前后才会放晴。尽管如此，我们的注意力还是大都放在了外面的一幅幅风景上，甚至在交谈时也是如此。玛丽把交谈的话题岔开，引到那段在苏黎世的共同经历上，引到那场在苏黎世音乐厅举办的晚会上，以及那个小提琴协奏曲上。我在一旁观察阿德里安和她的交谈。他坐在她的对面，她坐在席尔德克纳普和施维尔特费格之间，她的姑妈则富于同情心地把全部精力都用于陪海伦和我闲聊了。我可以清楚地看见他是如何不动声色地凝望她的脸和她的眼睛的。他的这种沉醉，他的这种沉思，他的转过头去，这一切都被鲁道夫的那双蓝眼睛尽收眼底。阿德里安在人家姑娘面前如此高调地赞扬这位小提琴家，他这样做难道不是一种安慰和补偿吗？由于她谦虚地放弃对音乐作评价，所以谈论的内容就只限于演奏。阿德里安特别强调地解释说，即使当着这位独奏家的面，他也要说他的演奏是高超的，完美的，简直就是无法超越的。紧接着他还就鲁迪在艺术方面的总的发展，以及他的无疑是伟大的前程发表了几句热乎乎的溢美之词。

受到追捧的这位似乎听不得这些话，大声嚷着“嘿，嘿！”和“闭嘴吧，你！”，信誓旦旦地保证说，大师太过奖了，不过，脸却是高兴得红了起来。他无疑是喜欢在玛丽面前被人这样夸奖的，当然，又由于这些话是从这张嘴里说出，所以，他对此而感到的喜悦也是显而易见的。他通过赞赏阿德里安的措辞方式来表露他的谢意。戈多先前已经听说并读到过《约翰启示录》片段在布拉格上演的消息，于是就向他问起这部作品来。阿德里安开始婉言拒绝。

“我们不要，”他说道，“谈论这些虔诚的罪恶！”

这话让鲁迪变得兴奋起来。

“虔诚的罪恶！”他一边欢呼，一边重复。“这您听见了吗？他可真会说！他可真会用词！他真是伟大，我们的大师！”

他同时挤压阿德里安的膝盖，这是他的一贯做派。他属于那类总是非要去抓、去摸、去抱人家的上臂、胳膊肘、肩膀的人。他甚至对我，甚至对女人也这样做，当然了，在绝大多数情况下女人们倒也不是不喜欢他这样做的。

奥伯阿梅尔高是个保护得很好的地方，我们这一小群人在这里四处徜徉，我们参观那些完好的、屋脊和阳台多木雕的农舍，参观门徒、救世主和圣母的故居。我的那几位朋友还要去攀登附近的耶稣受难山，乘着这个机会，我暂时和他们分开，跑到一家我熟悉的运输企业预定了一个雪橇。吃中饭的时候，我又和另外六个人在一个饭店里重新接上头。这个饭店有个玻璃质地的装有地灯的舞池，舞池周围摆放着小椅子，旺季时，当然是受难剧上演期间，这里会挤满外地游客。现在，更令我们感到满意的是，这里几乎没有什么人：除了我们，另外还只剩下两拨人坐在离舞池较远的桌旁吃饭，其中一桌坐的是个面容痛苦的先生和他的身穿信义会护士服的女护理员，另一桌坐的是一群冬季运动爱好者。一个五人小乐队在低矮的戏台上为这些客人奏起轻音乐，每曲之间这些艺人都会长时间，无损于任何人利益地停下来休息。他们演奏的内容愚蠢得很，他们的演奏本身也懒散糟糕得很，于是，吃完烤鸡后，忍无可忍的鲁迪·施维尔特费格决定好好地露上一手。他一把夺过那个小提琴手的小提琴，用双手将其转动了一下，在确定了它的产地之后，便神气十足地在上面即兴拉了起来，他还从“他的”那部小提琴协奏曲的华彩乐段中拿出几个片断来插入其间，引得我们哈哈大笑。那几个乐队成员被搞得瞠目结舌。随后，他问那个小提琴手，一个肯定有过更高梦想而不甘于在这里混饭吃的睡眼惺忪的毛头小伙儿，能不能伴奏德沃夏克的《幽默》，接着就在那把普通的小提琴上奏起这个带有许多倚音，带有优雅的快步舞和秀丽的双音演奏的最受大众喜爱的曲目，他的演奏狂放美妙之极，赢得了饭店里的每一个人，我们的，邻桌的，张口结舌的乐队队员们的，甚至还有两个服务员的大声喝彩。

席尔德克纳普酸溜溜地咬着我的耳朵根子说，这其实只是一个很落俗套的搞笑，话虽如此，这个搞笑却也真的很有戏剧性，很吸引人，简言之，完全就是那种符合鲁迪·施维尔特费格风格的“很好”。我们比预想的时间呆得要长，最后饭店里就只剩下我们自己，我们喝咖啡，喝龙胆酒，甚至还在舞池的玻璃地板上跳了一小会儿舞：席尔德克纳普和施维尔特费格轮流和戈多小姐，当然也和我的善良的海伦，天知道按照什么样的程序，在上面走来走去，另外三个清新寡欲的人则对他们报以友好的注目。定好的雪橇，一辆宽敞的配有貂皮坐垫的双套马车，已经按点等候在了外面。我选择了马车夫旁边的座位，席尔德克纳普则把自己的想法付诸实施，他人站在滑雪板上让马车来拉（滑雪板马车夫也带来了），其余的五个人见状就进入马车的车厢里落座，也没觉得有什么不好的。席尔德克纳普的这个男子汉气概十足的主意害得他事后大病一场，如果撇开这个情况不算的话，坐雪橇这个节目应该说是这天的日程当中计划得最好的一个部分了。站在冰冷的迎面风里，在高低不平的地面上颠簸，浑身粘满雪花，这番折腾致使他下腹受凉，患上肠炎，整个人感觉虚弱无力，卧床休息了几天才好。当然，这都是后话了。伴随着轻微的铃声，包裹得严严实实、暖暖和和地慢慢穿行在纯净、凛冽的寒风里，这可是我个人特别喜欢的情形，和我一样，大家似乎都很享受这样的情形。我知道，在我的背后，阿德里安和玛丽面对面地坐着，这使得我的心由于好奇、喜悦、操劳和诚挚的祝愿而禁不住一阵狂跳。

林德霍夫，路德维希二世的洛可可式小宫殿，坐落在一个风景如画的僻静的山林里。喜欢清净的国王哪里还找得到比这更富有童话气息的隐身之处！当然了，尽管这个地方的魔力可以让人情绪高昂，国王的这种趣味，他这个隐士通过永无休止的大兴土木的癖好——这种特别渴望美化他的王权的表现——所显示出来的这种趣味，却真的又同时意味着一种尴尬。我们停了下来，我们在一个看门人的带领下参观那些装饰繁缛的豪华陈列室，它们构成这座梦幻之家的“起居室”，精神失常的国王就是在这里过他的日子，他从早到晚满脑子全是他的殿下意识，他让彪罗[①]为自己演奏，他聆听凯因岑[②]醉人的声音。王宫贵族宫殿里的最大房间通常是王位厅。但这里没有。取而代之的是卧室，卧室的空间面积同白天活动场所的狭小相比可谓巨大，里面的检阅床威严高耸，宽度夸张，因而看上去显得很短，犹如一张两侧立着金灿灿的枝形烛台的灵床。

我们兴趣盎然地看着这一切，同时也会暗地里摇头，参观完毕之

---

① 汉斯·奎多·冯·彪罗（1830－1894）：钢琴家和指挥，曾在慕尼黑担任过宫廷乐队队长。

② 约瑟夫·凯因岑（1858－1910）：戏剧演员，尤以声音洪亮动听闻名，曾在慕尼黑逗留。

后，见天气逐渐放晴，我们便继续乘雪橇前往艾塔尔，那里的本笃会修士修道院及其所属的巴洛克教堂在建筑上享有盛誉。我现在还记得，在继续前往的途中，连同之后我们在里面吃晚餐的那家旅馆，也就是那家位于那两个宗教场所斜对面的干净整洁的旅馆里，我们的中心话题全都是国王本人，其乖僻的生活天地我们刚刚有所接触，诚如大家所说，这是一位“不幸”的（为什么非要是不幸的呢？）国王。这种探讨只在参观巴洛克教堂的时候有过中断，它究其实就是鲁迪·施维尔特费格和我之间就路德维希所谓的发疯、不具备执政能力、被罢黜王位和被宣告禁治产[①]并予以监护所展开的一场辩论。我坚称这样做是没有道理的，是一种残酷的庸人行径，此外也是一次政治行动，同时还是一次符合政治和法定继承人利益的行动。我的这种看法让鲁迪惊讶之极。

因为，这个家伙完全坚持那种与其说是大众化的，不如说是资产阶级的和官方给出的观点，即国王，如他原话所说，“彻底疯掉了”，把他交给精神病医生和精神病院的护理员，任用一个精神健全的摄政王，对于这个国家是绝对必要的——所以他根本无法理解，在这个问题上怎么可能还会存在分歧。根据他对付此类情况的习惯，也就是说，如果一个立场在他看来太过新颖，他就会气呼呼地撅起他的嘴巴，用他那双蓝眼睛死死地盯着你看，一会儿死盯你的右眼，一会儿死盯你的左眼，轮番交替，在我发言的过程当中，他就是这样表现的。我不得不说，令我感到有些惊讶的是，这个话题居然使我变得雄辩起来，尽管此前我几乎没有对它进行过研究。不过，我发现，我对它已经暗自形成了一种坚定不移的看法。发疯，我这样反驳道，是一个相当摇摆不定的概念，市侩随心所欲地根据可疑的标准来使用这个概念。早早地，在紧靠着他自己和他的平庸的地方，一个这样的市侩划拉出区分理性举止的界限，但凡逾

① 法律术语，即禁止管理财产，是一种对于无民事行为能力人和限制民事行为能力人或有酗酒、吸毒、赌博及胡乱奢侈消费等恶习的人进行约束的制度。被宣告禁治产的人由监护人代为管理财产。

越这个界限的就是愚蠢之举。然而，国王的生存方式却是专制的，不受限制的，围绕着它的是恭顺奉承，它在很大程度上无须受到批评和责任的束缚，而且在张扬它的威严过程中，它已经合法地成了一种即便是最富有的个人也休想达到的风格，它为它的承载者所怀有的那些耽于幻想的偏好、神经质般的需求和嫌恶，以及那些令人费解的激情和欲望，提供了一个游戏的空间，骄傲而毫不保留地利用这个空间很容易呈现出疯狂的一面。在这片王土之下，又有哪个凡夫俗子能够像路德维希那样在一处处精挑细选出来的风水宝地上为自己建造出一个个金碧辉煌的归隐之所！这些王宫当然都是国王羞于见人的纪念碑了。不愿意见人，这种情况如果是发生在像我们这样的寻常之辈身上，几乎是不可以被一般化地作为发疯的一个症状来看待的——那么，为什么当这种怕羞以国王的形式表现出来的时候，就是可以的了呢?

然而，是六个造诣高、资格老的精神病医师郑重其事地认定国王为精神完全分裂并宣布有必要对他进行隔离的哟!

这些驯服的学者作出这样的诊断，是因为他们就是被叫来作出这样的诊断的，他们甚至没有见过路德维希，甚至都没有按照他们的方法去“研究”过他，没有和他说过一句话，他们就是这样作出诊断的。就算这些市侩和他进行关于音乐和诗学方面的谈话，那也只会让他们更加坚信他是精神错乱。在他们的结论的基础上，那个无疑是离经叛道的，因此却绝对不是疯子的人，被剥夺了对自己的支配权，被屈辱地贬低为精神病人，被关进一座临湖的宫殿，里面的门把手都被拧下，窗户都安装了格栅。他没有忍受，而是寻求自由或死亡，他让看护他的医生狱卒和他一起去到了死神那里，这说明他是有尊严感的，同时也驳斥了那个精神错乱的诊断。他身边的人的行为也驳斥着这个诊断，他们追随他，时刻准备着为他去战斗，居住在乡村的人们对他们的“王”的热爱崇拜也驳斥着这个诊断。这些农民，假如他们看见他一个人半夜里，身披貂皮大衣，在火把的照耀下，乘坐带有护随侍从的金色雪橇穿过属于他的一座座山，那么，他们是不会把他当成疯子的，相反，他们只会认为他是一个符合他们心中梦想的国王，而假如他成功地游到那湖的对岸，他显然是这样计划的，那么，他们就会操起干草叉和打谷棒来保护他不受医学和政治的迫害。

不过，他的挥霍癖却是十足病态的，经济上再也负担不起的，他的执政能力的丧失简直就是他不愿意执政的结果：他只能在梦中做国王，他拒绝按照理性的规范来做国王，照这样下去就会国将不国了。

哎，全是胡说八道，鲁道夫。一个思维正常的总理就足以治理一个现代联邦制国家，即使国王敏感脆弱到见不得他和他的同僚的分上。即使发善心，让路德维希继续沉湎于他的那些孤僻的爱好，巴伐利亚这个国家也灭亡不了，说国王有挥霍癖，这等于什么都没说，这纯粹是空话，是一种欺骗和借口。那些钱还不是留在这个国家里了，这些童话建筑让石匠和镀金工发了大财。另外，这些宫殿，通过对东西两个半球慕其浪漫之名前来参观的人们收取门票的方式，早就把花在它们身上的钱全都给赚了回来。今天，我们不是也跑来帮着把疯癫化为财源了吗……

“我这就搞不懂您了，鲁道夫，”我叫了起来。“您鼓起腮帮子，对我的辩护作诧异状，但是，恰恰是我有权对您感到惊讶，有权对您表示不解，怎么偏偏是您……我指的是作为艺术家，简言之，偏偏是您……”我试图说明我为什么不得不对他感到惊讶，但我却不知道说什么。不过，又因为我从头到尾都觉得我不应该当着阿德里安的面这样说话，所以在慷慨陈词的过程中我也变得迷惑起来。他应该说话才是——不过由我来说更好，因为想到他可能会，而且也有能力维护施维尔特费格，我这心里就特别受不了。我必须防止这种情况发生，于是我就取代他，替他，秉承他的旨意说话，而玛丽·戈多似乎也是这样来领会我的出场的，并且把我，这个被他为着今天的缘故而派到她那里去的使者，视作他的喉舌。因为，在我不遗余力地展开雄辩的过程当中，她更多地是把目光投向他那里，而不是我这里——就好像她是在听他说，而不是听我说似的。然而，面对眼前的激昂，他的表情却始终是带着一点取笑的，带着一丝神秘的微笑的，远非那种无条件认可我的代言的微笑。

“什么是真理？”他终于开口说道。吕迪格尔·席尔德克纳普见状，赶紧附和他说，这里有各种各样的层面，而在一个像这样的个案里，医学自然主义的层面虽然也许不是最有优势的，但也不能被当作完全是无效的来一概加以拒绝。在自然主义的真理观里，他继续补充说，奇怪得很，平庸和感伤是结合在一起的——这不应该理解成是对“我们的鲁道夫”的攻击，他怎么说可都算不上是个感伤的人，但是，感伤却可以被视作整整一个时代，即十九世纪的特征，一种对平庸的忧郁的偏爱是这个世纪所特有的。阿德里安猛地笑出声来——当然，并非出于惊奇。有他在场的时候，你始终会觉得，在他周围大声发出的所有思想和观点都在他的身上汇集，而他则含讥带讽地听着，任凭各人随心所欲地去发表和代表它们。但愿朝气蓬勃的二十世纪能够发展出更为高雅和更为乐观向上的生活氛围，有人表达了这样的希望。有没有这种发展的迹象，随着对这个问题的时断时续的讨论，这场谈话渐渐地分散开来，现出疲态。在冬季的山风里激动地度过了所有这些时辰之后，疲惫终归占据了上风，铁路行车时刻表也开始发话，我们叫来马车夫，头顶繁星点点的天空，由雪橇带到那座小站，在小站的站台上，我们等候开往慕尼黑的火车。

回程倒是显得更安静一些，就是为了要照顾已经昏昏欲睡的姑妈。席尔德克纳普偶尔低声和她的侄女聊天；我通过同施维尔特费格交谈确信他一点儿也没有生气，阿德里安则跟海伦打听一些日常琐事。出乎大家意料，同时也令我暗自感动、甚至于有些高兴的是，他没有在瓦尔茨胡特离开我们，而是当仁不让地坚持陪同我们的客人，即巴黎来的那两位女士，返回慕尼黑的住处。在火车站，我们其余的人全都同她们和他道别，然后继续赶我们自己的路，与此同时，他则叫来一辆出租车，把姑妈和侄女送到她们下榻的那家位于施瓦宾的旅馆——他的这种骑士风度在我的想法里具有这样的含义，即这一天所剩余的最后时间他只是在那双黑眼睛的单独陪伴之下度过的。

直到晚上十一点，他才坐上他经常乘坐的那趟火车返回他的穷乡僻壤，在那里，他用超高音的小口哨向警惕巡视的卡施佩尔-苏索报告他的到来。

四十一

我的富于同情心的读者和朋友们，我现在继续往下讲。毁灭正吞没着德国，在我们城市的瓦砾堆中住着被尸体喂肥的老鼠，俄国大炮的轰鸣向着柏林呼啸而去，盎格鲁—撒克逊人轻飘跨越莱茵河，宛如过家家一般。我们自己的意志，也正在和敌人的意志结合，似乎是我们自己有意让他们这样去做的似的，末日正在来临，末日它正在来临，末日它已经渐渐升起，就将在你的头顶上裂开，啊，住在这个国家里的你——可是现在，我仍然要继续往下讲。前面已经说过的那次远足，对我而言也是值得纪念的那次远足，在它仅仅只过了两天之后，阿德里安和鲁道夫·施维尔特费格之间所发生的事情，以及事情的整个经过——这些我都是知道的，也许有人会无数次地提出异议，说我不可能知道，因为我当时没有“在场”。是的，我当时不在场。然而，在今天，一个精神的事实却是：我当时是在场的，因为，一个人，如果他如我在这里经历这件事情那样，经历并且从头到尾一再地经历一件事情，那么，他对这件事情所具有的那种可怕的熟悉程度就会使他成为耳闻过它和目睹过它的证人，即便是它的隐蔽阶段也无一例外。

阿德里安打电话请他匈牙利之行的旅伴到普菲弗尔林他那里去一趟。他请他务必火速赶往，因为他要和他说的那件事情万分紧急。鲁道夫总是随叫随到。电话是早上十点钟打的——正是阿德里安的工作时间，在这个时间段内打电话就其本身而言就很特殊。这位小提琴家下午四点就赶到了，而且还是在撞塞子乐队晚上必须为订长期票的票友作专场演出的情况下，不过，阿德里安甚至把这个都给忘记了。

“你既然都吩咐了，”鲁道夫问道，“那该是什么事情呢？”

“哦，马上，”阿德里安答道，“你来了，这才是最最重要的。今天见到你，我甚至要比平时更高兴些。请你记住这一点！”

“这将赋予你要告诉给我的所有事情，”鲁道夫用令人感到惊喜的漂亮话回答道，“以一个金光灿烂的背景。”

阿德里安建议出去散步，说一边走一边说更好。施维尔特费格高兴地表示赞成，但同时也为不能久呆表示抱歉，因为他必须再坐六点的那趟火车赶回去才不至于耽误他的演出。阿德里安听罢，猛地一拍脑门，赶紧请他原谅他的疏忽。还说等鲁道夫听他把话说完之后，或许就更能理解他为什么会做出这样欠考虑的事情。

温暖的融雪天气已经到来。被铲到一边的雪开始融化和沉降，路的表面也开始变为像粥一样的糊状。这两个朋友都穿着套鞋①。由于时间太紧，鲁道夫甚至连他的那件毛皮短大衣都没来得及脱下，阿德里安则穿上他的那件配腰带的驼毛大衣。他们直奔夹子湖而去，接着便在湖边散起步来。阿德里安向他打听今天的演出计划。又来一遍勃拉姆斯的《第一交响曲》作为主要节目吗？又来一遍那部《第十交响曲》吗？“哎，你会高兴的，你用柔板速度就能够表达出讨人喜欢的东西来。”他接着告诉他，说他小时候，早在他知道勃拉姆斯之前，就独自在钢琴上凭空想出过一个几乎和那最后乐章里高度浪漫主义的圆号主题完全一致的动机，虽然没有那种节奏上的绝技，但在旋律上却表现出完全一样的精神气质。

“有意思，”施维尔特费格说道。

---

① 一种套在皮鞋外面穿的、用以防湿的鞋。

哎，星期六的远足怎么样？他问他玩得开不开心。问他是不是跟其他参加者的意见一样。

“不可能有更好的了，”鲁道夫解释说。他说他敢肯定那一天将成为所有人的美好纪念，唯有席尔德克纳普是个例外，因为他那天劳累过度病倒了，现在正卧床不起呢。“他这人和女士结伴的时候总是太死要面子了。”再说了，既然吕迪格尔那天对他的态度相当无礼，所以他鲁道夫也没有任何理由对他表示同情。

“他知道你是个懂得幽默的人。”

“我也是这样做的。可即便如此，他也仍然没有必要取笑我呀，更何况在此之前塞雷奴斯就已经用他的忠君思想对我进行过一番狂轰滥炸了。”

“人家是老师。没办法，只有让他来批改、来纠正。”

“用红墨水，是的。但在眼下这个时刻，这两个人对我而言全都变得完全无所谓了，因为我现在在你这里，而你有话要跟我说。”

“非常正确。既然我们正在讨论上次的远足，那么，我们其实已经是在说正事了。在这件事情上，你现在说不定还可以让我欠你一份人情呢。”

“让你欠我一份人情？是吗？”

“你说说看，你认为玛丽·戈多怎么样？”

“那个戈多？想必不会没有人不喜欢她！你肯定也喜欢她吧？”

“喜欢这个词还不完全准确。不瞒你说，从苏黎世起，我满脑子想的就是她了；我很难把和她的邂逅理解为纯粹的人生插曲；一想到不久又要让她离去，也许这辈子再也见不到她了，我这心里就难受极了。我觉得，我好想，并且非要总是看见她，非要总是让她在我的身边不可似的。”

施维尔特费格停下脚步，先是去看那个说这话的人的一只眼睛，然后又去看他的另外一只眼睛。

“真的？”他一边说，一边重新迈开脚步，同时也把头低了下去。

“确实是这样的，”阿德里安证实道，“我敢肯定，你是不会因为我对你给予这份信任而生我的气的。而这份信任恰恰就在于我认为自己对它有十足的把握。”

“你可得拿准了！”鲁道夫喃喃地说道。

而阿德里安接着又说：“不管什么事情，你都要学会人性地去看待！我的年龄也不小了，都快奔四十了。作为朋友，你难道就希望我在这个小隐庐里了却残生吗？我说了，你要把我当个人来看，这个人不知什么时候就会突然变得充满渴望起来，他害怕耽误了，害怕太迟了，他会渴望一个比较温暖的家，一个真正令他中意的伴侣，一句话，他渴望更温柔、更人性的生活氛围，不仅仅只是为了愉快惬意，为了生活得更舒适，而首先是因为他希望从中获取能够促进他的创作欲和力量的，促进他未来作品的人性的内涵的善和伟大。”

施维尔特费格默默地走了几步，然后压低声音说道：

“你现在已经把‘人’和‘人性的’说了四遍了。我数了的。既然你这样坦率，我也就明人不说暗话：当你用这种字眼的时候，当你用这种字眼来指你自己的时候，我的心在抽紧。这话从你口里说出来简直是太令人难以置信了，太不合适了，也——真的，太令人感到羞愧了。请原谅我这样说！难道你的音乐在此之前是非人性的吗？那样的话，它就应该把它的伟大归功于它的非人性。请原谅我这简单幼稚的看法！我不想听到你的任何一部是被人性赋予灵感的作品。”

“是吗？你是真的一点也不想吗？可是有一部已经被你在人前演了三遍了，难道不是吗？是你让人家把它献给你的，不是吗？我知道，对我说这些无情无义的话，这并不是你的本意。可是，你让我知道，我只是由不人性构成，这就是我，而且我也没有权利得到人性，你不觉得你这样做很无情吗？无情且欠考虑——正如无情总是源自欠考虑一样，难道不是吗？一个用值得惊异的耐心把我争取到人性这边并让我皈依你的人，一个让我这辈子第一次在他身上找到人性温暖的人，他竟然告诉我，我和人性毫无关系，我可以和人性毫无关系。”

“这似乎是一个临时的应急措施。”

“假如真是这样呢？假如这里所涉及的真是一种练就人性的过程，一个走向人性的预备阶段，而这个阶段又正因为是这样的而不失却任何内在价值呢？我生命中的一个人，他的勇敢不懈的坚持——几乎可以说是：让死神望而生畏；他使我身上的人性得到释放，他教给我幸福。这其中的详情也许将不为外人所知，将不会写进任何一本传记中去。但他的功绩难道就会因此而受到损害，他应该秘密享有的荣誉难道就会因此而遭到贬低吗？”

“你可真会变着法儿地恭维我。”

“我这哪里是变着法儿呢，我只是实话实说！”

“这倒也是，其实真正要说的人并不是我，而是玛丽·戈多。为了总能看见她，为了总能让她呆在你的身边，你，如你所说，非要娶她为妻不可。”

“这是我的愿望，我的希望。”

“哦，她知道你的这些想法吗？”

“我担心：不知道。我担心，我没有什么办法能够让她了解我的感情和愿望，尤其是有别人在场的时候，当着别人的面向女人献殷勤，扮演塞拉东，不管怎样，这样做总会让我觉得不大自在。”

“那你为什么不自己去拜访她呢？”

“因为我不喜欢出其不意地直接向她表白，向她求婚，而且，由于我的笨拙，她很可能在这方面还一点思想准备都没有。我在她的心目中还就只是个有趣的隐士而已。我担心她会不知所措，并因为不知所措而予以——也许是操之过急的——回绝。”

“那你为什么不自己给她写信呢？”

“因为如果我这样做的话，没准可能会让她更加尴尬。她不得不答复，而我也不知道，她爱不爱舞文弄墨。如果她不得不说不的话，她又会费多大劲儿来体恤我啊！而她的这种费劲的体恤又会让我感到多么的痛苦啊！再说我也害怕这样的一种书信来往会过于抽象——我觉得，这种抽象性有可能会对我的幸福构成威胁。我不愿意想见玛丽是单独地，亲手地，不受个人印象影响地——我几乎想说：不受个人强制手段影响地——书面回复我的信。你瞧，我既讨厌直接搞突然袭击，也讨厌通过邮局鸿雁传情。”

“那你到底找到了什么样的途径呢？”

“我刚才已经跟你说过了，你在这件棘手的事情上可以帮我一个大忙。我想派你去她那里一趟。”

“我？”

“你，鲁迪。如果你能为我——我想说：为我的灵魂得救——有所贡献，这种贡献，后世或许知道，或许也不知道；如果你能够通过做中间人，做我和生活之间的那个沟通媒介，在我追求幸福的时候做我的代言人，从而使得这份贡献臻于完满的话，那么，你会觉得你这样做很荒唐吗？这是我的一个点子，一个想法，就跟我作曲时突然冒出的一个念头一样。但你不得不马上就相信的是，这样的一个想法并不完全是新的。如果按照乐谱来的话，又有什么东西是完完全全新的呢！然而，如果是像这样地出现在这里，出现在这样的关联之中和这样的观照之下，那么，已经有过的东西就可以是新的，而且还是新得有生命力的，原创的和独一无二的。”

“这种所谓的新也最令我感到担忧。你所说的已经新得足以让我目瞪口呆了。如果我没有弄错的话，你的意思是要我去替你向玛丽求婚，替你去请求玛丽同意嫁给你，对吗？”

“你对我的意思的理解完全正确——你也不大可能听错我的意思。你能够如此轻松地理解我的意思，这说明这件事情是很自然的。”

“你这样认为吗？——那你为什么不派你的塞雷奴斯去呢？”

“你这是要取笑我的塞雷努斯呀。你想象我的塞雷努斯去当求爱使者，你这显然是在寻开心嘛。刚才我们还谈起过个人印象，这姑娘在做决定的时候是不会完全脱离个人印象的。你别见怪，依我看，她将更喜欢听你说话，而不是一个表情僵硬的求婚者。”

“阿德里，我可没有一点心情开玩笑，我当然很在意，并且在一定程度上也觉得很庄严的是，你在你的生命中，甚至是在后世面前，赋予我一个什么样的角色，仅凭这一点，我就没有心情开玩笑。我之所以问起蔡特布罗姆，是因为他作为你的朋友的时间要比我长得多——”

“是的，长一些。”

“那好，只是长一些。可是你有没有想过，这个‘只是’可以让他执行起任务来更加轻松，可以使得他更适合来做这件事情？”

“听着，我们姑且把他搁置一边，别再去谈他了，好不好？在我看来，他和求爱的事情根本就是沾不上边的。我的心声是向你，而不是向他吐露的，你现在什么都知道了，就像我以前曾经说过的那样，我的心灵之书中那最隐秘的几页已经向你打开。如果你现在去她那里，让她也读到这里面的内容，把我的情况告诉给她，跟她说我的好话，谨慎地向她透露我对她所怀有的爱慕之情，我对生活的渴望，以及这种渴望和这种爱慕之情的密不可分！用你那友好的方式，温柔而欢快地去试探她，探问她是不是——当然是现在，是不是有可能爱我！你愿意吗？你不必带给我她百分之百的应允，绝对不必。只要一点点希望就完全足够了，你的使命也就算是圆满完成了。和我分享我的生命之思并不令她十分反感，并不令她难以置信，如果你能够给我带来这样的信息的话，那么就该轮到我自己出马了，到那个时候我就会亲自去跟她和她的姑妈谈了。”

他们先是让罗姆冈处在他们的左侧，接着便穿行在了冈后面的那一小片从树枝上往下滴水的云杉林间。然后，他们又上到村边的那条小路返回。他们不时会碰到佃农和农民通过叫名字向这位长年住在施魏格施迪尔家的房客打招呼。在沉默了片刻之后，鲁道夫又重新打开了话匣子：

“在她那里说你的好话，对我将不是什么难事，你相信我好了。尤其是你已经在她面前说了我那么多的好话，阿德里，这对我来说就更不是什么难事了。不过，我也不想对你有任何隐瞒——就像你对我没有任何隐瞒一样。刚才，你问我对玛丽·戈多的看法如何时，我立马就回答说，恐怕没有人不喜欢她。我现在要向你承认的是，我的这个回答里所包含的意思比起字面上能够直接从中听出来的还要更多。如果你不是，如你用古诗文所表达的那样，向我敞开了你的心扉的话，那我可是永远也不会向你承认这一点的。”

“你瞧，我也是真的很想听到你的这个自白的。”

“其实你已经听到了。那个女孩——你不喜欢这种叫法——那就说那个姑娘吧，也就是玛丽，她在我这里也不是无足轻重的——如果我说：不是无足轻重的，那么，这样说还是没有真正说到点子上。我觉得，这个女孩是我所见过的女人中最友好和最可爱的那一个。早在苏黎世的时候——我那时演奏了——我那时演奏了你，整个人非常温暖，非常容易受感染——她就让我觉得很喜欢了。而在这里——你是知道的，这次远足还是我提议的，而且这期间，这个是你所不知道的，我还和她见过面，我和她以及伊莎波姑妈一起在吉泽娜旅馆喝茶，我们聊得可欢了……我再说一遍，阿德里，我仅仅只是因为我们今天的谈话，仅仅只是为了我们彼此的开诚布公，我才把这些吐露出来的。”——

莱韦屈恩没有马上吱声，而是在沉默了一阵之后，才用一种时高时低的奇怪而又意味深长的声音说道：

“是的，这都是我先前所不知道的。既不知道你的感情，也不知道喝茶的事情。我觉得自己很可笑，因为我好像忘记了，你也是个有血有肉的人，对于妩媚和美的吸引是不会无动于衷的。也就是说，你爱她，或者这样说吧，你爱上了她。那就让我现在来问你一个问题。我们的想法是不谋而合的，你本来就有意请求她做你的妻子的，是这样吗？”

施维尔特费格似乎在考虑。他说道：

“不，这个我还没有想过。”

“没有？那你原本就只想引诱她了？”

“瞧你说的，阿德里安！可别这样说！不，这个我也没有想过。”

“那好，那就让我现在来告诉你，你的自白，你的开诚布公的和值得感谢的自白，只会让我更加坚定我的请求，而不可能促使我去放弃它。”

“你是什么意思？”

“我是几个意思。我之所以选择你来做这件求爱的事情，是因为你在这方面，这样说吧，比塞雷奴斯·蔡特布罗姆要得心应手得多。因为你身上所散发的那种东西是他所没有的，而这也正是我所认为的能够促成我的愿望和希望的东西。就是这个东西。而你现在甚至在某种程度上和我的感受相同，但同时，如你向我所保证的那样，却又和我的意图不尽相同。你将凭着自己的感受去——为我和我的意图说话。我想不出还有谁是比你更合适、更理想的求婚者来了。”

“如果你是从这个角度来看这件事情的话——”

“你不要以为我只是单纯从这个角度来看这件事情！我也从牺牲的角度来看这件事情，而你也可以真正地要求我这样来看这件事情。你就只管这样去要求吧！使出所有的力气去要求吧！因为这意味着，你承认牺牲是牺牲，愿意作出这样的牺牲。你将本着你在我的生命之中所扮演的那个角色的精神，通过你为争取我的人性所作的贡献的彻底实现来作出这样的牺牲，而对于世人而言，你的这个贡献或许将永远是个秘密，或许也将不是。你会答应我吗？”

鲁道夫答道：

“是的，我愿意去，并且愿意尽我最大的能力为你办好这件事情。”

“为此你应该，”阿德里安说道，“在告别的时候和我握手。”

他们返回他的住处，见还有时间，施维尔特费格便和他的这位朋友一道在那间胜利女神客厅里吃了一点点心。格雷翁·施魏格施迪尔为他架好马车，但是，尽管鲁道夫请他别再麻烦了，阿德里安却仍然坚持和他一起坐进了那辆座位用羽毛填充得硬邦邦的小马车里，非要送他去火车站不可。

“不，这是应该的。这一次尤其应该。”他解释说。

火车以足够徐缓的速度进站，准确而稳当地停靠在了普菲弗尔林，火车的窗户已经降下，他们通过降下的窗户相互握手道别。

“好了，不说了，”阿德里安说道，“保重！珍重！”

他抬起他的胳膊，然后转身离去。而随着火车的滑动渐渐远去的那个人，他后来再也没有见过。他最后仅仅只是收到过他的一封信，一封他拒绝回复的信。

四十二

当我下一次，也就是十或十一天之后再去他那里的时候，他已经拿到了这封信，而且他还告诉我说，他决定对此缄口不言。他脸色惨白，给人一种他好像是受到沉重打击的印象——之所以会给人以这样一种印象，这其中的一个特别的原因是他的身体所呈现出来的一种倾向，也就是说，他喜欢在走路的时候把头和上身歪向一边，当然，他的这种倾向我其实已经发现有一阵子了，只是现在更突出、更扎眼而已。不过，他整个人确实是，或者是做出一副非常平静，甚至是冷漠的样子，面对这样的背叛，他只是无可奈何地耸耸肩膀，镇定自若地予以藐视，我觉得，他几乎都快因为自己的这种过于泰然处之的态度而需要向我表示歉意了。

“我想，”他说道，“你是不会希望我勃然大怒地来上一通道德声讨的吧。一个不忠诚的朋友。还能是什么呢？世道就是这样，我是不会为此大动肝火的。事情虽然让人感到痛苦，我也会问自己，如果连你最信任的人都来伤害你，你还能够相信谁。可你又能指望什么呢？现在的朋友就这样。我所剩下的只有羞愧——再有就是觉得自己该打。”

我告诉他我很想知道，他为何感到羞愧。

“为一种行为，”他回答道，“太荒唐了，以至于我会情不自禁地觉得，这感觉就好像是一个上学的小男孩，他发现了一个鸟窝，于是就兴高采烈地把事情告诉给了他的一个同学，而这个同学却跑去把他的鸟窝偷走了，太像了。”

我还能说什么呢，除了说：

“你将不会因为信任而犯下罪孽和耻辱。犯下罪孽和耻辱的是那个小偷。”

要是我能够更有说服力地去制止他的这种自责该有多好啊！然而，事与愿违，我这心里却禁不住地赞同起这些自责来，因为他的行为，这整个的找人代言、求婚的做法，而且还偏偏是找鲁道夫的做法，在我看来是不自然的，是矫揉造作的，是应该受到惩罚的，而我只消想象一下，假如我当初不是自己亲自开口，而是打发一个风度翩翩的男性朋友去我的海伦那里，通过他来向她吐露我的心扉，那么，我就不难看出他的整个行为方式是多么的莫名其妙和荒唐。可他为何又要一个劲儿地表示后悔不迭呢——如果他的言语、他的表情所流露的是后悔的话？他一下子就失去了朋友和爱人，因为自身的过错，人们不由得要这样说——要是人们，要是我，哪怕只是能够完全确定，这里所涉及的是一个过错，一个无意识的错误，一种后果严重的轻率，那该有多好啊！要是百思不得其解的我，哪怕我只是别再去一而再、再而三地暗中怀疑他，怀疑他多少是已经事先预见到将要发生的事情的，而事情的发生又是他刻意促成的，要是我不这样去怀疑他，那该有多好啊！让那种“出自”鲁道夫身上的东西，让那种不可否认的一个人的性的吸引力为自己所用，为自己做宣传，他真的就是这样想的吗？你可以相信他对他是完全放心的吗？我偶尔也会猜测，他苛求那另外一个人作出牺牲，那只不过是装装样子而已，他其实已经为自己选择了最大的牺牲——他是有意成人之美，让有情人终成眷属，让就可爱性而言本应属于一体的结合为一体，他这样做的目的就是为了放弃自我，重返孤独。可这更像是我的想法，而不是他的想法。其实，真正符合我和我对他的尊敬的想法应该是这样的才是，即他犯下这个表面的错误，刻意干下这件所谓的蠢事，完全是出于一种非常温柔的、充满痛苦和善意的动机！然而，一系列的事件却让我不得不去直面一个事实，其程度之无情、之冷酷、之残暴，远非我那善良的天性所能承受，以至于我那善良的天性会在它的面前不寒而栗地变得僵硬起来——一个无法求证的、沉默的，只有通过其呆滞的目光才能被辨认出来的事实，但愿这个事实能够永远坚守沉默，因为我并不是那个对此作出承诺的人。——

我敢肯定，施维尔特费格是尽了自己最大的努力，是怀着最美好、最正确的决心去找的玛丽·戈多的。但我同样肯定的是，这些决心从一开始就不是建立在最牢靠的根基之上的，而是从内部来看就是岌岌可危，大有松懈、瓦解、改变之势的。阿德里安对他的一再表白，即他个人对他这位朋友的生活和人性所具有的重要性，这对他的虚荣心还是起到了一定的讨好和激励作用的，另外，他对事情所做的老谋深算的诠释也令他欣然接受他的想法，即他目前的使命就是源自这个意义。但是，这个被他征服了的男人居然改变主意，而且他在他眼里又仅仅就只是一个手段和工具而已，这些都伤害了他的感情，也引发了他的醋意，从而抵消了上述那些影响，我认为，他从内心深处其实是觉得获得了解脱的，也就是说：他觉得没有义务去用忠诚来回报刁钻的不忠诚了。这一点我是相当清楚的。而且我还清楚的是，为了另外一个人而游走在爱情的道路上，这可是一种充满了诱惑的漫步——尤其是对于一个醉心于调情的人而言，对于这种人的道德而言，只要稍微意识到他是要去调情或者是要去做类似于调情的事情，仅仅这种意识本身就肯定能够多少给他带来一些愉快轻松。

正如发生在普菲弗尔林的那次谈话一样，发生在鲁道夫和玛丽·戈多之间的事情，我同样也可以逐字逐句地复述出来，对此，还会有什么人表示怀疑吗？我当时“在场”，还会有人对此表示怀疑吗？我想不会了。不过，我也在想，详细地发布这件事情的经过对任何人都不再是有必要的了，或者说连希望这样做的人都没有了。这件事情，它起初——即使不是在我眼里，但却是在别人眼里——看起来是那样的明快，它的灾难性的结局，并不只是一次交谈的成果，对于我所做的这种猜测，将不会有人表示反对。为了导致这样的结局，必须进行第二次交谈，而玛丽在第一次交谈之后为他送行的那种方式也敦促鲁道夫这样去做。——当他踏上吉泽娜旅馆那套客房的房前小场地时，他撞见了伊莎波姑妈。他向她打听她的侄女，请她允许他，为了第三方的利益，单独和后者说几句话。这位老夫人一边把那间既是起居室又是书房的房间指给他，让他进里面去，一边露出狡黠的微笑，那意思显然是不相信有他所说的第三方的存在。他走进玛丽的房间，她友好而又惊讶地欢迎他的到来，同时还准备去告诉她姑妈一声，但他却对她宣布说没有这个必要了，这就让她更感惊异了，然而，不管怎样，她却是兴高采烈地强调她的惊异的。他对她说，姑妈知道他在这里，等他把一件十分重要、十分严肃和美好的事情向她说完之后，她自然就会过来。她又是如何作答的呢？肯定是些最普通的玩笑话了。“那我倒真的很想知道”，或者是诸如此类的。她于是就请这位先生坐下来慢慢地说。

他坐到她的边上，坐到一个被拉到她的画板旁的沙发上。没有人能够说他失言了。他支持他，真诚地把他的支持付诸行动。他跟她说阿德里安，说他的意义，说他的伟大，说观众将会随着时间的流逝慢慢发现这些，说他鲁道夫对这个非同寻常之人的崇拜景仰和忠诚服从。他跟她说起苏黎世，说起他们在施拉金豪芬家的相遇，说起那天在山里的情景。他向她承认说他的朋友爱慕她——碰到这样的事情，一个人又会怎样去做呢？一个人又会怎样去向一个女人表白另外一个人对她的爱呢？他会走到她的跟前去吗？他会去凝视她的眼睛吗？他会拿起她的手，恳求她，向她宣布他乐意把她的手放到那个第三方的手中吗？我不知道。我只受邀参加过一次远足，没有接受过替人求婚的任务。我所了解的全部情况就是：无论她的手是被他的手攥着的，还是先前就已随意地放在了她自己的怀里的，不管怎样，她总归都是赶紧地把她的手抽了回去；一丝红晕匆匆地掠过她那南方式的苍白的面颊，那双深色的眼睛里的笑意也随即消失殆尽。她不明白，也真的无法确定自己搞明白了没有。她问鲁道夫，她对他的来意的理解是否正确，即他是专程替莱韦屈恩博士先生来向她求爱的。是的，他回答说，他这样做是在尽义务，是为了友谊。阿德里安是考虑再三才请他帮这个忙的，而他也认为自己不可以拒绝他的这个请求。她用带着明显的冷淡和明显的嘲讽的口吻回复他说，他真是好样的。这让他更觉尴尬。直到现在，他才开始意识到自己陷入了一个多么不同寻常的境地，扮演了一个多么罕见奇特的角色，而他同时也不免感到担心的是，他的这种做法可能对她是一种侮辱。她的行为举止，她的这种万分惊诧的行为举止，既让他胆战心惊，也让他暗自欢喜。他又继续结结巴巴地为自己努力辩解了一番。他说她哪里知道要拒绝一个像阿德里安这样的人会有多么困难。阿德里安的生活由于这种感情而发生转变，对于这种转变，他觉得自己也在一定程度上负有责任，因为当初就是他鼓动他去瑞士，从而才导致了他和她的相遇的。事情也真够奇怪的，那首小提琴协奏曲原本是专门为他而写的，不曾想却最终成了作曲家本人得以邂逅她的手段。他请她理解，正是这种责任意识在很大程度上促使他下决心要帮阿德里安去实现这个愿望。

他在请求的同时试图去抓她的手，可就在这个节骨眼上，她又一次冷不防地把手缩了回去。她对他作出以下回答。她要他别再费尽心机，别指望她会对他所承担的这个角色表示理解。她感到遗憾的是，她只能让他的友好的希望破灭，当然，她对他的委托人的个性并非没有印象，但是，她对这个人所怀有的这种敬重却和那种爱的感觉毫不相干，而只有这种爱的感觉方才能够成为他极力说服她接受的这种结合的基础。认识莱韦屈恩博士让她感到荣幸和高兴，但她现在不得不告诉他的却是，为了避免尴尬，她决定从今以后断绝一切和他之间的来往。而她不得不深表遗憾地同时加以说明的是，情况的这种变化也同样累及转达和支持这些不可实现的愿望的人。在发生了这样的事情之后，彼此不再见面无疑是较为轻松愉快的解决办法。她谨此友好地用法语和他道别："再见，先生！"

他请求道："玛丽！"见他熟知她的名字，她流露出一丝惊异，但也就仅此而已，她再次同他道别，她的那句法语的"再见，先生！"此时此刻异常清晰地在我的耳边响起。

他走了，表面上看狼狈得像只落水狗，内心深处却是喜不自禁。阿德里安的结婚想法被证明是不折不扣的胡闹，它本身就是胡闹。当他尽心竭力地跑去向她阐明阿德里安的这个想法的时候，她却显得非常生气——她对此所表示出来的极度的反感令他欣喜若狂。他并未急于向阿德里安报告他的拜访的结果——他太高兴了，因为他已经当面向他承认，向他说了真心话，即他对这个迷人的姑娘并非无动于衷，从而打消了他对他的怀疑！他现在要做的就是坐下来，拿起笔给玛丽写一封信，他在信中告诉她说，她的那句"再见，先生"让他求生不得，求死不能，他说他无论死活也非要再见她一面不可，因为他要当面向她提出一个问题，而这个问题他在此信中已经毫无保留地向她提出：一个男人出于对另外一个男人的敬重，可以通过无私地去维护那另一个的愿望的方式来牺牲并超越自己的感情，他问她对此是不是真的感到不能理解。再者，一旦结果表明，人家根本不会答应那另外一个的请求时，这个男人的这种被压抑着的、被忠诚克制着的感情就会开始自由奔涌，甚至是欢欣鼓舞地一泻千里，他问她对此她是不是也感到不能理解。他请她原谅他的这种不是对别的什么人的，而只是对他自己的背叛。他说他不会因为这种背叛而感到后悔，但让他感到特别幸福的是，如果他现在对她说，他——爱她的话，那么，这可是再也不会意味着对任何人的背叛了。

通过这种方式，一种不算笨拙的方式，同时也是在调情的热情驱使之下，他写就了这封信，而正如我所认为的那样，他在写信的时候甚至都没有清楚地意识到，在他替阿德里安求婚之后，爱的表白就和请求结婚联系在了一起，而结婚却又是他那调情脑袋从未有主动想到过的事情。这封信是由伊莎波姑妈来念给玛丽听的，因为她甚至不愿意亲手去接收它。鲁道夫没有收到回信，但他只等了两天，两天之后，他便跑到吉泽娜旅馆，让女服务员通知伊莎波姑妈说他要求见，他的请求没有遭到拒绝。玛丽还在城里没有回来。她，老太太用狡黠的责备向他透露说，在他上次来访之后，玛丽把头靠在她的胸前哭得好不伤心。我以为这是她瞎编的。姑妈一个劲地强调她侄女的自尊。说她是一个感情深沉，但却十分自尊的姑娘。他有没有机会再和她面谈一次，她也不能完全保证。但他至少应该知道的是，如果他向玛丽表明他的这种行事方式是正派诚实的，那她是不会不高兴的。

又过了两天之后，他又来了。于是，费尔布兰提埃夫人——这是这位姑妈的姓，她是个寡妇——走进她侄女的房间。她在里面呆了很久很久，最后，终于从里面出来了，她回来冲他眨眼，鼓励他可以进去找她了。当然，他也没有忘记带上一束花。

我还能再说些什么呢？我太老，也太伤心了，以至于无法生动形象地去描绘这一幕，当然，这一幕的各个细节现在也不可能激起任何人的兴趣了。如果像鲁道夫那样生性轻浮的人都能够过婚姻生活的话，那么，像我这样的人就完全可以当唐璜了，尽管如此，他还是说出了阿德里安的求婚词——但这一次是为了他自己。其实，对于一场不仅注定没有未来，而且很快还将遭到残暴的命运毁灭的婚姻，对于这场婚姻的幸福前景表示担忧，这本身就是多余的。玛丽不怕爱上这个“小嗓门”的情种，因为已经有严肃可靠人士热情洋溢地就他的艺术家价值和稳固的艺术前途向她打了保票。她有勇气去抓住他，束缚住他；有能力把这个野人养家。她向他伸出双手，接受了他的吻，而不到二十四小时，鲁道夫被俘虏了，首席小提琴施维尔特费格和玛丽·戈多就要当新郎新娘的好消息就已经在我们这个圈子的所有熟人之中传开了。而且另外还有消息说，他准备和撞塞子乐队解除合同，去巴黎结婚，并在那里效力于一个新的正在组建之中的名为“交响曲管弦乐队”的音乐团体。

那里无疑是欢迎他的，同样毫无疑问的是，慕尼黑这边也不愿意放他走，故而解聘谈判进行得相当缓慢。不管怎样吧，他所参加的下一场撞塞子乐队音乐会——就是他掐着点从普菲弗尔林赶回参加的那一场之后的第一场——也就被人们理解为一场告别演出。再加上指挥艾德施密特博士又刚好为这台晚会安排选择了一套特别叫座的伯辽兹—瓦格纳曲目，于是乎，就跟人们常说的那样，万人空巷啊，恨不得全慕尼黑的人都跑来看演出了。众多熟悉的面孔在观众席间出现，我只要从座位上起身，就非得不停地去跟人打招呼不可：施拉金豪芬夫妇和光顾他们家招待会的常客们，拉德布鲁赫夫妇和席尔德克纳普，让内特·硕伊尔，那个叫茨维切尔的，还有那个叫宾德尔—马约内斯库的以及许许多多别的人，而所有这些人跑来的一个重要原因就是想看看站在前台左边乐谱架旁就要做新郎的施维尔特费格。不过，他的未婚妻没有到场——听说，她已经回巴黎去了。我向伊涅丝·英斯提托利斯鞠躬。她是一个人，也就是说：她是和克虐特里希夫妇一起来的，她的丈夫没有露面，他不喜欢音乐，可能这个晚上又要在“阿罗特利亚”俱乐部里度过。她坐在大厅相当靠后的某个角落里，穿着一条裙子，裙子的式样简单到了近乎寒酸的地步。她的小脖颈向前方歪出，两道眉毛高高竖起，小嘴巴痛苦而滑稽地撅着，而当她也如此这般地回复我的问候时，我就会不由自主地气愤地觉得，她利用那晚在她家客厅里的长谈，巧妙地榨取了我的耐心和同情，而她似乎至今还在对此幸灾乐祸地感到洋洋得意呢。

就施维尔特费格而言，他整个晚上几乎都没有往大厅里瞟上一眼，因为他心里大概非常清楚，如果他那样做的话，将会有多少双好奇的眼睛在恭候着他。而在他其实是能够这样去做的时候，他却不是去细听他的乐器，就是去翻看他的乐谱。最后，整场演出以《名歌手》里的序曲压轴，演奏宽广而欢快，全场报以雷鸣般的掌声，而当裴迪南 · 艾德施密特让乐队起立并把手伸向他的首席小提琴表示感谢之时，全场更是报以比雷鸣般的掌声还要热烈的掌声。我本人在上演这一幕的时候已经来到楼上的侧廊，因为我担心待会儿人太多，所以就趁人少赶紧去保管处把我的衣帽取了出来。我的计划是，至少徒步走一段路回家，也就是回我在施瓦宾的住所。在音乐会大厦前我遇见了克利德威斯圈子里的一位先生，吉尔根 · 霍尔茨舒赫尔教授，这位丢勒专家也是刚从大厅里出来。他拉着我喋喋不休，害得我无法脱身，他的话匣子是通过他对今晚节目的批评打开的：把伯辽兹和瓦格纳，把罗曼国家的浮于表面的技巧的娴熟和德意志的大师水准搅和在一起，这种组合毫无品位可言，不仅如此，而且还多少暴露出一种政治倾向。它所代表的德法和解与和平主义的意图太明显了。同样众所周知的是，这个艾德施密特是个共和主义者，从民族角度讲是非常不可靠的一个人。这种思想让他从晚会开始直至结束都倍感难受。遗憾的很，当今的一切全都成为政治，精神的纯洁性再也找不到了。为了重建这种精神的纯洁性，领导大乐团的首先必须是些具有毫不含糊的德意志思想意识的人。

不错，恰恰是他把这些东西政治化，“德意志”一词今天绝对不再等同于精神的纯洁性，反而变成一个党派口号。这是我想跟他说的话，但我没有说出口来。我只同意他所说的这句话，即大量的浮于表面的技巧的娴熟，不管是不是罗曼国家的，即使是在瓦格纳的深受全世界喜爱的艺术之中也是存在着的——随后我便友善地引开他的注意力，把话题一转，开始说起他最近在《艺术和艺术家》杂志上发表的一篇有关哥特式建筑的比例问题的文章来。我对他的这篇文章所说的客套话让他变得兴高采烈、温和、不讲政治和爽朗起来，我于是赶紧乘他情绪好转之机，同他道别，我上了右边的路，他则上了左边的路。

我很快就沿着土耳其人大街自上而下地来到奥德翁广场、路德维希大街，并顺着寂静的纪念碑大道左侧（当然几年来已经完全铺上了沥青）一路迎着凯旋门而去。这是一个云层密布的、十分柔和的夜晚，我的冬大衣始终让我觉得有点紧，当我走到有轨电车站特蕾西大街时，我停下脚步，以便搭乘任何一辆开往施瓦宾方向的公交车。我现在都不知道，那天的情况为什么显得很反常，等了很久才来了一辆。交通堵塞和延误的情况确实是不可避免。当时左等右等，终于等来了一辆特别合适我的10路车。直到今天，我仿佛依然还能听见和看见它从元帅大厅那边行驶过来。这种涂着巴伐利亚式天蓝的慕尼黑有轨电车确实造得非常笨重，而且还发出——不知是由于它自身的沉重呢，还是由于地下的特殊性质——特别大的噪声。这种车辆的车轮子底下不断有电火花在闪动，而在上面的接触杆处电火花就闪动得更加厉害，这些冷漠的火苗咝咝作响，化为整团整团的火星从接触杆处飞散消逝。

车子停了下来，我从前面的平台上车，从那儿往车厢里面走。在拉门附近，也就是我进门的左手，我立马就找到了一个空位置，显然是刚才有人下车腾出来的。这趟电车上的乘客很多，后门附近甚至还有两位站在过道里紧抓拉环的男士。乘客中的大部分可能都是听完音乐会回家的人。在他们当中，在我对面长凳的正中间，坐着施维尔特费格，他的小提琴箱被他立放在两膝之间。我进来他肯定是看见了的，但他却避开我的目光。他外面穿着大衣，里面戴了一条白色的丝围巾，这条围巾盖住了燕尾服的蝴蝶结，不过，他没有戴礼帽，这也是他的习惯。他看上去既英俊又年轻，他的一头金发卷曲高耸，他的脸色因为刚才的演出而得到提升，陷入一种值得尊崇的滚烫状态，相形之下，那双湛蓝的眼睛甚至都显得有点肿胀。即便如此，它们却和那两片微微翻起的非常善于吹口哨的嘴唇一样，和他般配极了。我没有一上车就四处张望；我只是慢慢才发现车厢里另外还有别的熟人。我和克拉尼希博士互相打了一个招呼，他和施维尔特费格在一边，不过，他的座位是在离他很远的后门附近。令我吃惊的是，在我偶尔弯腰向前的时候，我看见了伊涅丝·英斯提托利斯，她和我坐同一边，在我前面，隔了好几个位子，靠向中间，是施维尔特费格的斜对面。我所说的：令我吃惊，是因为她回家的确不应该走这条线路。不过，我发现，再往前一两个位子坐着的是她的朋友宾德尔·马约内斯库夫人，而她又是住在最外面的施瓦宾的，所以我就估摸着伊涅丝这是要去她那里喝晚茶。

不过，我总算明白过来，这就是施维尔特费格为什么在绝大多数时候都让他那漂亮脑袋保持向右的姿势，从而只让我能够看到他那有点麻木不仁的侧影的原因。他所处心积虑的，并不单是要装作没有看见我，或许在他眼里我就是阿德里安的另外一个自我，而我也暗自责备他，为什么偏偏非要搭乘这趟车不可呢——这种责备很可能是有失公允的，因为还有一个没有说明的情况是，他是和伊涅丝同时上的车。她可能，完全跟我一样，是在他后面上来的，或者正好反过来，她先上，他后上，这样的话，等他看见她的时候，他就再也无法逃之夭夭了。

我们经过慕尼黑大学，穿着毡靴的售票员正好也站到了我的面前，他从我手里接过一枚十芬尼硬币，随后又把我的直达车票塞到我的手里，不巧得很，偏偏就在这个节骨眼上，令人难以置信的事情，而且是，正如一切完全出乎意料的事情一样，首先是完全令人不解的事情发生了：车厢内有人开始举枪射击，乏味的、尖利的、砰砰作响的枪声，一声接着一声，三，四，五，迅雷不及掩耳之势，振聋发聩，对过的施维尔特费格应声倒下，他双手合抱小提琴盒，先是倒到坐在他右边的女士的肩头上，紧接着又倒进人家的怀里，害得人家也和坐在他左边的另一位女士一样，惊恐万状地转过身去，与此同时，车厢里陷入一片混乱，人们更多的是抱头鼠窜和惊慌失措地尖叫，而不是机智果敢地采取应对措施。前头的电车司机，天知道，为什么，只顾一个劲地疯也似的踩踏钟铃——可能是为了叫警察来吧。当然，在能够听得见铃声的范围内没有警察。由于一些乘客急着要下去，另一些又好奇或手痒痒地奋力从上下车平台往里钻，于是乎，已经停下来的电车里出现了一种近乎危险的拥挤局面。先前站在过道里的两位男士和我一起冲向伊涅丝——当然是太晚太晚了。我们根本用不着去“夺取”她手里的那把左轮手枪；她已经让它落到了地上，或者更应该说是她把枪从自己的手里扔了出去，而且是冲着她的牺牲品所在的方向。她的脸白得像一张纸，两个颧骨上却是泾渭分明的两圈通红的圆斑。她两眼紧闭，撅起嘴狂笑。

她的双臂被抓住了。我迅速冲向鲁道夫，他被四仰八叉地平放在了那条已经变得空无一人的长凳上。另一边的长凳上躺着那位浑身是血的处于昏迷状态的女士，施维尔特费格中弹之后最先就是倒在她身上的，经检查，她的一只胳膊被子弹擦伤，但伤势不算严重。有好几个人都围在鲁道夫身边，克拉尼希博士就在其列，他握着他的手。

“这是多么叫人震惊，多么肆无忌惮，多么不理智的暴行！”他说道，脸色惨白，用他所特有的那种清楚明了的、富于学者味的字正腔圆并同时伴以哮喘发作的说话方式，因为“叫人震惊”这种话一经他的嘴里发出，那就跟我们通常从演员口里所听到的台词一模一样。他又补充说，他从未因为自己没有当成医学家，而只当了个钱币学家，他从未因此而感到过任何遗憾，而此时此刻，我也真的觉得钱币学是所有科学中最多余最闲散的科学，甚至比哲学还要无用，尽管这种看法是根本站不住脚的。事实上也没有医生在场，在如此之多的前来听音乐会的人中竟然没有一个，而就因为医生当中有如此之多的犹太人，所以医生往往给人的印象是爱听音乐的。我弯下身去看鲁道夫。他还有生命征象，但被击中的却是极为要害的部位。他的一只眼睛下面被一颗子弹射中，血流不止。另外几颗，经证实，射进了颈部、肺部、心脏的冠状血管。他抬起头来，很想说点什么，但马上就有血泡从双唇间溢出，那两片柔软的厚厚的嘴唇，此刻在我眼里突然变得美丽动人起来，他翻着白眼，脑袋随即就又重重地落回到那条木凳上。

我几乎是不由自主地哀怜起这个人来，这又是怎样的一种哀怜哟，我真的不知道该怎么说。我觉得，我一直以来始终是在以一种方式喜欢着他的，我必须承认的是，我对他抱有的同情远比对那个不幸的、就其沉沦而言无疑会令人扼腕长叹的女人所抱有的要真挚得多，而她的痛苦和自我麻醉、腐败堕落的恶习也早就为她日后干下这桩卑劣的暴行作好了准备。我跟在场的人说，我是他们两个的老熟人，我建议把受重伤的人抬到慕尼黑大学那边去，说可以在大学的校役那里打电话叫救护车，叫警察，而且据我所知，学校里也有一个小小的事故急救站。我还指挥大家说，也同样应该把女凶手一起给带过去。

大家于是一一按我所说的去做。我们，一个热心的、戴眼镜的年轻人和我，一起把可怜的鲁道夫抬出车厢，而这趟车的后面也已经积聚了两三辆别的电车。不过，倒是从其中的一辆里下来一个医生，提着小小的医药箱飞快地奔向我们，相当多余地对我们的抬人工作指手画脚。一个新闻记者也跑过来打听情况。我们去找校役，我们费尽九牛二虎之力摁门铃，不知摁了多长时间，最后才总算是把住在底层的这个校役从房间里给唤了出来，我现在一回想起这件事情，我就会感到痛苦难耐。那个医生，一个比较年轻的男人，向所有的人作自我介绍，一俟人家把已经陷入昏迷的伤者安置在一张沙发上，就开始尝试对他进行急救。救护车也以惊人的速度赶来了。可鲁道夫死了，正如那个医生在对他作完检查之后马上就告诉我的那样：很遗憾，很可能不行了。鲁道夫他死在了去往市立医院的路上。

就我这方面而言，我是和稍后到达的警察局官员以及他们那只顾一味抽泣的女犯人呆在一起的，目的是为了向警官们介绍她的状况，并且提议把她送进精神病院。但我的这个建议今天晚上却是无法再办得到的了。

教堂里传来午夜的钟声，这时，我已经结束我的上述任务来到大街上，我一边走，一边叫车，为的是再去办一件剩下来还没有办的难事：到摄政王大街去。我认为自己有义务把今天所发生的这件事情，尽可能委婉地，通报给那位矮小的丈夫。一路上根本没有打车的机会，而当这个机会最终出现的时候，却又没有了利用的价值。这家的大门是锁着的，但在我摇铃之后，楼梯上的灯便亮了起来，英斯提托利斯本人走下楼来——却发现站在门口的不是他妻子，而是我。他于是作出一副既张开嘴来大口吸气，同时又让下嘴唇紧贴牙齿的表情来。

“咦，怎么回事？”他支支吾吾地说道，“是您？您这是来……您找我有……”

我在楼梯上几乎没有开口。等到了楼上他的起居室，那里也曾是我倾听伊涅丝自白的地方，我先是说了几句能够让他在思想上有所准备的话，随后便把我的亲眼所见告诉给了他。他先是站着的，听我把话说完之后，便一屁股坐进他家那些柳条安乐椅之中的一把里，不过，他随后的表现却证明了一个早就处在危险压抑的生活氛围之中的男人的克制力。

“是这样啊，”他说道，“该怎么样就怎么样吧。”从他这话里可以清楚地听出，这一天终将到来，他只不过是一直在胆战心惊地等待着这一天的到来而已。

“我要去看她，”他一边宣布，一边重新站起身来，“我希望，那里的人（他指的是警察局监狱）会让我和她说话。”

我劝他今天晚上就别抱什么希望了，他却用微弱的声音说，他有义务去试一试，随即就披上大衣，快步离开寓所。

孤零零地站在这间基座上放有伊涅丝的半身塑像——而塑像上的她神态高贵而痛苦——的屋子里，我的万千思绪开始飘向一个地方，我的这些思绪，正如人们将会相信我所说的那样，在那最后的时日里其实已经较为频繁地，已经持续不断地飘到过那个地方。另外还有一个痛苦的通知需要完成，反正在我看来是这样的。可是，一种奇怪的僵硬控制着我的四肢，甚至侵袭着我的面部肌肉，阻止着我去拿起话筒要接线员接普菲弗尔林。但真实的情况却是，我拿起了它，我把它攥在了手里，同时还让话筒的方向朝下，我听见电话那头传来当班的接线小姐自报家门的声音，一种低沉的、好像是来自海底的声音。不过，由于我已经积劳成疾，所以便不免胡思乱想，我想象着我深更半夜去惊扰施魏格施迪尔农庄的打算应该是有百害而无一益的，我没有必要把我的这些经历告诉给阿德里安，真的，我这样做是多少会让人笑话的，这样的想象挫败了我的上述意图，我于是又把电话听筒重新搁回到了叉簧上。

四十三

我的叙述正在朝向其终结飞奔——一切都在促成这个叙述的终结。一切都在涌向和冲向这个终结，世界处在末日来临的终结气氛之中——至少对我们德国人而言是这样，我们的，由于这个结果而遭到颠覆的，被论证为荒谬的，被认为是不幸的错误的，被证明是歧路迷途的千年历史，正在走向虚无，走向绝望，走向史无前例的破产，走上由熊熊烈焰飞舞环绕的地狱之旅。有句德国名言说：只要目的正确，走什么路都不会错，所走的每一段路程也都不会错。如果这句名言所说属实，那么也就应该承认，这条通往如此灾祸——我是在最严格和最宗教的意义上来使用这个字眼——的道路的每一处，它的每一个点和每一个转弯，都是不可救药的，尽管同意这个逻辑可能会令我的那份爱感到苦涩难耐。这种不可救药是不可避免的，承认这一点并不等于否认我的那份爱。我，一个朴实的德国老头和学者，热爱过许许多多德国的东西，是的，曾几何时，我把自己这渺小的，但却具有陶醉和奉献能力的生命全部奉献给了这份热爱，这份热爱常常是惊恐的，这份热爱始终是胆怯的，然而，这份热爱却永远是忠诚的，永远是面向非常德意志的人性和艺术家气质的，即便这种非常德意志的人性和艺术家气质沾染神秘的罪孽，即便它们不得不恐怖地谢幕，即便如此，我的这份爱也丝毫不会受到影响，这份爱或许，天知道，仅仅就是一种仁慈的余晖吧。

这场厄运，只要是个人，就不可能不去想到它的实现，不可能不去满怀对它的期待，我终日猫在我弗莱辛的隐庐里，闭门不出，避免看到外面的惨状，我们的慕尼黑遭到极度损坏，一座座塑像被砍倒在地，一个个房屋立面从空荡荡的眼窝里向外眺望，挡住那在它们身后裂开的虚空，但它们又通过不断地加入到已经盖住铺石路面的废墟的行列而给人以似乎很愿意将其暴露的印象。我的心脏悲天悯人地随着我的儿子们的愚蠢的情绪一起抽紧。他们曾经相信过，和这个民族的大众一样，曾经相信过，欢呼过，牺牲过和战斗过，而现在早就已经和数百万他们的同类一样，开始两眼发呆地品尝起清醒的滋味，而这种清醒是注定要变为最后的不知所措和全面彻底的绝望的。我，过去没有能够相信他们的信仰，分享他们的幸福，现在，他们的精神困境也不会使我和他们走得更近。他们依然还会把他们的这种精神困境归咎于我——好像如果我当初和他们一起去做他们的那个放荡邪恶的美梦的话，事情就会朝着不同的方向发展似的。愿上帝救助他们。我现在单独和我的老海伦一起过，她照顾我的生活起居，为我的身体劳心费神，我有时也会从这部书稿里挑出一些她的朴实能够对付的段落章节来念给她听，而在覆灭的当口结束这部书稿则是我的全部心思所在。——

那部名为《形象启示录》的终结的预言，尖刻而宏大地于 1926 年 2 月在美因河畔的法兰克福响起，这时间约莫是在那些可怕的事情发生之后的一年，而对于这些可怕的事情我先前也已经不得不专门作过报道，另外呢，这部作品的产生部分地也和这些事情遗留给他的沮丧有关，所以，阿德里安并没有勉强自己一改他平素惯有的矜持去参加这一高度轰动，尽管同时也是伴随了许多恶毒叫骂和愚蠢狂笑的盛事。这部作品是他酸涩而傲慢的人生当中的两个主要标志之一，但他自己却从未去听过它——当然，根据他一贯对“听”所发表的高见，这又不太算得上是什么值得抱怨的事情。我这边反正是想办法抽空去了的，除我之外，我们的熟人圈子里就只有亲爱的让内特·硕伊尔不顾手头拮据坐车去法兰克福观看了演出，而且看完之后就赶紧跑去普菲弗尔林，用她那极具个性的，混杂着法语和巴伐利亚话的方言，向她的这位朋友讲述现场的情况。他那时特别欢迎这个优雅的女农民来拜访他：此刻对他而言，她的在场令他感到宽慰，她身上有着一股能够发挥保护作用的力量，而我也确实亲眼看见过他，默默地，像是很安全地，和她手拉手地一起坐在那间修道院院长工作室的一个角落里。这种手拉手并不符合他的一贯作风，这是一种改变，面对这种改变，我是激动的，甚至是喜悦的，但同时也不是一点没有担忧的。

在那段时间里，他也比以前更喜欢吕迪格尔·席尔德克纳普，这个和他有着同样眼睛的家伙，来看望他。此人虽然仍跟从前一样惜己如金；不过，只要他，一个穿得破破烂烂的绅士，一来，他就很乐意陪他到地头田间走远路，这是阿德里安所特别喜欢的，尤其是在他无法进行创作的时候，而且，在散步途中，吕迪格尔还会通过给他讲些苦涩怪诞的滑稽笑话来增添情趣。一贫如洗的他那时正在为他的一口缺乏照顾且一天不如一天地走向衰败的牙齿大伤脑筋，所以开口闭口说的全是牙医如何不诚实，起初装出一副看在朋友分上优惠为他治疗的假象，事后却突然漫天要价，如何分期付款，预约好的时间如何被一一耽误，耽误之后他又如何被迫要另外再找一个帮忙，尽管他心里清楚得很，这个人也永远不可能和不准备让他感到满意，等等，等等。牙医把一个肥大的支撑假牙的齿桥压到他那残余的疼痛不止的牙根上，让他备受折磨，却不想这些牙根由于负担太重，还没过多久就开始松动摇晃起来，害得那个人工玩艺儿也跟着变得岌岌可危起来，大有一派阴森恐怖的瓦解之势，如果真是那样的话，结果可将是欠下一屁股新的，永远也偿还不清的债务了。“它就要崩塌了，”他毛骨悚然地宣告道，可是，当阿德里安因为他所遭受的所有这些困窘而笑得眼泪都流了出来的时候，他却丝毫不感到反感，似乎这才是他要达到的目的，甚至于连他自己都会跟个小青年似的笑得前仰后合起来。

他的这种黑色幽默般的陪伴在当时对于这个孤独的人而言是恰到好处的，而我感到非常遗憾的是，我天生就不会向他提供幽默，所以，我就尽我所能，为他制造这种陪伴的机会，我的办法就是鼓动绝大多数情况下是难以说服的吕迪格尔多去普菲弗尔林看他。其实，阿德里安在这一年当中日子过得很是虚空，创作上可谓毫无进展：他没有任何想法，他的精神停滞不前，从他给我的来信可以看出，这令他感到特别痛苦，特别屈辱，也特别恐惧，这同时也是他拒绝去法兰克福的一个重要原因，至少他是这样跟我解释的。他说，在写不出更好的东西的情况下去忙活已经写出来的东西，这是不可能的。过去，只有当你觉得你是超越了它的时候，才是可以忍受的，而不是你明明知道自己当前无能为力，却还非要傻愣愣地去对它表示惊羡。“荒芜，近乎呆傻”，在寄往弗莱辛我处的信中他这样形容他的状态，称其是一种“猪狗不如的生活”，一种“具有田园风情的丧失了记忆的植物般的存在”，咒骂这种存在是拯救名誉的唯一的，可怜的办法，这个办法可以让他达到只要能够摆脱麻木迟钝，甚至不惜期望爆发战争、革命或诸如此类外部喧嚣的地步。对于作曲，他确实是一点想象也没有了，一丁点儿也想不起来该怎么去做了，而且他坚信，他将再也谱不出一个音符来了。“愿地狱怜悯我”，“请你为我可怜的灵魂祈祷吧！”——这样的措辞在他的来信中反复出现，这些文献既令我万分悲伤，同时又令我感到振奋，因为我告诉自己，现在，在这个世界上，没有别人，就只有我这个青少年时代的游伴，能够充当得了这些表白的接收者。

我试图在我的回信中给予他安慰，我向他指出说，一个人要想超越他当前的状况去进行思考是非常困难的，因为他总是，从感情上，即便是违背理性地，倾向于把这种状况当作他的永远的命运来看待，没有能力，也就是说，转过下一个拐角往前看——这也许还更会被认为是恶劣的，而非幸运的情况。他的松弛疲乏是再容易解释不过的了，完全是由于他最近遭遇的一系列残酷的失望所致。而我也真的是软弱得很，“诗意”得很，居然把他的这段精神休闲期比作“冬眠的土地”，说新的萌芽正在这片土地的怀抱里孕育，正在偷偷地继续活动——这，正如我自己也觉得的那样，虽然是绝对善意的一个比喻，但是，对于他那种极端主义的生存方式，对于他所陷入的那种创造力的释放与赎罪的瘫痪之间的轮番交替而言，却也是很不恰当的一个比喻。另外，他的健康状况出现新一轮低潮也确实同他的创造力的停滞相关，不过，与其说前者是原因，倒不如说它是同时发生的更好：严重的偏头痛的发作使他只能长时间呆在暗处，胃炎、支气管炎和咽炎轮番上阵折磨他，尤以 1926 年的冬季为盛，单单这些就足以阻止他的法兰克福之行了。同样地，这些疾病也不容分说地、张牙舞爪地阻止了他的另一次从道义上来看应该是更为迫切的行程，这一次病情之严重，甚至连他的主治大夫都断然拒绝了他的成行。

在这年将近年终的时候——说来也怪——同时，几乎是在同一天，马克斯 · 施魏格施迪尔和约拿坦 · 莱韦屈恩——阿德里安常年客居的那座上巴伐利亚庄园的父亲加一家之主和他自己生活在布赫尔农庄那边的生父，几乎同时归天，两人享年都是七十五岁。母亲拍来电报，告诉他说，他的那位“爱探究的”父亲走得十分安详，而接到电报时他正站在这边这位同样喜欢静思默想的，操着另外一口方言的抽烟人的灵柩旁。那边的那位大概把经济重任放手托付给了他的格奥尔格，而且现在也已经把它最终转让给了他，同样，这边这位也是很早就开始，而且也越来越多地把经济大权放手托付给了他的享有继承权的儿子格雷翁。阿德里安能够肯定的是，艾尔丝贝特 · 莱韦屈恩也和施魏格施迪尔妈妈一样，是以同样的平静淡定，以同样的知天命的理智通达，来坦然接受父亲的辞世的。就他当时的状况而言，回萨克森—图林根去参加葬礼是想都不要想的了。然而，尽管他那个星期天发烧，身体感觉特别虚弱，他还是不顾医生警告，坚持参加了在普菲弗尔林乡村教堂为他的房东大爷举行的葬礼，参加葬礼的人很多，周围的人全来了。我也去向死者致哀，我觉得，我这同时也是在向那另外的一位致哀，之后我们一起步行返回施魏格施迪尔家。我们发现，老人家虽然已经走了，他烟斗里的那股子烟草味仍在从门窗大开的厅堂里涌出，甚至还渗透到走廊的墙壁里，依旧一如既往地在空气中弥漫着，这种情形虽说也很寻常，但奇怪的是，我们却被打动了。

"这气味还会持续下去，"阿德里安说道，"还会持续很长时间；也许只要这房子在就不会散。布赫尔的情况也一样。我们死后持续的时间，或长一点，或短一点，人们都称之为不朽。"

那是在过完圣诞节之后——两位父亲在最后的弥留之际还得以和他们的亲人一起度过这个节日，随着光照的增强，新的一年到来后不久，阿德里安的健康状况突然开始好转。那一连串遏制打压他的疾病折磨停止了，从思想上看，他的人生计划的失败，以及与此相连的令人震惊的伤害，这些沟沟坎坎，他似乎已经跨过去了，他的精神开始复活——他现在可以做到在才思泉涌的情况下花大气力去深思熟虑了，所以，1927年这一年就成为他在室内乐①方面创造奇迹的高产年：首先是那部由三个弦乐器、三个木管乐器和钢琴组成的合奏音乐，一部，我想说，闲庭信步的作品，有着长长的、浮想联翩的主题，这些主题经过多重改编和分解而没有一次明显的重复。这种勇往直前的、构成他的性格的渴望，他的音乐里的这种浪漫，我真是太喜爱了！——既然它是用最严格的现代手段写成——虽然是主题上的，但变化却是如此强烈，以至于根本不

① 原指贵族宫廷中演奏的世俗音乐，现通常指各种独奏和重奏曲。

存在真正意义上的重复。第一乐章特别明确地命名为《幻想》，第二乐章是一个在剧烈加强中凸显的柔板，第三乐章是终曲，轻盈地、近乎游戏般地开始，随着对位的增多逐渐变得厚重起来，同时也越来越多的具有悲怆严肃的性质，直到最后以一个阴郁的、类似于葬礼进行曲的收场白告终。钢琴在这里永远不是和谐的填充乐器，它的声部犹如一部钢琴协奏曲中的独奏——小提琴协奏曲风格在其中发生着持续的影响。或许我从心底里最为钦佩的是他在解决音的组合问题上所显示出来的高超技巧。没有一个地方吹奏乐器是盖住弦乐器的，反而是不停地为后者省出音的空间，和它们交替轮换，只在很少的几处弦乐器和吹奏乐器是连起来合奏的。总之，我的印象是：仿佛你从一个固定而熟悉的点出发，被人诱惑着进入越来越偏僻的地带——一切都出乎你的意料。“我不想，”阿德里安告诉我说，“写什么奏鸣曲，我要写的是一部小说。”

这种对于音乐“散文”的偏好在紧接着上述合奏作品之后而写的那部弦乐四重奏里达到顶峰，它或许是莱韦屈恩最深奥隐秘的一部作品。如果说室内乐此外还充当着主题动机式创作的游戏场地的话，那么，这种创作在这里恰恰是以一种挑衅式的姿态得到规避。根本就没有什么动机上的联系、发展、变奏，也没有重复；用打断的、看似完全不受约束的方式，新东西紧跟着现形，它是通过音或音调的相似性，或者，几乎还更多的是通过对比，来维系的。传统形式的痕迹荡然无存。那情形就仿佛是大师在通过这部看似混乱的作品为他日后创作那个浮士德康塔塔——他所有作品中最拘谨的作品，作深呼吸。在这部四重奏里，他让自己听凭他的耳朵，听凭那种灵机一动的内在逻辑的摆布。与此同时，复调也被强化到了极致，每一个音每时每秒都是完全独立的。虽然每一个部分都必须是没有间断地一奏到底，但整体的表达却是通过彼此形成特别鲜明对照的速度来完成的。标题为《中板》的第一部分像一场思考深邃、精神紧张的对话和四件乐器的相互斟酌，像一次过程严肃而宁静的交流，几乎没有生气勃勃的变换花样。接下来是一个仿佛在谵妄之中窃窃私语的急板部分，由所有四件乐器带弱音器演奏，之后是一个缓慢的乐章，持续时间较短，在这里，主音的承载完全交由中音提琴，伴之以其余乐器的插奏，不禁让人联想起歌唱的一幕。在《热烈的快板》里，复调音乐终于以长线条形式得到纵情发挥。结尾的情形就犹如火舌从四面八方蹿起一般：经过句[①]和颤音相结合，给人造成那种好像在听整整一个管弦乐队的印象，我从未见过比这更加激动人心的结尾。真的，通过对宽广音域和每种乐器的最佳音调可能性的充分运用，一种突破室内乐通常极限的响亮度达到了，而我不会怀疑的是，将来完全会有人针对这部四重奏提出批评，说它是一部经过乔装打扮的管弦乐队作品。这种批评将是没有道理的。只要研究一下总谱，就会发现，通过这个弦乐四重奏乐章所取得的那些个最为细腻的经验都在它里面得到了利用。当然，阿德里安曾经反复向我表示过这样的看法，即室内乐和管弦乐队风格原有的界限不可能不被逾越，自色调解放以来两者开始相互转化。不过，这种在对《约翰启示录》中的声乐和器乐进行处理的过程中就已显现出来的对双重的偏好，对混合和交换的偏好，在他身上可谓是与日俱增。“我，”他这样说道，“在哲学课上学过：划界的同时就已意味着越界。我一直是照此行事的。”他指的是黑格尔的康德批判，这句名言表明，他的创作是深受来自精神的东西——和来自早年铭刻在心的东西——的制约的。

再接下来就是那部由小提琴、中提琴和大提琴组成的三重奏，这是一部几乎无法演奏的作品，事实上只可能由三个演奏高手充其量在技术上进行驾驭，它之所以惊世骇俗，既是因为它所展现的具建设性的狂怒——它就是这种头脑的成就，也是因为它所使用的出人意料的音的混合，通过一种如饥似渴地追求空前绝后的听觉，一种无与伦比的推理组合的幻觉，这些混合被他从那三件乐器身上发掘了出来。“闻所未闻，却

---

① 按音阶或琶音式急速进行的乐句。

值得感谢，”这是阿德里安对这部作品所作的定性，说这话的时候他的情绪很好，其实，早在前面那部合奏音乐形成期间他就已经开始谱写这部作品，而在打它的腹稿的过程中他同时又让自己担负起了上述四重奏的创作，要知道，单是这个四重奏就肯定是会长时间地、完全地消耗尽一个人的组织能力的啊。那情形可谓是灵感、要求、完成和为征服新任务而进行的调遣密密麻麻地相互交错，一大堆乱七八糟的问题随着问题本身的解决而突然同时涌现——“一个黑夜，”阿德里安说，“一个因为闪电而黑不下来的黑夜。”

“一种不大温和且烦躁不安的照亮，”他又补充道，“又能怎么样呢，连我自己都坐立不安，有个东西抓住了我的衣领，它狠狠地骂我，直骂得我浑身颤抖。灵机一动的闪念，亲爱的朋友，都是一帮心怀敌意的坏蛋，它们的脸颊发烫，它们甚至会用不太可爱的方式让你的脸颊也发起烫来。一个人文主义者的知己应该是有能力随时细致地区分出幸福和痛苦来的……”他还声明说，他有时也不清楚，他前不久还生活于其中的那种平静的无能同时下的这种备受煎熬相比是不是才是更值得渴望的状态。

我批评他忘恩负义。我用透着惊奇的目光，用载着喜悦的泪水，同时也怀着一份充满爱的恐惧，我一周接着一周地偷偷阅读和倾听他用笔——而且是以整洁精确，甚至可以说是秀丽的、毫不毛躁的记谱方式——写到纸上的东西，阅读和倾听，如他自己所说的，“他的那个妖精和雄松鸡”（他写的是“雄公鸡”）悄悄告诉给他并向他索取的东西。他与其说是一口气地，倒不如说是上气不接下气地，写就他的这三部作品，光其中的一部就足以使得产生它的这一年变得重要，值得纪念，真的，《慢板》是那部四重奏中最后作曲的，而就在他写完这个《慢板》的同一天里，他又开始马不停蹄地谱写那部三重奏。有一次，我有十四天长的时间没能到他那里去，他于是写信告诉我说：“那情形就好像我在克拉考学过似的，”——这是一句谚语性成语，我当时并没有弄懂是什么意思，后来才想起来，指的是克拉考大学十六世纪曾经公开教授过魔术。

我敢说，我对他在表达中所使用的此类风格化的用语是非常留意的，虽说他以前就一直很爱说这类的话，但现在在他的来信，甚至是在他的口头语里，它们的出现却比任何时候都要频繁，或许我该说：经常？这其中的原因是什么，用不了多久就会水落石出。对于我而言，第一个线索就是，有一天，他放在他的工作台上的一张记谱纸引起了我的注意，纸上是他用粗大的羽毛笔写下的这句话：

“这种悲痛促使浮士德博士把他的哀怨记录下来。”

当他发现我在看时，就一把从我的眼皮子底下夺走这张字条，同时还说了句“这位先生加兄弟怎么好管闲事呀！”他的计划，以及他准备独自悄悄进行的事情，他还继续在我面前隐瞒了好一阵子。不过，从这一刻起我却知道了我要知道的事情。毋庸置疑的是，创作室内乐的1927年同时也是他开始构思《浮士德博士哀歌》的一年。尽管这听起来是那样的令人难以置信：他跟打仗似的奋力创作着一部部作品，这些作品个个高度复杂，要想成功地完成它们，没有注意力的最高度的、最绝对的集中是难以想象的，而就是在这样的情况下，他的心思却同时还前瞻性地、尝试性地、接触性的沉浸于他的第二部清唱剧——一部毁灭性的控诉作品，就在他准备认真着手它的创作之时，他的注意力首先还将因为发生在他生命中的一件大事而分散，这件事情既是那样的令人感到妩媚可爱，同时却又是那样的叫人感到撕心裂肺。

四十四

乌尔苏拉·施耐德魏因，阿德里安住在朗根萨尔扎的妹妹，在1911、1912和1913年，连续三年生下她的头三个孩子之后，肺上落下了一些毛病，因此不得不在哈尔茨山区的一座疗养院里住了几个月。通过这次疗养，她的肺尖卡他似乎是治好了，所以在她最小的孩子——小内珀穆克出生之前的十年里，乌尔苏拉对她的家人而言一直是个无忧无虑、忙里忙外的妻子和母亲，尽管战争期间以及战后那些忍饥挨饿的岁月并未能让她的健康真正地好起来过，她经常感冒，每次都以单纯的鼻黏膜发炎开始，随后就有规律地下行到支气管，侵袭支气管，故而她的面容（有可能被一种善意、开朗和周到的表情所掩盖）即便不是痛苦的，却也始终是柔弱和苍白的。

1923 年的这次怀孕似乎是提升而非削弱了她的生命活力。当然，分娩之后她的身体的恢复是吃力的，十年前曾经让她住进疗养院的体温紊乱又开始卷土重来。其实那时就考虑过让她中断她的主妇生活，再次去接受特别护理，但是，正如我所猜测的那样，我敢打保票，在心理的愉快，做母亲的幸福，在她的这个小儿子，这个世界上最安静友善、最乖巧可爱、最容易照看的婴儿所带来的喜悦的影响下，这些症状重又减退，而这个勇敢的女人也得以让自己保持充沛的精力达数年之久。直至 1928 年 5 月，五岁的内珀穆克得了麻疹，病情相当严重，日夜提心吊胆地照顾这个为她特别钟爱的孩子使她的体力不堪重负。她自己也发了一次病，发病后一直体温波动，咳嗽不止，负责治疗的大夫于是坚决要求她去疗养院疗养，并且从一开始就不带一丝虚伪的乐观地给她安排了半年。

在这种情况下，内珀穆克 · 施耐德魏因就被带到了普菲弗尔林。她的姐姐罗莎，十七岁，同小她一岁的以西结一样，都在父亲的眼镜店里帮忙（而十五岁的莱蒙德还在上学），而现在，在她母亲不在的时候，她自然而然就同时承担起帮助她父亲料理家务的工作，而且她很可能还会忙到甚至无法照看她的这个小弟弟的地步。乌尔苏拉把情况告诉给了阿德里安，跟他写信说，她的大夫认为，正在康复的病儿如果能在上巴伐利亚乡村呆上一段时间，呼吸那里的清新空气，那将是一个很好的解决办法，还请他帮忙问问他的房东大娘是否愿意当几天小家伙的代理母亲或外婆。艾尔泽·施魏格施迪尔欣然应允，另外克莱门蒂娜也积极支持她这样做，于是，在这年的六月中旬，约翰尼斯·施耐德魏因陪他的妻子去了哈尔茨山区，住进苏台罗德附近的一家疗养院，也正是当年对她有过很好疗效的那同一家，而与此同时，罗莎则带着她的小弟弟坐车南行，带他来到她舅舅的第二个家的怀抱。

这姐弟俩抵达农庄的时候我并不在场，但阿德里安把当时的情形向我作了描述，满屋子的人，母亲，女儿，（享有继承权的）儿子，男女仆人和帮工们，全都欣喜若狂，欢声笑语，把小家伙团团围住，他是那样的可爱，让人怎么看也看不够。尤其是女人们，当然了，这里面又以那些民间的女用人最为坦率，最毫不保留，她们几乎全都从屋子里跑了出来，绞着双手向这个小人儿弯下身去，蹲在他的身旁，大声惊呼“耶稣”、“马利亚”和“约瑟”，因为这小男孩太漂亮了——他的大姐站在一旁，脸上挂着宽容的微笑，可以看得出来，这一切早在她的预料之中，她对她家老幺的人见人爱早就习以为常。

内珀穆克，或“内珀”，这是他家里人对他的叫法，又或“艾肖”，这是早在他牙牙学语之时他自己对自己的叫法，奇妙得很，辅音缺失，只见他一身夏季装扮，非常朴素，几乎没有一点城里人的味道：白色纯棉短袖衬衫小夹克，很短的亚麻小裤子，一双穿旧了的皮鞋，光着脚丫子。尽管如此，只要是看见过他的人，都只会觉得出现在眼前的就是一个精灵小王子。他的小小的身材秀丽完美，双腿修长有型；微长凸出的小脑袋上顶着一头天真无邪地散乱着的金发，可爱极了，迷人极了，他的面部表情虽然是那样的充满童真，却同时又透着某种显著的成熟和效应，长长的睫毛，湛蓝无比的眼睛，就连这双眼睛的睁开也是那样难以言说的优美和纯洁，同时又是那样难以言说的深邃和滑稽——但唤起那种神话般的，宛如精美小人国来客的印象的，可远不止这些。你再看看这孩子的站姿，看看他面对大人们的围观、嬉笑，面对他们所发出的轻柔的欢呼和感叹所表现出来的一举一动，只见他在那里微笑着作答、示意，由于他深知自己的魅力，所以举手投足之间自然免不了有些卖弄的味道，有点像个自以为是的小大人和小使者。银铃般的声音从他的小嘴里吐出，还带着儿童常见的发音错误，如将发音为“伊西”的“我”发成“伊斯”，将发音为“尼西特”的“不”发成“尼斯特”，他遗传了他父亲那种既有点谨小慎微，又有点慢条斯理和意味深长的瑞士腔调——他母亲也是早早就接受这种瑞士腔调了的，他发的是大舌音 R，他的音节的停顿也很滑稽，如把意为“奇怪”的形容词“施突—茨西”发作“施突特—茨西”，把意为“脏”的形容词“施穆—茨西”发作“施穆特—茨西”，而且，这小人儿还会一边说话，一边用他的一双小胳膊和游戏的小手做出极其优美和充满表现力的手势来进行解释，然而，这些解释性的手势同时却又是含糊不清的，常常和他所说的话不大对得上，所以反倒有点让人更加丈二和尚摸不着头脑，这可是我在别的小孩身上所从来没有见到过的。

这就是我顺带对内珀穆克·施耐德魏因——亦即“艾肖”（大家很快就学着他的样子这样来叫他）所作的一个描述，我虽不才，但我却是尽了自己最大的努力，我尽可能用接近真实的词句来向没有见到过他的人作这番描述。然而，语言终归抵不过亲眼所见，无法制造和真人一模一样的效果，而在我之前就有多少作家曾经感叹过这种语言的无能啊！词句是为赞美而生的，它们负有的使命是去惊羡、去钦佩、去祝福、去用情感刻画激起情感的现象，而不是唤起和再现这个现象。我承认，今天，在过了整整十七年之后，只要一想起他，我就会泪流满面，而我的内心却又同时充盈着一种极端异样的、上天的、并非全然凡俗的喜悦。我的这个承认，或许，对于我的可爱的对象而言，要比我挖空心思地去为他勾勒一幅肖像来得更为实在。

人家问他妈妈，问他来时路上的情况，问他中途在大城市慕尼黑的逗留情况，他都逐一给予回答，同时伴以迷人的手势，如前所述，他的瑞士口音很重，从他那银铃般的小嘴里吐出许许多多的方言来，如“房子”他不说“浩斯”，而说“户斯利”，“好东西”他不说“艾特瓦斯费内斯”，而说“俄皮斯费因斯”，“一点点”不说“艾因比斯辛”，而说“艾斯比茨利”。同样突出的是，他还特别爱用“所以”，如在“所以很可爱”这样一类组合中，等等。此外，好些个保留有庄严肃穆古文遗风的词汇也出现在他的言谈当中，如当他想说某个东西，而又怎么想也想不起来的时候，他就会说：“更多新的音讯（而非‘消息’）我就不得而知了。”不过，他这样说显然只是由于他一心希望赶紧结束眼前这种被众人围观的局面，因为从他那张如同抹了蜂蜜一般的小甜嘴里随后就会冒出下面一串话来：

“艾肖以为，再这样长时间呆在门口是不礼貌的。艾肖他应当进屋去向舅舅问安才是。”

他一边说，一边把他的一只小手伸给他姐姐，让她把他牵进屋去。然而，就在这个节骨眼上，已经休息好并且此间也已经收拾停当的阿德里安本人则亲自从屋里走到院子来迎接他的外甥了。

“呃，这就是，”在他问候了小姑娘且再三强调她和她母亲长得很像之后，他说道，“呃，这就是我们家的新成员？”

他拉着内珀穆克的一只手，看着那双蔚蓝色的笑眯眯地冲他仰望着的亮晶晶的甜蜜蜜的眸子，很快就沉醉其中，看出了神。

“哦，哦，”这是他唯一能从嘴里说出的东西，他的目光缓慢地移向把他带来的女孩，但随后又返回到那个刚才所见到的人儿身上。他的动作不可能逃过任何人的眼睛，也不可能逃过那个孩子的眼睛，只听艾肖用不是直截了当的，而是透着某种体恤之至的掩饰，真心实意的安抚，把事情往简单和好的方向去想的话语——而这是他对他的舅舅所说的第一句话——简洁明了地断言道：

“可不是吗，我来了，你高兴。”

大家都笑了，阿德里安也笑了。

“这就是我的意思！”他回应道，“我希望，你也高兴和我们大家认识。”

“这是一次可喜可贺的相逢。”只听这小男孩说道，真是奇了。

围观的众人又要开心地笑出声来，但阿德里安这时却把食指放到嘴边，冲着他们直摇头。

“可别，”他轻声说道，“乱笑了，别把孩子笑糊涂了。再说也没什么可笑的，您说呢，大娘？”他转过身去问施魏格施迪尔太太道。

“根本就没有！”她一边用夸张的坚定语气回答，一边拉自己的围裙角揩眼睛。

“那我们就进去吧，”他一边作出决定，一边重新牵起内珀穆克的手领他进屋，“你们肯定已经给我们的客人们准备了少许茶点。”

果不其然。在尼基厅里，罗莎·施耐德魏因被待之以咖啡，那小家伙则被待之以牛奶和点心。他的舅舅一同坐在桌旁看他吃，他的吃相非常秀气，非常干净。与此同时，阿德里安也会和他的外甥女聊上几句，但她都说了些什么，他却没有好好去听，他的全部心思都用于观看那个小精灵了，而他同时还要竭力去掩饰他的这种激动情绪，尽量表现出若无其事的样子——他的这种担心其实是多余的，因为艾肖对于沉默的欣赏和痴迷的目光似乎早就不再介意了。每当你拿给他一块点心，递给他一点果酱，他都会抬起头来看你，他的两眼都会流露出妩媚仁慈的感激之情，错过这样的仰望岂不是罪过！

末了，这个小男子汉从口里吐出“有了”二字。按他姐姐的解释，从他会说话起，他就用这两个字来表示他吃饱了，吃够了，不想再要了，是一种幼儿式的对于“我已经有了”这句话的缩略，这种缩略他一直保留至今。“有了，”他说道；而当热情好客的施魏格施迪尔太太还有意要他再加一点的时候，他则以一种冷静的理性态度解释说：

“艾肖更愿意回避。”

他用一双小拳头去揉眼睛表示困了。人家于是就带他去床上睡觉，在他小睡期间，阿德里安在他的书房里和姐姐罗莎聊了聊。她只呆了两天，第三天就走了，她在朗根萨尔扎还有很多事情要做，她着急赶回去。她走的时候，内珀穆克小哭了一阵，但随后就向她保证，在她来接他之前，会是“高高兴兴的”。我的上帝啊，他似乎没有遵守他的诺言呀！他似乎根本没有能力去遵守他的这个诺言呀！他不仅给整个农庄，而且也给整座村子乃至瓦尔茨胡特小城，带来某种类似于欢乐福祉的东西，一股持续不断的明快而温柔的沁人心脾的暖流——施魏格施迪尔家的两个女人，母亲和女儿，只要出门，就爱把他带上，她们特别喜欢叫人看见她们和他在一起，她们坚信，他们所到之处定会遭遇同样的艳羡惊喜，她们让他在药房里，在摊点旁，在鞋匠铺，打着神奇的手势，用最最抑扬顿挫的腔调，背诵他的儿歌：背《蓬头彼得》中有关浑身着火的小保莉妮的儿歌，或是有关约亨的儿歌，这个约亨在外面玩得那叫脏啊，待他回到家中，母鸭太太和公鸭先生见状好不吃惊，就连那头猪猪居然都变得目瞪口呆起来。他在普菲弗尔林的牧师面前双手合十——他把双手举到和他的小脸一样高的位置，同时又让它们和他的小脸保持几分距离——做起祷告——而且是一种奇特古老的以“要死不得活”这样的词句打头的祷告，听得牧师激动万分，只顾一个劲地说“啊，好你个上帝的孩儿哟，好你个有福之人！”还用自己那只白白的牧师之手去抚摩他的头发，并且立即送了一幅色彩斑斓的羊羔图给他。当地的教书先生，正如人家事后所说，也感觉和这小家伙说话“别有洞天”。在市场上和胡同里，每三个人中就有一个会向克莱门蒂娜小姐或施魏格施迪尔大娘打听，她们到底是如何修得这样的好福气。大家不是恍恍惚惚地说：“哎呀，快看啊！快看啊！”就是说和前面那位牧师先生大同小异的话：“啊，好你个孩儿哟，好你个进天堂的人哟！”女人们呢，甚至大都还会流露出恨不得在内珀穆克身边跪下来的意思。

待我下一次造访这座农庄时，距他到来已经过去十四天了。他已经习惯了那里的生活，熟悉了周围的环境。我先是从远处去看他的：阿德里安从屋角指给我看他，只见他一个人孤零零地坐在后面果蔬园的地上，坐在草莓地和菜地之间，一条小腿直挺挺地伸着，另一条半抬起，额前的头发分成好几绺，看那样子，是在带着有所保留的惬意凝视一本他舅舅送给他的儿童画册。他把画册放在膝盖上，右手扶住画册的边缘。他用他的左小胳臂和小手来翻书，翻完之后，它们会无意识地固定那个翻书的动作，坚持那令人难以置信的优美姿态，小手张开着，在空中从书的一边翻起，我只觉得，我好像从未见过一个孩子会如此迷人地坐在一个地方（此情此景是做梦也不会发生在我自己的几个孩子身上的！），我不禁暗自思忖，天使们在那边想必也是用这样的姿势来一页页地翻它们的哈利路亚书的吧。

为了让我结识这个小神人，我俩一起走了过去。我结识他的做法，从教育学角度来概括，就是，我愿意确信，这里所发生的一切都是不理想、不圆满的，我下定决心，无论如何都要不动声色，不说甜言蜜语。为此目的，我摆出一副生硬的面孔，把我的声音压得很低很低的，装模作样地用那种众所周知的施舍似的腔调和他打招呼："怎么样，我的孩子？！这段时间一直都很乖吗？！我们都来玩些啥呢？！"——不过，在我这样装腔作势的时候，连我自己都觉得自己可笑之极，而糟糕的是，他觉察到了这一点，他的心里也产生了和我内心所产生的这种感觉相同的感觉，并且，他为我感到羞愧，只见他垂下他的小脑袋，同时向下撇嘴，好像是要竭力忍住不笑似的，这让我不能自持，我因此有好一阵子说不出一个字来。

他还没有到小孩见了大人必须起身鞠躬的那个年龄，而且，如果说在这个世界上还有什么生灵能够让我们给予我们对初来尘世不久的、对人间还是半生不熟的人或事物所给予的那些温柔的特权，那种自发的尊崇的话，那么，把这些特权和尊崇用在他身上是很合适的。他对我们说，我们应该"落座"（瑞士人用"落座"和"落躺"来表示坐下和躺下）；我们于是坐下，把这个小精灵抱到我们中间的草地上，和他一起看他的那本儿童画册，这本书恐怕是时下能够在商店里买到的儿童文学中最让人能够接受的那一类：带有英国口味的描绘；是一种凯特·格林纳威[①]风格，而且韵脚一点也不平整，内珀穆克（我始终这样称呼他，我不用“艾肖”，因为我认为这是一种诗意的溺爱，我真是蠢啊）几乎能把它们全都背诵下来，他用小小的手指头一行一行地指着“念”给我们听，但他所指的地方却是完全错误的。

奇怪得很，这些“儿歌”我虽然只是通过他的小嘴和他那神奇的抑扬顿挫的嗓音听过一次——或许有好几次？但我直到今天却都还能把它们背诵出来。我还始终清楚地记得那首关于三个管风琴师的儿歌，那仨在一个街角遇上，他们彼此互相怨恨，结果没有一个脱身。我可以当着任何一个小孩子的面再把它背出来，但我远远做不到艾肖那么好，这样好听的东西到了我口里就只好有请五邻六舍多加包涵了。耗子们吃素，老鼠们搬家！结尾是这样的：

“把音乐会听完的是谁啊，
是一只小狗狗，
这只狗狗哦一回家，
它就觉得身体好难受。”

你会情不自禁地去看这个小家伙，只见他一边愁苦地摇头，一边伤心地压低声音，用以表示那条狗是不舒服的。要么，你的目光也会情不自禁地被他那秀丽庄重优美的派头所吸引，只见他用这样的派头让两个神奇的领主在海边的沙滩上相互致以问候：

“早上好，大人！
今天不是游泳的好时辰。”

---

① 凯特·格林纳威（1846－1901）：英国女作家、画家。她为自己所写的儿童书籍作画装帧。

这其中的原因有好几个：首先是因为今天的海水太湿，而且水温也只有列氏5度[①]，另外还是因为来了“三个瑞典客人”——

“一条剑鱼、一条锯鱼和一条鲨鱼——

这仨就在附近游荡潜伏。”

他发出这些亲密警告的样子滑稽极了，他列举那三个不速之客，他发布它们就在近旁游荡的消息，他的眼睛瞪得老大，他进入一种惬意而阴森的状态，我们俩被逗得哈哈大笑起来。这时，他抬起头来看我们的脸，一双眼睛调皮而好奇地看着我们在那里乐——尤其是看着我在那里乐，我是这样觉得的，因为他很想看见，我身上那股无聊乏味生硬枯燥的师道尊严之气会不会，当然也是为我自己好，会不会被这欢乐所消解。

我的好上帝哟，结果还真是这样的呀，自从第一次的愚蠢尝试之后，我就再也没有重蹈过覆辙了，唯一没变的是：我始终语气坚定地用“内珀穆克”来招呼这个来自儿童和精灵之国的小使者，而只在和他舅舅说起他时叫他“艾肖”，因为他舅舅已经，和农庄里的女人们一样，习惯用这个名字了。不过，在这里，还要请大家给予理解的是，作为教育工作者和教师的我始终还是感到有些担忧、不安甚至尴尬的，因为即便是一个理所当然值得崇拜的可爱精灵，他终究还是要听任时间的决定，而且，他注定要成熟起来，落入红尘。不久之后，这双笑眯眯的天蓝色眼睛就会失去其不食人间烟火一般的纯洁本真；这张洋溢着鲜明童稚的天使般的小脸蛋，这张小脸蛋上有着一只稍稍有些开裂的下巴，有着笑起来就会露出光洁的乳牙且比不笑时显得更圆一些的迷人的嘴巴，有着精致的小鼻子，两条柔和的弧线从这里出发，下行至嘴角，把嘴及下巴部分同脸颊处分隔开来，这张天使般的小脸啊，它会长成一张寻常男孩的脸，而这个多少属于寻常之辈的男孩必然会受到人们清醒和现实

---

① 温度单位，1列氏度等于1.25摄氏度。

的对待，他也不会再有理由去讥讽这种对待了，而内珀穆克当时正是用这种讥讽来看待我的师道尊严的冲锋的。不过，话又说回来，这里还是有一点——而那个精灵的嘲弄似乎表示知道这一点，使人没有办法相信时间及其通常的作用，相信其对这个良善美好的人物形象的威力，而这就是后者所具有的那种罕见的完美性，其作为那个孩子现身人间的有效性，就是那种由其所引起的仙人下凡的和——我再重复一遍——可爱的使者的感觉，而正是在这种感觉的鼓噪下，理性被鼓噪进了非逻辑的、为我们的基督教教义所浸淫的梦乡。这个人物形象，它虽然不能否定长大成人的不可避免性，但是，它却通过逃向神秘永恒的、同时性的和并列性的想象领域而得以脱身，在这个领域里，救世主的成年男人形象和圣母怀抱之中的那个圣婴并不矛盾，他也就是这个圣婴，他永远是并且永远在朝拜的圣徒们面前把他的小手向十字抬起。

这是怎样的恭维啊！也许会有人这样说。但我别无他法，我所能做的只有再现我的体验，承认我的深深的无助，而正是这个小小人儿的轻盈飘荡的存在总是在让我陷入这种不知所措的无助。我真该效仿——我也尝试着这样去做——阿德里安的举止才是，他不是教书先生，而是个艺术家，他是按照事物所呈现出来的本来面目去接受它们的，显然是不会去考虑它们的可转化性的。换言之：他赋予势不可挡的变化生成以存在的性质，他相信形象，而这种相信又是透着某种淡定和沉着的（至少在我看来是这样的），这是一种习惯了形象的相信，所以即使是面对这个所有形象中最为超凡脱俗的形象时，他也不会失去自制。艾肖，这个精灵王子来了，那好吧，那就只有按照他的天性来对待他了，仅此而已。这在我看来就是阿德里安的立场。当然，他是远不会皱眉头使脸色，落入诸如“怎么样呀，我的小家伙，一直很乖吗？”之类的俗套的。另一方面呢，他也会听任外面的那些个普通百姓欣喜若狂地发出“啊，好你个有福的孩子”的惊呼。他对这个小家伙的态度是柔和中带着沉思和笑意的，或者说是柔中带刚的，没有粉饰奉承，没有甜言蜜语，甚至没有柔情。事实上，我从未见他以任何一种方式爱抚过这个孩子，我几乎从未见他抚摩过他的头发。只是，他喜欢和他手牵着手地去田间散步，这倒是真的。

当然，他的这种行为并不能动摇我的下述觉察，即他从第一天起就爱着他的这个小外甥，他的出现已经构成他生命中的一段光明时期。甚而毋庸置疑的是，这个可爱的、轻盈的、似乎是来无影去无踪的并且说着一口架子十足的文言文的孩子的精灵般的魅力其实是无比深沉地、诚挚地、幸福地占据着他的脑海，充实着他的日子的，尽管他和他呆在一起的时间只有几个小时，因为照顾这个小男孩的任务主要落在大娘和她女儿身上，而这两个女人又由于总有很多别的事情要做，所以这小家伙也常常是在保证安全的地方一个人独自呆着。婴幼儿得了麻疹之后会留下严重嗜睡的后遗症，他也是如此，所以，尽管有中午专门的几个小时的午睡，他白天里还是另外要睡好多次，不管他人在哪里。当睡意袭来时，他总习惯说“晚安！”，这是他晚上上床就寝时说的话，但这实际上已经完全成了他告别时的问候语：他在一天的任何时候说它，自己走的时候说，别人走的时候也说，他只说“晚安！”，而不说“再见”、“保重”——这和他吃完东西之后总是回答“有了！”是对应的。在他，在草地上或者是椅子上，入睡之前，也会一边说他的“晚安！”，一边伸出他的小手来，而我就看见过阿德里安在后面的园子里，坐在一条由三块木板钉成的小长凳上，守护睡在他脚边的艾肖。“他睡前把他的小手伸给了我，”当他抬头认出是我时，他这样跟我说道。因为我进来时，他并没有发现。

艾尔泽和克莱门蒂娜跟我说的则是：内珀穆克是她们所见过的最听话、最乖巧和最让人省心的小孩子——这和前述那些有关他婴儿时期的描述确实是一致的。如果他把自己弄疼了，他会哭，这我真的亲眼看见过，但小孩子撒野时惯有的那种哭喊、号啕和吵闹我却从未从他那里听到过。诸如此类的东西在他身上是根本无法想象的。对于别人的警告、禁止，比如不准在不合适的时候和男仆人去马厩看马或是和瓦尔特普尔吉丝去牛棚看牛，他都能够一边深表理解地予以接受，一边说些让人感到宽心的话："那就把时间往后推一点点吧，要不明天吧，"看来，这些话与其说是用来安抚他自己的，倒不如说是用来安慰那些（其实本意并不想）阻止他的愿望的实现的人们的。是的，这个时候，他常常会抚摩那个阻止他的人，全然用的就是下面这番话："这事你别上心！也许下一次你就可以无拘无束地满足我的这个愿望了。"

同样的情形也出现在人家不让他进那间修道院院长工作室去找他舅舅的时候。后者对他很有吸引力，早在我第一次结识他，在他来后仅有十四天时，他对阿德里安的特别依恋就明显地表现出来了。他总是寻求他的陪伴，他之所以这样做，其中的一个原因无疑是因为他的陪伴独特而有趣，而两个照顾他的妇女的陪伴则是普普通通的那种。还有，这个男人，他母亲的哥哥，在普菲弗尔林这群种田的公民中享有一种独一无二的、备受尊敬甚至是令人感到敬畏的地位，这一点又怎么可能逃得过他的眼睛呢！或许正好是别人的这种敬畏激起他那要争取能够和舅舅呆在一起的幼小雄心吧。然而，人们不可就此认为，阿德里安会不加限制地去迎合这个小家伙的企图。他会一整天不去看他，不让他来自己这里，似乎是在回避他，似乎是在禁止自己去见这个无疑是为他所爱着的小人儿。当然，之后他又会和他一起度过好几个钟头，如我所说的那样，牵着他的小手去散步，散步的距离一直长到这个柔嫩的伙伴可以达到的极限为止，他和他一起漫步徜徉，途中或是心有灵犀地默默无语，或是间或说上个三言两语，他所到来的这个季节是润泽和饱满的，四处弥漫着李子和丁香的味道，此外还有茉莉的芬芳，即便是在狭窄的小路上，他间或也会让这个轻盈的小家伙走在自己的前面，道路的两旁是一道道庄稼墙，黄灿灿的庄稼成熟得即将迎来收割，庄稼秆载着沉甸甸的穗子，从泥土里蹿起，足有内珀穆克那样高。

我最好是说"从地里蹿起"，因为那小家伙的原话就是这样的，他同时还非常惬意地宣布说，“瑞饮（Rein）”昨晚给这片地“厄尔科肯”了。

“瑞饮，艾肖？”他舅舅不解地问道，权当他所说的“厄尔科肯”是小孩子话。

“是的，瑞伊根（Reigen），”他的同路人向他作出更加详细的证实，但也就此打住，不愿意再和他继续讨论下去。

“你想啊，他居然说什么‘厄尔科肯的瑞饮’！”阿德里安下次和我见面时这样告诉我说：“这是不是有点罕见呀？”

而我能够告诉我的这位朋友的则是：在我们中古德语里，“瑞饮”或“瑞伊根”就相当于“雨”这个词，这样用了几百年之久，一直用到十五世纪，另外呢，“厄尔科肯（erkicken）”或“厄尔屈肯（erkücken）”在中古高地德语中同现在表“冲凉”之意的“厄尔科维肯（erquicken）”曾经是并存并用的。

“不错，是很久远了。”阿德里安带着一丝陶醉地点头赞许道。

如果他必须上城里办事的话，那么他就会从城里给这小男孩带回礼物：形形色色的小动物，一个会从匣子里跳出来的侏儒，一辆环绕椭圆铁轨飞驰时车身上的信号灯会一闪一闪的火车，一个装有各种儿童魔术玩具的魔术箱，箱子里最宝贵的东西是一个装着红葡萄酒的杯子，即使把杯子整个地倒过来，也不会有一滴酒洒出来。艾肖得到这些馈赠自然十分高兴，不过，待他玩过之后便会马上就说“有了”，因为，同这些玩具相比更让他喜欢得多得多的是，舅舅把他自己使用的物件拿出来讲与他听——总是那几样，而且总是一而再、再而三地重复，因为在娱乐的问题上，小孩子所有的那种不达目的不罢休的顽强劲头和重复的渴望是很强烈的。那把用象牙磨制的裁纸刀，那个绕着自身斜轴转动的地球仪，那上面有四分五裂的大片陆地，有凹陷的海湾、奇形怪状的内陆水域和广阔的呈蓝色的海洋；那个报时的支架钟，钟摆降到底部之后又会通过一个曲柄重新转而向上：这些东西，它们都在这个小家伙巴望查验的那些个稀奇玩意之列，只见他轻快敏捷地跑进来找它们的主人，然后用他那稚嫩的声音问他道：

“我来了，你会生气吗？”

“不，艾肖，不是很生气。不过呢，钟摆才往下走了一半。”

在这种情况下，他特别想要的东西大概就是那个八音盒。这东西是我的礼物，是我给他带来的：一个棕色的小盒子，机械装置安在背面。上上发条之后，布满小金属突耳的滚筒就会围着一个轮齿上的各个调好音的尖齿转过，奏出，开始是节奏轻快地，随后则是越来越慢地令人感到疲倦地，奏出三小段非常和谐的彼德麦耶尔风格的旋律，艾肖用始终如一的好奇心聚精会神地聆听它们，眼里满含着欢乐惊异，如梦如幻，那模样着实叫人难以忘怀。

另外，舅舅写在五线谱上的手稿，那些用小旗帜、小羽毛装饰的，通过弧线和横线连接的，空心和实心的神秘符号，他也很喜欢目不转睛地盯着看个不停，并且要他跟自己解释这些符号都说的是啥意思：——这是他要求的，平心而论，他能否凭预感推出这些意思，能否从他的眼睛里看出他凭着自己的直觉会从大师的解释里推断出这些意思，这我还真的是很想知道呢。这个孩子是比我们大家都早，是最早被允许看到《暴风雨》中阿里尔①之歌总谱提纲的人，当时莱韦屈恩正在偷偷创作它们：他给它们谱曲，他把充斥着鬼怪出没的自然之音的第一首，即《来吧，来到黄沙的海滨》那首，和纯净可爱的第二首，即《蜜蜂在哪儿咂，我就在哪儿咂》那首，集中起来，精炼为一个整体，他运用了高音声区、钢片琴、声音作弱化处理的小提琴、低沉的小号和竖琴发出的竖笛声，说真的，不论是谁，只要听到这些“鬼魅的”音符，哪怕只是用他的精神之耳，即通过阅读去听到，恐怕都免不了要和剧中的那个裴迪南一样发出如下疑问：“音乐在哪里？在空中？在地上？”因为把它们

---

① 莎士比亚喜剧《暴风雨》中的风神。

接合在一起的这个人，他在他那细如蛛丝的低吟浅唱的织体中，不仅捕捉到了阿里尔的——我的精致优雅的阿里尔的——既童真又良善且迷乱的浮浪轻盈，而且也捕捉到了山水林苑所构成的全部的精灵世界，根据普洛斯波罗①的描述，这些精灵扮作柔弱的小师傅和半生不熟的小木偶，乘着月光稍事嬉戏，盘卷那母羊不爱吃的饲料，培植午夜的蘑菇。

乐谱中有两处是艾肖百看不厌的，一处是狗发出“汪汪”叫的地方，一处是公鸡“喔喔喔”打鸣的地方。阿德里安另外也跟他讲坏巫婆塞可拉克丝和她的小奴仆的故事，小奴仆由于心肠太软，没有执行巫婆的邪恶命令，巫婆就把他整个人嵌进一棵云杉树的缝隙里，他就这样被迫度过了痛苦不堪的十二年，直到有一天他被善良的魔法师发现才解救出来。内珀穆克特别想知道这个小鬼被夹在树里的时候年龄有多大，而他十二年后被解救出来的时候年龄又有多大。但他舅舅却告诉他说，这小鬼没有年龄，不论在囚禁之前还是囚禁之后，他都仍然还是那同一个秀美可爱的风之子，艾肖似乎很满意这个说法。

修道院院长办公室的主人还给他讲了一些自己想得起来的别的童话：讲了《侏儒怪》，讲了法拉达②和《莴苣》，讲了《会唱会跳的小百灵鸟》，而这个小家伙自然是要坐在，侧坐在他舅舅的腿上听的，他偶尔还会用他的一只小胳膊去勾住人家的脖子。“这听起来真是神奇啊，”当一个故事结束的时候，他就会这样说，不过，他经常是没等讲完就已经把头埋在讲故事的人的怀里睡着了。而讲故事的这个人呢，之后就会长时间一动不动地坐在那里，下巴轻轻地挨在小睡的孩子的头发上，直等到大娘和她女儿之中的一位过来领走艾肖为止。

如我所说，阿德里安会一整天不和这小男孩谋面，个中原因可能是他太忙，也可能是偏头痛逼迫他静养，甚至是逼迫他呆在暗处不出来，总之是有这样或者那样的原因的。但是，只要他有一天没有和艾肖见

---

① 莎士比亚喜剧《暴风雨》中的魔法师。
② 格林童话《放鹅姑娘》中公主所骑的一匹会说话的马。

面，那么，他就会很乐于在第二天晚上孩子已上床的时候，蹑手蹑脚地、几乎是神不知鬼不觉地，到他这里来列席他和看护他的女人中的一个，抑或也是和她们两个，和大娘及女儿一起做睡前祷告，只见他仰面躺在床上，张开的两只小手放在胸前合拢着，湛蓝的眼睛向上看着天花板，口里吟诵着稀奇古怪的赐福祈语，表情丰富极了。他会背诵很多这类的祈神赐福语，所以他几乎不会连着两个晚上用重一个。需要说明的是，他总是把“上帝”说成“山帝”，而且爱在“谁”、“什么样”、“多么”前加“是”，如：

“是什么样的人活在山帝的信条中，
山帝在他身上，他在山帝心中。
我要把自己交给这同一个山帝。
我将得到帮助，得到真正的安息。阿门。”

又如：

“不管人干下的恶行是多么大，
山帝的仁慈总能超过它。
我的罪孽并不深重，
山帝展露充满仁慈的笑容。阿门。”

要么再如下面这段祷告，听起来很奇怪，因为带有明显的宿命论色彩：

“人不要因为有罪就放弃，
人还是应该行善把德积。
人的善行不会失去，
人生来就是下地狱。

哦但愿我和我的兄妹爹娘，
命中有福进天堂！阿门。”

要么偶尔还会出现的是：

“太阳照射地府的恶鬼，
把那纯洁的挑选送回。
请让我留在尘世的峡谷，
直到我把死罪赎。阿门。”

要么最后是：

“你们记住，是谁为他人乞求，
是谁其实在把自己拯救。
艾肖为全世界乞求，
愿山帝也把他拥抱接受。阿门。”

就连我听了他的这些祷告都感到震撼异常，但我现在认为，他那时并没有发现我也在场。

“你是怎么看，”阿德里安出来之后问我道，“这种神学的冥想的？他马上为全部的造物祈求，为的就是让自己也一同被包括在内。难道这个虔诚的信徒原本就知道为别人乞求其实就是在为自己谋利吗？一旦你发现无私是有利可图的，那么无私就已经被取消了。”

“就此而言你是对的，”我回答道。“不过，他做不到只为他自己乞求，而是为我们大家乞求，这样一来，他又把这件事情转化为了无私。”

“的确，他在为我们大家乞求，”阿德里安轻声说道。

“另外，我们说起他来，”我接着他的话继续说道：“就好像这些祷告都是他自己想出来似的。你问没问过他是从哪儿知道这些的？从他父亲那儿或是从什么人那儿？”

他的回答是：

“哦不，我更喜欢把这个问题搁在一旁，我猜测，就算我问他，他也不清楚，回答不了我。”

施魏格施迪尔家的两个女人看来也持和他一样的态度。她们也从来没有问过这孩子是如何知道这么多的晚祷辞的。这些我本人也没有能够亲自站在近旁附带着听到的祷告，都是她们告诉给我的。而且，当我从她们那里听说这些祷告时，内珀穆克已经不在我们当中了。

四十五

他被夺走了，离开了我们，这个奇特良善的人儿被夺走了，离开了红尘——啊，我的上帝啊，我还在拼命搜罗那些斯文的字眼，我这是何苦哟，这是令人发指的残暴，我见证了这令人发指的残暴，直到今天，这令人发指的残暴依然会诱使我从心底发出悲痛的谴责，甚至是激烈的反抗。他被令人惊惧的狂暴一把攫住，他在短短几天之内被一种疾病夺去了生命，这种疾病在当地已有较长时间没有出现过了，这次发作是那么急遽，乃至善良的屈尔比斯大夫也为此深感震惊，他告诉我们说，处于麻疹或百日咳康复期的儿童很容易感染此病。

如果算上最初所表现出来的情绪上的波动的话，那么，这一切都发生在不到两周的时间里，而且在这两周的第一周里，也没有任何迹象——我想，没有任何迹象——表明会有后来那种恐怖情形发生。那是八月中旬，外面正在热火朝天搞收割，需要的人手比平时多。而到此时为止，内珀穆克住进这幢农家小楼也已经有两个月了，完全成了大家伙的欢乐之源和开心果。然而，一场伤风却使得他原本清澈可爱的双眼变得黯淡无光起来——他没有胃口，情绪低落，从我们见到他起，他就很爱睡觉，现在他比以前更加嗜睡了，诸如此类的现象，肯定也都是这讨厌的染病所致。无论是给他吃的、玩的，还是给他看画册、讲童话，不管你给他什么，他统统都说“有了”。“有了！”他一边说，一边表情痛苦地背过身去。此后不久，见不得光和听不得声响的症状也开始出现了，整个人同之前的情绪低落相比，显得更加烦躁不安。车子开进农庄的响动，人们说话的声音，他似乎都觉得难以忍受。“你们小声点说！”他喃喃地低声请求道，好像在做示范似的。甚至于能够发出好听的叮当声的八音盒他也不愿意再去听了，他一边在口里急切而痛苦地说着“有了，有了！”，一边亲手松开发条，而一见发条松开，却又会马上难受地哭泣起来。他在院子里和园子里躲避着仲夏的阳光，唯恐避之不及，他往屋里钻，猫在屋里揉眼睛。更叫人难过的是，你会看见他为了让自己好受些，挨个去找那些爱他的人，搂住他们的脖子求助，可搂不了一会儿，却又不得不绝望地放弃，离他们之中的每一个人而去。他就这样去抱住施魏格施迪尔大娘，抱住克莱门蒂娜，抱住女佣瓦尔特普尔吉丝，而且也出于同样的动机多次去抱住他的舅舅。只见他把身体紧贴到他的胸前，抬头仰望他，倾听他温柔的安慰，小脸蛋上也会露出虚弱的笑容，可随后不久，他的头就会一点一点低下去，越低越深，口里还同时喃喃说着“晚安！”——整个人随之滑落到他的脚边，滑落到地上，小身子摇摇晃晃地离开他的房间。

医生来给他瞧病。他给了他点鼻药水，又给他开了一种强壮剂的处方，但还是忍不住推测说，这孩子很有可能是得了一种更加严重的疾病。而且，他也在修道院院长工作室里向他的老病号当面表达了他的这种担忧。

“您这样认为吗？”阿德里安脸色发白地问道。

“我觉得这事很可疑，”人家大夫说道。

“可疑？！”

见他用如此惊诧和近乎惊恐的口气重复这个常用词，屈尔比斯不禁暗自思忖自己这话是不是真的说得有点过了。

“是这样的，就是我刚才所说的意思，”他回答道，“您本人可能看上去更好了，我尊敬的先生。您很牵挂这个小家伙吧？”

“哦，是的，”这是他的话。“是一种责任，大夫。这孩子是为了增强体质才被送到这乡下来给我们照料的……”

“就眼下的病象，如果可以这样说的话，”大夫回应道，“就眼下的病象来看，还没有任何依据作出令人不愉快的诊断。我明天再来。”

他果真第二天又来了，而这一次他可以说是太有把握对这个病例作出确诊了。其实，早在他到来之前，内珀穆克就曾有过一次突然的爆发性呕吐，并且开始发起烧来，虽然发热只是中等程度，但是，与发热同时出现的头痛却在不断加剧，而且在短短的几个小时之内就变得明显地令人难以忍受起来。当大夫到来的时候，这孩子已经被抱到床上了，只见他用一双小手抱住自己的小脑袋，发出一声声常常是持续到最后一口气的叫喊，每一个听到这些叫喊的人——整栋房子里的人全都听得到——无不感到撕心裂肺。其间，他把小手伸向他周围的人，嘴里大叫着：“帮帮我！帮帮我！哦头疼！头疼！”随后，他又开始新一轮狂吐，吐得身体剧烈撕扯，吐得人东倒西歪，直吐到最后整个人重又抽搐着瘫倒在床上。

屈尔比斯检查孩子的眼睛，发现瞳孔已经缩紧，变得很小，并且出现斜视征兆，心跳加快，肌肉明显收缩，颈项也开始明显强直。这是脑脊髓膜炎，脑膜炎——这个好人终于说出了那个病的名字，同时尴尬地做出一个头侧向肩膀的动作，他希望大家还被蒙在鼓里。他哪里知道哟，他的科学其实在这致命的接触面前几乎完全是无能为力的呀。他在他的建议里暗示，说也许应该打电报把消息告诉给孩子的父母。如果有母亲在身边照顾，小病人很可能会感到安慰和镇静。他另外还要求从首府请个内科医生来会诊，他说他很愿意和这位医生一起来共同分担对这个可惜并非不严重的病例的责任。“我是个普通人，”他说道，“请一个更高的权威来这里一趟是合适的。”我现在认为，他当时所说的这些话是带着几分讥讽和忧郁的。不管怎样，脊椎穿刺他还是有胆量自己来做的，一是为了确诊必须马上做，二也是因为这是唯一能够减轻病人痛苦的办法。施魏格施迪尔太太已经脸色苍白，尽管如此，她还是强打起精神，坚持像平素一样以饱满的精力和忠实于人道的情怀，抱住在床上呻吟着的孩子，使他的身体呈弯曲状，直到下巴和膝盖几乎挨到为止，与此同时，屈尔比斯则把他的针头扎进分开的椎骨之间，一直扎到椎管里，只见脊髓液一滴一滴地从椎管里冒了出来。剧烈的头痛几乎是立刻就减轻了。如果头痛再度发作，大夫说——他知道，一两个小时之后头痛肯定会再度发作，因为通过抽取脑室液减压只能维持这么点时间，那么除了继续使用冰袋之外还应加服氯醛[1]，他开了该药的处方，而药却得到县城去取。

然而，穿刺后陷入精疲力竭的昏睡之中的内珀穆克却又被新的呕吐，被他的小小的身体的阵阵痉挛以及剧烈无比的头痛所惊醒，他重新开始发出撕心裂肺的哭诉和尖利刺耳的叫喊——就是那种典型的“脑积水叫喊”，这种叫喊，就因为它在医生的概念中是典型的，所以也就只有医生的神经勉强能够承受。对于典型性的东西，人们是无动于衷的，只有被理解为个性的东西才能叫我们失控。这就是科学的冷静。这种冷静并不阻止它的乡村门徒很快放弃他最初开出的溴化物和氯醛制剂，转而使用效果更好一些的吗啡。他之所以作出这样的决定，一方面既是怜悯那个备受折磨的孩子，另一方面也同样是为住在这栋房子里的人——在此我特别想到了一个人——着想。抽取脊髓液只可每隔二十四小时重复一次，而一次也只能缓解两个小时。一个孩子要痛苦地叫喊和翻滚扭

---

① 三氯乙醛，旧时常用作安眠剂。

动身体二十二小时，而且，这个孩子呢，他还会把两只小手掌合起来喃喃地说：“艾肖愿意乖乖的，艾肖愿意乖乖的！”我这里需要补充的是，对于当时目睹艾肖的人而言，最恐怖的也许是一个从属的症状。这就是他那天蓝色的眼睛开始越来越多地斜视、退色，这是由于伴随颈项强直而发生的眼肌瘫痪所致。这样一来，他那可爱的小脸就完全失去其原有面貌，变得极端狰狞，叫人毛骨悚然起来，此外，再加上这个遭遇病魔袭击的人儿很快就又开始不停地咬牙切齿，因而更是给人造成一种发疯着魔的印象。

第二天下午，冯·罗腾布赫教授，来自慕尼黑的会诊权威，被格雷翁·施魏格施迪尔从瓦尔茨胡特接来。因为他很有名望，所以在屈尔比斯建议的几个人中阿德里安选中了他。他身材高大，处世圆滑，本人还在国王时期就被晋封为了贵族，找他看病的人很多，他的要价也很昂贵，他的一只眼总是眯缝着，好像在不停地做检查似的。他对使用吗啡表示不满，说这种做法可能会造成一种昏迷的假象，而真正的昏迷“其实还根本没有出现过”，所以他只允许使用可待因。他显然首先关心的是这个病例有一个正确的、在其各个阶段都没有被涂抹掩盖的病程。此外，对于他的这位对他毕恭毕敬的乡下同事此前所做的处置：遮蔽日光，头部上冰袋后置于高位，小心接触患儿，护理以酒精擦洗和浓缩食物为主，他在做完检查之后也证实是得当的，不过，他接着又说下一步将有必要通过插鼻管进食。他的安慰，大概由于他并不是在孩子亲生父母的家里，所以是坦率和毫不含糊的那种。他说，神志不清，合理的、没有因为使用吗啡而提早造成的意识模糊，过不了多久就会出现，而且程度还将会迅速加重。到时候这孩子就会少受些苦，到最后就会根本感觉不到什么痛苦了。因此，即使症状再明显，也不要让自己太难过了。他还发善心，亲自做了第二次穿刺，之后便派头威严地告辞，再也没有来过了。

从我这方面而言，我每天均会通过施魏格施迪尔太太打来的电话获悉这些悲惨的过程，不过，我却是一直等到脑膜炎爆发的第四天，也是一个星期六，才亲自动身赶往普菲弗尔林。当时的情形是，剧烈的抽搐似乎在持续不断地折磨孩子那小小的躯体，他的眼睛向上翻，人已经处于昏迷状态，没有了任何喊叫，只剩下牙齿咬得格格响。施魏格施迪尔太太连续熬夜，面容疲倦，眼睛已经哭肿，她到大门口接我，一见面就迫不及待地建议我赶紧去看阿德里安。她说，那可怜的孩子的父母昨天夜里已经赶来陪他了，我还有的是时间去看孩子。但是博士先生，他可是急需我的安慰，他的情况不太好，说实话，她有时都觉得他好像是在胡言乱语似的。

我提心吊胆地跑去找他。他正坐在他的书桌旁，我进屋时，他只是匆匆地，而且似乎是很不屑地抬头看了我一眼。他脸色煞白，白得吓人，眼睛同住在这房子里的所有人一样通红，双唇紧闭，舌头在下嘴唇内部一侧的某个位置机械地舔来舔去。

“是你，好伙计？”他说这话时，我已经走到他跟前，用手拍了拍他的肩膀。“你来这里干什么？这可不是你该来的地方。至少你要划十字，喏，这样，从额头到肩膀，就是你小时候为保佑自己所学的那种划法！”

我于是开始说些安慰和希望的话——

“你就免了吧，”他粗暴地打断我，“尽是些人文主义者的胡诌！他正在把他夺走。他要速战速决！也许他用他那些恶毒的手段不能更快地速战速决吧。”

他猛地跳将起来，身体靠到墙上，后脑勺紧贴护墙镶板。

“把他夺走吧，无赖！”他用一种让我感到锥心刺骨的声音大叫道。“把他夺走吧，下流坯，但你的动作可要快，要把你所有的力气都用上，臭流氓，就连这个你都容不得！我原本以为，”他突然小声而亲密地转过身来冲我说道，几步走上前来，用一种我将永远都难以忘怀的失魂落魄的目光看着我，“他会容许这个的，不管怎样这个也许是会的，但情况却不是这样的，远离仁慈的人又能上哪儿去找仁慈呢，而他可好，穷凶极恶地非要践踏摧毁不可的偏偏就是这一个。把他夺走吧，你这个渣滓！”他又大声喊叫着从我面前退下，好像要去背十字架似的。“把他的肉体夺走吧，你控制了他的肉体！可你将不得不心满意足地把他那甜蜜的灵魂留给我，而这就是你的无能和可笑之处，我要以此来嘲笑你，永不休止。就让永恒在我的位置和他的位置之间横亘翻滚吧，我终究会知道，他就在你被抛出去的地方，脏货，这将是滋润我唇舌的甘霖，将是一曲在最底层的诅咒里嘲弄你的和撒那！”

他用两只手蒙住脸，转过身去，把额头靠到木板上。

我该说些什么呢？做些什么呢？如何应对他的这些话呢？“亲爱的朋友，说一道万，你都要冷静，你太激动了，这种痛苦让你有点胡思乱想，”大概一般都会这样来说，而不大，由于害怕出精神问题，尤其是当涉及的是一个像他这样的人时，不大会去想有可能是生理上的损伤和削弱，以及这房子里的溴化物有可能引起中毒什么的。

在我的恳求安慰之下，他的回答又一味只是：

“你就免了吧，你就免了吧，划你的十字去吧！那上面正在进行！别只为你自己划，也要同时为我和我的罪过划！——这是怎样的罪过，怎样的罪恶，怎样的罪行啊，”他现在又重新坐在了书桌旁，两只手分别攥成拳头抵住太阳穴，“我们居然还敢让他来，我居然还敢让他到我身边来，我居然还敢拿眼睛去盯着他看！你要知道啊，小孩子柔弱得很，他们简直是太容易受到毒害了……”

至此，我终于气得忍不住大叫起来，我不让他再这样继续把话说下去了。

“阿德里安，不要说了！”我喊道，“你干吗要这样作践你自己，折磨你自己呢，这个可爱的、对于这个人间而言或许是太过可爱了的孩子，不论他人在哪里，不长眼睛的命运都有可能会落到他的头上，你因此就这样自我指责，岂不是太荒唐了吗！面对这样的命运安排，我们可以心如刀绞，但我们不应该失去理智。你没有做过一件不爱他、不对他好的事……”

他只是一味地摆手。我在他那里坐了有一个小时，其间时不时地轻声和他搭讪，他的回答叽里咕噜的，我基本上听不懂。后来我就跟他说，我准备去看看我们的病人。

“只管去吧，”这是他的回应，却马上又铁石心肠地补充道：“但不要像以前那样，跟他说‘怎么样啊，小家伙，一直都很乖’之类的话。首先他不会听你说了，其次呢，他恐怕从骨子里讨厌你那股子人文主义者的味道。”

我正待起身要走，他却又喊着我的名字把我叫住：“蔡特布罗姆！”那声音听上去也是同样的生硬。我于是转过身来：

“我已经发现了，”他开口说道，“那就不该有。”

“什么什么，阿德里安，什么就不该有啊？”

“善和崇高，”他回答我道，“被称作人性的东西，尽管它是善的和崇高的。人类为争取它而斗争，为此他们摧毁暴君的城堡，而那些梦想得以实现的人们欢呼着宣告的东西，却不应该有。这东西正在被收回。我要把这东西收回。”

“我，亲爱的朋友，没有完全明白你的意思。你要把什么收回？”

“《第九交响曲》，”他答道。接下来，我等了好久，也没有听见他再说一个字。

我困惑而悲伤地走进上面那间命运之室。这里完全是病房的气氛，药味弥漫，沉闷、洁净而暗淡，尽管窗户是开着的。不过，百叶窗却都已被拉到只剩下一条缝了。内珀穆克床边围站着好几个人，我向他们伸出手去，与此同时，我的目光却只落在那濒死的孩子身上。只见他躺在床的一侧，整个人扭作一团，胳膊肘和膝盖蜷曲着；双颊通红，一次深呼吸之后，要等很长时间才开始下一次呼吸；眼睛没有完全闭上，但睫毛之间看不到那种虹膜的蓝，而只剩下黑了；两个瞳孔已经变得越来越大，虽然大的程度不同，却几乎吞噬了眼球的颜色，如果能看见瞳孔里发亮的黑色，那还算是好的呢，有时甚至会白成一条缝：那样的话，孩子的小臂膀就会更紧地贴到肋部，他那小小的四肢因为剧烈的痉挛而拧曲，他或许已经感觉不到痛苦了，可是，那情形却令一旁的人惨不忍睹。

他的母亲抽泣起来。我之前已经和她握过手了，我现在又和她去握手。是的，她来了，乌尔泽尔，布赫尔农庄的有着褐色眼睛的女儿，阿德里安的妹妹，这个现年三十八岁的女人，透过她那极度悲伤的面容，我似乎看到了她父亲约拿坦·莱韦屈恩那老德意志式的神情，我的这种感觉比以往任何时候都要强烈，我被深深触动。和她一起来的还有她的丈夫，电报是发给他的，也是他去苏台罗德接的她：约翰尼斯·施耐德魏因，一个高大、质朴、留着金胡子的美男子，他的一双眼睛和内珀穆克的一样湛蓝，说起话来忠厚老实、庄重肃穆，乌尔苏拉很早就接受和采用了这种说话方式，而对于这种说话方式的节奏，我们通过小精灵艾肖的嗓音是再熟悉不过的了。

这房间里此外都还有谁呢？除了忙前忙后的施魏格施迪尔太太，就要数那个长着一头浓密鬈发的库尼恭德·罗森施蒂尔了。她在一次获准来访的时候认识了这个小男孩，生性悲天悯人的她一下子就喜欢上了他，疼爱得不得了。她当时还用那台打字机，用她那结实粗壮的公司的信纸，用商人的“&”号，用典范的德文，把她的印象写成一封长信寄给了阿德里安。现在，她击败纳可黛，成功获准和施魏格施迪尔太太及其女儿乃至乌尔泽尔·施耐德魏因一起轮番护理这个孩子，给他换冰袋，用酒精给他擦洗，试着一口一口地给他喂药和乳糜，而且每天深夜都是由她守护在他的床边，既很不情愿，也几乎是没有向另外一个人让出过这个位置……

我们，施魏格施迪尔母女俩、阿德里安、他的亲戚、库尼恭德和我，在那间尼基厅里吃晚饭，彼此之间很少说话，其间时不时地就会有个女人起身去看病人。周六上午我就动身离开了普菲弗尔林，尽管这样做让我非常难过，但我不得不这样做，因为我周一还有一大摞拉丁文的即兴翻译需要批改。我去和阿德里安告别，我随口说了几句温柔的祝愿，比起昨天他迎接我的情形，我更能接受他打发我走的情形。他面带微笑，用英语说出下面的话来：

“那就上自然力那儿去吧。自由去吧，多加保重！”①

随后，他便迅速地向我背过身去。

十二小时之后，内珀穆克·施耐德魏因，艾肖，这个孩子，阿德里安最后的爱，就归天了。他的父母把他的小棺木带回了他们的故乡。

四十六

我有将近四周长的时间没有继续往下写这些记录了，之所以停笔不前，首先是由于进行了上述回忆之后精神上所感到的某种疲惫枯竭，同时也是由于眼下这些应接不暇的现实事件，这些事件的逻辑发展其实早就被预见到，也早就以某种方式被渴望发生了，而这些事件现在也真的激起了一种令人难以置信的恐怖，这些事件是我们不幸的、被痛苦和惊吓掏空了的人民所不能理解的，他们怀着麻木不仁的宿命听之任之，而面对这些事件，我那已经被旧的悲伤、旧的震惊折磨得疲惫不堪的心灵也就只好无可奈何地顺其自然了。

事实上，自三月底以来——我们现在的日期是 1945 这个命运之年的 4 月 25 日——我们在本土的西部所作的顽抗已经开始土崩瓦解。公共报纸已经部分地被激发起来，开始记录事实真相，由敌人电台的报道和逃亡者的讲述提供养料的谣言堂而皇之地把这场迅速扩展的灾难的细节散

① 原文为英文，是莎士比亚喜剧《暴风雨》中普洛斯波罗给风神阿里尔以自由时所说的话。

布到帝国那些包括我的陋室在内的还没有被其吞噬、还没有被解放的地区。再也无人坚持了：全都束手就擒，全都作鸟兽散。我们的城市被击碎、被拖垮，一座一座地沦陷，宛如熟李子落地一般。达姆施塔特、伍尔茨堡、法兰克福失守了，曼海姆和卡塞尔，甚至于明斯特马上就要失手了，而莱比锡则已经开始听命于外人了。在过去的某一天里，英国人已经站在了布莱梅，美国人则到了上弗兰肯的霍夫。纽伦堡，这座曾经多次举办振奋愚人之心的国家庆典的城市，投降了。而这个政权的头头脑脑们，曾经大权在握、享尽富贵荣华、干尽伤天害理之事的他们，现在也开始气急败坏地忙着畏罪自杀了。

俄国人的军团因为拿下柯尼斯堡和维也纳而得以长驱直入突破奥德河，一支百万大军朝着瓦砾中的、所有高级官员都已撤离的帝国首都推进，他们在沿途使用重型大炮实施那种早就在空中执行过的判决，他们目前正在一步一步逼近市中心。那个可怕的男人，他去年逃脱了那帮绝望的、旨在拯救最后的储备、拯救未来的爱国者们的谋杀，他虽然捡得一条性命，但也就只是一条混乱不堪、反复无常的性命而已。他命令他的士兵，要用他们的鲜血汇聚的海洋去淹没敌人对柏林的进攻，任何军官，只要敢说“投降”二字，就地枪毙。这个命令得到多方面遵守和执行。与此同时，奇特的、同样也是头脑不再完全清醒的德语广播节目开始通过无线电波浪迹天涯：有的节目把居民，甚至盖世太保帮凶说成是多重诽谤的受害者，奉劝胜利者要善待他们，有的节目则通过绘声绘色地报道一个名为“狼形人妖”的自由运动来制造声势：说是有一群身手敏捷的飞毛腿男孩，在林子里昼伏夜出，已经勇敢地干掉了一些入侵之敌，为祖国立下汗马功劳。哦，多么可怜啊，多么荒唐啊！直到最后，还要以这种方式去祈求那个粗糙放肆的童话，那个深深根植于这个民族心灵的狂放传奇，而且呀，这种祈求还得到了些许熟悉的回响呢。

在此期间，一位跨越大西洋的将军让魏玛的居民列队从当地那个集中营的焚尸炉前一一通过，同时宣布他们——难道该说：没有道理吗？——宣布这些公民，这些看似光荣地履行了他们的职责，纵然有风会把那被焚烧的人肉的臭味吹进他们的鼻孔，也竭力装作一无所知的公民——宣布他们对现在揭露出来的这些骇人听闻的残暴行径负有连带责任，他强迫他们去正视这些暴行。但愿他们睁开眼睛去看——我和他们一起睁开眼睛看，我想象着自己也在他们那麻木不仁抑或不寒而栗的行列中被一步一步地推着向前。一个卑劣无耻的、从一开始就发誓要献身虚无的统治把德国变成了一座地牢，现在，这座地牢的铜墙铁壁被砸开了，我们的耻辱被暴露在了众目睽睽之下，这些令人难以置信的图片现在被拿到世界各地去展示给那些外国的委员会看，而且人家还在自家的报道里说：他们所见到的，其骇人听闻和残暴的程度超越了人类想象力的极限。我现在在这里说的是：我们的耻辱。难道说，告诉自己，所有的德国的东西，也包括德国的精神，德国的思想，德国的辞藻，全都一并因为这种不名誉的揭露而受到累及，全都被推翻，落入被严重质疑的深渊，难道说这仅仅只是杞人忧天吗？无论德国今后以何种面目见人，它还可以，还被允许在人类的事物上随便开口吗？对自己提出这样的问题，难道就是病态的悔恨吗？

总之，这里被公之于世的东西应该可以说是人性中各种阴暗的可能，而正是德国人，成百上千的，成千上万的德国的人们，正是在他们的所作所为面前，人类感到了毛骨悚然，而一直以来始终只以德国的方式存在的东西，现在却只被拿来用于遭人鄙弃了，拿来用作邪恶的典型了。属于这样的一个民族，这个民族的历史本身承载着如此恐怖之极的失败，这个民族自身已经变得疯狂迷乱，这个民族的心灵已经变得枯萎干涸，这个民族承认对自己统治自己感到绝望，这个民族至今还认为当外国势力的殖民地是其最好出路；这个民族将不得不被人圈起来，不得不与自己为伍，就像隔离区的犹太人那样生活下去，因为这个民族在四周播下的仇恨的种子正在发芽，正在长大，这个民族将不可以出界，不可以越雷池半步——这是一个不能见人的民族，如果属于这样的一个民族，那情形又将如何呢？

诅咒，诅咒那些害人精，是他们把一个原本忠厚朴实、思想正直的民族，把只是太学究气、太爱从理论出发安排生活的一类人，放进了那个邪恶的学堂！假如这种诅咒是出自自由和不受限制的胸怀，那是多么令人愉快，那将会是多么的令人愉快呀！然而，这又是怎样的一种祖国之爱哟，这种爱原本准备贸然捍卫的居然是我们现在正在经历其奄奄一息的垂死挣扎的这个血腥国家，这种爱原本准备贸然捍卫的居然，套用路德的话来说就是，“身上所背负”的滔天罪行。当这个血腥国家叫嚷咆哮的时候，当它宣告一笔勾销人权的时候，这群人的表现是那样的欣喜若狂，是那样的如痴如醉，而在它刺眼的旗帜的指引下，我们的青年是那样两眼放光地怀着无比的自豪和坚定的信仰迈步前进——假如它并非我们民族天性中某种与生俱来的东西，而是被强加给我们的，并且也不是我们的民族天性中某种根深蒂固的东西，那该有多好啊！这样的一种祖国之爱，在我看来，同我所认为的那种认真仔细的祖国之爱相比，怕是要高尚得多哟。然而，这个统治就其言行来看，其实仅仅只是对一种你不得不承认其性质是纯真的思想和世界观的扭曲的、令人唾弃的和厌恶的现实化，而且，这种思想和世界判断在我们的伟人，在那些最能代表德意志民族特性的精英的性格特征中鲜明地表现出来，一个信仰基督教的有人性的人是能够不无厌恶地发现这一点的，难道不是吗？我要问——难道我问得太多了吗？啊，当然比只问下面的一个问题要多，即：这个被打垮的民族现在也正是因为如此，才会目光困惑地面临一无所有的局面，因为这个民族为找到适合自身政治形式而作的最后和最极端的尝试，却是以如此丑陋不堪的失败而告终。

*

现在，这两个时间段——我正在奋笔疾书的这个时间段和这本传记所囊括的那个时间段，它们开始衔接起来了，这可真是奇了！因为我的主人公的精神生活的最后年月，即在他的婚姻计划遭受失败，在他失去他的那位男友，在那个来到他身边的美妙孩童的生命被夺走之后的 1929 和 1930 那两年，它们正好就属于随后夺取这个国家，而此刻则正在血与火的洗礼中走向灭亡的那个劳什子的上升和蔓延时期。

对于阿德里安·莱韦屈恩而言，这是充满着一种巨大的和高涨的，我禁不住想说：怪异的，甚至令参与者本人都沉醉其中的创造性活动的两年，而且，你另外还根本不可能抗拒的印象是，它们似乎就是支付给他的薪饷和补偿，因为他服从了那种对于生活的幸福和爱的权利的剥夺。我说的是两年，但这并不正确：因为只有这其中的一部分，只有其中一年的下半年和另一年的几个月够得上是完成他的那部作品的时间，而那部作品实际上就是他的历史意义上的最后的和最极端的东西：交响康塔塔《浮士德博士哀歌》，它的创作计划，如我先头已经透露的那样，从时间上可以追溯到内珀穆克·施耐德魏因来到普菲弗尔林之前，现在，我就准备用我贫瘠的语言来专门对它进行描述。

首先有一件事情是我不可以不做的，这就是去看看它的作者，一个时年为四十四岁的男人的个人情况，去看看我用一双始终是紧张好奇的眼睛所观察到的他的外形和生活方式。在此，我最先要诉诸笔端的是我早在字里行间就已提前作好了铺垫的下述事实，即他的脸，以前，只要他把它刮得干干净净的，那么，它同他母亲的脸的相似性就会昭然若揭，但是，前不久这脸上却大变样地长出夹杂着灰色的深色胡子来，还是一种翘胡子呢，上嘴唇上却另外还有一个狭长的小胡子向下垂着，而且这个翘胡子，尽管它也没有让两个脸颊空着，可相比之下，下巴处的却要浓密得多，而且，同是在下巴这里，两侧的却又要比中间的更浓密，也就是说，绝对不是一个山羊胡子。这种对面部表情的部分覆盖所造成的陌生化还是可以容忍的，因为正是这个胡子，联合他的另外一种越来越爱把头歪向一侧肩膀的趋势一起，共同赋予他的面容以某种超脱凡俗的受苦受难的味道，确切地说，也就是某种救世主的味道。我爱用这个表达，我没有办法不用它，我以为，这样一来我就更可以保证自己的好感同情，因为这个表达显然不是指向虚弱，而是随着极端的活力和一种身体的健康而出现的，而我的朋友很擅长的一点就是，尽情地当着我的面去夸耀他的这种活力的不容辩驳。他的做法就是采用一种有点慢条斯理的、偶尔犹豫不决、偶尔又稍显单调的说话方式，这种说话方式我是新近才在他身上发现的，而且我也喜欢把这种说话方式理解为处于灵感纷至沓来的狂喜中的他在创作上审慎自制的一个信号。胃部卡他，颈部感染，痛苦不堪的偏头痛的打击，他长久以来所遭受的这种种身体的刁难，全都没有了，一个个的日子，工作的自由，对他而言是确定无疑的，他本人宣称他的健康状况是完美的，是获得了凯旋般的胜利的，而他每天又重新起来进行创作时所焕发出来的那种充满想象力的能量，我可以从他的眼睛里读到，这既让我充满自豪，同时也让我不免担心他会旧病复发。他的眼睛，以前它们的上眼皮大都是垂下一半的，但现在呢，上下眼睑之间的缝隙变得更宽更大了，几乎是很夸张地分得开开的，以至于都可以看见虹膜上方的一条狭长的眼白了。这可能会给人带来几分不安全感，而且，这种感觉有的时候会变得更加强烈，也就是在你可以从这双睁得大大的眼睛里觉察到一种呆滞，或者我该说：停滞的时候，很长时间以来，我一直在反复琢磨这种停滞的本质，终于有一天我发现，它是以两个不完全圆的、有点不规律地被拉长了的瞳孔保持始终相同的大小为基础的，完全就好像它们是不受外界任何照明变化影响似的。

我这里所说的是一种在一定程度上是隐秘的和内在的不灵活性，你必须是一个非常细心的观察者，只有这样你才能对此有所感知。与之形成对立的则是另外一个显著得多，也外在得多的现象——这个现象，亲爱的让内特·硕伊尔也注意到了，有一次，在她拜访完阿德里安之后，她很是多余地向我指出了这一点。这就是他不久前才养成的一个习惯，即在某些瞬间，比如在陷入沉思的当口，他会快速地让他的眼珠子来回——而且是睁得相当大地向两边——运动，也就是说人们常说的让眼睛“滴溜溜地乱转”，由此不难想见，有些人大概是会被他的这个样子吓着的。因此，即便我个人可以轻松地做到——我觉得我似乎就是轻松地做到的——把这些在我看来是奇异的特征推到这部作品头上，他当时正处在创作这部作品的巨大无比的紧张之中——但是，一想到除我之外几乎再也没有旁人看见过他，我私下里还是觉得松了一口气——正是因为如此我才担心他可能会把人吓着。他现在真的不进城参加任何社交性质的活动了。收到的邀请要么由他那忠诚的房东大娘打电话一一回绝，要么就是不予理睬地搁置一旁。甚至连去慕尼黑购物这样具有实用目的的短暂行程也都取消了，可以说为那死去的孩子添置玩具算是他最后的几趟慕尼黑之行。以前他外出见人、参加晚间聚会和公共活动所穿过的外衣，现在全都挂在衣柜里蒙上一层灰，他身上穿的是那种最简单的家居服——但绝不是家常穿的睡袍式的晨服，这种衣服，他从来，即使是在早上，也没有喜欢穿过，只是在夜里，当他从床上爬起来到椅子上坐上一两个小时的时候才穿。他在这个时期经常穿的是一件宽松的长毛厚粗呢质地的短上衣，高领的，所以不用戴领带，下身随便配一条同样宽大的、没有熨过的小方块图案的裤子，每次他出去进行他那习以为常和必不可少的扩大肺活量的散步时，他也都是穿着这件上衣的。幸亏他的外表里还透着那股子自然的、源自精神的高雅，不然的话，甚至都可以说他邋遢得有点不修边幅了。

话说回来，他又该为什么人去约束自己呢？他和让内特·硕伊尔见面，和她一起仔细研究一些个由她弄来的十七世纪的音乐作品（我现在想起一个叫雅各布·梅拉尼[①]的人的夏空舞曲来，《特里斯坦》中有一处是一字不落地沿用的他的创作），他时不时地也和吕迪格尔·席尔德克纳普见面，他和这个同他有着一样的眼睛的人一起欢笑，而在他们笑的时候，我则会禁不住在一旁出神地凝望，我伤感地发现，现在独独只剩

---

① 雅各布·梅拉尼（1623－1676）：意大利作曲家，在滑稽歌剧方面具有历史开创意义。

下眼睛是相同的了，黑色和蓝色已经消失了……他最后也和我见面，我往往周末去他那里造访——也就是这些。另外，他能够需要陪伴的时间也就只有很短的几个小时，因为，他白天工作八个小时，周日也不例外（他没有把周日“神圣化”①），又因为他在这八个小时里还会插进下午躲在昏暗的房间里的休息，所以，在我每次去普菲弗尔林探望他时，我总是有很多时间是被他晾在一边一个人呆着的。好像我对此很后悔似的！我当时就在他的身边，就在这部正在形成的让人痛苦、让人战栗并为人所热爱的作品的身边，现在，这部具有极高价值的作品已经被雪藏、被唾弃、被隐瞒了十五个年头，我们眼下正忍受着的这种毁灭性的解放或许能够促使它重新获得新生。曾经有那么几年，我们这些地牢的孩子做过在清晨高歌一曲，高唱着《菲黛里奥》，高唱着《第九交响曲》，去欢庆德国的解放——德国的自我解放——我们做过这样的美梦。现在，对我们有益的只有这首欢庆之歌，而这首歌或许也只会是从我们的灵魂中唱出：这首地狱之子的哀歌，这首最可怕的人的和上帝的哀歌，它，已经从主体的口中发出，开始在人间唱响了，而且，它还不止于此，它还在不断地持续地传播开来，似乎要传遍整个宇宙。

悲哉，悲哉！好一首《沉痛的哀悼》，我要无比殷勤地满怀着爱地这样大声疾呼。然而，尽管如此，从创造性的角度，从音乐史以及追求个人完美的角度来看，一个欢庆的、极度充满必胜信念的情况，这难道和那种恐怖地赠予酬劳和补偿的礼物没有什么关系吗？这难道不就意味着那个“突破”吗？在我们之间，当我们思考和讨论艺术的命运及其地位和时辰的时候，我们曾如此频繁地把它作为一个问题，作为一个似是而非的可能性来挂在嘴边——这不就意味着那种重新赢得吗？这个我本不想说的，但为了精确，我现在还是要说：表现力的重构，在一个注重精神性和严格讲究形式的层面上最高度和最深厚地调动感情，这一点必

---

① 把周日视为神圣的日子，意指恪守节日教规、休息或做礼拜等。

须做到，为了把精于算计的冷漠转化为富于表现的心灵之音，为了人间万物真心实意地相互依托，为了完成这样的盛事，就必须做到这一点。

我不断地发问，不是为了别的，就是为了描绘一个事实，这个事实既可以通过具体的东西来解释，也可以通过艺术形式的东西来解释。其实这首哀歌——而且这里所涉及的是一首永远的、不知疲倦地被强调着、摆出最痛苦不堪的“看哪—这人”[①]——姿态的哀歌，这首哀歌就是表现力自身，可以大胆地说，所有的表现原本就是哀歌，就和音乐一样，只要它把自身理解为表现，在它的现代历史的开端变成哀歌，变成《让我死亡》，变成阿里阿德涅[②]的哀歌，变成仙女们的发出轻轻回响的哀怨的歌唱。这部浮士德康塔塔并非平白无故地在风格上强烈而明显地体现出同蒙特威尔第和十七世纪的联系，这种音乐——同样也不是平白无故地——对回声效果，偶尔也不排除对形式方面肤浅的模仿，有偏爱：这种回声，这种把人的声音作为自然的声音的归还，这种把人的声音作为自然的声音来进行的揭示，从本质上讲就是哀歌，就是自然对人悲哀地发出“啊，是这样的！”，就是自然试图宣告人是孤独的——正如反过来从仙女们那方面看，她们的哀歌又接近于回声一样。但是，回声，巴洛克风格所喜爱的这种花样，在莱韦屈恩最后的和最高的创作之中，却常常是和难以言状的忧郁沉重的效果一起运用的。

诸如此类的一部怪异的哀歌的鸿篇巨制，我要说，必然是一部富于表现力的作品，而且，它因此也是一部解放的作品，在这一点上，它做得和它回溯数百年去追寻的早期音乐一样好，而后者那时的意愿就是要成为走向表现力的解放。只是，在这部作品所占据的发展阶梯上有一个

---

① 《圣经 · 约翰启示录》中，比拉多指着耶稣所说的一句话，后世成为一个圣像学概念，用于描绘受难的基督。尼采也有一部著作以这句话作书名。

② 希腊神话人物，克里特国王弥诺斯和帕西淮的女儿，用小线团和磨刀帮助情人忒休斯走出迷宫，两人一起出逃，最后却遭男方遗弃。阿里阿德涅的神话故事自近代早期开始成为如蒙特威尔第、斯特劳斯等众多作曲家喜用的歌剧素材。

辨证的过程，那种从最严厉的束缚向情绪冲动的自由语言的转变需要通过这个辨证的过程来完成，这个过程就其逻辑而言会显得复杂之极，会令人感到震惊之极和神奇之极，远非牧歌的时代所能比拟。这里，我想提请读者诸君回想一下我在很久很久以前的某一天，也就是在他妹妹于布赫尔农庄举行婚礼的那一天，在沿着“牛槽”的散步途中，我和阿德里安所有过的那次谈话。当时，他顶着头痛的压力，向我阐发了他的那个关于“严肃乐章”的想法，其中有一首名为《亲爱的姑娘，你好坏》的歌，这歌里的旋律与和声都由一个五音的基本动机，即字母符号 *h e a e es* 的变化来决定，他的这个想法就是从这种方式里推导出来的。他让我瞥到一种风格或一种技巧的“幻方”，这种技巧还在用被认定是同一的材料发展着那最外在的丰富性，而且，在这种技巧中不再有任何非主题的东西，不再有任何可能证明自己是某种始终相同的事物的变种的东西。这种风格，这种技巧，容不下任何声音，容不下一个在整体结构中不能发挥其动机功能的声音——再也没有什么自由的音符了，他当时就是这样说的。

现在，我尝试着对莱韦屈恩的这部关于《约翰启示录》的清唱剧进行一个勾勒，由此，最有福的和最丑陋的两者之间的那种实质性的同一性，天使儿童的合唱和地狱发出的狂笑之间的那种内在的统一，我是不是也就指出来了呢？这里，令发现这一点的人感到神秘惊惧的是，这里所实现的是一种极为恐怖、经过了深思熟虑的形式上的乌托邦，这种乌托邦在这部浮士德康塔塔里随处可见，它席卷了整部作品并让后者，如果我可以这样说的话，被主题的东西消耗得一干二净。这支巨型的“悲苦颂”（其长度总计约五个一刻钟）其实是相当缺乏动力的，既没有发展，也没有戏剧性，就好比是同心的圆，凭借一块扔进水里的石头，一个接着一个地形成扩大，没有戏剧性，而且也总是那同一个样子。这是一部阴森可怖的由变奏构成的哀歌作品——作为这样一部作品，它在否定的意义上和带有欢呼的变奏的《第九交响曲》的终曲近似——它以一个圆接着一个圆的方式扩散，每一个都不断地引出另一个：乐章，大的变奏，不仅都和原书的文本单位或章节相符，而且就其自身来看又都只是一连串的变奏而已。然而，所有的这一切全都可以追溯到由文本的一处确定的地方所给出的一个可塑性极高的基本音型上，而不是那个动机上。

那本古老的民间故事书，它所讲述的就是那位大魔术师的生死经历，我们现在可以来回忆回忆它。莱韦屈恩对该书的各个段落进行了坚决果断和干净利落的改编，使之成为他自己谱写的乐章的脚本。在这本书里，那位浮士德博士，在他的计时沙漏快要停止记时的时候，邀上他的朋友和知心伙计，“硕士、学士和别的大学生们”，来到维滕堡附近的利姆里希村，在那里，他慷慨解囊，盛情招待了他们一整天不说，夜里还和他们一起喝了一顿饯行的“施洗约翰酒”，这还不够，之后他又发表了一段充满悔恨却又不失尊严的讲话，在讲话中，他把他的命运以及这个命运的实现的即将来临向他们进行了发布和通告。在这个所谓“浮士德对大学生的讲话”里，他请求他们，如果发现他死了，发现他被勒死了，他请他们发慈悲行行好，把他的遗体下葬掩埋，让他入土为安；因为，他说，他是作为一个既恶也善的基督徒而死去的：鉴于他的悔恨，他是一个善的基督徒，之所以如此，也是因为他的心中始终渴望着他的灵魂能够得到上帝的恩赐，但是，只要他还知道他就要落得一个丑陋的下场，魔鬼有意且肯定要来占有他的肉体，那么，他在这个意义上就又是一个恶的基督徒。——下面这句话：“因我死也是恶和善的基督徒”，构成这部变奏作品的总主题。如果你去数一数它的音节，你就会发现是十二个，而且半音音阶上的所有十二个音都是为它而存在的，其中所有可以想得到的音程都是近似的。它在它的位置上被一个代表独唱的合唱组——在《浮士德》中没有独唱——用文字朗诵着，先是逐渐上升到中等程度，然后又按照蒙特威尔第的哀歌的精神和调子慢慢降下来，其实，从音乐上讲，它在此之前就早已存在，就在发挥着作用了。

它是这里所发出的所有声音的基础——说得更确切一些：它几乎是在扮演着调的角色，它成为一切的后盾，它制造着气象万千的同一性——那种存在于晶莹剔透的天使合唱和《约翰启示录》中地狱的喧嚷嘈杂之间的同一性，而且，这种同一性现在已经变得无所不包了：变成了一种绝对严酷的形式集会：这里不再认得任何非主题的东西，材料的秩序在这里变得完全彻底，而且也还是在这里，诸如赋格一类的观念的意义荡然无存，之所以如此，正是因为再也没有一个自由的音符了。不过，这种形式的集会现在却是要服务于一个更高的目标，因为，哦，这是怎样的奇迹啊，这又是恶魔所开的一个多么阴沉的玩笑啊！——正是凭借这种形式上的毫无保留，音乐被作为语言解放出来。从某种较为粗糙的和音乐材料的意义上来讲，该做的工作其实都已经提前做完了，之后的作曲只管去发挥提升好了，它现在可以完全放开手脚，无拘无束地去倾诉，这也就是说：当表现在结构的彼岸，或者是在其最完满的严格之内重新被赢得的时候，尽情地去表现。《浮士德哀歌》的创作者可以，在预先就已组织好的材料中，无所顾忌地放任自己的主观性，根本无须去理会那种事先就已具有的结构，这样一来，这部作品就是他最严格的作品，就是一部集最极端的算计和纯粹的富于表现力于一体的作品。返回到蒙特威尔第及其所在的时代的风格，正是这一点被我称为“表现的重构”——以其最初的和原始的面貌出现的表现，作为哀歌的表现。

现在，那个解放的时代的所有表现手段都被调动起来，得到运用，我刚才已经提到其中的回声效果——这种效果尤其适合一部完全是变奏的、在某种程度上是静止不动的作品，在这部作品中，每个变形本身就已经是前一个的回声了。既有一个个共鸣式的继续，又有结束乐句的延伸性的重复一个被放在较高位置上的主题。俄尔甫斯[①]式的哀怨的音调被轻轻地回忆起来，浮士德和俄尔甫斯由此变成兄弟，同为阴曹地府的

① 古希腊神话中的诗人和歌手。

巫师：在那个插曲中，浮士德把后来给他生了一个儿子的海伦召唤上来。指向牧歌的调子和精神的暗示发生了上百次，而且，还有整整一个乐章，即内容为最后一夜朋友们在饭桌上劝慰浮士德的那个乐章，完全是用标准的牧歌形式写就的。

当然，恰恰是在概括总结的意义上，只要是音乐中想得到的能够承载表达的因素，全都被调动起来得到运用：不是作为一种机械的模仿和作为一种回归，这是不言而喻的，相反，倒像是一种对古今音乐史上积淀下来的全部的表现特性的有意识的占有，这些表现特性在这里通过一种炼丹术的蒸馏过程被升华和提炼为情感意义的基本类型。在这里，当有诸如“哎呀，浮士德，你这个一文不值的大胆狂徒，哎呀，哎呀呀，理性，不怀好意的恶作剧，猖狂放肆和随心所欲……”之类的话音落地时，你会听到，有一声深深的叹息在发出，你会发现，在这里，延留音的形成是多重的，尽管还仅仅只是作为节奏手段，半音音阶是旋律性的，在一个乐句开始之前是提心吊胆的全体沉默，跟那个《让我死亡》里一样的重复有好几个，音节延长，音程下降，朗诵般的歌唱开始降低——在诸如插入悲惨的合唱等巨大阴森的对照效果烘托下，先是一个小型乐队使出浑身解数的全力以赴，之后便是管弦乐，以宏大的芭蕾音乐和奇异的节奏迅疾多姿的加洛普舞曲[①]所给出的浮士德的下地狱——在经历了地狱般的纵情享乐之后，哀歌终于以排山倒海之势爆发出来。

这种以激烈舞曲的形式展现那种下地狱情景的想法是狂暴野性的，这还很容易首先让人想起《形象启示录》的那种精神——同时也还会，比如让人想起那首令人厌恶的，我要毫不迟疑地说：玩世不恭的合唱的谐谑曲，在这首谐谑曲里，“那个恶鬼用嘲讽诙谐的奇谈怪论和成语谚语对阴郁的浮士德纠缠不休”——用下面这种可怕的话语：“所以你要沉默、受苦、回避和忍耐，不要向任何人哭诉你的不幸悲哀，为时太晚

① 一种四分之二拍的轻快横步舞曲。

矣，不要指望上帝，你没有一天好日子。”不过，除此以外，莱韦屈恩的这部晚期作品较之于他三十年代创作的那部作品，两者之间就鲜有共同之处可言了。同后者相比，它在风格上更纯粹，作为整体调子也更低沉，而且没有滑稽模仿，就其对前代的回溯而言也并不显得更加保守，反倒是显得更加柔和，旋律性也更强，对位多于复调——我以此想说的是，自身是独立的各个副音给予主音更多的关照，这个主音经常拉出长长的旋律性的弧线，它的核心正是由那个十二音的“因我死也是恶和善的基督徒”所构成，而所有的一切则都是从这个核心里发展出来的。这里有一点是我在这本传记前面部分的文字里很早就已经说过了的，即：在这部《浮士德》里，同样也是由那组字母符号，即那个最先由我觉察到的人物黑塔娥拉·艾丝梅拉达，那个 *h e a e es*，来十分频繁地主宰着旋律与和声的：也就是在任何只要是提到过那个出让和承诺，提到过那个血腥协议的地方。

这部浮士德康塔塔和那部《约翰启示录》的首要区别在于，前者拥有大型的管弦乐队间奏曲，这些间奏曲有时只是一般性地指明该部作品对其对象的态度，仿佛在说：“事情就是这样”，有时却又，正如下地狱中那段令人毛骨悚然的芭蕾音乐那般，也代表和担保着情节的一些部分。这段恐怖舞曲的配器只由数个吹奏乐器和一个伴奏系所组成，而这个伴奏系，它又是由两个竖琴、一架钢琴、一个钢片琴、一个钟琴和一个一人演奏的打击乐组所构成，它作为一种“通奏低音”，反复出现，贯穿整部作品。个别的一些合唱曲只由它来伴奏。另外有一些被他增加了吹奏乐器，另外又有一些被他加上了弦乐器，而另外还有一些则是由完整的管弦乐队来伴奏的。纯粹管弦乐的是结尾：一个交响乐的柔板乐章，是从那段地狱加洛普舞曲之后所强力插入的哀歌合唱那里逐渐过渡而来的——这个结尾似乎就是要和那曲“欢乐颂”背道而驰，似乎就是要对那种从交响乐到声乐欢呼的过渡，似乎就是要对这种过渡来上一个旗鼓相当的否定，这个结尾，它就是那个收回……

我这可怜的、伟大的朋友啊！他在他的这部遗著，在他的这部毁灭之作里，先知先觉地提前预见了多少毁灭啊！读着这部作品，我会无数次回想起他在那个孩子将死之时跟我说过的那些痛苦的言辞：尤其是那句“就不该有，什么善，什么欢乐，什么希望，就不该有，它们正在被收回，必须把它们收回！”这个“哎呀，就不该有”，它几乎等于是一个音乐上的指示和规定，它是那样的居高临下，统领着《浮士德博士哀歌》里的全部合唱和器乐乐章，决定了这首“伤心之歌”的每一个节拍和音调！毋庸置疑，它就是冲着贝多芬的《第九交响曲》而去，就是作为后者悲痛欲绝意义上的对立面而作的。它不止一次在形式上把后者转向消极，进行否定收回：这其中也有一种宗教的否定性——但我不能据此就认为是对宗教进行否定，不过，情况不仅仅只是如此。一部涉及引诱者，涉及背离，涉及受惩罚下地狱的作品，又能是什么呢？只能是一部宗教作品！我这里所指的是一种反转，一种既苦涩又自豪意义上的颠倒，至少我是看到了这一点的，例如，浮士德博士在最后时刻向他的伙计们提出“友好请求”，要他们上床去，安安心心睡觉去，不要受任何干扰。在这部康塔塔的框架内，要想毫不迟疑地就把这个指令视为是对耶稣在客西马尼[①]所说的“和我一起醒着！”那句话的一种有意识的和有意为之的倒转，其实并不容易。再者：这个离别的人和朋友们一起畅饮壮行的“施洗约翰酒”也同样具有很深的宗教仪式印记，是作为另外一种最后的晚餐而存在的。不过，与此相连的还有一种诱惑观念的颠倒，其表现形态就是，浮士德把获得拯救的想法当作诱惑加以拒绝——不仅只是出于形式上的遵守那个协议，因为为时“太晚”，而且也是因为他从心底里鄙视人们希望为之而拯救他的那种世俗的积极性，鄙视那种宣称尘世是虔诚的谎言。这一点在下面这一幕里还被更加清晰，也是更加强烈地突出出来：那个老郎中兼好邻居把浮士德请到自己这里，使出浑

① 地名，基督在此被犹大出卖并被捕。

身的虔诚解数，妄图说服他皈依基督教，就是这样的一个人物，在这部康塔塔里反过来被意图明确地刻画为一个诱惑者的角色。撒旦对耶稣的诱惑被明显地暗示出来，那声冲着骄傲绝望的“不！”所发出的“阿帕吉！”也明显是针对虚伪疲乏的上帝的市民们的。

然而，还要想到的，而且是要发自内心地想到的另外一个，也是最后一个，真正最后的一个意义的颠倒反转，则是在这部无限哀怨的作品的结尾，轻轻地，怀着对于理性的优越感，带着只有音乐才有的难以诉说的诉说，这个意义的颠倒和情感交汇了。我这里所指的是这部康塔塔最后的管弦乐的结束乐章，这个乐章随着合唱的消失而响起，如泣如诉，仿佛上帝在哀怨其天下的丧失，仿佛作曲家在发出一声浸透着悲戚的“这本非吾意”。这里，我发现，在接近尾声的时候，最为悲痛欲绝的腔调出来了，最后的绝望得到了表达，而——我本来是不想说的，如果有人想说，这部作品直至最后一个音符，都是在提供一种安慰，而这种安慰和那种通过表达自身及通过把声音变大而提供的安慰又有所不同——也就是说，这种安慰在于，对于造物而言，有一个声音是专门为其痛苦而存在的，如果有人这样说的话，那就会有损于这部作品的不妥协性，有损于它那不可救药的痛苦。不，这首低沉的声音的诗歌直到最后都没有允许作出一丝安慰、一丝妥协、一丝美化。然而，假如那种宗教的佯谬，即希望萌发于最深重的不可救药，符合这种艺术的自相矛盾，即表达——作为哀怨的表达——是从全面彻底的结构中生发，那么，尽管只是一个最轻声的提问，情况又会如何呢？那恐怕就是无望彼岸的希望，那恐怕就是绝望的超验——不是对它的出卖，而是奇迹，超越信仰的奇迹。你们只消听听这个结尾，和我一起来听听它：乐器组一个接着一个撤离，最后剩下的，也就是整个作品的音乐随之逐渐消散的东西，是一把大提琴拉出的高音 g，这最后一个字母，这悬浮在空中的最后一个音，它极轻声地按照延长符号慢慢逝去。然后就再也没有任何声音了。——沉默和黑夜。但是，跟在后面回荡、悬浮在沉默之中的那个音，那个不再存在的音，那个只有灵魂还能听得到的音，它刚才是悲伤的终止，它现在不复存在，它改变着意义，它是伫立于黑夜中的一盏明灯。

四十七

“和我一起醒着！”这句表现耶稣基督困境的话，阿德里安或许想在他这部作品里把它的含义向着更为孤独的男子汉的方面，向着骄傲的气概方面，向着他的浮士德所说的那句“你们安安心心睡觉，不要受任何干扰！”转化，“你们别离开我！在我的大限来临之际，你们要围在我的身边！”这个请求仍然还是很有人味的，是本能的渴望，尽管并不是渴望帮助，但终归是渴望有邻人在场的。

因此，当 1930 年几乎要过去一半的时候，也就是在这年的五月，莱韦屈恩通过各种途径把一群人，他所有的朋友和熟人，甚至是一些他不太熟或根本不熟的人，一大帮子，约莫有三十个，请到普菲弗尔林他的住处：部分是通过写明信片邀请，部分则是通过我去请，而个别受到邀请的人还会同时再被请求去继续邀请另外的人，当然，另外又有一些人则实在是出于好奇而自己邀请自己，也就是说，他们找到我或其他和他走得较近的几个人之一去他面前给他们说情，求他允许他们前往。因为阿德里安确实在他的明信片上告知说，他希望搞一次有益的朋友聚会，把他新近刚刚完成的一部合唱交响曲作品介绍给大家，他会用钢琴演奏其中一些有特色的选段；而对此感兴趣的也有一些他原本无意邀请的人，如通过施拉金豪芬夫妇引荐的那个女主角扮演者塔尼娅·奥尔兰达和那个男高音克约耶伦德先生，又比如利用席尔德克纳普出面说情的出版商拉德布鲁赫及其夫人。此外，他还亲笔写信邀请了巴普提斯特·施彭格勒，虽然人家，照理说，阿德里安应该是肯定知道这个的呀，已经不在人世达一个半月之久。这个俏皮风趣的男人才四十五岁就遗憾地死于心脏病了。

坦白地说，我在这个活动的整个组织过程中感觉并不舒服。为什么会这样，这其中的原因很难说得清楚。拉来一大群无论是内在还是外在都基本上和他相距甚远的人，目的竟然是为了把他最孤独的作品透露给他们，这从本质上来讲是不大符合阿德里安的性格的。因为，我觉得这是一种不应该为他所具有的行为方式，这一点本身就令我感到不大舒服——而且，这一点本身就令我反感。反正不管出于什么样的原因——而我这里所指的那个原因，我其实之前已经暗示过了，我心里更情愿知道他是独自呆在他的避难所——能够去见他的人只有他的那些具有人道思想的朋友，只有尊敬他亲近他的房东一家子，外加我们这很少的几个，即席尔德克纳普、亲爱的让内特、敬重他的两位女士罗森施蒂尔和纳可黛以及我自己——而不该是像现在这样，让鱼龙混杂的并不习惯他的大队人马齐刷刷地都把目光聚集到他这个已经远离尘世的隐者身上。可是，我又能有什么选择呢？既然这次活动的序幕已经被他声势浩大地拉开了，那我就只能是帮他搭把手，服从他的指挥，去打我的电话了。但事情也真是奇了，居然没有人拒绝，相反，正如我所说的那样：有的只是更多的希望获准参加的请求。

事实上，我不仅不乐见这次活动：而且，我还愿意继续坦白，提笔写下这样的字眼，即我甚至巴望我本人抽身离去，不要参与其中。然而，一种忧心忡忡的责任感却阻止着我去这样做，我觉得，我有义务，我必须，不管喜欢与否，都务必到场监督，不可放过毫厘。如此一来，我便在那个周六的下午和海伦一起跑到慕尼黑，坐上那趟从瓦尔茨胡特开往加米施的列车。我们和席尔德克纳普、让内特·硕伊尔以及库尼恭德·罗森施蒂尔同在一节车厢。其余的来宾分散在其他几节车厢里，只有施拉金豪芬夫妇例外，这个讲士瓦本方言的退休老先生和他那娘家姓普劳斯西的夫人，这俩是和他们的歌唱家朋友一起坐小轿车来的。这辆车比我们先到，所以在火车抵达普菲弗尔林时，此车提供了良好的服务，只见它多次往返于那个小站和施魏格施迪尔农庄之间，几个人一车地把那些绝对不爱步行（天气没有变化，尽管天边有一场雷阵雨正轻轻发出隆隆声响）的客人接到农庄里去。因为从火车站到农庄一段的运输没有人管。施魏格施迪尔太太一见来了这么多人，赶紧叫上克莱门蒂娜帮忙，在厨房里准备起小吃、咖啡、切成条的黄油面包和清凉苹果汁，我和海伦去看她时，她一边忙活着一边跟我们解释说，一下子涌来这么多人，阿德里安事先可是没有跟她打过一个字的招呼，看那样子，显得很是有些措手不及。

与此同时，那个老苏索或者又叫卡施佩尔的则在外面狂吠不止，它在它的狗棚前跳来跳去，身上的链子当啷作响，直到再也没有新客人来了，来的人全都集中在那间尼基厅里了，方才安静下来。尼基厅里的座位不够，女佣和男仆只好又另外从家里的起居室，甚至从楼上的几间卧室里搬来椅子作补充。除了前面已经说到的人，在场的，我这里随便根据记忆再提几个：富有的布林格尔，画家列奥·齐恩克，此人阿德里安和我其实都不喜欢，阿德里安很可能是把他和那个死去的施彭格勒放在一起邀请的，现在也可以说是鳏夫一个的赫尔穆特·英斯提托利斯，口齿清晰的克拉尼希博士，宾德尔·马约内斯库女士，克虐特里希夫妇，高颧骨的诙谐风趣的肖像画家诺特波姆及夫人，他们都是由英斯提托利斯一起带过来的。另外还有西克斯图斯·克利德威斯和他的那桌论友，也就是地层研究家温鲁俄博士，福格勒和霍尔茨舒赫尔两位教授，以及身穿黑色制服、扣子扣得严严实实的诗人丹尼尔·楚赫，而且，让我生气的是，甚至连强词夺理的哈依姆·布赖萨赫尔也来了。专业音乐分子的代表除了前述的歌剧演员之外，还有撞塞子乐队指挥裴迪南·艾德施密特。更让我大吃一惊，但很可能也不只是让我一个人大吃一惊的是，格莱辛-茹斯伍尔姆男爵居然同样也在场，据我所知，这可是他，自打发生那起老鼠丑闻以来，第一次和他那滚圆却不失优雅的夫人，一个奥地利女人，一起重新在社交场合露面。事实表明，阿德里安是提前八天向他的城堡发出邀请的，这位席勒曾孙曾经以离奇之极的方式大出洋相，他很可能对得到这样一个特殊的重建社会联系的机会感到相当高兴。

现在，所有这些人，如我前面所说，整整三十个，暂时都还满怀期待地在这间农家客厅的四处站着，相互介绍着自己，彼此交换着好奇的言论。我看见吕迪格尔·席尔德克纳普，穿着他那永远是破旧不堪的运动服装，被妇女们簇拥着。说真的，在场的人中妇女占了大多数。我听见那两个戏剧歌唱家的声音了，很好听，音量也是最大的，我听见克拉尼希博士气喘吁吁却条理清楚地在说话，布林格尔在大声唠叨，克利德威斯在拍着胸脯保证说，这次聚会，以及这次聚会所许诺的东西，肯定会是“极为重要的”，楚赫紧跟着附和，一边跺脚，一边狂呼：“是的，是的，可以这样说！”。格莱辛男爵夫人四处走动，为那件费解的连累她丈夫和她的倒霉事寻求同情理解。只见她逢人便说：“您可知道，出了这种无聊事，我们真的是很厌倦了。”——我从一开始就发现阿德里安其实早就在这厅里了，可是，很多人对此根本没有觉察，只顾说话，似乎还在等他露面，原因很简单，他们没有认出他来。他背对着窗户，穿着平时穿的衣服，坐在客厅中央那张夯实椭圆的桌子旁，想当初，我们和曹尔·费特尔贝格正好也是一起坐在这张桌子旁的。不过，客人中有好几个都问我坐在那里的那位先生是谁，刚开始听到这个问题时，我很是吃惊，在我用手指着告诉他们那是谁后，他们好像突然明白过来似的大叫一声“原来是这样啊！”，于是赶紧纷纷跑去和这位东道主打招呼。竟然还会发生这样的事情，他的面貌，在我的眼皮子底下，想必是有了多大的改变啊！这肯定多半是由于他的那个翘胡子所致，我也是这样跟人家说的，可是人家就是不愿意相信是它所致。在他的椅子旁边，像个岗哨似的，笔直地站着罗森施蒂尔，顶着一头毛茸茸的头发，站在那里已经有一阵子了，这也是为什么梅塔·纳可黛会尽可能离得远远地躲在屋内的一个角落里的原因。不过，过了一会儿之后，库尼恭德却正派地让出她的位置，那另外一个崇拜者见状，便连忙去占领了这个位置。靠在墙边的那架台式钢琴的盖子已经掀起，《浮士德博士哀歌》的总谱也已在乐谱架上翻开。

由于我的视线一直跟随我的朋友，即使在我跟这位那位客人讲话的时候也不例外，所以，我能够准确无误地领会他用他的头和眉头向我作出的示意，而这个示意的意思就是，我得敦请三三两两聚在一起的来宾们各就各位了。我毫不迟疑地这样做了，我请站在近旁的人们落座，向站得远些的打手势，而为了让大家安静下来听我宣布："莱韦屈恩博士希望现在开始演奏他的作品，"我甚至强令自己击起掌来。此时，这个人的脸开始变得一片惨白，他自己也感觉到了这一点；他那带着某种呆愣冷漠的表情让他感知到了这一点，而他额头上随后可能冒出的一颗颗汗珠也会是饱含着这种冷漠的。我的双手，我那时只能是无力地、克制地把它们合在一起，它们在发抖，就跟它们现在，在我正准备写下对那个可怕的一幕的回忆的时候，抖得一样厉害。

观众的跟进还是相当利落的。屋内很快安静下来，变得井然有序。结果是，和阿德里安同坐那张桌子的有施拉金豪芬老两口，外加让内特·硕伊尔、席尔德克纳普、我的夫人和我。其余的人于屋内两边不规则地分散在各式各样的家具、涂了色的木头椅子、马毛圈椅、沙发上，也有一些个男士是靠在墙上的。在场的人们，也包括我自己，全都等着阿德里安坐到钢琴前去演奏，可他却还没有一点要满足大家这个愿望的意思。他坐在那里，双手合十，脑袋歪向一边，眼睛若有所思地低垂，只是稍稍向上抬起，他见现在全场完全安静下来了，就开始用我现在很熟悉的那种稍显单调、也不大流畅的说话方式向来宾们致辞——致一种欢迎辞，我刚开始时的感觉就是这样的；而且开始时也真是类似的东西。我现在要强令自己进行补充的是，他在发言的过程中常常说错，而且——我感到很痛苦，我拼命把指甲尖往手心里扎——当他试图纠正一个口误时，又会陷入一个新的口误，因此，他后来干脆就把这些错误忽略掉，懒得再去管它们了。另外，对于他的表达方式中出现的种种不规范现象，我原本也不应该太光火，因为他在口头表达时部分地使用了一种较为古老的德语，这同他也总爱在书面表达时使用这种德语是一脉相承的，由于这种德语存在着各种不足，其句子结构也是开放式的，所以用起来时就总是会给人造成一种成问题和欠考虑的印象，要知道，我们的语言从脱离野蛮状态发展到今天在语法和拼写方面都具有了一点可怜的规范，这个过程才有多久啊！

他开始时的声音非常小，简直就是喃喃自语，因此，只有极少极少的人能够听得懂他的所谓致辞，还能够努力从中听出点什么来，或者要不就把它当作幽默风趣的笑话来听，因为这个开场白听起来大致如下：

“令人尊敬的，特别亲爱的兄弟和姐妹们。”

之后他沉默了一会儿，好像在沉思，半边脸由其所在一边的胳膊肘支着，这边脸紧靠在这边的手上。他接下来所说的也同样被理解为是幽默风趣的和逗人高兴的，虽然他的僵硬表情、疲惫目光和苍白面容并不支持这种理解，但是在此处，还是会有迎合的笑声，不假思索地从鼻子里哼出，或者是从女士们的嘴里咯咯地发出，在客厅里四面回响。

“首先，”他说道，“我要对你们表示感谢，有两点，鄙人不才，你们却愿意接受我的邀请，徒步和坐车前来对我表示赏识和友好，我是从这个荒僻的藏身之处写信召唤你们前来的，我还通过我的这位热心忠诚的帮手和特别的朋友来召唤和邀请你们，这一点还使得我清晰地回忆起我们从青少年时期起就一同度过的学习时光，我俩那时一起在哈勒上大学，不过，这一点也使得我同时回忆起，那就是在这段大学学习期间，高傲和憎恶的情绪已经开始抬头，在我的道德反省中继续向下。”

很多人听到这里都把目光投向我，会心地抿嘴微笑，但我却激动得笑不起来，因为这太不像我的这位忠实的友人的做法了，他竟然通过如此温柔的回忆来想到我。不过，大多数在场的人之所以被逗笑了，恰恰就是因为他们看见我的眼里含着泪水；而我现在也很是反感地想起来了，当时列奥·齐恩克大声地用手帕擤鼻涕，他的鼻子很大，老是被他拿来开玩笑，这次他又做出一个明显的漫画式的动作来，这样一来，他又一次为自己赢得了几声欢笑。阿德里安似乎对此没有觉察。

“我首先，”他继续说道，“也必须向你们赔礼，”（他赶紧纠正说：“道歉，”随后又重复了句：“道歉。”）“请你们别负担太重，我们的狗普赖斯提吉阿尔①，又叫苏索，但真实名字叫普赖斯提吉阿尔，它乱蹦乱跳，大叫大嚷，狂吠不止，让你们的耳朵受累了，但你们为了我还是不辞辛劳，克服了这些困难。其实，我们真该提前给你们每个人身上挂把超高音小口哨才是，那样的话，它打老远就能明白了，这来的人全都是受到邀请的好朋友，他们都很想听我在它的守护下写成的音乐，而这就是我这些年来干的事。”

听到“小口哨”这里，客厅里有几个地方又礼貌地响起了一些笑声，虽然这笑声中也夹杂了几分吃惊和不解。但他不管，只顾继续往下说道：

“我现在对你们提一个友好的基督教的请求，你们不要从坏的方面去理解和接受我的这个请求，而是要把它往最好的方面去想，因为我有一个真正的渴望，我渴望向你们这些善良的无害的人，如果不是无罪的人的话，那么也只是普通的和可以容忍的有罪的人，我因此从内心鄙视，却又热烈地嫉妒着的人，向你们这些人作一个自白，把我完全当作你们的邻人那般的自白，因为，那个计时沙漏就在我的眼前，我必须注意，当沙漏中的沙子从那小孔里流完，颗粒不剩的时候，他就会来带走我，我和他签了一个代价沉重的卖身契，我出卖了自己的血肉之躯，我愿意我的肉体和灵魂永远属于他，我会落到他的手心，我会摔得很惨，当计时沙漏里的沙子流完，时间停止不动的时候，我就是一件属于他的

---

① 原文为 Prästigiar，由意思分别为“假象、骗术”和“骗子”的拉丁文 praestigia 和 praestigiator 派生而来，从而再次暗示这条狗，同前面那条有个魔鬼名字的狗“卡施佩尔”一样，与魔鬼相关。

东西了。”

到了这里，人群中有几处再次响起从鼻子里哼出来的笑声，但也有人摇头，此外还有人在口里咂了几下舌头，似乎认为他的这种言行很不得体，一些人开始用阴郁的目光去审视他。

“你们要知道，”坐在那张桌旁的那个人说道，“你们这些善良虔诚的人，你们会带着你们普通的罪恶在山帝，”（他又赶紧纠正道：“上帝”，但随后又返回到前面的那个形式）“你们会在山帝的仁慈和宽容的怀抱中安息，有件事情已经压在我心头太久了，我再也不想对你们隐瞒下去了，在我二十一岁那年，我心甘情愿地和撒旦结合了，虽然我明明知道很危险，但出于深思熟虑的勇气，出于骄傲和鲁莽，因为意欲要在这个世界上获取功名，所以我还是和他订立契约，建立同盟，也就是说，我在为期二十四年的期限中所取得的，而人类有权对之表示怀疑的一切，都只是在他的帮助之下才产生的，都是魔鬼的作品，都是由这个恶毒天使灌注而成。我当时的想法就是：要想乘凉，就得栽树，而在当今，一个人非要得到魔鬼的宠爱不可，因为，你为了成就大业所能利用和找到的人就只有他了。”

现在客厅里一片寂静，气氛显得尴尬而紧张。很少有人还能够从容悠闲地听下去了，相反，你会发现，很多人的眉毛都已经竖了起来，很多人的脸上都写着这样的疑问：这是什么意思，这里会是什么情况？假如他笑一笑或是眨眨眼，以表明他的话只是艺术家所特有的那种神秘倾向而已，假如是那样的话，一切都还是有挽回的余地的。然而，他没有这样做，而是坐在那里，脸色苍白，表情凝重。有几个人向我投来疑惑的目光，好像在问这到底是什么意思以及我打算如何对此作出解释；或许我真该走上前去宣布散会才是——但找什么理由呢？任何理由都只能是令他丧失尊严，都只能是对他的出卖，我觉得，事到如今，也只能顺其自然了，我希望他马上开始演奏他的作品，让人听到他的音乐，而不是他的讲话。什么都不能诉说和什么都能诉说的音乐在语言的清晰性面前所具有的优势，是的，总之，同这种以直截了当的自白的形式所进行的粗暴揭露相比，艺术的那种具有保护作用的不受约束性，我还从来没有像今天这样如此强烈地感受到过。打断这种自白，这似乎与我所怀有的那种敬畏之情格格不入，不仅如此，相反，我甚至还从心底里渴望去听，哪怕这些和我一起在听的人中只有很少很少的几个有资格去听。你们只管耐着性子去听吧，我在心里对其余的人这样说道，既然他已经把你们大家全都当作他的同类请了过来！

在经过了思考性的稍事停顿之后，我的这位朋友又开始说道：

“亲爱的兄弟姐妹们，你们可千万别以为，为了这个约定和建立这个契约，我需要去到森林里的某个岔路口，需要画很多圆圈，还需要施魔法、说咒语什么的，没有的事，因为，圣·托马斯已经教导过，走向背离是不需要通过语言的召唤去祈求的，反倒是随便一个什么行动就足以促成，即使没有明确的宣誓效忠也足以促成。因为，实际上就只是一只蝴蝶，一只五颜六色的花蝴蝶，黑塔娥拉·艾丝梅拉达，她的触碰吸引了我，这个乳巫[1]，我于是就去追她，追到幽暗阴凉的树叶下，那是她透明的裸体喜爱的地方，我在那里逮到她，她飞起来就像一片随风飘舞的花瓣，我逮到她，爱抚她，不顾她的警告，事情就这样发生了。因为，她用她当初吸引过我的方式来吸引我并在爱中原谅了我——这就是我的教堂落成典礼，与此同时也达成了那个约定。”

我开始浑身颤抖，因为这时候听众里有个人开始插话了——就是那个穿着一身教士服的诗人丹尼尔·楚赫，只见他用脚跺地，连珠炮似的评判道：

“很美。很有美感。蛮舒服，蛮爽的，可以这样说！”

有几个人冲着这个插话人喝起倒彩，我也跟着起来反对他，不认同他的发言，但我私底下却还是很感谢他所说的这番话，因为，这番话虽

---

① 民间传说中的一种邪恶妖怪，通常借助魔鬼的帮助对奶牛施魔法，使之少产奶或不产奶。

然够荒唐、够可笑，但我们所听到的东西却因此被放到了一个令人感到宽慰并且能够被人接受的视角之下，也就是那种美学的视角，这个视角，尽管是个很不合适的，却也总算是个能让我本人感到了些许轻松的视角。因为，我觉得，好像人群里有人如释重负地说了句“是这样啊”！而且，还有一位女士，即出版商拉德布鲁赫的夫人，感觉听了楚赫的话很受鼓舞，脱口说道：

“大家以为在听诗呢。”

哎呀，这种以为可不会长久，这种美学的理解，无论它所呈现的面貌多么令人感到惬意，它终究是站不住脚的，我们在这里所听到的跟诗人楚赫所开的那种服从、暴力、血腥及洗劫世界的突兀玩笑没有任何关系，我们在这里所听到的就是沉静和苍白的严肃，就是招供和真相，就是一个精神濒临崩溃的人在最后时刻召集他的同类前来倾听的真相——然而，这却是一种付出了没有意义的信任的行为；因为，他心里所指的同类，被他当作同类的这些人，在面对这个真相的时候，可千万不该是这个样子的呀：不寒而栗，毛骨悚然，把真相当诗歌来看待，而一旦发现这样做再也行不通了，便会赶紧异口同声地对其作出裁决。

这些插话看来似乎根本没有传到我们东道主的耳朵里。当他停顿的时候，他会陷入沉思，这显然使他能够在这些插话面前变得刀枪不入起来。

“你们只消注意，”他又开口说道，“特别尊敬的亲爱的朋友们，你们这是在和一个被上帝遗弃的和绝望的人打交道，这个人的尸首不会属于神圣的地方，不会属于虔诚的寿终正寝的基督徒之列，而是要被扔到剥兽皮场，和倒毙的牲畜的腐尸烂肉堆在一起。你们将会，我现在先把话跟你们说在前头，你们将会发现躺在尸架上的他始终是颜面朝下的，就算你们把他翻过来五次，他还是又会照原样悉数翻回去的。因为，早在我爱抚那只有毒的蝴蝶之前，我那傲慢和骄矜的灵魂就已经行进在了奔往撒旦的路上，但我的日期尚未确定，而你们肯定也是知道的，我从青少年时代起就开始向往他，这人哪，是上天堂还是下地狱，这是早就安排好了的，是前世注定，而我生来就是要下地狱的。所以，我就给我的傲慢无理加糖，我在哈勒的那所大学堂学习神学，却不是为了上帝的缘故，而是为了那另一个，我的神学学习其实暗地里就已经是那个结盟的开始，不是乔装打扮着走向上帝，而是走向他，那个伟大的虔诚之徒[①]。然而，要奔着魔鬼而去的东西，是不可阻挡的，也是防不胜防的，而且，从神学系转到莱比锡，转向音乐，就只是那么一小步而已，我还只是单独在搞，自顾自地忙活着钻研诸如图形、符号、形成联盟之类可能正是指向符咒和魔术的称谓。

“总之，我的这颗绝望的心让我轻率地失去了一切。我的确是有一个敏捷的好头脑，也有才气，这是上天对我的眷顾，假如我品行端正，谦虚谨慎，我也是能够好好地利用它们的，可是，我却得意得有些忘形了：在这个时代，以虔诚、冷静的方式，用正经八百的手段，是再也搞不出什么作品来的，没有魔鬼的帮助和锅底下燃烧着的地狱之火，艺术已经变得不可能……是的，是的，亲爱的伙计们，艺术停滞不前，已经变得举步维艰，开始自嘲起来，一切都变得举步维艰，上帝的可怜人陷入困境，无所适从，这恐怕就是时代的罪过。然而，如果一个人为了渡过难关，达到突破，就邀请魔鬼来做客的话，他就会于心不安，就会把这种时代的罪过背负到自己的肩上，他就该死。因为不是有句话么：你们要冷静，要清醒！但有的人却不是这样做事的，这种人，既不去聪明地安排这世上急需的东西，以使它在那里变得更好，也不一步一个脚印地去用心实干，以使这人间恢复一种重新为美的作品提供生活土壤和真诚融入的秩序，反倒是逃避责任，肆无忌惮地显出一副地狱般的醉态：他就这样献出他的灵魂，被扔到剥兽皮场。

“好了，善意的亲爱的兄弟和姐妹们，我就这样去做了，我让巫

---

① 这里指作为上帝必不可少之对手的魔鬼。

术、咒语歌、占卜、毒酒以及诸如此类有着五花八门叫法的玩艺儿成为我全部的正事和追求。我也马上就要去和那个人说话，那个流氓，那个恶棍，在那个罗曼国家的客厅里，我已经和他进行了很多交谈，他甚至还不得不告诉了我一些有关地狱的质、基础和材料的情况。他也卖给了我时间，是漫长的二十四年，他还向我作出承诺，让我在这段期限里定下终身，还预言我会搞出大名堂，锅底下的火会烧得很旺，我将有能力创作作品，虽然这已经变得无比困难，但我的头脑聪明无比，我会对此嗤之以鼻，不屑一顾。只是，然而，在这段时间里，我就已经会为此而忍受那种刀割般的疼痛了，跟海的女儿小人鱼双腿所忍受的那种疼痛完全一样，她是我的姐妹，也是我甜蜜的新娘，名叫胡菲雅尔塔[①]。因为他把她领到我的床上，让她做我的女人，陪我睡觉，我和她拥抱爱抚，我一天比一天更爱她，不管她来的时候是拖着条鱼尾，还是两条腿。她常常是拖着鱼尾而来，因为那种疼痛，她的两条腿所忍受的那种像刀割般的疼痛，压倒了她的情欲，当她那柔软的身体变为带鳞的鱼尾时，她的样子可爱极了，令我十分欣赏。但我从纯粹的人的形体那里获得的愉悦要更多一些，所以，就我这边而言，当她是拖着两条腿来跟我相会时，我的情欲会更强一些。”

听到这些话后，观众群里开始出现一丝骚动，有人开始离席。原来是施拉金豪芬这对老夫妇起身离开了我们的桌子，只见这俩，丈夫挽着妻子的胳臂，目不斜视地，轻手轻脚地，从座位间穿过，向门口走去。不出两分钟的样子，院子里就传来他们的汽车发动机开始发动的声音，轰隆隆，轰隆隆，响得很，这下大家明白了，他们坐车走了。

这情形令一些人开始忧虑起来，因为这样的话，他们就没有车子可坐了，很多人原本是希望这辆车能够再把他们送回火车站去的。但在这些客人当中，没有迹象显示他们会效仿那俩。他们像着了魔似的继续坐

① 原文为Hyphialta，为希腊语对“女梦魔”的叫法。

在那里，当汽车开走，外面重新恢复宁静时，楚赫又一次断然说出他的那句“美！哦，当然很爽了，就是美！”。

我本来也是准备开口去求我的这位朋友的，想请他就让开场白到此为止，想请他现在开始为我们演奏他的作品选段，可就在我要开口的节骨眼上，他却摆出一副不为刚才的插曲所动的样子，继续他的发言：

“接下来胡菲雅尔塔就怀孕了，给我进账了一个小子，我对这个儿子牵肠挂肚，他是一个圣洁的小男孩，俊俏迷人，超凡脱俗，既像是来自天外，又像是来自远古。然而，这孩子终究是血肉之躯，而又有条件在先，我不可以去爱任何人，所以他就把他给害死了，毫无怜悯之心，而且，他竟然还是利用我的眼睛去杀死的他。因为，你们肯定是知道的，如果一个人已经变得很坏了，那么，就连他看人的眼神都是有毒的，跟毒蛇一样毒，尤其会毒到孩子。所以，在八月份的一个月夜里，这个说起话来就跟涂了蜜一样甜的小家伙离我而去了，而我原本还以为我是可以拥有这样的柔情的。其实在此之前，我原本也还以为过，以为我，作为魔鬼的僧侣，是可以去爱血肉之躯的，只要不是女人的就行，那个男人为了追求我，让我和他以你相称，使出了无限的信任和温存，终于有一天，我答应了他。因此，我不得不杀死他，我接到命令，我被迫送他上西天。由于我想结婚的图谋被那位长官发现了，他就大发雷霆，认为结婚就是对他的背离，就是一个迈向调和的花招。所以他就强迫我，要我恰恰就利用这个图谋去冷酷无情地谋杀那个对我极尽信任和温存的男人，今天在这里，我要当着你们大家的面忏悔坦白了，现在坐在你们面前的我，同时也还是一个杀人犯。”

又有几个客人在听到这个地方的时候起身离开客厅，他们是：一声不吭地起身抗议、脸色惨白并用牙齿咬住下嘴唇的小个子赫尔穆特·英斯提托利斯，连同他的两个朋友，圆滑世故的画家诺特波姆及其市民气十足的、挺着一对豪乳的夫人，我们通常称这样的女人为“奶妈”。总之，这几个人是一声不吭地离的场。不过，他们到了外面恐怕还是吭了声的，不然的话，怎么他们刚走一小会儿，施魏格施迪尔太太就轻手轻脚地进来了呢，只见她戴着围裙，灰白的头发梳得平整紧绷，她在靠近门口的地方停下脚步，双手合十地站在那里听阿德里安说话：

“可我是怎样的一个罪人哟，你们这些朋友啊，我是一个杀人犯，我与人为敌，我和魔鬼私通，我沉湎其中，不能自拔，我就这样，不管不顾地，不知疲倦地辛勤忙活着，从不歇着”（他似乎再次陷入沉思，接着便把“歇着”这个词纠正为“歇息”，但之后又坚持用“歇着”），“也不睡觉，而是照着那个使徒的话：‘谁找苦吃，谁就吃苦’去做，自找气受，自找苦吃。因为，就像上帝如果不通过我们，如果没有我们的涂圣油仪式，就干不了大事一样，那另外的一个没有我们也同样不成。只有羞耻和精神的讽刺，以及这段期限内有碍这一事业完成的东西，只有这几样，是由他来亲自把持到底，以免我沾边的，余下的就全得我自己去做，即使是在我得到那罕见奇特的灌注之后，也是如此。由于在我这里经常会有可爱的乐器出现，管风琴或无踏键的小型台式管风琴，随后就是竖琴、琉特、小提琴、长号、哨子、弯曲号角①、横笛，每一种都带四个声部，所以，要是我不知道还有别的隐情的话，我还真的会以为自己是在天上呢。我对此作了很多记录。另外也常常会有一些个孩子呆在我房间里，男孩女孩都有，他们给我唱乐谱纸上的合唱，边唱边笑，神情特别狡黠，还相互使眼色。都是些很漂亮的孩子。他们的头发偶尔也会飘起来，好像被热风吹了似的，这个时候，他们就会去用他们那漂亮的小手重新抚平他们的头发，他们的脸上都有酒窝，酒窝边上有红酒刺。有时会有黄色的鼻涕虫虫从他们的鼻孔里流出，往下流到胸前，而后消失——”

这些话现在又一次成为一些听众离场的信号：他们是学者温鲁俄、福格勒和霍尔茨舒赫尔，我看见这仨中的一个在出门的时候分别把两个

---

① 15 至 17 世纪时的一种木管乐器。

手腕贴到两边的太阳穴上。不过，把自己的家提供给他们当辩论场的西克斯图斯·克利德威斯反倒是神情激动地呆在他的位置上没动，像他这样在走了几拨人之后依然坚持不走的还有二十来个，尽管其中有很多已经从凳子上站了起来，作随时准备逃跑状。而列奥·齐恩克呢，则很有点唯恐天下不乱的意思，只见他高扬着眉毛嚷道："哇噻，哈！"完全是他平时批判别人画作时的一贯做派。这时，几个妇女已经开始把莱韦屈恩围了起来，似乎要保护他：库尼恭德·罗森施蒂尔、梅塔·纳可黛和让内特·硕伊尔，就是这仨。艾尔泽·施魏格施迪尔则一直呆在远处。

而我们又听到他说：

"恶魔就这样二十四年如一日地忠实地强化着他的承诺，现在到了最后时刻，一切就要结束，我借助谋杀和淫乱完成了我的心愿，或许因为有上帝的仁慈在，以邪恶方式干下的坏事有可能会变成好事吧，我不知道。或许上帝也看到我自找了苦吃，自找了气受，我干得辛苦极了，我坚忍不拔地把所有的事情都干完了，或许，或许我所做的这些会得到折算和评价，我因此而会得到原谅吧——这个我没法说，我没有勇气去奢望它。我罪孽深重，我无法得到原谅，我犯的是无以复加的滔天大罪，因为，我以前满脑子苦思冥想，我原以为，如果一个人先不相信上帝的仁慈和谅解，然后又为此感到后悔，那么，这很可能会是对永恒的善的最严重挑衅，可是，现在我却发现，正是这种傲慢的深思熟虑的算计使得慈悲怜悯变得完全不可能。而在此基础上，我又继续苦思冥想并算计出，这最后的堕落定会极大地刺激善去证明其无限性。就这样持续不断地，总之，我和对面的善展开了一场臭名昭著的竞赛，看谁更加永不枯竭，是它，还是我的苦思冥想——现在你们看到了，我该死，我不会得到同情怜悯，因为我提前用苦思冥想摧毁了所有的同情怜悯。

"我先前以我的灵魂为代价所购得的时间现在已经走完了，事到如今，我只好赶在我的末日来临之前把你们喊到我这里，好意的亲爱的兄弟姐妹们，我的灵魂就要谢世，这一点我不愿意向你们隐瞒。我把你们请到这上面来，愿你们记住我的好，还有其他我忘记邀请的人们，我在这里向他们致以兄弟般的问候，另外也请他们千万不要怪罪于我。该说的都说了，该坦白的也都坦白了，作为告别，我现在就从这部音乐作品里选出几段来弹给你们听，这些都是我从撒旦那可爱的乐器上偷听而来的，而且其中的一些部分那帮淘气狡黠的孩子也都唱给我听过。”

他站了起来，脸色惨白，跟个死人似的。

“这个男人，”这时，于一片沉默之中，突然响起克拉尼希博士那字正腔圆的嗓音，尽管这个嗓音由于哮喘病而不免有些气喘吁吁，“这个男人疯了。这可能早就是毋庸置疑的事情了，而非常遗憾的是，我们这些在场的人中没有搞精神病学的。我，作为钱币学家，感到自己在这里是完全无能为力的。”

说完，他也走了出去。

莱韦屈恩被上面所说的几个妇女，还有席尔德克纳普、海伦和我围在中间，他已经坐到了那架棕色的桌式钢琴前，而且还用右手去抚平了几张总谱。我们看见，泪水顺着他的面颊流淌下来，滴落到琴键上，而他则全然不顾，照旧坚持在湿淋淋的琴键上奏起分外刺耳的和弦。与此同时，他张开嘴，好像要放声歌唱，可是，从他嘴里发出的却只有一声悲叹，这声悲叹从此便永远地缭绕在了我的耳旁，驱之不散。他弯腰趴在这件乐器上，伸开双臂，好像要把它揽入怀中，可是，突然地，就好像被什么东西撞了似的，他整个人从琴凳的一侧向下瘫倒在地。

施魏格施迪尔太太见状，飞也似的跑到他的身边，本来她站得离他比我们还远，但我们这些离他近些的人，我们，我不知道是为什么，却是迟疑了一下之后才开始想起要去关心他的。他已经不省人事，她托起他的头，用母亲般的双臂抱住他的上半身，转过头冲着屋里那些还在呆若木鸡的人喊道：

“你们都赶紧走吧！你们哪里会理解哟，你们这些城里人，而这里需要的就是一种理解！他刚才说到永恒的宽恕，说了那么多，这可怜的人儿，我不知道那够不够。反正，只要是实实在在的人道的理解，你们相信我好了，不管什么事，只要有这就足够了。”

附　言

终于写完了。一个老人，他的腰也弯了，背也驼了，他写作时所处的这个时代的恐怖几乎把他压垮，现在，他终于可以把目光从这些构成他的写作内容的恐怖身上移开，颤巍巍地心满意足地抬起头来，去看一看那高高的一摞生机勃勃的稿纸了，那是他辛勤劳动的成果，是这些充斥着回忆和时政大事的岁月的产物。一项任务终于在克服了重重困难的情况之下完成了，就天性而言，我并不是适合这项任务的人，虽然我并不是为这项任务而生，但是，爱、忠诚和耳闻目睹的见证却使我负有完成这项任务的使命。爱、忠诚和耳闻目睹的见证能够做到的事情，无私奉献能够做到的事情，现在都已经做到了——算了，我也就只好这样了。

在我开始记录这些回忆，记录阿德里安·莱韦屈恩的生平经历时，由于作者的缘故，也由于这部传记的主人公是艺术家的缘故，所以，当时是一点也没有指望日后能够把它拿出来公之于世的。这一点或许现在，在现在这个时候，这头曾把触手伸向地球乃至地球以外的空间的国家怪兽已经恣意狂欢到了尽头，它的那些个首领①纷纷要他们的大夫先把他们毒死，然后再浇汽油焚尸，好让他们从这个世界上消失得一干二净——或许，我说的是，在现在这个时候，可以去想这件事情了，即发表我的这部能够提供有益帮助的作品。可是德国却按照那些恶棍的心愿从根本上被彻底摧毁了，想要它在短期之内恢复那种展开某项文化活动

① 影射希特勒和戈培尔的可耻下场。

的能力，哪怕是出版一本书的能力，甚至于连这一点，你都不敢去有所奢望了，而我实际上也时不时地考虑过资金和途径问题，想过要把这些书稿弄到美国去，让它们首先以英译本的形式呈现给当地的人类。我觉得，这样做似乎也并不是太违背我那已经作古的朋友的心意。当然，随着这种想法同时出现的另外一个想法则是，我的这本书肯定会在那个文明圈里引起实质性的震撼，我不无担心地预见到，把它译成英文，至少是把它的某些太过根深蒂固的德意志的部分译成英文，将被事实证明是一件不可能的事情。

我另外还预见到的东西是，当我现在简要地汇报完这个伟大的音乐家的生命的结束并最终对我的手稿作一个了结之后，我的心里将会泛起一种空荡荡的感觉。像这样令人心潮澎湃和殚精竭虑的写作工作，我今后将是不会再有的了，我会怀念它的，多年来，我为它忙碌，坚持不懈地把它当作一项义务来履行，也正因为如此，可以说是它帮助我度过了这些岁月，要知道，如果是纯粹闲呆着的话，熬过这些岁月恐怕是要艰难得多得多，我眼下正在四处寻找一个未来能够替代它的工作，但暂时还没有找到。真实的情况是：我十一年前被淘汰出我的教师职位的种种原因正在历史的阵阵惊雷声中失去意义。德国自由了，如果可以把一个被消灭和被剥夺行为能力的国家说成是自由的话，因而，我可能很快就会再也不受任何阻碍地恢复原职，重回学校工作了。亨特普佛特勒尔阁下已经附带着向我指出了这一点。我又将会去人文中学教高年级学生，请这些学生多多用心去学习那种把对高深的众神的敬畏同对奥林匹克的理性和明朗的合乎道德的崇拜融为一种虔诚的文化思想吗？可是啊，我担心，在那狂野的十年里成长起来的一代人恐怕很难理解我的语言，就像我也很难理解他们的语言一样，我担心，我的国家的这代青少年已经变得让我感到太陌生，以至于我不大可能再做他们的老师了，而且，更有甚者：就连德国自己，这个不幸的德国，也变得让我感到陌生，陌生极了，这里面的原因就在于，我确信会有一个令人可怕的结局，我不让自己和它的罪孽沾边，而为了避开它的罪孽，我隐姓埋名，离群索居。难道非要我问自己这样做对不对吗？而且还要再问一问：我其实是这样做的吗？我追随过一个痛苦的重要的人，直到他去世为止，我用笔描绘了他那始终是让我又爱又怕的一生。我觉得，我的这种忠诚似乎可以担保我是惊恐万状地逃离我的国家的罪责的。

那天在钢琴旁的瘫痪性休克让阿德里安陷入昏迷，十二个小时之后他才苏醒过来，他在这个从昏迷到苏醒的过程中处于一个什么样的状态，出于对死者的崇敬，我无法再去详细描述了。他不是苏醒过来，恢复知觉，恢复他自己原来的样子，而是以一个陌生的自我而重新存在，这个陌生的自我就仅仅只是他的个性和人格的筋疲力尽的外壳而已，和那个先前叫过阿德里安·莱韦屈恩的人实际上再也没有任何关系了。“痴呆”这个词的原始意思不是别的，就是偏离原来的自我，即自我异化。

因此，我现在要讲的就只是：他没有继续留在普菲弗尔林。吕迪格尔·席尔德克纳普和我义不容辞地承担了把这个病人送往慕尼黑的艰巨任务。上路前，屈尔比斯大夫给他服用了镇定剂，我们把他送到位于奴姆芬堡的那家全封闭精神病医院，阿德里安在那里呆了三个月，由冯·赫思林大夫对他进行治疗。这位经验丰富的专家的预后诊断很快就毫无保留地表明，他所患的是一种精神疾病，其病情不会好转，只会恶化。而最典型的症状却恰恰会在病情进一步发展的过程中消退，正确的治疗可以使病情转入即使不是更有希望，但却是较为安静的阶段。正是这个信息促使我和席尔德克纳普几经商量之后决定，等等再说，暂且不去通知他的母亲，远在布赫尔农庄的艾尔丝贝特·莱韦屈恩。她儿子的生命遭受这样一场劫难，她要是接到消息，肯定马上就会赶到他那里去，而如果说还有什么安慰可以指望的话，那么，不要让她看到她的孩子在住进精神病院接受治疗之后病情仍未得到缓解的情况，不要让她看到这种令她震惊、甚至是难以承受的情形，看来就是最为人道的做法了。

她的孩子！阿德里安·莱韦屈恩又重新只是她的孩子，而再也不是别的什么了，因为，这个年迈的女人终于有一天——正值这年的入秋时节——来到了普菲弗尔林，为的就是把他带回图林根的故乡，带回他童年的地方，他的外在的生活框架其实早就已经同这些地方处在了一种奇特的对应之中：一个无助的、没有行为能力的孩子，对于他曾经作为男子汉所曾有过的骄傲的飞翔，他不再留有记忆，或者说只留有非常模糊的、埋藏在了他的心底的记忆，他跟从前一样牵着她的围裙，而她也跟早年一样，不得不，或者说——被允许等待他、管教他、呼唤他、批评他“不听话”。如果一个人已经勇敢顽强地从他原初的状态中解放出来，而且还是在他头晕目眩地绕着世界转了一圈之后，再又疲惫沮丧地重返母体，那么，没有什么比这更令人感到寒心和哀怨的了。然而，我的信念却是建立在明确无误的印象的基础之上的，我坚信，这一个，这一个母体，在经历如此悲剧性的回归的时候，尽管会感到万分痛苦，却也并不是没有感到一点满足，没有感到一点惬意的。对一个母亲而言，她的英雄儿子的这种伊卡洛斯①飞行，这种陡峭的不再需要她的呵护的男人的冒险，实际上就是一种有罪的，同时也是不可思议的误入歧途，每当她听见误入歧途的他说出那句感情疏远的思想严厉的“女人，我与你何干？”②时，她都会暗自神伤，尽管如此，她还是原谅了一切，让这个摔倒的人，被摧垮的人，这个“可怜的、亲爱的孩子”，重新回到她的怀抱，她的心里只有一个想法：假如他永远没有脱离过的话，他的情况会好得多。

我有各种理由相信，在阿德里安安心于郁郁寡欢地享受这种就算是筋疲力尽的人也可通过其精神的谢幕而赢得的舒适之前，一种对于这种

---

① 希腊神话人物。代达罗斯之子，在和父亲一起逃离克瑞忒迷宫时，因飞近太阳，坠海而死。

② 《约翰福音》中耶稣在迦拿的婚礼上对自己母亲所说的一句话。

温柔的侮辱的恐惧，一种对于它的本能的抗拒，还作为他的傲慢的残余，依然存活在他的精神黑夜的深处。能够说明这种本能的愤怒和逃避母亲的渴望的是，至少能够部分地说明的是，在我们设法让他明白并告诉他说，艾尔丝贝特·莱韦屈恩已经接到有关他身体不适的通知，并且已经上路，马上就要赶来看他的时候，他曾经试图自杀。事情的经过是这样的：

在赫思林的医院接受治疗期间，我获准探望他的机会极少，而且每次也都只有很短的几分钟时间，这样治疗了三个月之后，某种程度的平静——我不说：好转，某种程度的平静达到了，赫思林大夫因此同意把病人接回宁静的普菲弗尔林进行家庭护理。经济上的原因也支持这样做。于是他又被他所熟悉的那个环境所接纳。刚开始时，他还必须忍受那个送他回来的男看护的监督。但他的行为似乎证明，即便是这样的看管，撤走他也是合理的，于是，照顾他的任务首先就又全部落到了农庄里的人们身上，而首当其冲地又落在了他们之中的施魏格施迪尔太太头上，她，自从格雷翁把一个精明强壮的媳妇给她娶进门后（与此同时，克莱门蒂娜也成了瓦尔茨胡特火车站站长夫人），只消守着终老财产[①]享清福，因此有闲暇向她的这位多年的房客奉献她的人道，这个房客虽然身份地位比她高，但其实早就已经变得像是她自己的一个儿子了。他信任她胜过任何人。他和她手拉手地坐在修道院院长办公室或屋后的园子里，这显然是他最满意的状态。当我第一次重返普菲弗尔林去探望他时，我就发现他是这个样子的。当我迈步上前向他走去时，他先是向我投来一种既有点火热，又有点迷惘的目光，随后却是迅速地垂下眼皮，阴沉着脸，一副不情愿的样子，很令我痛心。或许他认出我就是那个陪他过清醒时的生活的人，而他却拒绝人家向他提起他清醒时的生活。施魏格施迪尔老太太见状，就小心翼翼地劝他还是要跟我说句好话，打个

① 老年农民将庄园移交给继承人后保留下来的住房等。

招呼，结果他的表情反而变得更加阴沉，甚至是危险起来，我万般无奈，只好伤心地退下。

于是，写信给她母亲，委婉地把他的这些情况告诉她，现在就是时候了。越是拖延给她写信，就意味着越发削弱她的权利，而那封告知她动身前往的电报也是当天就发出的。如我所说，我们把她即将到来的消息告诉给阿德里安，但并不确定他是否已经领会了这个消息的含义。可一个小时之后，当人家以为他还在小睡的时候，他却突然偷偷溜出屋外，当他在夹子湖边脱掉他的上衣，下到急速变深的湖水里，而且湖水已经淹到他的脖子时，格雷翁和一个男仆才总算是追了上来。就在他的身影开始在水里变得越来越模糊的时候，那个男仆一个猛子扎进水里，奋力朝他游去，把他救上岸来。在他们带他回农庄的途中，他一个劲儿地反复絮叨说湖水很冷，说一个人要想淹死在他经常洗澡和游泳的水域里很难。可他实际上从未在夹子湖，而只是当年还是小男孩的时候，在他家乡的那个与之对应的湖里，在那个“牛槽”里，游过，洗过。

根据我那几乎可以等同于确定无疑的预感，他的这次逃跑尝试虽然失败，但在背后支撑它的却还有一种神秘的救世观念，这种救世观念是那种较为古老的神学，也就是早期的抗罗宗很熟悉的那种：即认为，那些召唤魔鬼的人不管怎样都可以通过“牺牲肉体”来拯救他们的灵魂。这个思想很可能也是阿德里安采取行动时的参照之一，而不让他治疗到底，这个决定正确与否，那就只有天知道了。并非所有在疯癫中发生的事情因此就一定可以被阻止，而在这里，履行那种维持生命的义务几乎不符合任何一个人的利益，从中受益的只有他母亲——因为毫无疑问的是，一个这样的母亲宁愿重新回到她身边的是一个没有行为能力的儿子，而不是一个死人。

她来了，约拿坦·莱韦屈恩的遗孀，褐色的眼睛，一袭白衣，头发梳得平平整整，她决定把她精神错乱的孩子带回童年。重逢的时候，阿德里安依偎在母亲胸前抽搐了很长时间，他叫她妈妈，用“你”称呼她，因为他之前都是用妈妈和“您”来称呼站在一边的这里的那一位的。她和他说话，她的声音依然优美动听，可惜，她一辈子都没有用它来高歌过一曲。然而，在路上，在向北进入德国中部的途中，这位儿子却突然无缘无故地对母亲大发起雷霆，所幸的是，陪同他俩回去的还有阿德里安熟悉的那位来自慕尼黑的男看护，于是，莱韦屈恩太太由于他的这种令人始料不及的发怒而被迫在剩下的几乎是一半的行程里换到另外一节车厢，只好让这个病人和那位男看护单独呆在一起。

这次发怒是一次性的。类似的事情从此再也没有重复过第二次。其实早在火车到达魏森菲尔斯，而她又重新尝试接近他时，他就已经开始和她说话，表现出了爱意和欢喜，回到家里之后，他更是和她寸步不离，形影相随，成为她的最听话的小孩子，她呢，则是全心全意地，无私忘我地，尽一个母亲所能地照顾着他。在布赫尔的家里，也同样有个媳妇当家多年，还有两个孙子也逐渐长大成人，他住的仍旧是楼上他小时候和他哥哥一同住过的那个房间，而且，现在也不再是那棵榆树，而又是这棵菩提树的树枝在他的窗前摇曳，至于美妙的菩提花香，那他可是早在当年呱呱坠地之时就已经有过易感性的先兆了。他也老爱坐在这棵树下的环绕着树干的圆形长椅上乘凉打盹，农庄里的人们已经能够十分镇定地任由着他，通过这种半睡半醒的法子去消磨时光，而这里也正是当年管牲口棚的汉芮和我们小孩子一起练过卡农曲的地方。他的母亲负责他的身体运动，她的做法是，手挽手地和他一起到宁静的田野里去散步。路上每每碰到人时，他总会去和别人握手，她也并不制止，与此同时，被他这样问候的人和莱韦屈恩太太会彼此宽容地点头示意。

就我个人而言，我再次见到这个可敬的男人是在 1935 年，那时已经退休的我跑到布赫尔农庄去庆祝他五十岁生日，却不曾想，高兴而去，败兴而归，叫我好不伤心。那天，菩提树已经开花，他坐在树下。我现在承认，当我手里拿着一束花，和他母亲一起并肩走向他时，我的双膝在发抖。我觉得他人变矮了，这可能跟他斜弯着身体的躺姿有关，又由这种躺姿使然，他的一张脸也缩小了，整一个“看哪—这人”的表情，他的皮肤的颜色显示出乡村的健康，当他抬起头来看我时，他的嘴巴是痛苦地张开着的，两只眼睛很是无神。如果他上次在普菲弗尔林已经不愿意认我的话，那么，现在毫无疑问的是，他不再把我的面貌同任何一种回忆联系起来，即使老夫人在一旁提醒了好几次也是白搭。我跟他说他的这个生日的重要性，跟他说我来看他的意义，不过，我所说的这些话，他显然是一点也没有听明白。只有我带来的那些花似乎还能激起他的些许兴趣，但也好景不长，没过一会儿，就连花儿们也被他晾在一旁，懒得问津了。

我在 1939 年德国战胜波兰之后还见过他一次，那是他去世的前一年，而他死的时候，他的母亲已是八十高龄，可怜啊，这大年纪还要经受这种白发人送黑发人的不幸。我记得，当时是她把我领到楼上他的房间里去的，她一边进屋，一边还鼓励我说：“您只管进来，他不会注意您的！”可我一到门口就停住了脚步，我完全惊呆了，吓坏了。在屋子最里面，在一个无靠背的沙发榻上，由于沙发榻的脚端是转向我这边的，所以我能够看见他的脸，只见那里躺着那个曾经是阿德里安·莱韦屈恩的人，这个人的身上盖了一条薄薄的毛毯，这个人身上不朽的东西现在也叫这个名字。他的一双惨白的手放在胸前交叉成十字，就跟中世纪的坟墓形象一样，而这双手的多愁善感的形态曾经是那样的为我所热爱。他的胡子比以前更加灰白了，从而也把他的那张缩小的脸拉得更长了，以至于这脸现在看上去特别像葛雷柯①画笔下的一个贵族。这可真是造化弄人啊，恰恰是在精神消失的地方，居然可以造出具有最高的精神之美的图景！他的两只眼睛深陷在眼窝里，两道眉毛变得更加浓密，在眉毛的下面，这个幻象向我投来一道极其严肃的、审视威逼的目光，然而，这道让我浑身颤抖的目光好像只持续了片刻就不攻自破似的，但见

---

① 葛雷柯（约 1541－1614）：出生于希腊的西班牙矫饰主义风格画家，思想具反宗教改革倾向。其画用色阴沉尖锐，画中人物脸部和肢体均被刻意拉长。

他的两个眼珠子向上翻去，被眼皮子半遮半掩着地在那里六神无主地来回乱转。他母亲不断邀我只管走近一些，但我没有照她的话去做，而是含着眼泪转身离去。——

1940 年 8 月 25 日我在弗莱辛这里突然接到一个生命残余消逝的消息：这个生命，它曾经以爱、紧张、恐惧和骄傲，把其本质的内容注入给了我的生命。在奥伯魏勒尔的小小墓地上，除去亲属，和我一起站在挖开的墓穴旁的还有让内特 · 硕伊尔、吕迪格尔 · 席尔德克纳普、库尼恭德 · 罗森施蒂尔和梅塔 · 纳可黛，外加一个蒙着面纱、无法辨认的陌生女人，而在人们用泥土掩埋下葬的棺材的时候，这个女人重又消失得无影无踪。

德国，它的面颊现出肺病患者的潮红，它那时正陶醉在放荡的凯旋的巅峰，正准备借助一个条约的力量去赢得全世界，它以为它可以守约，它于是用它的鲜血签署了这个条约。今天，它正在倾覆，它已经被恶魔缠身，一只眼睛被它的一只手蒙住，它的另一只眼睛在盯着恐怖发呆，它每况愈下，从绝望走向绝望。它会在什么时候抵达那深渊的底部呢？什么时候才会否极泰来，从最后的绝望中生发出一个超越信仰、承载希望之光的奇迹呢？一个孤独的男人正在这里双手合十地祈祷：愿上帝宽恕你们可怜的灵魂吧，我的朋友，我的祖国。

译文名著精选书目

傲慢与偏见	〔英〕简·奥斯丁 著 王科一 译
简·爱	〔英〕夏洛蒂·勃朗特 著 祝庆英 译
基督山伯爵	〔法〕大仲马 著 韩沪麟 周克希 译
少年维特的烦恼	〔德〕歌德 著 侯浚吉 译
茶花女	〔法〕小仲马 著 王振孙 译
呼啸山庄	〔英〕艾米莉·勃朗特 著 方平 译
悲惨世界	〔法〕雨果 著 郑克鲁 译
堂吉诃德	〔西班牙〕塞万提斯 著 张广森 译
红与黑	〔法〕司汤达 著 郝运 译
雾都孤儿	〔英〕狄更斯 著 荣如德 译
欧叶妮·葛朗台／高老头	〔法〕巴尔扎克 著 王振孙 译
莎士比亚四大悲剧	〔英〕莎士比亚 著 孙大雨 译
泰戈尔抒情诗选	〔印〕泰戈尔 著 吴岩 译
乱世佳人	〔美〕玛格丽特·米切尔 著 陈良廷等 译
鲁滨孙历险记	〔英〕笛福 著 黄杲炘 译
安娜·卡列尼娜	〔俄〕列夫·托尔斯泰 著 高惠群等 译
十日谈	〔意〕薄伽丘 著 方平 王科一 译
福尔摩斯探案精选	〔英〕柯南·道尔 著 梅绍武 屠珍 译
老人与海	〔美〕海明威 著 吴劳等 译
漂亮朋友	〔法〕莫泊桑 著 王振孙 译
巴黎圣母院	〔法〕雨果 著 管震湖 译
双城记	〔英〕狄更斯 著 张玲 张扬 译
最后一片叶子	〔美〕欧·亨利 著 黄源深 译
瓦尔登湖	〔美〕梭罗 著 徐迟 译
一九八四	〔英〕奥威尔 著 董乐山 译
复活	〔俄〕列夫·托尔斯泰 著 安东 南风 译
三个火枪手	〔法〕大仲马 著 郝运 王振孙 译
苔丝	〔英〕哈代 著 郑大民 译
变色龙	〔俄〕契诃夫 著 汝龙 译
钢铁是怎样炼成的	〔俄〕奥斯特洛夫斯基 著 王志冲 译
浮士德	〔德〕歌德 著 钱春绮 译
太阳照常升起	〔美〕海明威 著 赵静男 译
莎士比亚喜剧五种	〔英〕莎士比亚 著 方平 译
理智与情感	〔英〕简·奥斯丁 著 武崇汉 译
罪与罚	〔俄〕陀思妥耶夫斯基 著 岳麟 译
羊脂球	〔法〕莫泊桑 著 郝运 王振孙 译
鼠疫	〔法〕加缪 著 刘方 译
青年艺术家画像	〔爱尔兰〕乔伊斯 著 朱世达 译

我是猫	〔日〕夏目漱石 著 刘振瀛 译
神曲	〔意〕但丁 著 朱维基 译
红字	〔美〕霍桑 著 苏福忠 译
到灯塔去	〔英〕伍尔夫 著 瞿世镜 译
格列佛游记	〔英〕斯威夫特 著 孙予 译
大卫·考坡菲	〔英〕狄更斯 著 张谷若 译
道连·葛雷的画像	〔英〕王尔德 著 荣如德 译
童年／在人间／我的大学	〔俄〕高尔基 著 高惠群等 译
城堡	〔奥地利〕卡夫卡 著 赵蓉恒 译
汤姆·索亚历险记	〔美〕马克·吐温 著 张建平 译
九三年	〔法〕雨果 著 叶尊 译
铁皮鼓	〔德〕格拉斯 著 胡其鼎 译
卡拉马佐夫兄弟	〔俄〕陀思妥耶夫斯基 著 荣如德 译
远大前程	〔英〕狄更斯 著 王科一 译
马丁·伊登	〔美〕杰克·伦敦 著 吴劳 译
名利场	〔英〕萨克雷 著 荣如德 译
嘉莉妹妹	〔美〕德莱塞 著 裘柱常 译
细雪	〔日〕谷崎润一郎 著 储元熹 译
哈克贝里·芬历险记	〔英〕马克·吐温 著 张万里 译
儿子与情人	〔英〕劳伦斯 著 张禹九 译
野性的呼唤	〔英〕杰克·伦敦 著 刘荣跃 译
牛虻	〔英〕伏尼契 著 蔡慧 译
包法利夫人	〔法〕福楼拜 著 周克希 译
达洛卫夫人	〔英〕伍尔夫 著 孙梁 苏美 译
永别了，武器	〔美〕海明威 著 林疑今 译
喧哗与骚动	〔美〕福克纳 著 李文俊 译
猎人笔记	〔俄〕屠格涅夫 著 冯春 译
圣经故事	〔美〕阿瑟·马克斯威尔 著 杨佑方等 译
希腊神话	〔俄〕库恩 编著 朱志顺 译
格林童话	〔德〕格林兄弟 著 施种等 译
月亮和六便士	〔英〕毛姆 著 傅惟慈 译
失乐园	〔英〕弥尔顿 著 刘捷 译
海底两万里	〔法〕儒勒·凡尔纳 著 杨松河 译
丧钟为谁而鸣	〔美〕海明威 著 程中瑞 译
安徒生童话	〔丹麦〕安徒生 著 任溶溶 译
了不起的盖茨比	〔美〕菲茨杰拉德 著 巫宁坤等 译
虹	〔英〕劳伦斯 著 黄雨石 译
摩格街谋杀案	〔美〕爱伦·坡 著 张冲 张琼 译
坎特伯雷故事集	〔英〕乔叟 著 黄杲炘 译
战争与和平	〔俄〕列夫·托尔斯泰 著 娄自良 译
环游地球八十天	〔法〕儒勒·凡尔纳 著 任倬群 译
人生的枷锁	〔英〕毛姆 著 张柏然 张增健 倪俊 译

剧院魅影	〔法〕加斯东 · 勒鲁　著　符锦勇　译
百万英镑——马克 · 吐温中短篇小说选	〔美〕马克 · 吐温　著　方平　等译
培根随笔全集	〔英〕弗兰西斯 · 培根　著　蒲隆　译
金银岛　化身博士	〔英〕斯蒂文森　著　荣如德　译
无名的裘德	〔英〕哈代　著　刘荣跃　译
一千零一夜	方平　等译
刀锋	〔英〕毛姆　著　周煦良　译
小妇人	〔美〕露易莎 · 梅 · 奥尔科特　著　洪怡　叶宇　译
玻璃球游戏	〔德〕黑塞　著　张佩芬　译
凯旋门	〔德〕雷马克　著　朱雯　译
变形记——卡夫卡中短篇小说集	〔奥地利〕卡夫卡　著　张荣昌　译
伊索寓言	〔希腊〕伊索　等著　吴健平　于国畔　译
前夜　父与子	〔俄〕屠格涅夫　著　丽尼　巴金　译
大师和玛格丽特	〔俄〕布尔加科夫　著　高惠群　译
死农奴	〔俄〕果戈理　著　娄自良　译
被伤害与侮辱的人们	〔俄〕陀思妥耶夫斯基　著　娄自良　译
黑桃皇后	〔俄〕普希金　著　冯春　译
伊利亚随笔精选	〔英〕查尔斯 · 兰姆　著　刘炳善　译
危险的关系	〔法〕拉克洛　著　叶尊　译
夜色温柔	〔美〕菲茨杰拉德　著　汤新楣　译
弗兰肯斯坦	〔英〕玛丽 · 雪莱　著　刘新民　译
卡门	〔法〕梅里美　著　王钢　等译
忏悔录	〔法〕卢梭　著　陈筱卿　译
伪币制造者	〔法〕纪德　著　盛澄华　译
斯巴达克思	〔意〕乔万尼奥里　著　李俍民　译
追忆逝水年华(精华本)	〔法〕普鲁斯特　著　沈志明　译
去吧，摩西	〔美〕威廉 · 福克纳　著　李文俊　译
蒙田随笔集	〔法〕蒙田　著　马振骋　译
美国悲剧	〔美〕德莱塞　著　潘庆舲　译
汤姆叔叔的小屋	〔美〕斯陀夫人　著　杨怡　译
三毛钱小说	〔德〕贝 · 布莱希特　著　高年生　黄明嘉　译
动物农场	〔英〕乔治 · 奥威尔　著　荣如德　译
黑郁金香	〔法〕大仲马　著　郝运　译
白痴	〔俄〕陀思妥耶夫斯基　著　荣如德　译
快乐王子	〔英〕王尔德　著　巴金　译
笑面人	〔法〕雨果　著　鲁膺　译
娜娜	〔法〕左拉　著　徐和瑾　译
贝姨	〔法〕巴尔扎克　著　许钧　译
蝇王	〔英〕威廉 · 戈尔丁　著　龚志成　译
看得见风景的房间	〔英〕E · M · 福斯特　著　巫漪云　译

最后一课——都德小说选	〔法〕都德 著　郝运 译
浮士德博士	〔德〕托马斯·曼 著　罗炜 译
草叶集	〔美〕沃尔特·惠特曼 著　邹仲之 译
流动的盛宴	〔美〕海明威 著　汤永宽 译
平家物语	〔日〕佚名 著　王新禧 译